西方戏剧文学的话语策略

从现代派戏剧到后现代派戏剧

◎ 严程莹 李启斌 著

戏剧戏曲学

云南大学出版社

图书在版编目（CIP）数据

西方戏剧文学的话语策略：从现代派戏剧到后现代派
戏剧/严程莹，李启斌著. —昆明：云南大学出版社，
2009（2013重印）
ISBN 978-7-81112-730-0

Ⅰ.西… Ⅱ.①严…②李… Ⅲ.戏剧文学—文学研究—
西方国家 Ⅳ.I106.3

中国版本图书馆CIP数据核字（2009）第000172号

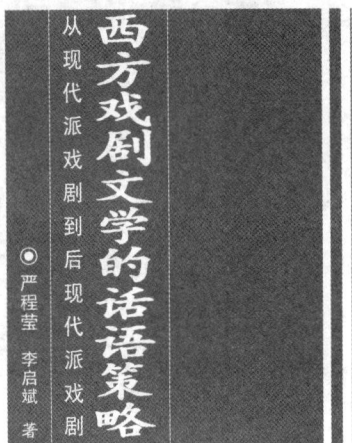

策划编辑：柴 伟
责任编辑：李兴和 刘 焰
封面设计：卢 斌

出版发行： 云南大学出版社
印 装：昆明卓林包装印刷有限公司
开 本：787mm×1092mm 1/16
印 张：26.25
字 数：430千
版 次：2009年4月第1版
印 次：2013年7月第2次印刷
书 号：ISBN 978-7-81112-730-0
定 价：49.00元

地址：云南省昆明市一二一大街182号云南大学英华园（邮编：650091）
发行电话：（0871）65033244 65031071
网址：http://www.ynup.com E-mail：market @ ynup.com

杏坛拈花

（总序）

2000年9月，历史将我推到了云南艺术学院院长的位置上。

深感责任重大的我，首先想到的事情是：一所边疆综合艺术院校的生存状态与发展可能是什么。如何不辜负上级组织和广大教职工的厚望，在自己的任期里达到新的发展高度，获得新的办学收成。

在我上任前一年，1999年，我们刚刚开展过一次活动，就是云南艺术学院的建设发展40周年校庆。那一次活动给我留下了悠长的思索：云南艺术学院在历届领导班子努力、一代又一代教职工奋斗和学生们的热情簇拥下走过了40年的艰辛道路，取得了桃李满天下的巨大成就，为今后的发展创造了一个历史高度和前进起点。在此基础上百尺竿头，更进一步，就成为新班子新生代的历史任务。在总结经验，盘点家当，为成绩骄傲的同时，我们面临的问题是：本科教育办学有较长历史，但没有研究生教育层次；实践型队伍创作能力强，但理论成果少；历史的错综与道路的曲折，体现在校园建筑的犬牙交错状态与后院因为缺少投资而闲置荒芜的情况当中；规模小、社会影响力不够而被提议"合并"的悬剑仍在项上……硬件建设与软件建设的迫切性，成为新里程途中首先遇到的关隘。

勒紧裤带，创造条件建设校园。我们设法获得政府的支持，废除了穿过校园、将校园一分为三的不合理的城市规划道路，从而获得了校园被占用的近20亩土地；建成了美观、现代、受人交口称赞的12 000平方米的四号教学楼；购买了后门外4 300余平方米的楼房成为五号教学楼；购买了紧邻校园的倒闭工厂的20亩土地，拓宽了校园空间；建设起了13 000平方米的现代化学生公寓留学生楼和完成了虽然不豪华但是在云南省属最高专业水准的12 000多平方米的展演中心——剧场、展厅、藏画室、陈列室。极大地满足了教学发展的需要，扩大了办学规模，后来顺利通过了2004年的教育部的本科教育水平评估，获得了"良好"的等级。

但是，这个等级绝对不仅仅靠这些办学条件的创造，更重要的因素，来自教学、研究、创作展演鼎足而三、齐头并进的发展成果。认识到这些，并在常态工作中变为现实，实在是教师艺术家们、同事们殚精竭虑思考云南艺术学院的生存和发展问题时凝聚起来的群体智慧和在实践过程中付出的共同努力。

我们明确云南艺术学院教学、研究、创作展演三位一体的人才培养模式；建立基点（核心课程）、热点（新学科新领域课程）、特点（传统优势和地域资源课程）的课程结构体系；强调地处边疆、便于与民间艺术互动、与地方经济、文化建设结合的发展立足点；突出教学中的实习、实训、实践、实战、实用环节借以增强云南艺术学院学生动手能力，成为办学亮点；探索云南艺术学院依托地区资源和政府支持能够长足发展、具有不可替代性意义和寓个性价值于共性原则的教学体系；我们开始凝练大舞台（戏剧、舞蹈、音乐）、大美术（国画、油画、版画、壁画、雕塑、公共艺术、视觉传达、平面广告、环境艺术、室内装潢、产品包装……）、多媒体（电影摄影、电视摄影、录音剪辑、电脑辅助设计、广播电视编导与制作、动画绘画、动画制作、摄影广告、电视广告、网络设计）和新交叉（艺术生产与管理、艺术经纪人、艺术法规、民族艺术与人类学、教育与戏剧）4个学科大类，将综合艺术院校的综合优势、交叉能力发挥到最大。在明确的思路被教学单位贯彻和被艺术教育家、学者们掌握的情况下，成绩巨大。云南艺术学院的学术能力、学科建设能力、专业建设能力和课程设置能力，有了巨大的发展和长足的进步。有了戏剧学、音乐学、美术学、设计艺术学、舞蹈学和艺术学6个硕士学位授权点；有戏剧学、音乐学、美术学3个已经建成挂牌的云南省级重点学科和艺术学1个在建的省级重点学科；有戏剧（影视）文学、和声、绘画3个省级重点专业，有"戏剧概论"、"视听语言"、"作曲"、"图形创意"4门省级精品课程；有了被国家权威机构组织5 500余名专家认真"定性"评审、在学术影响力、社会贡献率的9项指标"定量"衡量后、从24 300余份期刊中筛选出来、最后认定的"全国中文核心期刊（艺术类）"

的《云南艺术学院学报》作为学术高地与交流平台与国际国内风云对接的窗口；有全省"艺术类师资培训基地"的重托；成为云南省博士学位授权单位、授权点建设单位……硕士点、艺术硕士点、教师硕士课程教育点、艺术本科教育、艺术专科教育、艺术高等职业教育、留学生教育，云南艺术学院的办学，已经逐渐进入了教学、研究、创作展演的良性循环。

我们正在由传统的教学型走向教学研究型大学，而创作展演，是检验教学研究和服务社会、贡献文化产品的关键。

我们的转型发展中，研究平台的建设和锻炼队伍的措施，就显得十分重要。通过研究项目和创作项目来锻炼队伍，检验研究成果，经验证明是一种良好的方法。

2001年8月，我们组织出版了云南艺术学院重点学科丛书第一、第二辑共20本，主要分布在戏剧学、美术学和音乐学3个学科，还有艺术学。8年过去，除了不断支持特色教材丛书和精品课程丛书的出版之外，学院各个教学单位和研究单位，也不断支持教职工出版研究和教学成果。我始终认为，一个学校的办学传统和办学成果，一定要有物化形式来承载，否则，在人事代谢、岁月沧桑之后，一所有历史的学校，它的办学成败、优劣、特色和常态，都将会随风而逝，将会成为一种不确定的民间传说。我们积极推动的云南艺术学院特色教材丛书、云南艺术学院精品课程丛书和云南艺术学院重点学科丛书就是重要的物化形式。加上其他不同形式的出版物、制度化的规章制度等等，都成为云南艺术学院办学历史的承载平台，同时会成为学校发展的现实推进器。教材建设、课程建设、专业建设和重点学科丛书建设，就是实实在在的办学核心内容，通过这些建设使师资队伍的建设有了看得见、摸得着的一些措施、手段和重要检验标准。应该说，成效是显著的。把恒常的工作和持续的努力回顾一下，来路的景点集中起来观察，成果丰硕。而且，学科建设的成果扩大到了设计艺术学、电影电视学，舞蹈学，艺术学。不但是艺术史、艺术理论、艺术欣赏、艺术家研究，而且，对艺术人类学、艺术教育学领域的研究也有重要收获。尤其是艺术教育学内容的艺术教育政策、艺术教育规律、艺术发展生态等等的研究，在艺术教育被"艺术考生热潮"推动着迅猛发展、办艺术教育成为办学热点的时候，显得具有强烈的现实针对性。8年前，我在为重点学科丛书写序的时候，书写的是《必要的基石》，讲述的是学术"兴校、强校、名校"的道理；今天，怀着喜悦的心情，打量我们在学术基石上有了长足发展的教学单位、学科点和专业，抚摸坚实的学术基石上沃土沛然的杏坛，阅读教师们捧献出的杏坛执鞭生涯中产生的研究成果，就像是在欣赏艺术教育的杏坛中争奇斗艳的花朵，芬芳扑面，清新怡人。

身在杏坛27年，如果算上自己念师范中文系的4年岁月，就是31年。从未离开教学岗位和研究领域的我，在与同行探讨教学、交换心得的过程中，自信懂得教师、职工和艺术教育家们的情感方式和情感内容，深知他们的喜怒哀乐，深知耕耘在校园里的教师们那琐屑的辛苦与平凡的伟大，深知杏坛中人那份苦口婆心的后面有多少"三更灯火五更鸡"的自我激励、自我要求、自我敦促的修为。我要在云南艺术学院新的重点学科丛书（第三、四、五辑）出版之际，向云南艺术学院的辛勤园丁鞠躬致敬，感谢他们对云南艺术学院党委和行政一代又一代的领导班子的支持和信任，感谢他们在我学习教育管理、办学育才的这9年中用认真教学、热情创造和潜心研究的实际行动对我的认同和帮衬。

阳春三月，花艳南疆。常言：杏花，春雨，江南。但是，我熟悉的是南疆，不是江南。也曾江南看花，花繁春深；更多南疆踏春，春深如海。南疆花香拂面的时候，我往往油然而生一番比较的心思：较之江南的杏花，亭台楼阁，柳丝烟雨，令人生怜；南疆的杏花顶骄阳、远好雨、亭亭于高山野坝，却别有一种倔强的热烈、艳丽的天然，使人生慕。

云南艺术学院的艺术教育家们，就是南疆的杏花了。在繁忙教学工作、管理、服务的间隙，在重要的社会资源分配的末梢和幸运青眼顾盼的盲点，他们的顽强坚持和奋力拼搏，往往比生活在占尽天时地利的中心城市的艺术教育家、艺术学者们付出的多得多。而且，获得的艺术影响和社会名声，还远不如后者。正因为如此，他们是可敬的、为数更多的一群人。中国大地上，更为广阔的艺术空间里，春光是由他们铺就的。

正逢云南艺术学院建校50周年的日子，出版重点学科丛书意义特殊。杏坛拈花，不敢微笑，只有回顾的记忆和瞻望的沉思。因为，我不是智者，我只是杏坛执鞭的一个劳作者，和作者们一样。

是为序。

吴　戈

2009年仲春于昆明麻园

我
说
故
我
在
——
意
义
的
悬
想
与
话
语
的
空
置

严程莹、李启斌伉俪，是我的两位青年朋友，他们的著作付梓在即，请我写序，使我有机会认真拜读了凝结着他们心血的大作，获益甚多。他们阅读作品的用心，参考论著的广泛，解读作家的专注，观察现象的痴迷，令我十分感动。

读完掩卷，我想得很杂也很远。

第一，这本专著的理论框架和观察戏剧的角度，体现了中国戏剧文化发展的一种自由风貌，从戏剧舞台到研究领域，那种精神的自由和学术的自觉，令人欢欣。从30年前的僵化舞台和定于一尊的戏剧理论，到今天自由的舞台、各种风格流派的剧目演出让人目不暇接，我们的戏剧文化走过了艰辛但是卓有成效的发展道路。在这样的背景下，文艺美学、社会学、文化学、符号学、叙事学、语用学……各种各样的学术观点争先恐后地成为鳞次栉比的观察角度，去解释充满了无限可能的戏剧舞台，这就有些理论建设的意义了。戏剧美学、戏剧人类学、戏剧符号学、戏剧叙事学方面的专书不断出版，显示了多角度研究戏剧艺术的强劲发展势头。在这样的背景下，李启斌和严程莹加入了这种新角度研究戏剧的行列，这本书就是成果。他们是从语言学的语用学、横跨语言学、社会学、文化学、政治学、行为学等等各方面的"话语理论"来接近戏剧的。

第二，"话语"与戏剧艺术的相关可能。话语理论，是脱胎于语言学却又不再是单纯语言学问题的专门学术理论框架。"话语"可以表述为说话者、说什么、怎样说、向谁说、在什么场合说、说了以后怎么样的一系列连贯相继的"关系"，表述为这一系列"关系"运动生成"语境"、显现"语义"、发生"话语力量"、形成"话语空间"的一种社会活动。"关系"充满了多变的指向，所以确定一种话语，有这种话语的一套规则；活动在不同范围进行，所以，在不同生活领域或不同社会层面的活动中，大领域就有民族话语、政治话语、经济话语、文化话语、法律话语、文学话语、艺术话语等等，具体运用还有教室话语、法庭话语、营销话语、大众话语、民众话语、广告话语、媒体话语诸如此类。不同角度、不同出发点和不同功利需求的说话者、所说的话以及与此相关的行为，就成了概括"话语"的立场、角度，当然也显示"话语"内容。运用于戏剧艺术的研究分析，提出戏剧"话语"，当然也是可以的，甚至可以说，从这样的角度来研究戏剧活动，显现了本书作者的学术智慧。戏剧的创演者就是说话者，剧目就是"说的话"，剧场就是"创演者向观众说话的场所"（语境），创演剧目的艺术家之间的关系，创演者与观众之间的关系，剧场与社会的关系，这些关系的构成和互动，都会造成戏剧意蕴（语义）生成的状态，剧场效果，当然就是"话语力量"了，而且，力量会溢出演出场所，那就是"话语影响"。

第三，"话语"力量的权力表述与戏剧艺术通过形象塑造、范式确立来引导社会、安排生活、虚拟秩序、选择价值的问题。作为艺术，戏剧的"权力欲望"是潜在的和曲折表达的，而"话语"的"权力欲望"与"霸权意识"，则是公开的、直接的、显在的。"话语"权具有自足系统，自成体系、通过"语义"的排他性、"语境"的强制性和"关系"的诱导性获得，让"话语"的接受者和容忍者在"接受"和"容忍"的同时接受"话语霸权"。戏剧艺术讲形象感染、情感渗透、潜移默化，诱导巧妙，令人没有面对形形色色"话语"时的天然警觉。通常情况下，戏剧艺术有自足的艺术追求；但是，戏剧社会学的研究让人们看到，在非常时期，民族意志高涨或社会的强烈变革诉求通过戏剧舞台来表达、来演示的时候，戏剧实际上常常变成干预社会生活的一切方面的特殊社会活动。"艺术"仅仅只是躯壳、是手段、是载体，常常成为特殊功利目的的"工具"。这个时候的戏剧演出，就强力地要求"权力"，演出空间变成了一个秩序安排和权力分配的"虚拟空间"。在民族矛盾尖锐，政治斗争突出的历史生活中，这种用戏剧演出表达出来的"权力欲望"的"虚拟空间"大量出现过。那些权力欲望究竟多大程度上合理合情，要认真分析。但是，非常时期成为过去后，戏剧艺术活动发生的空间里，不同文化背景与社会要求下的"权力欲望"、"秩序排列"的"虚拟空间"的含义仍然存在，只不过隐性表现为"从精心设计的感人场面、动人情节、警人事件和人物形象塑造的价值取向当中自然而然地流露出来"的内容罢了。从戏剧社会学的角度观察这一点，十分清楚，一目了然：剧场或戏剧活动地点是一个表达权力欲望和秩序安排的"虚拟空间"。现代派戏剧、后现代派戏剧演出作为非主流的、民间的，更具有艺术家个人色彩的和草根状态的戏剧演出当中，在这种"虚拟空间"里表达的对现实秩序的不满、不屑乃至颠覆愿望，更是一望而知的情形。所谓"自娱自乐"的消遣，不在自我意识、表达愿望极其强烈的现代派艺术、后现代派艺术的主观愿望之内。在读解现代派、后现代派戏剧"话语策略"的时候，这是应该心知肚明的要点。

第四，所谓话语"Discourse"，指的是表现为构成一个完整文本"text"的单位。"话语分析"，通常限制在个体言说者传递信息的连续性语、词、句、段之内，对两个以上相互联系的完整句子的分析。但是，"话语"分析的对象，不仅仅是语言因素，还包括与语言相关的其他活动。"话语"并不仅仅指涉言语或文字的"语言内容"，还包括与语言伴随发生、影响语言内容和制约语言影响的其他有关因素和活动。因此，在完整的言说活动中，话语所传递的信息不仅仅局限于语言因素，还有大量非语言、超语言因素存在。实际上，"话语"理论的厉害之处，就在于以福柯为代表人物的一群，特别强调言说者的言说方式、言说场合、言说对象、言说效果和言说影响。这一切的综合，关涉言说行为、表达实践的方方面面，就是一个社会实践行为了。所以，戏剧"话语"研究，应该是一个包容了戏剧活动流程各个环节在内的一种实践活动的考察分析。由此，可以强调，无论是"话语"理论，还是戏剧活动，最为精彩的部分，就是这种整体性，就是这种整体性中充满了关系构成、事件动态、关系变化、偶然转机、施受互动过程的部分。妙趣横生，妙理无穷，恰恰在这一部分。反倒是固定构成与静态分析最缺少色彩。"话语"分析强调文本分析，"话语"视野中的戏剧文本有两个文本：书斋文本和剧场文本——作为文学文本的"剧本"和作为剧场活动或实践文本的"演出"。历史上的戏剧史通常被误会、误写为戏剧文学史和剧场建筑史，完全是因为最为重要、最为精彩的戏剧实践作为活性形态的"演出文本"无法保存。剧本借助文字、印刷之类的媒介保留下来，剧场依赖砖石泥木等建筑材料存活下来。"话语"理论对古代戏剧很难发挥作用，就是因为缺少用武之地：因为无法使其复活面对戏剧活动空间里的实践部分。《西方戏剧文学的话语策略》，显然也面临这样的"缺乏用武之地"的尴尬，分析作为文学文本的"戏剧文学"，研究戏剧活动流程的第一环节，显然只称得上"话语"理论、"话语"分析应该面对的戏剧"话语"的一部分，只称得上戏剧"话语"实践整体中的"不完整的句子"，甚至只能算是戏剧文本整体中的重要段落、重要语素。我猜测，两位年青学者大约也感到了这个难于逾越的山峰或无法穿行的隘口，所以宣称："正是凭借剧本，我们展开了自己的学术想象。"

最后想强调的是，从本质上说，话语，是一种生存表达，一种生存状态，一种存在的象征。今天人们常常讲的"话语权"、"话语力量"、"话语霸权"、"话语空间"等等，其实都在表明"话语即生存"的含义。"话语"空间几乎就是生存空间，"话语"秩序，所谓语境，就是生存秩序与权利安排。从生存策略上讲，"话语"是生存努力、生存证明、生存宣言。尤其在媒体的革命性飞速发展的社会生活里，媒介发达极大地提供了传播空间的广泛和传播速度、手段的便捷。现代生活显得越来越依赖媒体，依赖传播社会。今天的网络时代，话语流布范围、话语机会、话语长度、话语渗透力、话语存在时间等等，都是存在的象征。域名注册、商业网点、贴子论坛、个人博客……都是当下各种生存状态的群体和个人通过网络社会宣示存在、标明领地的"跑马圈地"。"说"的自由，表达了存在的自由。不仅仅如此，从"我行动故我在"，到"我思故我在"，人类似乎经历了从用于实践、敢于行动，向思考"行动动机和后果"过渡，不盲动、不盲从，是理性的增长，是智慧的成熟。问题却在于过分耽于幻想。从"我思故我在"到"我说故我在"，又几乎是现代社会与当代生活的一个重要标志。言说似乎变成一种自足意义，不管说什么、怎么说、向谁说、说了有多大程度的效果，只要说了，就万事大吉。"说"和"做"原来是"言"和"行"的区别，到了现代，"说"本身就是"做"了，"言"即是"行"。这在传统经验里得不到验收的命题，在现代生活、尤其是今天的生活里变得天经地义。因为，媒体的发达，让人类进入了一个靠传播影响生活的时代。"做"多少不重要，"说"多少却性命攸关。

"说"的价值和意义在飙升，这是传播时代最要命的命题。在这样的认识背景下来思考"话语"的意义与"话语"理论视野当中的戏剧的"话语"策略，就格外有趣。

现代派与后现代派戏剧，在世界范围内、尤其是在西方社会影响巨大。但是，这种影响，是谈不上成为主流话语、主导价值的影响的。主流剧场里、观众欣赏和流传广泛的戏剧，还是那些被现代派、后现代派质疑、颠覆和解构的剧目。这一点，在中国近三十年的戏剧发展中可以看得更清楚。但是，现代派、后现代派以先锋姿态演出的剧目当中的一些尖刻语言、讽刺词句、思想观念，变成社会的流行语言、思考参照和价值解剖刀的例子并不少见，而且产生了很大社会影响。现代派和后现代派的戏剧，其价值与意义很大程度上是"说"出来的。现代派、后现代派的戏剧活动当中，"演"的实践部分已经和传统的戏剧活动有了很大的区别。本书作者从这种区别当中归纳出了十二种基本形态：象征、表现、残酷、后设、间离、境遇、荒诞、怪诞、反讽、互文、叙事、说话，宣称："这些话语形态都在一定程度上暗合了现代艺术审美趣味的变迁。这十二种形态既考虑到了戏剧发展的历史性原则，也考虑到了它们作为现代戏剧基本话语策略的共时性原则。"十二种形态又分为含蓄说、自己说、变形说、暴露说、作者说、选择说、含混说、反常说、颠倒说、借话说、大家说、直接说十二种策略与策略的基本特征。尽管，这些概括反映出的作者立论的立足点和描述的观察角度，是形态、策略、策略的基本特征，是否恰当妥帖，尚可斟酌。但是，可以看出，本书主要是从"说"的方法与意义去概括阅读对象而形成研究构架的，应该肯定作者殚精竭虑的梳理归纳。这些归纳的描述与梳理的思考中，读者可以在阅读时获得许多有见地的教益和独到的心得。

如果有什么建议，那就是：对现代派、后现代派的戏剧文学文本的态度，是否应该更多一点理性判断？面对"我说故我在"的现象采取"我思故我在"的态度，冷静分析、严格判断，而不是预设一种"价值"前提，以全盘认同、悉心接受的态度去解释对象。这种态度和评介文字，在新时期初期我们见过、接受过。今天面对西方文学，书写姿态就应该调整了。我们提倡对研究对象深入、细致、尽可能正确的理解，更提倡对研究对象深入的意义思考与冷静的价值判断。研究不是翻译，研究要在忠实地理解、用自己的语言解释清楚翻译对象内容的基础上更进一步。这本著作表述的对现代派、后现代派戏剧的理解，可谓呕心沥血。但是，价值判断与意义思考，或多或少显得用力不够。

条分缕析地解释之后，局部清楚，整体却成为壅塞、互渗的意义悬想；现代派、后现代派的"话语策略"也有了梳理概括，但是通过实践获得的"话语"内涵彰显与影响力量，却似乎空置。关键问题在于，"话语"分析的对象是语言发出及其过程，语言接受及其过程，语义生成及其过程，语境、关系变动及其过程实践活动的全部，而两位青年学者只选择了"戏剧文学"文本作为分析对象，就损失了"话语"分析对戏剧活动而言最具生动性、最具魅力当然也最具挑战性的部分。我相信，本书作者也意识到了这一不足，我相信他们有能力在今后的研究中弥补这项缺憾。

现代派、后现代派戏剧发生和存在的"社会语境"清楚了，在实践场所——演出空间里遭遇的语境和语境构成状况如何？也许是值得我们分析和深思的。在那里，意义不靠悬想，"话语"不会空置。

这是一本值得阅读与收藏的专著，搜集资料丰富，评介脉络清晰，归纳条理分明，为研究者提供了明显的路标和富有启发性的思路，在阅读中肯定会有活跃的思考伴生，这是本书重要的价值亮点。作者读书写书所下的苦功，令人敬佩。对现代派、后现代派戏剧文学芜杂现象的总结归纳，富有启发，令人深思。尤其许多不大流行但是十分重要的剧作，建立在他们的反复阅读与思考咀嚼基础之上，使我从中学到很多知识，看到不少不同的观察角度，分享了经验，加深了印象，感到后生可畏的学习推动。感谢程莹、启斌的创造性劳动。

是为序。

吴 戈

2009年1月11日于昆明麻园

目录

第一章 导论：

西方戏剧文学话语策略的嬗变及其形态

——从现代派戏剧到后现代派戏剧

总的来说，20世纪西方现代戏剧由三股潮流组成：一是现代派和后现代派戏剧，二是现实主义戏剧，三是前苏联的社会主义现实主义戏剧。这三股潮流相互借鉴、彼此吸收，共同组成了波澜壮阔的西方现代戏剧大潮。[1]

我们重点考察的是现代派戏剧和后现代派戏剧这一股潮流。所谓现代派戏剧是指那些在思想上深受现代心理学和现代非理性主义思潮影响，在形式上极力反对自亚里士多德以来形成的以"模仿"为核心的写实主义戏剧传统，努力运用新形式表达现代人新体验的戏剧。现代派戏剧在第二次世界大战后受后现代主义思潮的影响，发展成为与现代派戏剧既区别又联系的后现代派戏剧，它们在反对传统戏剧观念上具有一致性和连续性。现代派戏剧并不是一个真正的戏剧流派，它是许多戏剧流派的总称，包括象征主义戏剧、表现主义戏剧、未来主义戏剧、超现实主义戏剧、皮兰德娄的后设戏剧、布莱希特叙事体戏剧、存在主义的境遇戏剧等。后现代派戏剧也不是一个真正的戏剧流派，它包括荒诞派戏剧、怪诞戏剧、反讽戏剧、互文戏剧、布莱希特之后的叙事体戏剧和说话剧等。尽管它们内部风格迥异，内容驳杂，有共性也有矛盾，但它们对西方现代戏剧的影响无疑是最深刻的，更突出地反映了20世纪飞速发展的时代精神和审美趣味，更典型地代表着西方现代戏剧的艺术成就，因此，我们完全有理由把它们看成是西方现代戏剧的主流。

一、话语策略及我们的策略

我们一直认为，戏剧与其他艺术一样，也是一种"有意味的形式"，是戏剧家生命体验的表达。所谓生命体验，是指存在者在人与自我、人与人、人与社会、人与自然等方面获得的整体性认识和体验。也许，有的戏剧家对生命的感悟还比不上一个历经磨难的普通人深刻，但戏剧家与普通人的最大区别就在于他能够并善于为自己独特的生命体验寻找到一个最贴切、最恰当的戏剧表现形式。因此，在一定程度上说，是形式把艺术家与普通人区别开

----

[1]这里要区别现代戏剧与现代派戏剧两个概念：前者强调时间，是20世纪以来的戏剧总称；后者强调一种风格样式；现代戏剧与现代派戏剧是属与种的包含关系。

来。当然，优秀的戏剧家总能够比普通人更加敏锐地体验社会的躁动，从而使自己的生命体验成为一个时代的典型代表，成为那个时代的代言人。

我们知道，艺术生产的主要任务就是使创作者的审美体验获得有效的表现形式，因此为了把审美信息转变为艺术符号而不至于损耗，"艺术活动本身就必须具备能控制、支配、驾驭、改造客观对象的高度技巧。每门艺术都有历史上长期形成的技法体系，概括着艺术从物质上对客体作审美掌握的丰富经验，成为人类审美经验的一个组成部分"。①这些"恰如其分的意象"、"高度的技巧"直接影响着艺术作品中审美信息的容量。一方面，形式从来就不是一种孤立的存在，形式即内容，正如尼采所说，"只有当一个人把一切非艺术家看做'形式'的东西感受为内容、为'事物本身'的时候，才是艺术家"。②也就是说，戏剧形式总是与戏剧家的生命体验息息相关，与社会发展保持着同频共振的内在联系，它的背后是戏剧家对生命和社会拥有不同体验的结果，有什么样的生命体验就有什么样的戏剧形式，戏剧家的生命体验总能透过戏剧形式的缝隙折射出自己的光芒。另一方面，戏剧形式的发展离不开自身发展演变的内在规律性，具有"历史上长期形成的技法体系"。总之，戏剧形式是他律和自律的统一，所谓他律，强调的是戏剧形式受生命体验影响的依存性；所谓自律，强调的是戏剧形式自身变化的逻辑性，这两者的结合便是戏剧形式得以发展变化的不竭动力。

进一步地讲，戏剧形式包括人物关系、时空结构、情境设置等涉及戏剧表达和舞台呈现的诸多要素，它实际上是戏剧家的一种话语策略。所谓"话语"是指"人与人之间通过语言而从事沟通的具体行为或活动，即一定的说话人与受话人之间在特定语境中通过文本而展开的沟通活动。话语意味着把讲述内容作为信息由说话人传递给受话人的沟通过程；而用来传递这个信息的媒介具有'语言'性质；同时，这种沟通过程发生在特定语境中，即与其他相关性语言过程、与说话人和受话人的具体生存境遇具有联系"。③具体地讲，"话语"包括五个要素：一是说话人，体现为本文中的叙述者或抒情者角色和作家因素，这是话语活动的两大主体之一；二是受话人，阅读文本

①胡经之：《文艺美学》，北京大学出版社1999年版，第143页。
②〔德〕尼采，周国平译：《悲剧的诞生》，三联书店1986年版，第17页。
③童庆炳：《文学理论教程》，高等教育出版社1998年版，第59页。

的接受者角色和读者因素，这是话语活动的另一主体；三是文本，供创作者和阅读者达到沟通目的的特定语言构成物，有时也称话语系统，这是话语活动的媒介；四是沟通，说话人与受话人之间通过文本阅读而达到的相互了解或融洽状态，这是话语活动的目的；五是语境，就是使用语言的环境，是说话人和受话人的话语行为所发生于其中的特定语言关联域，包括具体语言环境和更广而根本的社会生存环境。话语理论，在当代已经被许多研究者运用，显示着强大的生命力。可以说，"话语"一词具有很大的包容性和丰富性，它涵盖了对事物演绎、推理和叙述过程中涉及的方方面面，既包括谁来说、对谁说、说什么、如何说以及说话行为的社会背景和后果，也包括人们说出来或写出来的语言本身等。

戏剧活动也是一种话语活动，同样存在话语的五个要素，话语理论及其五要素同样适应于戏剧艺术。更重要的是，"话语"一词克服了传统艺术理论关于"内容"与"形式"二分法所带来的种种偏颇，更具有整合意义，因而也更具有实际操作性。我们认为，"戏剧形式"一词在某种程度上掩盖了戏剧家在创作过程中的情感倾向性，忽视了话语表达的内容要素，不足以涵盖戏剧创作过程中的全部问题，从而人为地缩小了戏剧研究范围。因为形式与内容是相辅相成的，没有无内容的形式，也没有无形式的内容。而"话语"能够充分考虑艺术传达过程中的整体要素，能够将内容与形式有机地结合起来，在最大范围内讨论戏剧家在确定主题以及选择与之相适应的具体形式时的总体设想，因此也更能够突出体现戏剧家的能动性和主观意愿，也更充分考虑到了戏剧作为话语活动的许多基本因素。所以，我们选择"戏剧话语"作为我们研究的出发点和落脚点。正是运用话语理论，才让我们完全有必要把集中并典型运用了不同话语类型的戏剧思想联系在一起，一并加以讨论。因为相同话语的戏剧一般在思想上都具有一致性，同一种类型的思想价值观，一定有一个最适合于它的表达方式，内容和形式一定有一个最佳的组合关系。

不言而喻，戏剧是舞台艺术，戏剧话语策略的分析理应侧重于舞台语汇的语意表达，但我们却将目光锁定在戏剧文学的话语策略，这种选择，有我们的想法与苦衷。

众所周知，任何学术研究都必须建立在尽可能多地占有资料的基础上才能进行，占有资料的多寡与研究的深度与广度密切相关。在这方面，电影艺术研究给我们提供了很好的启示。随着VCD、DVD等存储技术的现代化，电影作品的传播越来越快，普通欣赏者都可以在市场上买到电影碟片，国外刚刚上映的影片，国内的观众也许第二天就能看到。可以说，电影作品本身的普及率保证了观众能够及时、直接地面对作品本身，这一点相当关键，甚至是电影艺术的独特优势。有了作品为依托，无论是身处中心城市，还是偏居边远小镇，任何一个人都可以对影片进行读解。正是这些丰富多彩的电影作品本身，为电影艺术研究提供了便利。因此，面对作品本身，经过电影艺术理论工作者的努力，其他人文社科研究者带着全新的理论成果加盟其中，甚至全民参与评说电影，都促使电影艺术理论得到了迅猛发展，这一点可以从书店汗牛充栋的电影书籍中得出结论。

然而戏剧作品却很难这样深入到观众中去。我们总抱怨戏剧已经跌入了低谷，许多人都在寻找这样或那样的原因，其中有的人说得有道理，有的人完全是杞人忧天，但很少有人提及观众面对的戏剧作品的匮乏和缺失给戏剧艺术带来的不利影响。

是的，戏剧是舞台艺术，强调的是即时性和现场感。但是，戏剧在中国的演出本来就少得可怜，又主要集中在北京、上海等地，这让许多人一辈子都难以看到一场演出，这不能不说是一种悲哀。在这种情况下，戏剧很难走进普通欣赏者的视野，研究者的研究也因为作品的缺失而流于表面，或者人云亦云。肯定有这样一批研究者，他们有心研究戏剧，却苦于看不到作品，他们也不愿意总是将目光锁定在莎士比亚、莫里哀、易卜生、奥尼尔等少数几个剧作家和仅有的几部经典作品中。非常严峻的现实就是，观众看不到作品，评论者也看不到作品，观众与戏剧之间快捷、准确的传播渠道已经堵塞了，它们之间的距离正在越来越疏远。现代传播学表明，丧失了传播渠道，传播双方就会由于缺少有效的联系而陷入双双迷失的境地，甚至"老死不相往来"。

其实，我们似乎忘记了戏剧传播过程中一个古老而又重要的因素：剧本。通过剧本我们可以与古代戏剧家对话，通过剧本我们可以与异质文化交流。这里的剧本还可以有两种引申概念：一是演出前的规划书，二是演出后的备忘录、演出台本。无论是事前的规划书，还是事后的备忘录，它都能给我们提供某种信息。可惜，不要说传统意义上的剧本，就连这两种宽泛意义上的"剧本"我们都很少见到。应该说,艺术作品的非物质化对艺术作品的传承和扩散是不利的,其影响范围也是有限的。

剧本的缺失一般有两种情况,一是各种先锋戏剧本身并不重视剧本创作,这是艺术观念问题,我们不能横加干涉。二是现在的刊物很少刊登剧本,特别是外国戏剧,当然这里面可能也有他们的苦衷。20世纪80年代的《外国戏剧》曾经在介绍外国戏剧方面发挥了很好的作用,可惜后来停刊了。现在中央戏剧学院的院刊《戏剧》和上海戏剧学院的院刊《戏剧艺术》每年都推出一期"外国戏剧专号",偶尔刊登几部戏剧剧本,与其他几本戏剧刊物加在一起,全国一年刊登的剧本数量屈指可数,杯水车薪。观众看不到演出,也读不到剧本,两个文本都接触不到,他们对戏剧越来越疏远就可想而知。所以,不是观众拒绝了戏剧,而是戏剧因为没有为观众提供足够的审美机遇而被他们拒之门外。

翻开许多国人撰写的西方戏剧史,凡是绝大多数读者都能够读到的剧本,都翔实而有见地,没有中译本的部分则只言片语、语焉不详,这也从一个侧面证明了戏剧理论研究成果必须建立在作品分析基础之上。没有文本作为支撑,很难想象戏剧研究如何进行。因为没有实际的审美体验,总让人感觉是隔靴搔痒,不过瘾,更不要说对它的学术价值进行评判了,有没有道理只有天知道。绝大多数观众没有看到的演出和剧本,评论者就是说得再精彩也是枉费心机,这样的评说从某种意义上讲只能是自说自话,圈内人说给圈内人听,甚至连圈内人都不知道。这些评论和介绍虽然能够起到一定的作用,但它的学术价值不宜高估。因此,我们认为,一些戏剧刊物与其天花乱坠地介绍一些新理论、新观念,还不如老老实实地翻译、推出几部新剧本,好让大家有一个共同参与的基础。恢复剧本作为传播活动的媒介作用,树立剧本作为研究对象的物质化地位,让观众通过剧本接近戏剧,让戏剧借助剧本走近观众,不失为目前一条可行性措施。因此,我们呼吁,加强剧本的推介工作,特别是外国剧本的翻译工作,倡导"回到作品本身",让作品与观众亲密接触。

我们的研究对象,就是一些已经被翻译成中文的外国剧本,这是一个前提。①老实讲,我们没有看过这些剧作的演出,不知道呈现在舞台上的这些

---

① 极少数的情况是,我们觉得特别重要却又没有中译本的剧作,我们还是参照了一些介绍性的文章。

剧作到底是什么样子，但我们读过这些剧本。离开这个前提，奢谈什么戏剧理论和演出流派，对我们来说无疑都是空中楼阁，水中花镜中月，只能姑妄听之。我们认为，与其不切实际地谈论许多中国观众都没有看到过的演出盛况，还不如老老实实地从这些剧本入手去窥测西方现代戏剧。当然，由于剧本翻译选择上的偏颇，它们可能并不代表西方现代戏剧的最高成就，也可能没有反映西方现代戏剧的真实情况，但它毕竟为我们提供了一个审美对象，这就是我们获得审美体验的起点。这种一孔之见的做法固然狭隘，但谁又敢声称自己看到了事物发展的全貌呢？谁又能保证自己不是摸象的瞎子呢？现代解释学认为，所有文学史都是偏见史，而且这些"偏见"是合法的。随着翻译工作的深入，相信还有许多剧本被不断地介绍到中国，我们的结论也可能会被这些剧本一次又一次地"修正"和"证伪"，这一切不是正好说明我们的研究始终处于进行中吗？这种尚未完结的开放性研究方式不是正好表征了当代哲学的非决定论思想吗？总之，我们可以容忍概括和总结的不全面，但绝不允许无所作为或脱离具体作品的泛泛而谈，也就是说，我们宁愿牺牲分析总结的全面性也绝不放弃材料的真实性和基础性。

正是凭借剧本，我们展开了自己的学术想象，并结合20世纪西方社会的嬗变，去窥测戏剧文学话语的美学历程和基本形态，我们的任务就是企图在戏剧话语中凿开一条伸向现实生活的通道，让现实生活的阳光从戏剧话语的缝隙中透露出来，从而寻找到现代派和后现代派剧作家不同的生命体验及其表达方式的变化历程。

在对现代派和后现代派戏剧文学进行梳理的过程中，我们注意到每一个戏剧流派的背后都有一套与众不同的话语策略，正是这些风格迥异的方法论要素把它们与其他类型的戏剧区别开来，从而确立了它们在戏剧史上的独特地位。从戏剧文学的话语策略出发，我们一共归纳出十二种基本形态，即象征、表现、残酷、后设、间离、境遇、荒诞、怪诞、反讽、互文、叙事、[①]说话，他们分别对应于含蓄说、自己说、变形说、暴露说、作者说、选择说、含混说、反常说、颠倒说、借话说、大家说和直接说，这些话语形态都在一定程度上暗合了现代艺术审美趣味的变迁。这十二种形态既考虑了戏剧发展的历时性原

---

① 专指布莱希特之后的叙事体戏剧，它们同布莱希特的戏剧并不完全一致。

则，也考虑了它们作为现代戏剧基本话语策略的共时性原则。

总之，从现代派戏剧到后现代派戏剧，20世纪戏剧家用自己的话语策略完成了对各自生命体验的隐喻。当然，这些有限的剧本，决定了我们的论题不可能是一部戏剧文学史或戏剧流派史，因为后者的写作还需要更多、更丰富的剧本作支撑，那既不是我们能够办到的，也不是我们想要办到的。

二、象征与表现

从世纪初到第一次世界大战之前的这一段时间，是现代派戏剧的发展期。这一时期的戏剧交织着两种完全不同的戏剧思潮：一种是比批判现实主义小说创作慢半拍的现实主义戏剧开始取得辉煌成就；另一种是受非理性主义思潮影响的现代派戏剧已经粉墨登场，这是一种颠覆传统、摧毁现实主义的新生力量。

非理性主义思潮兴起于19世纪50年代，它以康德、叔本华、尼采等人的哲学思想为基础，推崇意志、本能、直觉、无意识和盲目力量。所谓理性是指处理问题按照事物发展的规律和自然进化原则来考虑的态度，非理性强调的则是一切有别于理性思维的情感、直觉、幻觉、下意识、灵感等精神因素。第一次世界大战以前，非理性主义思潮得到了进一步的深化，法国柏格森的生命哲学和创造进化论、奥地利弗洛伊德以无意识和性欲概念为中心的精神分析学、法国马利坦的新托马斯主义神学哲学构成了世纪初非理性主义思潮的三大理论支柱，共同促进了非理性主义思潮的发展。柏格森反对丹纳的决定论，强调人的主观认识作用，认为唯一的现实乃是藏在粗糙的物质外衣下的"永恒的生命洪流"，人们只有通过直觉、本能和感情才能进入"永恒的生命洪流"，才能认识一切事物的实质，直觉是人类感知世界的能力和基本方式。弗洛伊德认为无意识才是人类真正的精神活动，文艺创作是被压抑的情欲的升华，是无意识的象征性表现。马利坦重新鼓吹上帝创造万物，同时，他也认为认识上帝必须通过神秘的直觉。这些非理性主义思潮为现代艺术打开了一扇新窗户，一个理性之外的陌生世界向现代人敞开了大门。

受非理性思潮影响的现代派文艺运动最早可以追溯到19世纪60年代，产生于法国诗歌创作中的象征主义运动，以及20世纪初发源于德国绘画界的表现主义。

象征手法自古有之，但并不是运用了象征手法的剧作都是象征主义戏剧，这里面存在一个整体与局部的区别，也存在哲学背景的差异。象征主义与浪漫主义一脉相承，都根源于柏拉图以来的二元论世界观，他们承认在现实世界之外还有一个理念世界，它是神秘不可知的，现实世界只是理念世界的象征。旅居法国的比利时人梅特林克认为，在日常生活所感知的各种各样的事物后面，隐藏着生活的全部秘密，戏剧就应该表现这些无以名状的神秘所引发的心灵反应。他说，"诗人的任务就是要揭示出生活中神秘而又看不见的因素，揭示出它的伟大之处，它的痛苦之处，但这些因素却与现实主义无缘。假如我们停留在现实主义的水平，对永恒的世界就一无所知，也无法理解生存和命运的真谛"。①如何揭示这些"神秘而又看不见的因素"呢？语言问题就变得至关重要。说不可说之神秘，不能采用明白晓畅的确定性语言，因为它本来就说不清道不明，只可意会，不可言传。所以，戏剧家们只能在传统戏剧话语之外，另辟蹊径，寻找一种能与这种内容相一致的模糊语言。找来找去，象征语言就成了最佳选择。象征在两个方面满足了象征主义戏剧表达生命意识的语言要求：既能用具体对象去指称、暗示神秘，又能用自身的不确定性去摹状神秘世界的混沌和难以把握。对于前者，象征能够以物喻物地去指称神秘，说明了它的隐蔽性；对于后者，象征能够通过语焉不详的语义表达暗示神秘难说周全的多义性。梅特林克的戏剧抛弃了事件的因果性和符合逻辑的动作性，出现了对戏剧场面的追求多于对戏剧情节的追求倾向，通过着重渲染事件的神秘性，极力营造人物内心世界的迷乱，以至于人物性格和心理甚至整个世界都变得模糊不清，从而直接隐喻了现代人所面临的一个毫无根基、不可捉摸的陌生世界。梅特林克的《青鸟》、《内室》、《无形的来客》、《七公主》和《盲人》等都是象征主义戏剧的代表作。此外，爱尔兰剧作家辛格创作的《圣井》、《骑马下海的人》，爱尔兰诗人叶芝创作的《心之所往》、《凯瑟琳伯爵小姐》，德国霍普特曼的《沉钟》也都是象征主义戏剧的佳作。他们都不刻意去再现某种客观真实，不去创造一种舞台幻觉，而是通过种种象征体去激发观众的自由联想，去体会剧作家对人生及宇宙的主观感受和思考。

----

①转引自周江林《对抗性游戏》，中国人民大学出版社2003年版，第438页。

表现主义首先兴起于德国的绘画界，然后扩展到文学和音乐等艺术领域，他们没有统一的纲领，但他们却都认为艺术美不应该与现实保持一致，而应该与艺术家的内心保持一致，因为心灵世界才是唯一真实的世界，艺术创作应该表现内心世界的真。于是，与外在现实的符合论被一种全新的内心真实论取代，表现主义戏剧也将视角全面向内转，重点关注人物内心。出于表现内心生活和心理真实的需要，他们不注重对社会生活的表象作直观的再现，而且在时空结构和场景组成等方面出现了意识流的特征。许多剧作都围绕主人公的意识流动来结构全篇，出现了与众不同的"场景剧"、"主人公戏剧"。非现实性、时空颠倒、怪诞变形、非理性的梦境等成了表现主义戏剧典型的语言要素，传统戏剧所要求的情节的逻辑性、场面的集中性和结构的完整性都被一种主观的语意表达吞噬了。早期表现主义戏剧的代表作品有瑞典斯特林堡创作的《鬼魂奏鸣曲》、《一出梦的戏剧》、《通往大马士革之路》，德国戏剧家毕希纳的《沃伊采克》、魏斯金德的《青春的觉醒》、佐尔格的《乞丐》、哈辛克列夫的《儿子》等。表现主义戏剧在两次世界大战之间获得了长足发展，无论是德国的凯泽和托勒，还是美国的奥尼尔、赖斯、欧文·肖和怀尔德以及捷克的恰佩克都延续着斯特林堡以来的表现主义戏剧精神，他们的关注点都是现代文明对人的挤压和异化，从而展现了现代人的局促和正在沉沦的现代文明。凯泽创作的《从清晨到午夜》、《美杜莎的木筏》，托勒的《珊瑚》、《煤气Ⅰ》、《煤气Ⅱ》、《转变》、《群众与人》、《机器破坏者》和《亨克曼》，奥尼尔的《琼斯王》，赖斯的《加算机》，欧文·肖的《埋葬死者》，怀尔德的《小镇风光》，恰佩克的《母亲》、《万能机器人》等都是代表剧作。表现主义戏剧在三个方面克服了象征主义戏剧的偏颇：一是在题材上更加关注现实，他们"反对象征主义者之过分着重过去，以及人类身外的神秘力量，大多数的表现主义者都关注目前，多位甚至比现实主义者更强烈地力求改变社会"；①二是直接抒发人物的情感，不再或很少借助于象征体来隐晦地反映人物对世界感受；三是在结构上尝试一种场景剧，在象征主义戏剧"无情节"的基础上尝试运用主人公的意识流动来组接戏剧情节，正如斯特林堡所说，"任何事情都可能发生，任

① 〔美〕布罗凯特，胡耀恒译：《世界戏剧艺术欣赏——世界戏剧史》，中国戏剧出版社1987年版，第356页。

何事情都是可能的、或然的。时间和空间不存在了，在无关紧要的现实背景上，想象像吐丝一样，用回忆、经验、不受约束的幻想、荒诞和即兴之作织成了一种新的纹样"。[1]同时，他们试图模仿梦境所具有的不连贯，把剧中人物割裂、交叉和重叠。总之，表现主义戏剧着重表现的是现代人不受理性约束和压抑的内心生活，并以此来隐喻现代人所面临的生存境遇。

三、残酷、后设和间离

两次世界大战之间，是一个传统的突破期。表现主义戏剧、未来主义戏剧、达达主义戏剧和超现实主义戏剧等都是这一时期现代派戏剧的主流。此外，意大利的皮兰德娄和德国的布莱希特也是这一时期的活跃分子。

1915年，意大利诗人、剧作家马里内蒂发表了《未来主义戏剧宣言》，从此短命的未来主义戏剧诞生了。未来主义戏剧以极度反传统的姿态震惊了整个戏剧领域乃至整个文艺界，它主张"摧毁一切博物馆、图书馆和科学院"。[2]俄国的未来主义者甚至宣称要"把普希金、陀思妥耶夫斯基、托尔斯泰等人从现代人的轮船上抛出去"。[3]他们注重宣扬"速度与力量"，并"在舞台上展现我们的智力从潜意识、捉摸不定的力量、纯抽象和纯想象中发掘出来的一切，不管它们是如何违背真实，离奇古怪和反戏剧"。[4]未来主义戏剧的代表作家和主要作品有马里内蒂的《他们来了》、《饕餮的国王》和《月色》，查拉的《煤气心》，基蒂的《黄与黑》，卡涅尤洛的《枪声》和《只有一条狗》等。未来主义戏剧主要盛行于意大利和俄国，它们一般篇幅短小，场景怪诞，让许多无生命的物体充当主角，这些剧作一般都存在"观念大于形象"的弊端。

法国戏剧一直处在现代派的前沿，19世纪末雅里创作的《愚比王》是现代派戏剧与后现代派戏剧的早产儿，已经预示了法国戏剧的新方向。未来主

---

[1] 朱虹、刘象愚编：《外国现代剧作家论剧作》，中国社会科学出版社1982年版，第190页。
[2] 柳鸣九主编：《未来主义 超现实主义 魔幻现实主义》，中国社会科学出版社1987年版，第47页。
[3] 张秉真、黄晋凯主编：《未来主义 超现实主义》，中国人民大学出版社1994年版，第57页。
[4] 柳鸣九主编：《未来主义 超现实主义 魔幻现实主义》，中国社会科学出版社1987年版，第40页。

义戏剧之后兴起的是超现实主义戏剧，这一名称源于法国诗人、剧作家阿波利奈尔1917年创作的剧本《蒂雷西亚的乳房》，剧作家在剧名下标明：这是一部"两幕及一序幕"的"超现实主义戏剧"。作为一个有理论纲领的独立流派，它正式形成于1924年，以诗人、剧作家布勒东当年发表的《超现实主义宣言》为标志。超现实主义戏剧主张在创作中完全打乱人的常规思维，采取一种所谓的"自动书写方法"。这种方法要求剧作家采用"纯粹的精神自动主义"，"把白日梦作为一种可能的艺术创作方法加以诱导"，使剧作家在下意识状态中"不假思索地、拼命地写下去"，而"完全不考虑文字的任何效果"，然而在事后却能发现这样的写作方法具有"行文流畅的幻觉，过分的情绪迷惘，有一般写作方法从未获得的特殊意象，有别具风格的画意，还夹杂着一些荒唐透顶的趣语"。①超现实主义戏剧认为，这种写作方法，是它与其他戏剧流派的根本区别。在戏剧舞台表演上，超现实主义戏剧常常采用怪诞神秘而富有喻义的布景和道具、强烈刺激观众感官的音响效果以及有一定音乐感但并无明确逻辑含意的语句排列等策略。这一类戏剧还有科克托的《游行》和《埃菲尔铁塔上的婚礼》等。

被超现实主义清除出局的阿尔托是一个值得大书特书的人物，可惜，他是一个理论的巨人，实践的矮子，他并没有创作出能够诠释自己理论的戏剧作品。阿尔托创立的"残酷戏剧"理论深深影响了整个20世纪后半期的戏剧发展，可以说，他是一个现代派戏剧向后现代派戏剧转变的关键人物。同时，他的思想对戏剧文学的边缘化也起到了催化作用，一定程度上说，他可能是戏剧艺术的功臣，但绝对是戏剧文学的罪人。在现代派戏剧中，自法国雅里以来的未来主义、达达主义和超现实主义等戏剧流派，表现出完全不同于象征主义戏剧和表现主义戏剧的艺术风格，他们都普遍抛弃了传统戏剧的话语策略，以惊奇、怪诞、离经叛道的戏剧实践，反文化、反传统，反戏剧，开辟了现代派戏剧的新方向。这些实践活动都为阿尔托建立"残酷戏剧"提供了直接经验和理论灵感，"残酷戏剧"所设想的许多表达方式在他们的实践活动中也都或多或少地有了实际的运用，从这个意义上讲，阿尔托

---

① 柳鸣九主编：《未来主义 超现实主义 魔幻现实主义》，中国社会科学出版社1987年版，第124~130页。

的理论正是对雅里以来各种先锋戏剧实践活动的总结，况且，阿尔托本人曾经也是一位超现实主义者，他的思想必然受到超现实主义的影响。因此，无论是从实践总结还是思想起源来看，我们用"残酷"这个词来概括先锋派戏剧的话语策略是完全适用的。

实际上，欧洲大陆的现代派戏剧运动在20世纪30年代中期就已经接近了尾声。德国的卢卡契在此期间先后发表了《表现主义的兴衰》和《现实主义辨》两篇文章，指责表现主义戏剧而赞同现实主义戏剧。其实，卢卡契没有意识到，20世纪30年代中期以后，战争的阴影开始再次笼罩着人们，在日趋尖锐的政治冲突、种族斗争、民族搏杀的社会情形面前，艺术家们已经丧失了探究人性、揭示人类生存境遇的热情。现代派艺术家们开始怀疑自己先前探究人类生存境遇的行为是否还有价值，甚至怀疑人类是否真的还有一种本质意义上的、理想状态下的生存境遇，传统艺术观和真实观动摇了。于是，一场被称之为从现代主义向后现代主义的转型活动悄悄地发生了。就戏剧文学话语特征来说，这种转型以意大利皮兰德娄和德国布莱希特为代表，他们分别以"后设戏剧"和"叙事戏剧"的舞台实践，从两个完全不同的方向，殊途同归地完成了对戏剧幻觉的颠覆活动。

随着现代人对自我、社会的进一步思考，对生存境遇的深刻认识，人们逐步认识到了给人类带来痛苦和不幸的世界，只不过是人们观察方式和陈述方式的结果，运用什么样的观察方式和陈述方式，就会获得什么样的"世界"。很显然，传统戏剧家心目中那个一元化的、实体化了的本体论的"世界"开始动摇了、解构了，取而代之的是一种非实体、非本体化的多元"世界"。皮兰德娄在其代表作《六个寻找剧作家的角色》中，讲述了一家六口所发生的恩恩怨怨，这出戏成功地将"后台"的一切"前置"，让观众看到了一出戏诞生的全过程。前景，即生活的原有样式反而隐去了，观众无法看到"真正的生活"，暴露在观众面前的，是剧作家巧妙地运用人物就自身形象应该如何塑造所发生的争吵本身结构起来的一出戏。因此，这种有意暴露构思过程的戏剧被称为"后设戏剧"，即关于戏剧的戏剧，是关于如何写戏的戏剧，他们在剧本中有意暴露创作设想，让观众目睹到的是导演编辑、加工或正在编辑、加工的戏剧。

布莱希特认为，人类在20世纪的活动范围被无限扩大了，人与人之间的关系越来越复杂。戏剧应该更广泛、更深刻地反映今天的社会生活，让观众透过众多的人物场景，看到生活的真实面貌以及它的复杂性和矛盾性，促使人们思考，激发人们变革社会的热情。他注意到了幻觉固然能够将观众裹卷到戏剧中并产生情感共鸣，但他同时也担心两个问题：一方面，戏剧幻觉有可能在无形中充当错误意识形态的帮凶，如果戏剧幻觉一旦被虚假、荒谬和偏见挟制，就会对观众的认识产生不可估量的误导，观众愈是信其真，危害就越大。另一方面，戏剧幻觉剥夺了观众想象和评论的权力。这两个方面对于一直强调戏剧教育作用的布莱希特来说，是无论如何也不能接受的。因此，为了能够激发观众的思考，他认为应该"借助一种对于令人信赖的事物进行陌生化的技巧"，①冲断戏剧幻觉，让观众始终保持一颗清醒的头脑，从而得出自己的判断。

当表现主义在德国被新现实主义取代的时候，布莱希特的心理是犹豫的，他一方面与时俱进地捡起了现实主义戏剧，强调戏剧的教育意义；另一方面却又舍不得丢弃表现主义戏剧那种深入人心、自由灵动的表达方式，如何在这两者之间找到一个结合点呢？聪明的他天才地在戏剧中设立了一个叙事人。这个叙事人可以是歌队，可以是导演，也可以是演员自己，他们都可以以局外人的身份承担叙事功能。这个具有叙事功能的叙事人，可以帮助剧作家达到两个目的：一是克服现实主义戏剧的时空限制，使戏剧仍然能够像表现主义戏剧那样天马行空，自由转换。二是剧作家可以名正言顺地借助叙事人的身份站出来直接表达自己的思想，以达到教育的目的，从而避免了现实主义戏剧因为不自然的旁白和独白所带来的不真实感。同时，借助叙事人的评论和剖析，仍然能够像表现主义戏剧那样十分贴切地深入表达人物内心。因此，布莱希特的戏剧形式在表现主义戏剧的基础上又向前迈出了一大步，从而成为二战后许多剧作家争相采用的戏剧话语。

无论是皮兰德娄的"后设戏剧"，还是布莱希特的"间离效果"理论，它们都有一个共同的特点：暴露。皮兰德娄让观众目睹了编辑、加工戏剧作品的全过程，有意暴露了自己的构思。布莱希特为了冲断观众的幻觉，让

①童道明主编：《现代西方艺术美学文选·戏剧美学卷》，春风文艺出版社、辽宁教育出版社1989年版，第23页。

观众看到了布景师当众检场、灯光师当众调节灯光、演员当众转化为角色等等，刻意暴露演出过程。这两位戏剧大师的理论，让观众体味和目睹了后台一切虚假的工作，力图使观众明白：往日在前台所看见的，不过是在后台经过加工的世界。因此，与其关注前台虚假的世界，不如探讨前台世界是如何被创造的，从而实现从"演什么"到"如何演"的转向。但他们的区别也是明显的：皮兰德娄暴露的是构思和想象的思维活动，是过程本身，目的是证明世界的相对性和多元性。布莱希特暴露的是舞台的演出活动，是结果，目的是冲断观众的幻觉，引发观众的思考。应该指出的是，后现代派戏剧也具有暴露的性质，如德国汉德克的"说话剧"对演出人员身份的暴露等，这说明现代派戏剧与后现代派戏剧在某些方面是一致的，并没有完全割裂，但它们暴露的方式也不尽相同。现代派戏剧是对戏剧假定性的暴露，强调戏剧是人为制造的。而后现代派戏剧由于强调艺术与生活的混同，追求即时性表演，因此演员往往并不具有替人代言的作用，而是以真实身份出现，他们的行为与其说是表演还不如说是生活，这就取消了演出与生活的区别，这里无所谓前台与后台，是一种无所谓暴露的暴露。

总之，从戏剧文学话语策略的角度出发，我们可以在宽泛意思上认为：象征主义戏剧的话语策略是"含蓄说"，表现主义戏剧是"自己说"，超现实主义戏剧是"变形说"，皮兰德娄后设戏剧的话语策略是"暴露说"，布莱希特的间离戏剧是"作者说"。

四、境遇与荒诞

二战期间及其战后20世纪60年代初期，存在主义戏剧和荒诞派戏剧一统天下，这是现代派戏剧与后现代派戏剧的过渡期，更是20世纪西方现代戏剧发展的高潮期。

自亚里士多德以来，科学的目的一直都在寻找世界的规律，这种对有序世界的追寻到了牛顿时代已是登峰造极。在牛顿眼中，世界是井然有序的，运用科学理性是完全可以认识的，最典型的莫过于门捷列夫的"化学元素周期表"，许多化学元素尽管还不被我们认识，但在这张具有开放空间的表格中已经为它们提前预留了准确的位置。然而，20世纪以来，秩序和理性都受到了挑战。一方面，秩序受到了质疑，被亚里士多德和牛顿有意回避和放弃的偶然现象，被牛顿之后的科学家们津津乐道地谈论着，爱因斯坦的相对论就是对牛顿世界进行的一次颠覆和革命。他们发现，许多现象的产生似乎并没有固定的原因和必然规律，必然性只是浮在偶然性海洋上的一小座冰山，世界充满了偶然。另一方面，理性也遭到了攻击和否定。在西方科学史中，科学一直以它的理性和谨慎，向人类宣称了一个又一个"真理"的发现。正在科学得意洋洋的时候，科学研究却后院起火，它所依据的归纳方法受到了前所未有的诘难。归纳法主要通过收集例子，观察现象，归纳总结，从而建立起对规律的普遍陈述，并得出可信而又确定的"真理"。然而，所有的归纳都是不完全归纳，只具有统计学意义，那么，归纳的有效性何在？波普尔的"证伪"理论无疑是对"真理"的迎头痛击。归纳，这个科学的骄子，同时也是科学的怪胎，越来越向人昭示："真理"是一个可调节的概念，不具备永恒性，我们谁也不能在任何时候宣称自己获得了"真理"。传统理性在这里受到了诘难，遭到了怀疑，非理性的因素就在这种科学理性的胚胎中孕育成长了。最后，尼采总结性地喊了一句"上帝死了"，这句话既表明宇宙中心稳定秩序的崩溃，也标志着理性精神的丧失。因此，面对这一切，现代艺术的转型终于完成：在人与自然方面，形成了对西方物质文明的否定和怀疑；在人与社会方面，揭示了社会的种种弊端；在人与他人方面，描述了人与人之间的冷淡和陌生；在人与自我方面，刻画了人性的压抑和沉沦，这，就是西方现代人所面对的陌生世界和生命体验。

同时，代表信仰的希伯来精神和代表理性的希腊精神在20世纪也受到了彻底的摧残，人失去了一切支撑点，一切理性的知识和信仰都崩溃了，旧的价值体系已经消亡，新的价值体系又尚未确立，具有荒诞感的人就徘徊在这种希望与绝望的情绪之间。荒诞作为一种心理感受，是一种苦闷、焦虑和不安的心理体验。尤奈斯库说："在这样一个现在看来是幻觉和虚假的世界里，存在的事实使我们惊讶，那里，一切人类的行为都表现荒谬，一切历史都表明绝对无用，一切现实和一切语言都似乎失去彼此之间的联系，解体了、崩溃了。既然一切事物都变得无关紧要，那么，除了使人付之一笑之外，还能剩下什么可能出现的反映呢。"[①]当然，并不是每个人都像他这样悲观，面对荒诞，法国戏剧在20世纪出现了四种应对策略：

第一种是法国文学派的策略。以克洛黛尔、季洛杜、阿努伊和后期的科克托为代表，他们是一群早期的存在主义者。他们的剧作都直接改编古希腊的神话与传说，宣扬命运天定，宣扬神性的力量，劝说人们皈依宗教。包括《缎子鞋》、《奥尔菲》、《特洛亚战争不会发生》和《安提戈涅》等在内的一些剧作都传达了这种思想。

第二种是存在主义大师萨特的策略。他认为，存在固然荒诞，但人可以自由选择，从而显示出人道主义色彩。面对不断变化的世界，人每时每刻都要面对自己的境遇做出反应，而戏剧的使命正在于展示人的境遇。因此，他把自己的戏剧称为"境遇戏剧"。《禁闭》、《苍蝇》、《死无葬身之地》、《恭顺的妓女》等剧作中都表达了这种思想。萨特的剧作运用传统的戏剧形式，既揭露了资本主义的罪恶，也表现了存在主义的哲学观。在这个社会里，他人乃至整个世界的存在对自我来说都是一种可怕的异己力量，人与人之间没有感情、信任和友谊。人处在这样的环境里，自由受到周围一切的限制，自我的价值失去了，而异化为非我，在这个罪恶的社会中，人不能不感到苦恼和悲伤。因此，存在主义戏剧的出发点和根本目的就是揭露人生的孤独、忧愁和恐惧。

第三种是加缪的策略。他认为，既然存在已经是荒诞的，我们就可以宣扬恶、以恶惩恶，以恶制恶。他创作的《误会》、《卡利古拉》和《正义者》等剧作告诉观众，我们所生活的这个世界是荒诞的、异己的、不合理的和非理想的，他的言论后来成了荒诞派戏剧的经典。

但在表现形式上，分别持有上述三种态度的剧作家都没有继承雅里以来的达达主义和超现实主义的怪诞风格和创新精神，急于表达的新内容迫使他们在没有完全寻找到一种新形式之前，宁愿采用那个对他们来说早已是驾轻就熟的传统戏剧形式，于是，内容的荒诞与形式的传统在他们的剧作中形成了巨大的张力。法国文学派戏剧家甚至干脆不创造新故事，直接改编古希腊神话和传说来表达自己的新主张。萨特也来不及构思情节复杂、人物众多的

---

① 〔法〕尤奈斯库，屠珍、梅绍武译：《起点》，载《外国文艺》1979年第3期。

鸿篇巨制，而是将人物推到一个事先已经设置好的境遇中，以展现存在的荒诞性。他们是一群没有找到荒诞形式的荒诞派戏剧家。所以，我们用萨特提出的"境遇"来总结这一阶段戏剧话语的用意，就在于突出他们在戏剧形式上的保守性，因为从某种意义上讲，境遇是一种特殊的戏剧情境。

第四种就是荒诞派戏剧的策略。旧的价值体系已经解体而新的价值体系又尚未形成，人就这样上不着天，下不着地地生存着，这种悬空的生存状态是荒诞感的根源。所以，荒诞感首先是一种不确定感，表现在语言形式上就是含混，这是荒诞派戏剧的戏剧性所在。就像《等待戈多》中的两个流浪汉，如果明确知道戈多不会来，他们就不会无休止地等待。正因为他们对什么都不知道、拿不准、说不清，才形象地隐喻了我们这个时代的孤独和世界的不可知。荒诞派戏剧应对荒诞的策略就是等待，一种由于不确定因素引发的漫无目的、手足无措的等待，等待就是存在的本真状态。荒诞派戏剧话语既暗合了存在的不确定状态，又把判断和思考留给了观众，这一点也表明了荒诞派戏剧与布莱希特戏剧的内在一致性。传统戏剧的戏剧性主要以悬念为表征的冲突论，随着剧情的发展，悬念终将被揭示。现代派戏剧的戏剧性是以变形为表征的怪诞论，而包括荒诞派戏剧在内的后现代派戏剧的戏剧性却是以含混为表征的不确定论。总之，皈依宗教、自由选择、以恶制恶、无聊等待，正是法国戏剧面对荒诞的四种生存策略。

以存在主义作为哲学思想的荒诞派戏剧，从内容和形式两个方面直喻了我们存在的荒诞性和不确定性。内容与形式的不断融合，相互修正，荒诞派戏剧终于寻找到了一种内容与形式完全一致的话语策略。这种戏剧话语正如马丁·艾斯林所指出的一样："假如说：一部好戏应该具备构思巧妙的情节，这类戏则根本谈不上情节或结构；假如说，衡量一部好戏凭的是精确的人物刻画和动机，这类戏则常常缺乏能使人辨别的角色，奉献给观众的几乎是运动机械的木偶；假如说，一部好戏要具备清晰完整的主题，在剧中巧妙地展开并完善地结束，这类戏剧既没有头也没有尾；假如说，一部好戏要作为一面镜子照出人的本性，要通过精确的素描去刻画时代的习俗或怪癖，这类戏则往往使人感到是幻想与梦魇的反射；假如说，一部好戏靠的是机智的应答和犀利的对话，这类戏则往往只有语无伦次的梦呓。"①也就是说，这

---

① 〔英〕马丁·艾斯林，华明译：《荒诞派戏剧》，河北教育出版社2003年版，第7页。

种反戏剧主要表现在反结构、反人物、反情节、反语言四个方面。因此，荒诞派戏剧不仅是现代戏剧的发展高潮，也是西方现代文学发展的最强音。荒诞派戏剧20世纪50年代中期盛行于欧美各国，代表作家和作品包括法籍爱尔兰人贝克特创作的《等待戈多》、《哦，美好的日子》，法国尤奈斯库的《秃头歌女》、《椅子》、《阿麦迪及其脱身术》、《新房客》、《国王正在死去》、《犀牛》，阿达莫夫的《侵犯》、《特莱纳教授》，英国品特创作的《房间》、《生日晚会》、《送菜升降机》、《看房人》、《轻微的疼痛》等，在艺术处理上，他们的风格不尽相同。

可以说，境遇戏剧的话语策略是"选择说"，荒诞派戏剧的话语策略是"含混说"。

五、从现代派戏剧到后现代派戏剧

20世纪60年代以后，西方社会进入到后现代主义。美国一位研究后现代主义艺术的学者对古典主义、现代主义和后现代主义有一组极好的比喻：古典舞蹈的标志是能把脚变美的芭蕾舞鞋，现代舞的标志是邓肯的光脚，而后现代舞的标志则是普通的球鞋。如果从内容和形式的关系来理解，我们也可以打一个形象的比喻，原始文化是一个洋葱，分不清皮和肉；古典主义文化是苹果，皮薄肉多；现代文化是香蕉，皮和肉一样厚，而且剥离后两者都能够各自成型；后现代文化是核桃，外面坚硬其实里面的内核很少。在此期间，戏剧艺术也全面进入了后现代派阶段，戏剧艺术一切既有的规范受到了颠覆与解构，"反戏剧"成为主流。正如后现代主义是现代主义"另一副面孔，显现出与现代主义的某些惊人相似"一样，[①]后现代派戏剧与现代派戏剧的关系也不是彻底的断裂，而是另一种方式的延续。总的说来，后现代派戏剧文学的创作思想延续了现代派戏剧的非理性主义，却更加突出强调了其中的怀疑主义、否定主义和虚无哲学。在后现代派戏剧家看来，世上万物及

---

① 〔美〕卡林内斯库，顾爱彬、李瑞华译：《现代性的五副面孔》，商务印书馆2002年版，第334页。

人类生存环境本身都是极难捉摸、不可认识的，因此，看似对事物作出解释的传统理论观念、思维模式、价值取向都是武断和不可信的，都应该通过逆向思维的方式予以怀疑和否定。传统戏剧乃至现代派戏剧的美学形式、艺术规范统统是人为的禁忌，是强加在戏剧家身上的枷锁，必须彻底打碎。

在法国、在英国、在美国，在德语世界，戏剧家们对新样式的戏剧都充满了好奇和冲动，对戏剧文体进行解构的热情一浪高过一浪，大量游戏、体育活动、仪式、聚会等人类活动都以"类戏剧"的形式进入戏剧家的视野。波兰格洛托夫斯基提出"质朴戏剧"理论，凯恩特提出"死亡戏剧"；英国布鲁克和里德伍德领导的"戏剧车间"对戏剧空间进行了多种尝试和实践；法国普朗松倡导了"大众戏剧"；意大利巴尔巴探索了"戏剧人类学的表演"；美国谢克纳提出了"环境戏剧"，福尔曼倡导了"本体戏剧"等等，①他们都从外部因素入手，对戏剧文体进行了突破性的革新。

这里试举三例，一是波兰的格洛托夫斯基，他提出"质朴戏剧"，认为演员和观众是戏剧的根本元素，是戏剧的实质和核心，戏剧可以不用布景、灯光、化装、音乐乃至剧本，但戏剧需要表演。他要求演员在技巧上狠下工夫，以完成戏剧任务。之后，他又把自己的实践活动进一步拓宽到"类戏剧实践"领域，指出戏剧活动本身就是生活，力求模糊戏剧与生活的关系。二是英国的布鲁克，他提出"空的空间"观念，取消了幕布，只剩下空荡的舞台和空荡的舞台上的表演，以及面对空荡舞台上表演的观众。同时，他认为，传统戏剧将台词语言开掘得日趋贫乏，戏剧应该以一种新的表演语汇出现，一种不受语言、文化、教育差异限制的世界性流通的"象形"语汇，这种戏剧语汇既符合当代视觉审美的特征，也是戏剧获得新鲜血液的必然途径。三是美国的谢克纳，他主要从"观演关系"出发，明确提出"环境戏剧"的概念，很显然，他的矛头也直接指向传统的镜框式舞台。这些戏剧实验者至少在三个方面完成了对戏剧艺术的历险：一是使剧本失去了独尊的地位，使剧本创作与演出活动同时进行，在一定程度上，"剧本"的预设性被取消了，已经在事实上沦落为即兴演出的实录或总结，成为一个"现在进行时"的概念；二是重视形象表演的语汇，表演被抬升到一个相当的高度，它

----

① 曹路生：《国外后现代戏剧》，江苏美术出版社2002年版。

不再是制造生活幻觉的工具，而是拥有自己独立的品格，甚至上升到"我表演故我存在"的本体论高度；三是拓展了戏剧空间，使戏剧成为生活，也使生活成了戏剧，戏剧与生活的界线模糊了，旧有的戏剧形态被极大限度地边缘化了。

　　总之，20世纪60年代以后的戏剧特征，正如德国柏林艺术学院教授尤根·霍夫曼总结提出的三个特征一样：一是非线性剧作，非线性剧作既无线性故事又无以对话形式交流的确定人物，文本全部或部分是由既不表现确定戏剧性又不与角色相关的平实的文字和段落组成，事件不再受时空限制，它们既无开端又无结尾，更不遵循任何叙述脉络。二是戏剧解构，把形象从作为人物的持续性中撕裂出来，撕去它们的面具，或至少像婴孩出世一样被裸露，事件借助对线性故事的打断、改变和分裂来发展，精心编就的对话变成了尖叫、口吃、摇滚似的文本。解构的编剧法包括对经典作品的分析、重组、删除以及外来的即非戏剧性文本的插入。三是反文法表演，它并不依赖于把某个现成的东西搬上舞台，而是依赖于大纲草稿与即兴创作之间的相互作用。即使存在人物对话的文本，也只是支离破碎、断章残句，只追求语言价值和节奏感。形象的呈现并不是理智意义上的，而只是肉体、空间意义上的。事件的意义保持最小限度，通常只是在自身的语境中，而不是在非戏剧现实的语境中被理解。[1]这三个特征是我们把握后现代派戏剧的关键。20世纪90年代以后，后现代派戏剧呈现明显的衰退之势。

六、怪诞、反讽、互文、叙事和说话

　　在话语策略上，荒诞派戏剧之后的戏剧文学可以归纳为五种形态：
　　一是怪诞。怪诞不同于荒诞，荒诞的表达以非理性和非逻辑为表征，而怪诞却是一种非理性和逻辑化的表达。非理性并不意味着非逻辑，这是需要厘清的一对概念。所谓理性是指处理问题按照事物发展的规律和自然进化原则来考虑的态度，非理性强调的是一切有别于理性思维的情感、直觉、幻

---

[1]曹路生：《国外后现代戏剧》，江苏美术出版社2002年版，第3页。

觉、下意识、灵感等精神因素。亚里士多德意义上的"逻辑"，是关于"必然推理规则"或"必然证明规则"的科学。逻辑有两个特点，第一是它能够得到可靠的结论，第二是它丝毫不考虑逻辑推理的前提和结论是否完备合理。当前提可靠时，它的结论也是可靠的；当前提不可靠时，他的结论同样也是不可靠的。同时，当前提不完备时，它的结论也是不完备的。也就是说，逻辑只负责依据前提条件理性地、有秩序地展开，确保归纳、演绎过程本身不出问题。因此，这种不问前提不管结果的逻辑化过程是机械的，它就像一个加工厂，只负责来料加工，至于加工什么，加工出来的产品是什么样子，它都不管。总之，在某种意义上说，非理性侧重于用来描述思维层面的荒唐不经，而非逻辑则偏向于用来描述表达层面的混乱矛盾。

作为一种表达形式，荒诞的典型特征是一种颠三倒四、前言不搭后语、答非所问的非逻辑，而不是非理性。因此，并不是人变成了犀牛就一定采取了荒诞形式，同样，也不是两个人物在现实场景中进行对话就不可能是荒诞形式，问题的关键是要看剧本的呈现和表达是否符合逻辑。只要符合逻辑，就是人变成了犀牛，它也不是荒诞形式，只能是非理性。同样，只要不符合逻辑，即使现实场景中的对话也是荒诞形式。我们知道，非理性是现代派戏剧的共同特征，如表现主义戏剧和超现实主义戏剧等，甚至萨特和加缪的剧作在情境设置上也具有非理性的一面，如《禁闭》、《误会》等，但他们的表达形式却都是合乎逻辑的。所以，仅凭非理性这一点我们很难在形式上把荒诞派戏剧与其他同样具有非理性特征的戏剧区别开来，必须再加上一个条件，那就是非逻辑。

在被称为荒诞派戏剧的剧作中，我们就发现了一部分非理性但符合逻辑的剧作。汪义群先生敏锐地指出，"并非所有荒诞剧的结构都是非理性的，例如尤奈斯库的《犀牛》、《阿麦迪及其脱身术》，阿达莫夫的《侵犯》等还是部分采用了传统的情节结构。但我们认为这类剧作在结构上很难说是典型的荒诞剧，毋宁说是荒诞手法与传统写实手法相结合的产物。典型的荒诞剧还是以情节结构的非理性为其主要特征的"。[①]应该说，汪义群对荒诞派戏剧的区分是细致的，他所提到的这些剧作，确实是荒诞派戏剧中的"另

①汪义群主编：《20世纪西方现代派戏剧作品选》（五），中国戏剧出版社2005年版，第14页。

类"，这些剧作还应该包括美国的阿尔比、法国的日奈和瑞士的迪伦马特等人的一些作品。但他用"非理性"原则来区分这一类戏剧似乎并不准确，其实他所指的这一类戏剧也体现了非理性的特征。

我们认为，这一类戏剧与语义含混的荒诞派戏剧最大的区别不在于"非理性"，而在于"非逻辑"。我们知道，从阿努伊、萨特到加缪，他们的剧作都表现了存在的荒诞性，但"这些作家在一个重要的方面与荒诞派戏剧家不同：他们以高度明晰和合乎逻辑地进行说理的形式表现他们对人的状态的无理性之感，而荒诞派戏剧则力图通过公开抛弃合理的方法和推理的思维，来表达它对人的状态的无意义和理性方法的不适用之感"。[①]这里，马丁·艾斯林抓住了"逻辑"这个关键词来区别存在主义戏剧和荒诞派戏剧，这是很有说服力的。但是，马丁·艾斯林在他的代表作《荒诞派戏剧》中却并没有坚持这一原则，而是侧重于剧作的内容，把一些用逻辑化表达荒诞主题的剧作也并入了荒诞派戏剧，从而暴露了他的不彻底性。

总之，汪义群对另类荒诞派戏剧的直观感悟，以及马丁·艾斯林用"非逻辑"区别存在主义戏剧和荒诞派戏剧，都启发我们得出一个结论：那些放弃了荒诞派戏剧的非逻辑化叙述，在荒诞中注入了现实因素，又在现实中强化了非理性因素，从而探索出一种既区别于非逻辑化的荒诞派戏剧，又不同于理性化倾向的存在主义戏剧的新形式戏剧，已经不再是典型的荒诞派戏剧了，我们更愿意把它称为"怪诞戏剧"。

怪诞手法的勃兴与20世纪西方审丑学的兴起密切相关。在传统美学范畴中，有优美、悲剧、崇高、喜剧、滑稽五种基本类型，现在还要加上怪诞。[②]如果把审美活动分为主体与对象两个要素，那么，从两者的相互关系来看，一致与和谐则表现的就是优美，当主体超越、战胜对象时，则体现为喜剧，程度更高一级的完全超越、战胜就是滑稽。当对象超越、战胜主体时，则表现为悲剧，程度更高一级的完全超越、战胜就是崇高。而怪诞似乎兼而有之，既有主体超越、战胜对象的一面，也有主体被对象超越、战胜的一面。怪诞作为一种戏剧话语，具有三个方面的特征：一是构成原则的极端反常

①〔英〕马丁·艾斯林，华明译：《荒诞派戏剧》，河北教育出版社2003年版，第8页。
②叶朗：《现代美学体系》，北京大学出版社2000年版。

化，二是构成风格的丑恶与滑稽，三是接受反应的恐怖与可笑。应该说，欧美文学史中的"黑色幽默"也典型地体现了它的怪诞性一面，以"绞刑架下的笑"、"带泪的笑"为主要代表的审美趣味集中体现了怪诞的心理反应机制。与肆无忌惮的发泄和哗众取宠的搞笑不一样，怪诞的内容是沉重的，不是滑稽的无伤大雅，而是当代人无奈而又无聊的文化表征。代表作品有瑞士迪伦马特《老妇还乡》、《天使来到巴比伦》、《物理学家》，美国阿尔比创作的《谁害怕弗吉尼亚·沃尔夫》、《美国梦》、《动物园的故事》，法国日奈的《女仆》、《阳台》，英国乔·奥尔顿的《楼梯上的歹徒》、《招待斯鲁恩先生》等。

二是反讽。20世纪60年代以后的西方戏剧中，反讽也成为一种被经常采用的戏剧形式。进入后现代社会以来，原本看似正常的各种关系和生活逻辑都出现了相互脱节甚至相互颠倒、抵触的现象。面对一切原有正常关系都处于脱节的、颠倒的客观社会，一个沾沾自喜、盲目自信的主观世界，以滑稽、怪异、嘲讽和戏弄为主要特征的反讽似乎更适宜剧作家表明自己对世界的认知态度，反讽也相应地成为后现代派戏剧文学的基本话语，内容与形式再度找到了一个有机的结合点。对运用反讽的戏剧家来说，无情的现实已经粉碎了他们心中的理想，世界已经如此丑陋，生存已经无可逃避，他们能做的只能是随遇而安、嬉笑怒骂、冷嘲热讽，只能以一种最深沉的方式揭示出存在始终处于被反讽地位的本性。反讽与同样具有揭露性质的现实主义戏剧相比，有两点明显的区别：一方面，现实主义戏剧在揭露现实的同时，总是运用对比的方法提供了某种理想状态的生活，属于先破后立，而反讽戏剧却在破除现实生活合理性之后，根本没有提供一种确定的、理想的生活样式，属于只破不立。另一方面，现实主义戏剧中很少有滑稽的成分，而反讽戏剧中却充满了因为误差和错觉给人带来的啼笑皆非、欲哭无泪的喜剧元素。反讽戏剧可以分为两种类型：一是乐观主义的反讽，包括瑞士剧作家弗里施创作的《毕德曼与纵火犯》，德国托马斯·伯恩哈特的《习惯势力》、《鲍里斯的节日》，意大利达里奥·福的《一个无政府主义者的意外死亡》，美国大卫·梅米特的《格林·罗斯庄园》；二是悲观主义反讽，包括美国戴维·奥本创作的《求证》，法国米歇尔·道区的《星期天》等，它们之间的区别在于前者是医生，后者是刽子手。

　　三是互文。所谓"互文"，一言以蔽之，即"一个文本与其他文本的相互关系"，[①]这是法国当代学者朱丽娅·克里斯特娃1969年对"互文"概念所下的定义。它通过拼贴和仿拟等手段，"借用"已经存在的经典作品，在貌合神离的假想中有意制造了一种特殊的反讽现象，以达到消解经典作品意义和语言规范的目的。它与我们通常所说的改编，在创作态度和手段上并不完全相同。互文性文本通常有两套符码，表层符码是模仿并依从的母本，深层符码却与此相悖，通过表里不一的两相冲突和有意制造的差别，在不言自明的隐含对照中传情达意。进入20世纪60年代以来，由于互文策略与后现代主义中的解构思潮相吻合，从而被许多剧作家运用，并逐渐成为一种相对独立的修辞手法，且有愈演愈烈之势，发展到极端就是时兴最流行的"恶搞"。互文性文本大致可以分为两种类型：一是仿拟式互文，包括续写式仿拟和改写式仿拟。前者旨在通过续写母本，达到"旧瓶装新酒"的目的，代表性剧作有诺贝尔文学奖获得者、奥地利女作家耶利内克创作的《娜拉出走之后》等。后者通过对母本的改造，达到阐述新意义的目的，最早可追溯到法国雅里的《愚比王》，代表性剧作有英国斯托帕德的《罗森格兰兹和吉尔德斯特恩死了》和英国剧作家邦德的《李尔》等。仿拟性互文还有一种样式便是戏仿，也称为滑稽模仿，其中戏谑的成分增多了。二是拼贴式互文，把几个母本中的相关片段或人物进行组接，驴头接马嘴，以产生一加一大于二的新意义，代表性剧作有斯托帕德的《戏谑》和美国女剧作家苏珊·桑塔格的《床上的爱丽斯》等。仿拟与拼贴最大的不同就是前者只涉及一个母本，而后者则至少涉及两个或更多的母本。我们注意到，从荒诞到怪诞，再到反讽和互文中的戏仿，这是西方后现代派戏剧在形式上的一条逻辑发展线，它们之间既有区别也有联系，滑稽可笑是他们共同的特征。如果说荒诞的笑是一种苦笑，怪诞的笑是一种怪笑，那么反讽所引发的笑则是一种嘲笑，戏仿所引发的笑则是一种嬉笑，悲剧的喜剧化处理也越来越受到人们的青睐。同时，戏剧人物也出现了"反英雄"的倾向，这两点都构成了西方后现代派戏剧文学的一个主要特征。

　　四是叙事。布莱希特之后，叙事体戏剧得到了充分发展，但叙事人的身

[①]转引自〔法〕萨莫瓦约，邵炜译《互文性研究》，天津人民出版社2003年版，第3页。

份却发生了一些微妙的变化，许多剧作家都把叙事的话语权力和视角从全知全能的旁观者手里转交给了剧中人物，从而在布莱希特旁观式叙事的基础上，增加了固定式和分散式两种叙事手段，以当事人或亲历者的视角来完成剧情的叙述。这一时期，旁观式叙事视角的代表性剧作有英国约翰·阿登的《马斯格雷夫中士的舞蹈》、戴维·赫尔的《丰盛》等。固定式叙事视角的代表性剧作有英国谢弗的《皇家太阳猎队》、《马》和《上帝的宠儿》，美国谢泼德的《情痴》等。分裂式叙事视角的代表作品有德国海纳·米勒的《任务》、瑞士弗里施的《安道尔》、英国弗雷恩的《哥本哈根》等。总之，这些转变导致了两个结果：一方面，叙事者身份的多重性模糊了意义的确定性，使意义呈现多元性甚至虚无性的特征；另一方面，内在叙事角度的多元性解构了剧本结构的完整性，使戏剧结构呈现非线性和零散化的特征。这两个结果在三个方面克服了布莱希特叙事体戏剧和传统戏剧的弊端：那就是叙事视角的统一性让位于差异性，叙述声音的独断性让位于对话性，叙事态度的公允性让位于暧昧性，这三种转变为布莱希特之后的叙事体戏剧家表达越来越多样化的生活内容又找到了一种与之相吻合的戏剧新形式。

五是说话。西方戏剧一直奉行戏剧文体就是代言体的观念，自古希腊戏剧以来，他们不断地清除了歌队、独白、旁白等叙述性成分，到了近代的自然主义戏剧和现实主义戏剧，终于实现了代言体话语模式的纯粹化。进入20世纪以后，西方戏剧却又出现了重视戏剧叙述成分的新倾向。20世纪60年代以后的西方戏剧，存在两个维度的解构之旅：一是戏剧文体，二是戏剧文学文体。对戏剧文体进行颠覆，属于外部解构，这在上面我们已经介绍过了。还有一部分人尝试着从内部进行革命，这就是戏剧文学文体的解构，这种解构主要包括对戏剧情节完整性的破坏、戏剧结构统一性的淡化、戏剧叙事性因素的加重、戏剧主题意义的消解等等，这样，戏剧文学文体就出现了独白、分说和散文等三种新形式。独白类剧作通篇就是一个人的自言自语，戏剧空间内部并没有复杂的人物关系，代表性剧作有德国海纳·米勒《汉姆雷特机器》、法国科尔黛斯的《森林正前夜》、英国萨拉·凯恩的《4:48精神崩溃》等。分说类剧作像是一次分角色的诗歌朗诵会，代表作包括德国汉德克的《骂观众》、美国伊娃·恩斯的《阴道独白》、英国萨拉·凯恩的《渴求》等。汉德克的"说话剧"里没有演员，没有故事，只有说话人，除了说话之外别无动作,他们不是在扮演角色,因为没有什么值得扮演,戏剧唯一能做的就是强化说话。散文类的剧作更离奇,剧本按照散文的文体来写作,与其说它是为读者写作的,还不如说它为导演提供了一个线索,代表作有耶利内克的《魂断阿尔卑斯山》、《再见》、《沉默》、《女魔王》、《云游者》、《云团家园》等。"说话剧"一般具有三个特征:一是取消了代言体,无人物、无情节,纯粹是说话,传统剧本中的许多元素都已经丧失殆尽。二是取消了艺术与生活的区别,强调戏剧时空与现实时空的同一,演出的时间就是戏剧展开的时间,演出的地点也就是戏剧展开的地点,戏剧完全演变为一次生活中正在发生的日常活动。三是取消了戏剧内交流系统。假如把戏剧作为一种交流活动,那么它存在两种模式的交流:一种是戏剧空间内角色与角色之间的内交流系统,另一种是剧场空间内演员与观众的外交流系统。内交流系统的取消,在无形中打破了"第四堵墙",破坏了观众幻觉,戏剧与生活真正混同了。

总之,我们所说的怪诞戏剧、反讽戏剧、互文戏剧、叙事戏剧和说话剧等,都是为了强调它们在戏剧表达方面所采取的话语策略,正如荒诞派戏剧并非一个严格意义上的戏剧流派一样,这几种戏剧也不是真正意义上的戏剧流派,我们突出强调的是它们的话语策略的类型。可以说,怪诞戏剧的话语策略是"反常说",反讽戏剧是"颠倒说",互文戏剧是"借话说",叙事戏剧是"大家说",说话剧的话语策略则是"直接说"。同时,作为一种话语策略,在一部具体的剧作中也并非单一地被运用,剧作家们有时也会综合使用这些话语策略,比如将怪诞与反讽结合起来的迪伦马特的剧作,将互文与反讽结合起来的斯托帕德的剧作等。

当然,我们所提供的只是西方现代派戏剧和后现代派戏剧话语策略的一种可能性,这十二种基本策略只是我们理解的现代派和后现代派戏剧的典型策略。研究方法的多样性意味着世界的多样性。读者可以参照这些剧本,对我们的论述作出自己的判断,也可以据此梳理并归纳出另一套话语策略。我们从来就不愿意、也没有把自己对戏剧的表达建立在绝大多数观众都不完全了解的知识背景下进行,因为这样做,对读者是不公平的,也是不负责任的,既自欺,也欺人。所以我们会在讨论完每一种话语策略之后,向大家提供其中涉及的剧本的出处,以便于大家的寻找和参照阅读。

最后，我们认为，国内戏剧理论研究呈现一定的滞后现象，这种滞后可以从概念术语的运用中窥见一斑。多年来，国内戏剧理论研究一直固守着传统的法则，翻来覆去地运用着几个有限的戏剧概念和范畴去梳理和认识日益丰富的戏剧实践活动，常常捉襟见肘，难以适用，使本来就落后于实践的理论研究更加脱节于实践。许多新思想、新方法，特别是现代美学艺术理论的新观念并没有在保守的戏剧理论研究领域得到及时、有效的运用，以至于缺少足够的研究活力和生气。我们认为，戏剧理论研究应该拥有自己的"范式"[1]革命。其实，新概念、新语言的运用本身就在一定程度上反映了一个学科所达到的水平，正如诗人、翻译家冯至先生所说，"如果说语言的丰富可以表达思维的发展程度，那么概念的丰富也可以反映认识活动的发展程度。我们没有足够的理解去认识文学的实际，没有足够的概念去概括可以感觉的气象，我们就往往不能了解存在于我们的概念之外的实际"。[2]还是维特根斯坦那句经典之言说得好，"语言的界线就是存在的界线"。熟知西方现当代美学和文论的读者一定知道，我们所选取的这几个术语概念，实际上也只是一种"挪用"而非"自创"，目的就是要抛砖引玉，以自己的"范式"转变去迎接戏剧理论研究的新气象。

①范式的概念和理论是美国科学哲学家托马斯·库恩提出并在《科学革命的结构》中系统阐述的，指常规科学所赖以运作的理论基础和实践规范，是从事某一科学的研究者群体所共同遵从的世界观和行为方式。
②冯至：《继续解放思想，实事求是地开展外国文学工作》，载《外国文学》1981年第1期。

第二章　含蓄说
——象征主义戏剧的话语策略

象征主义是20世纪欧美现代派文学中最早兴起的一个流派，19世纪50年代就出现在法国诗歌界，19世纪90年代后逐渐影响到戏剧领域，并产生了一大批象征主义戏剧作品，主要剧作有法籍比利时人梅特林克的《盲人》、《内室》、《无形的来客》、《七公主》、《贝丽阿斯和梅丽桑德》、《青鸟》，爱尔兰诗人叶芝的《心之所往》、《凯瑟琳伯爵小姐》，爱尔兰人辛格的《圣井》、《骑马下海的人》，德国霍普特曼的《沉钟》等。象征主义戏剧在传统形式的基础上探索出来的语言新路，后来被表现主义戏剧、超现实主义戏剧和荒诞派戏剧广泛吸收。象征，也从象征主义戏剧的基本表现手段，逐渐成为西方现代派和后现代派戏剧经常运用的艺术语言之一。

一、象征手法与象征主义的象征手法

"象征"（Symbol）一词，原意是指一块木板或一种陶器被分成两半，主客双方各执其一，再次见面时拼成一块，以示友爱的信物，类似中国的兵符、虎符。现代汉语解释为："用具体的事物表现某种特殊的意义。"作为一种修辞手法，象征有喻体和喻指之分，喻体是用来表示某种特殊意义的具体事物，喻指则指称那些抽象的观念和意义。正如黑格尔所说："象征所要使人意识到的却不应是它本身那样一个具体的个别事物，而是它所暗示的普遍性的意义。"[①]通俗地讲，以具体有形的事物去表现或代表抽象的、无形的事物，就是象征。中国传统美学所说的"寓理于象"也是这个意思。

同时，喻体与喻指之间的关系，有的已经固定化、程式化了，这一点突出表现在日常生活的象征中，如玫瑰象征爱情、龙椅象征皇权等等，有的却是不确定的，是人为赋予和创造的。文学作品中喻体与喻指之间的关系一般都是不确定的，这一部作品中建构起来的象征关系，在另一部作品中可能被打破。喻体与喻指之间关系不管是固定的还是不确定的，它们之间并不是"一种完全任意构成的拼凑"，[②]而是"有一种自然联系的根基"。[③]所谓"自然联系"

---

① 〔德〕黑格尔，朱光潜译：《美学》（二），商务印书馆1979年版，第10页。
② 〔德〕黑格尔，朱光潜译：《美学》（二），商务印书馆1979年版，第10页。
③ 〔瑞士〕索绪尔，高名凯译：《普通语言学教程》，商务印书馆1980年版，第104页。

是指喻体与喻指之间要有一种相似关系，可以是外形的相似，也可以是属性和功能的相似，否则，它们之间就是风马牛不相及的两种事物。

顺便指出，"象征"与"符号"的意思十分相近，"符号"的英文也是"Symbol"，符号有能指和所指之分，能指类似于象征中的喻体，所指类似于喻指。作为两种不同的艺术语言，它们的区别也是明显的：一方面，"象征"侧重于在艺术手法和修辞学意义来使用，而"符号"主要在美学意义上使用。另一方面，符号中的能指除了具有指称性特征之外，还具有自指性，即追求自身的形式美感，而象征中的喻体在完成喻指活动之外，并不刻意去追求这种美学效果，这一点，也是它们之间最大的区别。

（一）象征主义与非理性主义思潮

在文学和戏剧作品创作中运用象征手法，自古有之。早在古希腊和文艺复兴时期，象征手法就被运用到文学和戏剧作品创作中。但是，并非所有运用了象征手法的戏剧都是象征主义戏剧，所以，我们有必要首先弄清楚象征手法与象征主义象征手法这两个概念的区别和联系。象征手法作为一种创作方法，其背后可能没有一定的思想背景作支撑，而象征主义的象征手法思想背景是非理性主义和神秘主义，特别是非理性主义，这是19世纪后半叶以来才发生的事情。

非理性主义思潮兴起于19世纪50年代，它以康德、叔本华、尼采等人的哲学思想为基础，推崇意志、本能、直觉、无意识和盲目力量。所谓理性是指处理问题按照事物发展的规律和自然进化原则来考虑的态度，非理性强调的则是一切有别于理性思维的情感、直觉、幻觉、下意识、灵感等精神因素。第一次世界大战以前，非理性主义思潮得到了进一步的深化，法国柏格森的生命哲学和创造进化论、奥地利弗洛伊德以无意识和性欲概念为中心的精神分析学、法国马利坦的新托马斯主义神学哲学构成了20世纪初非理性主义思潮的三大理论支柱，共同促进了非理性主义思潮的发展。柏格森反对丹纳的决定论，强调人的主观认识作用，认为唯一的现实乃是藏在粗糙的物质外衣下"永恒的生命洪流"，人们只有通过直觉、本能和感情才能进入"永恒的生命洪流"，才能认识一切事物的实质，直觉是人类感知世界的能力和基本方式。弗洛伊德认为无意识才是人类真正的精神活动，文艺创作是被压抑的情欲的升华，是无意识的象征性表现。马利坦重新鼓吹上帝创造万物，同时，他也认为认识上帝必须通过神秘的直觉。这些非理性思潮为现代艺术打开了一扇新窗户，一个理性之外的陌生世界向现代人敞开了大门。

象征主义中的非理性因素和神秘主义主要表现在三个方面：

一是内心真实论。象征主义是在反对自然主义和印象主义的过程中成长起来的。自然主义认为客观现象本身就是本质，象征主义者则认为现实世界是虚假的，只有主观世界才是真实的，因此，他们不满自然主义对客观事物的摹写，主张文学应该放弃逼真的现实描绘，着力表达内心感受。印象主义强调物质背后的幻象的真实性，注重表现瞬间的心理感受，象征主义者则认为感觉始终与不断刺激的外界事物有联系，因此，他们不同意印象主义完全脱离客观事物而过度地宣泄自己空泛的感情，主张借助于坚实的具体事物表达主观感受。

二是对应象征论。要表现心灵的真实和感受，既不能用理性去把握，也不能滥用感情，既不能客观摹写，也不能直抒胸臆，只能借助于具象的客观事物来象征，用此物象征彼物，通过看得见的世界去认识看不见的世界，以有限去表达无限。所以爱尔兰诗人艾略特在《汉姆雷特及其问题》中指出："通过艺术形式表现情绪的唯一方法是寻找一个客观对应物，这样，当获得了与感性经验相应的外界事实时，情绪就立即被唤起了。"[1]请注意，艾略特在这里说的是"客观对应物"，而不是"客观对等物"，这就意味着象征是一种不完全表达，是一种残缺的象征，象征体并不能把作家想要说的话全部表达出来，也不能把作家的意思准确无误地表达出来。

三是物物感应论。用此物象征彼物的依据是什么？它的可能性有多大？由此引出象征主义的哲学基础。他们认为，现实世界与主观世界实际上是一个整体，息息相通，不可分割，在时间上共存，在空间上相互渗透，彼此感应。而且这种渗透是普遍存在的，万物之间、主观与客观之间、人与物之间、人的各种感官之间都存在着这种神秘的渗透和感应，因此，象征主义与神秘主义紧密相连。这种神秘的通感，拆散了物与物之间相峙对立的壁垒，通过一种相互间的类似，借助他物使彼此表达成为可能。

这三个方面都是象征主义剧作家的自觉意识，是区别运用象征手法的剧

----

[1] 转引自黄晋凯编《象征主义 意象派》，中国人民大学出版社1989年版，第12页。

作家与象征主义象征手法剧作家的关键所在，只有恪守这三点，才能避免陷入"无边的象征主义戏剧"的泛化论中。因此，象征主义戏剧作为一个流派，只能是特定时间和背景下的产物，此前和此后一些剧作家运用象征手法，并不能完全归于象征主义戏剧的阵营。

对于象征主义的出现，俄国普列汉诺夫有过一段论述，他认为，"思想要超越一定的现实界限（因为我们总是和一定的现实发生关系），可以通过两条途径：第一条，通过进入抽象领域的象征途径；第二条，通过现实（今天的现实）本身所走的途径……文学史表明，人的思想超越一定现实的界限，有时通过第一条途径，有时通过第二条途径。当人的思想不能理解一定现实的意义，因而不能确定现实的发展方向时，它就走第一条途径；当人的思想能够解决这个有时十分困难甚至无法解决的任务时，当人的思想，用黑格尔的漂亮说法，能够说出魔力般的语言，呼唤出未来的形象时，它就走第二条途径……所以，当在一定社会的艺术中出现象征主义倾向的时候，这是一种可靠的标志，表明这一社会思想不能深刻理解它面临的社会发展的意义。象征主义是贫乏的一种证明。当思想能够理解现实时，它就不必走进象征主义的荒漠"。[1]象征主义是否是"荒漠"我们暂且不论，但他把象征主义的出现与人们不能理解现实联系在一起的说法，确实有一定的道理，象征主义者也正是觉得神秘的世界不可把握才选择了象征的表达。

（二）传统象征手法与象征主义象征手法的异同

本来，"在现实主义戏剧中也常用象征手法，如以大自然界的雷雨、日出、风暴等隐喻某种情感和意念等。但象征主义既已成为'主义'，就不光是个别手法的问题了，它使整出戏成为人的主观精神'通感'式的表现"。[2]如果我们剥离这种思想背景的差异，纯粹从一种创作手法来审视传统象征手法与象征主义的象征用法，它们仍然存在下面三点具体不同：

一是局部与整体的差异。传统象征的使用者只是在局部运用象征手法，而在象征主义戏剧中，象征却成了一种与剧作主题、人物性格甚至情节结构密切相关的整体性因素，是剧作家在谋篇布局过程中就自觉考虑的重要因

①（前）苏联艺术研究院编，姜其煌等译：《艺术论集——马克思主义者对西方现代派文艺的评述》，文化艺术出版社1987年版，第133页。
②董健、马俊山：《戏剧艺术十五讲》，北京大学出版社2004年版，第362页。

素，这就是局部与整体的差异。《玩偶之家》是现代戏剧之父易卜生的现实主义剧作，一位西方导演曾经对它进行了象征主义化的处理，很能说明这种局部与整体的关系：他选取的喻体是剧中娜拉一开始抱回家的那棵圣诞树，然后导演让这棵树自始至终出现在舞台上。第一幕中，娜拉兴高采烈地从屋外带进这棵圣诞树，随着剧情的发展，随着娜拉精神危机的逐步揭示，这棵圣诞树也逐渐枯萎凋落，最后只剩下一株光秃秃的树干。这样处理能够使观众从眼前这棵具体的圣诞树联想到主人公命运的起伏变化。因此，这棵在野外生机盎然，一旦移入室内便渐趋凋零的圣诞树便具有比它本身更加丰富的意义，它不但象征着主人公娜拉的命运，也暗示着她的出路：只有走出这个虚伪的家庭，才能获得新生。[1]总之，在其他局部运用象征手法的剧作中，如果不理解喻体象征什么，可能不会影响观众对整个剧本的审美判断，而在象征主义戏剧中，喻体作为总体意象，却是理解整个剧本意义的关键。

二是似与不似的差异。传统的象征手法，喻体和喻指一般都有明显的类似之处，由于象征主要被用来描绘事物，所以使用者特别注重喻体和喻指之间的客观相似性，两者之间的联系较为紧密。而象征主义手法受神秘感应论的影响，为了表达主观感受，全凭个人的直觉和喜好，任意从此物联想到另一物，甚至把毫无关系的东西扯在一起，造成突兀、新奇的艺术效果，正如朱自清在《新诗的进步》中所说："象征派是远取譬，而不是近取譬，所谓远近不指比喻的材料而指比喻的方法；他们能在普通人以为不同的事物中看出同来。"[2]"远取譬"强调的正是喻体与喻指的不似，而传统象征手法却是"近取譬"，追求的是似，是喻体与喻指的最接近化。

三是清晰与模糊的差异。象征的内涵都具有双重性或多义性，但传统象征手法的喻指相对清晰，相对明确，或用以表示另一事物，或借以表示某种确定的思想和人的品质。而象征主义手法的内涵却相对模糊，它的喻指并不是任何明确的事物和思想，而是用来暗示某些感受、瞬间的印象、飘忽的幻觉和难以捉摸的情感，因此意义也是不确定的。

正因为象征能够表达抽象的概念，所以现代派戏剧家都喜欢运用。从象征

---

[1] 汪义群主编：《西方现代戏剧流派作品选·序言》（二），中国戏剧出版社1992年版。
[2] http://www.chinese123.cn/wxsj/zgwx/xdwx/zjda/zhuziqing/00078.jsp。

主义戏剧开始，经过表现主义戏剧、超现实主义戏剧直至存在主义戏剧和荒诞派戏剧，以象征手法表现抽象概念成了他们的一个显著特色。在现代派戏剧的舞台上，环境、人物、情节、舞台形象以至于人物的动作、灯光音响、语言都具有象征的意义，这种以一个形式或形象作为一个概念或一种哲理的代表、借客观实体表达深刻寓意的做法，更能直接体现事物的内在本质，而他们使用象征时，既没有了象征主义戏剧的思想背景，特别是神秘因素，也不考虑象征主义戏剧在整体使用象征体和注重暗示、渲染的习惯做法。

实际上，象征可以看做是戏剧艺术的本性，正如斯泰恩所说，"无论何时，一个演员只要登上舞台模仿他周围的世界，他就离象征主义不远了，因为展示生活的本身就是对现实再形成的行动。事实上，戏剧自身的存在意味着它对象征性表演手法具有一种永恒的需要"。[1]其实，戏剧一直都在试图摆脱时间和空间的限制，人生大舞台，舞台小天地，如何让有限的时空承载丰富的生活内容，变劣势为优势，自古以来，一代又一代的戏剧家们都在努力寻找着。如果把象征理解为以有限表达无限，那么，以简约为表征的象征，言简意赅，体约意深，就非常符合舞台的经济原则。

进一步地说，戏剧中杂取众多的类型化人物塑造，在本质上讲也是一种象征手法。有人认为，莎士比亚的悲剧是性格悲剧，汉姆雷特的犹豫、奥瑟罗的嫉妒、李尔王的昏聩、麦克白的野心、泰门的慷慨和安东尼的迷乱，都是导致他们悲剧的重要因素。但是仅仅停留在这样的解释上，我们还很难真正理解莎士比亚悲剧的深刻性。我们总感到这些活生生的人物身上具有一种超越于他们个人性格之上的东西，正如威尔逊·奈特所说，莎士比亚悲剧的人物性格是"象征性的典型"。[2]汉姆雷特已不是普通的丹麦王子，而是人文主义思想的化身，是文艺复兴时代的精神象征。李尔王的悲剧，从表面上看来，似乎是由于他的昏庸和听信谗言所致，其实它的深层意义在于揭示一个人回归自然的精神历程。当他身居王宫的时候，似乎拥有一切，其实是失去了人的本真。只有当他流落到荒野的时候，他才显示出原来的天性。他与暴风雨的对话，就是人与自然的交融。所以，我们可以说李尔王是人类复归

①〔英〕斯泰恩，刘国彬等译：《现代戏剧理论与实践》（二），中国戏剧出版社2002年版，第234页。
②杨周翰编选：《莎士比亚评论汇编》（下），中国社会科学出版社1979年版，第382页。

自然的象征。这些"典型环境中的典型人物"从某种意义上讲,正是杂取了众多人物的特点,具有以点带面的象征意义。

正是戏剧的象征本性和人物的象征性,使现实主义戏剧很容易发展成为象征主义戏剧,这也正是易卜生、霍普特曼、斯特林堡等人在现实主义戏剧领域已经取得巨大成功后,能够轻而易举地在表现手法上步入象征主义戏剧的真正原因。

(三)易卜生的象征主义剧作

易卜生的象征主义剧作与众不同,与他的现实主义戏剧相比较,易卜生的后期戏剧存在"四多四少"的变化:一是社会生活内容减少了,个人生活问题增多了;二是社会批判性质减少了,个人感伤情绪增多了;三是积极因素减少了,消极因素增多了;四是说理斗争的成分减少了,戏剧情节的复杂性增多了。一般象征主义具有的神秘主义思想与梦幻色彩在易卜生的象征主义戏剧中都有不同程度的表现。[①]易卜生的象征主义戏剧主要有以下三个方面的特征:

首先是他在现实主义与象征主义之间架起了一座桥梁,从而开辟了现代派戏剧的新纪元。易卜生喜欢在现实主义中不动声色地加入象征主义因素,因此,除《野鸭》之外,他的后期剧作都不是典型的象征主义戏剧,但象征手法却比比皆是。他认为"生活当中本来就充满了种种象征,他的剧本里当然也是如此"。[②]他明确表示"特别厌恶梅特林克露骨的公然的象征主义",[③]因此他兼而有之地使用了上述两种传统手法,显示与其他象征主义戏剧与众不同的艺术品格,易卜生的后期象征主义戏剧"并不是简单地由社会现实主义向象征主义境界的过渡,而是使社会现实主义和象征主义二者相得益彰,并显得愈加深刻和复杂"。[④]写实主义的基础为易卜生的戏剧提供了一幅丰富的社会人生图景,象征主义的综合则使剧中的人生景观具有形而上学的哲学高度,这就是易卜生主义带给我们的启示。

[①] 廖可兑:《西欧戏剧史》(下),中国戏剧出版社2001年版,第407页。
[②] 〔英〕斯泰恩,刘国彬等译:《现代戏剧理论与实践》(二),中国戏剧出版社2002年版,第270页。
[③] 〔英〕斯泰恩,刘国彬等译:《现代戏剧理论与实践》(二),中国戏剧出版社2002年版,第270页。
[④] 〔英〕斯泰恩,刘国彬等译:《现代戏剧理论与实践》(二),中国戏剧出版社2002年版,第267页。

其次是他的象征主义戏剧开始注重向人物内心掘进，已经显示了现代派戏剧"内心化"倾向的端倪，这在《野鸭》、《罗斯莫庄》、《海上夫人》、《海达·高布乐》、《建筑师》、《小艾友夫》和《当我们死者醒来时》中都得到了充分体现。《罗斯莫庄》的矛盾冲突在罗斯莫与妻子碧爱塔和女朋友吕贝克两个人之间展开。为了得到罗斯莫，不择手段的吕贝克设计害死了碧爱塔，当她知道自己犯有乱伦罪和谋杀罪后，却又拒绝了罗斯莫的求爱，与他一起自杀了。《海达·高布乐》中，整天把握手枪、充满征服欲的海达是个恶魔型的女人，她控制着三个男人：丈夫泰斯曼、旧情人乐务博格和追求者勃拉克，但她一个也不爱，只爱自己。同时，她也被自己的嫉妒、傲慢和残忍控制，自恋的她终于饮弹自尽。《小艾友夫》中吕达对丈夫沃尔茂的爱近于变态，独占的念头甚至驱使她不能容忍任何人接近自己的丈夫，包括他们的儿子小艾友夫，也包括沃尔茂同父异母的妹妹艾斯达。在这里，母子关系、夫妻关系、兄妹关系、姑嫂关系都失去了平衡，每个人都在这个天平上饱尝了孤独与失落。最后，小艾友夫溺水而亡、艾斯达嫁人、沃尔茂离家出走，而吕达则从性爱的狂潮中回转过来，用心做起儿童慈善事业，新平衡的另一端仍然是他们酸涩的泪水和无奈。在《博克曼》中我们仿佛又看到了《野鸭》中的雅尔玛，地矿工程师博克曼也生活在幻想中，等待人们重新请他出山。不同的是，雅尔玛对过去毫无怨言、心如槁木，而博克曼却将自己的失败完全归罪于生命中的两个女人：一个是情人艾勒，一个是妻子耿希尔，而这两个女人却是一对为了同一个男人而反目成仇的亲姐妹。更不幸的是，再次重逢的姐妹又一次因为同一个男人争执起来，只不过这一次这个男人不再是博克曼，而是博克曼的儿子遏哈特。艾特需要侄子陪伴她安度晚年，耿希尔希望儿子留下来重振家业。然而，年青一代的遏哈特竟然和博克曼以前的情妇私奔了，留给三位老人的仍然是怨恨、凄凉和孤独。《建筑师》中索尔尼斯一方面忏悔自己毁掉了妻子艾林的幸福，一方面又惧怕年青一代建筑师超过自己，就在他内心苦不堪言的时候，神秘的希尔达出现了，这让年老的索尔尼斯像着了魔似的，重新焕发了青春活力。为了博得美人一笑，他竟然不顾自己患有恐高症，毅然爬上高塔，结局当然让人不寒而栗。最后一部剧作《我们死者醒来时》中，昔日的模特爱吕尼与雕塑家鲁贝克不期而遇，鸳梦重温，迟到的爱情让他们手挽手登上高山，等待他们的同样是不可避免的悲剧。理想与现实、束缚与本能、罪与罚，易卜生为我们演绎的是一部现代人的心灵史。

最后是他将普通人微不足道的日常生活搬上了舞台，完成了从写英雄到写普通人的历史性转变。同时，在表达方式上，他放弃了独白和旁白，追求人物对白的日常化，使戏剧舞台更加接近生活的真实。也许正是由于这三点，他被尊称为"现代戏剧之父"，从而为传统戏剧与现代戏剧画上了一条明显的分界线。

二、象征主义戏剧的生命意识

生命意识是指剧作家通过其作品所表现出来的对生与死、理想与现实、命运与价值等诸多人生问题的总体理解和认识，这些问题都与人的生存密切相关，是剧作家对生命的体验和理解。纵观象征主义剧作，其中的生命意识主要体现在三个方面：一是无助，二是无力，三是自欺。

（一）无　助

一直以来，理性和宗教都是人类认识和把握世界的利器，宗教更是西方人的精神支柱和生活依靠。在宗教中，他们的心灵能够得到解脱和慰藉。然而，20世纪初，关于秩序、规律、归纳法等科学理性受到了前所未有的诘难，偶然性、测不准理论被人们津津乐道地谈论着，尼采更是震耳欲聋地宣布"上帝死了"，犹如釜底抽薪，理性的世界坍塌了，失去了精神寄托的西方人一下子坠入了无底的深渊，空虚茫然、孤立无助、无所适从。

梅特林克的早期剧作都"充溢着一种灭亡感"，[1]在《盲人》中，一群盲人守在已经死去的带路牧师身旁，完全置身于一个陌生的世界，陷入了绝望之中而又无所适从，在一片凄切的哀哭声中只能发出"我们怎么办、可怜可怜我们吧"的求救。这几位盲人象征着整个人类，而引路的牧师则象征着引导人类的宗教。这个剧本表现的正是现代人失去宗教信仰却又找不到新的精神支柱

---

① 〔英〕斯泰恩，刘国彬等译：《现代戏剧理论与实践》（二），中国戏剧出版社2002年版，第273页。

后，恐惧与不安的悬置状态，它与后来的荒诞派名剧《等待戈多》有着惊人的相似。在《无形的来客》中，一群人毫无作为，只能等待着悄然而至的死神带走隔壁的病人。《七公主》中，年轻的王子被抛到一个阴暗的城堡里，送他来的船只已经返航，留下他与一对将死的国王与王后，以及那七个活死人一样的公主，他的青春和激情只能在这个封闭的空间里一点点地被消耗，没有人会来拯救他。叶芝创作的《凯瑟琳伯爵小姐》中，许多人在灾难面前束手无策，魔鬼乘机收买了他们的灵魂，村民们也只有靠出卖灵魂才能换取生活的暂时稳定。在阻止村民行为的过程中，具有宗教情怀的凯瑟琳伯爵小姐是以拯救者的姿态出现的，她变卖了自己所有的家产接济村民，企图赎回他们的灵魂，但都无济于事。最后，她只能与魔鬼达成协议，用自己的灵魂赎回大家的自由，颇有一种"我不入地狱谁入地狱"的英雄气概。凯瑟琳伯爵小姐的死是宗教人物退出现实生活的象征。叶芝在另一部象征主义戏剧《心之所往》中，新娘玛丽冥冥之中经受着树林里精灵们的诱惑，在家人规劝她回心转意的过程中，她鬼使神差地撤掉了挂在客厅里的耶稣像，屋外的小精灵乘机登堂入室，直接站到了玛丽的面前，无论牧师怎么规劝，她都决意要跟随精灵乘风而去。牧师在这里显得孤立无援，毫无力量，形同虚设。

宗教人物的离去、耶稣像的消失、送行船的返航、牧师的无能为力，众多盲人的形象，这些元素都表明象征主义剧作家采用了另一种方式，与尼采一样，殊途同归地表达了现代人在精神上的孤独与沉沦，特别是在失去宗教、反宗教的社会中现代人孤立无助的生存困境。

（二）无　力

在表现现代人无助的同时，象征主义剧作家也表现他们的无力。无助是外在力量的缺席，无力则是自身力量的匮乏。面对残酷的现实和不可抗拒的命运，人类的力量是渺小的，反抗只能是螳臂当车，无济于事。尽管象征主义戏剧也塑造了一批反抗命运的象征性人物，可惜他们在现实面前力不从心，神秘的命运仍然左右着他们，失败变得不可逆转。

辛格创作的《骑马下海的人》中，神秘的大海与不可捉摸的命运一起捉弄着这一家人，抗争是徒劳的，命运注定是一场悲剧。母亲毛里亚的第六个儿子巴特里明知大海已经吞噬了他的父亲与哥哥们，却仍然蹈海赴死。剧本采用了暗示手法来表现命运力量的强大，狂风吹开掩上的房门，巴特里下海时穿着与刚死的哥哥相同的上衣，都是不祥的征兆。毛里亚预感到巴特里的死亡，她极力劝巴特里不要下海，但巴特里说什么也不听。老人望着儿子远去的背影，叫道："啊，他走了，只等这天一黑下来，我在这世上便要成为没有一个儿子的孤人了。"一语成谶，令人惊悸，这些暗示都为作品蒙上了一层神秘色彩，显示了沉郁、悲凉的风格。剧本告诉我们，人在贪得无厌的大海面前是渺小无能的，人与大海的搏斗最终只能是死亡。

霍普特曼创作的《沉钟》中，海因里希是一个有名的铸钟师，他希望铸造一口大钟，把它悬挂在高山之巅，以镇压山里的群妖。不料，在搬运钟的过程中，由于森林之魔的暗中破坏，海因里希连同钟一起掉进了深渊，遇到了女妖罗登格兰。罗登格兰用魔法治好了海因里希的创伤，二人相爱了。海因里希也立志再造一座更加宏伟的巨钟，让它的声音能够响彻云霄，直达太阳。但是森林之魔和水怪尼格尔曼却千方百计地破坏他们的恋爱和铸钟工程，山下的理发匠、教师、牧师以及海因里希的妻子玛格达夫人也极力反对他，认为他违背了基督教的教义和道德。海因里希既无力防范许多妖怪的暗算，也没有决心摆脱现实生活中庸俗势力的干扰。因此，一旦听到由于他抛弃家庭而投水自尽的妻子在水底敲打沉钟的声音，他便憎恨起罗登格兰。而且，他不顾罗登格兰的劝阻，放弃了铸钟工作，回到了家里。但他失去了罗登格兰，也就失去了青春的力量。因此，后来他重新到山上来求助罗登格兰时，可惜已经晚了，罗登格兰已在被遗弃的痛苦中嫁给了水怪尼格尔曼。海因里希挣扎在理想与现实的冲突之间，挣扎在艺术与世俗力量的撕扯之下，没有一种第三方力量来帮助他，等待海因里希的只能是死亡。

在梅特林克的《贝丽阿斯和梅丽桑德》中，神秘的命运笼罩着每一个人，人物如同木偶，对自己的行动或动机茫然无知。"剧本中展现的不是由人物和情况发展而来的写实和逻辑的行动，而是一个神话仙境，在其中，不可解的力量控制着人类命运。"[①]贝丽阿斯与梅丽桑德的叔嫂恋并非两人的本意，有如任人宰割的羔羊，当他们两人独处时，房门必紧闭，灯火必不燃，他们都受到外力捉弄，身不由己，无法战胜。

---

① 〔美〕布罗凯特，胡耀恒译：《世界戏剧艺术欣赏——世界戏剧史》，中国戏剧出版社1987年版，第344页。

尽管人们普遍认为梅特林克的后期作品充满了乐观主义精神，努力克服早期作品中的神秘主义和悲观主义，竭力歌颂求知进取的力量，但我们仍然认为他的后期作品《青鸟》中同样表现了一种悲观情绪。蒂蒂儿和米蒂尔经过一番充满奇趣的寻找后仍然得不到青鸟，所有的努力都是白费，他们只能无奈地对台下的观众发出哀求："如果有哪位找到了那只青鸟，请还给我们，为了今后的幸福，我们需要这只青鸟。"梅特林克意识到了这股神秘力量的伟大，企图寻找并获取这股力量，可惜它还是与人失之交臂，人类永远无法超越它，也永远得不到它。

（三）自　欺

象征主义剧作家都普遍流露出对现实生活的失望，他们刻画了一批在残酷现实面前饱受煎熬却又自甘沉沦的小人物形象，剧作家对他们既怒其不争又哀其不幸，失望之情溢于言表。这些小人物失去了外力的佑护，自己又无力改变命运，只能龟缩在自己狭小的心理空间中，不敢直面惨淡的人生，在自己编织的幻想世界中自我安慰，自我欺骗。

《野鸭》是易卜生的第一部象征主义剧作。老奸巨猾的威利在生意上嫁祸于自己的合作伙伴艾克达尔，害得人家做了八年牢，然后又假仁假义地把自己的情妇并已经怀孕的基纳嫁给了艾克达尔的儿子雅尔玛，生下来的女儿海特维格实际上是威利的私生子，这样的人物关系已经充满了戏剧性。更有意味的是，艾克达尔父子偏偏又具有一种不思进取、自欺欺人的性格，这更增加了剧本的内涵。雅尔玛整天无所事事地呆在小照相馆里，经常玩弄着威利送给他们的那只野鸭，幻想着能在照相术上有所发明。他根本无法认清自己真实的处境，也不愿意去认清，这种幻想使他获得了巨大的精神满足。这种局面被威利的儿子格瑞格斯打破了，他对这一家人生活在虚幻中十分惊讶，这个喜欢讲真话的年轻人揭露了事情的全部真相，结果却导致小女孩海特维格开枪自杀，但雅尔玛依靠幻想或谎言过日子的陋习却一点也没有改变。伤害雅尔玛一家的不仅有威利，也有他的儿子格瑞格斯，拯救者没有拯救人，反而加重一家人的精神危机。不明真相的生活让他们怡然自得，但真实被揭穿之后，只能让他们更加痛苦，连最后一点精神自由也被剥夺了，他们已经一无所有，与那只受伤的野鸭一样，他们不能飞，也不愿意飞了。这部作品的意义与20世纪60年代美国剧作家阿尔比创作的《谁害怕弗吉尼亚·沃尔夫》一样，都探讨了幻想在人的生活中所发挥的重要作用及其危害。

辛格创作的《圣井》描绘了一对瞎眼夫妻从失而复明到明而复失的前后两次转折。先前，他们奇丑无比却又自以为仪表出众，圣徒用圣水治愈了盲眼后，丈夫马丁把村里的美人莫莉当成了自己的妻子，遭到了众人的奚落与嘲笑，当发现自己的老伴原来是一个丑陋不堪的婆娘时，他更加痛苦。由于眼睛复明，他再也无法继续从前的乞讨生活，只得给铁匠干活，却又遭到铁匠的虐待和斥责。瞎眼前，周围的人对他们还抱有一丝同情，现在，他们看到的却是世俗社会的冷酷与无情。"眼睛亮了反而烦恼"，这一对瞎眼夫妻最终宁愿选择了原来的生活。如果说没有看到现实世界之前，他们对生活还抱有一丝美好的幻想，那么残酷的现实带给他们的却是理想的泯灭和失落。先前的幻想让他们有了生存的理由，是他们积极向上的动力，但认清现实又重新回到黑暗世界后，留在他们心里的只能是失望和遗憾，以及不敢直面现实的自我欺骗。

总之，从无助、无力到自欺，这是现代人精神危机的三部曲，环环相扣，程度递进。象征主义戏剧所体现的生命意识是悲观的，正如梅特林克早期作品中所表现的一样，死亡每时每刻都在缠绕着剧中人，统治着舞台，但你看不到是什么行动导致了这种死亡，也没有什么人对这种死亡负责，神秘的悲剧似乎在大幕拉开之前就已经上演了，呈现在舞台上的只不过是剧中人临刑前的焦虑和徒劳的抗争。

可以看出，象征主义剧作的生命意识中已经流露出与后来以存在主义哲学为背景的荒诞派戏剧大致相同的悲观宿命论思想，但引起这种悲观宿命的原因却是有区别的：前者是因为本体世界的神秘和无法接近，后者却是因为本体世界的虚空和乌有。正如梅特林克理解的一样："人生真正的意义，不是我所感知的世界里，而存在于那个目所不见、耳所不闻、超乎感觉之外的神秘王国中。"① 也就是说，象征主义戏剧承认人生是有意义的，只不过这种意义不在现实世界中，而在一个神秘的王国里。荒诞派戏剧却认为本体世界中一无所有，人生毫无意义，现实世界荒诞不经，西西弗斯式的努力是徒劳无功的。因此，他们对现实世界和本体世界都不抱有任何幻想。同时，象

---

① 转引自周江林《对抗性游戏》，中国人民大学出版社2003年版，第438页。

征主义采取的是"用最接近的另一事物来代替某事物"①的"转喻"手法来
表现,而荒诞派戏剧采用的却是在舞台上直接呈现的"直喻"。于是,荒诞
派戏剧中的"绝望"取代了象征主义戏剧中的"失望";没有对象的"畏"
取代了有对象的"怕";漫无目的的"等待"取代了毫无结果的"寻找"。
因此,荒诞派戏剧流露出比象征主义戏剧更加强烈的悲观色彩。

三、象征主义戏剧的表现形式

梅特林克认为,"诗人的任务就是要揭示出生活中神秘而又看不见的因
素,揭示出它的伟大之处,它的痛苦之处,但这些因素却与现实主义无缘。
假如我们停留在现实主义的水平,对永恒的世界就一无所知,也无法理解生
存和命运的真谛"。②如何揭示这些"神秘而又看不见的因素"呢?语言问
题就变得至关重要。说不可说之神秘,不能采用明白晓畅的确定性语言,因
为它本来就说不清道不明,只可意会,不可言传,所以只能在传统戏剧语言
之外,另辟蹊径,寻找一种能与这种内容相一致的模糊语言。找来找去,象
征语言就成了最佳选择。象征在两个方面满足了象征主义戏剧表达生命意识
的语言要求:既能用具体对象去指称、暗示神秘,又能用自身的不确定性去
摹状神秘世界的混沌和难以把握。对于前者,象征能够以物喻物地去指称神
秘,说明了它的隐蔽性;对于后者,象征能够通过语焉不详的语义表达暗示
出神秘难说周全的多义性。

所以,象征主义戏剧从一开始在表达方式上就既区别于浪漫主义戏剧,
也不同于现实主义戏剧和自然主义戏剧。

一方面,象征主义戏剧认同浪漫主义戏剧注重表达个人主观感情的艺术
观念,但又反对浪漫主义戏剧直抒情怀、露骨说教的艺术手法。象征主义剧
作家将自己的感情寄托在象征体中,主张用象征体暗示主题,隐喻作者的
思想感情,托物言志,借景生情。这种手法的新颖之处就在于通过丰富的想

① 〔美〕杰姆逊,唐小兵译:《后现代主义与文化理论》,北京大学出版社1997年版,第185页。
② 转引自周江林《对抗性游戏》,中国人民大学出版社2003年版,第438页。

象，能够创造出充分表达作者主观感情的客体，并赋予抽象无形的客体以生命和个性。

另一方面，他们同意现实主义戏剧对社会、人生本质进行思考的艺术主张，但又在下述三个方面竭力反对现实主义戏剧：

一是现实主义戏剧对社会、人生的理解和认识是错误的。当时，现实主义戏剧和自然主义戏剧主要受实证主义哲学影响，标榜自己向人们提供的知识是理性、有用、确定的，是人类智慧的最高体现。而象征主义者认为这个世界是非理性的、神秘的，人生的真正意义存在于那个超乎感觉之外的神秘世界中，只能靠寂静的冥想才能知觉和想象这个世界，正如诺贝尔文学奖委员会对梅特林克的评价中所说的一样："他不否定任何事物，只去发掘潜在的存在本质。他不可避免地是个不可知论者，因为人类的理解力尚未能归纳出存在本源的确切观念。"[1]因此，象征主义戏剧并不要求观众相信舞台上发生的一切到底是真是假。《沉钟》的主要场景被安排在与现实生活相对立的山林世界之中，这里既有人的存在，更有大量妖怪的活动，如森林之魔、水怪尼格尔曼、女妖罗登格兰及其祖母、木侏儒、其他女妖等，形成了一个人妖共处其中、彼此混杂的神奇世界，给人仿佛生活于神话领域的感觉。对于这个世界的描绘既使作品充满了神秘、奇幻的色彩，也给作品带来了浓郁的诗情画意。此外，《凯瑟琳伯爵小姐》中的魔鬼、《心之所往》中带走新娘玛丽的神秘小男孩、《圣井》中能够使瞎子复明的圣水、《青鸟》中的万物有灵，象征主义戏剧为我们营造的是一个光怪陆离的戏剧空间。这一点，也为后来的天马行空、自由想象的表现主义戏剧留下伏笔。

二是现实主义戏剧着重描写外部世界的艺术主张是错误的。象征主义戏剧认为，世上所发生的种种琐事都是无足轻重的表象，不必就事论事地去应付一个又一个具体而琐碎的社会问题。因此，他们放弃了现实主义戏剧典型化的艺术手法，放弃了个性化的人物塑造，他们的目的不是反映客观现实，也不是营造舞台幻觉，他们追求的是内心真实，是神秘世界所激发的内心反映。梅特林克认为"当时流行的杀戮、决斗或叛逆行为的戏剧都犯了时代的错误，因为人们的生活多半已远离流血、叫喊和刀光剑影"，"今天人们的

---

① 〔法〕梅特林克，李斯等译：《无形的来客》，时代文艺出版社2006年版，第2页。

眼泪是静悄悄地流出来的，不被人看见，近乎是精神上的"。①在梅特林克看来，"真正的悲剧通常是内在的，是潜藏在内心深处的，几乎很少有外部动作"。②他接着说："我越来越相信，像这样的人，他纵然没有动作，但是和那些扼死了情妇的情人、打赢了战争的将领或维护了自己荣誉的丈夫相比，他确实经历着一种更加深邃、更加富于人性和更具有普遍性的生活。"③因此，"你可以发现，心理活动——和那种仅仅是表现一种实事的活动相比，它的高尚是无限的"。④可以看出，象征主义戏剧已经开始了现代派戏剧的"向内转"。

三是现实主义戏剧过多地依赖台词是错误的。正如美国布罗凯特在《世界戏剧艺术欣赏——世界戏剧史》中所说："由于终极的真理无法靠逻辑推理来了解，也就不能被直接表达，它只能透过相当于剧作家的直觉，而能引发感情和心态的象征来间接表明。因此，在象征主义的剧本里，表面的对白和行动也就不占首要的地位。"⑤梅特林克更多地从现实生活获得了启示，他认为"人与人的交流往往不是通过语言而是通过沉默，因为在沉默的时候，我们最容易暴露自己的内心"，"只有当我们感到无聊的时候才会滔滔不绝地说话，当我们和我们不愿结识或不喜欢的人在一起时，我们总想找些话来说，因为在这种场合保持沉默是很难堪的。相反，如果我们回忆自己所爱的人时，我们想到的往往不是对方讲的话，而是彼此在一起度过的相对无言的时刻，因为深刻的感情不是语言所能代替的"。⑥实际上，梅特林克所反对的台词是那些陪衬行动和解释行动的台词，他认为"剧本中唯一真正有意义的台词是那些最初看来毫无用处的台词，这种台词才是本质的所在"。⑦这就是他所说的"第二台词"，有价值的语言是那些暗示性的语言，这些偏离了传统对白意义的语言，成了梅特林克戏剧中唯一的动作。

①转引自周江林《对抗性游戏》，中国人民大学出版社2003年版，第439页。
②转引自周江林《对抗性游戏》，中国人民大学出版社2003年版，第439页。
③周靖波选编：《西方剧论选》（下），北京广播学院出版社2003年版，第482页。
④周靖波选编：《西方剧论选》（下），北京广播学院出版社2003年版，第483页。
⑤〔美〕布罗凯特，胡耀恒译：《世界戏剧艺术欣赏——世界戏剧史》，中国戏剧出版社1987年版，第343页。
⑥转引自周江林《对抗性游戏》，中国人民大学出版社2003年版，第439页。
⑦周靖波选编：《西方剧论选》（下），北京广播学院出版社2003年版，第484页。

归纳起来，象征主义戏剧主要采取总体性借喻、暗示性意象和结构性对比等三种主要形式来完成喻指活动，当然这三种方式也可以在同一部作品中交替使用。

（一）总体性借喻

借喻作为一种修辞手法，注重抓住象征体与需要表达的抽象观念之间的相似关系，赋予了借代物以象征意义。这里的相似关系，可以是外形上的相似、可以是状态的相似，也可以是功能属性的相似。象征手法运用得恰当，可以起到意想不到的作用，从而给观众留下强烈而深刻的印象。与象征的其他手法相比，借喻手法的象征体比较具体、明确，喻体直接诉诸观众视听感觉，形象直观。同时，许多象征主义剧作家总愿意在众多象征体中确立一个主导性的象征物来统摄全剧，在总体上象征剧作的主题意义，传达了他们的生命意识。

《野鸭》中的野鸭就是一个主导性的象征体，它的象征意义是多层次的，它是雅尔玛一家人的象征。首先，它象征着那些受到一点伤害就一蹶不振，屈服于生活的懦弱者。这只受伤的野鸭可以象征在生意上被威利陷害的父亲艾克达尔，可以是主人公雅尔玛，也可以是他的妻子基纳，还可以是他的"女儿"海特维格，总之，野鸭就是这一家人的精神写照。其次，野鸭也象征囚禁与自由的关系，它被雅尔玛父子当做宝贝关在小阁楼里，不让它经历一丝风吹雨淋，但它毕竟是一只野鸭，它需要回到大自然中，回到属于它自己的天空中，不能因为怕它受到伤害就将它束之高阁。尽管易卜生的其他剧作中也有象征手法，但在这个剧本中，野鸭的象征意义贯穿始终，象征体与故事情节和人物性格结合得十分紧密，这是易卜生其他剧本中所不曾拥有的。

《沉钟》中的铜钟也是一个主导性象征体。有意思的是，海因里希先前在山下铸造的那口钟沉入了湖底，铸成后只在他的妻子投湖自尽时被撞响过一次。在山上铸造的第二个钟还没有成功他就一命呜呼了。这里，至少有三层象征意味：一是山下的生活是世俗的，山上象征着理想的生活，海因里希在山下才情匮乏，到了山上又激情洋溢。山下的妻儿让他割舍不下，山上的女妖又让他流连忘返。霍普特曼认识到，在资本主义社会中，由于黑暗势力因袭下来的传统精神力量在不断壮大，崇高的理想往往在庸俗、丑恶的现实面前被彻底粉碎。因此，这一层象征意味表现了理想与现实之间的尖锐冲突，海因里希在这场冲突中扮演了一个可怜的悲剧角色。二是铸钟可以理解为一种艺术创造活动，真正的艺术创造需要与现实保持距离，需要远离世俗的人间。所以他在山下铸的钟一鸣不鸣，最后毁于山妖之手，只在湖底响过一次，可见它并没有什么价值。但是，真正的艺术又需要与现实保持联系，这是指他舍不得尘世的妻儿返回山下，妻子沉湖的那一撞，唤醒了海因里希。艺术源于生活又高于生活，作为德国集现实主义、自然主义和象征主义为一身的剧作家霍普特曼，也许在这个剧作中也表达了自己面临的艺术困惑，因此，这一层的象征意味是艺术与现实的矛盾。三是创造艺术就要有自我牺牲和排除万难勇往直前的勇气，像海因里希这样瞻前顾后、患得患失的做法，最终是毫无结果的。剧中的每一个人物都有一定的象征意义——如罗登格兰是青春力量的象征，是爱的化身；牧师是现实生活中庸俗势力的代表；玛格达夫人和孩子象征着家室的牵累等。20世纪30年代，我国新文学史上由冯至组织的"沉钟社"，社名的含义就来自于霍普特曼《沉钟》中的艺术精神，鲁迅曾经对这种积极进取精神给予了充分肯定。

正如作品的标题所示，梅特林克的《青鸟》中，"青鸟"是全剧的主导意象。它是剧中人物苦苦寻觅的东西。因此，解读"青鸟"的象征寓意，是了解剧作思想的核心。首先，青鸟并不象征幸福，因为剧中已经出现了若干个代表"幸福"的小鸟。其次，青鸟并不是子虚乌有的，它真正出现过，米蒂尔兄妹的一只斑鸠一夜之间就变成了青鸟，只不过后来又飞走了。再次，青鸟应该与幸福密切相关，因为剧终青鸟飞走后，蒂蒂儿向观众声明：为了我们今后的幸福，我们需要青鸟。所以我们认为，"青鸟"的象征意义应该从寻找青鸟的行为动机来认识。

蒂蒂儿与米蒂儿寻找青鸟，表面上是仙姑的命令，是被动的行动，实际上，在仙姑的命令背后蕴涵着更深层的意义。她借口救护她的小孙女，但自己又不去，而让两个小孩来完成，这明明是一种点化儿童的行为，让他们在寻找青鸟、救助别人的过程中认识生命的价值。小兄妹不是个别儿童的化身，而是人类的象征。幻想大师梅特林克通过戏剧情节向观众表明：青鸟不在温情的死亡世界中，因为这里只有死鸟；青鸟也不在丑恶的夜宫里，因为黑夜就曾坦白地说"青鸟从来没到过这儿"；青鸟更不在所谓的幸福王国中，这里是慵懒与物欲的世界。那么青鸟到底在哪里呢？我们来看作者重点描写的两场戏：在第五场"森林"中,作者写到了众树和众兽的激情与生命活力。面对人类的乱砍滥伐和滥杀无辜,它们顽强地生存着。面对大自然的风霜雪雨,它们挥洒着灵气与生命意志,表现出惊人的果敢、坚毅和智慧。在第十场"未来王国"中,梅特林克描述了一个青色的世界,这是一个已经拥有了青鸟的未来世界,这里的人类,沉稳而又志向高远,富有创造力和智慧,它展示了人类拥有青鸟后光明辉煌的前景。因此,"青鸟"应该象征顽强的生命意志、坚毅果敢的精神和睿智聪慧的品质,象征着人们始终不渝地坚持对真理、对人生真谛的找寻过程本身,一旦停止追求幸福,幸福就转瞬即逝。可惜,这种精神,人类并不拥有。这也正是米蒂儿兄妹一旦停止追寻,得而复失的青鸟就会飞走的真正原因,因此这仍然是一种悲观主义剧作。

(二)暗示性意象

有些象征主义戏剧并没有直接的视觉形象作为直观明确的象征体,但是通过暗示性意象,观众可以隐隐约约地感知喻指对象的存在,体会它的象征意义。所谓意象,就是感觉中的具体对象,即"能在一瞬间里呈现情感与理智复合物的东西",[1]通过暗示性意象,剧作家把自己的感触和情绪全部隐藏起来,不加任何解释、说教和评论,而是着力捕捉客观事物及其引发的主观感受,正如马拉美所强调的一样,"直陈其事,这就等于取消了诗歌四分之三的趣味,这种趣味原是要一点一点儿去领会它的。暗示,才是我们的理想"。[2]这一类意象是一种通过作者种种暗示性描绘和渲染以及剧中人的反应性动作和情绪,从而由观众通过联想在自己心中再造的形象,藏而不露,含蓄凝练。这些形象有两种来源:

第一种是剧中人在对白中谈论的对象,剧中人能感知,观众却不能感知,观众的心理意象是通过剧中人的叙述建立起来的。由于剧中人的转述,戏剧动作不必直接呈现在观众面前,从而使象征主义戏剧具备了叙述的雏形。《内室》的动作很少,甚至有点像一幅静止的图画:两个报信人来到一家人的窗下,准备告诉他们家小女孩失足淹死的消息,但又不忍心打破眼前宁静的生活,只是停留在窗外密切注视着室内。屋里人的一举一动,是通过

---

① 〔英〕彼德·琼斯,裘小龙译:《意象派诗选》,漓江出版社1988年版,第152页。
② 黄晋凯、张秉真、杨恒达主编:《象征主义 意象派》,中国人民大学出版社1989年版,第41页。

报信人叙述给观众的，同时，观众也可以透过窗口依稀看到他们的动作。两位报信人在窥视室内的风景，坐在台下的观众又在看他们。《七公主》也具有这个特征，象征死亡的七公主主要通过王后和王子的对话呈现，观众并没有看见七公主，他们之间是偷窥与被偷窥的关系。这样的意象类似于中国现代诗人卞之琳的那首名为《断章》的诗：你在桥上看风景，看风景的人在楼上看你。

第二种是剧中个别人的心理幻象，这一类意象只有剧中个别人能感知，而剧中其他人和观众都无法感知，这样既暗示某种神秘因素，又表达了这种神秘因素在剧中其他人和观众内心所引发的恐惧，实现了象征主义戏剧着重表达内心感受的承诺。这些意象不仅给剧中其他人造成压力，也给观众造成压力，从而形成一种特殊的神秘气氛。如《骑马下海的人》中死去的儿子米海尔跟随第六个儿子巴特里下海的场景观众并没有看到，而是通过他的母亲毛里亚叙述出来的，并且这个情境也没有真正出现，它只是母亲毛里亚由于承受的心理压力太大而出现的心理幻象，观众可以通过她的描述在自己的心中也形成此类形象。母亲在这里充当了先知的角色，她的感觉是敏锐的。《盲人》也是一出没有动作和情节的剧作，作者用大海、孤岛、广袤的天空、无际的森林隐喻大自然的辽阔和神秘莫测，用孤独无援的盲人象征人的渺小，从而表现了人在命运面前的无能为力，而能够感受到死亡威胁的却首先是一条狗。《无形的来客》的特点是情节极其简单，甚至说根本就没有传统意义上的戏剧情节，它不是以人物之间激烈的冲突取胜，而是以神秘气氛吸引观众。那支即将燃尽的蜡烛、脚踩枯叶的细微声响、小鸟的突然惊飞、一阵阴风过后病人家属的战栗等等细节都把死神来临时的氛围传达给了观众。《无形的来客》中，外祖父虽然是个盲人，却比常人敏感，死神的降临正是通过他的感知呈现的。

外公：你在那里吗，珍妮芙？

次女：是的，外公。

外公：你在那里吗，洁朵露？

三女：是的，外公。

外公：你在那里吗，奥塞拉？

长女：是呀，外公，在你身边。

外公：那个坐在那里的是谁呢？

长女：你指哪里，外公，没有别人了。

外公：那里，那里，在我们中间。

长女：那里没有人啊，外公。

父亲：我们告诉你那里没有人啊。

外公：你们都看不见，你们任何一个都看不见。

这里，传达了一种神秘因素，可能够感受这种神秘的偏偏是个盲人，谁能相信一个盲人看到的一切呢？但它似乎又确实存在，因为此后不久，隔壁的病人真的就驾鹤仙去了。

无论是语言谈论的对象还是剧中人的心理幻象，由于喻体本身并没有实际呈现在观众面前，因此需要剧作家进行大量的气氛渲染和细节暗示，以激发剧中人和观众的心理感受。但是，这样做就会带来一个新问题：过多地使用渲染和暗示，一方面促使剧作家要花费更多的精力来加强戏剧场面的营造；另一方面，这种偏重在一定程度上分散了剧作家对戏剧情节的注意力，从而出现用戏剧场面取代戏剧情节的倾向。

梅特林克提出的"静止戏剧"理论很好地解决了这个难题。象征主义戏剧出现了许多专门以营造戏剧场面而见长的独幕剧，他们都力图在一个戏剧场面中表达他们对人生和社会的理解。同时，由于刻意描绘戏剧场面，放弃了对戏剧情节进行精心设置，致使象征主义戏剧情节出现了"停叙"现象。所谓"停叙"就是指故事时间不发展而演出时间仍在继续的一种叙述现象。正如德国戏剧理论家斯丛狄所说："如果说古希腊的悲剧展示处在与命运进行悲剧性抗争中的主人公，古典主义戏剧将人际冲突作为题材，那么在梅特林克的剧作中抓住的只是一个瞬间，就是当无助的人为命运所攫住的时候。"[1]梅特林克的作品不追求情节的统一性和完整性，而是以静止的场面作为戏剧情节最小也是唯一的构成单元，用戏剧情境范畴替代戏剧情节范畴。内容上梅特林克要表现人物内心对世界的反映，这就必然要放弃外在动作的丰富性，形式上他用

---

[1] 〔德〕斯丛狄，王建译：《现代戏剧理论》，北京大学出版社2006年版，第50页。

戏剧场面的营造取代戏剧情节，就使戏剧空间始终停留在一个相对静止的瞬间，形式为心理内容细致集中的展示提供了保障，内容为暗示和渲染的静止形式提供了依据。所以，"静止戏剧"的内容和形式是一致的，是象征主义戏剧的必然选择。

表面看来，象征主义戏剧情节的"静止"与荒诞派戏剧十分相似，荒诞派戏剧的情节也缺少大起大落的发展，情节几乎停滞不前。但它们背后的成因却各不相同，象征主义戏剧是因为着眼于神秘气氛的渲染而分散并占用了戏剧资源，荒诞派戏剧却是因为主人公无法行动而需要得到形式上的表征和保证。

（三）结构性对比

对比也是一种修辞方法，通过对比让观众在反差和变化中体会其中的象征意义。对比可以是两种不一样的状态和性质之间的比较，称为共时性对比；也可以是前后变化的比较，称为历时性对比。象征主义戏剧的对比就是历时性的对比，它总是喜欢在结构上采取否定之否定的方法，通过前后变化所形成的差异传达象征意义，因此，这种方式可以称为结构性象征，也就是说，剧本结构方式本身具有象征意义。同时，这种结构样式也具有"静止"的特征，因为尽管情节发展了，但最终还是回到起点，故事情节中的人物关系、属性等诸元素经过一番喧闹后都恢复了原状。

辛格的《圣井》中，马丁夫妇失明的生活是一种状态，复明后又是另一种状态，通过他们的遭遇，展现了周围人截然不同的两种态度、两种形象。明眼人与瞎子谁更幸福，前后的对比已经让我们明白了答案，复明是对失明的否定，第二次失明又是对复明的否定。《沉钟》中具有象征意义的山下、山上，也在地点上形成了相互否定的意义，山上的生活是对山下生活的否定。从戏剧结构的表层来看，《青鸟》的母题是"寻找"。一场场充满情趣的戏剧冲突组接成一个完整的戏剧情节，每一场都相对独立，但每一场都是对前一场的否定，找到了却又不是青鸟，一次次否定又一次次被超越，从而成功构建了寻找青鸟的象征意义。《青鸟》中的场与场之间具有否定之否定的逻辑关系，是环环相扣的历时性递进关系，不可以随意取消。与此不同，表现主义的场景剧中，表面看来是主人公的行动贯穿始终，是一种历时性递进关系，但是，为了表现的需要，主人公经历过的这些场景之间并不构成否定关系，而是进一步补充说明的强化关系，是按照剧作家表现的需要有选择地进行组接的共时性并列关系，就像凯泽的《从清晨到午夜》所选择的自行车场、歌舞厅和宗教场所，看似随意，却是剧作家精心选择的结果。

总之，象征主义者"并不相信真理可以逻辑地界说，或理性地表达。因此，象征主义的戏剧也就倾向于模糊、神秘而不可解"。[1]在西方戏剧史上，提出不能明确表达自己意图并使其戏剧充满不确定因素的，一是象征主义戏剧，二是荒诞派戏剧。象征主义戏剧觉得有内容可以表达，有话要说，尽管他们觉得说不清，但他们运用暗示和象征，毕竟完成了自己的表达，把不可能之事变成了可能，属于有话无法说清。荒诞派戏剧认为无话可说，即使有话说也同样说不清，于是他们干脆让那些根本不能表达任何意义的语言就这样随意而混乱地堆砌在一起，属于无话找话说的含混。相信真理的存在，却又不相信可以理性的表达，欲言又止，藏而不露，注重渲染与暗示。因此，有话"含蓄说"，就成了象征主义戏剧典型的话语策略。

剧本来源

[1]汪义群主编：《西方现代戏剧流派作品选》（二），包括《凯瑟琳伯爵小姐》、《心之所往》、《沉钟》、《圣井》、《骑马下海的人》、《盲人》、《青鸟》等，中国戏剧出版社1992年版。
[2]〔法〕梅特林克，李斯等译：《无形的来客》，见《诺贝尔文学奖文集》，时代文艺出版社2006年版。
[3]〔挪〕易卜生，潘家洵、萧乾、成时译：《易卜生戏剧集》（三卷本），人民出版社2006年版。

①〔美〕布罗凯特，胡耀恒译：《世界戏剧艺术欣赏——世界戏剧史》，中国戏剧出版社1987年版，第343页。

第三章 自己说

——表现主义戏剧的话语策略

受现代心理学影响，表现主义艺术家认为，内心生活比外部世界更真实、更重要，因此艺术美不应该与外部现实保持一致，而应该与艺术家的内心一致。这样一来，表现主义作品中的世界就不再是一个客观的世界，而是一个扭曲变形了的主观世界。因此，着眼于表现人物的内心生活，传统戏剧文学观念中着重强调的客观生活的写实性、社会矛盾的冲突性、戏剧场面的集中性、戏剧情节的逻辑性和戏剧结构的完整性等话语策略就统统被表现主义戏剧彻底抛弃了、淡化了，取而代之的是一套全新的表达方式：表现，这也是西方现代派戏剧继象征之后寻找到的又一种话语策略。

一、表现主义戏剧的思想特征

表现主义首先在绘画领域兴起，随后又波及戏剧领域。一般认为，表现主义风头最劲的时期是1910年到1927年。在此期间，西方社会正经历着重大的历史变革，第一次世界大战的灾难性后果和前苏联社会主义制度的确立都改写了人类历史。在内容上，表现主义戏剧与现实主义戏剧一样，都反映了进入垄断资本主义社会后的时代特征和精神危机，可以说，它们思想内容完全一致。对理性主义传统和基督教文明的抨击、对资本主义社会秩序的揭露、对社会工业化和生活机械化的反对、对人的原始生命力的推崇、对自我的寻找等内容都是许多表现主义剧作家共同关注的话题。总的看来，这些内容所体现的思想特征可以归结为以下四个方面：

（一）表现社会对人性的束缚

表现主义剧作家都将批判的矛头指向了现实，着力表现残酷的社会和愚昧的观念对人的戕害，特别是对人性的压抑和束缚。这一类主题，在早期表现主义剧作中经常出现，如德国"现代戏剧之父"毕希纳创作的《沃伊采克》、魏德金德创作的《青春的觉醒》、佐尔格的《乞丐》和哈辛克列夫的《儿子》等，后来托勒的《亨克曼》也表现了同样的主题。斯泰恩形象地指出了早期表现主义戏剧的艺术特征，"整个时代变成了一种单一的、刺耳的尖叫。艺术同样在茫茫的黑暗中尖叫，尖叫着救命，这是为灵魂而发出的尖叫"。①应该说,早期表现主义戏剧都带着一种激愤的情绪,仓促登上了历史舞台的。

毕希纳的《沃伊采克》被称为第一部"市民悲剧",1913年才首次发表,这是一部根据真实故事改编的插曲式多场次戏剧。沃伊采克与贫民女子玛丽相爱,因为贫穷他们无法到教堂举行婚礼。他们生下一个孩子后,沃伊采克一面充当军队上尉的理发师;一面把自己的身体供给军队的医生做实验,以挣钱养家糊口。根据实验需要,他每天只能吃豌豆,不能吃其他东西,时间一长,他的身体越来越虚弱,常常感到头晕目眩,甚至产生了幻觉。由于贫穷,他的妻子玛丽经不住诱惑,背叛了自己的家庭和丈夫,委身于军队的鼓手长。当沃伊采克听到这个消息时,一开始他根本不相信。待他赶到舞厅,看见自己的妻子正与军队的鼓手长搂抱在一起时,一无所有的他完全失去了理智,拔刀刺死了玛丽,然后拖着玛丽的尸体走向池塘,一步步地消失在池水里。沃伊采克的死让人触目惊心——作为一个鲜活的生命,却被当做动物一样用于科学实验,这是有悖于科学伦理的。剧中有一场戏,写他吃了豌豆后由于腹胀,便在墙角处小便,结果被部队的军医看见,严加训斥,因为按照规定他是不能随意小便的。科学研究成果本来是造福于人的,但科学研究却泯灭人性,扼杀了人的生理需求,人成了科学的实验品,这是多么的残忍。

佐尔格1910年创作的《乞丐》是第一部被搬上舞台的表现主义戏剧,剧中有三条线索:一是剧作家与赞助商之间的矛盾,最后是剧作家对赞助商的拒绝。二是儿子(剧作家)与父亲的矛盾,父亲是个机器崇拜者,近乎疯狂,最后儿子用毒药将父亲毒死。三是青年(剧作家)与姑娘的矛盾,姑娘之前生过一个孩子,为了与青年在一起,决定将这个孩子送人,但青年对姑娘的做法表示担心。这三条线索就像三个并列的意象,都具有受人牵制的象征意味,赞助商、父亲、姑娘分别象征在事业、家庭和爱情三个方面对自由人性的束缚和控制。剧本的象征意味十分明显,年青一代在精神上始终都是需要帮助的乞丐。在哈辛克列夫的《儿子》中,儿子是一个二十岁的年轻人,从未享受过真正的快乐。由于考试不及格,被怒气冲冲的父亲痛骂了一顿,于是儿子在一个朋友的引导下走上了发挥自己才能的道路。同时,这位

---

① 〔英〕斯泰恩,刘国彬等译:《现代戏剧理论与实践》(三),中国戏剧出版社2002年版,第498页。

朋友还给了儿子一把手枪，让他杀死自己的父亲。但观众并没有看到真正的杀父场面，因为这位不幸的父亲在受到威胁时已经中风死掉了。"弑父"情节在这两个剧本中都有表现，这成为表现主义戏剧中一个非常有趣的现象，具有非常典型的象征意味。为此，斯泰恩认为，"从思想意识上，在德国剧坛所出现的表现主义最初是一种抗议性戏剧，它反抗的是战前统治着家庭和社会的权威、森严的社会等级划分。而从终极上说，它反抗的是社会的工业化与生活的机械化。它是一种年轻人反对老年人、自由反对权威的暴烈的戏剧"。[①]年青一代受制于别人的恩惠，受制于父辈的精神桎梏，要想获得解脱和新生，只能走上弑父的道路。

魏德金德也憎恨丑恶的社会现状、虚伪的世俗道德和僵化的市民意识。当时霍普特曼曾经说服他加入自然主义戏剧行列，但被他拒绝了。他不愿意恪守传统的戏剧规范，而是喜欢运用新的表达方式鞭挞时弊。魏德金德是一个比较关注性问题的剧作家。文德拉、梅尔希和毛利茨三个青少年是《青春的觉醒》中的主要人物，青春年少的他们都已经感觉到了性的冲动，渴望了解其中的道理，但却没有人给他们作出合理的解释，只能自己在暗中摸索。结果，文德拉因为流产死了，学习成绩一直很好的毛利茨自杀了，留下一个梅尔希在感化院里苦苦度日。可以说，资产阶级家庭和学校对青春期性心理的虚伪态度扼杀了三个天真活泼的孩子。

托勒的《亨克曼》主要受《沃伊采克》的影响，也表现了贫穷对社会底层人的压抑。剧中主人公亨克曼在一战中被阉割，失去了性能力，但他的妻子仍然爱着他。为了给妻子买一件圣诞礼物，他千方百计地想得到一份工作。最终，他得到了一份在狂欢节当众咬死一只活老鼠以愉悦观众的工作。他的朋友想占有他的妻子，便故意带她去参观，当妻子知道亨克曼的行为是为了自己时，原谅了他。可是，他的朋友仍然不放弃，又当众揭穿了他的性无能。这一回，妻子在社会压力下自杀了，亨克曼也被打垮了，他也准备自杀。在这部戏中，托勒对人物形象的个性化塑造超过了他对共性人物的兴趣，其表现主义戏剧的特征也只有一段亨克曼在街头陷入绝望时的内心幻

---

① 〔英〕斯泰恩，刘国彬等译：《现代戏剧理论与实践》（二），中国戏剧出版社2002年版，第497页。

觉，这一段"戏剧性的插入"①表明它并不是严格意义上的表现主义，而属于传统的现实主义剧作。

（二）表现文明对人类的异化

所谓异化，指的是主体经过转化，成为外在的、异己的东西。马克思在批判黑格尔与费尔巴哈的异化观的同时，建立了自己的异化观。马克思在《1844年经济学哲学手稿》中阐述了"异化劳动"的四个内容：第一，人同劳动产品相异化。劳动产品是劳动者生产实践活动的产物，它作为劳动者本质力量的一种确证，本来应当引起他的愉悦之情。但是，由于剥削，劳动者生产的东西并不属于他自己，而属于生产资料的占有者，属于剥削阶级，这就是物的异化。第二，人同劳动行为本身相异化。劳动创造了人，劳动是在物种关系上区别人于其他动物的基本特征。然而，阶级剥削和压迫却使劳动成了苦役，而难以带来自由创造的愉快。这就是自我的异化。第三，人同人的类本质相异化。所谓类本质，就是指人类的本质。工人只有在运用自己的动物机能（吃、喝、性行为、居住等等）时，才发现自己是自由活动，而在运用人的机能时，却觉得自己不过是动物。动物的东西成为人的东西，而人的东西成为动物的东西。这样，人就失去了他的类本质，降到了动物的水平，这就是本质的异化。第四，人和人相异化。如果劳动产品不属于工人，并作为一种异己的力量同工人相对立，那么，劳动产品只能是属于工人之外的另一个人。如果工人的活动对他本身来说是一种痛苦，那么，这种活动就必然给另一个人带来享受和欢乐。不是神也不是自然界，只有人本身能成为统治人的力量，这就是社会的异化。美国学者西曼在《论异化的意义》②中认为，异化状态的人一般拥有这样几种体验：一是无力，感到人的命运不是由他自己掌握，而是被外在因素和命运、运气所决定；二是无意义，一方面指缺乏理解力或在一切活动领域中缺乏首尾一贯的意义，另一方面指那种活着没有目的感觉；三是无准则，不受社会上的行为法规的约束，因而导致越轨行为、不信任和无节制的竞争；四是孤立，在社会关系中始终处于孤寂和孤傲状态；五是对文明教化的疏远，随时都有摆脱现行价值观的冲动；六是

①〔加〕雷内特·本森，汪义群译：《德国表现主义戏剧——托勒与凯泽》，中国戏剧出版社2006年版，第75页。
②陆梅林、程代熙编选：《异化问题》（下），文化艺术出版社1986年版，第482页。

自我疏远，以这种或那种方式使个人感到他与自身是生疏的，应该说，西方现代派戏剧乃至后现代派戏剧中的人物都有这种心理特征和行为状态。

科学技术的文明，曾经是西方资本主义社会迅速发展的动力，人们在欢呼现代文明给社会发展带来巨大变化的同时，也在思考它的负面价值。人的异化、对金钱和权力的贪欲等等社会现象，都表明了文明对人的反作用。第一次世界大战后，表现主义戏剧内部悄悄地发生了一些变化。斯泰恩认为，"第一次世界大战爆发及在战场上所发生的大屠杀使人们受到了震动，这种情形破坏了新崛起的表现主义戏剧中的那种个人的和主观性的内容，促进了在戏剧中微妙地引进对人和社会表示关切的内容。到了这时，表现主义显得具有政治上激进和带有马克思主义学说的特色"。①因此，这一时期的表现主义戏剧对社会问题的批判甚至比现实主义戏剧更加强烈。这一类作品包括捷克恰佩克的《万能机器人》，凯泽创作的包括《珊瑚》、《煤气Ⅰ》、《煤气Ⅱ》在内的"煤气三部曲"和《美杜莎的木筏》，托勒的《机器破坏者》，美国赖斯的《加算机》等。

恰佩克剧作中充满了科幻色彩，但在奇妙幻想的背后却流露出对人类命运的担忧，这也正是那个时代共同的主题。《万能机器人》中，一开始海伦娜小姐要为机器人争取权利，但是当总经理多明等人向她描绘机器人带来的种种好处时，海伦娜改变了初衷。然而经过改造的机器人并没有给人类带来福音，反而开始屠杀人类，对此，人类惊慌失措，束手无策。唯一的人类幸存者阿尔奎斯特博士只能对人类的所作所为发出声嘶力竭的控告，是人类自己屠杀了这个种群。然而机器人也有机器人的苦恼，由于制造图纸被毁，他们无法复制繁殖。正当大家悲叹一切都是徒劳时，却意外发现一对名叫普利姆斯和海伦娜的机器人之间竟然奇迹般地产生了爱情。这出戏表现了科学给人类带来的灾难性后果，它用间接的方式反映了资本主义大生产的残酷性，预言了滥用科学技术的危险性。英语中"机器人"一词正来源于这出科幻剧。

真正为德国表现主义戏剧赢得世界声誉的凯泽，在"煤气三部曲"中，表现了千万富翁一家三代人的生活经历，提出了资本主义工业化所带来的种

①〔英〕斯泰恩，刘国彬等译：《现代戏剧理论与实践》（三），中国戏剧出版社2002年版，第498页。

种问题。《珊瑚》中千万富翁童年不幸，富有后良心发现，开始向穷人施舍。为了让自己有一个快乐的童年，他与童年比自己幸福的秘书交换身份，结果这种回顾式的生存并没有给他带来幸福，反而被具有仇富心理的人杀害了，可见富有不一定幸福，贫穷也不一定是祸。《煤气Ⅰ》中，由于过分追求产量，煤气发生爆炸，厂房被毁，大量工人也因此丧生，这让千万富翁的儿子决定不再重建工厂，而是规划了一个贴近自然的居住社区，以便能使被异化为机器的工人们在里面过上一种健康快乐的生活，重新成为真正的人。但是由工人组成的反对方不同意他的计划，坚持要求工厂生产煤气，因为停止劳动就意味着生存受到威胁。《煤气Ⅱ》中，工厂已经被代表资产阶级的蓝衣人统治，他们要求多生产煤气，千万富翁的孙子却号召工人停止生产煤气以抵抗战争。随后，象征革命的黄衣人占领了工厂，工程师要求大家停止生产，并用武力复仇，讨伐蓝衣人，但孙子又不同意暴力，要求大家忍耐，结果工人们不愿意跟从他。最后，他用一瓶毒气制造了人间惨剧，最终成为文明的毁灭者。在另一部剧作《美杜莎的木筏》中，凯泽描写了一群在海上遇险的孩子，当他们被救起时，其中一个成熟的男孩艾伦却拒绝被拯救，因为他宁愿在海上漂流也不愿意混入这个该诅咒的文明世界中。

托勒的《机器破坏者》塑造了一个无产者杰米的形象，面对工人们的罢工，他不赞成破坏机器，也不同意资本家克扣工人的工资，延长工人劳动时间，他主张工人应该学会掌握机器，从而成为机器的主人，这样他便遭到了三股对立势力的冲击：一是他的哥哥亨利认为他背叛了本阶级的利益；二是机器制造商乌利虽然欣赏他，但为了利润也不可能同意他的请求；三是无产阶级维布尔把饥饿的工人拉到了自己的一边砸了机器。这样，杰米的死也就成了必然。

素有"美国戏剧之父"称谓的奥尼尔，在《毛猿》中刻画的杨克是一艘远洋轮上的司炉工，没有文化，却有一副强健的体魄，他对自己的工作充满了自豪感："没有我，一切都要停顿，一切都要死亡，我是原动力。"在机舱里，身为领班的他常常因为自身的优越感而去嘲笑别的伙夫。但这种状况很快随着米尔德里德小姐的出现而改变，当这位贵族小姐看到袒胸露臂、浑身漆黑、貌似猿人的杨克时，竟然大叫一声被吓昏过去。这件事对杨克刺激很大，特别是当同伴告诉他自己在上等人眼里只不过是一只"毛猿"后，他再也不像从前那样志得意满了，他开始思考自己的社会地位和社会价值。他跑到纽约，但社会对他十分冷淡，结果因为袭击阔佬被关进了监狱。出狱后，他到世界产业工人联合会去，主张用暴力清除资本家的财产。但产联的人怕他搞无政府主义的恐怖手段，不敢吸收他入会，把他撵了出去。最后，杨克走投无路来到了动物园，面对铁笼子里的猩猩，他意识到自己也是一只"毛猿"。他打开铁笼，同猩猩倾诉心怀，不料被猩猩用力一抱，活活勒死。杨克从一开始自视为文明的动力者到后来成为文明的受害者，其惨死的悲剧发人深省。严格地说，这部剧更像一出采用象征手法的现实主义剧作。

赖斯创作的《加算机》讽刺了工业社会里人性的奴化现象，探索了科技进步对大众文化和社会生活的负面影响。零先生已经当了二十五年的小职员，天天坐在办公室里加算流水账。可是，这一份工作变得越来越不稳定，因为老板接受效率专家的建议安装了加算机，因此他被辞退了。一气之下，他杀死了老板。零先生也因杀人罪被判处死刑，葬在一座小公墓里。在这里他遇到了因为莫名原因杀死母亲的犯人舒德鲁，还遇到了也被辞退后用煤气自杀的昔日女友戴西。无所事事的零先生回到原来的办公室，重新干起了加算的老行当，但这一次他用的是加算机。又过了二十五年，催命使者查理斯中尉来到办公室命令他停止工作回到阴间去，零先生却不愿意离开。查理斯中尉告诉他，他的前世来生注定都是一个奴隶，以前是手工计算流水账，再投胎成人后，还是干老本行，只不过用更高级的计算机罢了，听了这句话后，零先生才欣然离开。

（三）表现私欲对人际的扭曲

表现主义戏剧对社会现实的揭示和批判绝不逊色于现实主义戏剧，社会的虚伪与人的沉沦等难堪的生存现状都是他们热烈探讨的社会问题。这一类作品包括斯特林堡的《一出梦的戏剧》、《通往大马士革之路》和《鬼魂奏鸣曲》以及凯泽的《从清晨到午夜》，奥尼尔的《琼斯皇》等。

斯特林堡被称为"表现主义戏剧之父"，创作过如《朱丽小姐》、《父亲》这样的自然主义戏剧之后，他也与易卜生一样，转向了现代派戏剧的创作。《一出梦的戏剧》就像标题一样，充满了梦幻色彩，根本无法用传统戏剧观念来理解，他抛弃了传统的时空观念，任凭思绪像梦境一样自由驰骋。剧情是一系列梦境场面的串联，写的是佛教护法神因陀罗的女儿在人间的经历，她先后到了城堡、剧院、律师事务所、岩洞、耻辱湾、美景湾等地，但每到一地她看到的都是人间地狱和荒诞不经的世界，如博士不知道二乘二等于几、军官一辈子都等不到自己心爱的姑娘等等，她不由得时时发出"人真可怜"的哀叹。《鬼魂奏鸣曲》叙述了以放高利贷为生的老人亨梅尔见到已故批发商阿肯霍斯的儿子大学生。老人劝诱他通过婚姻攫取上校的财产，而上校的女儿风信子正是老人与上校夫人的私生女。上校夫人阿美利亚发了疯，老人到上校家去参加一场"鬼宴"的社交晚会，遇到了这位早年的情妇。木乃伊阿美利亚向老人介绍了出席宴会的一群人以及他们之间的恩怨纠葛。亨梅尔以巨资收买了上校的全部股票，欲置上校死地而后快。他要没收上校的全部财产，揭穿上校伪造贵族出身的勾当。然而，这时木乃伊阿美利亚却走过来揭露了老人的罪恶勾当："你劫走了我们的全部灵魂，你用花言巧语抢走了我的一片痴情。而现在，你又伪说大学生的爸爸欠你一笔债，劫走这个大学生的灵魂。其实，他爸爸根本没欠你一个钱。"接着，她把老人关进了碗橱。大学生向上校的女儿诉说自己对爱情和美德的追求，大学生回忆起父亲在疯人院里悲惨死去的情景，愤然地说："这个世界是疯人院、是妓院、是停尸场，耶稣基督要是到这个世界上来，等于堕入地狱。"不料，风信子姑娘听后竟死去了。剧本通过亨梅尔与各种人物关系的描绘，无情地剥去了资本主义的华丽外衣，将其腐烂的躯体赤裸裸地暴露出来，揭示了资本主义社会里人与人之间互相仇恨、互相欺骗的社会本相。剧本荒诞的情节和奇特的舞台形象，对后来的表现主义戏剧产生了重大影响。对女性充满仇恨的斯特林堡在这个剧作中同样没有忘记对她们进行刻薄的讽刺，唯有对此剧中的风信子姑娘略显宽容。

凯泽的《从清晨到午夜》围绕三个主题展开：一是对金钱至上的否定，二是对人们心灵失落和沉沦的描写，三是对虚假的宗教狂热的揭露。出纳员被阔太太迷住，偷了六万马克准备与她一起逃走，但阔太太并不同意。他感到事情不妙，决定一个人卷款潜逃，他逃到室内自行车比赛场、走进了一家有歌舞表演的餐馆、来到救世军布道厅，他所看到的一幕幕都是腐朽、欺诈和荒淫。受布道厅里救世军的影响，出纳员良心发现，不仅坦白他偷窃银行巨款的行为，而且还把偷来的钞票扔出去。当钞票一落地，人们一改刚才的虔诚，马上伸手去抢并打得难解难分。只有一个救世军女孩站在讲台上，自始至终没有参加这场混战。没想到警察一到，她便迫不及待地出卖了出纳员，高兴地领取奖金去了。面对此情此景，出纳员发出了绝望的质问"出路在何方"，然后开枪自杀。

（四）表现人类对和平的向往

第一次世界大战的阴影为人们反思战争提供了契机，战争的灾难性后果让人们对和平充满了渴望，特别是"红色三十年代"，人们在即将面临新的灾难面前，对和平的向往更加迫切。这一类作品包括托勒的《转变》和《群众与人》，恰佩克的《母亲》，美国欧文·肖的《埋葬死者》，怀尔德的《小镇风光》等。

与凯泽相比，托勒的戏剧缺少动人的情节，剧中人在许多场合都在对话，亮明各自的观点，展开说理斗争，所以人物成了作者思想观点的传声筒。自命不凡、蔑视一切成规的他，比凯泽多了一丝革命家的色彩，就是这个自认为法律面前，人人平等的他却不是人人的革命家，在纳粹上台后自杀了。带有自传体性质的《转变》写于战争时，目的是为了和平，表现了主人公弗里德里希由自愿参战的爱国青年转变为呼吁改造社会的革命者的全部过程，作者选取了一个人在转变过程中所经历的几个重要阶段，着重表现了一个新人的诞生。

同样表现"新人"诞生的还有托勒创作的《群众与人》。革命前夕，在一家工人酒店的后屋，工人们和女人在酝酿暴动，女人被工人们推为领袖，男人进来阻止她的活动。他指责女人的行为背叛了国家，提出要同她离婚。梦境中，证券交易所里十分混乱，人们在热烈地讨论着，银行家们正商议如何拯救资本主义制度。而改良主义者和女人进来，劝他们要注意人类的利益，避免现行的制度破碎。另一个大厅里，工人们也正在商量对策，有人提议要炸毁机器和厂房。女人说这不好，她呼吁罢工，得到了群众的广泛响应。这时社会主义革命家无名氏从人群中走出来，他说应该打碎旧基础，建立新制度，不仅要罢工，还要用暴力取得革命政权。群众跟着他行动起来了。起义的工人们抓住主张跳舞来解决灾难的银行家，判了他死刑。女人的丈夫向工人开枪，被哨兵押了上来，工人们准备枪毙他，女人要求宽恕他，群众回答说最重要的是群众。群众起义很快被镇压下去，工人们连同女人被捕入狱。女人关在监狱里控诉上帝，这时她丈夫走进来，告诉她政府认为她无罪，而女人愤怒地予以驳斥。丈夫吓得抱头鼠窜。无名氏进来救她出狱，指出阶级压迫的事实，但她认为群众的流血斗争也是杀人罪。教士劝诱她皈依上帝，女人把他赶走了。于是，军官进来判她死刑，枪杀了她。剧本鲜明地体现了左翼表现主义戏剧家的政治倾向，是托勒对德国1918年11月革命的反省和总结。"女人"是资产阶级人道主义的象征，她主张无产阶级通过合法斗争来实现解放，强调杀人永远是罪恶，因而也就否定了暴力革命的道路。她坚决主张以人道主义的博爱精神来改造社会，但她并不否认革命的正义性，她的理想是群众组成"人类的大军，他们将以压倒一切的姿态造成和平的巨大无形的堡垒"。然而在对待人民的态度上，她根本看不起人民，也绝不相信人民的力量，后来，当工人代表无名氏在营救她时，她坚决不同意，一直到死她也只是革命的同情者与同路人。无名氏恰恰相反，他有着坚决的革命态度，坚决主张通过无产阶级暴力革命取得政权。他积极组织发动武装起义，建立无产阶级革命政权。在起义开始后，他拿起武器，冲锋陷阵，成为浑身是胆的英雄战士。但作者过分渲染无名氏的狂暴和残酷，一定程度上歪曲了这一革命者的形象。

恰佩克的《母亲》是一部三幕剧，创作于1938年。一位无依无靠的寡妇，含辛茹苦，仅靠一点微薄的抚恤金把五个儿子拉扯成人。极端贫困的物质生活并没有使母亲低头，而精神上的折磨却险些使母亲心碎。十七年前，她的丈夫、少校军官在一次远征非洲殖民地的战斗中，为执行一道莫名其妙的命令不幸受伤被俘，被土著人活活打死。后来，他的大儿子翁德拉为了研究传染病，自己染上了疟疾，死在非洲。二儿子伊日为了创造高空飞行记录，结果摔死了。母亲仍保持着丈夫生前房间里的陈设，以寄托自己无限的哀思。三儿子彼得和四儿子科奈尔一向不和，后来发展为政治上的死对头。内战期间，科奈尔当上了白党的军官，彼得则参加了红党，结果这两个儿子也牺牲了。母亲悲痛欲绝，这时几个幽灵都来了，大家谈起了各自死亡的经过和感受。父亲为皇权、翁德拉为拯救人类、伊日为科学、彼得和科奈尔为了各自的信仰，但他们都觉得还是活着好。这时外面枪声骤起，母亲恢复了知觉，幽灵们同母亲告别，在一片漆黑中隐去。当她得知自己的祖国正遭受最野蛮的外敌侵略时，幽灵们又聚集在屋子里，从不同角度劝说母亲让最小的儿子东尼参军保家卫国。母亲再也忍不住了，她毅然把自己最后一个儿子送上了战场。

欧文·肖也是一位表现主义戏剧家，《埋葬死者》是他的成名作，这是20世纪30年代深受美国观众欢迎的一部反战剧本，构思独特，手法新颖。剧本主人公是六名死于战场的士兵，他们不愿安安稳稳地躺在坟墓里，而要为制止战争作出自己的贡献。他们说，尽管坟墓是个和平、安宁的地方，但人们需要的不是这种安宁，人们需要在他们活着时就能享有永久的和平与安宁。因此，他们纷纷起来为这一理想而斗争，呼吁人们拒绝参加人类自相残杀的非正义战争。他们表示，要一直等到战争不再发生，甚至战争的可能性都不存在时，他们才肯安心躺下。剧中还穿插了一些有趣的情节，他们生前的上司以及亲人都前来劝阻，人们甚至为他们举行宗教仪式，想让他们的灵魂得到安息。然而种种努力均告失效。最后，士兵们走出墓地，身后跟着一群活着的士兵，一路上向人们传播和平的福音。

怀尔德的《小镇风光》是一部三幕剧，创作于1938年。这是一个普通的小城，住着一些普通的人家，每天发生的也是一些普通的事情。在小城的一角，相邻住着吉布斯和韦伯两个家庭。吉布斯先生是当地的医生，他有一个女儿叫艾米丽。韦伯先生是当地报纸的主编，他有一个儿子叫乔治。他们不仅彼此很熟，也熟识城里每一户人家。因为这个小城太小了，所有的人都彼此熟识。小城里的生活就是这样平缓地进行着，没有人觉得特别幸福，也没有人觉得特别哀伤。不知不觉中，乔治和艾米丽长大了，开始相爱了。他们的爱情也和他们的生活一样，普普通通，没有什么特别浪漫的地方。婚礼那天，先是乔治在母亲陪同下来到教堂，乔治突然醒悟到，他并不想长大成人，他愿意立刻离开这里回到学校去。艾米丽也是一样，当她由父亲陪同而来并且见到乔治时，突然觉得自己并不怎么喜欢他。她央求父亲带她回家，声称自己愿意一辈子待在家里做家务。韦伯先生叫来乔治，把女儿交给他。艾米丽告诉乔治，她唯一要求的是被人爱，特别是在生病和遇到麻烦的时候，乔治答应努力去做，两人拥抱在一起，仿佛重新认识了一样。几年过去了，在这期间，许多人死了并被埋葬在小城的公墓里，其中包括乔治的母亲和艾米丽的弟弟。在一个雨天，人们又送来一个死者，这次是艾米丽，死于难产。死后的艾米丽来到她的先人中间，有点胆怯地向大家问好。因为刚刚离开现实生活，她还有点留恋，因而要求大家同意她回去看一看。大家纷纷劝她不要回去，免得大失所望。但艾米丽还是一再恳求，于是获准回到过去的一个不那么重要的日子，她挑了自己十二周岁生日那一天。艾米丽就这样又回到了旧日的生活中，但是只能呆一天。她不胜惊喜地发现身边的一切都那么可亲可爱，同时不无感伤地想到看上去那么年轻的父母将要变老。父母亲忙着张罗她的生日，没有人觉出什么异常，唯有艾米丽能感觉到别人感觉不到的东西，那就是飞快地逝去的每一分钟，每一秒钟。终于，她支持不住这种紧张状态，大声地要求赶快结束这一切。

总之，表现主义戏剧与现实主义戏剧一样，在人与自然方面，形成了对西方物质文明的否定和怀疑；在人与社会方面，揭示了社会的种种弊端；在人与他人方面，描述了人与人之间的冷淡和陌生；在人与自我方面，刻画了人性的压抑和沉沦。它同样将目光瞄准了当时的社会问题，但与众不同的表现方式却使他们的思考似乎比现实主义戏剧更深刻、更尖锐。这些更深刻、更真实的社会内容，使他们的剧作成为另一种意义上的社会问题剧。

二、心理现实主义的美学表现

表现主义戏剧在三个方面克服了象征主义戏剧的偏颇，并在此基础上形成了自己独特的话语策略，即心理现实主义：

一是在题材上更加关注现实。象征主义戏剧将人物的命运归罪于不可逆转的神秘力量，人物如同木偶，被动且缺少行动。表现主义戏剧"反对象征主义者之过分看重过去，以及人类身外的神秘力量，大多数的表现主义者都关注目前，多位甚至比现实主义者更强烈地力求改变社会"。[1]表现主义戏剧从象征主义戏剧渲染神秘力量转向了表现现实问题，他们"在人性中追求他们所认为的不变真理，而不是在神秘的外在力量或外在现象中。他们希望先行了解人的灵魂或精神，接着来改造社会，使得人的伟大之处能够完全地实现"。[2]正是在这个意义上，我们说表现主义戏剧也是一种现实主义，这

----

① 〔美〕布罗凯特，胡耀恒译：《世界戏剧艺术欣赏——世界戏剧史》，中国戏剧出版社1987年版，第356页。
② 〔美〕布罗凯特，胡耀恒译：《世界戏剧艺术欣赏——世界戏剧史》，中国戏剧出版社1987年版，第357页。

一点我们已经作了很详细的归类和梳理。

二是直接抒发人物的情感。表现主义戏剧和象征主义戏剧一样，都开始重视心理世界的刻画。但象征主义戏剧的策略是不直接展示，而是极力渲染戏剧气氛，通过各种暗示和象征，用间接的手法从侧面刻画外部事件特别是神秘力量给人物造成的心理压力和心理感受。表现主义戏剧则在象征主义戏剧的基础上进一步丰富了对人物内心进行描写的手段，它让人物直接说出自己的内心活动，不再或很少借助于象征体来隐晦地反映人物对世界的感受。现代心理学的三种基本策略：内心独白、自由联想和心理分析在表现主义戏剧中都得到了充分运用。德国理论家埃德施米特在一篇被看做是表现主义宣言的论文《创作中的表现主义》中认为："世界存在着，仅仅复制世界是毫无意义的。"[1]因此，它们采用"能使人加以接受的现代的'孤立'技巧，即让人物不是互相对话，而是旁若无人地说话"。[2]也就是说，这种戏剧观念正面表现了人物感知与思考外部世界的心理过程，直接让戏剧深入到人物的主观心理世界，从而使戏剧成为一种以艺术方式对人进行心理研究的精神分析学。因此，表现主义戏剧也称为心理现实主义戏剧。

表现主义戏剧和象征主义戏剧一样，都不满足于现实主义戏剧对世界的模仿，它们都开始将视角向内转，把人的内心活动和心理感受当做主要内容，着重描写外部事件在人物内心所引起的情绪反映和心理变化。与现实主义不同，它们更加关注外部现实引发的人物内心感受。将戏剧视角从传统戏剧的关注外部世界转向人的内部世界，并最终形成完全不同于传统戏剧的"内倾化"观念，这是20世纪欧美戏剧史上一次带有革命性意义的裂变。这种的"内倾化"戏剧观念，在象征主义戏剧代表人物易卜生和梅特林克那里开始发育，在俄国剧作家契诃夫和屠格涅夫那里趋于成熟，到表现主义戏剧则呈现全面繁荣之势。

三是在结构上尝试一种场景剧。象征主义戏剧着力渲染神秘气氛，致使戏剧情节相对弱化，出现了无情节的"停叙"现象，即使有情节的剧作，也形成了相互否定的关系，结局总是恢复到故事发展的原初状态。而表现主义

①伍蠡甫主编：《现代西方文论选》，上海译文出版社1983年版，第153页。
②〔英〕斯泰恩，刘国彬等译：《现代戏剧理论与实践》（三），中国戏剧出版社2002年版，第519页。

戏剧试图模仿梦境所具有的不连贯，并依据人物的意识活动来组接戏剧，场与场之间是一种递进的并列关系。

因此，让人物直接说出自己的心理活动就成了表现主义戏剧的话语策略，表现主义戏剧的心理现实主义概括起来可以有三个方面的美学特征：

（一）题材内心化

传统戏剧关注的是外部冲突，如人与社会、人与命运的冲突等等，当然，他们也涉及人物的内心世界，但他们主要通过外部行动来反映人物的心理活动，有时也用内心独白的形式来处理。比如莎士比亚在《汉姆雷特》中，汉姆雷特关于"生存还是毁灭"的内心独白便是典型的心理描写。但是，他们的心理描写只是局部的、辅助的手段，甚至是万不得已时才使用。可以看出，这些心理独白是戏剧情节的附属品，读者甚至可以删去这些独白而不会影响戏剧情节的发展，也不会影响观众对剧情的理解，这些独白的作用只是为了帮助读者更好地理解人物。

随着现代非理性思潮和现代心理学的发展，特别是受詹姆斯意识流理论和弗洛伊德心理分析理论的影响，现代派戏剧进一步否定外部世界的客观真实性，淡化了人物外部行动的描写，认为只有人物的内心世界才是真实可靠的。同时，通过对内心世界的观察和分析可以反观现实生活，于是，内心世界成了剧作家们最感兴趣的话题。表现主义戏剧直接把人物内心当做重点来处理，当做剧本的主要内容来处理，他们不愿意在情节的曲折性和故事的完整性上做文章，而是将笔墨转移到外部事件对人物造成的心理感受上来，让人物的心理活动、意识活动直接成为戏剧情节的组成部分。这样，表现主义戏剧中的心理活动就不再游离于情节之外，而是从情节的附属地位上升为作品的中心内容，甚至就是情节本身，有的剧作文本甚至全部由心理独白组成。如果把这些心理独白都删除，那么读者对剧情的理解就会无从下手，甚至在某种意义上讲就取消了剧本本身。可见，心理活动已经不再是附属于情节主干上的枝叶，而是剧作家追求的主要目标。

奥尼尔的《琼斯皇》，琼斯是一个不同寻常的人物，他本是非洲人的儿子，他的祖先被奴隶贩子贩卖到美洲大陆，凭着个性的力量和从白人那里学来的狡诈与残忍，他从一个杀人逃犯变成了一个主宰世界的皇帝。琼斯的命运扶摇直上，但是，他心里明白，终有一天当地黑人会起来造反。奸诈的琼斯的确聪慧过人，为了给自己留条退路，他在森林里设立了路标，藏匿了水和食品，他自信能够逃脱追捕，他的智商远远高于那些愚昧的黑人。然而，冥冥之中的他在黑暗中迷了路，这是他始料不及的。加上那由远而近、由弱渐强的追捕他的黑人的鼓声，彻底迷乱了他的意志，挫败了他的自信。奥尼尔仿佛神秘地潜入到这个逃亡者的心理，淋漓尽致地表现了琼斯时隐时现的潜意识幻觉，以及自我瓦解、分裂、崩溃的整个过程。那紧张刺激的鼓声在听觉上外化了琼斯心急如焚的慌乱心理。这部戏共有八场，其中六场是人物内心独白，具体诉说了琼斯的内心隐秘，这些独白表现了琼斯从自信、惊恐到绝望、悔恨的心路历程，这些独白本身就是生动的心理动作，是情节的重要组成部分。我们来看一段典型的表现主义戏剧的话语策略：

> 琼斯：（急步从左面上，快到林边时停下，急速地向四周打量，往黑暗深处窥视，像是搜寻某种熟悉的标记。他继而显得很满意，显然这是他早先物色的地点，他疲惫已极，倒地躺下）好啦，总算到了。来得也正是时候。再晚一点，这一带就会像黑桃爱司那样一团漆黑了。（他从裤子后口袋里抽出一条印花手绢，擦擦满是汗水的脸）哎哟，上气不接下气啦，人都快累死了。在明晃晃的太阳底下，穿过平原走那么长的路，当皇帝的人缺乏这种锻炼啊。（格格地笑了起来）别垂头丧气，黑人，最糟糕的事情还在后头呢。（他抬起头来，凝视着丛林，笑声突然止住，以敬畏的语调说）天啊，你瞧这丛林，那个分文不值的史密瑟斯说丛林里漆黑一团，还真被他说准了。（猛地转移视线，低头盯着双脚，借此转移话题，忧虑地）脚啊，你确实立下了汗马功劳，可你万万不能打泡啊。现在你该休息一会儿了。

从这段话可以看出，表现主义戏剧与象征主义戏剧一样，也重点关注人物的内心世界，所不同的是，象征主义戏剧总是从侧面去渲染和暗示，让观众设身处地地去体会人物内心，而表现主义戏剧则让人物直接说出自己的心理感受。而且，这些独白贯穿着整个剧作，成为戏剧情节的组成部分，无法从整体中割舍并独立出来，否则就取消了剧本。

（二）内心形象化

心理活动一旦成为戏剧的主要内容，随之而来的问题就是如何表现。如果戏剧情节全部由内心独白组成，由人物站在舞台上自言自语，直接向观众倾诉，那么表现主义戏剧就有可能发展成为后来德国汉德克实践的"说话剧"。但表现主义戏剧毕竟还没有走得那么远，或者说它还无法摆脱艺术形式发展的历史规律。表现主义戏剧采取的策略是在展示人物心理活动的过程中，努力将人物的心理活动外化和对象化，使之直接成为诉诸观众视听感觉的形象化动作。

《从清晨到午夜》第三场的情节是出纳员从阔太太家逃到原野上，这时的他何去何从，心中非常茫然，他已经失去了精神依托和道德支撑点。作为逃犯，出纳员由于神经紧张产生了反常心理和下意识活动，这是符合心理事实的。他用内心独白表述了自己此时此刻的心情，他把树看成骷髅，把积雪的原野看成墓地，白茫茫的一片，四大皆空。这些形象都是出纳员心理的外化，它打破了现实主义戏剧直抒胸臆、白描景物的老办法，体现了表现主义戏剧主观性与形象性的有机统一。这种统一体现了美学中一个重要的现象，那就是投射幻化的移情作用，当我们将自己的情感投射到对象上时，对象也仿佛具有我的情感，幻化为与我相一致的事物。中国南北朝时期的文论家刘勰在《文心雕龙·神思》中所说的"登山则情满于山，观海则意溢于海"表达的也正是这层意思。这种思想根源于英国人类学家布留尔所说的原始巫术中的"互渗律"，互渗律讲究的就是物与物之间神秘的联系。这一点，象征主义所强调的"物物对应"思想也源于此，正是在这一点上，我们说象征主义戏剧与表现主义戏剧根源于同一思想。出纳员由于内心恐惧，在这种心理的作用下，他所看到的一切外物似乎都与这种心理状态相联系，不同的心境观察事物，事物仿佛也受到主体感情的影响，染上主体的感情。

其实，艺术具有形象化的特质，优秀的艺术作品总是凭借形象而不是概念来传达创作者的生命体验。不幸的是，从表现主义戏剧到布莱希特，德国戏剧中形象化的元素逐渐减弱，直接言说的欲望在不断地增加，发展到后来的汉德克，戏剧已经完全堕落成为毫无形象因素的纯粹说话，这种抛弃形象的直白说教，已经背离了艺术的本质。表现主义戏剧是人物直接说，布莱希特是让剧作家自己站出来表达，汉德克干脆让演员自己直接面对观众诉说。

这个过程是戏剧情节逐渐隐退的过程，是形象化表达逐渐让位于抽象阐释的过程，是虚拟的艺术空间逐渐让位于现实空间的过程。德国的席勒，由于过度直白的言说，曾经被马克思指责为"席勒式的传声筒"，在这个充满理性的国度里形成这样的戏剧传统也就可以理解了。

顺便提一下，对于传统戏剧来说，他们在描写人物心理活动时所采取的手段是有限的，有时甚至是无力的，除了用行动表现之外，内心独白是他们经常采用的话语策略。但在20世纪初，这种形式被许多剧作家唾弃，英国的阿契尔就竭力反对这种方法，认为它让观众获得了"一种与真实感极不调和的感觉"。[1]实际上，这种表现人物心理的形式危机，后来被许多现代戏剧家运用不同的手段加以解决了。总的来说，现代派戏剧存在着五种处理心理活动的话语策略，丰富并充实了原来相对匮乏的艺术手段：一是表现主义戏剧的自语式独白，人物直接说出自己的内心感受，如《琼斯皇》。二是皮兰德娄的辩解式独白，在他的剧作中，事件已经发生，事后两个当事人在第三者面前相互为自己过去的行为进行辩解，从而说出自己当时的内心想法，如《六个寻找剧作家的角色》。三是布莱希特的插入式独白，叙事体戏剧由于增加了一个外在叙事人，剧作家可以将剧情内容、人物心理等背景知识和相关评价统统交给这个叙事人来完成，这个叙事人是全知全能的，他能够深入人物的内心，洞察一切，这就避免了剧中人不自然的自言自语和不便于自我评介的尴尬，人物不便于出面澄清的事实和剧作家不便讲述的事情都由这个叙事人出面解决，如《大胆妈妈与她的孩子们》。四是日奈的置换式独白，在他的剧作，由于采用了人物身份互换的"镜像"手法，双方各自在对方身上看到了自身，攻击"别人"实际上就是攻击自己，从而由人物经过"换装"后自己把自己阴暗的内心展示出来，如《女仆》。五是契诃夫的回忆式独白，人物由于不愿意面对现实生活，也没有勇气面对现实生活，他们没有现在，只有过去，他们一直生活在过去，生活在回忆中，回忆成了心理的最好慰藉，在回忆中说出自己的内心经历。这五种方式都很好地解决了人物内心的表达，都显示了比传统戏剧更加高明的戏剧技巧。

---

① 〔英〕阿契尔，吴钧燮等译：《剧作法》，中国戏剧出版社1964年版，第314页。

（三）人物类型化

表现主义剧作家感兴趣的只是人物的内心冲突，而不管这种内心冲突到底是张三还是李四，他们追求的只是普遍有效性的冲突。托勒曾经说过："在表现主义戏剧中，人物不是无关大局的个人，而是去掉个人的表面特征，经过综合，适用于许多人的一个类型人物。"[①]因此，在表现主义戏剧中，人物具有类型化的倾向，不少剧作中的人物甚至连姓名也没有，观众只知道他们是男人、女人、父亲、儿子、医生、职员、乞丐、妓女，有的甚至用X、Y、Z等抽象符号来代替。除主角外，其他剧中人物根本没有清晰的形象。《从清晨到午夜》这部戏剧中的人物是出纳员、阔太太、经理、胖绅士、跑腿的小孩、紧裹围巾的人、阔太太的儿子、出纳员的母亲、妻子和女儿，还有救世军女孩，救世军军官，假面女人一、二、三、四，救世军士兵一、二、三、四等等，他们都是一些失去背景的、抽象的类型人物。《群众与人》中也只有男人、女人和无名氏等类型化人物。《儿子》中父亲是暴君的化身，儿子是被压迫者和反抗者的化身。这些人物大多缺乏丰满的血肉和鲜明的个性，而只是共性的抽象和观念的象征，他们之间所发生的冲突也不再是不同性格之间的冲突，而是不同思想、立场和原则之间的冲突。

需要指出的是，为了塑造这些类型化的人物，表现主义戏剧在舞台上非常善于发挥面具的作用，正如斯泰恩所说，人物"由于没有了个性，他们便可能显得怪诞和不真实，于是面具便作为戏剧的一种'基本象征'而重新引入到舞台上来"。[②]面具的功能有很多，归纳起来主要有六点：一是放大面部，在野外演出便于很远的人辨认。二是固定性格，使人物特征类型化，帮助观众更快地进入剧情。三是突出人物，在众多人物中，用面具来突出重点人物。到了表现主义戏剧，特别是奥尼尔，进一步将面具的功能扩大，所以四是阻断交流，冷冰冰的面具成为人与人交流的隔断物，表现人的孤独。五是分裂自我，用于展现人格分裂时自我的多重状态。六是舞台标识，帮助观众区别现实和梦幻中的人。运用面具塑造人物，此后成为许多新锐导演的舞台策略。

----

①朱虹、刘象愚编：《外国现代剧作家论剧作》，中国社会科学出版社1982年版，第230页。
②〔英〕斯泰恩，刘国彬等译：《现代戏剧理论与实践》（三），中国戏剧出版社2002年版，第500页。

三、场景剧的结构特征

表现主义戏剧的结构绝大多数是场景剧，这种结构形式由斯特林堡首创，它与梦境具有很多相似性。我们知道，弗洛伊德所分析的梦境有三个特征：一是普遍联系性，梦境可以不受时间、空间的限制，任何事情都可能跨越时空而发生联系；二是无逻辑性，梦境在思维方向上受情感和欲望的支配，不遵守任何逻辑法则，梦境"转场"没有因果限制，毫无理由；三是变形性，梦境常常以浓缩、转移、象征等形式来完成。表现主义的场景剧也具有这些特征，但又不完全相同。场景剧的结构特征可以归结为三点：一是场景选择的表现性，二是场景构成的怪诞性，三是场景组接的梦幻性。

（一）场景选择的表现性

表现主义戏剧最小的情节单位是一个个场景，它比传统戏剧最小构成单位的幕与场还要小，这些看似琐碎简单的场景，在选择上却别有用意，正如布罗凯特所说，"大多数的表现主义剧本在结构上都是由分段插曲组成，统一性则来自一个中心思想或观点，而非来自具有因果关系的行动"。①《从清晨到午夜》的场景为什么偏偏选择自行车场、舞厅和宗教布道所这三个场所而不是其他地方，这是非常有意味的，它与作者的表现目的密切相关：自行车场里权力对众人的控制，舞厅里金钱对人的腐蚀，宗教布道所里宗教人士的虚伪，在这三个场景中得到了集中的展示，选择这三个场景，它的讽刺意味才更突出。所以在表现主义戏剧中，表面上看，主人公是想去哪里就去哪里，地点变化好像毫无章法，实则不然，他们在场景选择上非常理性。为了表现的需要，它们都是深思熟虑的结果，要哪些场景，不要哪些场景，这是理性选择的结果。这与真正的做梦并不完全一样，做梦的时候我们无法选择梦境发生的地点，也不能控制谁能不能进入到我们的梦境中，而场景剧却可以选择。所以，我们在认识表现主义戏剧具有非理性特征的同时，也要考虑它具有理性的一面，毕竟艺术是一种创造活动。实际上，艺术创作中的理性状态是不可能完全被抛弃的，即使是一些标榜非理性的创作，也都有理性

---

① 〔美〕布罗凯特，胡耀恒译：《世界戏剧艺术欣赏——世界戏剧史》，中国戏剧出版社1987年版，第357页。

的作用。

需要指出的是，20世纪的德国戏剧一直存在着"非线性"的结构特征，所谓非线性是指情节结构的跳跃性，从而呈现插曲式、片断式、碎片式特征。这种结构方式的形成，正是由毕希纳开创的。在他的剧作中，打破戏剧结构完整性的是剧作家不留痕迹的主观选择，有的场面被突出表现，有的场面则直接被隐去，隐与显之间都缺少必要的交代，显得主观而又随意。《沃伊采克》包括二十七个未编号的和未分类的场景，还有差不多数目相等的难以确定的片断，"因此编辑们和导演们此后便像洗扑克牌那样把它们调来调去"。[①]20世纪40年代的布莱希特又进一步发展了这种结构样式，他增加了一些外部因素，如歌队的插入式演唱、演员脱离角色的自我评说等间离手段，在他的剧作中，情节在推进的过程中经常被一些外在的评论和叙述人为地打断，从而使情节变得时断时续。不过，对于他们两个人来说，最终呈现在观众面前的情景场面，仍然具有内在的统一性，这种统一性"来自一个中心思想或观点"，是由一个隐含着的内在叙述视角来维持的，这个视角就是全知全能的作者式视角。20世纪70年代的德国剧作家海纳·米勒在此基础上又把这种结构样式发展成为具有时代特征的"拼贴剧"，外在结构仍然是片断式、碎片式，但每一个片断却拥有各自独立的观察视角和叙述人物，也就是说，内在叙述视角的统一性被取消了，每一个片断都是异质的，它们被强行拼贴在一起。如果我们用一个由碎片组成的花瓶来作比喻，布莱希特的花瓶尽管是由一个个碎片组成的，但这些碎片原本就来自一个完好的花瓶；而海纳·米勒的花瓶看上去也是一个由碎片组成的花瓶，但这些碎片并不来自同一个原先完好的花瓶，而是由几个花瓶打碎后拼成的。从毕希纳到布莱希特，再到海纳·米勒，他们共同推动了德国戏剧在结构观念上的演变。

（二）场景构成的怪诞性

场景设置与场景构成并不是同一个概念，场景设置强调的是构思阶段的主观行为，而场景构成侧重于强调同一个场景中各个元素组合在一起的语法规则和事实呈现。在场景构成上，表现主义戏剧继承了某些象征主义戏剧的

---

① 〔英〕斯泰恩，刘国彬等译：《现代戏剧理论与实践》（三），中国戏剧出版社2002年版，第510页。

手法，如《青鸟》、《沉钟》中那些充满奇趣的舞台空间，表现出非理性的色彩，它们的场景组成都是随意的、主观的，从而呈现怪诞风格。所谓怪诞，通俗一点讲就是让不可能变为可能，正如梦境一样，死者可以与生者对话，古人可以与今人同行。剧作家出于表现的需要，不再依据现实的合理性来设计场景的构成，而是根据主观意识将互不相干的两件事件结合在一起，可以让关公战秦琼，也可以让汉姆雷特与窦娥互诉衷肠，招之即来挥之即去。所以斯特林堡认为，"任何事情都可能发生，任何事情都是可能的、或然的。时间和空间不存在了，在无关紧要的现实背景上，想象像吐丝一样，用回忆、经验、不受约束的幻想、荒诞和即兴之作织成了一种新的纹样"。[1]意识在表现主义戏剧中具有支配一切的力量，情节的发展正是意识流动的产物，想到什么就出现什么，舞台是意识的形象化和现实化。《鬼魂奏鸣曲》中鬼魂、活人、木乃伊共置一起，非常具有荒诞性，《埋葬死者》、《母亲》、《青春的觉醒》、《小镇风光》等剧作中，都出现了活人与死人共置的场景，这是意识的力量，是想象的力量把他们共置在一起。因此，生活在这里失去了本来面貌，显得怪异而陌生，这种"霸道"的思维方式打破了日常逻辑和生活常规，把观众带入一个匪夷所思的艺术世界，显示了极大的创作自由和随意性。应该指出，表现主义戏剧的怪诞性与任意拼贴已经为后来的超现实主义戏剧、荒诞派戏剧和后现代派拼贴戏剧思维埋下了伏笔，准备了自己的话语传统。超现实主义和尤奈斯库都强调从"深入自我"中寻找题材和创作灵感，尤奈斯库就声称，"对我来说，戏剧就是内心世界在舞台上的投射，就自己方面而言，我保留我有从自己的梦境、自己的不安、自己的紊乱和模糊的愿望里，总之，从自己的内心矛盾里去获取戏剧素材的权利"。[2]按照自己内心的矛盾来获取素材，其场景的构成必定充满了怪诞色彩。

（三）场景组接的梦幻性

在场景与场景之间的转换方式上，表现主义戏剧与梦境一样，充满了非理性和非逻辑的色彩，上一个场景与下一个场景之间没有什么必然的因果联系，它们各自独立，自成片断，它不构成象征主义戏剧那种相互否定的关

----

[1]朱虹、刘象愚编：《外国现代剧作家论剧作》，中国社会科学出版社1982年版，第190页。
[2]转引自〔前苏联〕库列科娃，井勤苏、王守仁译《哲学与现代派艺术》，文化艺术出版社1987年版，第169页。

系，这是表现主义戏剧受弗洛伊德梦境分析理论影响最为明显的部分。正如布罗凯特所说，"斯特林堡企图借着采用做梦者的观点而摧毁架构的限制。一个事件转换成另一个事件，其间并无逻辑的解释，人物溶解或转变成另外的人物，相距极远的时空则融合一处"。[1]同时，这些场景都由主人公的视角贯穿始终，主人公出现在每一场戏中，正如梦境，做梦的人始终都是亲历者，都是见证人一样，很难想象做梦者不在现场的梦境是什么样子，因此场景剧也称为"主人公戏剧"。总之，表现主义戏剧的场景组接可以分为三种形态：

第一种是跳跃型。这是表现主义戏剧最基本的结构方式，场与场之间的组接在时间上是跳跃性的，没有明确的因果逻辑，场与场之间是并列关系，谁也不影响谁，只有一种内在动力贯穿其中，从而具有梦幻性和非逻辑性特征。这里的每一场戏都是一个新的情境，每一场都有自己的矛盾和悬念，这些矛盾和悬念都在本场景内发生、发展并得到解决。这样，每场戏就成了一个独立单元，你甚至可以把其中个别场次删掉也不会影响全剧的演出，颠倒重组也可以演下去。《一出梦的戏剧》就是这方面的典型，《沃伊采克》的场景也是如此，西方导演甚至将他们像洗扑克牌一样重新组合后进行演出。亚里士多德式的戏剧中，场与场之间具有内在的逻辑性，前一场导致下一场，从戏剧矛盾的开端、发展、高潮，到最后矛盾解决，有一系列动作贯穿全剧。而插曲式的表现主义戏剧中，事件是随意的，缺少内在的必然性。

第二种是对称型，这种戏剧结构最早出现在斯特林堡的《通往大马士革之路》中，随后在凯泽《从清晨到午夜》中得到了发展，在托勒的《转变》中被推向极致。对称可以是地点的对称，也可以是场景风格的对称。《通往大马士革之路》共有十七场戏，前九场戏的地点依次是街角、医生家、旅馆、海滩、公路边、山谷、厨房、玫瑰花房、疗养院，从这一场开始，场景又依次向回转，最后又回到街角。这里，每一场景就像一面镜子，与先前出现的场景一一对照，相互对称，整个剧情似乎只是无名氏在街角做的一个梦，或者只是主人公的幻觉。《转变》由十三场戏组成，这十三场戏都是

---

[1]〔美〕布罗凯特，胡耀恒译：《世界戏剧艺术欣赏——世界戏剧史》，中国戏剧出版社1987年版，第358页。

围绕第七场高潮戏来结构的，第七场戏是弗利德里希的转变。前六场戏表现的是弗利德里希从不成熟到经历战争直到觉醒的过程，从第八场戏开始，觉醒的弗利德里希仿佛又回到起点，重新经历着原来的生活，展现了他从觉醒到自觉地呼唤革命的成长历程。前六场戏与后六场戏呈对称状态。更有意思的是，在这十三个场景中，凡遇奇数的场景，风格都是现实主义，偶数场景则带浪漫主义的梦幻色彩，现实与梦幻两个场景交替进行，从而制造出扑朔迷离的梦幻特征。这样的结构样式如果不依据理性来组织安排，就不可能出现，这也进一步证明了表现主义戏剧在具有非理性的同时也具有理性特征，它不可能是随意任性的产物。

第三种是循环型。循环型不同于对称型，对称型的场景最后都回归到原点，而循环型则是行进的，没有往回走的趋势。这种类型集中体现在奥尼尔的《琼斯皇》中，全剧共有八个场景组成，森林入口是一个关键点，它是琼斯出逃的开端，这是现实空间，同时，这里也是琼斯回忆的开始，这又是一个幻觉空间。现实空间是从森林向外走，场景是从王宫到森林，是现在时。幻觉空间展现的是他当初如何由此进入黑人部落，又如何统治他们，场景是从森林到王宫，是往里走，是过去时，这两个空间正好相反。"叙述是现在时态，幻觉是过去时态。行动、独白、对话基本上是顺时的，联想、回忆、内心活动多半是逆时性。时间线的延伸及扩张，自然地形成了一些空间的画。一个是一夜的遭遇，一个是一生的历程。现实时空圆盘小，心理时空的圆盘大，且以欲望为轴心旋转。"[1]这就构成了两个时空圆盘的现实反切和重合。

20世纪30年代初，表现主义戏剧趋于衰落。在表现主义重阵德国，取而代之的是以实用、功效、具体、理性为原则的新实际主义运动，他们反对主观色彩和狂热情感，主张按照生活的本来面目看待生活，布莱希特的叙事体戏剧就是这场运动的主要收获。从表现主义戏剧到布莱希特，这里有一个逻辑发展的连续性，他们都"致力于使观众体会到改变的必要，从而导致改革"。[2]但是，他们之间在形式上的区别也是十分明显的，"叙事剧革掉了表

[1]于乐庆：《〈琼斯皇〉写作法》，见《奥尼尔戏剧研究论文集》，中国戏剧出版社1988年版，第246页。
[2]〔美〕布罗凯特，胡耀恒译：《世界戏剧艺术欣赏——世界戏剧史》，中国戏剧出版社1987年版，第368页。

现主义打动感情方面的东西，改而讲述一个比较明确的故事"。①物极必反，表现主义戏剧已经走到了一种极端，但表现却作为一种艺术手法被包括现实主义在内的其他剧作家广泛运用着，最典型的莫过于美国剧作家阿瑟·密勒二战后创作的《推销员之死》，作者在塑造那位迫于生计准备制造一起假车祸以骗取一笔保险金留给子女的威利·洛曼时，就大量运用了表现的手法，他时而与幻想中的哥哥对话，时而沉浸在自己过去的辉煌中，他思绪混乱，挣扎在自己的内心苦痛中，作者运用表现主义戏剧手法，将一个渴望子女成材而又恨铁不成钢的老年人刻画得栩栩如生。总之，有话"自己说"，成了表现主义戏剧典型的话语策略。

剧本来源

[1]汪义群主编：《西方现代戏剧流派作品选》（三），包括《通往大马士革之路》、《青春的觉醒》、《变形》、《从清晨到午夜》、《乞丐》、《儿子》、《死亡之日》、《加算机》、《埋葬死者》、《毛猿》，中国戏剧出版社1992年版。

[2]〔德〕托勒，孙凤城译：《群众与人》，见袁可嘉等选编《外国现代派作品选》（A），北京燕山出版社2006年版。

[3]〔德〕托勒，孙柏译：《亨克曼》，《戏剧》2007年第1期。

[4]〔捷〕恰佩克，杨乐云、蒋承俊译：《万能机器人》，载《世界文学》1980年第1期。

[5]〔美〕奥尼尔，荒芜、汪义群译：《琼斯皇》，载《天边外》，漓江出版社1990年版。

[6]〔美〕怀尔德，姜若瑜译：《小镇风光》，载《新剧本》2001年第5期。

---

① 〔英〕斯泰恩，刘国彬等译：《现代戏剧理论与实践》（三），中国戏剧出版社2002年版，第502页。

第四章　变形说

——残酷戏剧的传统及其话语策略

现代派剧作家都是形式的革新者、语言的探险家。在现代派戏剧中，自法国雅里以来的未来主义、达达主义和超现实主义等戏剧流派，表现出完全不同于象征主义戏剧和表现主义戏剧的艺术风格，他们普遍采取抛弃传统戏剧形式的策略，以惊奇、怪诞、离经叛道的戏剧实践，反戏剧、反文化、反传统，开辟了现代派戏剧的新方向。

我们发现，法国雅里的《愚比王》，阿波利奈尔的《蒂雷西亚的乳房》，科克托的《埃菲尔铁塔上的婚礼》，查拉的《煤气心》，意大利马里内蒂的《他们来了》、《饕餮的国王》、《月色》，基蒂的《黄与黑》，卡涅尤洛的《枪声》和《只有一条狗》等剧作的实践活动，与阿尔托设想的"残酷戏剧"在艺术精神上十分接近。反过来，"残酷戏剧"所设想的许多表达方式也在他们的实践活动中或多或少地已经有了实际的运用。因此，我们有理由相信，这些实践活动一定为阿尔托建立"残酷戏剧"提供了间接经验和理论灵感，况且，阿尔托本人曾经也是一位超现实主义者，他的思想必然受到超现实主义的影响，从而留下先锋派戏剧实践活动的烙印。从这个意义上讲，阿尔托的理论就是对雅里以来各种先锋派戏剧实践活动的总结，因此，无论是从实践总结还是思想来源看，我们用"残酷"这个词来概括以法国为代表的先锋派戏剧的形式特征是完全适用的、可行的。当然，"残酷戏剧"的美学命题是丰富多样的，他们的实践活动也只展示了"残酷戏剧"的一个侧面，但他们所采用的怪诞化的话语策略却是一脉相承的。

同时，我们使用"残酷"这个词来概括这一条戏剧发展线索还有另外两层用意：一方面，它可以标明现代派戏剧与后现代派戏剧在艺术精神上的延续性和一致性。比如"怪诞"就一直从现代派戏剧延续到后现代派戏剧，20世纪掀起的复兴怪诞风格的新浪潮，其理论形态的最早表述也在阿尔托的"残酷戏剧"中得到了体现，这表明无论是荒诞派戏剧还是其他后现代派戏剧，它们在艺术精神上都与这一支戏剧传统一脉相承。所以，后现代派戏剧并不是现代派戏剧的断裂，而是现代派戏剧的"另一副面孔，显现出与现代主义的某些惊人相似"。[①]另一方面，突出和强调这一条戏剧发展线索，可

---

① 〔美〕马泰·卡林内斯库，顾爱彬、李瑞华译：《现代性的五副面孔》，商务印书馆2002年版，第334页。

以让我们从戏剧形式的角度进一步认清戏剧文学地位逐渐被动摇、导演作用越来越被强化、传统戏剧的根基如何一点点地被侵蚀的历史进程，因为在这里，反文化、反传统、反戏剧的趋势已经越来越明显。

一、雅里《愚比王》的先锋意义

早在1896年，法国的雅里就石破天惊地创作了五幕讽刺喜剧《愚比王》。

文艺复兴时期，法国小说家拉伯雷在《巨人传》里塑造了两个巨人的形象：卡冈都亚和他的儿子庞大固埃，他们身材巨大、饭量惊人、力大无比，横扫一切。表面看，这部小说叙述的都是一些滑稽可笑、荒诞不经的怪事，有的地方甚至流于粗俗。但他们却是文艺复兴时期人性新生的象征，是对文艺复兴取得胜利的欢呼。这部小说中的怪诞风格和狂欢精神给人留下了深刻印象。雅里秉承了这种戏谑与欢闹的艺术传统，创作了近乎于闹剧的《愚比王》。这个剧的故事情节大致是这样的：愚比王原来是深受波兰国王宠幸的龙骑兵队长，但是贪婪的愚比大娘却怂恿他弑君篡位，愚比答应了。在国王检阅部队时，愚比趁其不备杀了他，篡取了王位，王子布格拉斯则由于愚比的胆怯得以死里逃生。登上宝座后的愚比施以暴政，任意杀戮、到处掠夺，百姓们忍无可忍，奋起反抗。这时，王子布格拉斯搬来援兵，与波兰百姓里应外合，击败了早已魂飞魄散的愚比夫妇。最后两个人坐上一艘邮船，高兴地逃往法国。

单从剧情来看，《愚比王》与莎士比亚的《麦克白》的确有些相似，但这只局限于愚比夫妇因贪心而篡位这个简单的情节，在具体内容和结构安排上则毫无相似之处。麦克白的谋反惊心动魄，体现为一种崇高，愚比王的谋杀却在大庭广众之下进行，近乎于玩笑。如果说《愚比王》是对《麦克白》的模仿，那也只能是戏仿，是对经典戏剧的颠覆，用时下的话来说，这是一部对《麦克白》进行"恶搞"的游戏之作。这部剧作的先锋意义可以用滑稽的人物形象、随意的舞台演出两个特点来概括。

（一）滑稽的人物形象

剧中的愚比就像一个粗俗不堪的小丑，举止滑稽、思维怪诞，脏话连篇，处处惹人发笑。全剧的第一句台词就是愚比用浓重的地方口音骂了一句"他妈的"。在整个演出中，这一句脏话就被愚比重复说了三十三次，这样的台词在当时戏剧舞台上是极其罕见的，它所引起的轩然大波可想而知。愚比的行为十分荒唐，他邀请别人共谋大事，却舍不得众人与他一起分享一桌并不丰盛的饭菜，竟然莫名其妙地把扫帚扔在桌上让人尝尝。这些准备与他一起谋反的将军们，对此也毫不介意。篡位之后，愚比王头戴王冠，腰上晃荡着酒瓶，手中的权柄却是厕所里的刷子，这个造型十分滑稽可笑。愚比大娘的形象也很低俗，头上插着花，穿着五颜六色的裙子，根本看不出她的尊贵。愚比的主导性格是贪婪和古怪，为了刻画这一点，雅里设计了三场戏：一是杀贵族，二是征税收，三是废司法，都充满了荒唐感而令人不可思议。杀贵族主要根据头衔职务的多少来决定，头衔越多越要被杀；征税收是由他自己亲自登门去收，手段恶劣，近乎于强盗；废司法后，他不给司法人员发工资，竟然规定法官们判定案件的罚金和被判死刑者的财产全部归法官自己所有，用现在的话来说，就是自负盈亏，总之，这是一个疯狂的世界。被追捕之后，愚比并没有落魄感，反而十分高兴地跑到了法国，似乎只是去度假。雅里用搞笑的手法，大线条地勾勒了一个漫画式的人物。愚比杀了人没有犯罪感、当国王没有责任感、盘剥百姓没有羞耻感，这个已经丧失了人类一切价值观念和道德标准的小丑，实际上只是一个被抽空的傀儡。他遭人耻笑，反过来他也嘲笑这个世界。如今，"愚比王似的"在法国已经成了既可憎又可笑的同义语。

（二）随意的舞台演出

这部戏的演出非常随意，近乎于儿童的游戏。也难怪，这一部戏最早是雅里在中学时代为了嘲讽一位物理老师的涂鸦之作。这种随意性一方面表现为剧本结构上的松散，"每一出戏都由一些散乱的场景组成。自然主义戏剧、现实主义戏剧的基本要素：符合行动逻辑和心理内容的台词，推动冲突发展的情节，血肉丰满的人物形象，荡然无存"。[1]餐桌预谋、广场夺权、屠杀贵族、胜利逃亡等戏剧场面都缺乏前因后果的必要交代，既没有外在联

----

[1]林克欢：《先锋的意义——雅里愚比王系列读后》，见《愚比王》，中国戏剧出版社2006年版，第8页。

系，也没有内在一致性。另一方面，也表现为道具使用和布景设计上的随意。雅里指出，为了使演出一气呵成不被割裂，可以使用单一舞台布景，从而省去在连续演出中的启幕和闭幕；可以用一个纸做的马头悬于演员的颈上表示骑马；可以用一个演员代替群众场面；可以让着正装的工作人员走上舞台，挂起一张布告说明下一场发生的地点，演员表演时要采用特殊口音，要使用破烂的现代服装，以便让整剧看上去更肮脏、更可怕。[①]如此等等，荒诞不经、夸张失真的处理手法自始至终贯穿全剧，舞台成了随心所欲的场所，演出过程就像一场无所谓的游戏。

《愚比王》的正式公演，正如当年雨果的《欧那尼》一样，成为法国戏剧史上的又一次事件。无论是内容还是形式，《愚比王》反传统、反文化和反戏剧的精神都预告了20世纪先锋派戏剧的诞生，为超现实主义戏剧和荒诞派戏剧开辟了道路，应该说，它是现代派和后现代派戏剧的早产儿，对后世戏剧产生了不可估量的影响。"残酷戏剧"的提出者阿尔托把雅里奉为神明，以至于成立剧社时就直接取名为"雅里剧社"，荒诞派戏剧家尤奈斯库也把他视为法国先锋戏剧的先驱。正如斯泰恩所说："这是一种反文化的开始，这种反文化表现了许多艺术上的无政府主义现象，并宣扬形形色色的生活和艺术方面关系松懈的哲学和反哲学。"[②]说它表现了无政府主义，是因为整个演出充满了随意性，是一次"怎么都行"的演出；说它宣扬了生活与艺术的松懈关系，就在于它的随心所欲，缺少对生活进行必要的概括和提炼，以至于取消了艺术的严肃性和神圣性，甚至悬置了艺术意义的表达。

二、未来主义戏剧的美学特征

未来主义戏剧也是以反传统的姿态登上戏剧舞台的，它主要集中在意大利和俄国。当时的意大利正处于农业文明向工业文明的转型时期，现代工业落后于英、法，俄国的工业化进程也相当迟缓，所以未来主义首先在这两个

---

① 〔法〕雅里，周铭译：《愚比王》，中国戏剧出版社2006年版，第27页。
② 〔英〕斯泰恩，刘国彬等译：《现代戏剧的理论与实践》（二），中国戏剧出版社2002年版，第303页。

国家兴起。意大利的马里内蒂、基蒂、卡涅尤洛等都是未来主义戏剧的代表人物。

与表现主义戏剧反思现代工业文明对人的异化观念不同，未来主义剧作家都热情讴歌现代工业文明，特别让他们为之癫狂的，是速度、力量和运动这三个要素。他们对古希腊以来的戏剧大失所望，认为此前的戏剧中，教条化的戏剧技巧、陈腐的故事情节、平淡无味的台词、缓慢的戏剧节奏都无法表现现代生活的特点和节奏。因此，马里内蒂提出戏剧的主要任务就是要彻底摧毁传统戏剧中那些僵死的手法，从而赋予戏剧以全新的表现力，"既然要破坏传统，又何必向后看呢"，所以他把自己的戏剧称为未来主义戏剧，并发表了未来主义戏剧宣言。这种"摧毁一切博物馆、图书馆、科学院"①的极端主张必然给戏剧艺术带来全新的观念，这主要表现在以下四个方面：

（一）超短的戏剧篇幅

未来主义者都是机器和技术的崇拜者，他们认为现代生活与传统生活的不同就在于快速的节奏感、紧张的力量感和强烈的竞争感，所以戏剧应该放弃冗长的心理分析剧，代之以能够符合现代生活节奏的短剧，短到极点的甚至只有几分钟的篇幅。卡涅尤洛《只有一只狗》的全剧只有两句话："幕启。一条街、冷静的黑夜、一个人也没有。一条狗慢慢地走过这条街。幕落。"他的《枪声》中也没有人物，只有音效，登场人物是一粒子弹，布景是黑夜，路上一个人也没有，静悄悄地歇了一分钟，忽然砰的一声枪响。幕落。马里内蒂的《他们来了》写的是两个仆人接受总督的命令等待客人，但他们自己也说不清楚究竟要等待什么人。他们忙碌地、机械地做着准备，把椅子搬过来又挪过去，摆出不同的形状，等候着客人的到来。最后，客人还是没有露面，这些椅子竟然自己朝门口走去。全剧只有四句台词，其中一句还是让人根本听不懂的胡言乱语，演出只需要几分钟最多十几分钟就可以结束。

马里内蒂在1915年发表的《未来主义戏剧宣言》中曾说："我们不得不作一场或两场就完，或两三分钟就完的剧，以代千篇一律的喜剧，或非演两三个钟头不完的悲剧，或最后热闹地叫嚷一阵然后闭幕的笑剧。我们要把历来的演剧术之根本的时间、场所、行为的三一法打破，欲矫正那种从心理之

①张秉真、黄晋凯主编：《未来主义 超现实主义》，中国人民大学出版社1994年版，第6页。

经过直到总末的长剧的缓慢。"①可以想象，在这么短的戏剧篇幅内，根本不可能舒展自如地呈现具有一定长度的戏剧情节和较为复杂的戏剧冲突，也不可能从容地设置充满戏剧性的人物关系以及塑造较为鲜活的人物形象。对于叙事艺术来说，足够的时间是叙述活动得以顺利进行的基本保障。因此，亚里士多德强调戏剧模仿要有"一定长度"是有充分依据的，我们反对矛盾展开的拖沓，但也不允许不为矛盾展开提供一定时间的吝啬做法。

（二）瞬间的内心印象

在这种极端有限的时空内，观众看到的只不过是一种瞬间的直觉和一个简单的印象。与现代派的其他戏剧一样，未来主义戏剧也排斥理性，强调内心真实性和直觉的重要性，这是现代派戏剧的总体特征。马里内蒂指出，"在舞台上展现我们的智力从潜意识、捉摸不定的力量、纯抽象和纯想象中发掘出来的一切，不管它们是如何违背真实，离奇古怪和反戏剧"。②因此，未来主义戏剧更像是一部观念剧。《饕餮的国王》是马里内蒂创作的一部讽刺剧，写的是一个最肥胖的人被选为国王后，全国的人只讲究吃，因为官员贪吃，所以百姓们差不多都要饿死了。等到内阁总理病倒的时候，百姓便起来造反，弄得国王走投无路，只得吩咐四个大臣去煮粥。可是粥还没有煮好，国王就饿死了。百姓闻着粥的香味，发疯似的冲入宫中。但他们一看是粥，大为不满，便把煮粥的人一个个地生吞活剥了。后来全国的人民都饿死了，台上只剩下一个小鬼，在那里一口一口地吸他们的血。这个戏也是只表达了一种观念，那就是民以食为天，饥饿笼罩下的群众是什么事都做得出来的。可以看出，他们的剧作仍然是关注现实问题的，只不过现实已经被他们扭曲变形，充满了怪诞色彩而已。基蒂的《黄与黑》表现了参加一战的奥地利士兵在死亡面前所感受到的恐怖和压抑心理。剧中约瑟夫中士在战场上时时担惊受怕，唯恐那无情的枪口会瞄准自己，这种心理后来发展成为一种神经质的恐惧，最后，他失手打死自己的战友，并就此当了逃兵。回到家后，他憎恨战争，撕毁了国旗，正当全家人担心他会因此受到处罚时，却传来奥地利国王已经死了的好消息，约瑟夫中士终于逃脱了惩罚。基蒂用凌乱的舞

①转引自袁凤珠编《20世纪西方现代派文学名著导读·戏剧卷》，天津人民出版社2000年版，第14页。
②柳鸣九主编：《未来主义 超现实主义 魔幻现实主义》，中国社会科学出版社1987年版，第40页。

台形象，把战争的恐惧描写成一种无形的、难以捉摸而又无时不在的力量，这出戏在营造神秘气氛方面，与象征主义戏剧十分相似。

（三）拟人的怪诞空间

很多未来主义戏剧中都没有人物，只有一些拟人化了的无生命物体。马里内蒂的剧本《手势》只在舞台的幕布上投影出二十多次姿势不同的手掌形，其他什么都没有，类似于皮影戏。一会儿是两只筋肉粗壮的手紧紧地相握，一会儿是一只女人的手摇动一方手帕等等。在《他们来了》中，无生命的椅子成了主角，表现了物对人的侵占和挤压。椅子一次次地被赋予了不同功能，从被用来作为谈判之椅，到用做闲聊之椅，再到用做就餐之椅等等，这些功能能够让观众联想到使用这些椅子的各种人物，先是参会人员，然后是休息闲谈的人，第三次是吃饭的人。只要愿意，管家可以无限制地摆下去。椅子的功能是多种多样的，使用椅子的人也就多种多样。作者已经展现了其中的三种情况，已经让观众联想到了三种人物，表现的意图已经得到了显示，因此也就没有必要再一一列举椅子的其他用处了。就像数数一样，一、二、三，只要愿意，可以一直数下去，直至无法穷尽，于是代数中干脆用X来代替。这个X包含了一切，却没有实际意义但又十分必要。中国的律诗也一样，万变不离其宗，始终逃不脱平仄的限制和束缚。所以，管家最后说的一句谁也听不懂的话，说明椅子功能是无法穷尽的。

（四）合成的戏剧语言

在《未来主义合成戏剧宣言》中，马里内蒂倡导建立一种"合成戏剧"，主张在极短的时间里，通过简单的台词、急速的动作把众多的感觉、观念和事实融合在一起。因此，他认为，戏剧可以同时在舞台和观众席之间进行，突出灯光、声音、道具等手段的综合作用，借用电影手段，使用平行蒙太奇的语言来开拓戏剧在人的幻觉、意识上的表现力。[1]在《他们来了》中，他就巧妙地运用了灯光效果、投影的移动、特异形状的桌椅、几何图形的变化、象征性道具和简短直白的台词等等，充分表现人对椅子的奇特的、充满神秘的感觉。这种合成戏剧所采用的语言已经与后来阿尔托残酷戏剧中所提倡的舞台语汇具有一定的相似性，都极大地丰富了戏剧的表现力。

....

[1]柳鸣九主编：《未来主义　超现实主义　魔幻现实主义》，中国社会科学出版社1987年版，第40页。

三、达达主义和超现实主义戏剧的美学特征

　　第一次世界大战带来的精神危机，既促使人们思考未来的命运，也让他们回过头来反思传统与历史，但他们得出的结论却是怀疑主义和虚无主义，这使得一部分青年人对传统采取了反抗和破坏的文化态度——反对一切、打倒一切，"破坏即创造"成了他们的艺术法则。达达主义和超现实主义就是打着反传统、反理性、反道德、反艺术的旗号登上了历史舞台的。

　　法籍罗马尼亚人查拉是达达主义的倡导者，他曾经与流放中的列宁下过棋，但一面之交的革命导师似乎并没有帮助查拉解决思想上的困惑。现代文明的虚伪和人道主义的无能让他倍感失望，因此，他认为现代艺术的使命就是要加速它的毁灭。对查拉来说，剧场既不是表演也不是消遣和教育的场所，它什么也不是，"它唯一的目的就是让观众感到震惊，使他们从无聊的尘梦中惊醒，或者勃然大怒，或者豁然开朗"。[1]查拉认为，"自由，达达，达达，达达，这是忍耐不住的痛苦的呼号，这是各种束缚、矛盾、荒诞的东西和不合逻辑的事物的交织，这便是生活。达达本身什么也不要，不要，不要。达达派所做的事就是让民众说，我们不懂，不懂，不懂。达达什么也感觉不到，什么也不是，是虚无，是乌有"。[2]他创作的《煤气心》，出场人物有如马季的群口相声《五官争功》一样，竟然是人的五官，场景更加怪诞而又莫名其妙，脖子在舞台上方，鼻子被吊起来，耳朵能说话，嘴巴只能听音，荒诞的舞台让人根本无法理解。这出戏没有什么情节，五官说着一些语无伦次和毫无意义的台词，好像是鼻子要与耳朵谈恋爱，嘴巴不同意，总之意义是模棱两可的。查拉曾经说过："艺术是私人的事，艺术家为自己写作，明白易懂的作品是新闻。"[3]达达主义通过艺术否定艺术本身，否定一切，实际上是一种虚无主义和艺术上的无政府主义。1921年，巴黎大学生抬着象征达达的纸人，把它扔进了塞纳河，标志着短命的达达主义夭折了。顺便指出，20世纪20年代中国现代文学史中孙伏园创立的"语丝派"有点类似于达达主义，语丝派的名称来源，据说是孙伏园与林语堂用剪刀往字典里

----

①陈世雄、周宁：《20世纪西方戏剧思潮》，中国戏剧出版社2000年版，第342页。
②转引自曾艳兵《西方现代主义文学概论》，北京大学出版社2006年版，第123页。
③转引自陈世雄、周宁《20世纪西方戏剧思潮》，中国戏剧出版社2000年版，第343页。

一插，随意指定得来的。语丝派的文风如同散丝，语无伦次，以吐出欲说之话，写出心中磊落之气而见长。

达达主义后来并入了超现实主义，对于两者的关系，斯泰恩认为，"如果说达达主义要企图通过破坏艺术来谴责艺术的话，超现实主义则是通过各种艺术来探讨非理性头脑中一切神秘的方法"。[1]超现实主义以弗洛伊德理论为基础，主张不受理性的任何控制，排除一切美学和道德的考虑，从而进行纯粹的精神无意识活动。那么，哪些是属于"超现实"的东西呢，他们认为主要有两种类型：一是无意识的世界，理性已经被毒化了，只有无意识和潜意识还没有被污染，能够真实反映人们内心的秘密，因此要着力表现无意识。二是梦幻世界，梦幻是潜意识一种最直接最重要的表现形式，它是本能在不受任何理性控制下的一种发泄，它以扭曲的形式暴露了灵魂深处秘而不宣的本质，没有什么比梦幻更真实、更丰富、更有意义。因此只有梦幻才能摆脱社会生活强加给人的羁绊，从而达到与彼岸世界的交流与对话。利用梦幻中的情节与形象，把彼此完全无关的现象、物体和细节毫无逻辑地结合在一起，这一点正表明了超现实主义与表现主义的内在一致性。超现实主义的这套理论，涉及创作源泉、创作目的和创作内容等一系列问题。

根据这一理论，他们提出了"绝对的艺术方法"，探索许多违反常理的写作方式，归纳起来主要包括自动写作和集体游戏两种主要方式，都非常有意思。自动写作也叫无意识写作，即在似睡非睡中完全凭无意识自发地构成诗句，既不受理性控制，也没有什么创作意图、构思、主题、思想等，写成后也不做任何修改。这种方法主张在创作中完全打乱人的常规思维，要求剧作家采用"纯粹的精神自动主义"，"把白日梦作为一种可能的艺术创作方法加以诱导"，使剧作家在下意识状态中"不假思索地、拼命地写下去"，而"完全不考虑文字的任何效果"，然而在事后却能发现这样的写作方法具有"行文流畅的幻觉，过分的情绪迷惘，有一般写作方法从未获得的特殊意象，有别具风格的画意，还夹杂着一些荒唐透顶的趣语"。[2]超现实主义戏剧认为，这种写作方法，是他们与其他戏剧流派的根本区别所在。当时的巴黎

---

[1]〔英〕斯泰恩，刘国彬等译：《现代戏剧的理论与实践》（二），中国戏剧出版社2002年版，第307页。

[2]曾艳兵：《西方现代主义文学概论》关于"超现实主义文学"一节，北京大学出版社2006年版。

街头，有许多借助于催眠术进行创作的超现实主义者，有的人甚至让自己饿上两三天，在一种半昏迷状态中进行写作。集体游戏分为两种：第一种是词性游戏，大家围坐在一起，由每个人写下一个词组，不准看前面的人写了什么内容，也不管后面的人如何写，然后将它们组接在一起，由于第一次得出的句子是"美妙的僵尸"，因此这个游戏也叫"美妙的僵尸"。第二种是定义游戏，其中一组写一个假设句，另一组写结果，然后任意地将他们搭配起来。这些方法终归是一场游戏，可以想象它并不能创造出真正的文学作品。20世纪20年代到30年代是超现实主义的全盛期，一直到二战后都还存在着，它是西方文学史上持续时间最长的流派。

在戏剧领域，超现实主义的代表人物是阿波利奈尔和科克托。他们的戏剧创作方法当然不能完全按照创作诗歌的方式进行，但他们保留了超现实主义共有的怪诞和令人震惊的艺术风格。

（一）阿波利奈尔的戏剧创作

苦命的阿波利奈尔是意大利人，却得不到承认，后来到了法国，也没有国籍，一辈子就这样孤独地飘零着，但这并不影响他对社会问题的热切关注。他的代表作《蒂雷西亚的乳房》写的是桑给巴尔地方的女权主义者泰瑞兹不愿承认男人的权威，除了要争当议员、与男人平起平坐之外，还拒绝生孩子。泰瑞兹刚出场时是一位身着蓝色长裙、长着蓝色脸庞的真女子。当她决定不当女人时，两只乳房便从敞开的罩衫内崩了出来，却是两个气球，同时她的嘴唇周围也迅速长出了胡须。在她变性蜕化成男人蒂雷西亚之后，便高兴地穿上丈夫的裤子奔赴前方参战。丈夫只好自己生育，竟然一口气生了40 051个子女，由于人口急剧增加，导致了全国性的饥荒。于是，警察前来干预，一个算命先生却宣扬多子多福，原来这个算命先生正是蒂雷西亚。剧中在讲到泰瑞兹变性成为蒂雷西亚时这样写道：

　　泰瑞兹：唉我好像长胡子了

　　我的胸脯正在脱落

　　（她大叫一声，把罩衫敞开，其乳房从中迸出，一只红色，一只蓝色，而当她松手时，它们便如儿童气球似的升飞，但仍由线牵着）

　　飞吧我的软弱之鸟

> 如此等等
>
> 女人身段真叫帅
>
> 鼓鼓囊囊多可爱
>
> 叫人直往嘴里塞
>
> （她拉紧气球的牵线，并舞动之）
>
> 不过蠢话还是休说
>
> 勿要把航空学术来此读
>
> 守德行永永远远总有益
>
> 持恶习无论如何终是险
>
> 因此上牺牲美貌更值得
>
> 艳丽能成为罪孽之母
>
> 让我们摆脱掉乳房吧
>
> （她点燃打火机把球炸裂，然后双手拇指抵鼻子对着观众做了一个漂亮的鬼脸，并从上衣口袋掏出球来向他们扔去。）

从这一段典型的超现实主义戏剧的段落中我们可以得出这么几点结论：一是不切实际的夸张，二是怪诞而搞笑的风格。总之，这个剧本从故事情节、人物形象、语言动作到舞美设计、道具音响都显示了反对传统、勇于创新的艺术精神。我们可以从三个方面来理解它的独特性。

一是前卫的戏剧观念。这出戏也是一部具有戏中戏意味的剧作，一开始是一个戏班班主在演出前的致辞，说他们要演出一出戏，要求观众不要用常规态度来看待这部戏。于是阿波利奈尔在剧本一开始，就通过戏班班主首先表达了自己对戏剧形式的认识。他非常反感当时巴黎林荫道上的商业戏剧和法国导演安托万大力扶持的自然主义戏剧，以及其他一切以描写生活琐事为目的的写实主义戏剧，他认为这些戏剧都"缺乏大气与德性"。戏剧和其他艺术一样，表现的对象尽管也是自然本身，但必须超越自然才能达到更高一级的精神境界。因此，阿波利奈尔发明了一个新概念，叫"超现实主义"。他解释说："一个人想模仿走路时，便发明了轮子，可是轮子跟腿却毫无相似之处。于是他便毫无意识地创造了超现实主义。"[1]其次，阿波利奈尔对

---

[1] 张秉真、黄晋凯主编：《未来主义 超现实主义》，中国人民大学出版社1994年版，第630页。

戏剧功能的认识也是新颖的。他强调，戏剧演出要给观众带来"快乐、享受与德性"，以代替笼罩在舞台上长达一个世纪之久的悲观情绪，也就是说，他主张戏剧的娱乐作用。接着，他指出自己理想中的剧院和演出形式应该是一个拥有两个舞台的圆形剧院，其中一个在中央，另一个围绕着观众组成圆环。他对表现内容与形式也作了阐述，就内容而言，舞台上演出的乃是相互之间没有关联的事件，犹如生活当中所发生的那样。就形式而言，声音、颜色、动作、音乐、舞蹈、杂技、诗歌、绘画、合唱和各种各样布景都应该加入剧情中，绝不考虑是否"合乎情理"，"因为戏剧艺术不应是一种幻觉艺术"。可以看出，他的戏剧主张对十多年之后的阿尔托有着十分重要的影响。从阿波利奈尔开始，舞台幻觉成了现代派戏剧家的众矢之的，意大利的皮兰德娄、美国的怀尔德、德国布莱希特和法国的日奈等人都集中火力对幻觉进行了最有力的攻击。

二是极端的戏剧表达。阿波利奈尔创作这部戏剧时，正是第一次世界大战烽火正旺的时候，法国军队在前线的伤亡人数越来越多，急需大量后备军人来补充兵源，人口问题在当时变得十分突出。然而新近兴起的女权主义却雪上加霜，放弃生育，使得生育问题变得空前尖锐。阿波利奈尔对此十分敏感，他鼓励人们要多多生育，以便有足够的兵源保卫自己的国土。然而，在新戏剧观的指导下，这个严肃的主题并没有把剧本变成一部沉闷乏味的道德剧。作者明明要探讨生育和女权主义等现实问题，却偏偏杂糅了夸张、滑稽、哑剧和杂耍等怪诞因素，使剧本显得多姿多彩，引人入胜。他像一个高超的化妆师，精心打扮着日常现实，以至于让人难以认识。如果说象征主义戏剧是把想说的话讲一半留一半，表现主义戏剧是想到什么就说什么的话，那么阿波利奈尔却对想说的话进行了归谬处理，然后用一种极端的方式说出来，达到"语不惊人死不休"的地步。华明先生认为，这部作品"以幽默反对现实主义的正经，用怪诞反对了现实主义的合理，借助幽默与怪诞，作品拒绝了社会秩序与道德规范，扯掉了理性的束缚，让人们被压抑的、无意识的心里力量释放出来"。①需要指出的是，运用归谬法达到反讽的目的，这也是后现代派戏剧经常采用的艺术手法。

①华明：《荒诞派戏剧研究》，载《戏剧》1991年第1期，第9页。

三是超前的叙事手段。《蒂雷西亚的乳房》中有两个后来成为布莱希特叙事体戏剧的主要手法：一是设立了外在于剧情的叙事人，这部戏在开演之前有个"序幕"，剧作家设置了一个戏班班主作为叙事人，除了简单交代剧情和讨论主题之外，还用来阐述剧作家的戏剧观念，这个班主在剧中所承担的叙事功能，已经非常接近布莱希特剧中的歌队和外在于剧情的叙事人了，他在无形中成了剧作家出场的代言人。二是运用外在手段如评价性文字、标牌、旁白等以达到提示和间离的目的。比如第一幕中，两个人物因打赌而发生决斗倒地后，桑给巴尔人民便在左右两侧各插上一块有关人物评语的标牌。在布莱希特的剧作中，这些有意暴露舞台演出活动或对舞台行动进行有效评说的直接手段也比比皆是。这些手法都始终提醒着观众，我们是在做戏，戏是被表演出来的，并不是真实的生活，从而让观众能够从剧情的幻觉中惊醒，反思现实问题。此外，这个剧作的舞美设计是著名画家也是作者的好朋友毕加索，这也是戏剧史上一段有趣的佳话。

总之，《蒂雷西亚的乳房》的意义是深远的，第一，它是法国戏剧在形式上不断荒诞化过程中的关键一环，上承《愚比王》，中启残酷戏剧，下接尤奈斯库的《秃头歌女》。二战后的荒诞派戏剧之所以能在法国兴起，绝非偶然，这里面既有存在主义哲学在内容上的哺育，也有《愚比王》以来反传统的形式滋养。尽管雅里和阿波利奈尔的许多创作手法都具有后现代派戏剧特征，但他们的艺术精神仍然属于现代派，因为他们仍然心存理想，承认存在的价值，并没有像荒诞派戏剧那样在本体上就认定现实和存在的荒诞性，这是必须要首先明确的。第二，它是法国戏剧反叛人类文明过程中的关键一环。雅里的《愚比王》是拿经典的历史剧作开玩笑，阿波利奈尔的《蒂雷西亚的乳房》是愚弄现实的反讽之作，之后是科克托和法国神秘主义剧作对理性进行了嘲弄和否定，到了荒诞派戏剧，则上升为对存在本身的嘲讽。嘲笑历史、嘲弄现实、嘲弄理性、嘲讽存在，这是法国戏剧反叛和解构人类文明的四部曲，一次比一次深入，一次比一次更接近生存的根基。第三，如果说易卜生是现代派戏剧之父，那么，我们更愿意将阿波利奈尔称为后现代派戏剧之父。在这部戏中既有阿尔托在残酷戏剧提出的"震惊"风格，也有布莱希特叙事体戏剧中用以间离的"提示"手法，我们知道，这两个人都是后现代派戏剧的精神领袖。当然，阿波利奈尔的这些手法还是一种不自觉的艺术行为，并没有纳入某种艺术观之下，不像后两者在理论上的自觉，但他的首创意义不容忽视。

（二）科克托的戏剧创作

科克托是另一位在超现实主义戏剧领域取得一定成就的剧作家，他的戏剧一般被划分为四个阶段，即第一阶段的杂剧、第二阶段的古典戏剧改编、第三阶段的中世纪题材作品和第四阶段传统样式剧本。《奥菲尔》、《地狱里的机器》等都是后三个阶段的作品，"这些剧作无论是在打破传统观念还是在手法创新方面都远逊于第一阶段的杂剧"。[1]科克托在戏剧形式上的积极探索主要集中在第一阶段，《游行》、《埃菲尔铁塔上的婚礼》等都是当时的代表作，在艺术形式上主要表现出三个特征：

一是颠覆剧本。科克托第一阶段的杂剧实验实际上是一个综合了神话、舞蹈、杂技、哑剧、音乐和戏剧等各门艺术成分的前所未有的剧种。他非常反对以语言为主的说话剧，立志要把观众引回到动作戏剧中，使表演成为戏剧的主角，让语言失去霸主地位，取而代之的是舞蹈、音乐、杂技和动作的表演。这种观念类似于未来主义戏剧所提出的"合成戏剧语言"，也接近于阿尔托提出的"整体戏剧语言"，其实质就是调动一切表现因素为戏剧服务，而不是仅仅依靠语言。《游行》中没有情节，甚至谈不上是戏剧，只是纯粹意义上的表演。中国魔术师、杂技师和美国小姑娘三个人走上街头，依次表演，目的是为了招揽观众进入剧场去看正戏，这只是一次开演之前的广告性演出，是为了表演而表演，并不存在什么价值指向和戏剧内涵，这一类的演出活动也不需要剧本。

二是悬置意义。问题的关键是，观众在街头看了这些表演后，满怀希望地走进剧场，结果剧场里面什么也没有，科克托在《游行》中根本没有为观众准备所谓的正戏。自认上当受骗的观众一怒之下当年还酿成了骚乱事件，一些女观众差点用发夹刺瞎了科克托的双眼。招揽观众进入剧场的广告性演出成了戏剧本身，观众根本没有看到正戏，这种做法，即使是对艺术观念相当宽容并充满浪漫情怀的法国人来说也难以容忍。与其说科克托在广告性演出中强化了戏剧艺术的表演性质，还不如说他有意识地悬置了意义的表达。

---

[1]宫保荣：《法国戏剧百年》，三联书店2002年版，第125页。

以无示有，既是对观众欣赏习惯乃至人类期待心理的挑战，也是对艺术观念的戏弄。正如杜尚将小便器搬进了美术馆、美国后现代派音乐家约翰·凯奇四分三十三秒的沉默一样，它带给观众的是欣赏习惯的不知所措和艺术观念的模糊不清。无独有偶，超现实主义的旗手布勒东创作过一个叫《你请便》的剧作，第一场戏是一场关于三个人的恋爱剧，交代含混，第二场与第一场毫无关系，是另一对偷情的男女，第三场也与前两场不相干，是一对嫖客与一个女子之间的对话，语焉不详。第三场之后是长时间的幕间休息，幕布再次拉开时，竟然宣布不演了，观众不明就里，要求导演出来，这正是他们设计的效果，观众就这么稀里糊涂地散了。①多年前，在一个美术展览中，有一个名为《偷窥》的装置艺术，一个里面似乎装满东西的麻布口袋静静地被放在不起眼的墙角，许多参观者都忍不住要去看一眼，结果里面什么都没有，这部作品就是对观众期待心理的戏弄。观众在希望落空后，反观自己心理状态的一系列变化，一定会得到一种特别的启示。

三是制造惊奇。如果说《游行》凭借"出人意料"来制造惊奇，那么《埃菲尔铁塔上的婚礼》制造惊奇的策略就是"不可思议"。这部戏在演出时，舞台两侧各安置了一个由演员扮演的留声机，身体为匣子，嘴巴则充作扬声器，他们以不同的腔调或为观众介绍剧情，或替人物说出台词，或朗读舞台指示，类似于叙事人。"留声机"的说话速度极快，声音高亢，每一个音节都响亮清晰。头戴面具的演员们则以哑剧方式来表演相应的场面。与这种极具挑衅的表演相比，剧情同样显得荒诞。全剧以埃菲尔铁塔的第一层平台为背景，摄影师用一台如真人一般大小的老式相机为新娘拍照。法国人拍照时常说"当心小鸟要飞出来啦"，有点像中国人照相时说"茄子"一样，可以展示最好的表情。摄像师说这句话时，结果从皮腔里真跑出来一只鸵鸟，还引来了一名猎人。此后，每当他要拍摄婚礼场景时，总有一些动物或人从相机中跑出来，有海滨浴女，有大胖男孩，还有一头狮子。如此滑稽的场面不胜枚举，直到最后所有参加婚礼的人和动物又都跑进了照相机，整场演出恰如一场怪诞而又疯狂的梦。这些不可思议的情境设置和舞台行动，正像阿波利奈尔的《蒂雷西亚的乳房》一样，怪诞、新奇，让观众充分领略

---

① 陈世雄、周宁：《20世纪西方戏剧思潮》，中国戏剧出版社2000年版，第343页。

"不可能世界"中的"可能世界"。

其实，科克托一直挣扎在内容与形式无法统一的烦恼中，第一阶段的杂剧"剧作"的形式革命因为找不到合适的表达内容，因此只能是就形式而形式，对形式探索的热情远远超过了对意义的表达。后期的科克托意识到命运的不可抗拒和存在的荒诞性，可惜他又没有在形式上继续自己的实验，而是重新捡起了传统戏剧形式，汇入到法国神秘主义戏剧创作中，与克洛黛尔、季洛杜和阿努伊等法国文学派戏剧家一起，重塑戏剧的文学精神。因此，后期科克托创作的《奥尔菲》、《地狱里的机器》等剧作并没有成为内容与形式完美结合的荒诞派剧作。

四、阿尔托的残酷戏剧

阿尔托的理论语言连他自己都承认艰涩难懂，大部分措辞不当，辩证性很弱，从一个概念突然跳跃到另一个概念，但它并不回避真正的问题。确实，他所描绘的戏剧蓝图在他死后的20世纪60年代备受追捧，对20世纪后半叶的戏剧艺术产生了决定性影响。可惜他是个理论的巨人、实践的矮子，他本人并没有创造出具有一定影响的戏剧作品。

出名的一部叫《喷血》，剧情是这样的：一对少男少女，他们倾心相爱，突然传来奇怪的音响，犹如巨大的轮子搅动空气，将他们分开。此刻，星星相撞，人的四肢，还有"蒸馏器"从天上掉下来。蝎子、青蛙、甲虫各一只，慢慢地降下来。少男呼喊着："天空发疯了！"一个中世纪的武士上场了。奶妈，用手捂着肿胀的乳房，气喘吁吁地跟上。武士对奶妈说："别管你的奶子，给我文件！"而奶妈却说："我的女儿跟他在一起，他们在做爱。"武士说："这干我屁事！"奶妈说："乱伦啊！"少男喊着："把她还给我，她是我的妻子！"武士却对少男说："你说你的身体的各个部位中最常提到的是哪个部位？"少男回答："上帝。"教士说："那不时行了，一些人用无聊的小故事来满足自己，这就是一切，这就是生命！"少男也赞成这种说法。突然地震发生了。电闪雷鸣，人们四处狂奔。一个巨大的手抓住妓女的头发。妓女的头发燃起熊熊烈火，一个巨大的声音："母狗，瞧你的身体。"（穿着透明衣服的妓女，袒露着丑陋的身体。）她叫着："放开我！上帝！" 她咬了上帝一口，巨大的血柱喷薄而出。在刺眼的灯光中，我们看到教士在祈祷。妓女跌入少男的怀抱，所有的人都死了。妓女仿佛在性高潮中呻吟，对少男说："告诉我，你以前是怎样发生的？"少男把脸藏起来。奶妈回来，抱着少女。少女昏死了，奶妈两只大乳房不见了。武士冲出，抓着奶妈摇晃着："你把它藏在哪里？我要干奶酪。"奶妈愉快地说："给你！"她撩起裙子。少男喊着："别伤害妈咪！"武士说："坏女人"。一大群蝎子从奶妈的裙子中爬出来，聚集在她的阴部。奶妈的性器官逐渐膨胀，爆裂，发光，像太阳一样发出光芒。少男和妓女逃走。少女从昏迷中醒来说："处女啊，那就是他所追寻的。"①这个短剧，是不能用传统戏剧的标准来衡量和阐释的。这里，你似乎看到一种精神分裂症的病态，这里没有确定的时间和空间，似乎任何事件都可能发生而又不可能发生，不过也不能说它没有现实的依据，是一种极为模糊极为不确定的幻象，以及由这些派生的种种意象的混合。

"残酷戏剧"的理论命题非常丰富，具有"说不尽的阿尔托"意味，20世纪60年代以后，许多戏剧家都从中汲取了营养，但每个人心中都有一个属于自己的"阿尔托"。从戏剧形式的角度，我们可以把"残酷戏剧"理论的要义归纳为四个方面：

（一）表现题材的残酷

一提到"残酷"，人们一般就会将它与血腥和暴力联系起来，因此阿尔托要求人们对"残酷"一词应该从广义上去理解，而不是从通常的、物质的、贪婪的意义上去理解，因为"残酷并不是流血、肉体受苦、敌人受难的同义词。将残酷与酷刑等同起来，这只是问题极不重要的一面"。②在他看来，真正意义上的"残酷"，一方面，"是指事物可能对我们施加的、更可怕的、必然的残酷。我们并不是自由的。天有可能塌下来，戏剧首先应该告诉我们的就是这一点"。③另一方面，他也指出，"就精神而言，残酷意味

①转引自田本相、宋宝珍《后现代派戏剧管窥》，载《南开学报》1999年第5期。
②〔法〕阿尔托，桂裕芳译：《残酷戏剧》，中国戏剧出版社1993年版，第100页。
③〔法〕阿尔托，桂裕芳译：《残酷戏剧》，中国戏剧出版社1993年版，第76页。

着严格、专注及铁面无情的决心，绝对的、不可改变的意志。"[①]他进一步补充说，"残酷首先是清醒的，这是一种严格的导向，对必然性的顺从。没有意识、没有专注的意识，就没有残酷"。[②]

这里有两个概念应该引起我们的注意，一是"事物对我们施加的必然的残酷"，二是"没有专注的意识，就没有残酷"。这就从两个方面给出了"残酷"的规定性：一方面，"事物施加的必然的残酷"显然来自外界，它实际上是事物不可逆转的控制力给人造成的心理感受和价值判断，它剥夺了我们的自由，戏剧应该揭示这种残酷性。所以阿尔托强调，"我所说的残酷，是指吞没黑暗的、神秘的生命旋风，是指无情的必然性之外的痛苦"。[③]另一方面，"专注的意识"显然来自我们自身，是执著的意志力非要从这种不可逆转的控制力中找出必然性，找出规律，摆脱控制，这种至死不渝的意志力同样带给我们一种残酷的心理感受和价值判断。正如佛教所说，人的痛苦在于过分的执著和贪婪，具体的有"五执"，即心执、口执、眼执、耳执、鼻执。所以，我们认为，事物不可逆转的控制力和专注执著的意志力正是阿尔托所说的"残酷"，这两种力量都可以感染我们、震撼我们，让我们意识到种种未知的和非理性的生命状态，体验到存在的痛苦，从而感叹生命的残酷。如此看来，《俄狄浦斯王》应该最符合阿尔托所说的"残酷"，俄狄浦斯王从一生下来就注定要"弑父娶母"，这种命运对他的控制来说是不可避免的，也是不可逆转的。在古希腊的悲剧中，这种外在的控制力常让人无所适从，然而，那些悲剧英雄们却偏偏在性格上体现为一种执著，意志坚定，就像俄狄浦斯，百折不挠的意志力促使他一定要追查出忒拜城的凶手。结果，残酷的命运把他引向了自己的对立面。

（二）构成原则的反常

为了表现控制力和意志力，阿尔托主张在戏剧各元素的构成原则上采取反常法。他说："直接在舞台上创造戏剧，藐视演出和舞台的种种障碍，这就要求发现一种积极的语言，积极和无秩序的语言，从而打破情感和字词的

① 〔法〕阿尔托，桂裕芳译：《残酷戏剧》，中国戏剧出版社1993年版，第99页。
② 〔法〕阿尔托，桂裕芳译：《残酷戏剧》，中国戏剧出版社1993年版，第100页。
③ 〔法〕阿尔托，桂裕芳译：《残酷戏剧》，中国戏剧出版社1993年版，第101页。

通常界限。"①反常法要求对传统戏剧进行全方位的颠覆，行为动机的逻辑化、戏剧情节的秩序化、语言台词的性格化等等都是自亚里士多德以来传统戏剧恪守的法则和规范。阿尔托对此深恶痛绝，他的目的就是要在反常化的基础上重建这些秩序。他说，"这些形式的倒错、意义的转移，可以成为幽默的空间，诗意的基本因素"。②这种幽默感，正是情境设置构成的反常性和不合时宜所激发的情感，这样，残酷戏剧就与意外、变形、另类、挑战等词汇联系在一起。"能在舞台上最完美地表现这个危险概念的是客观的意外，不是情景的意外，而是事物的意外，从一个想象的形象突然地、不合时宜地向真实形象过渡。"③回过头来我们再看雅里以来的先锋派戏剧，无论是雅里《愚比王》中人物身份与行为的错位，还是阿波利奈尔《蒂雷西亚的乳房》中人物性别与社会分工的互换；也无论是马里内蒂《他们来了》中人与物的重新定位，还是科克托《游行》中前奏与正戏的模糊不清，这种反常和意外的构成法则确实比比皆是，这种构成法则也深深地影响了后来的荒诞派戏剧，因此怪诞与不合常理也是荒诞派戏剧的主要构成法则。

其实，阿尔托所主张的"反常"和"不合时宜"，已经暗合了20世纪新兴的怪诞风格。怪诞作为一种古老的艺术手法，在20世纪能够再次获得强大的生命力，与非理性思潮的勃兴息息相关，可以说，没有非理性思潮的流行就很难有怪诞风格的复兴。从雅里的《愚比王》、表现主义戏剧、超现实主义戏剧、皮兰德娄式的怪诞剧，一直到荒诞派戏剧、迪伦马特的戏剧等都采用了怪诞手法。"因此，在20世纪的西方剧坛，不论是现实主义戏剧还是现代主义戏剧，古老的怪诞风格的复兴都带来了新的手法，新的体裁，新的风格，新的剧作形态，新的戏剧理论，还造成了戏剧思维方式的根本性变革。"④怪诞也因此成为现代派戏剧的一个共同特征。

（三）表现手段的多样

围绕构成法则的"反常"，阿尔托进一步对戏剧形式进行了全面颠覆和革新。他认为戏剧的表现手段应该多种多样，因为"舞台是一个有形的、具

----

① 〔法〕阿尔托，桂裕芳译：《残酷戏剧》，中国戏剧出版社1993年版，第36页。
② 〔法〕阿尔托，桂裕芳译：《残酷戏剧》，中国戏剧出版社1993年版，第39页。
③ 〔法〕阿尔托，桂裕芳译：《残酷戏剧》，中国戏剧出版社1993年版，第39页。
④ 陈世雄、周宁：《20世纪西方戏剧思潮》，中国戏剧出版社2000年版，第125页。

体的场所，应该将它填满，应该让它用自己具体的语言说话"。①那么，"这个有形的语言是什么，这个使语言有别于话语的、物质的、坚实的语言是什么？它就是舞台上的一切，就是能够以物质的形式在舞台上表现和表达的一切"。②这里，阿尔托建立了一种整体语言观。他心中理想的戏剧语言，不局限于剧本和对话，而是以造型和身体为基础，主张将电影、夜总会、马戏班的手法都找回来，使用舞蹈、歌咏、默剧、灯效、道具、手势、木偶、面具和音乐等诸多形式，在整体上共塑舞台空间。总之，对于阿尔托式的演员来说，"如果不把那种感觉塑造成可传递信息的形象，它只是一封未贴邮票的热情洋溢的信而已"。③努力调动一切因素为舞台服务，这是阿尔托整体语言观的目的。

这里，有一种对阿尔托的误解，需要澄清。很多人都注意到了阿尔托这样一些表述，"结束对剧本的迷信及作家的专横"，④还有，"我们不上演写成的剧本，而是围绕主题，已知的事件或作品，试图直接导演"。⑤于是，很多研究者由此出发，断章取义地认为，阿尔托要取消剧本，否定戏剧的文学性。其实，这并非阿尔托的本意，阿尔托本人从没有完全否定过戏剧的文学性，他明确说过"戏剧是文学的一个分支，是语言的一种有志的变种"。⑥实际上，他反对的并不是剧本的文学性，而是剧本统治舞台的绝对性和舞台呈现语言的单一性。在他看来，剧本只负责提供思想和感觉的素材，剧本不再是神圣不可侵犯的，因此，他认为，"问题不在于取消戏剧中的话语，而在于改变其作用，特别是减少其作用，并不把它看做使人物性格达到外部目的的一种手段"。⑦他还认为，"首先应该打破剧本对戏剧的奴役，恢复某种语言的概念，这种语言是独一无二的，介于动作和思想之间"。⑧可见，阿尔托在一定

---

① 〔法〕阿尔托，桂裕芳译：《残酷戏剧》，中国戏剧出版社1993年版，第32页。
② 〔法〕阿尔托，桂裕芳译：《残酷戏剧》，中国戏剧出版社1993年版，第33页。
③ 〔英〕斯泰恩，刘国彬等译：《现代戏剧理论与实践》（二），中国戏剧出版社2002年版，第390页。
④ 〔法〕阿尔托，桂裕芳译：《残酷戏剧》，中国戏剧出版社1993年版，第124页。
⑤ 〔法〕阿尔托，桂裕芳译：《残酷戏剧》，中国戏剧出版社1993年版，第95页。
⑥ 〔法〕阿尔托，桂裕芳译：《残酷戏剧》，中国戏剧出版社1993年版，第64页。
⑦ 〔法〕阿尔托，桂裕芳译：《残酷戏剧》，中国戏剧出版社1993年版，第67页。
⑧ 〔法〕阿尔托，桂裕芳译：《残酷戏剧》，中国戏剧出版社1993年版，第85页。

程度上被人们误读了，他的目的不是要对戏剧语言加以限制，而是要拓展戏剧语言的多样性。

在整体语言观的基础上，阿尔托还进一步建立了一种整体剧场观。受东方剧场的影响和启发，他认为纯粹的剧场应该是一个以神话为基础，具有形而上意义和神秘主义氛围的剧场，是一个非精英的、人人都能参与的平民剧场，更是一种祭典的仪式剧场。同时，这个剧场完全由导演操控，他统筹舞台上的所有元素，从只管布景、服装、灯光等纯属外在元素的次要角色，变成一个真正的创作者。进一步地，他建议取消舞台，把观众放在中间，使演员和观众之间没有任何形式的隔阂，让观众参与演出，建立直接的沟通，从各个层面直接影响观众，从而超越传统表演模式。"为了从四面八方抓住观众的敏感性，我们提倡一种旋转演出，舞台和戏厅不再是两个封闭的、无任何交流的世界了，旋转演出将它的视觉和听觉形象散布在全体观众中。"①这正符合一切宗教仪式的空间安排：表演和观众没有实体性界限，演员与观众合二为一。同时，阿尔托还反对写实性布景和道具所营造的舞台假象，因为写实性布景将演员约束在三度空间中，而舞台却是始终处于运动中，一个意象淡出，另一个意象又立即浮现，不能固定，因此要清除一切多余的装饰，使舞台纯净，甚至不要布景。

其实，阿尔托与布莱希特一样都想推倒"第四堵墙"。可惜布莱希特只把墙推倒了一半，让观众在舞台上看到一半是现实，一半是戏剧。阿尔托比较彻底，完全推倒了这一堵墙，同时推倒的还有艺术与生活的界线。实际上，阿尔托建立了另一种幻觉，一种无所谓舞台与现实的幻觉。就这一点而言，他与斯坦尼斯拉夫斯基的思想要更接近一些，布莱希特是不想要幻觉，而阿尔托和斯坦尼斯拉夫斯基却想要得到幻觉，只不过得到的方式不同而已。斯坦尼斯拉夫斯基通过"仿造"，而阿尔托却认为，那最多是对假象事物的可笑模仿，是附庸风雅、矫揉造作的唯美主义。他发誓将舞台幻觉提升为宗教体验，使得残酷剧场内，观演间物理和心理上的一切距离都得以销蚀，这是一种你我不分、观众与演员不分、艺术与生活不分的无所谓幻觉与否的状态。

为了帮助我们更形象地理解阿尔托的整体剧场观，我们可以对斯坦尼斯

①〔法〕阿尔托，桂裕芳译：《残酷戏剧》，中国戏剧出版社1993年版，第82页。

拉夫斯基、阿尔托和布莱希特作一个比较。如果我们把剧场中的各种元素归结为生活、艺术、演员、角色和观众五个核心要素，从艺术世界和现实世界来区别，我们将生活、观众放在一起，将艺术、角色和演员放在一起，那么斯坦尼斯拉夫斯基则将艺术和生活截然分开，并将角色和演员归为艺术，将观众划归生活中；布莱希特也将艺术与生活分开，将角色和观众分别划归艺术和生活，并从演员中间一分为二，分归艺术与生活；阿尔托则将这五个要素划归为一个整体，不再区分。很显然，这是三种不同的剧场观，显示观众在欣赏戏剧过程中"看"与"被看"的三种不同关系模式。①

（四）审美效果的震惊

说什么、怎么说，接下来的问题就是要达到什么目的，这是我们表述阿尔托的逻辑。阿尔托的残酷戏剧并不是要在剧场里制造一种残酷的、令人恐怖的直观景象，而是要让观众意识到外在世界的"残酷"以及潜藏在人心中的"残酷"，所以剧场不应该让观众陶醉，而应该刺激他们，让他们感到震惊。阿尔托认为，"必须用猛烈的震撼力才能使我们的理解力复苏"。②这种"震惊"既可以是由存在的残酷性引起的，如暴力、战争、宿命、灾难等，也可以由我们内心引起，如复仇、意志、乱伦等。总之，引起这种震惊的因素是全方位的，这也意味着他对戏剧的颠覆是全方位的。需要指出的是，这种"震惊"具有某种间离的作用，它有如一计棒喝，运用不可思议和出人意料的戏剧情境，把观众从日常生活的惯性和惰性中解放出来，在震惊中感叹生命的艰难和残酷。阿尔托的这个观点与超现实主义导师布勒东不谋而合，布勒东也认为："神奇性永远是美的，无论什么样的神奇性都是美的，甚至只有神奇性才是美的。"③这里的"惊奇"与"震惊"在审美效果上是一致的，就像阿波利奈尔的《蒂雷西亚的乳房》，其中戏剧情境的设置怪诞离奇，这是一次对观众与众不同的刺激，是对观众审美习惯的颠覆，在引发观众震惊的同时，也启发了观众对现实问题的思考。

其实，阿尔托之所以追求审美效果的"震惊"，与他的戏剧目的是一致

---

① 阎立峰：《20世纪戏剧：距离消长与空间重组》，载《外国文学评论》2002年第2期。
② 〔法〕阿尔托，桂裕芳译：《残酷戏剧》，中国戏剧出版社1993年版，第82页。
③ 转引自柳鸣九主编《未来主义　超现实主义　魔幻现实主义》，中国社会科学出版社1987年版，第172页。

的。在他看来，戏剧应该具有一种类似于宗教与巫术般的"心灵治疗"作用。他将戏剧比喻成瘟疫、炼金术、魔术和有治疗作用的非洲舞蹈，他说："戏剧和瘟疫都是一种危机，以死亡或痊愈作为结束。瘟疫是一种高等疾病，因为在这场全面危机以后只剩下死亡或者极端的净化。戏剧同样是一场疾病，因为它是在毁灭以后才建立最高平衡，它促使精神进入谵妄，以激扬自己的有益的能量。"[1]他认为，戏剧应该利用一切手段使我们的神经和心灵"猛醒"，"残酷剧团的目的正是为了使戏剧重建其炽烈而痉挛的生活观"。[2]他认为，"从人的观点看，戏剧与瘟疫都具有有益的作用，因为它促使人看见真实的自我，它撕下面具，揭露谎言、懦弱、卑鄙、伪善，它打破危及敏锐感觉的、令人窒息的物质惰性。……而如果没有瘟疫和戏剧，这一点是不可能的"。[3]他的理论鼓吹把戏剧看做是一种治疗法，提倡一种进行猛烈袭击的戏剧，"这种戏剧运用具有戏剧魅力的各种古老艺术，以便将观众暴露在他们自己的隐蔽的罪恶、纠葛和仇恨面前，其目的是，按阿尔托的说法，洗刷观众的罪恶，这样就把戏剧有价值的生命力显示了出来"。[4]选取刺激人心的奇闻逸事和超过常人的虔诚，让观众直面自己内心的残酷，这就是残酷戏剧想要表达的。

应该指出的是，20世纪西方戏剧大致可以梳理出三个传统：一是英美戏剧传统，受经验主义哲学的影响，从实用主义出发，英美戏剧一直徘徊在现实主义戏剧的道路上，特别前卫的形式探索在英美始终没有形成主流，他们的戏剧故事性相对较强，总是把主旨寄托在一定的情节中，从而具有一定的观赏性。二是德国戏剧传统，日耳曼民族十分强调理性，"盛产"哲学家。从包括凯泽、托勒在内的表现主义戏剧到布莱希特的叙事体戏剧，再到海纳·米勒的拼贴剧，以及汉德克的说话剧，德国的戏剧家总在寻找一种为观众留有足够审美空间的戏剧样式，他们尊重并信任观众的判断力，他们的共同倾向是，"在戏剧观上反对亚里士多德的模仿论和净化说，主张戏剧形式的革新和舞台幻觉的破除；在戏剧形式上摒弃亚里士多德式戏剧的严

---

① 〔法〕阿尔托，桂裕芳译：《残酷戏剧》，中国戏剧出版社1993年版，第27页。
②〔法〕阿尔托，桂裕芳译：《残酷戏剧》，中国戏剧出版社1993年版，第122页。
③〔法〕阿尔托，桂裕芳译：《残酷戏剧》，中国戏剧出版社1993年版，第27页。
④〔英〕斯泰恩，刘国彬等译：《现代戏剧理论与实践》（二），中国戏剧出版社2002年版，第386页。

密结构，将内在冲突而非外部冲突的表现置于首位，与此同时传统现实主义戏剧典型化的人物形象塑造方法也被抽象化的方法取代"。[①]三是法国戏剧传统，浪漫的高卢人特别崇尚非理性，喜欢在戏剧形式上标新立异，具有极大的艺术包容性，一切艺术观念都能在法国找到自己的土壤。从象征主义戏剧到超现实主义戏剧，从存在主义戏剧到荒诞派戏剧，非理性的元素一直贯穿始终，并形成了比荒诞的外延更宽泛的怪诞风格。上述三个戏剧传统，实际上在斯泰恩三卷本的《现代戏剧理论与实践》中也得到了体现，他将现实主义和自然主义归为第一卷，其中论述的绝大多数都是英美戏剧家的理论与实践；将象征主义、超现实主义和荒诞派戏剧归为第二卷，这是法国戏剧传统，被他称为怪诞剧的皮兰德娄和以怪诞剧著称的瑞士剧作家迪伦马特也在其中；将表现主义和叙事剧列为第三卷，主要强调的是德国传统。斯泰恩的分类不仅仅只是体现了国别意识，其背后的原则更符合戏剧传统的内在连续性和戏剧形式的相关性，显得别有用心。

　　总之，雅里以来的未来主义戏剧、达达主义戏剧和超现实主义戏剧虽然没有创作出经典的戏剧文学作品，但他们对于戏剧形式的探索和革新却十分有意义。对于他们来说，或许已经意识到了生活的某种荒诞，但当时人们对这种怪诞的戏剧形式并不完全接受，这也许正是后来法国神秘主义戏剧和存在主义戏剧继续沿用传统戏剧形式表达荒诞主题的内在原因。但是，无论如何，前者在戏剧形式上的探索和后者在荒诞内容上的深化，已经为内容与形式高度一致的荒诞派戏剧做好了充足的准备，荒诞派戏剧在法国已经呼之欲出了。有话"变形说"，正是这一支戏剧传统共同的话语策略。

剧本来源

[1]汪义群主编：《西方现代戏剧流派作品选》（五），包括《煤气心》、《蒂雷西亚的乳房》、《他们来了》、《黄与黑》等，中国戏剧出版社2005年版。

[2]〔法〕雅里，周铭译：《愚比王》，中国戏剧出版社2006年版。

....

[①]谢芳：《20世纪德语戏剧的美学特征》，武汉大学出版社2006年版，第28页。

第五章　暴露说

——皮兰德娄后设戏剧的话语策略

皮兰德娄是现代派戏剧中最具原创精神的剧作家，他创造性地将意大利即兴喜剧传统与戏中戏结构结合起来，进一步丰富了戏剧表现形式，因此，1934年他获得了诺贝尔文学奖。他创作的《六个寻找剧作家的角色》、《各行其是》、《今晚我们即兴演出》和《亨利四世》等剧作都采用了戏中戏结构。用戏中戏的形式来结构戏剧自古有之，但皮兰德娄的戏中戏却与众不同，它不仅在结构上与正戏浑然天成，难以截然分开，而且在展示剧情故事的同时，还借助人物的叙述，巧妙地讨论了戏剧艺术自身的规律问题，展示了构思作品的思维过程，将本来只在更高逻辑层次的戏剧理论文本中讨论的艺术创作问题，合并到戏剧作品文本中一并展现，从而使他的剧作成为"后设戏剧"的代表。

一、戏与戏中戏的四种关系模式

自古以来，有许多作品都出现了"嵌套"现象，就是一个故事里面还套着一个或几个故事的手法，如文艺复兴时期意大利薄伽丘的小说《十日谈》等。戏剧中也有嵌套现象，我们称为"戏中戏"，它是戏剧结构中的一种特殊类型，在现实空间里，演员扮演角色，为台下观众演了一出戏，在舞台空间里，角色通过扮演，又为剧中人演了一出戏，形成戏中有戏的嵌套结构。这样，对于演员扮演的角色来说，就具备了双重身份，成为角色中的角色。对台下的观众来说，既能看到演员演出的戏，也能看到了角色演出的戏。

为了能够自然而贴切地引出戏中戏，在许多采用戏中戏结构的作品中，剧作家大多选择那些社会职业本身就是演员的人物作为正戏的角色，如电影《霸王别姬》里的段小楼、程蝶衣等，他们本身都是历史上的京剧名角。故事地点也都有意选择在排练场、拍摄现场等，如《六个寻找剧作家的角色》等，正戏故事就发生在一家舞台排练场上，这样做的目的就是为了方便展开戏中戏，因为演员演戏，排练场排戏都是天经地义的。

在一出具有戏中戏结构的剧作中，正戏与戏中戏形成了两个人物活动的空间，两个意义空间，从而在一出戏中形成了两个文本，它们互相影响，互相渗透，构成了一种特殊的"互文"现象。所谓"互文"，一言以蔽之，即

"一个文本与其他文本的相互关系"，这是法国当代学者朱丽娅·克里斯特娃1969年对"互文"概念所下的定义。她认为："任何作品的文本都是像许多行文的镶嵌品那样构成的，任何文本都是其他文本的吸收和转化。"①这就是说，要理解和认识两个文本中的任何一个，都需要借助另一个才能进行，它们之间相互解释、彼此依赖，如果两个文本间没有任何联系，不发生任何关系，那么就没有构成互文现象。互文既是一种哲学认识论的模式，也是一种文学艺术的创作方法。作为一种文学艺术的创作方法，互文涉及诸多理论问题，比如艺术与生活可以构成一种互文现象，对艺术文本的理解需要借助于一定的生活经验，这个生活经验就是一个巨大的潜文本。再比如，任何一个作家的创作都需要参照别人的创作，也要参照自己以前的作品，这也是一种互文现象。所以有人认为，互文是一个庞然大物，不着边际。

互文现象自古有之，如古希腊戏剧对古希腊神话的使用，文艺复兴时期文艺作品对古希腊罗马艺术题材的使用等，20世纪法国神秘派包括科克托、季洛杜在内的戏剧创作都喜欢借用古希腊戏剧题材，如《地狱里的机器》、《特洛伊之战不会爆发》等，这说明互文作为一种文本的写作方法，自古有之。就一个具体文本而言，互文可以分为内部互文与外部互文两种形态，内部互文研究一个文本内部两个文本间的关系，外部互文研究的是此文本与彼文本的关系，也就是说，内部互文中的两个文本都是剧作家一个人创作的，而外部互文中必定有一个文本是先在的，是别人创作的，最极端的外部互文就是抄袭和假冒。后设戏剧主要研究内部互文现象。就戏与戏中戏的"互文"关系来说，我们归纳了四种已知的模式。

（一）借 用

戏与戏中戏的情节大体一致，它们在情节和意义上相互补充、相互影响，它们实际上是一个整体的两个部分，不可或缺，在对比中彰显意义。这种关系在结构形式上一般都会出现"情节借用"的特征，借此达到交代前史、补充情节等目的，形成虚实相间的写法，从而避免了由于倒叙手法带来的喋喋不休。需要指出的是，这种"情节借用"不同于后现代派戏剧语言之一的"戏拟"，戏拟也有"情节借用"的现象，但它是在此文本之外另寻母

---

① 转引自朱立元《现代西方美学史》，华东师范大学出版社2003年版，第947页。

本。也就是说，内部互文是自己借自己的文本进行表达，而外部互文的借用是借别人的文本进行表达，这就是我们所说的内部互文的用意。同时，后现代派戏剧中戏仿的目的不是为了补充情节，而是通过故意的模仿达到对原有文本进行嘲讽的目的。在戏中戏结构的剧作中，一般都会出现一组对应的人物关系谱，对应的两个人在功能上可以看做是一个人，这样每一个人就都有了一个属于自己的影子，聪明的剧作家总会利用这种对应关系大做文章，或让影子成为人格的另一半，以造成分裂的人格，或让影子成为某个特定时空中的自身，以突破舞台的限制完善自己的成长历程。莎士比亚的《汉姆雷特》，陈凯歌导演的电影《霸王别姬》，由英国福尔斯创作、荒诞派剧作家品特改编的电影《法国中尉的女人》等都是这种结构的代表。

在莎士比亚的《汉姆雷特》中，汉姆雷特让前来献艺的戏班演出一部名叫《捕鼠机》的戏剧，故事情节与新王克劳迪斯犯下的弑兄篡位的罪行经过大致相同，国王看后大惊失色，从而使汉姆雷特证实了父王鬼魂对他说的话是可靠的。这段戏中戏与正戏的情节大体一致，是正戏情节的预先交代，从而在解除悬念之后，把观众的注意力聚集到汉姆雷特如何采取行动上来。此外，这种处理还有一个好处，就是它在情节上可以对正戏没有写克劳迪斯弑兄篡位这段前史进行补充。我们认为，这种处理比《雷雨》和《玩偶之家》花费大量的笔墨来交代前史要显得灵巧得多，戏剧节奏也显得更紧凑，曹禺和易卜生的处理略显笨拙和拖沓。

《霸王别姬》的戏中戏里，霸王由于战败而无颜面对江东父老，又恐虞姬落入他人之手，于是逼迫虞姬自杀，是"霸王别姬"。但在正戏里，人世浮沉，扮演霸王的段小楼为了自保，逐渐疏远了在舞台上与他生死相依的程蝶衣，最后竟然揭发了程蝶衣，导致程蝶衣与段小楼的诀别，是"姬别霸王"。霸王和虞姬，程蝶衣与段小楼，戏里戏外，这两个故事中的死亡动机正好相反，是一组相对的行动，在情节借用的相互对比中，观众能够体会一份坚贞与屈从的人生况味。

电影《法国中尉的女人》通过时空交错的方式展现了两个不同时代的男女之间情感的困惑与选择。影片的主线索展现了维多利亚时代具有独特个性的莎拉和贵族青年查尔斯的爱情故事，而另一条线索则反映了两个演员安娜和麦克在拍摄影片时所产生的感情。两个线索同时进行，借此进行古代与现代的对比。莎拉受过良好教育，爱好绘画，但社会不允许出身贫寒的她施展自己的艺术才华，也不允许她拥有爱情和思考的自由。莎拉曾经被一个法国中尉抛弃过，自此，她不惜毁坏自己的名誉，将自己定位于"法国中尉的女人"这样一个受人轻蔑的形象。面对不公平的命运，莎拉选择了抗拒。相对于莎拉来说，在实际拍片现场的安娜，生活在高度文明的时代，是一个自由、开放的世界，没有过多的束缚和禁锢，并且具有更多的自主性。随着安娜拍摄电影的深入，她与饰演查尔斯的男演员麦克产生了感情。此时，导演运用平行、对比等蒙太奇手法，不断地将两个时空进行对照，借以突出古今两个女主人公截然不同的生活环境和人物性格，从而吸引观众关注她们的命运。

　　实际上，对于情节借用来说，可以大致归纳为两种类型：一是两个戏的人物命运出现"同向"发展的趋势，两个故事的结局趋于一致，造成彼此间的隐喻，如《汉姆雷特》，戏的故事走向与戏中戏《捕鼠机》大体一致。二是两个戏中的人物命运出现"反向"发展的趋势，它们分别朝两个不同的方向发展，形成转喻，如《霸王别姬》中，戏是程蝶衣主动离开段小楼，是"姬别霸王"，而戏中戏则是霸王别姬，不同时代的两个人物命运刚好相反。

　　（二）拼　贴

　　"借用"是把一个整体一分为二，"拼贴"是合二为一。拼贴原是指美术中的一种技法，是将异质事物并置在一起。"借用"可以理解为线性拼贴，就是将不同的故事按照拼贴者的情绪要求重新进行组接，仍然以线性叙述为主，以表现单一的情节发展，仍然像传统戏剧那样，具有开端、发展、高潮、结局的整一性情节，能够构成一个相对完整的故事情节，两个文本间构成递进关系。这里所说的"拼贴"是一种平行拼贴，两个文本同时发展，并置一处，构成平行并列关系，并不存在情节借用的现象，几个故事情节之间并不存在主次关系，它们只构成一种平行推进、独立发展的关系，类似于电影中的"平行蒙太奇"，如中国话剧《魔方》。对于内部互文来说，拼贴的两个文本也都是剧作家一个人创作的，这一点又与外部互文的拼贴不一样，外部互文拼贴的两个文本直接来源于别人创作的原有文本。内部拼贴关系中的戏与戏中戏，故事各不相同，情节上相互游离，意义上甚至截然相反，但这两种性质迥异的事物可以共置在一起，产生和碰撞出与两个或单个故事都不相同的第三种意味。它可以在风格上形成对比，如莎士比亚的《仲夏夜之梦》;可以在情节上相互隐喻,莎士比亚的《驯悍记》、布莱希特《高加索灰澜记》;也可以是意义的相互否定,再如德国魏斯的《马拉/萨德》、台湾赖声川的《暗恋桃花源》等。

《高加索灰澜记》有三条线索,开头的楔子部分是第一条线索,写第二次世界大战之后前苏联的两个集体农庄为一个山谷的归属问题发生了争执,最后山谷的原属农庄主自愿将山谷让给对方,以便山谷能够得到充分利用,得到山谷的农庄主为山谷原主人上演了一出同样涉及归属问题的戏中戏《灰澜记》。此后,剧情写一个叫格鲁雪的女仆保护主人家孩子的故事,善良的她历经千辛万苦,终于保全了孩子,可惜孩子的生母却要领回这个孩子,这让她有点舍不得,于是就请人断案,故事情节又叉开去讲法官阿兹达克的故事,最后法官把孩子判给了养母格鲁雪。这里的两个故事具有意义上的相似性,在叙事功能上是一致的。

德国魏斯1963年创作的《马拉/萨德》,最典型地体现了后现代派戏剧的解构特征。马拉与萨德历史上确有其人,马拉是个激进的革命者,萨德是个虚无主义者。萨德是马拉葬礼的主持者,此人喜欢写一些散文和戏剧,后来他被关进了夏郎东疯人院。在那里他给一些病人排戏。萨德的这段经历启发了剧作家兼导演魏斯。在这部戏中,萨德组织了一群疯子在排马拉被杀的戏,病人扮演马拉,展示马拉被刺。尽管马拉振振有词,却是个疯子,让观众如何能信。萨德的观点与此相对,却是在排戏,也是不可靠的。两种价值观念相互否定,戏与戏中戏两个空间相互排斥,剧本的意义也由此变得不确定。

赖声川导演的《暗恋桃花源》讲的是《暗恋》和《桃花源》两个剧组预定了同一时间同一个舞台排演各自的话剧,为了排练争夺同一个舞台的故事,从而巧妙地把《暗恋》与《桃花源》两个互不相干的故事串联起来。《暗恋》写的是人之将死的江滨柳,仍念念不忘记忆中四十年前的初恋情人云之凡,听说云之凡早早就已到了台湾,他决定登报寻觅芳踪,以求一见。而他心目中的白色山茶花——云之凡,早已经嫁人。《桃花源》中的渔民老陶失去了生育能力,靠打鱼为生,他老婆春花明目张胆地跟袁老板鬼混。据袁老板说,上游有大鱼,结果使老陶误入桃花源。到了桃花源,他念念不忘把春花接过来一起过点好日子。回去后才发现,春花早已和袁老板结婚生子过上了夫妻生活。然而,当初那个风流倜傥的袁老板,却变成了一个跟他当初一样怎么都打不开酒壶、遇事就心急火燎一头绝望的红脸关公。两个故事一古一今，一悲一喜，看似风马牛不相及，却在碰撞之中产生了神奇的效应。两部剧一会儿轮番上演，一会儿在舞台上同时上演。

（三）置 换

有的戏中戏剧作里，角色就是平常的普通人，他们为了某种特殊的原因，在生活中扮演了一个异于自身的角色，将身份置换为戏中戏里的角色，像他们一样生活、行为，他们不是为了拍戏，而是日常生活中的自我表演，是自欺与逃避，虽然没有明确的观众，但也构成了戏中戏的一种特殊形态。"脱装"后是戏，"换装"后就是戏中戏，同一人物具有不同身份，正隐喻人性的多重性和分裂。代表作有皮兰德娄的《亨利四世》，二战后法国怪诞派剧作家日奈的《女仆》、《阳台》等。

皮兰德娄1922年创作的《亨利四世》叙述了这样一个故事：青年绅士深爱着一位叫玛蒂尔达的姑娘。在一次化装游行中,他扮演11世纪神圣罗马帝国的皇帝亨利四世，他的情敌贝克莱迪暗中刺伤了他的马，致使他从马背上摔下来失去了知觉。等他醒来后，变成了一个疯子，处处把自己当做亨利四世。为了满足他的疯狂要求，亲友们便设法把他的寓所布置成亨利四世皇宫的样子，还特地雇来四名青年，穿上古装，打扮成军机大臣，整天服侍他。时光荏苒，整整十二年过去了，"亨利四世"恢复了理智。然而，他心爱的姑娘玛蒂尔达已被暗算他的情敌夺去，周围每一个人都依然把他看做疯子，他在现实中已经找不到自己的位置，他为自己沦为一具历史的僵尸而悲哀。但他同时又觉得这种生活很有意思，可以任意支配周围的一切，尽情宣泄他的厌恶和憎恨。于是，他决定将错就错，装疯卖傻，继续戴着亨利四世的假面，以最清醒的意识，安度余生。又过了八年，玛蒂尔达和贝克莱迪夫妇带着女儿弗莉达及其未婚夫诺利一起去探望"亨利四世"，他们还特地请了一名医生，准备给他治病。"亨利四世"得知当初贝克莱迪暗害他的真情后，忍无可忍，从身边"军机大臣"的剑鞘里拔出宝剑，向他的仇敌猛然刺去，贝克莱迪受了重伤。这一回，他被自己的行为吓呆了。如今，他再也没有别的出路了，只能永远戴着亨利四世的假面，以逃避杀人的惩罚。全剧显然存在着两个世界：一是以玛蒂尔达、贝克莱迪为中心的现实世界；二是以亨利四世为中心的幻觉世界。前者的价值观是理性，后者的价值观是疯狂，当这些现实人物身着历史服装粉墨登场、扮演历史角色进入亨利四世的幻觉世界时，一场戏中戏就开始了。在戏中戏里，现实与历史、真实与虚构不断间离和同化，原来是演员的亨利四世变成了清醒的导演和观众，而原来自命清醒的观众则成了真正疯狂的演员。

法国的日奈在《女仆》中也运用了这种手法，区别在于一个是被迫进行装扮，一个却是主动扮演他人。两个女仆索朗日和克莱尔乘女主人不在家的时候，由克莱尔扮演女主人，索朗日扮演克莱尔。这样，克莱尔就在索朗日扮演的克莱尔身上，看到了自己。她们每天轮流交换，表达了她们都想成为女主人的渴望。两个都在对方那里审视自己，"女主人"骂女仆，实际上是在骂自己、惩罚自己，是另一种形式的自我反省和内心独白。于是，舞台上所呈现的一切无一不是最为虚假的假象。最后，两个女仆想毒死女主人，假扮女主人的仆人真的喝下了毒酒，造成了谋杀与被谋杀者的双重死亡。

《阳台》的故事与冯小刚的电影《甲方乙方》彼为相似，依尔玛夫人主持掌管的妓院，是一个能够让每一个客人都能美梦成真的好地方。此时，煤气工人正扮演主教，发表演讲。在他身边忏悔的，有沉溺于充当被告的法官，也有乐于光荣死去的将军。然而，妓院之外，即将爆发革命，革命者的首领是罗吉，他是一位曾经在妓院里干过活儿的钢管工人，镇压革命的首领是警察局长，是依尔玛夫人的情夫。忽然传闻王宫发生了爆炸，女王和她的随从们全体同归于尽。其实，这是女王为了扼杀革命故意传播的假新闻。于是依尔玛夫人扮演了女王的角色，而她的嫖客们则纷纷饰演了主教、法官和将军。最后，这些人物自诩他们确实夺取了政权，事实却是这场革命被制服了。此时，被打败的革命者首领罗吉来找依尔玛，他期望成为极权国家的警察总监。当他得知这个愿望不可能实现时，他阉割了自己，最后他被埋葬于这座梦幻之家的一座陵墓里。日奈的剧作中，人物都是主动扮演他人，并且是当着"别人"的面扮演"他人"，从而形成了一种特殊的"镜像"现象，每个人都在别人的装扮中看到了自我，"他人"成了"自我"的影子。

这些剧作中的主人公，都是一些不合时宜的人，生不逢时，周围的社会剥夺了他们做人的尊严和权利，迫使他们只能扮演另外一个人，人变成异于自己的另外一个人，这就是人的异化。应该说，这些人都是一些戴着面具的人，这些面具有的是被迫戴上的，有的是主动戴上。在这些剧作中，人物的面具不再是掩饰内心和逃避现实，而是揭露自身存在的不合理，面具也不具有象征意味，而是具有怪诞风格。在他们的剧作中，面具表面上具有保护作用，但并不保护任何人，只是一种可怜的自我欺骗，是一种虚幻的面具，形同虚设，是皮兰德娄所说的"赤裸的面具"。这里有一个现象很值得关注：同样是描写人物内心两种力量的撕扯和挣扎，包括易卜生的《野鸭》和辛格《圣井》在内的象征主义戏剧选择的是逃避，选择有意的忘却和漠视；包括奥尼尔在内的表现主义戏剧选择的是暴露，选择意识的自由流动和直接的对抗，选择的是冰冷的面具下涌动的内心；布莱希特选择的是分裂，是两种属性的并置和共存；而皮兰德娄和日奈选择的是身份的置换，是戴着面具的"换装"和"错位"。

（四）后 设

戏和戏中戏形成的后设关系，就是指剧作家在展示一个故事的同时，还把对自己创作此剧的一些想法和初衷、对戏剧艺术自身的思考和认识等等同时写进戏剧文本中，故意暴露一出戏从构思到谋篇布局、人物设置直至最终形成的整个幕后过程。这些思考和认识可以针对这一部戏在创作过程中涉及的艺术问题，包括人物设置、结构安排等，也可以泛论戏剧艺术中的一切问题，这样一来，戏中戏就站在一个比正戏逻辑层次更高的角度，不仅讲述了故事，还阐述了戏剧理论问题，成为 "关于戏剧的戏剧"，形成"后设戏剧"。所谓"后设"，也翻译成"元"，希腊文的原意就是"发生在……之后"、"超越"或"比……逻辑层次较高"，这里的"更高"、"超越"就是指这类文本在戏剧文本之上还兼是一个更高层次的戏剧理论文本。一个文本同时承担了两种功能：一是形象塑造，二是抽象说理。总之，"后设戏剧"就是指那些在戏剧文本中有意暴露创作过程和创作意图的戏剧。"后设戏剧"也翻译成"元戏剧"或"超戏剧"，皮兰德娄创作的《六个寻找剧作家的角色》、《各行其是》和《今晚我们即兴演出》就是这一类戏剧的代表。

"后设"现象不仅在戏剧中存在，在小说领域中更多，美国小说家巴斯的《迷失在游乐场里》、《题目》、《生活的故事》，中国小说家马原的《拉萨河的女神》、《冈底斯的诱惑》等都采用了"后设小说"的形式。在这类小说中，作者不仅交代故事内容，而且大谈小说的创作方法，就如何写作的问题同读者探讨，公开告诉读者，"我们写的东西都是编造的"。在小说《迷失在游乐场里》，作者巴思使用大量篇幅介绍讲解有关写作的各种知识。例如，叙述者在开篇第一段谈到"文字下面画一道直线，是手稿上标明排斜体的符号。在印刷品中这斜体字相当于口语中对单词和短语的重读，也通常用来排作品的标题"。①在这篇小说中，这类解说遍布各处，而主人公安布鲁斯在游乐场的经历却只是时隐时现地作为陪衬。马原的小说《虚构》也是一部典型的后设小说，小说开篇就是那句已经成为经典的话语："我就是那个叫马原的汉子，我写小说，我的小说天马行空。" 一开始，作者就制造了小说文本叙述人的混乱，马原，究竟是小说中的叙述人物还是现实生活中真实的作家，我们不得而知，这一篇小说所叙述的故事到底是真是假，如果马原就是作者，小说似乎讲述了一段真实的经历，但为什么自己又否定自己的小说是天马行空的杜撰呢？如果马原不是作者本人，小说本来就是虚构的，为什么又要特别提醒读者注意呢，况且，他在小说叙述的过程中经常刻意提醒读者注意这些故事是真实的，这一切都使小说扑朔迷离，制造了一个叙述的迷宫。英国的戴·洛奇在《现代主义、反现代主义、后现代主义》一文中把后设行为比喻是行文与世界之间、艺术与生活之间的"短路"。他认为，"造成这种短路的方法颇多，如明显的事实和露骨的虚构相结合、将作者和创作源泉问题引入作品、在运用传统的过程中揭露传统等等"。②这些作者介入他的作品，实有其人的作者和他自己虚构的人物平起平坐，与此同时又提请读者注意作品中人物的虚构性，这种做法不禁使读者大惊失色，从而对阅读和写作整个过程都提出了问题。

需要指出的是，这种有意暴露创作过程中全部秘密的艺术手法，也是后现代派戏剧经常采用的话语策略，这也再次证明了现代派戏剧与后现代派戏剧的连续性。在后现代派戏剧的舞台上，这种"暴露构思"的形式屡见不鲜。在中国当代戏剧舞台上，也存在这一类剧作，如曹路生编剧的《谁杀死了国王》等。

----

① 〔美〕约翰·巴斯：《迷失在开心馆中》，见张容编《荒诞小说》，中国和平出版社1996年版。
② 王潮选编：《后现代主义的突破》，敦煌文艺出版社1996年版，第95页。

二、皮兰德娄戏剧的思想特征

皮兰德娄的个人生活是不幸的，父亲的破产导致家道中衰，妻子由于精神受到刺激住进了医院，她甚至天天怀疑丈夫有了外遇，这让皮兰德娄身心交瘁，在战争中儿子又身负重伤成了俘虏，现实生活的严酷曾经使皮兰德娄想用自杀来了却痛苦。他在德国求学期间，叔本华的悲观主义思想对他的影响特别大，在此基础上形成的怀疑主义和相对主义成了皮兰德娄的思想主流。

《六个寻找剧作家的角色》是一出奇特的戏：一家剧院的排演场里正在排练皮兰德娄编写的话剧《各尽其职》，六个脸色苍白、幽灵似的人物突然闯进来，他们自称是被作者废弃的某个剧本中的人物，但剧作家不愿意或没有能力使他们成为"艺术世界的实体"，他们想获得舞台生命，请求导演把他们的戏排出来。导演和演员们觉得他们的话不可思议，认为剧中人是由剧作家虚构出来的，不可能有真实生命，不相信他们是所谓的"剧中人"。"剧中人"之一的父亲便竭力说明生活中的人变幻莫测，有着不稳定的多重人格，而剧中人的性格固定，人格是永恒的，他们的存在比普通的人更实在。另一个"剧中人"，大女儿开始在舞台上卖弄风骚，且歌且舞。父亲的高谈阔论和女儿的舞姿激起了人们的好奇心，导演同意他们讲述自己的故事。于是原来的演员成了观众，看着这些"角色"把自己的遭遇表演出来。这些"剧中人"开始追述自己的经历，也就是报废了的剧本情节，讲到得意处就表演起来。他们的遭遇渐渐吸引了导演，他吩咐提词员把"剧中人"的对话记录下来，并同父亲一起商量整理成剧本。导演考虑舞台条件的限制，对原有的场景作了一些改动，引起"剧中人"的不满。导演让演员们模仿"剧中人"，结果总是大相径庭，受到"剧中人"的讥笑。演员们生气了，不肯演下去，于是"剧中人"便完全占据舞台表演起来。

戏中戏是一对离异的夫妻和四个同母异父的兄弟姐妹之间的故事。父亲是一个自以为是的小官吏，母亲出身低微，淳朴谦逊，思想感情与丈夫格格不入。二十年前他们结婚后生下大儿子。当时父亲手下有一个为人忠厚诚恳的秘书，时常到他们家来，母亲与他言语投机，关系融洽。父亲看到这种情形，便逼母亲与秘书私奔，并把儿子送到乡下寄养。母亲同秘书移居他乡，生下一男两女。后来秘书病故，一家人生活无着，母亲只好带着孩子们回到原籍，以替人缝补为生。大女儿不幸中了服装店女老板帕奇夫人设下的圈套，被迫在她开设的秘密妓院里卖笑。而丈夫对妻子的这一切境遇一无所知。有一次父亲去妓院厮混，遇上了妻子的大女儿，不知底细的他丑态毕露，幸亏母亲及时赶来，阻止了乱伦的发生。母亲这时才发现女儿已堕入娼门，不胜痛苦。父亲也十分震惊，他没想到妻子的处境如此凄惨，更没想到会在这种情景下夫妻重逢，他觉得是自己一手制造了妻子的悲剧，于是决心弥补自己的罪过。他将妻子一家和在农村的大儿子都接回家中，希望重新建立一个家庭。但时间造成的裂痕难以弥合，重聚的一家人互相怨恨。大儿子认为父母抛弃了自己，一直怀恨在心，他对父亲总是出言不逊，恶语伤人，对母亲则傲慢无礼，在弟妹面前，盛气凌人，飞扬跋扈。大女儿对继父印象恶劣，成见至深，对他嬉笑怒骂，毫无顾忌。小男孩在家庭的变故中养成了抑郁孤僻的性格，终日缄默无言，总是恐惧地看着家里发生的争吵。小女孩只有四岁，天真可爱，却很难从心事重重的家人那里得到爱抚，她喜欢走出阴冷的房屋，独自在花园的草地上玩耍。母亲疼爱所有的孩子，但孩子们个个令她伤心。母亲愁苦日甚，成天唉声叹气。父亲面对四分五裂的家庭束手无策，焦急忧虑。在这重聚的家庭里，人们关系紧张，毫无生气和乐趣。一天，母亲走进大儿子的房间，想找他倾诉苦衷，可是大儿子一言未发就冲出房门，母亲急忙追到花园里。这时，无人照看的小女孩跌入水池中，大儿子急忙跳下去抢救，可还是迟了。小男孩躲在一棵大树背后，眼睁睁看着小妹妹淹死，随后掏出一支手枪，把自己打死。

《各行其是》尚未开幕，演员扮演的观众已经在观众厅里谈论这出戏了，其中一位姓名与剧中女主人公近似的女子，听说这出戏是以她的身世为素材写成的，非常气愤并坚持要进场看戏。在舞台演出的两幕剧中，围绕女主人公是否应该为她过去的恋人之死负责一事，众多人员发生冲突，每个人都有自己的说法，而每个人的说法又被后一个人否定。第二幕结束时，女观众声称此剧歪曲了她的故事，是对她的侮辱，她冲进后台打了女主角一个耳光，双方发生冲突，于是演出不得不取消预定演出的第三幕。

《今晚我们即兴演出》中，一位导演正在指导他的演员排练一部戏剧，但是没有剧本，大量台词需要演员即兴发挥，演员们对此十分不满，最后把他赶下了台，戏剧在不受影响的状态下进行。后来导演几次想插进来，企图按照他的意愿改变戏剧进程，但都遭到了拒绝。戏中戏里的女主人死后，导演又上台与演员争执，他认为作者把情节写得过火，而演员们认为他才是做作的。接着，戏中戏里女主人公的亲属上场，戏与戏中戏混为一体，戏剧无法再演下去了。戏中戏的内容是这样的，在一个西西里家庭，母亲带着四个美丽的女儿生活，出身那不勒斯的母亲与当地保守狭隘的风尚格格不入，她也不喜欢追求大女儿的空军军官。母亲的顾虑不是没有道理，军官那种近乎病态的妒忌使大女儿婚后的生活十分痛苦，他甚至把她关在家中不许她外出。戏剧的高潮是做了母亲的大女儿给她的孩子们讲解什么是戏剧，她讲的与排演戏中戏的导演的观点截然相反。最后，这位母亲陷入了自己讲解戏剧的情感中，联想到自己不幸的遭遇，竟然死去了，而她的孩子们却在一旁一动不动地注视着她，还以为她正在进行戏剧表演呢。

皮兰德娄的剧作通常以普通人物的日常生活为题材，展示资产阶级普遍的、全面的精神危机。他在思想界独树一帜，极力宣扬相对论和不可知论，这种消极的认识论与当时盛行于意大利的"唯意志论"和"超人哲学"等法西斯主义思想比较起来，反而具有一定的进步意义。皮兰德娄的戏剧在思想特征上可以归结为两点：

（一）认识的相对性

自亚里士多德以来，科学的目的一直都在寻找世界的规律，这种对有序世界的追寻到了牛顿时代已是登峰造极。在牛顿眼中，世界是井然有序的，运用科学理性是完全可以认识的，最典型的莫过于门捷列夫的"化学元素周期表"，许多化学元素尽管还不被我们认识，但在这张具有开放空间的表格已经为它们提前预留了准确的位置。然而，20世纪以来，秩序和理性都受到了挑战。一方面，秩序受到了质疑，被亚里士多德和牛顿有意回避和放弃的偶然现象，被牛顿之后的科学家们津津乐道地谈论着，爱因斯坦的相对论就是对牛顿世界的一次颠覆和革命。他们发现，许多现象的产生似乎并没有固定的原因和必然规律，必然性只是浮在偶然性海洋上的一小座冰山，世界充满了偶然。另一方面，理性也遭到了攻击和否定。在西方科学史中，科学一直以它的理性和谨慎，向人类宣称一个又一个"真理"的发现。正在科学得意洋洋的时候，科学研究却后院起火，它所依据的归纳法受到了前所未有的诘难。归纳法主要通过收集例子，观察现象，归纳总结，从而建立起对规律的普遍陈述，并得出可信而又确定的"真理"。然而，所有的归纳都是不完全归纳，只具有统计学意义，那么，归纳的有效性何在？波普尔的证伪理论无疑是对"真理"的迎头痛击。归纳，这个科学的骄子，同时也是科学的怪胎，越来越向人昭示："真理"是一个可调节的概念。

受爱因斯坦相对论的影响，皮兰德娄认为任何真理都是相对的，从来就没有什么放之四海而皆准的、普遍有效的、客观的绝对真理。在相对论者看来，真理只不过是一个可以调节的相对概念，有什么样的观察方式就有什么样的真理，世界也从来不是什么客观的存在。望远镜让我们观察到了外太空，显微镜让我们窥探到了细小的微观世界，可以说，观察工具直接影响了世界的大小，"横看成岭侧成峰，远近高低各不同"，由于观察角度的不同，世界在我们的眼前呈现不同的样式。佛教唯识宗讲"识外无相"，识分为五，即眼识、耳识、鼻识、口识和心识，这是人的感觉器官，识外无相就是指离开了人的感知和认识，无物存在。维特根斯坦更进一步，任何世界都是语言描述着的世界，"语言破碎处，无物存在"。佛教华严宗在《华严金狮子章》中也认为"若看狮子，唯狮子无金，即狮子显金隐。若看金，则有金无狮子，即金显狮子隐"。①列宁说："把相对主义作为认识论的基础，就必然使自己不是陷入绝对怀疑论、不可知论的诡辩，就是陷入主观主义。"②应该说，这种相对论运用在艺术中能产生意想不到的效果，比如电影《罗生门》，同一个事件，由于叙述人的不同，呈现截然不同甚至相反的结局，到底谁更真实，不得而知，事情的真相到底是什么，也许永远是个谜。在《六个寻找剧作家的角色》中，正如作者借父亲的话说出的一样，"我们大家都认为'良心'只有一种，其实不然，有许多'良心'，彼此天差地别，当你的某一行动使你陷入一种不幸的困境，突然遭到人们的冷嘲热讽时，你就会发现，人们用这唯一的准则以这一次行为来判断你的一生，仿佛你的一辈子都断送在这件事情上了，因此而羞辱你，这是多么的不公平"。这段话典型地反映了皮兰德娄相对论和不可知论的思想观点，就是说，良心也是相对的，这个人有这个人的"良心"，那个人有那个人的"良心"，彼此天差地

①方立天译注：《华严金狮子章全译》，巴蜀书社1992年版，第29页。
②《唯物主义和经验批判主义》，见《列宁全集》第14卷，人民出版社1957年版，第136页。

别。如果用这种唯一的行为准则和仅仅一次的行为来判断一个人的一生，显然是片面的，也是不公平的。

（二）沟通的艰难性

认识是相对的，可惜我们每个人却偏要把自己的判断看成是绝对的，唯一正确的，明明都是摸象的瞎子，却偏偏认定自己的唯一性和正确性，人与人沟通的艰难性便不可避免。皮兰德娄在《六个寻找剧作家的角色》中说："每个人都有一个自己特殊的内心世界，假如我说话时掺进了我心里对事物的意义和价值的看法，而听话的人照例又会用他心里所想的意义和价值来加以理解，我们怎么还能互相了解呢？"这就是说，造成人们彼此分裂、难以沟通的原因是由于每一个人都有自己的内心世界，每个人都有一把衡量的尺子。这本身并没有错，但人的思想感情是发展变化的，每一个人看别人时都只能看到一个侧面，或者是在某一时空中静止的他。如果把这当做全面的他，就更加错上加错，因此人们便互不理解，互相责难。剧中这个家庭的悲剧就是这样造成的，家庭中的每一个成员都只看见对方过去的、暂时的、伪装的思想感情，以偏概全，于是造成"悲剧性冲突"。继女与父亲发生那件事后，总是心存怨恨。大儿子对父亲也一样，母亲只是事后才知道父亲还有"好心肠"，父亲的所谓"怜悯"，其实是妒忌。母亲的"痛苦"与父亲的"悔恨"都是不断发展的，每个人的心理都有很大的变化。

三、皮兰德娄戏剧的后设特征

后设戏剧并不始自皮兰德娄，在莎士比亚的《汉姆雷特》中已经初见端倪。在排演剧本时，汉姆雷特说了一段名言，对戏剧进行评说："自有戏剧以来，它的目的始终是反映自然，显示善恶的本来面目，给时代看一看它自己演变发展的模型。"这段话已经成为莎士比亚戏剧观的代表性语言。在莎士比亚的其他作品中，还有一些剧中人也曾经说过类似的话，内容涉及戏剧创作、表演、时间、地点、舞台、观众、程式惯例与目的效果等诸多要素，作者通过正面阐述或反面嘲讽等方式，提出了自己对戏剧艺术的理解，许多人正是根据这些话把莎士比亚看成是现实主义戏剧的主要论据。超现实主义者阿波利奈尔的《蒂雷西亚的乳房》中，尽管没有出现戏中戏，但在序幕中，借助于具有叙事者功能的戏班班主之口，剧作家说出了自己对戏剧的一些看法和观点，这些都可以看做是戏剧艺术自身从内部反省自我的最初尝试。随着现代艺术的崛起，戏剧家们越来越自觉地利用戏中戏的形式对戏剧艺术的各个方面进行反省。

皮兰德娄不仅是剧作家，而且也有自己的戏剧理论。与一般戏剧家将自己的理论主张单独成文表述不同，他的戏剧理论和观点主要嵌套在戏剧文本中，通过后设戏剧的形式表现出来的。

皮兰德娄的三部戏剧分别从剧作家、观众和导演的角度阐述了自己对戏剧的理解。在《各行其是》中，作者讨论了观众与戏剧的关系，首先，戏剧来源于观众，戏中戏的故事直接源于观众的经历，正因为戏剧与他们有关，所以观众才特别地关注戏剧。其次，戏剧故事来源于观众，就难免会让观众在不同程度上感动并且不自觉地对号入座。对此剧来说，观众的感受甚至决定着戏剧作品的命运。剧中演员扮演的观众与舞台演出人员发生冲突的场面是精心安排的，它有意识地在观众休息的地方开始酝酿，并根据周围真实观众的反应即兴发挥，有效地调动了观众的参与。此外，当那位女观众动怒时，她的男朋友加以劝阻，这一场景与台上演出的情形十分相似，它给观众造成了一种疑惑，生活和艺术，到底谁模仿了谁，更进一步地追问，谁更真实。《今晚我们即兴演出》这部戏探讨的是导演的作用与局限性，导演不能随意改变作品的进程，作品本身具有相对独立的生命。

最有特点的是《六个寻找剧作家的角色》，它呈现给观众的是一出被剧作家抛弃了的、散乱的、碎片化了的故事情节，又被这些已经获得生命的角色自己重新组织起来，当众编剧，现场组织，展现了一出戏正在形成的过程。可以说，这个剧探讨的是剧作家与戏剧的关系。在这部剧作中，皮兰德娄将原本只在后台发生的一切搬到了前台，将构思阶段的思维过程形象化，让观众亲眼目睹了一出戏剧的创作过程，正如他自己所说，"作家仿佛在整个排演过程中都站在远处观望，其实他正背着他们利用这次排演并从这一排演之中创作自己的剧本"。[1]利用排演进行创作，把排演过程本身当做演出

---

①周靖波选编：《西方剧论选》（下），北京广播学院出版社2003年版，第564页。

过程，这的确是一次与众不同的艺术历险。我们可以把后设戏剧的艺术特征总结归纳为以下三点。

（一）构思的暴露性

一般来说，构思作为一种思维过程，其本身是隐秘的，没有外化的，属于私人性的幕后行为，日常观众看到的只是构思的最终结果，即作品。然而后设戏剧却将构思过程外化、形象化，让一出戏的诞生过程直接呈现在观众面前，这种形式类似于"暴露构思"、"当众构思"。这种将"后台"发生的一切前置，让观众目睹了一出正在编辑加工的戏剧作品，实际上创立了一种特殊的"间离效果"，以引起观众对戏剧艺术、对真实的深深思索，提醒人们不要把关于语言陈述着的世界等同于世界本身。

应该说，这种后台前置的"后设戏剧"与布莱希特的"叙事戏剧"异曲同工，都达到了破除"舞台幻觉"的效果，都具有"间离"观众欣赏的效果，都有"当众暴露"、"当众拆穿"的一面，但它们的区别也是明显的。一是方法不同：一个是当众作假，一个是当众构思。布莱希特间离的方法是"打断"，相当于"当众作假"。为了冲断观众的幻觉，他采取让观众看到了布景师当众检场、灯光师当众调节灯光、演员当众转化为角色等等措施。而皮兰德娄的手法是"正在进行"，相当于"当众构思"，他让观众看到一出正在成型的戏剧，构思过程本身就是戏剧作品。二是重点不同：一个是结果，一个是过程。布莱希特暴露的是舞台的演出活动，是结果，展示的仍然是"成品"。而皮兰德娄却把传统剧作家十分看重的"成品"搁置一边，着重对构思过程本身进行展示，"成品"始终处于一种正在被结构的开放状态和未完成状态，他暴露的是构思和想象的思维活动，是过程本身。如果说一般剧作家关注的是自己最后的"成品"，那么皮兰德娄关注的则是这个"成品"的成型过程。三是目的不同：一个是为了警醒观众，一个是为了强调相对性。布莱希特的目的是为了让观众警醒，引发观众的思考。而皮兰德娄的目的则是要否认传统的戏剧真实观，主张真实的相对性，目的是证明世界的可能性和多元性。这两位戏剧大师的理论，让观众体味和目睹了后台一切虚假的工作，力图使观众明白：往日在前台所看见的，不过是在后台经过加工的世界。因此，与其关注前台虚假的世界，不如探讨前台世界是如何被创造的，从而实现从"演什么"到"如何演"的转向。

在皮兰德娄的戏剧里，戏中戏是作为一个参照系而发挥作用的，它的存在使剧作家所表现的世界成为一种相对的存在，即正戏是相对于戏中戏而存在的。这样，剧作家所表现的真实世界就与戏中戏的虚构世界形成对置和交融关系，从而暴露了真实与虚构世界在本体论上的差别，打破了幻觉与真实、艺术与生活、演员与观众、舞台世界与外在世界之间的绝对界限。《六个寻找剧作家的角色》中，六个角色没有出现之前，人们对剧团成员所处时空的真实性以及舞台与观众席之间的界限是不会怀疑的。然而，当六个未完成的角色从观众席走上舞台，逐步展开他们的故事时，舞台上原来被认定是确定不变的东西就开始转化为相对的了。经理与剧团的演员们变成了一出戏中戏的观众，戏中戏的角色变成了这出戏的演员与导演，虚构转化为真实，幻觉成了现实。这种身份的颠覆轻便而又迅捷，幻觉的建立与打破也显得自然而然，天衣无缝。

这里有四次神来之笔，很好地展示了作者的构思过程。

第一次是剧场传达通报"剧中人"的到来。他们尾随走进剧场，想象中的人物复活了，导演与演员们惊奇地往台下望，悬念性极强，一下子吸引住台上台下的注意力。如作者所说："为什么我不把这些人物搬上舞台呢？他们既然获得了生命，便不甘心被排斥在艺术世界之外。他们已经脱离了我，过着自己独立的生活，会说话、会行走；在这场为争取生存与我进行的斗争中，他们已变成了栩栩如生的人物，根据自己的意愿讲话、行动，具备了自我意识，并学会了在与作者和他人的斗争中进行自卫。既然如此，我们就让他们这些戏剧人物前往他们寻常去的地方，让他们走上舞台吧，让我们看看结果会怎么样吧。"①于是，我们看到了艺术中的人物形象获得了生命，比那些演员更有活力的生命。

第二次是导演与角色入内商议剧情，演出真的停顿了二十分钟。原来是布景员错把幕布落下，当幕布再次拉起后，舞台已经换景，角色无须再上场就演出第二幕戏，不禁令人拍案叫绝。

经理：让我们想想办法，想想办法，你要知道，亲爱的先生，

----

① 周靖波选编：《西方剧论选》（下），北京广播学院出版社2003年版，第554页。

这里还没有剧作家，我可以把一个剧作家的地址告诉您。

父亲：不用了，您听我说，您就当剧作家吧。

经理：我？您说什么？

父亲：是的，您，您，为什么不可以呢？

经理：因为我从来没有写过剧本！

父亲：请问，难道不能从现在开始写吗？并不困难。许多人都会的，您的任务很容易完成，因为我们都活生生地站在您的面前。

经理：这还不够。

父亲：怎么还不够呢？我们把戏演给您看。

经理：是呀，但总得有人把它写下来。

父亲：不用。既然有了现成的表演，有人一场一场地记录下来就行了。只需要写一个剧情介绍。试一试吧。

经理：（被说动，又上舞台）唉，我简直被您的建议迷住了，这样吧，就当闹着玩，咱们真来试一试。

于是，经理与父亲到后台去写剧情大纲，让演员们休息一会儿，自然引出幕间休息。从这个典型的后设戏剧的段落中，我们可以看到，一是剧中对戏剧作了评论，二是演出时间与剧情时间已经开始有了一致性的倾向。更主要的是，它告诉我们，接下来的戏是人为编造的，尽管父亲口口声声说戏就在他们身上，但这其中哪些是编造的，哪些是原有的，已经谁也说不清了，从而给观众造成了一种模糊感。

第三次是帕奇夫人的出场。它传达出这样一种信息：似乎只要舞台布置得与事件发生的真实环境相似，就会产生一种意想不到的魔力，人物就会自己在这个场景中现身。就像剧中父亲所说的一样："其实是舞台布景构成了一个真实的环境，它的魔力就导致奇迹出现。她比你们更有权利生存在这里面，因为她不是比你们更真实得多吗？你们当中谁扮演帕奇夫人？好的，这就是帕奇夫人！你们一定同意我说那位扮演好的演员没有她本人真实！"同样是戏中戏的角色，其他六个是主动上台寻找剧作家，而帕奇夫人却是被一种神秘的舞台力量唤醒、召唤而登台的。

第四次是结尾。"好像灯光员听错了话，在白色的天幕后面，一只绿色的聚光灯亮了，清晰地映出除了男孩和女孩以外的其他角色的巨大影子。经理看见后，惊恐地疾速退下。这时，聚光灯熄灭，台上出现原来的蓝色夜景。慢慢地，从白色天幕的右侧走出儿子，后面跟着向他伸着双臂的母亲，然后从左侧走出父亲。他们站在舞台中央，仿佛是梦幻中的人物。最后继女从左边走出来，跑向小梯子，她在梯子的第一级上停一会儿，望着台上的三人尖声大笑，然后匆匆走下梯子，跑到观众席之间的甬道上，再次停下来望着台上大笑。她走出剧场之后，还能听见她逐渐远去的笑声。片刻之后，幕落。"最令人惊服的是它表现出生活的浓厚的逼真气息，使观众不能不承认这是一出"真的戏"。剧中最后一句台词即经理兼导演说的"上帝哟！你至少留一盏灯亮着，让我看清该朝哪里迈步伸腿啊"，更是意味深长，值得咀嚼。这是一出实实在在而又与众不同的"鬼戏"。皮兰德娄总是习惯把人物放到让人难以置信的荒唐环境中，使人物发出内心深处的呼喊和对其处境做出哲理性的解释，这也正是有人把他归为怪诞剧和哲理剧一派的关键所在。

（二）语言的叙述性

后设戏剧由于要对构思过程进行说明，对戏剧艺术规律发表看法，所以它就会尽量避免模仿而偏重于叙述。在皮兰德娄看来，剧中人物是作者思想感情忠实的体现者，演员则容易玩弄艺术技巧，加上自己的东西，把剧本演变了样，所以他要让剧中人物直接登台表演，直接在舞台上和观众见面，与未来的作者见面，从而把作者与作品之间、观众与作品之间的舞台障碍缩减到最低限度，这需要强化剧本的叙述性作用。有些后设作品，尽管也出现了两个文本，两个意义空间，但其中说理的空间，抽象单调，缺乏形象性，甚至会破坏整体意义的表达，但皮兰德娄不同，他找到了一个很好的结合点，那就是一群人正在排戏，与这些演员探讨戏剧规律，适当并有针对性，同时也充分发挥了戏剧形象化的优势。

在《六个寻找剧作家的角色》中，舞台的核心事件已经发生，一家三口的恩恩怨怨已经成为过去时，留给舞台呈现的故事缺乏行动，甚至说很难表现。聪明的皮兰德娄抓住当事人之间缺乏沟通的关键，让当事双方寻找一个第三者，寻找一个公证人，当面进行辩解，这使得他的剧作中充满了"争吵"，这一方面突出了人与人沟通的艰难性，另一方面也让舞台鲜活起来，让舞台有了行动。所以作者在此剧的序言中说："在这种激烈的灵魂冲突之中，他们中的每个人，为了对付别人的攻击并为自己辩解，不知不觉地表现出他自己的强烈情感和经历的痛苦。"①这六个剧中人争着吵着要把他们的故事编缀成文，各自从自己的立场出发，攻击和否定对方的陈述。所以斯泰恩所说："蕴涵在皮兰德娄剧作中的很多叙述成分确实使人联想到易卜生式的追溯剧。"②在争吵的过程中回顾往事，再现往事，这种手法太巧妙了，太聪明了。这种"争吵"既不同于表现主义戏剧中人物随心所欲的直接独白，也不同于布莱希特剧作中第三者间离式的旁白，而是一种具有自我解释性质的说理性议论。在斯泰恩看来，这样的台词与由说话表达的动作是一回事，他争辩说，"戏剧与叙事文学的不同在于剧本里的台词必须带有人物的特征，并由于台词特有的灵活多变性而使人物活动起来并显得栩栩如生。由此而来的是一个剧作家不应该先选定情节然后再按需要配上人物，而是与此相反"。③也就是说，不是人物在情节中成长，而是人物正在当众创造情节，所以皮兰德娄说，"艺术是生活，剧本不创造人，而人创造剧本"。④戏剧本来是以行动为主要表现形式的，但在皮兰德娄的戏剧中，人物却以说话为主要手段，其他活动很少，主角大段的独白经常是独立完整的论证，这些"非情节性因素的增多，改变了戏剧以情动人的功能，而是更多地诉诸观众的理性，把舞台变成了讨论问题的场所"。⑤说话，确切地说是辩解式的争吵，成了皮兰德娄剧中人物的基本存在方式。

同时，由于先行事件都是通过当事人事后叙述出来的，呈现在观众面前的舞台事件是先行事件的"边说边演"，同时进行，这就使得他的戏剧具有同时性的特征。所谓同时性，强调把不同时间和空间里毫无逻辑联系的事物放在一起，像同时发生的那样加以表现，对于一个人或事件，也可以把它们的几个侧面放在同一平面上"同时"加以表现，这种表达手法也叫"同时

---

①周靖波选编：《西方剧论选》（下），北京广播学院出版社2003年版，第555页。

②〔英〕斯泰恩，刘国彬等译：《现代戏剧理论与实践》（二），中国戏剧出版社2002年版，第343页。

③〔英〕斯泰恩，刘国彬等译：《现代戏剧理论与实践》（二），中国戏剧出版社2002年版，第343页。

④转引自〔英〕斯泰恩，刘国彬等译《现代戏剧理论与实践》（二），中国戏剧出版社2002年版，第343页。

⑤转引自吴正仪《皮兰德娄戏剧二种·译本序》，人民文学出版社1984年版，第9页。

性"手法。同时性手法的运用，与现代派戏剧强调表现梦幻意识关系密切。在异化日益加剧的情况下，生活让人捉摸不定，人往往产生"这是我"又"不是我"的双重感觉，如梦如幻。因此，运用同时性手法，既会使戏剧产生复合交叉的立体感，又可以使戏剧表达显得经济简洁，非常有利于表达现代社会生活的复杂和人物心理活动的丰富。为了"同时"进行，同时性手法使不断前进的时间停止和凝固下来，出现有趣的"停叙"现象。这样，生活就被作为一种"共时性"的横断面加以观察和描绘，而不是作为一种"历时性"的过程加以把握。但是，这种策略也带来另一种后果，就是由于时间概念的停滞，戏剧情节也因此失去了存在的物质外壳，舞台事件并没有得到实际的发展，这使得他的戏剧同样具备某种"静态戏剧"的属性。同样是舞台事件不发展，梅特林克的象征主义戏剧目的在于渲染气氛，皮兰德娄的目的却在于让当事人充分阐明自己的观点和看法，以达到互不相容的目的。他的每一出戏都这样别出心裁，与众不同，实现了内容与形式的统一。

在《六个寻找剧作家的角色》中，由于构思过程的暴露性，先行事件与舞台事件是同时进行的，戏与戏中戏也是同时进行的，这是这一出戏非常特殊的一点，这出戏的精巧也正在于此。角色时而表现过去，时而表现现在，一面再现了先行事件的场景，一面又表现了事后各自的感受和看法，这些看法和陈述促成了舞台事件的形成，也在不经意间"还原"了先行事件，过去与现在重叠交织在同一个场景之中，如此一来，作者巧妙的编排消除了过去与现在、幻想与现实之间的界限，极大地扩展了戏剧的容量。这种做法比"回忆"式交代前史或"闪回"式的倒叙交代都显得机巧而灵活。所以斯丛狄说："皮兰德娄清晰地看到素材的抗拒及其反对戏剧形式的思想前提。因此他放弃了戏剧形式，没有打击这一抗拒，而是在主题中坚持这一抗拒。于是产生的不是原来计划的作品，取而代之的作品讲述了原来作品的不可能。"[1]也就是说，寻找剧作家的角色在一次又一次地否定各种戏剧形式不可能的同时，并没有正面提出一个恰当的表现形式，因此，他们开始自己寻找能够令他们满意的剧作家，或者干脆自己表演。各自为政的立场造成了人与人之间难以沟通的"争吵"，只要沟通难以进行，争吵就难以避免，寻找剧作家的过程就永不停息，最终的戏剧形

---

① 〔德〕斯丛狄，王建译：《现代戏剧理论》，北京大学出版社2006年版，第119页。

式也就永远无法确定，戏也就永远处于正在创作中的开放状态。寻找剧作家，这是一种特殊的戏剧形式，它表明不是剧作家塑造角色，而是角色挑选剧作家。这是一种寻找，更是一种抛弃，这些抛弃剧作家的角色，在剧中叙述了他们抛弃剧作家的理由，从而有机会展现作者对戏剧艺术的思考。应该说，这也是一种开放式的结尾方式，因为对于这些角色来说，寻找是无止境的，不可避免的。这一点与荒诞派戏剧《等待戈多》的结尾很相似，等待是不可避免的，日子还会这样重复下去。这些剧作的开放式结尾，留给观众的，是对不断重复的机械人生的嘲讽。

布莱希特式的叙事人和中国戏曲的"背供"在剧中也行使着叙述和评论的功能，但与皮兰德娄行使叙述功能的人物相比，他们有三点不同：一是布莱希特剧作中的叙述和评论，以及中国戏曲艺术中的"背供"主要针对剧情故事和剧中人，并没有涉及戏剧艺术自身问题。而皮兰德娄戏剧中的叙述却超越故事，对戏剧艺术本身也发表了看法。二是布莱希特的戏剧和中国戏曲在叙述的"刹那间"，叙述者是外在于戏剧情节的，此时他已经不是剧中人，而是一个脱离剧情的局外人，此时，就舞台事件来说，出现了短暂的"停叙"现象。皮兰德娄却利用人物间的相互辩解，始终使叙述者处于剧中人、当事人的层面上，叙述仍在继续。三是布莱希特的叙述者声音代表了剧作家的声音，是一元的，独断的。而皮兰德娄的"叙述"却是一种多角度、多层次的叙述，也就是说，同一件事，由几个角色分别从不同角度叙述出来，同时讲出他们彼时彼地与此时此地的想法，既相互否定，又彼此冲突，以造成扑朔迷离、真相模糊的戏剧情境。正如剧中经理所说，"从来没有见过一个角色脱离自己的身份，像您这样高谈阔论，为自己进行辩解和解释的"。如果说布莱希特的剧中也有评论，那它是"演员评论角色"，而皮兰德娄却是"角色自己评论自己"。因此，虽然他们与皮兰德娄的戏剧一样，都达到了破除幻觉，避免观众过多卷入剧情，实现观演间离的目的，但布莱希特的戏剧和中国戏曲却并不是后设戏剧。

（三）文体的批评性

在后设戏剧中，一般都有两个文本，出现两种声音，后一个文本即戏中戏经常通过各种方式有意暴露写作技巧和创作过程，这些声音一般会以一个戏剧理论家的口吻站出来，对戏剧艺术发表看法，揭示戏剧艺术自身的特点，从而使戏剧文本具有批评化倾向。所以，后设戏剧是一种横跨在戏剧作品与戏剧批评之间的一种戏剧形式，同时具备了戏剧批评与戏剧作品的双重属性。

皮兰德娄到底是一个艺术家还是一个哲学家，这是人们一直争论的一个问题。为什么会有这样的疑问，一个主要原因就在于皮兰德娄戏剧文体的特殊性。陈世雄和周宁在《20世纪西方戏剧思潮》中也发出这样的感叹："皮兰德娄是个什么样的人？是个借助语言阐述自己哲学理论的思想家，还是一个运用形象来思考问题的艺术家？诚然，问题的提出本身就包含着答案。它说明，理性的、哲学的因素在皮兰德娄的创作方法中占有特别重要的地位。"①其实，这样的解答并不让人满意，问题的症结就在于没有关注皮兰德娄戏剧文体的"后设"特征，正是这种特殊的文体，让他的作品游离在戏剧理论与戏剧作品之间，从而具有上述两种文体的双重特征，这正是他的特殊贡献。当年，意大利唯心主义哲学家、美学家克罗齐对皮兰德娄提出过强烈批判，认为他的创作介乎于哲学与艺术之间，"它们的结合必然是不自然的，也是不合规律的"，他的艺术"只不过是一种模糊不清的、丑陋的、急匆匆而缺乏根据的哲学议论"。其实，这只是克罗齐的一厢情愿。这种文体的魅力恰恰在于哲学领域的"反映因素"与艺术领域"幻想因素"的有机结合。②还是意大利马克思主义者葛兰西在《皮兰德娄的〈诚实的快乐〉》中说得透彻："他的喜剧里有一种抽象思维的活力，它冀求在演出中得到具体化，而这一旦获得成功，便为意大利戏剧带来不同凡响的成果，这些成果以奇妙的灵巧多姿和清晰剔透而令人叹为观止。"③皮兰德娄的戏剧作品之所以充满哲学意味，就在于他找到了一种新的语言方式，一种新的形式策略，这种策略就是具备双重文体属性、两个意义空间的后设戏剧。

关于创作与构思的问题本来属于戏剧理论范畴，是另外一套话语系统，但在后设戏剧中却被有机地嵌入戏剧文本内部，从而使戏剧文本同时具有理论文本与戏剧文本的双重属性。正是这种双重属性，使戏剧文本具有"自我指涉性"。所谓"自我指涉性"是指戏剧文本及其与它相关的理论文本在同

---

①陈世雄、周宁：《20世纪西方戏剧思潮》，中国戏剧出版社2000年版，第359页。
②陈世雄、周宁：《20世纪西方戏剧思潮》，中国戏剧出版社2000年版，第360～361页。
③〔意〕葛兰西，吕同六译：《论文学》，人民文学出版社1983年版，第129页。

一个文本中同时完成，也就是说，在同一个文本既完成了作品的表达，也完成了与此作品相关的幕后问题的介绍，不必借助其他文本另行交代，而是在同一个文中自己交代自己，形成自我揭示。所以后设戏剧也被称为具备"自我意识的戏剧"，在一个封闭的文本中，完成了意义的自给自足，自我阐释。所以德国的斯丛狄在评论《六个寻找剧作家的角色》时认为，这个剧的"主题分成两个层次：一个是戏剧层次（六个剧中人），这个层次已无法再形成形式。负责形式的是另一个层次，与第一个层次相比是叙述层次，即六个剧中人出现在正在排演的剧团面前，试图实现他们的戏剧"。[①]这个层次为后设文体的批评化提供了可能。在《六个寻找剧作家的角色》中，角色们对戏剧的主题、人物、情节等品头论足、发表评论，这些言论可以看做是皮兰德娄本人的戏剧思想。比如，他坚决反对脱离生活的虚构，父亲说："请你们千万别说虚构，你们不要再使用这个词，因为在我们看来，这两个字格外地残酷可怕。"这种具有自我指涉功能的评论性语言在剧中比比皆是，充满了对传统戏剧观念的批判性。

　　总之，如果说象征主义戏剧的话语策略是"含蓄说"，表现主义戏剧是"自己说"，超现实主义戏剧是"变形说"，后来的布莱希特的间离戏剧是"作者说"，萨特的境遇戏剧是"选择说"，那么后设戏剧的话语策略则是"暴露说"，明白无误地告诉观众自己的所思所想。

剧本来源

[1]〔意〕皮兰德娄，吴正仪译：《戏剧二种》，人民文学出版社1984年版。
[2]〔意〕皮兰德娄，吕同六等译：《高山巨人》，花城出版社2000年版。

---

① 〔德〕斯丛狄，王建译：《现代戏剧理论》，北京大学出版社2006年版，第123页。

第六章　作者说
——布莱希特叙事体戏剧的间离策略

20世纪以来，戏剧幻觉成了众矢之的。

戏剧模仿的本性与戏剧幻觉之间的联系从某种意义上讲是天然的：模仿的对象是现实生活，观众欣赏戏剧的艺术活动似乎就是有机会进入另一群人的生活中。因此，戏剧制造生活的幻觉，观众融入幻觉化的现实中，传统戏剧认为这是天经地义的。但是，戏剧与观众之间这种亲密的关系却让一些现代派剧作家深恶痛绝，他们都想动摇这种关系，企图采取不同方式阻止观众对剧中人物和事件投入过多的感情，避免观众陷入舞台所制造的"以假乱真"的生活幻觉中，他们要把观众拉回到现实生活中来，让观众明白：眼前的一切不过是在演戏，并不是真实的生活本身，引导并恢复他们的批判意识。因此，他们都不约而同地使出了离间计，[1]从不同角度破坏观众与戏剧之间已经约定了几千年的牢固关系。德国的布莱希特就在这方面显示了卓越的成就。

一、幻觉的破除及其可能性

"幻觉"，是指"在没有刺激的情况下，作用于感觉器官所产生的不正常的知觉，如无人讲话而听到讲话的声音，眼前无物而看到各种幻想等。幻觉有幻听、幻视、幻嗅、幻味、幻触等，以幻听、幻视最为常见。多为精神病症状，但正常人在将入睡时或极度疲劳时偶尔也会发生幻觉"。这是《辞海》对"幻觉"的定义。戏剧幻觉就是指戏剧创作者运用各种手段，在舞台上最大限度地还原并复制一个最接近于生活原貌的艺术空间。观众走进剧场就像误闯进另一群人的生活中，隔着透明的"第四堵墙"，窃听着、窥探着。"生活大舞台，舞台小天地"就典型地反映了这种戏剧观念。

---

[1] 布莱希特的"间离"也被理解为"陌生化"，虽然有一定道理，但它们的区别也十分明显。最早使用"陌生化"这个词的是俄国形式主义文论家什克洛夫斯基，同是陌生化，他的目的是使"石头更像石头"，而布莱希特的目的却是使"石头不像石头"。什克洛夫斯在《作为程序的手法》中说，艺术的目的是提供作为一种幻象的事物的感觉，而不是作为一种认识。（伍蠡甫、胡经之主编：《西方文艺理论名著选编》，北京大学出版社1987年版，第383页）可见，他的"保持观众各种感受"的目的与把"感受变为认识"的布莱希特的目的相比较，刚好相反。所以我们主张使用"间离"较为稳妥，也较接近布莱希特的本意。

许多现代派戏剧家都反对戏剧幻觉，他们都力图通过各种方式否定舞台具有同生活一样的真实性，一时间，"反幻觉"成了现代派戏剧的一股潮流。现代派剧作家反幻觉的理由和策略各不相同。

法国的阿波利奈尔从超现实主义怪诞的戏剧形式出发，在《蒂雷西亚的乳房》中公开宣称，"戏剧艺术不应是一种幻觉艺术"，绝不能考虑是否"合乎情理"。他所说的"情理"指的是生活的情理，在他看来，只要不依据日常生活的情理进行创作，就能够破坏戏剧幻觉，因为这样的创作能够让观众很容易地得出"这绝对不可能"的结论。因此，他充分发挥想象，用怪异的人物行动和戏剧情境来刺激人们的欣赏习惯，颠覆人们的认知图式，用另类形象把舞台装点得夸张而变形，这些形象都是日常生活中不可能出现的现象，女人可以变成男人、乳房会飞、人的生育能达到四万多个等，这些都是观众眼中陌生的形象。尽管戏剧具有一定的假定性，但这样的戏剧情境不免会让观众心里产生一个疑惑，剧作家这样处理，到底要表达什么？一旦观众这样发问的时候，幻觉就事实上被中断了。可以说，他的策略是以变形取胜。

皮兰德娄的理由显得更有哲学意味，他从相对主义出发，认为真实只是相对的，从来就没有存在过绝对的真实，真实只是一个相对和私人的概念，因人而异、因观察角度而异。我们知道，传统戏剧认为舞台营造的生活幻象来源于生活又高于生活，是真实可信的。皮兰德娄却认为这些都是虚假和相对的，这是一种虚构出来的生活。因此，他的舞台故意暴露构思过程，让不可能成为可能。你不是信以为真吗，我就偏偏展示给你舞台是如何造假的，舞台如何是相对的。你说是真的时候我偏说是假的，舞台是虚构者的天堂。你说是假的时候我偏偏说是真的，舞台人物拥有自己真实的生命，六个被废弃的角色获得了登台表演的机会。这样的舞台就是要让你无所适从，逼迫你认同剧作家关于相对论的观点。可以说，他的策略是以暴露取胜。

美国怀尔德的思路有点特别，他在《小镇风光》中设置了一个舞台监督，这个人既是小镇地理风景，人文传统，生活境况以及每个出场人物的性格、职业和最终归宿的介绍人，又是戏剧故事的评说人和叙述者。作者借这个人物之口，表达了自己对人生、社会、宗教、政治的感慨。同时，他还是剧中人物上下场的调度者，招之即来，挥之即去，整个戏剧行动都在他的指挥下进行，他可以随时转换身份，装扮成剧中不同的角色。总之，这个人物相当自由。正如斯丛狄所说，怀尔德"解除了戏剧性的任务，即由它的内在冲突性来构成形式，并将这一任务交给了一个新的形象，这个形象处于主题范围之外，他站在叙事者的支撑点上，被作为表演组织者引入剧本"。①除此之外，作者还在观众席里埋伏了几名演员，提出一些事先设定的问题，形成观演互动。他的本意是为了增强戏剧表现内容的真实性，可惜"死而复活"的表现主义戏剧怪诞手法以及观众演员预先设计的"问题"和笨拙的"提问"，反而暴露了演出空间的虚假性，让观众感觉到了自己存在于一个已经被人预先设定的空间里。可以说，怀尔德的策略是自摆乌龙，消除了观众对戏剧幻觉的依赖，他的策略是以预设取胜。

应该说，他们破除幻觉的实践或有意或无意，都各具特色富有成效。这里，我们重点来看德国的布莱希特，他的离间活动独特而全方位。总的来说，布莱希特的美学思路是：戏剧的目的在于教育，在于促进社会变革，在于激发观众的理性认识而不是情感投入，因此，需要一种能够破除戏剧幻觉的新戏剧，这种戏剧通过间离手段，让舞台变得陌生起来。这种陌生来自两个方面：一方面既要与传统戏剧不一样，另一方面又要与现实生活不一样，从而能够唤醒观众应该保持的独立意识和批判立场。

（一）为什么要破除幻觉

布莱希特认为，人类在20世纪的活动范围无限地扩大了，人与人之间的关系越来越复杂。戏剧应该更广泛、更深刻地反映今天的社会生活，多侧面地展现生活丰富多彩的内容，让观众透过众多的人物场景，看到生活的真实面貌以及它的复杂性和矛盾性，促使人们思考，激发人们变革社会的热情，推动社会前进，这就是他创立"教育剧"的出发点和目的。在这一点上，他与表现主义戏剧十分相似，因为表现主义者比现实主义者更加迫切地希望变革社会，布莱希特的愿望也是如此。

同时，他认为，戏剧幻觉固然能够将观众裹卷其中并产生情感共鸣，但他也担心会出现两个问题：一方面，戏剧幻觉有可能在无形中充当错误意识形态的帮凶，因为如果戏剧幻觉一旦被虚假、荒谬和偏见挟制，就会对观众的认识产生不可估量的误导，观众愈是信其真，幻觉的危害就越大。另一方

---

① 〔德〕斯丛狄，王建译：《现代戏剧理论》，北京大学出版社2006年版，第129页。

面，幻觉剥夺了观众想象和评论的权力，把观众培养成一个只会人云亦云的学舌鹦鹉。这两个方面对于一直强调戏剧教育作用的布莱希特来说，是无论如何也不能接受的。对于戏剧史上观众因为陷入幻觉冲上舞台殴打演员的事件，亚里士多德一定会说这是一次成功的演出，这是一个优秀的观众。而对于布莱希特来说，这是一次失败的演出，这是一个傻瓜式的观众。所以，布莱希特认为，制造生活幻觉的传统戏剧借助合乎逻辑的结构形式、逼真的演剧形态极具诱惑地激发了观众的情感共鸣，"使观众再也不能评论、想象和从中受到鼓舞，而是自己置身到剧情中去，仅仅是一起经历和成为'自然'的一员"。[1]因此，为了能够激发观众的思考，他认为应该打断观众沉浸在连续性的幻觉中，"借助一种对于令人信赖的事物进行陌生化的技巧"，[2]让观众提高警惕，始终保持一颗清醒的头脑，对戏剧作品作出自己的评价与判断，进而对社会作出自己的评判。

（二）如何破除幻觉

幻觉与模仿是一对孪生兄弟，要破除幻觉，就要从根本上撼动模仿这棵大树，因为模仿一定有一个模仿对象作为参照系，而这个对象就是现实生活。通常情况下，模仿得越逼真，幻觉的真实性就显得越可靠。为此，布莱希特认真考察了古希腊以来的西方戏剧史，结合他对东方戏剧特别是中国戏曲艺术的理解，在模仿的基础上，创造性地将史诗的叙事性因素重新引入戏剧，将叙事性与戏剧性有机地结合在一起，提出了两种戏剧类型共存的设想。

其实，布莱希特并不是叙述体戏剧的最初尝试者，早在古希腊时期，戏剧中就已经包含了叙述的因素。我们知道，亚里士多德和柏拉图将文学分为史诗、抒情诗和戏剧诗，三者不可互用。柏拉图在区分戏剧与史诗时，把叙述行为分为两种形式：一种是"单纯叙述"，一种是"模仿叙述"。他称史诗是"单纯叙述"，戏剧是"模仿叙述"，前者是"诗人在说话"，后者是"当事人自己在说话"。[3]布莱希特所理解的两类戏剧：一类是"戏剧体戏剧"或称亚里士多德式戏剧，另一类是违反亚里士多德标准创作的戏剧，他

① 〔德〕布莱希特，丁扬忠译：《布莱希特论戏剧》，中国戏剧出版社1990版，第178页。
② 童道明主编：《现代西方艺术美学文选·戏剧美学卷》，春风文艺出版社、辽宁教育出版社1989年版，第23页。
③ 〔古希腊〕柏拉图，朱光潜译：《柏拉图文艺对话录》，人民文学出版社1983年版，第47页。

称为"叙事体戏剧"或非亚里士多德式戏剧。前一类戏剧的主要功能在于通过对现实生活的逼真模仿,在舞台上创造出一个能够使人身临其境的生活幻觉,让观众信以为真。这种生活幻觉首先通过各种舞台手段,特别是通过演员和角色的合二为一来实现,它把观众带入一个似乎是真实的生活场景中,让观众产生情感共鸣。后一类戏剧大胆地将叙事性因素引入其中,将模仿与叙事两个因素有机地结合起来,并强化其中的叙事成分,在戏剧体戏剧和叙事体戏剧的共同作用下完成剧作意义的表达。如此一来,舞台就不是展示一个事件,而是叙述一个事件;不是让观众置身于剧情之中,而是让观众面对剧情;不是触发观众的感情,而是促使观众作出选择。演员也不再需要"化身"为剧中人,而是站在旁观者的立场"转述"戏剧故事,观众不再只是被动地接受,而是能动地作出自己的判断,剧作家不再用暗示手法来宣泄感情,而是用说理的手法来把感情变成认识。应该说,布莱希特的努力,摆脱了亚里士多德、黑格尔、别林斯基以来对戏剧只能采取模仿的传统观点,进一步拓宽了戏剧表现手段。

(三)叙述成分的增加导致反混同和反共鸣

叙述成分的增加,迫使观众从新的视角和高度去重新认识戏剧表现的对象,从而把理性思维纳入审美活动中。这种戏剧的基本形式是"间离",就是让观众从幻觉的连续性中不时地、间歇性地摆脱出来,使观众有时间对所表演的事件进行理性的判断和思考。他的间离方法有很多含义,最主要的包括两层意义:一是指演员与角色的间离。布莱希特强调:"当演员批判地注意着他的人物的种种表演,批判地注意与他相反的人物和戏里所有别的人物的表演的时候,才能掌握他的人物。"①也就是说,演员既要扮演角色,又要不时地从他"化身"的角色中脱离出来,恢复自我意志,成为角色的观看者和批判者。二是指观众与剧情的间离,即观众既要能够沉浸在剧情中,也要不时地从剧情中脱身出来,用一种独立批判的眼光来审视剧情。

可以看出,"间离效果"强调的是两种状态之间的游移和更替,时断时续,是连续性与间断性的统一。对于演员与角色的间离,可以引出"反混同",对于观众与剧情的间离可以引出"反共鸣",这是理解布莱希特叙述

---

① 〔德〕布莱希特,丁扬忠等译:《布莱希特论戏剧》,中国戏剧出版社1990年版,第31页。

体戏剧的两个关键。

　　"反混同"就是要求演员与角色间保持一定的距离。演员在舞台上并不与角色完全重合，完全混同，而是具有双重形象。他既能通过表演，进入角色，也可凭借叙述和评论，保持自我，与观众交流，甚至与角色交流。这里的演员正像布莱希特在《买黄铜·第二夜》的"街头戏剧"中比喻的那样，只是一个"街头解说员"，"我们的解说员并不需要模仿所有的东西，而只需要模仿那些人物的一部分动作，足以使人们得到一个印象就行"。[1]对于传统戏剧来说，舞台是假定的，但这种假定强调演员和观众的信以为真，"在舞台上，为使人信服，虚假也应该成为或者显得是真实的……假定性在舞台上就必须具有真实的味道，换句话说，它必须是逼真的，无论演员本身或是观众都必须相信它"。[2]如果把戏剧分为以故事空间为重点的内交流系统和以演出空间为重点的外交流系统，那么，传统戏剧的交流主要封闭在故事空间里，完成角色与角色的交流，而布莱希特的戏剧则同时在内外两个空间里进行交流。布莱希特的这种交流方式，逾越了表演区和观众区的物质障碍，取消了观演之间的空间距离。演员化身角色时，他是观众的观察对象，是"被看"，当他恢复演员的自我意识，角色就成了他的观察对象，是"看"。总之，对于演员来说，"看"与"被看"两种属性同集一身，既成为审美主体也成为自己的审美对象，是审美主体与审美对象共集一身。而传统戏剧的演员，只具有"被看"属性，只是观众的审美对象。

　　"反共鸣"就是要求观众必须明确地意识到舞台行为的虚假性，这是在演戏，不要连续投入过多的感情，避免引起情感的共鸣。观众要理性地对待舞台上发生的一切，与舞台空间保持一定的心理距离，避免移情作用的发生。布莱希特在《论叙事剧》中说，"不管从哪个角度来说，由于那种简单地将感情移入剧中人的论调，使得观众往往很容易毫无批判地（而且实际上也是徒劳地）沉溺于移情体验"。[3]为了阻止观众对剧情产生共鸣，布莱希特采取了许多间离手段，故意"暴露"舞台的虚假性，甚至"当众作假"，

---

①伍蠡甫、胡经之主编：《西方文艺理论名著选编》（下），北京大学出版社1987年版，第325页。

②〔前苏联〕斯坦尼斯拉夫斯基，林陵、史敏徒译：《斯坦尼斯拉夫斯基全集》（一），中国电影出版社1958年版，第371页。

③伍蠡甫、胡经之主编：《西方文艺理论名著选编》，北京大学出版社1987年版，第317页。

从而剥去了戏剧的一切伪饰，还舞台以本来面目。比如，他要求演员通过"表演"而不是"模仿"来刺激观众，让观众感到惊异。布莱希特指出："对一个事件或一个人物进行陌生化，首先很简单，把事件或人物那些不言自明的、为人所熟悉的和一目了然的东西剥去，使人对之产生惊讶和好奇心。"①将日常生活中人所熟知的现象以一种陌生的方式加以表现，这样人们就会对其产生新奇之感，进而对其本质达到一种新认识，这就是布莱希特所说的"陌生化"。陌生化有两种途经：一是变形，二是反常。变形一定是反常的，反常却不一定需要变形，变形和反常都拉开了生活与戏剧的距离，从象征主义戏剧、表现主义戏剧、超现实主义戏剧、皮兰德娄的戏剧和布莱希特的戏剧，都在不同程度上制造了陌生感，所以陌生也成了现代派戏剧的一个共同特征。同时，他要求演员应该运用第三人称的转述口气或用过去时态的语句说话，甚至把舞台提示讲出来。对于演出人员，要采取有效手段让观众注意到剧中的伪装性质，比如公开检场、故意暴露光源等等，或者采用歌唱、讲述、文献影片放映等，拉大舞台与生活的距离，启发观众进行思考，进而行动起来改造社会。

（四）间离与共鸣的对立统一

有人认为布莱希特过多地强调了叙事，从而将模仿与叙事、幻觉与间离有意地对立起来，是对幻觉的彻底否定。然而，事实并不如此，这是对布莱希特的"误读"。正如陈世雄所说，"叙述体戏剧并非完全以叙述性取代戏剧性，而是仅仅在全剧结构上采取叙述体，就各个场面来看，仍然具有传统意义的戏剧性。所以，这是一种总体结构上的叙述性与场面的戏剧性相结合的新型戏剧"。②总体结构上的叙述性是为了制造间离效果，场面的戏剧性仍然在局部制造了戏剧幻觉。晚年的布莱希特为了纠正人们对他的误解，曾经将"叙事体戏剧"改称为"辩证戏剧"，目的就在于强化这两者的共同作用，不能偏废。从"教育剧"到"叙事体戏剧"，再到"辩证戏剧"，从这三个不同的名称上，我们也许能够体会布莱希特戏剧理论的要旨。

布莱希特本人其实非常重视"戏剧体戏剧"与"叙事体戏剧"的有机结

---

① 〔德〕布莱希特，丁扬忠等译：《布莱希特论戏剧》，中国戏剧出版社1990年版，第22页。
② 陈世雄：《西方现代剧作戏剧性研究》，中国戏剧出版社1983年版，第35页。

合，注重抒情诗的主观性与叙事诗的客观性的有机结合，注重幻觉与间离的共同作用，因为他明白，幻觉是戏剧欣赏的根本，不可能彻底根除。在布莱希特的许多作品中，都存在着叙述性歌曲和抒情性歌曲共存的现象。叙述性歌曲自始至终贯穿全剧，而抒情性歌曲仅仅出现在某些场面，前者所实现的间离在剧中占据主导地位，而后者所引起的共鸣则是从属的和次要的。如果没有叙述性歌曲从整体上对舞台幻觉和感情共鸣的破除，抒情性歌曲就容易使观众陷入剧中人的感情活动而丧失对戏剧事件的理性判断。如果取消抒情性歌曲，缺少感情体验的观众也不可能对戏剧的社会内容和哲理意蕴产生深刻体会，因此，这两类歌曲的存在，表明了间离与共鸣是对立统一。

正确对待间离与共鸣的关系，一方面，不能过分地贬低共鸣的作用。经验告诉我们，共鸣对于艺术欣赏之所以必要，就在于共鸣是艺术欣赏过程得以维系的基本保证，它是联系艺术经验与现实经验之间的桥梁。理解某物从最根本的意义上讲，必须首先设身处地地想象某物，这种想象必然要求体验者去体验被体验者的处境和存在状态。如果被体验者是一个人的话，体验者必然首先要去体验这个人的生存空间以及他如何体验世界，这正是移情作用所产生的共鸣。艺术欣赏实际上就是利用共鸣在观众心理上产生的认同感，进而使欣赏者能够接收艺术的表意内容。所以，彻底否定共鸣是不对的，也是不可能的，共鸣是戏剧欣赏的基本保障，谁也破除不了，从某种意义上讲，间离是建立在共鸣基础上的间离。

另一方面，也不能过分地夸大间离的作用。间离效果所产生的观众对舞台的心理疏远作用，只可能产生在欣赏过程中的某个瞬间，也就是说，间离一定有一个时间段，是局部的，不可能无限制地间离。间离的时间性规定了它不可能在整体上破除观众对戏剧的认同，否则，戏剧作品的表意功能就可能遭到破坏。通过间离手法，生硬地切断剧情以及故意造成各种舞台手段之间的不协调，可能导致的只是暂时打断了欣赏的统一性，暂时干扰理解的连续性。因此，制造感情的幻觉对于叙述体戏剧同样重要，甚至可以说，间离效果的真正实现必须以戏剧幻觉作为基本依托，否则，不仅审美的愉悦难以产生，认识的目的也同样难以达到。

戏剧性与叙述性相结合，这既是剧本的体例问题，也是当代戏剧舞台创作中喜欢运用的一种叙述方法。布莱希特把欧洲传统戏剧称之为"戏剧性戏剧"，把自己独特的史诗剧称之为"叙述体戏剧"，这两种剧作方式和演剧方式本是背道而驰的，然而，随着对艺术规律理解的深化，纯粹的"展示"抑或纯粹的"叙述"已不为多见，而更多地以传统"展示"为重的戏剧创作中，"叙述"总不失时机地穿插其间，叙述使戏剧获得了艺术升华的良好机缘。可以看出，叙述体与戏剧体的联结，既有片断内部的细腻、逼真，重视矛盾冲突，挖掘人物心理，又有直接对展示性场面的中断、评说，这两种因素的组合使用，无疑会使演出效果别开生面。"现代戏剧一旦捡回了这门艺术本身就曾经具有而一度被丢失了的叙述手段，便会面临一个新的广阔的天地。"①当代的剧作家和舞台表演艺术家们倾向于把戏剧性"展示"和叙述性的"讲述"结合起来运用，并且取得了很好的戏剧效果。

具体地，布莱希特挑选了三个人物，即叙事人物、戏剧人物和演出人物，让他们分别从叙述手段、人物设置和舞台呈现三个方面实施了间离计。

二、叙事人物的间离及其表现特征

当表现主义在德国被新现实主义取代的时候，布莱希特的心里是犹豫的：一方面他与时俱进地回归到重新赢得剧作家青睐的现实主义戏剧，强调戏剧的教育意义；另一方面却又舍不得丢弃表现主义戏剧那种深入人心、自由灵动的表达方式。如何在这两者之间找到一个结合点呢？聪明的他天才地在戏剧中设立了一个叙事人。这个叙事人可以是一支歌队，可以是导演，也可以是演员自己，他们都可以承担戏剧叙事功能。

布莱希特所设立的叙事人，并非空穴来风。他的理论灵感来自三个方面：一是古希腊戏剧中的歌队。在古希腊戏剧中，歌队在剧中承担的正是叙述和评价的功能，只可惜随着亚里士多德理论霸权的确立，特别是经过古典主义戏剧的绝对化，这种功能被一点点地剥夺了。二是自然主义戏剧中的"闯入者"。自然主义戏剧大多在剧中设立一个"闯入者"，正如斯丛狄在分析霍普特曼的剧作《日出之前》所指出的一样：由于剧中克劳塞一家人整

---

① 高行健：《我与布莱希特》，见《对一种现代戏剧的追求》，中国戏剧出版社1988年版，第55页。

日游手好闲，形如死水，这些病态的人物已经"无力支撑起戏剧情节"，因此"用来介绍这个家庭的戏剧情节必须到这个家庭之外去寻找起源，它还必须使这些人保留他们物质般的具体性，不抹杀他们存在的一致性和永恒性，不由于形式的原因而将其伪造成一个充满悬念的变化过程"，考虑到这一切，剧本引入了一个陌生人，由他"穿针引线"，从而使"克劳塞一家得到了戏剧式的展现"。因此，自然主义戏剧的"情节发展不是由人际冲突决定，而是由陌生人的行动，戏剧的悬念由此消解。"斯丛狄高度评价了自然主义戏剧的这一策略，认为"提供这一可能的陌生人形象属于世纪之交戏剧艺术最引人注目的特点"。[1]这个"陌生人"所承担的功能也是叙述。三是表现主义戏剧中意识流动的自我。在表现主义戏剧中，戏剧情节都是围绕主人公的行动和意识来组织和发展的，这个主人公承担了戏剧情节实际的组织安排工作。表现主义戏剧和自然主义戏剧一样，"作品的统一不是源于情节的连贯性，而是源于隐形的叙事性自我的连贯性"。[2]表现主义戏剧的主人公和自然主义戏剧的"陌生人"一样，都出现在故事情节之中，以剧中人的身份实际控制着戏剧叙事，充当了"隐形的叙事性自我"，而布莱希特则直接让这个"隐形的叙事性自我"主动露面，直接登台，以局外人的身份站到了观众面前。应该说，布莱希特在此基础上所形成的戏剧实践极大地丰富了戏剧的表现手法，拓展了戏剧表现力。

　　这个具有叙事功能的叙事人，可以帮助剧作家达到两个目的：一是克服现实主义戏剧的时空限制，使戏剧仍然可以像表现主义戏剧那样天马行空，自由转换。二是剧作家可以名正言顺地借助叙事人的身份站出来表达自己的思想，以达到教育的目的，从而避免现实主义戏剧因为不自然的旁白和独白所带来的不真实感。同时，借助叙事人的评论和剖析，仍然能够像表现主义戏剧一样十分贴切地深入表达人物内心。因此，布莱希特的戏剧形式在表现主义戏剧的基础上又前进了一步，从而成为二战后许多剧作家争相效仿的戏剧话语策略。这样，这个外在于剧情的叙事人就有可能在两个方面组织实施间离：一是戏剧时空的叙述性间离，二是叙事人物的评论性间离。

----

[1]〔德〕斯丛狄，王建译：《现代戏剧理论》，北京大学出版社2006年版，第58页。
[2]〔德〕斯丛狄，王建译：《现代戏剧理论》，北京大学出版社2006年版，第62页。

（一）戏剧时空的叙述性间离

亚里士多德对戏剧结构作出严格的规定，他说："事件的结合要严密到这样一种程度，以至若是挪动或删减其中的任何一部分就会使整体松裂和脱节。"[①]这种严谨缜密的戏剧结构体现了事件发展的必然性和因果逻辑性，也在一定程度上对戏剧时空提出了集中、收缩的形式要求，使戏剧思维成为一种收敛式思维，从而束缚了时空的自由转换。戏剧如何才能摆脱这种束缚，让时空自由伸展呢？这方面，表现主义戏剧已经有了最初的尝试，表现主义戏剧也称主人公戏剧，是场景剧，戏剧时空随着人物意识的流动而自由组接。布莱希特避开了表现主义戏剧人物主观的意识流动，在外部设立了一个叙事人，通过他来居中调度，组织情节，这样可以有两个好处：

一方面使戏剧时空伸缩自如，张弛有度，从而在一定程度上破除了观众的幻觉。因为幻觉的形成往往依赖戏剧情境在一段时间内持续的营造，布莱希特的叙事人偏偏打断了这种时空的连续性和完整性，使戏剧结构成为一个个碎片，观众很难在一段时间内看到一个相对集中、相对完整的戏剧情节。为了说明这种跳跃性结构的特点，他借德国小说家杜布林的话说，"史诗和戏剧不同之点，就是它可以用剪刀分割成小块，而每一块仍能完全保持旧有的生命力"。[②]这就像蚯蚓，将它切断，每一段仍能成活，布莱希特的戏剧确实具有这个特点。他创作的《伽利略传》全剧共有十五场，描写了科学家伽利略的一生，时间跨越了二十八年，但每场只写了他生平的一个片断，各具相对的独立性。剧情发展既然是断断续续的，甚至是跳跃的，就会迫使观众加倍注意场际间的辩证关系和创作者的意图，从而达到间离的目的。

另一方面，由于叙事人的介入，使戏剧语态从模仿的"直接引语"变为了叙事的"间接引语"。间接引语实际上是一种转述语，被转述的内容可能会因为转述人的视角、态度和感情的差异而发生变化。也就是说，戏剧所营造的世界可能因为叙事人的转变而转变，这样，戏剧世界就变成了一个可以调节的世界，根本不存在什么客观性，这对观众幻觉的破除更为彻底。正如斯丛狄所说，因为"事件现在是舞台的叙述对象，舞台与它的关系如同叙

① 〔古希腊〕亚里士多德，陈中梅译注：《诗学》，商务出版社1996年版，第78页。
② 周靖波选编：《西方剧论选》（下），北京广播学院出版社2003年版，第573页。

事者与对象的关系，两者的对立才构成了作品的整体"。①这句话的意思是说，事件原来是舞台的主体，现在却成了叙述的对象，不再是舞台的核心要素，它在舞台上的霸权地位消失了。事件原来是"自为"的存在，现在却成了"为他"的存在，叙述者转述这个事件只是为了引起观众的思考。所以，消解完整严密的逻辑结构、凸现生活本身的流程性、片断性和私人性，成了20世纪60年代以后叙事体戏剧的主流策略。

（二）叙事人物的评论性间离

叙事人在剧中不仅承担叙述事件的功能，还具有评论员的职责，这一点正是布莱希特戏剧的最大特色，因为他要让戏剧达到教育的目的，就一定会特别重视这个功能的发挥。

在《三角钱歌剧》中，歌队就像传统小说中全知全能的叙事人一样，用第三人称对剧中人物和事件进行叙述和评论。序幕中演唱歌曲的艺人，实际上就是站在一个全知全能的角度代表作者叙述麦基的人生经历。皮丘姆太太在第四幕之后的幕间插曲以及第七场中演唱《病态色情狂》一曲时，与其说是以一个剧中人物身份，还不如说代表作者对麦基的行为举止发表评论。《舒适生活小调》、《无能为力歌》、《所罗门之歌》以及贯穿全剧的《三角钱终曲》则更为直接地表达了作者本人对社会人生的思考与评价。正如黑格尔所说，传统戏剧一般"把剧中人物本身摆到眼前来，让他们自己流露感情和发出动作，诗人不作为一个中间人插足进来干预"。②而布莱希特的戏剧却直接借助叙述人之口发表评论，采用了小说化的第三人称和全知全能的叙述策略进行叙述，从而完全打破了传统戏剧的常规。

在布莱希特看来，还观众以观众的本来身份，就是要赋予他们以观察者和批判者的权利，因为观众的批判态度才是彻底的艺术态度。传统戏剧是一种取消观众自主意识的理性戏剧，是一种独断性的"独白"，它不允许观众与舞台对话，而是把他们变成跟着剧情转的被动接受者。叙事体戏剧正好相反，它的目标在于使观众成为独立的观察者和思考者，并允许演员和观众进行对话和"讨论"。所以布莱希特一再声明，"必须改变舞台和观众的交流

----

① 〔德〕斯丛狄，王建译：《现代戏剧理论》，北京大学出版社2006年版，第107页。
② 〔德〕黑格尔，朱光潜译：《美学》（二），商务印书馆1997年版，第142页。

方式"。①这种交流方式的前提就是"观众的平等地位，是观众的'完全'的艺术感受的平等地位"。②斯丛狄对这种做法的可能性和合理性说得最透彻，他认为，"叙事性的自由停顿和自由思考取代了戏剧的目的性。因为行动的人现在是舞台戏剧的对象，所以可以超越于他，去询问他行动的动机"。③在《大胆妈妈和她的孩子们》中，每一场开头都有一段内容提要，已经向观众交代了故事情节，把这一场要演什么事先都告诉给了观众，从而把观众的兴趣引到怎样演上去。对于观众来说，已经没有什么悬念可言，这就消除了由悬念制造的戏剧性，同时也起到分割故事的作用，不让观众和演员双双陷入戏剧幻觉之中。

在布莱希特的戏剧中，由剧中人、歌手或乐队进行演唱的歌曲，不论是对人物和事件作出评论，还是表达作者对社会人生的一般看法，都具有评论功能。而且这些评论性歌曲总是出现在情节含有悬念、气氛紧张或人物发生场面交锋的关键时刻，其消除戏剧幻觉、激发理性思考的间离作用是显而易见的。这种做的目的不是激发观众的情感，而是唤醒他们的理智。所以斯泰恩说，"剧本的情节与结构趋向于不统一并破碎成各种插曲、偶发性事件和舞台造型，其中每一种都各有其用意。取结构剧的戏剧冲突而代之，是突出梦幻者（通常是作者本人）所作的戏剧陈述的关联性。布莱希特的叙事剧便是从这种结构中生发出来的，后者也是一种充满了插曲性事件与说明性陈述的一种戏剧，不同的是所有这些都安排来激起观众的理智，而不是像表现主义戏剧那样要激起观众的情感"。④在这里，斯泰恩指出了布莱希特与表现主义戏剧的某些联系和区别，双方在结构上都选取了碎片式的事件，这些事件都由梦幻者左右着，从而显示了它们之间内在的关联性。但他们的目的并不一样，布莱希特是为了激发观众的理智，而表现主义却是为了激发观众的情感。

但是，这位担心幻觉会剥夺观众思考的戏剧家，自己却从另一个角度夺

---

① 〔德〕布莱希特，丁扬忠译：《布莱希特论戏剧》，中国戏剧出版社1990年版，第121页。
② 〔德〕布莱希特，丁扬忠译：《布莱希特论戏剧》，中国戏剧出版社1990年版，第249页。
③ 〔德〕斯丛狄，王建译：《现代戏剧理论》，北京大学出版社2006年版，第108页。
④ 〔英〕斯泰恩，刘国彬等译：《现代戏剧理论与实践》（三），中国戏剧出版社2002年版，第499页。

去了观众的思考，他所反对的正是自己拥有的。在布莱希特的戏剧中，我们经常能听到一种声音，它也许是以人物自身的语言形式出现，也许是以演员评说的方式出现，也许是另一些具有叙述功能的元素发出，如歌队、幻灯、标语、字幕或其他提示符号。总之，它始终存在着，而且具有一种超越一切、压倒一切的特权，这个声音的发出者就是布莱希特本人。这种声音是另一层意义上的独断性独白，反映了布莱希特的独裁意识。布莱希特霸道地行使着剧作家的特权，用自己强大的思辨和政治观念，控制戏剧场面和人物动作。他常常以某种外在甚至机械的方式阻止戏剧情节的进展，粗暴地插入一个剧作家的声音，或是向观众说明刚才的事件意味着什么，或是说明人物的某些想法究竟如何，甚至是一些空泛的大道理和革命口号。布莱希特的这种做法"从积极方面讲是克服表现主义、象征主义、超现实主义过度非理性与极端'个人化'之弊端，加强戏剧审美中的理性精神，提高戏剧艺术的社会意义；从消极方面讲，是助长了戏剧的政治化倾向与政治说教之风，在试图反叛亚里士多德传统的同时，也反叛了一些反不掉的客观规律，削弱了戏剧作为艺术的审美意义——破坏了审美效果，把观众'间离'得离剧场而去"。[1]这段话说得十分中肯，它指出了布莱希特力图绕开"个人化"的独断论，却偏偏又不幸地走入另一种"说教化"的独白中，自己成为自己反对的对象，这正是布莱希特的误区。所以，有很多人对布莱希特不屑一顾，法国荒诞派戏剧家尤奈斯库就是其中之一，他说："我之所以不喜欢布莱希特，原因在于他是醒世派、意识形态派。他并非原始——他是初生者。他并非简单——他是幼稚者。他不能提供思考的对象，他本身就是意识形态的反映和图解，他什么也没有教会我，他仅仅是鹦鹉学舌。"[2]尤奈斯库用尽了对布莱希特创作的否定评价，甚至堕落到对剧作家进行个人攻击的地步。的确，这是布莱希特叙事体戏剧理论存在的一个"硬伤"。

布莱希特虽然主张让观众自己去分析剧中人物和事件，但是，当他利用叙述者、歌队、幻灯片等表现手段促使观众对戏剧进行评价与判断时，他自己的声音却总是凌驾在戏剧形象之上，从而暴露叙事戏剧的说教性弊端。实

---

[1]董健、马俊山：《戏剧艺术十五讲》，北京大学出版社2004年版，第364页。
[2]转引自〔前苏联〕库列科娃，井勤荪、王守仁译《哲学与现代派艺术》，文化艺术出版社1987年版，第185页。

际上，完全让观众自己评介和判断只是一种理想状态，不可能实际存在，就像幻觉不可能完全被破除一样。其实，观众的判断总在一定程度上受制于作品的倾向性。对于评论者来说，无论针对作品的"重复说"、"帮着说"、"接着说"还是"叉开说"，观众的判断都需要以此为起点，这是评论的前提，因此布莱希特完全没有必要遮遮掩掩。与其把自己打扮成救世主，把自己的观点当做真理强加给别人，侮辱观众的理解力，还不如老老实实地承认这只是我的个人观点，所以我们也认为这是布莱希特叙事体戏剧的最大弊端。他所犯的错误是不允许其他剧作家出面干涉和评判，但他自己却拿着大喇叭，高声宣传着，属于典型的"只许州官放火，不许百姓点灯"的恶劣行径。应该指出的是，布莱希特的局限正是后世叙事体戏剧作者的起点。20世纪60年代后叙事体戏剧的实践者们开始注重限制这个全知全能、代表剧作家意志的叙事人的权利，个人化、不确定、局部视角的叙事人成了布莱希特追随者们的首选。

三、戏剧人物的间离及其表现特征

在对布莱希特间离效果的研究上，学术界更多的是从戏剧结构、表演、导演等方面进行分析，往往忽略了对其塑造的戏剧形象进行分析。其实，布莱希特在人物形象上也实施了间离，而且这一点显得更加重要，因为对人物形象的体验是观众建立幻觉的基础。如果不抛弃传统的人物形象，即使再怎么间离，也不可能完全破除观众的审美幻觉。为此，布莱希特塑造了许多自身充满矛盾的人物形象，他们是至善和至恶的矛盾统一体，这些人物本身就能够引起我们言说的欲望，引起我们的争论。现实主义戏剧的矛盾很多都集中在人物关系上，他们往往在一组人物关系上，再加上一组完全对立的人物。如《雷雨》中，父子关系又加上了情敌关系，母子关系又被加上情人关系，主仆关系之外又是情敌关系，这种组合式的人物关系是制造戏剧性和戏剧冲突的绝好手段。但布莱希特却立足于个人，在个人身上附加双重关系，成为另一种形态的组合关系。

《三角钱歌剧》中的三个主要人物是布莱希特戏剧画廊里的重要创造。

"乞丐大王"皮丘姆是无赖叫花子形象的高度概括，也是无耻"实业家"的漫画化，一般资本家通过剥削制造贫穷，制造悲惨，而皮丘姆更进一步，剥削贫穷，他拥有一支乞丐大军，以悲惨形象作为商品。布朗一身兼二职，既是执法者又是枉法者，他既是老虎，又是绵羊，他的生存依靠这种双重人格，整个社会也同他一样依靠双重人格而存在。麦基是全剧的中心人物，他是一个拥有流氓的"实业家"，但是，他的特点不在于仅仅是个流氓，还在于他时时不忘自己绅士的架子，"天不怕地不怕，就怕流氓有文化"。正是这个关键人物的成功塑造，才使该剧把矛头始终对准了资产阶级社会。

《四川好人》中，妓女沈黛是神仙下凡后在四川找到的唯一好人。沈黛用神仙给的钱开了一家烟店，希望今后能借此多做好事。不料事与愿违，沈黛做的好事越多，她的处境就越糟糕，最后竟落到倾家荡产的地步。为了保住烟店，沈黛曾经三次假装成实际上并不存在的表哥崔达，由崔达出面解决种种棘手问题。崔达冷酷无情，昧着良心做坏事，但每次都获得了成功，最后摇身成为四川的香烟大王。沈黛三次变成崔达构成了剧本情节发展的主线。第一次为了证明身份，找一个担保人；第二次为了证明爱情；第三次是为了保住孩子，摆脱物质上的窘迫。沈黛的好心必须通过崔达的贪婪才能实现，好心与贪婪在这个妓女身上也矛盾地统一着。

《大胆妈妈和她的孩子们》中，"布莱希特创造了一个分裂的人格，一个反英雄，一个非人性的妇女，这个人希望战争能够继续进行下去，但这人同时又是个天生的母亲，要尽全力去保护自己的儿女"。[①]大胆妈妈时刻忙于在战争中赚钱并希望战争永远持续下去，战争先后夺去了三个孩子的生命后，她仍然希望从战争上获利，大胆妈妈的执迷不悟使观众猛醒般地认识到战争的残酷和罪恶。作为一个富有爱心的母亲，大胆妈妈又处处不忘记保护自己的孩子，以使他们幸免于难，然而战争最终还是无情地夺走了她所有的孩子。全剧重点表现的并非主人公同外部社会的矛盾冲突，并不刻意描写大胆妈妈是一个战争的受害者，而是着力刻画内在于主人公内心的两个自我之间的矛盾冲突，展示了女商贩和母亲的尖锐冲突。作为商人的大胆妈妈狡

---

① 〔英〕斯泰恩，刘国彬等译：《现代戏剧理论与实践》（三），中国戏剧出版社2002年版，第725页。

猾、泼辣、冷酷无情；作为母亲则充满了爱心。她讨厌战争，却又需要战争。两种截然不同的性格集合在一起。

《潘第拉先生和他的男仆马狄》中的地主潘第拉在喝醉酒和酒醒时的行为截然相反。喝醉酒的他是一个富有同情心和正义感的大好人，他在一个早上就向四个贫穷的女人求婚；在佣工市场上慷慨地给每个工人发钱；他还赶走即将和女儿订婚的愚蠢的外交官，打算把女儿嫁给聪明能干的男仆马狄；他还准备把农场的全部收入放进一个钱箱，让需要钱的工人随意取用。但是，酒醒时的他完全是个唯利是图的剥削者。善与恶在他的身上交织着。

《高加索灰澜记》尽管没有塑造一个矛盾式的人物，但在戏剧情节上，却把生母与养母到底谁应该拥有孩子的问题摆在了观众面前，让观众在法与情的抉择中得出法律与道德的判断。"乱世"将两个故事联系在一起。格鲁雪这样的故事只能发生在乱世，她的胜利也只能在乱世才有可能。不平常的案件只有不平常的法官才会判得合理，而只有在乱世，才有可能出这样的法官。布莱希特以此告诉人们，在不合理的社会，正义如果得到了伸张，完全靠偶然：阿兹达克当上法官是偶然；格鲁雪由他断案是偶然；大公使者救阿兹达克于绞刑架下，更使人觉得偶然。没有这些偶然，何来断子佳话？李行道的《灰阑记》和所罗门断子故事，结果都把孩子判归了亲生的母亲，布莱希特却不愿如法炮制，他要判给"善于对待的"，这就是全剧的要旨所在，总督夫人爱财重于爱孩子，首先就不近人情，所以这个判决反过来就是公正的，合乎人道的。

《伽利略传》中的同名主人公是一个内心分裂，充满矛盾的艺术形象。他身上不仅体现了灵与肉的自身冲突，而且反映了象征社会进步的科学与阻碍历史发展的腐朽势力之间的斗争。这两种矛盾冲突在剧中都表现得异常激烈，且不可调和。在布莱希特看来，伽利略既是历史上的一位伟大的科学家，他在科学研究中作了许多重要贡献，同时也具有庸人的性格特征，竟然在宗教裁判所要对他实施酷刑并将他处死的威胁下，宣布放弃他原先的科学思想和见解。在剧本里布莱希特运用细节，十分细致地塑造了伽利略这种自相矛盾的性格。例如他为了增加薪水来买书、买肉，为女儿准备嫁妆，他竟然谎称发明了望远镜，其实只是仿制别人的发明；到了佛罗伦萨他又不顾瘟疫的威胁，勇敢地进行科学实验；他贪吃的毛病也非常突出。凡此种种，布莱希特还通过这些生动的细节，塑造了伽利略"这一个"有弱点的伟大科学家的形象。伽利略具有非凡的头脑，但有时候，他的灵魂不得不服从肉体的需要，牺牲自己的思想来保持贪婪而胆怯的肉体。伽利略曾经这样教育他的学生："不知道真理的人，不过是个傻瓜。但是知道真理，反而说它是谎言的人，就是罪人。"然而正是他自己，却屈服于教会的势力，写下了悔过书，背叛了科学的真理，这是他生平的一大污点。虽然他在被囚禁的条件下，完成了为人类作出巨大贡献的《对话录》，但他的内心却充满遗憾和悔恨，觉得他是一个罪人。他始终没有原谅自己的行为："我背叛了我的职业。一个人做了我做过的这种事情，是不能见容于科学家的行列的。"伽利略的悲剧是伟人的悲剧，布莱希特正是通过伽利略的自我剖析与批判，加强了全剧的批判力量。

总之，这种矛盾式的性格构成是布莱希特式戏剧主人公的基本形态。通过这些"异质同体"的双面人形象，一方面表现了人性的复杂和人的多面性。斯泰恩说，"单个的人的个性分裂成几个人物，每个人物代表整个个性的一个侧面，合起来则揭示一个人的心灵中的种种冲突"。[1]这样的人物容易引发观众的讨论和争议，从而达到阻止观众向人物的移情作用并获得情感认同。布莱希特笔下的这些人物不能简单地称之为"正面人物"或"反面人物"。他自己也认为，恰恰是在批判与肯定的辩证法中，才能塑造"浑圆的"、"饱满的"、"多层次的"人物形象。正如他自己在《表演艺术新技巧》中所说："在塑造英雄人物时要考虑到英雄人物有时也会做出别人意想不到的非英雄行为。在塑造胆小鬼时也要考虑到他有时也是勇敢的。用是英雄还是胆小鬼一句话来概括人物性格是很危险的。"[2]历史上没有完美无缺的英雄，戏剧也不应该塑造完美无缺的人物，那些"高大全"的英雄式人物，一是假，二是让人反感。所以斯泰恩认为，"这些剧作由于把这双重性有目共睹地呈现在舞台上，因而扩大了人物性格的不明确性。"[3]正是这种

① 〔英〕斯泰恩，刘国彬等译：《现代戏剧理论与实践》（三），中国戏剧出版社2002年版，第530页。
② 〔德〕布莱希特，丁扬忠译：《布莱希特论戏剧》，中国戏剧出版社1990年版，第262页。
③ 〔英〕斯泰恩，刘国彬等译：《现代戏剧理论与实践》（三），中国戏剧出版社2002年版，第729页。

不明确性促使了观众的思考。

另一方面，这种矛盾式人物打破了观众认识上的惯常性。布莱希特认为，"一切熟知的事情，就因为其熟知，人们就可以理所当然，而放弃理解。其实，人们只是满足于知其然，而不知其所以然"。①这就需要对人物采取陌生化处理，让那些观众看来理所当然、众所周知、明白了然的因素统统变得陌生起来，给它们打上触目惊心、引人求解、决非自然、绝不当然的印记，使它们失去为人们熟知的假象，揭示它们的社会本质。这一点正好符合间离效果的本意："对象是众所周知的，但同时又把它表现为陌生。"②利用艺术方法把平常的事物变得不平常，从而揭示事物的因果关系，暴露事物的矛盾性质，使人们认识到改变现实的可能性和必要性。

四、演出人物的间离及其表现特征

除了采用叙事人和戏剧人物展开间离之外，布莱希特还让演出人员也实施间离策略，前两者属于戏剧文学范围，后者属于导表演范围。可以看出，他的间离手段是一个涉及编剧、表演和导演等诸多领域的戏剧体系，同时也是一种哲学认识论的方法。

（一）表演者的间离

在布莱希特看来，斯坦尼斯拉夫斯基的演剧体系是制造戏剧幻觉最有效的武器，"体验派"的演剧方法增强了演员表演的逼真感，"第四堵墙"的存在使舞台成为一个封闭的空间，观众的"共鸣"心理被激发，面对虚构的舞台世界，他们信以为真，沉浸于其中不能自拔，因此失去独立判断的能力。为此，布莱希特认为，"不应该通过感染的方式，而应该用另外一种方法来建立演员和观众之间的接触"。③他主张建立起一套与斯坦尼斯拉夫斯基

---

① 〔英〕斯泰恩，刘国彬等译：《现代戏剧理论与实践》（三），中国戏剧出版社2002年版，第530页。
② 童道明主编：《现代西方艺术美学文选·戏剧美学卷》，春风文艺出版社、辽宁教育出版社1989年版，第22页。
③ 〔德〕布莱希特，丁扬忠译：《布莱希特论戏剧》，中国戏剧出版社1990年版，第262页。

针锋相对的表演方法。

　　为了说明什么是叙事戏剧的表演方法，他举了一个例子，"让演员一边吸烟，一边为我们表演，他不时地放下烟向我们表演想象的人物的另一种举动"。①他还有一个例子，就是一个人向我们叙述他亲眼所见的车祸。间离方法要求演员与角色保持一定的距离，不要把二者融合为一，演员要高于角色，驾驭角色，表演角色。演员不必与角色融为一体，他可以超越角色，实行旁观式的表演，甚至可以跳出角色，发表议论。"为了制造陌生化效果，演员必须放弃他所学过的一切能够把观众的共鸣引到创造形象过程中来的方法。既然他无意把观众引入一种出神入迷的状态，他自己也不可以陷入出神入迷的状态。"②布莱希特反对演员陷入神志恍惚的下意识表演状态之中，要求演员用理智支配感情，用训练有素的优美动作去表演人物，揭示角色行为的社会目的性。同时，"表演者并不要求完完全全地模仿介入进了这事故的这些人，也不需要施展手段去让听众听得着了迷。他只是对事件进行报道，根本不需要什么真实的幻觉"。③由于演员在表演中与角色保持着一定的距离，重在利用完美的技巧去表演人物，因此给表演带来一种朴实明净的情调，从而使观众从容不迫地欣赏艺术，观察思考人生的问题。他说，"演员在表演时，不应该把观众带到感情共鸣的轨道上，而是要使观众和演员之间产生交流。虽然大家都会感到陌生，但演员一定要直接同观众说话"。④布莱希特在这里显然是想通过演员坦白承认是演戏，而使观众以一种清醒的批判态度对待剧中人，实现戏剧的社会批判功能。所以，与亚里士多德式戏剧强调"动之以情"相反，布莱希特的戏剧主张是"晓之以理"。

　　例如，从叙事剧的角度来看，《高加索灰阑记》中的两个故事是由民间歌手叙述和编导的，他既是说故事的人，又是导演，演员上下场都听他指挥。同他配合的乐队的"帮腔"，一方面可以超然剧情之外，从旁叙述和评

①童道明主编：《现代西方艺术美学文选·戏剧美学卷》，春风文艺出版社、辽宁教育出版社1989年版，第25页。
②童道明主编：《现代西方艺术美学文选·戏剧美学卷》，春风文艺出版社、辽宁教育出版社1989年版，第24页。
③〔英〕斯泰恩，刘国彬等译：《现代戏剧理论与实践》（三），中国戏剧出版社2002年版，第700页。
④〔德〕布莱希特，丁扬忠译：《布莱希特论戏剧》，中国戏剧出版社1990年版，第334页。

论剧情以及剧中人物的动作和行为；另一方面可以提出问题，而这些问题可能正是观众感兴趣的或是想要提问的。布莱希特有时让演员沉默，让歌手代他们讲话，间接地表达他们的思想和感情。这一处理方法沟通了演员和观众的联系，教观众怎样"思考着"看戏，从而达到"间离效果"。另外，剧中的一些对话性质的内心独白和叙事性质的对话，都是根据叙事剧的理论编写的。这一做法的可能性在于，叙事体戏剧中的演员已经从展现戏剧情节的任务中解脱出来了，这使他有可能反思自己的行为，正如斯丛狄所说，"舞台叙述替代了戏剧情节，决定这一叙述安排的是表演组织者"。[①]因此，演员不再是傀儡，而是一个具有自觉意识的组织者。具体到表演来看，他要求演员既扮演角色，同时又要跳出角色，在表演中渗进创作主体的"自我"对对象主体的"自我"进行批评和客观叙述，要让观众感觉到，有一个作为演员的"自我"始终在高屋建瓴地观察着自己的表演。我们来看一段在《例外与常规》中的例子：

　　一个小旅行团急促地穿过沙漠。
　　商人：(对他的两个同伴——向导和拿行李的苦力)赶快，你们两个懒畜生，两天以后我们必须到达汉站，因为我们要抢先一整天的时间。(对观众)我是商人卡尔·郎格曼，要到乌尔加去签订一项专利权合同。跟着我后面追来的是我的竞争者。谁先到达那儿，谁就能够做成这笔生意。靠着我的机警，和克服一切困难的力量，还有我对待仆人又毫不留情面，所以才把到这里的一段旅途比通常所要花的时间缩短了几乎一半。糟糕的是我的竞争者也用着同样的速度前进着。(他用望远镜向后观看)你们瞧，他们又要踩着我们的脚后跟了！(对向导)你为什么不赶挑夫，我就是雇你来赶他的，可是你们想用我的钱来散步。你能够想象这次旅行值多少钱吗？是的，这不是你们的钱。但是如果你要怠工的话，我就在乌尔加职业介绍所里控告你。

这里，有几点值得总结：一是演员跳出角色对观众进行述说，从而打破

① 〔德〕斯丛狄，王建译：《现代戏剧理论》，北京大学出版社2006年版，第130页。

了戏剧内交流系统，改为内外并重的交流。二是演员没有完全沉浸在角色中，而是不时地从剧情脱身出来进行评说或自我介绍，这些都是间离戏剧最典型的话语策略。

当然，布莱希特还没有发展到他的同乡汉德克那一步。在汉德克那里，演员已经完全丧失了代言的功能，已经不能再称之为"演员"了，只能叫"表演者"。而布莱希特要求他的演员不时地、间隙地从角色中抽身出来，恢复自己的日常本性，一会儿是自己，一会儿是角色，因此，他的演员只能称为"半个演员"，不像斯坦尼斯拉夫斯基倡导的那些完全沉静在角色中"当众孤独"的"纯粹的演员"。对"当众孤独"，斯坦尼斯拉夫斯基这样描述："……现在你所体验到的心境，在我们行话里就叫做'当众的孤独'。是当众的，因为我们大家和你在一起；又是孤独的，因为小小的注意圈把你和我们大家隔离开了。在成千观众面前表演的时候，你可以一直索居在孤独里，像蜗牛躲在壳里一样。"①他们由于具有十足的代言功能，是"全职演员"。

（二）演出者的间离

布莱希特认为间离效果的目的在于不断地冲破真实的防线，中断观众的幻觉，以求观众在似真似假、忽真忽假的状况下，获得一份理性思考后的答案。因此，在布莱希特的舞台上，观众可以看到真正的导演就站在角色的旁边；工作人员搬运道具的身影在观众眼前晃来晃去。

对于灯光，他要求灯光设计师布以平淡的白光，好让演员显得像是身处于与观众同样的世界之中。进一步，他利用舞台口白色半截幕上的幻灯字幕向观众预告下场将要发生的故事的标题，它们或是事先告知观众剧情，以便消除观众的紧张感和感情投入，使其能够对剧中事件的因果关系作出清醒的判断，或是在告知剧情时也描述相关的社会、政治和历史情况，这样观众就可以获得更为开阔的视野并对剧中所发生的事件作出更为深入的思考。同时，他还反对幻觉式布景，"要去掉幻觉和象征性，要按照演员的需要来制造布景。不应有任何'第四堵墙'的暗示，除了道具外，舞台应是空荡

---

① 〔前苏联〕斯坦尼斯拉夫斯基，林陵、史敏徒译：《斯坦尼斯拉夫斯基全集》（二），中国电影出版社1958年版，第133页。

荡的,只是一个在其间讲述一个故事的开放性空间"。①这里,我们已经能够感受到布莱希特对后世的影响,由于舞台的目的在于"转述"一个事件,模拟事件发生的空间环境就显得不再重要,从而为转述者留下一个"空的空间",任他自由发挥。这样的戏剧空间已经是布鲁克等人梦寐以求的空间,这一切都构成了布莱希特演剧方法的特点。

应该指出的是,这部分间离手段的应用需要借助于现代技术的发展,就像叙事体戏剧的建立在一定程度上需要现代技术一样。所以布莱希特说:"由于技术的成果使得舞台有可能将叙述的因素纳入戏剧表演的范围里来。"②他接着说:"幻灯的出现,舞台借助机械化而取得的巨大转动能力,电影,使舞台装备日臻完善。"③这些都为戏剧舞台能够实现间离策略提供了物质条件。这一点,他的早期合作者皮斯卡托做得最好,皮斯卡托特别热衷于舞台装置,甚至为了舞台装置而野蛮地要求剧本适用自己的工作。他们共同建立了政治化倾向十分明显的"叙事剧",后来却沿着两个完全不同的方向发展,皮斯卡托建立了"文献剧",而具有诗人气质的布莱希特建立了自己的"叙事体戏剧"。

实际上,欧洲大陆的现代派戏剧运动在20世纪30年代中期就已经接近了尾声。德国的卢卡契在此期间先后发表了《表现主义的兴衰》和《现实主义辨》两篇文章,指责表现主义戏剧而赞同现实主义戏剧。其实,卢卡契没有意识到,20世纪30年代中期以后,战争的阴影开始再次笼罩着人们,在日趋尖锐的政治冲突、种族斗争、民族搏杀的社会情形面前,艺术家们已经丧失了探究人性、揭示人类生存境遇的热情。人们逐步认识到了给人类带来痛苦和不幸的世界,只不过是人们观察方式和陈述方式的结果,运用什么样的观察方式和陈述方式,就会获得什么样的"世界"。很显然,传统戏剧家心目中那个一元化的、实体化了的本体论的"世界"开始动摇了、解构了,取而代之的是一种非实体、非本体化的多元"世界"。

于是,一场被称之为从现代派向后现代派的转型活动悄悄地发生了。就

① 〔英〕斯泰恩,刘国彬等译:《现代戏剧理论与实践》(三),中国戏剧出版社2002年版,第703页。
② 周靖波选编:《西方剧论选》(下),北京广播学院出版社2003年版,第573页。
③ 周靖波选编:《西方剧论选》(下),北京广播学院出版社2003年版,第573页。

戏剧话语特征来说，这种转型以皮兰德娄和布莱希特为代表，他们分别以"后设戏剧"和"叙事戏剧"的舞台实践，从两个完全不同的方向，殊途同归地完成了对戏剧幻觉的颠覆活动。

无论是皮兰德娄的"后设戏剧"，还是布莱希特的"间离效果"理论，它们都有一个共同的特点：暴露。皮兰德娄让观众目睹了编辑、加工戏剧作品的全过程，有意暴露自己的构思。布莱希特为了冲断观众的幻觉，让观众看到了灯光师当众调节灯光、演员当众转化为角色等等。这两位戏剧大师的理论，将后台前置，让观众体味和目睹了后台一切虚假的工作，力图使观众明白：往日在前台所看见的，不过是在后台经过加工的世界。因此，与其关注前台虚假的世界，不如探讨前台世界是如何被创造的，从而实现从"演什么"到"如何演"的转向。"自皮兰德娄以来，现代的观众实在太熟悉剧场的把戏了，而布莱希特则提醒过我们，戏剧的经验，往往是多么做作虚假。"①但他们的区别也是明显的，皮兰德娄暴露的是构思和想象的思维活动，是过程本身，目的是证明世界的可能性和多元性。布莱希特暴露的是舞台的演出活动，是结果，目的是冲断观众的幻觉，引发观众的思考。

皮兰德娄与布莱希特的戏剧还有一点是相同的，那就是"重复"。在皮兰德娄的戏剧中，事件已经发生，当事人要寻找一个第三者来倾听自己的辩解，于是，故事和行动都被重复了。而且，皮兰德娄很聪明，他找到了一个戏中戏的结构，以便使当事人能够以"演戏"的形式重复出来。布莱希特倡导间离效果，事件也是已经发生了的，叙事人用第三人称、过去时态回过头来向观众讲述一个已经发生的往事，通过事件旁观者的叙述来重复行动。可以看出，皮兰德娄的重复相对完整，布莱希特的重复是残缺的。不管如何，这两种重复都不需要把原有行动原原本本地"展示"出来。"表演者并不要求完完全全地模仿介入进了这事故的这些人，也不需要施展手段去让听众听得着了迷。他只是对事件进行报道，根本不需要什么真实的幻觉。"②他们并不需要模仿所有的东西，而只需要模仿那些人物或自己过去的一部分动作，

----

① 〔英〕斯泰恩，刘国彬等译：《现代戏剧理论与实践》（三），中国戏剧出版社2002年版，第747页。

② 〔英〕斯泰恩，刘国彬等译：《现代戏剧理论与实践》（三），中国戏剧出版社2002年版，第700页。

足以使人们得到一个印象就行。

　　总之，布莱希特对现代戏剧的影响是有目共睹的。且不说叙事体戏剧此后日益成为大家热捧的对象，在戏剧风格上，他也开辟了一条新的道路。这一条道路也是此后西方现代派戏剧共同的艺术倾向，那就悲剧的喜剧化和喜剧的悲剧化，这一点已经被斯泰恩敏锐地感觉到了，"他那戏剧要有逻辑的理论及他追求五花八门的手法来间离舞台和调动观众的思考力的结果，促进了现代戏剧向一种新型的喜剧过渡。这种喜剧虽然显得平淡和富有理智，但却不必是毫无感情的，而且作为戏剧来说往往是很有力量的"。[1]正如斯泰恩总结的一样，"布莱希特对现代戏剧的伟大贡献，就在于不断洞悉了人的动机的不一致与矛盾，而他以讽刺手法来处理其剧作中的素材则能够使其观众产生一种深刻的心理矛盾感。讽刺与心理矛盾始终是其戏剧里的生命力的源泉"[2]这一点，也为后来的戏剧家提供了经验，反讽戏剧就大量地运用了这种策略。剧作家自己站出来的"作者说"，正是布莱希特叙事体戏剧的话语策略。

剧本来源
[1]〔德〕布莱希特，张黎等译：《布莱希特戏剧选》，人民文学出版社1980年版。
[2]张黎主编：《布莱希特戏剧集》（三卷），安徽文艺出版社2000年版。
[3]汪义群主编：《西方现代戏剧流派作品选》（四），中国戏剧出版社2005年版。

①〔英〕斯泰恩，刘国彬等译：《现代戏剧理论与实践》（三），中国戏剧出版社2002年版，第733页。
②〔英〕斯泰恩，刘国彬等译：《现代戏剧理论与实践》（三），中国戏剧出版社2002年版，第718页。

第七章 选择说
——存在主义戏剧的话语策略

第二次世界大战前夕，对生存的荒诞性体验笼罩着法国戏剧舞台。以克洛黛尔、季洛杜和阿努伊为代表的法国文学派剧作家，还有以萨特、加缪为代表的存在主义剧作家，都把他们对生存的荒诞性体验搬上了舞台。

面对荒诞，他们的生存策略各不相同：法国文学派剧作家由于找不到更好的解决办法，克洛黛尔只能劝人皈依上帝，体现了一种宗教情怀；存在主义哲学家萨特告诉人们可以自由选择，只不过要对这种选择负责任，体现了一种人道主义精神；加缪的策略是反抗荒诞，以荒诞对荒诞，体现了一种反叛精神；后来的荒诞派剧作家贝克特的态度更加消极，解决的办法只是无能为力的等待，体现了一种虚无主义精神。所以，皈依宗教、自由选择、荒诞反抗和无聊等待，成了法国戏剧家对待荒诞的四种态度和策略。

但在表现形式上，他们并没有继承雅里以来达达主义和超现实主义的怪诞风格和创新精神，急于表达的新内容迫使他们在没有完全掌握新形式的同时，宁愿采用那个对他们来说早已经驾轻就熟的传统戏剧形式，于是，内容的荒诞与形式的传统在他们的剧作中形成了巨大张力。实际上，他们是一群没有找到荒诞形式的荒诞派戏剧家。法国文学派戏剧家甚至干脆不创造新故事，直接改编古希腊神话和传说来表达自己的新主张。萨特也来不及构思情节复杂、人物众多的鸿篇巨制，而是将人物推到一个事先已经设置好的境遇中，以展现存在的荒诞性。他们的戏剧，仍然挣扎在传统戏剧情境的形式中。所以，我们用萨特提出的"境遇"来总结这一阶段戏剧实践的用意，就在于突出他们在戏剧话语上的保守性和文学性，因为从某种意义上讲，"境遇戏剧"是传统戏剧情境的典型化和极致化的表现。

一、法国文学派戏剧的悲剧意识及其表现形式

经历了达达主义和超现实主义的形式革新，法国戏剧对导演艺术越来越重视，戏剧文学的地位也再一次受到冲击和挑战。导演地位在戏剧艺术中的全面上升还有一个内在原因，这一点斯泰恩早已经指明，"表现主义和叙事剧为了对公共事务表达其看法，因而减少了戏剧对情节和人物的依赖；有人认为这是一种损失。这两种戏剧还鼓励了导演为主导的戏剧的发展：由于形

式的不连贯，也就是说其形式缺乏结构剧那种结构上的连接，因而往往只有导演才能在整出戏里找到动作和用意的统一性"。[①]形式的不连贯与动作的不统一，需要导演在舞台上进行缝合，使其趋于合理与完善，可以说，是戏剧文学的偏颇给导演艺术留下了施展才能的空间。

尽管戏剧文学的地位在下降，但在浪漫之都的法国，仍有一批剧作家钟情于戏剧的文学性质，他们用文学书写戏剧，力图恢复戏剧的文学品格，克洛黛尔、季洛杜和阿努伊三位巨匠就是他们中间的代表，当然，也包括超现实主义者科克托的后期创作。我们知道，科克托早期的创作热衷于形式创新，是一个形式主义者，但后期却又重新选择了文学性戏剧，正如英国欣克利夫所说："科克托光彩夺目的全方位剧院拒绝把戏剧看做文学形式，而只是表演。不过，当悲剧消亡之时，惯于反复的科克托却决心使它复活。"[②]纵观他们的戏剧，可以归结为以下三个特征：

（一）命运的不可逆转

季洛杜、阿努伊和科克托都热衷于翻新古希腊经典剧作，这里面有一个主要原因就是他们对当时社会环境的悲观性体验，大战在即，前途未卜，这种社会情绪与古希腊悲剧中所表达的艺术精神十分相似。我们知道，表现人与命运之间的矛盾和抗争，在摆脱命运的束缚中显示人的价值和力量是古希腊戏剧的主旋律。因此，以命运的神秘和抗拒的艰难为主要特征的古希腊悲剧成了他们选择的理想题材。

季洛杜是一位外交官兼剧作家，他的剧作总是表达忠诚与纯真的主题。他认为每个人都有按照自己意愿建立个人世界的绝对权利，然而这种理想却往往屈从于命运的安排而不能实现，就连上帝也不离外。《安菲特律翁》中的诸神对人类的感情痴迷，并且有了人的性格与脾气，甚至还有点普通人的小聪明。主神朱庇特和侍从墨丘利游历人间时，爱上了底比斯王安菲特律翁的妻子阿尔克墨涅。为了得到这个女人，墨丘利用神力在底比斯与邻国之间挑动了战争，骗走了安菲特律翁外出抗敌，然后，朱庇特冒充成安菲特律翁，谎称自己从前线归来，乘机接近阿尔克墨涅。当她得知真相后，断然拒

---

① 〔英〕斯泰恩，刘国彬等译：《现代戏剧理论与实践》（三），中国戏剧出版社2002年版，第776页。
② 〔英〕欣克利夫，马海良译：《现代诗体剧》，昆仑出版社1993年版，第21页。

绝了朱庇特的要求,因为她爱自己的丈夫,倒是安菲特律翁左右为难,在妻子与神面前无所适从。最后,与其说朱庇特被人间真情感染,放过了安菲特律翁夫妇,还不如说神的愿望和意志也不能完全实现。《特洛伊之战不会爆发》中,特洛伊英雄赫克托尔要求父王立即下令紧紧关闭战争大门,主动要求去说服海伦本人,让她自愿返回希腊,表示将"亲自把海伦归还"。对以德莫科斯为代表的反对派来说,海伦是智慧、和谐与温柔的化身,为了留住她即使交战也在所不惜。赫克托尔一针见血地指出,所谓为美而战实质是为了一个女人而战,为的是满足男人的虚伪、傲慢和肮脏的心理。以俄底修斯为首的希腊谈判使团来到后,气焰十分嚣张。为了挽救和平,赫克托尔不遗余力。希腊人奥雅克斯寻衅滋事,对赫克托尔又是谩骂又是打耳光时,这位盖世英雄竟然忍辱吞声,甚至在德莫科斯面前不惜说谎。在与俄底修斯谈判时,他以极大的诚意感化了对和平信心不足的对方,使之最终同意将海伦带回并踏上返国之路。就在这时,喝醉酒的奥雅克斯再次出现并对赫克托尔的妻子安德洛玛克非礼,尽管赫克托尔强行克制住了自己,但德莫科斯却趁机煽动特洛伊民众用乱石击毙了奥雅克斯,赫克托尔最终功亏一篑,命运不可抗拒,特洛伊战争不可避免地爆发。

(二)宣扬宗教救世和非理性的力量

摆脱宿命,在不同的人那里有不同的表现形式,宗教救世、宣扬非理性的力量是他们这一代戏剧家共同的思想倾向。所以他们这一派剧作家也被称为法国神秘派剧作家。

克洛黛尔是个虔诚的天主教徒,从小就发誓要用一生来歌颂天主。因此,他的剧作几乎都"以表现灵魂堕落的人类如何获得救赎、宗教如何战胜邪恶为主题,基本内容乃是人类如何为摆脱尘世羁绊、皈依上帝而进行艰难而又痛苦的努力"。[1]他的作品《城市》叙述了一个城市的厄运,由于不相信天主,社会发生了暴动,城市变成了一片废墟,这时人们才醒悟应该投靠天主。《缎子鞋》是克洛黛尔的代表作,中心线索是朝廷重臣罗德里格与贵族太太普鲁艾丝的爱情纠葛,这是一场婚外恋,他们彼此一见钟情,尽管天各一方,却心心相印,无时无刻不试图冲破阻挡投入对方怀抱。正是在情感

----

[1]宫保荣:《法国戏剧百年》,三联书店2002年版,第150页。

的驱使下，罗德里格才会不惜违抗王命，日夜兼程地在荒山丛林里追赶自己的心爱之人。普罗艾丝也千方百计地躲过丈夫严密监视，只身逃出旅店来到受伤的心上人的城堡。然而，两人虽然几十年始终不渝地爱着对方，如饥似渴地思念着对方，全剧却没有一次表现两人在一起恩爱的场面。仅有的两次短暂的会面却是为了拒绝团聚。这场不道德的婚姻无法让有情人终成眷属，神圣的宗教意志压制了肉欲的奔放。在另外两部作品中，他同样表明了自己的宗教情怀，《给圣母报信》中，玛拉刚出生的婴儿濒临死亡，如果能得到一口母乳兴许还能起死回生，但身边只有善良的少女维奥莱娜。玛拉曾经加害过她并夺走了她的未婚夫，这样的人，愿意出手相助吗？没有想到的是，具有宗教情怀的维奥莱娜抛弃了往日仇恨，用自己的乳汁救活了婴儿。克己与牺牲在这里产生了人间奇迹，神恩显示了伟大的力量。《交换》写两个企图交换妻子的男人，一个被杀，一个家产全部烧光，以此说明天主教会缔结的神圣婚姻不容亵渎。

克洛黛尔非常善于为自己的剧作营造一种神秘的宗教气氛，这促使他非常喜欢运用象征主义戏剧的手法。宗教的神秘与象征主义戏剧联系紧密，正如刘明厚所说，"大量的象征手法的运用，传递着克洛黛尔那不可言传的宗教教义的主题。因为，天主教的神秘只可意会，不可言传。因此，自然主义的表现手段在克洛黛尔的戏剧中是没有立足之地的，而象征主义则显然受到他的青睐，对象征美的追求，是他所致力的。为此，他的人物往往被象征化、理想化、超凡入圣化，因而缺少自己鲜明的个性而流于概念化"。[1]象征主义戏剧的大本营在法国，代表人物梅特林克也曾经在法国生活过，法国的象征主义戏剧传统有着深厚的根基。象征主义戏剧在法国重新抬头，并不稀奇，即使是存在主义戏剧，也广泛运用了象征的手法，只不过存在主义戏剧在运用象征手法时，已经剥去了象征中的神秘因素。

阿努伊的基本主题是"反抗现实和逃避现实"，[2]反抗现实的如改编自古希腊索福克勒斯的《安提戈涅》，英雄悲剧被阿努伊处理成了存在的悲剧。安提戈涅不仅缺乏坚定信念与不屈意志，甚至还只是一个没有成熟的小姑娘，最后她实际上已经被克瑞翁说服，明白自己献身并无意义。明知收拾哥哥的尸体是死罪，安提戈涅仍然慷慨就义，决不回避，应该说这种反抗是有积极意义的，但也是徒劳的。"我们就此看到，阿努伊剧本的主题与人物始终处于模糊的状态。与索福克勒斯不同的是，他没有在安提戈涅和克瑞翁之间作出明确选择。一切都是既此又彼，模棱两可。克瑞翁虽然扮演对生活说'是'的角色，但对生活并没有多大热情，回答'是'时也有些勉强。安提戈涅说的是'不'，拒绝妥协偷生，但最后又对原先的信念动摇，承认自己弄错。"①萨特注意到了《安提戈涅》与自己作品在内容上的一致性，他曾经将此剧与自己的《苍蝇》、加缪的《卡利古拉》相提并论，认为它们在主题思想上存在着许多相同之处，是代表20世纪40年代法国戏剧新趋向的"境遇剧"的典范之作。②这一点，也为我们用"境遇"总结法国这一段戏剧历史的可行性提供了有力的证据。逃避现实的如《没有行李的旅客》，讲的是失去记忆的雅克重新回到家中，发现自己曾经是一个打母亲、奸弟媳、害朋友的恶棍，尽管众人帮助他恢复了记忆，但他无力面对现实，遗忘症成了他最好的逃脱方式。③此剧与皮兰德娄的《亨利四世》很相似，都塑造了一个逃避现实的怪人形象，只不过一个是装疯，一个是假装失忆。

　　科克托的《地狱里的机器》改编于《俄狄浦斯王》，旨在表明俄狄浦斯王杀父娶母的结局不可避免，同样表达了宿命论的思想。《奥尔菲》也改编于神话传说，奥尔菲是一个才华横溢的诗人，对妻子欧丽蒂丝也爱得情真意切，家庭生活幸福美满。然而自从奥尔菲在街上牵回来一匹由魔鬼变成的马后，不但荒废了自己的创作，而且把美丽的妻子也冷落在一旁，整天与马泡在一起。欧丽蒂丝对此十分苦恼，在百无聊赖之中，她每日打碎一块玻璃，祈求能够时来运转。玻璃匠赫特比兹对她十分同情，帮助她从女巫阿格洛妮丝那里弄到一块像糖一样的毒药。赫特比兹实际上是一位天使，奥尔菲却怀疑他与自己的妻子关系暧昧。妻子欧丽蒂丝企图帮助丈夫摆脱对马的迷惑，可奥尔菲却置若罔闻，于是欧丽蒂丝决定同赫特比兹一起去毒死那匹马，不小心却误舔了女巫阿格洛妮丝涂在信封上的胶水，中毒而死。奥尔菲

①宫保荣：《法国戏剧百年》，三联书店2002年版，第187页。
②施康强选编：《萨特文论选》，人民文学出版社1991年版，第433页。
③刘明厚：《二十世纪法国戏剧》中"剧坛三巨擘"一节，上海文艺出版社2000年版。

十分懊悔，赫特比兹被他的真诚打动，决定带他进入地狱，把欧丽蒂丝重新召回阳间，但要求奥尔菲不能回头看他的妻子。在回来的路上，欧丽蒂丝拉了他一下，奥尔菲忍不住回头看了一眼，致使他的妻子再次进入地狱。这个时候，一群女疯子拿着奥尔菲写的诗冲到他家，指责奥尔菲的诗诬蔑了竞赛委员会，她们砍下了奥尔菲的头颅。赫特比兹负责向警察局长和法院书记澄清事实，由于他既没有姓名，也没有干活的牌照，更没有固定的住所，因此被视为嫌疑犯。这时已经变成鬼魂的欧丽蒂丝趁乱从镜中走出将他们带走。荒诞的是，丢弃在一旁的奥尔菲的头竟然能说话，替天使解围。但"奥尔菲的头"回答的竟然是作者科克托本人的姓名和住址。正当警察局长和法院书记对该回答表示很满意时，突然发现被告不见了。而此时赫特比兹正与奥尔菲、欧丽蒂丝在另一个世界享受着丰盛的午餐。科克托在剧中对理性和常规进行了大胆的否定和嘲弄，他运用荒诞的方式，让观众在新奇和震惊中体验到了世界的另一种存在形态。

其实，在法国之外，有一些剧作家已经较早地体验到了生存的荒诞性，他们的生存策略也与法国文学派剧作家一样，选择了宗教。奥地利剧作家霍夫曼施塔尔创作的《傻瓜与死神》中，主角克劳迪奥知道自己的生命已经掌握在死神手中，人生的道路已经走完，回首过去，他为自己已经失去的、不可理解的生活而哭泣。英国诗人艾略特也看到了生存的不合理，他在《荒原》一诗中所描绘的"荒原"已经成了公认的现代社会的象征。在他创作的《大教堂谋杀案》这部剧作中，艾略特极力赞美宗教，甚至使这部剧作首先是一种"虔诚的表白，然后才是艺术作品"。① 他也拥有一份宗教情怀，也把宗教看成了救世的良药。

（三）诗体剧的表达方式

应该指出的是，二战前后，复兴戏剧文学品格的潮流并不只在法国流行，爱尔兰、英国和奥地利等国也存在这种力量。他们复兴戏剧文学性的手段无一例外地都选择了现代诗体剧，以诗入戏。法国文学派自然不必多说，克洛黛尔的剧作都采用自由诗体，无韵律的约束，近似于分行的散文，但节奏感十分强烈明快，这就使得戏剧在表现宗教热情时具备了某种感人的

----

① 〔英〕欣克利夫，马海良译：《现代诗体剧》，昆仑出版社1993年版，第47页。

效果。季洛杜"恢复了戏剧独白和长篇大论，连男仆也满口诗文"。[1]科克托、阿努伊写的都是诗体剧。爱尔兰民族文艺复兴领袖的叶芝、艾略特、霍夫曼施塔尔等人也都用韵文来创作戏剧。

运用诗体剧能否复兴戏剧文学，这是一个值得探讨的问题，但欣克利夫在《现代诗体剧》中却对此充满了信心，他说："在历史上，信心与事实常常乐于共存，特别是我们已经看清，诗体剧并不是一条死胡同，而是一条沿途处处风景如画的光明大道。"[2]我们知道，中国戏曲也是剧诗的体制，除了少数对白，人物的语言表述都以诗的形式出现，文艺复兴时期莎士比亚的许多剧作也是用诗的形式写成的。这些诗大致分为两种功能：一种是抒情功能，另一种是叙述功能。功能多样，手段灵活，很好地完成了戏剧意义的表达。但它的弊端也不容忽视，比如，诗体剧会给观众留下不真实的印象，因为剧中人物个个都能出口成章，完全不考虑人物的身份和知识背景，从而取消了语言的生活化倾向。同时，诗体剧中存在人物连续不断地抒情和叙述，每隔一段时间就会来上一组旁若无人的独白式唱腔。如果篇幅过长，会在一定程度上延缓节奏，削弱剧作的戏剧性，毕竟，言简意赅，直截了当的对白更适合快节奏地展现矛盾冲突。所以，诗体剧更适合案头阅读而较少搬上舞台。

二、萨特境遇戏剧的美学特征

萨特首先是一位哲学家和文学家，其次才是戏剧家。他的剧作取材广泛，戏剧构思独具一格，手法娴熟，台词精妙，特别是剧中的存在主义思想，更是萨特区别于其他剧作家的一个主要特征。但是，"这些剧中的存在主义内容丝毫没有改变演出的方式，演员们必须像在现实主义戏剧中那样按照斯坦尼斯拉夫斯基的原则表演"。[3]总的来说，他是个现代的思想家，却是一个传统的剧作家。

---

[1] 〔英〕欣克利夫，马海良译：《现代诗体剧》，昆仑出版社1993年版，第38页。
[2] 〔英〕欣克利夫，马海良译：《现代诗体剧》，昆仑出版社1993年版，第2页。
[3] 〔英〕斯泰恩，刘国彬等译：《现代戏剧理论与实践》（二），中国戏剧出版社2002年版，第403页。

（一）萨特的哲学思想

哲学家获得诺贝尔文学奖的，历史上只有两个，一个是法国的柏格森，另一个就是萨特，但萨特拒绝接受。萨特的哲学思想主要有四个命题构成：

第一是存在先于本质。萨特认为有两种存在：一个是自我，另一个是自我以外的世界。自我和自我之外的世界都不是与生俱来地就有什么本质的，只有当自我有了选择的行动后，自我才获得本质，世界也才在选择中向自我敞开并同时拥有了属于自己的本质。在萨特看来，人的本质不是上帝赋予的，也不是环境决定的，而是自我在选择中不断获得的。自我如果不选择，就永远不能获得自己的本质，就永远不是真正的存在。因此，在选择之前，自我和世界都表现为"无"，只有在选择中才呈现为"有"，才是本质性的存在，所以叫"存在先于本质"，这一点可以从他的哲学著作名称《存在与虚无》中看出。

第二是选择是绝对自由的。自我与世界是敌对的，因为世界自己从来不会主动向自我敞开，所以世界对自我来说始终是一种限制和阻力。对自我来说，他必须选择，只有选择才能为自己找到本质。同时，这种选择是绝对自由的，与生俱来，它本身是不可以选择和逃避的。正因为选择是自由的，人也因此获得了自由。凡是通过自由选择为自我和世界这两种存在找到的本质都是合理的，凡不是自我自由选择的结果，都是不合理的。尽管选择是自由的，但自我必须对自由选择的结果负责。

第三是他人即地狱。每个人的自由选择各不相同，开辟的世界也各不相同。在主观性林立的社会里，他人和社会总是对个人的选择制造种种限制和障碍，要维护个人的自由选择，就必然会与他人的自由发生冲突，所以"他人就是我的地狱"。也就是说，纯粹意义上的、理想状态的自由选择，只有在摆脱与他人的联系时才能彻底实现。但萨特也补充说，只要你能够正确认识自己、他人和社会，它们不但不会成为自由选择的障碍，反而会帮助你更好地进行自由选择。

第四是世界是荒谬的，人生是痛苦的。人可以自由地选择一切，唯独不能选择自己的出生、在世和死亡，生和死成了自由选择的最大障碍和限制，一旦意识到这一点，畏、烦、恶心等厌世感就充溢着自我，就很容易得出世界荒谬、人生痛苦的悲观性结论。

（二）自由与选择的戏剧主题

自由与选择始终是萨特戏剧中一条贯穿性的主题。当然，主张文学应该"介入"生活的萨特，一直热切关注着现实和人生的种种问题。由于他的剧作在一定程度上反映了当时的社会现实，因此，许多评论者都愿意从社会学的角度来理解它的社会意义，把他的戏剧作品与当时的社会背景联系起来一起考察，这当然是一种行之有效的视角。不过，作为一个利用戏剧充分阐述自己哲学思想的哲学家，萨特也许更愿意看到我们摆脱现实的桎梏，从哲学的角度来阐释他的作品，从他的作品中看出哲学意味而不是社会意味。围绕他的哲学思想，我们把他的八部剧作大致可以分为三类与他的存在主义哲学相联系的命题：

第一是选择的诱惑及其尊严。在《苍蝇》、《死无葬身之地》和《恭顺的妓女》三部剧作中，萨特探讨了存在主义者在自由选择的过程中如何克服诱惑、展示尊严的问题。在选择中需要排除许多干扰和困难才能完成，因此这也是一个自我塑造的过程。用他的话来说，就是"怯懦者自己选择了怯懦，英雄自己造就了英雄"，人的尊严是在选择中自我获得的。

《苍蝇》创作于1943年，取材于古希腊神话，描写王子俄瑞斯忒斯铲除暴君，替父报仇的故事。阿伽门农是阿尔戈斯的国王，他的妻子克吕泰墨斯特拉勾结情夫埃癸斯托斯，杀害了阿伽门农，并夺取了王位。那时阿伽门农的儿子俄瑞斯忒斯只有三岁，为了斩草除根，埃癸斯托斯命令武士将他杀死，但武士动了恻隐之心，给他留下一条生路。自从埃癸斯托斯谋杀阿伽门农、篡夺王位后，阿尔戈斯城里就飞来了许多苍蝇，挥之不去，城中百姓生活在恐怖和焦虑之中。十五年后，俄瑞斯忒斯长大成人，来到阿尔戈斯城复仇，终于杀死了埃癸斯托斯和自己的母亲，为父亲阿伽门农报了仇。随后，他离开了阿尔戈斯城，成群的苍蝇也随之而去，阿尔戈斯城得救了。俄瑞斯忒斯是剧中的中心人物，也是萨特着力塑造的存在主义英雄。他敢于自由选择，敢于承担责任，他相信，神创造了人，但神并不能主宰人，人应该自己创造自己的本质，把握自己的命运。

1946年发表的《死无葬身之地》具有同样的主题。第二次世界大战胜利前夕，五个法国游击队员卡诺里斯、昂利、索尔比埃、吕丝、弗郎索瓦在一次战斗中不幸被捕，只有队长若望逃脱。他们被关在一起，等待敌人的审讯。他们当中卡诺里斯年纪最大，富有经验。吕丝是若望的情人，弗朗索瓦是吕丝的弟弟，年仅十五岁。萨特把这五个人放在一个极端的境遇中，是忍受酷刑成为英雄，还是苟活成为可耻的叛徒，选择的自由掌握在他们自己手中。卡诺里斯被严刑拷打时，不吭一声，坚强不屈，可以说是选择了英雄。昂利被审讯时，虽然叫喊，但同样宁死不屈，也选择了英雄。索尔比埃担心自己挺不住酷刑而招供，选择了跳楼自尽，这也不失为一种英雄壮举。吕丝发现自己的弟弟可能叛变，同意昂利掐死弟弟，她自己则宁可忍受被奸污的痛苦和屈辱也拒不供出战友。在这个极端的境遇之中，每个人都在选择，而且必须选择。剧中的五个人经受了严刑拷打，克服了自身的软弱，保护了战友，成了英雄。他们所作出的自由选择是积极的选择，是法国民族在抵抗运动中应该选择的道路。

同年发表的《恭顺的妓女》是一部两幕剧，妓女莉吉在不同时刻的不同选择构成了本剧的主要内容。当被诬陷的黑人第一次出现并请求她出庭作证时，她答应了，这是她发自内心的选择，是自由的选择。当黑人进一步要求把他藏起来时，她没有同意，而是粗暴地把黑人关在了门外，这也是她的自由选择。她答应给黑人作证，出于良知和正义；她不愿把黑人藏起来，因为她有白人的偏见和高傲，她的选择合情合理。警察破门而入，以卖淫罪威胁她，让她在伪证词上签字，被她断然拒绝。黑人杀死的人正好是嫖客弗雷德的弟弟，他用五百元收买她，她也不动心，这些都是她的自由选择。但是，当弗雷德的父亲、老奸巨猾的参议员克拉克用花言巧语诱骗她时，她却改变了主意，终于在伪证上签了字，这一次尽管违心却又是为了成全一个家庭。当黑人再次出现在她面前时，她不但将他藏起来，而且保护他逃走，把枪对准了弗雷德，这又是一次选择。最后，她不但没有开枪打死欺骗和玩弄她的弗雷德，反而顺从地倒入他的怀抱。

在《苍蝇》中，选择的诱惑来自于亲情、上帝的青睐和众人的热捧，俄瑞斯忒斯如果不赶走象征复仇和恐惧的苍蝇，他有可能赢得众人的尊敬、姐姐的认可和王子位置的保留，但他抛弃了这些诱惑，主动选择承担自己应尽的责任。《死无葬身之地》中五个革命同志面对的诱惑是生命的代价，如果供出若望，他们即可获得新生，但这样的诱惑并没有让他们放弃自己正义的选择。《恭顺的妓女》中莉吉所面临的选择的诱惑同样是生命的代价，至少是更舒适地生活。从这三部剧作中可以看出，萨特愿意把他的戏剧人物放在涉及生命的诱惑面前进行实验，看他们如何面对诱惑作出选择。

第二是自由的限度及其解脱。选择是自由的，但也是有限度的。如果处理不好，自由也会成为自我的牢笼。他人是自我的地狱、过去也是自我的地狱，就连自我也可能成为自我的地狱，这些因素都阻止和限制了自由的展开。要想解脱，只有正确认识自我、正确对待他人、正确对待自己的过去。在《禁闭》和《阿尔托纳的隐居者》两部剧作中，萨特探讨了限制自由的几个可能性因素。

独幕剧《禁闭》创作于1944年，全剧只有四个人物，除了一名不参与剧情的侍者外，一男二女，不分主次。报社男编辑加尔散生前是个临阵脱逃的胆小鬼，因为在反法西斯战争中坚持反动的和平主义观点，一月前被枪决；邮政局女职员伊内丝，生前是个同性恋者，因为心理变态，唆使表嫂抛弃丈夫投入自己怀抱，致使表哥惨遭车祸，表嫂为恋情所迷，一星期前打开煤气管，双双中毒气绝；贵妇艾丝黛尔，生前是个热恋男性的色情狂，她蒙骗丈夫另求新欢，并淹死私生女儿，气死情夫，她因肺炎昨天死去。这三个罪人死后被投入地狱，囚禁于一室，却本性不改，从而形成了一个独特的三角关系：加尔散为表白自己不是胆小鬼，总想说服伊内丝，对只要男人的艾丝黛尔十分厌恶；伊内丝怀抱着同性恋的愿望，爱上了贵妇艾丝黛尔，极力排斥异性的加尔散；追求男性的艾丝黛尔，却只对加尔散有情有义，十分憎恶伊内丝。三个人争风吃醋、嫉妒挑拨、互相猜忌、各不相容，都为一己之私而试图葬送另外两个人的幸福，但谁也不能如愿以偿，以至男主角加尔散不胜感叹地说："他人就是地狱。"这句话尖锐地揭示了资本主义社会中以邻为壑的人际关系，从一个方面反映了社会现实，这句话也成了存在主义的名言。"他人就是地狱"这句话主要含有三层意思。首先，如果你不能正确对待他人，那么他人便是你的地狱。其次，如果你不能正确对待他人对你的判断，那么他人的判断就是你的地狱。他人的判断固然重要，但只能参考，不能依赖，更不可看做是最高裁决。凡是追求他人对自己赞美的人，必定陷入精神困苦之中。第三，如果你不能正确对待自己，那么你也是自己的地狱。人生旅途，每出差错，人们总是去寻找社会原因和他人原因，往往看不到自己的原因，正确对待自己常为我们所忽略。

《阿尔托纳的隐居者》创作于1959年，剧中欧洲最大的造船主盖拉赫临死之前决定把企业和家产都交给二儿子韦尔内，唯一的条件就是要求韦尔内和他的妻子约翰娜必须照顾他的长兄弗朗茨，家里人一直以为弗朗茨早已经死了。十三年前，弗朗茨由于对父亲为纳粹服务的行为不满，救了一名从集中营里逃出来的波兰人，被迫参军并被派到前苏联作战。纳粹战败后，弗朗茨从前苏联只身逃回家。一年之后，因为主动承担妹妹误杀美国军官的罪名，被迫离开德国，但他并没有走，而是把自己关在房间里，沉静在过去的回忆和想象中。他认定德国吃了败仗，战胜国一定会把责任归咎于整个德国民族，他们一定正在破坏德国，德国正变得越来越糟，工厂被洗劫，机器被砸碎了，失业率直线上升。因为不忍目睹这种惨状他才把自己关在房间里。十三年来他一直在一个别人看不见的法庭上为自己辩护、为德国辩护。一家人见到弗朗茨，让他知道了现在的德国比以往任何时候都更加繁荣，爸爸的造船厂也更加兴旺发达。众人乘机劝他走出家门重新生活，但弗朗茨认为，自己是个犯了谋杀罪的人，正是死亡登记才使他摆脱了官方的追捕和战友的纠缠，现在要他复活，就等于是再次要了他的命。最后，他与父亲一起走出家门，用车祸掩盖了两人的同归于尽。弗朗茨不敢正视自己的过去，始终不能摆脱心灵的困境，因而遭受精神折磨。萨特主张正视存在，勇敢选择，因为存在是不可逃避的。

第三是荒谬的选择及其代价。选择是自由的，但错误的选择给人带来伤害，并且这种后果必须由你自己负责，一句话，你必须对你的选择承担责任。在《脏手》、《魔鬼与上帝》和《涅克拉索夫》三部剧作中，萨特展现了错误的选择给人带来的尴尬和荒诞体验。

《脏手》中，青年雨果从监狱里被释放出来，来到女友奥尔加的家中，奥尔加却用手枪戒备地对着他。两年前，共产党领袖路易派雨果去干掉另一个领袖贺德雷，因为贺德雷想在德国人战败之前，与其他党派一起联合起来，这一点党内的同志都想不通。于是，雨果带着自己的妻子捷西卡去当贺德雷的秘书，伺机下手。起初他对贺德雷的思想也不理解，后来逐渐认识到他的正确性，但一次偶然事件，让他开枪打死了正在热吻自己妻子的贺德雷，连他自己也说不清当初到底是情杀还是谋杀，最后雨果推说是情杀，结果被政府判了五年刑。现在，雨果出狱了，他发现现在的共产党正像贺德雷当年所设想的那样。雨果明白，自己过去的行为虽然是服从命令，但却杀掉了一个正确的领导人。为了维护党的形象，他必须承认是情杀，可他自己却不愿意承认，路易又派人来刺杀雨果，他难逃一死。

《魔鬼与上帝》是一个三幕剧，创作于1951年。故事发生在16世纪的德国，康拉特和葛茨两兄弟煽动沃姆斯城的市民发生叛乱，把全城的教士都关押起来，限制主教的行动自由。腹背受敌的主教很快就利用康拉特兄弟间的不和，拉拢了葛茨，为主教所使，但主教根本无法控制这个魔鬼。兄弟反目的葛茨发兵包围了沃姆斯城，市民们都担心这个以作恶为乐的魔鬼会血洗全城。市长召集市政会议，决定派人去与葛茨谈判，并准备释放教士，神甫海因里希打开修道院的地下通道，连夜出城来见葛茨，主动要求军队进城，但必须保证全城居民的生命安全。银行家以大主教使者的身份也来到葛茨军营，答应以优厚的代价换取葛茨的合作，只要他保住沃姆斯城。葛茨却认为既然人人都劝他饶过沃姆斯城的居民，那他就偏要来一场大屠杀。面包师纳司蒂准备集结一万多名武装农民去援救沃姆斯城的穷人，但听到有人已经出卖了沃姆斯，一气之下也来到葛茨军营，建议葛茨立即攻下城市，杀死全城的教士和富人。葛茨得意万分，因为上天接连给他送来了海因里希、银行家和纳司蒂，而且还粉碎了军官海尔曼与娼妓卡德琳娜企图刺杀他的阴谋。他下令给纳司蒂施肉刑，把卡德琳娜交给士兵去任意糟蹋。葛茨宣称，恶就是他存在的根本。这时，海因里希说，世界上人人都能够作恶，但行善却是根本做不到的。葛茨一听，偏要试一试，他放弃攻打沃姆斯城的计划，下令释放俘虏，解散军队，并许诺从此以后只行善不作恶，双方约定在一年零一天后再见分晓。两个月过去了，葛茨在沃姆斯城的善举没有得到任何赞赏和支持。他与穷人称兄道弟，并且把自己的土地分给他们，遭到的却是耻笑和唾骂。他取消租税，农民仍旧把粮食送进他的仓库。麻风病人宁愿选择赎罪券也不要他的吻。是继续行善还是像从前一样作恶，葛茨的选择是艰难的。萨特自己曾解释说，这个剧本实际上是《脏手》的续集，他们的选择都因为两难性而显得荒诞。

《涅克拉索夫》是个八幕讽刺剧，发表于1955年。乔治是一个闻名遐迩的大骗子，他利用西比洛和女儿维罗尼克两个人的政见不同，假扮前苏联内政部长涅克拉索夫，从而引出了一连串的笑话。西比洛是《巴黎晚报》反共宣传的专栏负责人，眼下正要大选，政府提出的候选人是布洛米夫人，但布洛米夫人拥有的选票与法国共产党差不多，所以政府授意西比洛要在报纸上加强反共宣传，以赢得选票。由于上星期二前苏联内政部长涅克拉索夫没有在莫斯科剧院露面，这引起了西方记者的种种猜测，乔治乘机说自己就是从前苏联中逃出来的涅克拉索夫。第二天，西比洛带着乔治去见社长儒勒，儒勒将信将疑，但眼前这个人气度不凡，再加上董事长频频来电话催问反共宣传的方案，他宁可相信眼前这一位就是涅克拉索夫本人。乔治编造了许多前苏联绝密内幕，包括一旦世界大战爆发，前苏联将占领法国，并且拟定了一个枪毙十万法国人的黑名单。乔治凭记忆说出了最先两万人的名字，其中包括所有现在和过去当过部长的高级官员。儒勒十分高兴，问新闻界有哪些人上了黑名单，乔治第一个就说出了儒勒本人，这使儒勒先生又惊又喜，马上命令在第一版以《涅克拉索夫逃抵巴黎，本社社长上了黑名单》为标题抛出这条重大新闻。报社的董事们相继来与涅克拉索夫见面，这些董事都上了黑名单，大家都很高兴。可是董事长莫东却没有上黑名单，这让莫东有点迷惑不解，最后莫东坚决要求在黑名单中加上自己名字，乔治断然反对，因为他从来不弄虚作假，莫东恼羞成怒，大骂涅克拉索夫招摇撞骗，痛斥他的同事不讲情义。由于连续刊登了涅克拉索夫口授的一篇篇耸人听闻的内幕，《巴黎晚报》发行量猛增了三倍，布洛米夫人的选票也越来越多。这时，西比洛的女儿维罗尼克来找乔治，她是一家进步报纸的记者，她大骂乔治是粪土，因为她的两名同事被乔治诬陷有通敌罪，乔治答应说马上去找社长辟谣，但统治集团不同意。其实内政部早已知道涅克拉索夫是假冒的，但这种假冒符合他们的宣传需要，所以他们要继续利用他。当乔治良心发现，不愿意再冒充涅克拉索夫时，报纸的补救措施竟然是刊登特大标题《乔治卖身投靠共产党》，再加上大标题"涅克拉索夫在出席布洛米夫人家庭招待会时被苏维埃分子劫持"，小标题是"不幸者在苏联驻法大使馆的地窖里度过了十二小时之后，据传已被装在一个大箱子中运往莫斯科"。乔治的玩笑让他成了自己选择的牺牲品，这是十分荒诞的。

（三）境遇戏剧的特征

萨特认为，人物性格来源于特定环境中人物的行为，既然虚空的自由是无意义的，如果寻求自由的意义，就只有将人的行为置于特定的环境中，因此，他提出了"境遇戏剧"的概念，主张给人物提供特定的环境，让他们自己选择行动，在选择中创造本质，展现性格和命运。"境遇"是指人生存的客观环境和生活的各种遭遇，以及人与人之间的各种关系，是"一般经验、人类共同的权利、普遍的冲突、不可避免的情感和具有决定意义的价值观念"。①因此，"偶然"和"陌生"是境遇戏剧强调最多的两个元素。正如斯丛狄所总结的那样，"每个情境本质上具有陌生感，这种陌生感必须在展现出来的情境中变成偶然的陌生感。因此，存在主义剧作家不是展示人处在他所'习惯的'环境中，而是将他置于一个新的环境之中。这种放置仿佛是以实验的方式重复了形而上学的'抛置'，它使得生存环节作为此在的存在特征成为戏剧人物的情境体验，并且以陌生化的方式显现出来"。②归纳起来，境遇戏剧的特点有三条：

第一是情境设置的观念性。境遇戏剧总是把人物推到一个很特别的生存环境中，要么是封闭的空间，要么是事件发生的危急时刻，要么是两种矛盾状态的生存环境。《死无葬身之地》的生存环境是法西斯的牢房，《苍蝇》的生存环境是在暴君统治下受着满城苍蝇威胁的阿尔戈斯城，《阿尔托纳的隐居者》的生存环境是与世隔绝阴森的房间，《禁闭》的空间是一间狱室，三个孤寂的鬼魂生存其间。这种特定的境遇不同于传统戏剧中的典型环境，它既不表达时代和社会背景，也不为塑造人物的性格服务，它的任务就是为剧中人提供自由选择的客观条件，它是一种观念的象征性情境，是一种剥离了社会现实因素的抽象情境。在这一点上讲，它也是抽去了具体历史的无定性的戏剧情境，与后来同样抽去历史具体性的荒诞派戏剧异曲同工。

我们知道，戏剧情境中最活跃的因素是特定的人物关系，但在境遇戏剧中，作者却剥去了附着在人物身上一些具体、形象的现实因素，人物成了某种观念的代表者，人物之间的关系纠葛变成了两种不同观念之间的交锋。作为戏剧情境其他两个要素的时间和空间，也被作者虚化成了一个脱离社会现实的纯粹时空，一个剥离了具体规定性的、具有普适性时空。很显然，这样的情境设置完全为了表达某种观念。因此，境遇戏剧的哲理性和观念性不言

----

① 〔英〕斯泰恩，刘国彬等译：《现代戏剧理论与实践》（二），中国戏剧出版社2002年版，第402页。
② 〔德〕斯丛狄，王建译：《现代戏剧理论》，北京大学出版社2006年版，第91页。

而喻都很强。

为了确保境遇戏剧的舞台效果，作者还采取了两个策略：一是观念的冲突性，懂得冲突对于戏剧重要性的萨特，所选取的这些观念都是一些非常吸引人的存在主义话题，从而能够在一定程度上保证戏剧性的实现，正如斯泰恩所说："存在主义的选择中所暗示的剧烈的利害冲突是由一种富有吸引力和悬念的戏剧形式，很成功地表现出来的。"[1]二是人物的真实性，斯泰恩认为，"从本质上讲，这种戏剧不需要运用视觉的或词语的象征，但它却是一种理念的象征戏剧，旨在表现一种现代神话。如果说该剧的人物显得有血有肉的话，那只是为了在继续表明或暗示他们的普遍性之前使观众相信他们的真实性"。[2]这句话，表达了两层意思：一是存在主义戏剧因为具有象征的属性，从而与象征主义戏剧具有某种内在的联系性；二是存在主义戏剧中的人物也是有血有肉的，但这不是它的目的，它只不过是为了证明作者的观念具有普遍适用性，才将人物塑造得丰富圆满、真实可信，以便进一步增加这种观念的可信度。

因此，他对传统的戏剧情境进行了适当的改造，切断了它与外部现实的一切联系，故意将故事放到一个相当封闭的时空中进行展示。情境的封闭性引发了一种语言革新，正如斯丛狄所说，"置于某种'超验'的情境不只意味着与人的生存本身保持距离，它还使人可以回顾每个人自己独特的生存"。[3]这种"回顾"不同于易卜生，也不同于契诃夫，更不同于皮兰德娄。我们知道，他们四个人的剧作都擅长刻画人物的"回顾"，重视先行事件对当下舞台事件的影响。易卜生注重挖掘先行事件对当下舞台事件所造成的不可挽回的影响，强调的是这种影响的连续性；契诃夫让他的人物始终沉浸在先行事件的阴影中，无法行动，不能自拔，因此当下舞台事件并没有获得实际的进展；皮兰德娄从相对论的思想出发，通过辩论的形式，神奇地还原了先行事件，使先行事件与当下的舞台事件同时进行。在萨特的剧作中，

---

[1] 〔英〕斯泰恩，刘国彬等译：《现代戏剧理论与实践》（二），中国戏剧出版社2002年版，第402页。
[2] 〔英〕斯泰恩，刘国彬等译：《现代戏剧理论与实践》（二），中国戏剧出版社2002年版，第402页。
[3] 〔德〕斯丛狄，王建译：《现代戏剧理论》，北京大学出版社2006年版，第93页。

人物偶然地被抛入一个陌生的环境中，既让人体味不一样的生活，同时，也为他们提供了一个机遇，让他们在另一种状态下反思自己过去的生活。

萨特与易卜生一样，也强调先行事件对舞台事件的影响，不过，他的策略是充分利用情境的假定性，把先行事件人为地、偶然地、充满巧合地"误置"在一起，让他们在一个特定的时空里发生碰撞，产生思想上的交锋，作出选择。可以说，萨特的先行事件呈现为"一般性"，而舞台事件却表现为"特殊性"，易卜生刚好相反，先行事件呈现为"特殊性"，而舞台事件却表现为"一般性"。在《禁闭》中，先行事件的一般性表现为加尔散等人各自单独生存境遇的普遍性，这些人的生活并没有什么特殊之处，但剧作家偏偏把他们巧妙地聚集在一起，就显得特别有意味，于是充满戏剧性的一幕出现了。而《玩偶之家》中，先行事件本身就充满了"巧合"而显现出特殊性，从而为舞台事件埋下了伏笔，娜娜借钱的人不是别人，偏偏是柯勒克斯泰，这个先行事件是特殊的，后来的舞台事件不过是这一先行事件影响的延续性结果。因此，萨特是将一般性先行事件误置在一起的"巧妙"，易卜生是先行事件本身的"巧合"。前者让先行事件的一般性通过"误置"演变成舞台事件的特殊性，后者是让先行事件的特殊性导致了当下舞台事件的一般性和普遍性。可以说，由于作者人为因素的加重，萨特的剧作比易卜生的戏剧更像"佳构剧"。

第二是性格展示的动态性。由于萨特主张人的本质并非与生俱来，而是后天获得，因此，他认为，首先人并不像基督教鼓吹的那样一生下来就犯有原罪，而是天生自由，犹如一张白纸。只有当他处在一定情境中，经过选择并为此承担责任之后，他才真正创造了自己，获得了性格。其次，人的境遇处在不断变化之中，人的一生总是面临着各种新选择，其性格也随之变化，直到撒手人寰才能盖棺定论。因此，以表现永恒人性为目的、以性格冲突为基础的传统戏剧观根本站不住脚，甚至是荒谬反动的。再次，人性是随着自由选择的变化而变化的，并不存在一成不变的普遍人性。因此，萨特必须在展示人物性格方面寻找一种新的手段。

我们发现，境遇戏剧情境设置的观念性有一个显著特征：人物一旦被抛入这种境遇里，除了思想上的交锋，无事可做，戏剧情节也就在这种虚化的人物和时空中停滞不前。要想推动剧情发展，只有让人物自由选择，在选择中完善自我，也赋予别人以本质。出于表达自己哲学思想的需要，萨特更愿意让自己的人物多说话，不愿意过多地纠缠在曲折的情节和具体的情境中，因此，萨特对将人物置于权利与义务冲突中加以表现的高乃依赞不绝口，对着力刻画人物心理冲突的拉辛大加鞭挞。所以他的剧作很少有人物心理的刻画，更多的是让人物大段地阐述自己的观念。

但他的哲学思想强调的却偏偏又是选择，选择是有针对性的、有一定条件的，这样他就不得不为他的人物设计一个又一个情境，以利于人物在不断选择中拥有自己的性格特征，这与传统戏剧不一样，传统戏剧中人物的性格似乎已经铸就，留给舞台的是如何展示和展示哪些方面，而萨特却强调性格并不是天生的，人物性格是在舞台上正在形成的，演出过程正是人物获取性格的过程。因此，萨特提倡以"境遇戏剧"来反对"性格戏剧"，他认为不是性格推动情节的发展，而是情境的多样性造就了性格的变化性和丰富性。萨特与布莱希特一样，都刻画了人物身上的不同属性，但他们的区别也是明显的，布莱希特人物身上的多重性与生俱来，目的是引发观众的思考，而萨特剧中人物的多面性，却是由人物面对不同的境遇通过选择获得的，目的是展示不同的境遇对人的本质的规定性。其实，萨特并没有发现性格与情节的辩证关系，性格是情节发展的动力，情节是性格成长的历史，那种将人物性格相对固定化的创作现象毕竟是少数。况且，在一个剧本中写出人物性格截然不同的前后变化是一件危险而困难的事情，大多数剧作家们更倾向于写出性格的不同侧面和心理变化的层次性，而这，也是一种不同戏剧情境下的自由选择。

第三是语言表述的哲理性。萨特的语言风格精炼明确，有些台词慷慨激昂，极具感染力和煽动力，这些台词充满了存在主义的哲学意味。

朱：俄瑞斯忒斯！我创造了你，我创造了一切。（他的声音开始回荡在整个空间）你看！你看这日月星辰，旋转并然有序，从不相互碰撞：这是我根据公平合理的原则调节了它们的运行。我使万物生长，我的气息指引着淡黄花粉般的烟云环绕着地球旋转。我按照我的意志创造了宇宙，而你，俄瑞斯忒斯，你在宇宙中不过是个渺小的爬虫，宇宙认为你错了，因为你作了恶。赶快回到我的怀抱中来吧！孩子！快承认你的过失，痛恨你的过失吧，我就是忘却，我就是安宁，我就是善的化身。否则，你可要当心，大海会在你面前后退，你路过之处泉水都会枯竭，你走的路上石块和岩石会滚出道外，大地会在你脚下化成灰烬。

俄：让大地化成灰烬好了！让岩石怒骂我好了！让我所经之处花草凋谢好了！要归罪于我，搬出你的整个宇宙都不够！告诉你朱庇特，我已经失去了我的影子，我就是我的自由。

朱：（恢复自然声调）你的自由，孩子，抛开这个好听的名头吧。不要只听见你心里那个叫得比天响的自由，听听外面的声音吧。你知道这门后面是什么吗？阿耳戈斯的居民！他们手拿石头、叉子和棍棒，正等待着他们的救星，好向他表示感激之情。现在，就像被赶出羊群的赖皮羊，就像关在检疫所里的麻风病患者，你是孤独一人。

（市民们的声音和敲门声清晰起来，一浪高过一浪，又慢慢退下）

市民：打死他！打死他！砸死他！撕碎他！我要把你五马分尸！我要把滚烫的铅水浇在你的伤口上！我要抠你的眼睛！我要吃你的心肝！打死他！打死他！砸死他！撕碎他！

（静场。）

朱：你打算怎么办？

俄：阿耳戈斯人是我的百姓，我爱他们。我必须让他们睁开眼睛。

朱：真是想当然，你只会扯下一块遮羞布，让他们猛然看到枯燥乏味的生活，白白送给他们的生活。

俄：既然绝望是他们的命运，那我为什么要拒绝把我心中的绝望给他们呢？

这是萨特《苍蝇》剧中的一段，在这里，人物的语言充满了哲理化的思考。同时，由于把人物置于选择的境地中，看他们如何选择，为什么选择，这些语言都是经过选择后的人物心声，充分体现了境遇戏剧的话语特征。更重要的是，在哲理化的基础上，萨特追求表达的逻辑化，通过流畅的对话和合乎逻辑的推理结构来表达荒诞的主题。同样是表达荒诞，后来的荒诞派戏剧家就有所不同，他们通过丑陋不堪的形象、荒诞不经的语言和混乱的思路来直喻荒诞性主题。因此，表达荒诞主题既可以采用高度理性和逻辑化的语言形式，也可以采用荒诞不经的非逻辑化语言，境遇戏剧就属于前一种。总之，萨特的戏剧由于过分地依赖语言，急于表达哲学内容，出现了观念大于形象的毛病，这就解释了为什么一方面萨特戏剧至今越来越少地被人搬上舞台，而另一方面人们却仍被其中所闪耀着的思想光辉所吸引的悖论现象。

三、加缪存在主义的戏剧特征

加缪用自己一生的风流实实在在地诠释着存在的荒诞性，这位最怕死在路上的风流作家，最终死在车祸中，死在旅途中，肇事的正是他用诺贝尔文学奖金购买的那辆高级轿车。对待荒诞，加缪的态度与萨特并不一样，他主张以荒诞反对荒诞。他认为，在荒诞的环境里，反抗是唯一的出路，反抗是人的本质，人性就是反抗为自己规定的意义和界限。加缪的存在主义戏剧特征可以从两个方面来总结。

（一）加缪的哲学思想

加缪哲学思想分为为两个部分：一是荒诞，二是反抗。哲学随笔《西西弗斯的神话》和《反抗者》是这两种思想的总结。

《西西弗斯的神话》集中反映了加缪的荒诞哲学。西西弗斯吃力地把巨石推上山顶，滚下来，又推上去，如此周而复始，永无止境，这种行为既体现了荒诞也表明了反抗。人虽然无法改变荒诞的世界，但可以对抗它，人正是在这个徒劳的抗争中获得了意义和幸福。他认为荒诞是指一种不合理、不可理喻又不可克服的矛盾状态。"一个哪怕可以用极不像样的理由解释的世界也是人们感到熟悉的世界。然而，在这个骤然被剥夺了幻想和光明的世界里，人感到自己是一个局外人，这是一种无可挽回的放逐，因为他被剥夺了对失去故土的记忆和对福天乐土的希望。这种人与生活之间的分离、演员和舞台的分离，正是荒诞感。"①这一段话后来成了荒诞派戏剧的理论核心，因此他也被称为荒诞派戏剧在理论上的创始人。

加缪声称"我所感兴趣的并不是荒诞的发现，而是其后果"。②也就是说，指出荒诞不是他的目的，关键是对待荒诞的态度，是用自杀来结束荒诞，还是以反抗赋予人生以意义，加缪选择了反抗，选择了以恶制恶。另一部哲学随笔《反抗者》集中体现这种反抗哲学。他认为反抗有两种形式：艺术创作是反抗最忠实的表现形式，伦理和政治上的反抗是第二种形式。他的中心观点是："所有的革命都是从反抗开始，而以专制主义结束。革命是必要的，但要有一定的限度和法则来防止社会主义革命陷入虚无主义和过度的暴力。革命应该忠实于它的起源——反抗，即建立在适度、博爱和平衡之上的新人道主义。"③这部著作的出版直接影响了他与萨特之间几十年的友谊。

加缪的作品中都贯穿着荒诞及其反抗的哲学主题，无论是戏剧作品《误会》、《卡利古拉》和《正义者》，还是小说《局外人》、《鼠疫》等都概莫能外。他的作品和萨特一样，都是为了诠释自己的哲学思想，但他比萨特更像一个文学家，更注重形象地表达，所以他早在1957年就获得了诺贝尔文学奖，而萨特却要等到1964年，不过他拒绝领奖。可以说，萨特是哲学领域里的存在主义大师，而加缪则是文学领域中的存在主义高手，加缪首先是一个文学家。

（二）荒诞及其反抗的主题

加缪的戏剧作品主要有《误会》、《卡利古拉》和《正义者》三部，前两部作品中的人物行为充满了荒诞感，而《正义者》探讨的是反抗的限度问题，过度的暴力正是他所反对的。

《误会》1944年首演，剧情来自一则社会新闻：一个想发财的捷克人离开了家乡，二十五年之后他成了富翁，带着妻子和孩子回来了。他的母亲和妹妹在他出生的村庄里经营一家旅店，已经认不出他了。他开玩笑地想开一个房间，并露出了他的钱。夜里，母亲和妹妹把他谋杀了。谋财害命是出于误会，而这误会不是别的，正是荒诞。可以想象，如果人们拥有真诚，例如

---

①转引自张容《形而上的反抗——加缪思想研究》，社会科学文献出版社1998年版，第67页。
②转引自张容《形而上的反抗——加缪思想研究》，社会科学文献出版社1998年版，第73页。
③转引自张容《形而上的反抗——加缪思想研究》，社会科学文献出版社1998年版，第103页。

主人公直言身份，误会就不会发生。在这个冷酷、不公正的世界里，人本来可以用真诚相待、自救，但是剧中人并没有这样做，结果酿成了悲剧。

《卡利古拉》的剧本取材于古代罗马历史，年轻的罗马皇帝卡利古拉的妹妹兼情人去世后，卡利古拉悲痛欲绝，跑到荒郊野外呆了三天三夜，回来换上了一副仇视一切的面孔。他不能接受人类死亡和不幸福的事实，认为人类处境实在太荒诞。为了摆脱这种荒诞的感觉，卡利古拉决定要用自己手中的权力使不可能变为可能。卡利古拉认为如果他影响不了这个世界的秩序，那么无论他睡觉还是醒着，也就无所谓。于是，他采取以恶抗恶的态度。他首先决定搞乱罗马的政治经济秩序，他下令贵族都必须取消子女的财产继承权，并让他们立下遗嘱，把财产捐献给国家；同时他还随意列一张名单，没有理由地依次处死这些人物。卡利古拉还把贵族的妻女抓到自己的妓院里接客，他甚至当着贵族的面，强奸他们的妻子。他还让大臣们发表关于艺术的看法，肆意凌辱他们。卡利古拉的一切努力和行为最后都转化为暴政，终于被人杀死。卡利古拉是清醒的，他绝对不是一般意义上的暴君，而是加缪哲理的化身，他不仅意识到世界的荒诞，人生的荒诞，也意识到自己行为的荒诞。卡利古拉是一个在突然意识到荒谬后彻底绝望的人，是一个在突然丢掉了意义后再也找不到意义支撑的理想主义者。

剧本《正义者》中，一伙社会革命党的地下战斗小组准备暗杀谢尔盖大公，以推动俄国革命浪潮，负责人叫安年柯夫，另外还有卡里亚耶夫、沃诺夫和武器专家多拉。第一次行动的时候，由于卡里亚耶夫不忍心炸死同车的两个小孩，致使暗杀失败。两天以后，时机又来了。但胆小的沃诺夫不愿再干投弹的差事，背着同伴跑了，于是，安年柯夫决定自己亲自担任投弹手。这一次暗杀成功，谢尔盖大公被炸得身首异处，但卡里亚耶夫当场被警方逮捕。在监狱里，警察局长斯库拉托夫亲自审讯，他摆出一副慈悲的面孔，企图用仁爱来感化卡里亚耶夫，卡里亚耶夫没有招供。斯库拉托夫无计可施，又搬来大公夫人，设法从宗教上瓦解卡里亚耶夫的意志，卡里亚耶夫深知忏悔就意味着背叛，也断然拒绝了。最后，斯库拉托夫使出杀手铜，如果卡里亚耶夫不招供，明天的报纸上将报道卡里亚耶夫同大公夫人会谈时幡然悔悟的消息。但卡里亚耶夫坚信同志们会明白真相，他视死如归，慷慨陈词："死，是我对这个世界的最后控诉。"这个剧中与《卡利古拉》不同，没有更多地展现荒诞，而是涉及了反抗。一切反抗都是有界限的，假如超越这种界限而又要使反抗合法化，那么反抗者就必须接受死亡。作者从内心深处发出呼唤，期待人们超越这个被非正义毒化的世界，渴望建立一个"谋杀者"再也不能在无辜牺牲者身上高唱凯旋的世界。

总之，存在主义戏剧思想上的艰深使这一流派没有超出法国，并很快消失。存在主义戏剧无论是艺术精神还是戏剧形式都仍然属于现代派戏剧，而不是后现代派戏剧。这由两个方面的因素决定：

一方面，这一阶段的法国戏剧虽然表达了生命的荒诞性体验，对待荒诞的态度也各不相同，但他们在形式上却都保留了传统戏剧因素，这种形式要素决定了它与后现代派戏剧不一样。"以荒诞为主题的不仅有荒诞派剧作家，而且有季洛杜、阿努伊、萨拉克鲁、萨特及加缪本人等剧作家。他们和荒诞派戏剧的不同之处在于，他们通过流畅的对话和合乎逻辑的推理结构来'说明'荒诞的主题，而荒诞派戏剧则通过丑陋不堪的形象、荒诞不经的语言和混乱的思路来'直喻'荒诞主题。就是说，在荒诞派戏剧中运用了怪诞风格，同样是表现'荒诞'主题的戏剧，既可以是高度理性的，也可以是怪诞不堪的。"①主题与表现形式的完美结合，才是一种艺术成熟的标志，萨特与加缪所代表的存在主义戏剧是具有荒诞主题、却没有荒诞形式的荒诞派戏剧。

另一方面，在价值观上，正如布罗凯特所说，"加缪和萨特都强调每个人都需要发现一套价值观，在混乱的生存中现出秩序。因此，他们认为人类握有生命的自主权，而非受制于先天的遗传和后天的环境"。②但随后的荒诞派戏剧则与此相反，他们"强调生存的荒谬，而较不着重于荒谬中建立秩序的需要，而且他们以同样混乱的戏剧形式来呈现他们混乱的题材"。③也就是说，存在主义戏剧家仍然怀抱理想，企图在混乱中给定一个生存秩序，这种"救赎"的态度恰好证明他们是现代主义而不是"怎么都行"的后现代

① 陈世雄、周宁：《20世纪西方戏剧思潮》，中国戏剧出版社2000年版，第97页。
② 〔美〕布罗凯特，胡耀恒译：《世界戏剧艺术欣赏——世界戏剧史》，中国戏剧出版社1987年版，第409页。
③ 〔美〕布罗凯特，胡耀恒译：《世界戏剧艺术欣赏——世界戏剧史》，中国戏剧出版社1987年版，第410页。

主义。正因为存在主义戏剧与荒诞派戏剧对待荒诞的不同态度，决定了它的价值定位。

选择一个最极端、最典型的戏剧情境，选择一个最恰当的场合说话的"选择说"，成了他们共同的话语策略。

剧本来源

[1]汪义群主编：《西方现代派戏剧流派作品选》（二），包括克洛黛尔的《城市》，霍夫曼施塔尔的《傻瓜与死神》，中国戏剧出版社1991年版。

[2]〔法〕克洛黛尔，余中先译：《缎子鞋》，安徽文艺出版社1992年版。

[3]〔法〕阿努伊，郭宏安译：《安提戈涅》，载《外国戏剧》1983年第1期。

[4]〔法〕科克托，金志平译：《奥尔菲》，载《外国戏剧资料》1979年第3期。

[5]〔法〕科克托，王坚良译：《地狱里的机器》，载《西方现代派戏剧流派作品选》（五），中国戏剧出版社2005年版。

[6]〔法〕萨特，沈志明等译：《萨特戏剧集》（上下册），安徽文艺出版社1998年版。

[7]〔法〕加缪，李玉民译：《正义者——加缪戏剧集》，包括《误会》、《卡利古拉》、《正义者》，漓江出版社1986年版。

第八章

现代派戏剧文学话语策略的基本特征

在分别讨论了现代派戏剧象征、表现、残酷、后设、间离和境遇六种基本话语策略之后，我们需要进行一次小结，在总体和共性上把握现代派戏剧文学话语策略的基本特征。我们拟从三个方面来加以归纳：一是现代派戏剧文学的美学特征，二是现代派戏剧文学的戏剧性，三是现代派戏剧文学的结构类型，以便对现代派戏剧文学获得一个整体印象。

一、现代派戏剧文学的美学特征

19世纪末期以来，叔本华的意志哲学、尼采的超人哲学、柏格森的直觉主义、弗洛伊德的精神分析学等思想，相互融合，相互渗透，汇成了一股强劲的非理性主义思潮，席卷整个20世纪。在本体论上，非理性主义将生命本能、意志、原欲、潜意识看做是世界的本质，把自我的心理体验当做真实的存在，把客观物质世界看做是依赖于主体的认识而存在的非本质的"自我表象"，从而将理性主义绝对实在的本体论转变为生命意志本体论。在认识论上，非理性主义将认识的对象从自然实在转向人生世界，把感性个体作为认识对象，重视直觉感悟，轻视逻辑推理，用直觉认识论取代了理性主义的逻辑认识论。总之，非理性主义思潮破坏并否定了西方传统文化的价值体系，显示了强劲的生命力。西方现代派戏剧正是在非理性主义思潮的直接影响下形成的，从而显示了与传统戏剧截然不同的美学品格。其实，"现实主义戏剧与现代主义戏剧都具有现代性。它们对资本主义工业文明与资产阶级社会生活方式都有反思和批判，差别主要在于创作方法与艺术风格上"。[1]我们可以把现代派戏剧的美学特征归结为视角内倾、情节淡化、情境怪诞和审美救赎四个方面。

（一）视角内倾

西方现代派戏剧一个最主要的特征就是将传统戏剧的外部视角"向内转"，关注人的内心世界，甚至认为心灵世界才是唯一真实的世界，通过挖

---

[1] 董健、马俊山：《戏剧艺术十五讲》，北京大学出版社2004年版，第360页。

掘个人内心的深度来呈现社会人生的广度，正如契诃夫所说，"全部含意和全部的戏剧都在人的内部，而不在外部的表现上"。①在他们看来，世界的存在最终都要转化为人的心理存在，就像世界的存在最终也要转化为语言表述的世界一样。因此，向人的深层心理掘进、展示心灵深处的秘密就成了他们共同的价值取向。

象征主义戏剧继承了浪漫主义戏剧主观性的传统，重视人的心理体验。梅特林克主张戏剧应当呈现心灵世界那种无法传达的梦幻般的力量，以揭示生活的全部秘密，他认为，"对我们衰弱的眼睛来说，我们的灵魂经常显得是一切力量中最疯狂的力量；人有许多领域比他的理性和聪明更加丰富、更加深刻、更加有趣"。②因此，他希望戏剧能够把"卑微的日复一日的存在所包含的美、崇高和真挚显现出来，哪怕是一刹那也好，希望能让我看见那些我所不认识的存在、力量或上帝与我同处于斗室之中，我期待某种更高的生活，以奇异的刹那在我尚未觉察的情况下忽然掠过我最惨淡的时刻"。③显然，梅特林克的戏剧对象是人物内心，是外部事件所引发的心理感受。表现主义戏剧也认为应当表现内心主观的现实，奥尼尔曾经大声疾呼，要求放弃"陈旧衰老的现实主义技巧"，转而创造"一种新的戏剧形式"，即"新型假面心理剧"，这是一种洞察人们行动"内在力量"的"灵魂的戏剧"，"它具有新的、更真实的特性"。④他采用表现主义手法，将神秘的气氛、宿命论的色彩和主人公的幻觉交织在一起，刻画了人物激烈的冲突变化和内心感受，使心理状态外化为一幅奇特复杂的画面。与奥尼尔一样，表现主义剧作家都把直接展示人物的心理活动当做首要任务，那些连篇累牍的内心独白，正是表现主义戏剧最典型的话语症候。此后的超现实主义戏剧家、皮兰德娄、布莱希特和萨特无不把心理内容当做主要题材进行处理。即使是倡导"残酷戏剧"的阿尔托也指出，就精神而言，"残酷意味着严格、专注、及铁面无情的决心、绝对的、不可改变的意志"。⑤他进一步补充说，"残

①〔俄〕契诃夫，汝龙译：《契诃夫论文学》，人民文学出版社1958年版，第224页。
②周靖波选编：《西方剧论选》（下），北京广播学院出版社2003年版，第487页。
③周靖波选编：《西方剧论选》（下），北京广播学院出版社2003年版，第481页。
④朱虹、刘象愚编：《外国现代剧作家论戏剧》，中国社会科学出版社1982年版，第75页。
⑤〔法〕阿尔托，桂裕芳译：《残酷戏剧》，中国戏剧出版社1993年版，第99页。

酷首先是清醒的，这是一种严格的导向，对必然性的顺从。没有意识、没有专注的意识，就没有残酷"。①这句话也同样表明了阿尔托对心理世界的重视。在皮兰德娄的剧作中，正是每个人内心世界的隐匿性与差异性，导致了人际间沟通的艰难性，剧作家所要展示的就是人物丰富的内心生活。布莱希特更不用说，他把笔触深入那些具有分裂人格的"双面人"心理，揭示他们矛盾而又多变的内心世界。面临一次又一次选择的萨特式人物，每一次选择都意味着一次内心的挣扎和痛苦。

可以说，现代派戏剧文学把传统戏剧的关注点由人与外部世界的矛盾冲突转向了人物内心，直接把主体的内心生活当做表现对象，从而实现了心灵生活的题材化。我们知道，传统戏剧认为行动是戏剧的灵魂，这里的行动主要指外部行动，现代派戏剧由于强调内心活动，从而呈现静止、呆板、机械、神秘和抽象的状态。显然，它的戏剧行动已经不如以前那样强烈鲜明，生动有力，连贯流畅，而是竭尽全力地诉诸心灵和精神，表达诗意的幻想，抽象的心理，荒诞的体验等诸如此类的心理情绪和哲理化的认知。

（二）情节淡化

传统戏剧认为人物和情节都是在行动的基础上展开的，随着现代派戏剧对行动的消解和弱化，造成了戏剧人物呈现或淡化或泛化或类型化或符号化的特征，相应地，戏剧情节也呈现淡化趋势。契诃夫认为，"在生活中，人们并不是每分钟都在开枪自杀，悬念自尽，角逐情场；人们也并不是每分钟都在发表极为睿智的谈话。人们更为经常的是吃饭、喝酒、玩耍和说些蠢话"。②于是，他突破以往对戏剧性的陈见，抛弃传统戏剧模式，反其道而行之，对戏剧情节采取生活化处理，即淡化情节的故事性，不着力表现惊心动魄、曲折生动的传奇事件，而是把一个个日常生活画面搬上舞台，一幕幕戏剧如同一个个截取的生活片段。

情节是指文学作品中人物之间的相互关系和矛盾冲突所构成的一系列生活事件的发展过程。情节与故事不同，故事是按自然时间顺序组织起来的事件，情节是按因果关系组织起来的事件。比如国王死了，然后王后也死了，是故事；国王死了，王后由于伤心而死，则是情节。可以说，故事叙述的是

---

① 〔法〕阿尔托，桂裕芳译：《残酷戏剧》，中国戏剧出版社1993年版，第100页。
② 〔俄〕契诃夫，汝龙译：《契诃夫论文学》，人民文学出版社1958年版，第395页。

"时间观念中的生活"，而情节表现的却是"价值观念中的生活"。因此，情节是对故事进行有效组织、编排的结果，从而具有内在的秩序性和整一性。情节的构成离不开事件、人物和场景三个要素。事件一般由所叙述的人物行为及其后果构成，它分为中心事件和从属事件两种。中心事件是推动故事情节向前发展的必要环节，它保障着整个故事情节的连续性和完整性。从属事件对故事情节的发展一般不起推动作用，只对介绍人物、交代场景、渲染气氛起一定作用。我们知道，文学是人学，情节是为表现人物服务的，人物是情节发展的动力，所以高尔基说"情节是人物性格成长的历史"。场景就是叙事作品中具体描写的人物行为与活动的场所。这三个要素的共同作用，决定着情节的属性。

由于重点是表现人物内心世界，现代派戏剧都不同程度地出现情节淡化的特征。所谓情节淡化，就是指叙述时间在前进，而戏剧时间却停留在原地。戏仍然在演，戏里的时间却停滞了，戏剧情节不发展了或者是发展缓慢，曲折的故事所引发的紧张感消失了。可以说，现代派戏剧都不同程度地存在"停叙"现象。所谓"停叙"，就是指故事时间完全凝固停顿下来，而舞台时间仍在继续。根据故事的发生、持续时间与剧本叙述故事所用篇幅之间的关系，我们可以划分为三种叙述类型：第一是均速叙述，即故事的发生、持续时间与剧本叙述故事所用篇幅在单位上匀称对等，这是故事时间与叙述时间的同一。第二是加速叙述，指剧本用较少篇幅叙述发生、持续时间较长的故事。如人物几年甚至数十年的生活经历遭遇，被寥寥数行概括性语言一笔带过。加速叙述若加速至极限点，就会变成"零叙"，亦即某故事因不足挂齿而在剧本中被略而不提。第三是减速叙述，即剧本占用较多篇幅叙述发生、持续时间较短的故事。如人物稍纵即逝间的意识闪念，剧本却耗费了几幕甚至数十场的篇幅深挖细掘。减速叙述若减速至极限点，变成为"停叙"，意即停下来叙述，此时故事时间完全凝固不动了。

象征主义戏剧追求神秘的暗示，需要花费大量的笔墨来渲染气氛，所以斯丛狄说："梅特林克创造的体裁应该用情境来命名，这些作品的本质不在于情节。"[①]他的兴趣不在于设置情节，而在于戏剧场面的营造，象征主义

① 〔德〕斯丛狄，王建译：《现代戏剧理论》，北京大学出版社2006年版，第50页。

戏剧都是些"场面"的戏剧而不是"情节"的戏剧，如《无形的来客》。表现主义在叙述的过程中会将事件停顿下来，插入大量的内心独白，填充叙述时间的是人物的心理活动，戏剧情节却停滞不前，如《琼斯皇》。超现实主义戏剧中根本就没有什么事件和情节，甚至缺少一些必要的场面，不过是一些观念的直接显现，如《他们来了》。皮兰德娄的戏剧也具有"静态戏剧"的特征，剧中人主要通过对前史的辩解来维持和推动舞台当下事件的发展，而舞台事件却并没有获得自己充裕的时间性。戏虽然在演，但舞台事件却是先前已经发生的，当下的舞台事件除了争吵，并没有实质性的进展，也不可能有进展，如《六个寻找剧作家的角色》。布莱希特与表现主义戏剧一样，也采用插入的方式来打断叙事的连续性，只不过表现主义戏剧运用的是剧中人物的内心独白，而布莱希特运用的是代表作者的评论和歌曲，如《大胆妈妈与她的孩子们》。萨特也一样，他在具有象征意味的极端情境中，为人物赋予不同的价值观念，让他们相互辩解、发生冲突，大段的独白近乎于哲学表述，舞台事件并没有得到有节奏的推进。

总之，现代派戏剧所选取的事件，往往只是人物日常生活的一些片断，这些场面仅仅成为引发人物心理反应和意识流动的偶然契机。因此，他们不是选用一个首尾连贯的完整故事来贯穿全剧，也不是围绕事件之间的因果关系来设置情节，而是依赖人物的心理活动总揽全剧，凭借人物心理的衍变轨迹来布局场景、组接情节，从而使戏剧情节呈现出"无变化"或淡化的特征，呈现出模糊性、非因果性、非逻辑性和非完整化的特点。

（三）情境怪诞

"模仿"是传统戏剧最基本的话语策略，它强调对现实生活的再现和反映，追求戏剧与生活最大限度上的"相似"。现代派戏剧家根源于非理性主义的哲学思潮，否定运用模仿去展示外部世界的客观真实性，正如德国理论家埃德施米特在《创作中的表现主义》中说，"世界存在着，仅仅复制世界是毫无意义的"。[1]在他们看来，戏剧的任务不是反映世界而是创造世界。所谓创造世界，就是用艺术手段去创造出一个在形貌上不同于现实世界却能传达世界永恒本质的艺术世界。这样，亚里士多德的模仿论、现实主义的再

---

[1]伍蠡甫主编：《现代西方文论选》，上海译文出版社1983年版，第153页。

现论就被现代派戏剧的创造论和表现论代替。秉承创造和表现原则，现代派戏剧形成了以怪诞为总体特征的美学风格。怪诞最基本的特征是反常，是现实生活中"不可能的可能生活"，它通过采用非现实、时空颠倒、变形、结构错乱等手段，构建了一个非理性的艺术世界，显示了迥异于传统戏剧的面貌，形成了抽象、怪诞、神秘、象征色彩浓厚的审美品格，从而进一步拓展了戏剧表现的空间，丰富了戏剧创作的内涵。

其实，怪诞风格并非始于20世纪，早在声势浩大的模仿论发展的同时，以中世纪、浪漫主义为代表的戏剧就在尝试着另一种表达方式。中世纪的宗教剧，采用梦幻、神秘、象征手法，完成了对宗教奇迹、信徒故事的演绎，构成了戏剧的另一番风景。后来的浪漫主义戏剧也以其大胆的想象、丰富的情感完成了对传统戏剧的反叛，构成了向中世纪的回归。20世纪以来，这股涓涓细流与非理性主义思潮相遇合，终于汇成了一条滔滔不绝的大河，形成了一条从中世纪象征论到浪漫主义情感论，再到现代派怪诞论的发展脉络。应该说，怪诞风格的复兴，与20世纪审丑学的发展密不可分。

梅特林克对传统的写实方法和真实观表示了强烈的怀疑，他说："天哪！多么肤浅！多么拘泥于实事！"[1]象征主义戏剧坚持认为最高的真实是心灵的真实，要表现心灵的真实既不能通过空泛的议论，也不能通过直抒胸臆来实现，只能通过象征来暗示。根据"物物相通"理论，要表现一个事物，可以不直接描写其本身，而去描写与它具有某种联系和相似的另一事物，从而使要描写的事物通过另一事物被暗示和联想出来。《青鸟》中"万物有灵"的怪异世界，《盲人》、《七公主》以及《圣井》中非常态的生活，《沉钟》中人妖之恋，都蕴涵了非理性的因素。表现主义戏剧则直接将心灵分裂、挣扎、扭曲、变形的过程物化为艺术形象展示出来。"由于表现主义者认为真理主要仍是主观的，因此就必须以新的艺术方法表达出来，歪曲的线条，夸张的形状，异常的颜色，机械式的动作，以及电报式的语言，都是用来使观众超出表面形象的惯用手法。"[2]超现实主义戏剧运用的梦幻直呈和下意识写作，就是为了摆脱对经验世界和客观外物的直接描述，用一

---

① 周靖波选编：《西方剧论选》（下），北京广播学院出版社2003年版，第481页。
② 〔美〕布罗凯特，胡耀恒译：《世界戏剧艺术欣赏——世界戏剧史》，中国戏剧出版社1987年版，第357页。

种超越现实的存在和摆脱现实依据的非现实之物去触发观众的想象，在最大限度上解除理性的束缚，拓展想象的广度与深度，营造一个神奇的舞台。皮兰德娄让六个被抛弃的戏剧人物获得了生命和自我意识，他们幽灵般地从虚构的世界走上了现实的舞台，人鬼共在，虚实相依，搭建了一个怪诞而又充满生机的奇异舞台。布莱希特的剧作中"异质同体"的人物，萨特剧作中带有实验性质的极端境遇，都显得怪诞而与众不同。

总之，现代派戏剧建构了一个怪诞的舞台空间，一个变形的舞台空间。他们抛开对外部事件的描摹和复制，抛弃客观物体的"实像"，创造了一个能将世界本质直接显现出来的"幻象"，这种"幻象"由于强调扭曲变形和违背常理，从而使戏剧情境荒唐无稽。变形，就是打乱现实生活的既有秩序，破坏和颠覆欣赏者的审美习惯。让观众面对一个陌生的艺术世界，根本无法将其与现实生活相类比，从而拉开了戏剧与现实之间的距离，制造了一种特殊的"间离效果"。这种怪诞情境也许最能够典型地表现现代社会对人的"异化"，从而展现了现代派戏剧对传统戏剧"完整性"、"和谐性"的尖锐否定。20世纪60年代以后，怪诞的风格得到了进一步的强化，成为剧作家争相效仿的新宠，如果说现代派戏剧的怪诞是依据变形原则建立起来的，那么后现代派戏剧的怪诞则主要依据反常原则而建立，变形一定是反常的，但反常却不一定都是变形的。

（四）审美救赎

20世纪原本是一个高度发达的社会，是一个科学理性取得绝对权威的时代，然而，人类却没有在丰富的物质创造中享受到充实的精神生活，征服自然能力的增长并没有导致快乐和幸福的增长，人类反而面临着巨大的精神危机。现代派戏剧文学正是围绕这些精神危机展开的，从而表现了人与社会、人与文明、人与人、人与自我四个方面所暴露出来的尖锐冲突：在人与自然方面，形成了对西方物质文明的否定和怀疑；在人与社会方面，揭示了社会的种种弊端；在人与他人方面，描述了人与人之间的冷淡和陌生；在人与自我方面，刻画了人性的分裂和沉沦。尼采说，"没有一个艺术家是容忍现实的。"[1]的确如此，梅特林克剧中的人物孤立无援，静静地承受着神秘力量

---

[1] 转引自布雷德伯里、麦克法兰编，胡家峦译《现代主义》，上海外语教育出版社1992年版，第9页。

给他们带来的胁迫感；斯特林堡的《鬼魂奏鸣曲》揭示了资本主义社会里人与人之间尔虞我诈、互相欺骗的社会真相。正如剧中大学生所感叹的一样："这个世界是疯人院、是妓院、是停尸场。"奥尼尔对人的异化和被压抑的人性进行了大胆的表现，他的人物大都疯狂而又歇斯底里。皮兰德娄的《六个寻找剧作家的角色》展示的是夫妻之间、父女之间沟通的艰难性，《亨利四世》采用假面与自我交替的双轨结构，清醒的亨利四世，是被驾驭者，疯后的亨利四世，却是胜利者，他们是亨利四世自我分裂的结果，是社会性自我与真实性自我的冲突。布莱希特剧中那些具有分裂精神的个人，时而清醒、时而沉醉，诠释着一种复杂的人性，萨特更是大声地喊出"他人就是地狱"。由此可见，现代派戏剧中的人物都遭受了严重的心灵创伤而变得扭曲怪异。

应该说，现代派戏剧既充分体现了西方现代文明的危机意识，同时也展现了一种积极的变革意识，一方面，它不断地反思现代社会本身，另一方面也不停地为急剧变化的社会生活提供重要的意义。"它像一个爱挑剔和爱发牢骚的人，对现实中各种不公正和黑暗非常敏感，它关注着被非人的力量所压抑了的种种潜在的想象、个性和情感的舒张和成长；它又像一个精神分析家和牧师，关心着被现代化潮流淹没的形形色色的主体，不断地为生存的危机和意义的丧失提供某种精神的慰藉和解释，提醒他们本真性的丢失和寻找家园的路径。"①也就是说，现代派戏剧尽管充满了一种反叛色彩，但它骨子里仍然浸透着传统的精神：对人类终极价值的寻求，对自我主体的执著，对深度模式的迷恋。所以，他们与19世纪的浪漫主义与现实主义戏剧一样，仍然揣有一份理想和激情，仍然有一份改造社会的雄心壮志，虽有怨言，却不放弃，心不死，志还在，现代派戏剧就挣扎在这种矛盾心态中。

解救被理性淹没的主体，恢复人性中非理性的地位和作用，就体现了现代派戏剧救赎人性、提供人生意义的一种企图。在此之前，人性的另一半即非理性一直都处于压抑状态，人们不认识，也不愿意认识。只有唤醒被理性尘封的心灵，展现非理性，展示人的潜意识和感性直觉，强调非理性、无意识和感性的合法性，才能反思过度膨胀的理性对人的异化，才能使人逃脱理

①周宪：《审美现代性批判》，商务印书馆2005年版，第71页。

性所设定的牢笼。强调非理性之所以是现代派戏剧提供的一条平衡人性、解决异化的新途径，就在于它揭示了受压抑的潜意识以及意识中那些捉摸不定的力量，从而将人性中最本真的东西从"理性的牢笼"中解放出来。韦伯认为，"不论怎么解释，艺术都承担了一种世俗救赎功能。它提供了一种从日常生活千篇一律中解脱出来的救赎，尤其是从理论和实践的理性主义那不断增长的压力中解脱出来的救赎"，[1]他把艺术的这种功能称之为"审美的救赎"。周宁在分析韦伯的理论后认为："艺术在宗教衰落的现代社会中承担了一种世俗救赎，它使人从理论和实践的理性主义的压力和日常生活的千篇一律解脱出来，就是因为这一感性形式的力量。它提供了认知工具理性和道德实践理性所缺乏的关于生命的意义和体验，它把主体引入一个超然的非功利的想象和情感的空间，使人们的体验摆脱了刻板化了的认知和日常行为的种种强制。"[2]周宁进一步解释说，"审美表现理性看来有一种解构认知工具理性和道德实践理性的压力与限制的功能，这种表意实践在缓解人们日常性压力和刻板，舒展人的情感需求，满足想象力的自由伸展，一句话，在恢复被认知工具理性和道德实践理性的表意实践所异化了的人的精神方面，具有不可取代的重要潜能。"[3]现代派戏剧正是通过对心灵的深度逼视，唤醒了沉睡的心灵，催促着人性的复归，从而实现了戏剧"审美救赎"的功能。正如周宁所说，"审美的无功利性抵消了工具理性的功利性，审美的主动性和自由消除了工具理性的被动性的压制性，这正是审美现代性的救赎含义所在"。[4]通俗地讲，韦伯所理解的"救赎"功能就是艺术的补偿作用，他让人在艺术中看到了与日常生活完全不一样的另类生活，看到了与理性世界相对的另一面，释放了日常生活中被压抑的另类情感。

总之，现代派戏剧强调非理性的地位以对抗理性的绝对权威，这只是提供了一种可能性。在寻求更多的解决人类困境、社会问题的答案而不可知时，他们显示了懦弱的一面，不再作为社会的阐释者去力图揭示和理解他们的时代，不去引导人们对自己和社会的困境进行彻底的反思，而是以一种更

①周宪：《审美现代性批判》，商务印书馆2005年版，第157页。
②周宪：《审美现代性批判》，商务印书馆2005年版，第159页。
③周宪：《审美现代性批判》，商务印书馆2005年版，第158页。
④周宪：《审美现代性批判》，商务印书馆2005年版，第158页。

加极端的方式来解构、颠覆现存社会的秩序，从而走向自己的反面，走向了后现代派戏剧。所以鲍曼认为，"在现代主义中，现代性将其目光转向自己并试图获得清晰的视力和自知，这些将最终证明是不可能的，从而为后现代的不确定铺平了道路"。①我们认为，现代派戏剧在强调非理性的同时并不是要放弃理性和排斥理性，它的目的只是在于纠正理性过度畸形发展所造成的人性的不平衡及其异化，正如张汝伦所说，"抑制理性的无上地位和霸权不是要反理性，而是要恢复鲜活的生命"。②当他们跳离非理性，在更大范围确立并实施人生救赎时，才发现四周已是满目疮痍，千疮百孔，他们无能为力，捉襟见肘。于是盲目乐观的理想让位于随心所欲的游戏，救赎让位于放逐，重视结果让位于重视过程，自信让位于质疑，结构让位于解构，现代派戏剧走向后现代派戏剧已经成为必然。

二、怪诞与现代派戏剧文学的戏剧性

对"戏剧性"的理解一般存在两种倾向：

一是从戏剧文体的角度来理解，把戏剧性看做是戏剧艺术本身的特性，是戏剧与一切非戏剧相比较所具有的差异性，是戏剧之所以为戏剧的基本元素总和。因此，行动性、代言体等都被纳入戏剧性的研究范围，寻找戏剧文体与其他文体的区别性特征成了戏剧性研究的主流。例如很多人都认定"戏剧是行动的艺术"，行动性就是戏剧特性，是区别于其他文体的表意方式，所以美国戏剧家乔治·贝克说："通过多少个世纪的实践，认识到动作确实是戏剧的中心。"③稍后于贝克的另一位美国戏剧家霍华德·劳逊也认为："动作是戏剧的根基。"④这些结论都是从戏剧文体的角度得出的。

二是从美学意义来理解戏剧性，探讨一切艺术特别是叙事作品中那些能

①〔英〕齐格蒙特·鲍曼，邵迎生译：《现代性与矛盾性》，商务印书馆2003年版，第7页。
②张汝伦：《现代西方哲学十五讲》，北京大学出版社2004年版，第27页。
③〔美〕乔治·贝克，余上沅译：《戏剧技巧》，中国戏剧出版社1985年版，第25页。
④〔美〕霍华德·劳逊，赵齐译：《戏剧与电影的创作理论与技巧》，中国电影出版社1962年版，第15页。

够吸引欣赏者兴趣、维持并延长欣赏行为、激发并调节欣赏者情感反应的基本元素和有效手段。对于具有一定长度的时间艺术来说，如小说、电影、戏剧等，戏剧性的有无，直接影响着作品的质量，所以俄国批评家别林斯基说："戏剧因素理所当然地应该渗入叙事因素中去，并且会提高艺术作品的价值。"[①]美学意义上的戏剧性主要强调审美活动的维持与延续，是什么能够让观众走进剧院，又靠什么让他们在近两个小时的时间里坐得住、看得下去，这也是戏剧审美心理学需要研究的问题。比如"冲突说"、"情境说"等，小说也有情境，也有冲突，它们都不是戏剧所独有的现象，这个层面上的戏剧性研究强调的是普遍适应性和有效性，强调的是维持和延续艺术欣赏活动的有效手段。如果把"冲突说"和"行动说"放在一起讨论谁对谁错，本身就是一个错误，因为它们出发点不一样，是两种不同角度得出的结论，根本没有可比性。我们主要讨论并使用美学层面上的"戏剧性"。

（一）戏剧构成的双重性与戏剧性的双重性

戏剧艺术具有双重属性：一是文学性构成，二是舞台性构成。在中国古典戏曲中，有所谓"案头之曲"与"场上之曲"的区别。

戏剧历史中一直存在着两种不同的偏好：一种强调戏剧是文学性构成，如爱尔兰诗人叶芝，他在指责当时戏剧现状时就指出，"我们的剧本必须是文学，或者说必须写得有文学性。现代剧场枯萎到今天这般光景，是因为剧作家只想到观众忘记的题材"。[②]中国现代美学大师朱光潜也认为，"独自阅读剧本优于看舞台演出的剧……许多悲剧的伟大杰作读起来比表演出来更好"。[③]另一种强调戏剧的舞台性构成，20世纪以来，从"导演专制"的倡导者戈登·克雷到"残酷戏剧"的提出者阿尔托，他们都以不同的戏剧观念与戏剧实践，拒斥戏剧的文学性，企图把戏剧从文学附庸的地位中解放出来。

其实，只供阅读而不能演出的戏剧作品与只能演出而无文学性可言的戏剧作品一样，都是"跛足"的戏剧。的确，戏剧不是文学，但戏剧不能没有文学性，我们不能人为地将文学性与舞台性尖锐地对立起来。董健认为，

①〔俄〕别林斯基，满涛译：《别林斯基选集》（三），上海译文出版社1980年版，第23页。
②周靖波选编：《西方剧论选》（下），北京广播学院出版社2003年版，第507页。
③朱光潜：《悲剧心理学》，人民文学出版社1983年版，第31页。

"文学构成中的戏剧性为舞台呈现中的戏剧性提供了思想情感的基础、灵感的源泉与行为的动力；后者则赋予了前者以美的、可感知的外形，也可以说，后者为观众进入前者深邃的宅院，提供了一把开门的钥匙。这两者的完美结合，便是戏剧性的最佳状态"。①好的戏剧作品应该同时具有很强的文学性与舞台性，古今中外那些经典的戏剧作品，都是既经得起读又经得起演的。董健认为20世纪"反文学"潮流"在开拓戏剧舞台的空间，寻找戏剧艺术表现人的生命体验与生活感受的更多种多样的可能性方面，是有贡献的。但他们反文学、反语言、反思想的极端片面性，也弱化了戏剧的精神力量"。②这句话应该对那些过分强调戏剧舞台性构成的人来说，无疑是一剂良药。

戏剧的文学性构成和舞台性构成的双重性决定了戏剧性的双重性。我们重点考察文学性构成的戏剧性问题。

（二）冲突与传统戏剧文学的戏剧性

对于传统戏剧的文学性构成的戏剧性来说，我们认为是冲突。没有冲突就没有戏剧，冲突是戏剧的生命，冲突正是传统戏剧文学的戏剧性所在。戏剧冲突是剧作家对生活矛盾进行提炼概括和艺术加工的结果，是最足以展示人物性格、反映社会生活本质特征的矛盾冲突。吴戈先生认为并不是每一部戏都有冲突，但一定会有规定情境，他认为规定情境是一种关系构成，"是人与他人、人与自然、人与社会、人与环境、人格的多重性、人与事件的关系构成"。③他所说的"规定情境"确实比"冲突"更具有广泛的覆盖面和普遍适应性，但就传统戏剧来说，这种"规定情境"的具体表现就是冲突，冲突就是这些"关系构成"的具体化和最终结果。无论是文艺复兴时期莎士比亚的戏剧，还是古典主义莫里哀的喜剧；也无论是雨果的浪漫主义悲剧《欧那尼》，还是易卜生的现实主义剧作《玩偶之家》，冲突都在剧本中发挥着重要作用。通过冲突的设置，推动了戏剧情节的曲折发展，揭示了人物性格，阐述了主题思想。这些作品中的戏剧冲突或深刻或流于表面，都是维持戏剧欣赏的法宝，所以黑格尔说："充满冲突的情境特别适宜于用作剧

---

①董健、马俊山：《戏剧艺术十五讲》，北京大学出版社2004年版，第68页。
②董健、马俊山：《戏剧艺术十五讲》，北京大学出版社2004年版，第69页。
③吴戈：《戏剧本质新论》，云南大学出版社2001年版，第200页。

艺的对象。"①同时，冲突的具体内容在不同戏剧家那里具有不同的内涵，"无论是黑格尔提出的'目的和人物性格的冲突'，布轮退尔提出的'意志的冲突'，还是劳逊提出的'社会性冲突'，以及国内有些理论家所说的'性格冲突'，所涉及的都是戏剧冲突的内涵"。②这说明冲突的内容是与时俱进的，因人而异。

戏剧冲突之所以具有戏剧性，就在于它具备了集中性、曲折性和紧张性三个特征。

先看集中性原则。受戏剧舞台时空的局限，传统戏剧的矛盾冲突讲求"激变"，它必须在有限时空内让矛盾冲突迅速纠结、展开并解决，因此，戏剧思维是一种收敛性思维。以时间、地点和情节整一为特征的"三一律"之所以能够雄踞西方剧坛几百年，就在于它准确地阐述了戏剧的集中性原则。顺便提出，三一律的合理内核并没有错，错就错在有人把它变成了不容更改的教条。这个原则启示我们，设置矛盾冲突要讲究集中，抓住矛盾的主要方面，不宜分散或多头设置冲突，冲突发生的时间、地点要相对集中。

再看曲折性原则。为了激活并调节观众在"看冲突"过程中紧张与期待的心情，以悬念、抑制和拖延、突转和发现等元素为主要特征的艺术手段就成了传统戏剧最基本的话语策略。俗话说得好，"冲突展开要早，开门见宝；冲突发展要绕，出人意料；冲突高潮要饱，扣人心窍；结束冲突要巧，别没完没了"。冲突要吸引人，就必须强调它的曲折性。

悬念是编剧或导演根据观众看戏时情绪需要得到伸展的心理特点，对剧情作悬而未决和结局难料的安排，以引起观众急欲知其结果的迫切期待心理。它源自心理学中人们由持续性的疑虑不安而产生的期待心理。严格说来，任何叙事性作品中的故事情节都或多或少地带有悬念成分，但传统戏剧的故事情节对悬念的设置要求更高。戏剧悬念的构成，主要依靠以下五个条件：一是人物命运中潜伏着危机；二是生与死、成功与失败均有可能出现，存在两种命运、两种结局；三是发生势均力敌而又必须有结果的冲突；四是剧中主要人物的性格、行动能引起观众在感情上的爱憎；五是观众对未来事

---

① 〔德〕黑格尔，朱光潜译：《美学》（一），商务印书馆1991年版，第260页。
② 谭霈生、路海波：《话剧艺术概论》，中国戏剧出版社1986年版，第130页。

态发展的趋势不明确。总之，剧情发展的不确定与观众对人物的兴趣，是构成悬念的两个重要元素，有兴趣才会关注，有关注才会投入感情，有感情才有爱恨情仇。所以蹇河沿先生认为，"这里关键的问题是观众的兴趣，没有兴趣就没有期待心理，没有期待心理也就没有悬念的产生。不管戏剧的情节有多曲折惊险，观众对这个人物没有热情，对戏剧失去兴趣，这种曲折惊险仍然是没有悬念产生的。相反，如果观众对人物十分关心，对戏剧的运动过程抱有十分浓厚的兴趣，十分平淡的情节、动作也有强烈的悬念感"。[1]作为戏剧创作中使情节引人入胜，维持并不断增强观众兴趣的一种主要手法，悬念包括"设悬"和"释悬"两个方面，通过总悬念与小悬念的设置，通过松弛有度的调控，造成戏剧情节和观众情绪的起伏跌宕、舒缓有度。悬念的最终揭秘，反映了人们期盼矛盾冲突最终解决的心理需求。

　　悬念的形成、保持和加强，需要依靠"抑制"和"拖延"的艺术手法。在尖锐的冲突和紧张的剧情进展中，剧作家利用矛盾双方各种条件和因素，穿插与此关系不密切的情节和场面，使戏剧冲突受到抑制或干扰，出现暂时的缓和，可以大大加强艺术效果，更加突出冲突的尖锐性和情节的紧张性，加强观众的期待心理。也就是说，在叙述事件、安排情节和设计人物时，抓住观众急于获知内情的"破谜心理"，故意放慢叙述节奏，延缓事件进程，如刚叙述至某事件的"兴奋点"时突然转向对另一事件；在中心情节发展进程中慢条斯理地追溯、穿插其他次要情节线索；在冲突难分难解的高潮阶段让人物来一段抒情性独白等等，借此强化观众迫切期待的情结，从而巧妙地设置悬念。从某种程度上讲，"抑制"和"拖延"起到了近似"停叙"的叙述功能，但"抑制"和"拖延"本身并不等于"停叙"。因为"抑制"和"拖延"是事件的推迟，而不是取消，它虽然拖延了事件的发生，抑制了情节发展，延长了叙事时间，却并没有取消事件的叙述，并没有使故事时间停滞，它仍然会重新回到叙事时间轴线上，被再次叙述。因此，悬念与"抑制"和"拖延"的交替进行，与观众看戏时的精神忍受限度有关，始终不懈的紧张，只会使观众感到疲惫。暂时的缓解，是调节情绪，为进一步紧张做精力上的准备。

[1]蹇河沿：《寻找戏剧——戏剧文化哲学》，云南大学出版社1999年版，第215页。

同时，"突转"与"发现"也是悬念的两个重要因素。最早提出"突转"与"发现"的是亚里士多德，他在《诗学》第六章、第十一章中认为"突转"与"发现"是情节的主要成分。他说："悲剧中的两个最能打动人心的成分是属于情节的部分，即突转和发现。"所谓突转，是"指行动的发展从一个方向转至相反的方向"。突转，也称陡转、突变，即由逆境转入顺境，或由顺境转入逆境。它是通过人物命运与内心感情的根本转变来加强戏剧性的一种技法。好的突转场面不仅着眼于剧情的起伏跌宕，而且立足于刻画人物，力求通过情节合情合理的突转展示人物剧烈丰富的心理变化与感情活动。所谓发现，则是"指从不知到知的转变"。亚里士多德认为，"最佳的发现与突转同时发生"。①也就是说，在"发现"的同时实现情节的"突转"，通过发现来造成剧情的激变。长期以来，这两种手法被认为是编剧艺术中最富有戏剧性的技巧，并被广泛使用。

最后看紧张性原则。所谓"戏"，就是从某一平静、舒缓状态的被打破到建立新平衡的一个过程。因此，没有一定程度、一定方式的紧张，便没有戏剧性。事件、心理本身的紧张性及其在观众中引起的相应的紧张感，是戏剧性的重要特征之一。中国现代剧作家陈白尘说："戏者，戏也，就是要有戏剧性。有位前辈曾经教授过我说：有一个人突然掉进一个很深的井里，他为了活命，就千方百计地挣扎、搏斗。这个挣扎、搏斗的过程，就是戏。"②当然，事件与心理所构成的紧张感，并不总是朝着一个心理状态发展，事件发展的摇摆不定带来的必定是紧张感的增多与减少，当事件朝着有利于主人公的方向发展时，紧张感就会减少，并伴随着狂欢、激奋等情绪，反之则会增加，并伴随着惊慌、担忧、恐惧、怜悯等情绪。

总之，传统戏剧一直信奉"三S原则"，即suspense（悬念）、surprise（惊奇）、satisfaction（满足），这三个原则中最重要的是悬念。把冲突看做戏剧性的主要方面，与传统哲学观念息息相关。二元论是传统哲学的一个重要内容，他们认为正是事物的二元对立，此消彼长，相互扬弃，才促进事物的辩证发展。作为信奉反映论的传统戏剧艺术，就需要展示事物矛盾冲突的两面性，同时，他们坚信凭借理性能够认识世界并解决矛盾，这种积极乐观

---

① 〔古希腊〕亚里士多德，陈中梅译注：《诗学》第6章、第11章，商务印书馆1996年版。
② 陈白尘：《陈白尘文集》（八），江苏文艺出版社1997年版，第516页。

的哲学观念让他们对展示冲突情有独钟。冲突的建立、激化和解决似乎早已注定，留给剧作家的工作不过是如何巧妙地交代。在这一点上讲，传统戏剧文学是一门特别注重讲述技巧的艺术。

（三）怪诞与现代派戏剧文学的戏剧性

其实，冲突仅仅是生活的一部分，人际间的关系并非都归结为冲突。在现实生活中，性格的差异并不一定会引起冲突，差异恰恰是生活中最自然的现象。在现代派戏剧中，那种激动人心、剑拔弩张的外部冲突消失了，取而代之的是那些平凡、琐碎的日常生活，这里没有紧张曲折的戏剧情节，也没有引人入胜的戏剧悬念。那么，它们如何吸引观众的注意力，如何维持观众的欣赏趣味。

我们认为，传统戏剧的戏剧性在于以悬念为手段的冲突论，现代派戏剧文学的戏剧性就在于以变形为手段的怪诞论，而后现代派戏剧文学的戏剧性则是以含混为手段的不确定论。怪诞之所以具有戏剧性，就在于它具有变形、距离和惊奇三个特征。

首先，变形特征。实际上，艺术从来就不是自然原生状态的直接照搬，因此，变形是艺术的本性。变形，可以分为可能性变形与不可能性变形两种。所谓可能性变形，是指按照生活中事物的本来样式进行变形，变出的新形象仍然是生活化的形象，仍然具有现实存在的可能性，剧中的形象仍然符合生活真实。不可能性变形通过极度夸张，扭曲变形，造成戏剧形象的反常化，它与生活中真实的形象大大地拉开了距离，从而形成了一个陌生化的世界。

现代派戏剧大都属于不可能性变形，变形的幅度更大，这一点，我们在论述现代派戏剧怪诞风格的美学特征时就已经说得很清楚了。它把日常生活中熟悉的事物进行反常化处理，寻找不可能中的可能，从而为观众建立了一个陌生化的世界。在这里，熟悉的世界和生活消失了，取而代之的是一个充满新奇和陌生事物的世界。它不是对日常生活的模仿和描绘，而是对日常生活的彻底背离和颠覆。

其次，距离特征。审美距离是审美活动得以进行的关键。相比较而言，传统戏剧追求贴近生活，而现代派戏剧却要远离生活，追求艺术与生活的不一致。应该指出的是，后现代派戏剧追求艺术与生活的合二为一，正是在这一点上，它呈现回归传统的倾向。

　　说到底，悬念与变形都制造了一种陌生化效果，但两者并不完全一样。传统戏剧追求的是"真实可信"，呈现在观众面前的是一个相对熟悉的世界，人物行为的依据具有一定的现实性，属于可能性变形。尽管悬念在没有释悬之前也呈现陌生的状态，观众也由于不了解真相且急于了解而形成期待心理，但这种悬念终究要"落地"，谜团终究是要解开的，期待最终会得到满足。因此，悬念只是暂时把观众吸引到剧情中来，随着故事交代的完成，留给观众的只是故事意义带来的吸引，它本身便不再有意义。渔网织得再好，捉住鱼之后，它的价值也就丧失了，正所谓"得鱼忘筌"、"得意妄言"。可以说，悬念通过一个故事有节奏、有控制、有层次的交代，表现为一种讲故事的技巧。现代派戏剧家似乎有意与观众过不去，有意向观众的审美习惯和"前理解"、"先见"挑战，他们依靠那些与日常生活不一样的怪诞因素，向观众展示了一个陌生的世界，拉开了与日常生活的距离。对于观众来说，陌生的情境很难运用日常经验进行审美判断，而是要中断日常经验，运用审美的眼光来审视眼前的世界，这是对现存的甚至刻板的日常生活的超越，是对尚未存在的理想生活的预演，是对可能世界的一种探索，从而让观众始终在惊奇中进行审美活动。现代派戏剧营造的艺术世界与日常生活截然不同，观众很难运用日常经验对此进行判断，它实际上已经在无形中将观众的审美经验与日常经验区分开来，对于他们来说，就是要用艺术经验来抗拒日常经验那种已经"被动性"、"惯例化"或"机械化"的倾向，通过一定的艺术处理，给审美主体带来与众不同的体验，达到一种对深层事物的体验，特别是对异化的反思，达到审美救赎的目的。

　　最后，惊奇特征。人都有猎奇心理，新奇的事物总能吸引人的目光，因为人总有把握世界的冲动和需要，而新生事物在他的经验世界里是没有既定位置的，他需要归类和梳理，需要在内心建构一个秩序化的世界。当代英国行为心理学家贝里尼提出了著名的"唤醒理论"，认为引起审美愉悦的唤醒有两种类型：一种是渐进性唤醒，另一种是亢奋性唤醒。"渐进性唤醒是依靠人们熟悉的、有规则的样式而达到效果的，它所引起的注意时间相对较短。"①而亢奋性唤醒由于"介入了高度奇异、令人有惊讶或复杂之感的样

①转引自童庆炳主编《现代心理美学》，中国社会科学出版社1993年版，第36页。

式，它就既有维持、延长审美主体注意的可能性，同时也可能因为这类样式不能很快地使人适应而诱发不确定感"。①相对来说，可能性变形引发的是渐进性唤醒，不可能性变形引发的是亢奋性唤醒。也就是说，传统戏剧引发的多是渐进性唤醒，现代派戏剧引发的多是亢奋性唤醒。

传统戏剧的冲突也能引发观众的惊奇感，但"惊奇一般也只是出现在剧的后半部"，②并不占据主导因素。而且引发惊奇的元素属常规形态，仍然符合生活逻辑，属于"少见多怪"。而现代派戏剧文学由于怪诞的变形，从一开始就让观众的认识活动措手不及，观众惊诧于眼前的世界，难以适用。布莱希特认为，"对一个事件或一个人物进行陌生化，首先很简单，把事件或人物那些不言自明的、为人所熟悉的和一目了然的东西剥去，使之对人产生惊讶和新奇之感"。③这种惊奇感远比传统戏剧所引发的情感强烈而持久。

对于惊奇感在心理情感中的作用，黑格尔认为，"人如果没有惊奇感，他就还是处于蒙昧状态，对事物不发生兴趣，没有什么事物是为他而存在的，因为他还不能把自己和客观世界及其中事物分别开来。从另一个极端来说，人如果已不再有惊奇感受，就说明他已经把客观世界看得一目了然。他或是凭抽象的知解力对这客观世界作出一般人的常识的解释，或是凭更高深的意识而认识到绝对精神的自由和普遍性"。④在他看来，惊奇感应该始终伴随着人的成长，人生的每一个阶段都应该拥有惊奇感，随着世界在自我面前不断地展现，一个又一个新生事物出现在我们面前，我们出于生存和认识的需要，应该把它们与其他事物区别开来。那么，这种惊奇感又是如何获得的呢，黑格尔接着说，"客观事物对人既有吸引力，又有抗拒力。正是在克服这种矛盾的努力中所获得的对矛盾的认识才产生了惊奇感"。⑤我们需要认识客观事物，这说明它对我们有吸引力，但它又是我们所熟悉的，常常熟视无睹，容易产生麻痹思想，这说明它对我们又有抗拒力，就在这种相对的力量作用下，形成了一种特殊的张力，克服这种张力的同时就会产生惊

①转引自童庆炳主编《现代心理美学》，中国社会科学出版社1993年版，第36页。
②孙惠柱：《第四堵墙——戏剧的结构与解构》，上海书店出版社2006年版，第81页。
③〔德〕布莱希特，丁扬忠等译：《布莱希特论戏剧》，中国戏剧出版社1990年版，第22页。
④〔德〕黑格尔，朱光潜译：《美学》（二），商务印书馆1979年版，第22页。
⑤〔德〕黑格尔，朱光潜译：《美学》（二），商务印书馆1979年版，第22页。

奇感。法国超现实主义者布勒东认为："神奇性永远是美的，无论什么样的神奇性都是美的，甚至只有神奇性才是美的。"①俄国形式主义者什克洛夫斯基在《作为程序的艺术》中谈到，艺术的存在是为了唤醒主体对生活的感受，"被人们称做艺术的东西之所以存在，就是为了要重新去体验生活，感觉事物，为了使石头成为石头的。艺术的目的是提供作为一种幻象的事物感觉，而不是作为一种认识；事物的反常化程序及增加了感觉的难度与范围的高难形式的程序，而且必须被强化；艺术是一种体验人造物的方式，而在艺术里所完成的东西是不重要的"。②本雅明在《机械复制时代的艺术》和《发达资本主义时代的抒情诗人》中提出了"韵味"和"震惊"二元对立的审美范畴，他认为传统艺术是一种带有"韵味"的艺术，而现代艺术却是以"震惊"为主的艺术。所谓"韵味"是指传统艺术中那种特有的时间、地点所造成的独一无二性，它具有某种膜拜功能，呈现为安详的、有一定距离的审美静观。与之相反，"震惊"则完全是一种现代经验，它与大街上拥挤的体验密切相关，与工人在机器旁的体验相似。它具体呈现为一种突然性，使人感到颤抖、孤独和神魂颠倒，体现为惊恐和碰撞的危险和神经紧张的刺激，并转化为典型的害怕、厌恶和恐怖。

这种思想与20世纪现代派艺术区分艺术和非艺术、日常经验和审美经验、精英文化和大众文化的"分化"思想一脉相承，与拒绝平庸、宽容歧义、强调反思的审美态度密切相关。

相对于传统社会的缓慢发展，现代社会的急速发展是一个显著特征。宗教与世俗生活的分离、家庭的分化、劳动的分工、社会的分层等等，都表明现代社会的分化过程，意味着每个领域及其活动都开始挣脱原先的依附关系转而依据自身价值来展开，从而更加注重追求自身存在的合理性和不可替代性。对于现代派艺术家来说，区分艺术与非艺术、日常经验与审美经验、精英文化与大众文化，并有意拉开它们之间的距离，加大它们之间的差异都是他们乐意做的一件事，这种距离的建立及其扩大就在于现代派艺术频繁使用陌生化手段。因此，拒绝平庸、宽容歧义、强调创新和个性也就成了他们共

---

① 转引自柳鸣九主编《未来主义 超现实主义 魔幻现实主义》，中国社会科学出版社1987年版，第172页。
② 伍蠡甫、胡经之：《西方文艺理论名著选编》（下），北京大学出版社1987年版，第383页。

同的特点。"拒绝平庸"就是用艺术创造的"可能世界"对抗平庸、卑微、乏味的日常生活，各种非常态的事物开始进入艺术家的视线，处于边缘的事物开始受到关注，中心边缘化和边缘中心化都表明这同时也是一种中心消失的"去中心"进程。"宽容歧义"按照法国解释学大师保罗·利科在《言语的力量：科学与诗歌》一文中的说法就是"保留歧义性，以使语言能表达罕见的、新颖的、独特的，因而也就是非公众的经验"。[①]鼓励歧义意味着传统美学中那种确定的意义随着一声"作者死了"也土崩瓦解了，文本开始具有"可写性"和"生成性"，开始由读者和观众的参与才能最终完成意义的建构，而不再是封闭的和已完成的文本。这一切都意味着现代派艺术特别强调创新，运用新的话语形式去表现有别于日常生活的新体验，这也正是现代派艺术花样翻新，不断进行形式革命的原因所在。与现代派艺术的"分化"思想相对，后现代派艺术则强调"去分化"，竭力抹平艺术及其相关属性的差异性。

总之，现代派戏剧文学的戏剧性表现出变形、距离和惊奇三个特征，变形和扭曲产生距离，距离引发惊奇，促使人们从迟钝麻木中惊醒过来，重新调整心理定势，以一种新奇的眼光去感受对象的生动性和丰富性。

三、现代派戏剧文学的时空结构

分析戏剧艺术的时空结构，必须要厘清两个概念：一是演出时空，二是戏剧时空。前者是现实层面上的物理时空，是欣赏者坐在剧院内观剧的实际时空；后者是虚拟层面上的意义时空，是戏剧表现对象所处的艺术时空。

在演出时空中展示戏剧时空，首先涉及的问题就是如何处理两种时空之间的关系，所谓结构就是如何摆布、克服、利用这两个时空的组织形式。通俗地讲，戏剧结构就指对剧本题材的处理、组织和设置安排，一般包括对事件的处理，如分幕、分场；戏剧冲突的组织设置，如戏的开端、进展、高潮、结局；人物关系及人物行动发展的合理安排等，这其中，情节的分布即

[①] 胡经之主编：《20世纪西方文论选》（三），中国社会科学出版社1989年版，第296页。

时序问题是戏剧结构的关键。戏剧结构问题就是要处理好故事与情节的关系问题。实际上，故事与情节的关系就是"内容"与"完成内容"的关系，情节是被讲述了的故事，是故事的被组织化。如果我们对情节进行"还原"，得到的就是故事。所谓"还原"，就是取消其中的叙事成分，恢复故事的本来面貌。"还原"工作的参照系就是故事发生的自然顺序或因果逻辑，任何情节都可以按照实际发生的顺序重新进行梳理排序。对于剧作家来说，戏剧结构主要考虑三个问题：一是隐与显的问题，哪些故事进入情节的显在组成中，哪些故事可以在情节中隐匿，这里有表现重点与价值取向的区别；二是聚与散的问题，对于进入戏剧情节中的故事，可以采取集中收敛的方法进行时空整合，也可以保留故事时空原初散乱的自然形态；三是先与后的问题，对已经进入戏剧文本中的情节，先讲什么，后讲什么，从而使情节在故事的基础上再次被组织，这里涉及叙事学中的时序问题。隐显问题、聚散问题和先后问题是我们区分不同戏剧结构的关键。

关于戏剧结构的研究，历来受到重视，分类标准也各不相同。前苏联霍罗道夫在《戏剧结构》一书有锁闭式和开放式的二分法。英国阿契尔在《剧作法》中有巴特农神殿式、绳子或链条式以及葡萄干布丁式的三分法。在中国，有顾仲彝先生锁闭式、开放式和人像展览式的三分法；也有孙惠柱先生从文体特征入手的五分法，即纯戏剧结构、史诗结构、散文结构、诗式结构和电影结构。

其实，锁闭式和开放式两种形态是戏剧结构最基本的样式，因为它抓住了戏剧结构最基本的时序问题，也就是先后问题。所谓锁闭式结构，是指截取生活的某一横断面，将冲突、人物和事件浓缩在这个片断中，要求时间跨度短，情节集中紧凑，许多事件不能正面描述，而要通过人物的追叙、补充来交代。开放式结构按照事情发生、发展、高潮、结局的时间顺序自然展开，很少出现回叙的成分，以让观众清晰地了解剧情的发展过程，对剧中的人和事有一个鲜明的印象。

（一）模仿与传统戏剧时空的现实同一性

传统戏剧的时空观说到底就是强调演出时空与戏剧时空的合二为一，这种同一性的追求，最极端的例证就是古典主义戏剧家提出的"三一律"。"三一律"规定剧本创作必须遵守时间、地点和行动的一致，即一部剧本只允许写单一的故事情节，戏剧行动必须发生在一天之内和一个地点。"三一律"作为一条原则是从亚里士多德的《诗学》引申出来的。在《诗学》中，亚里士多德论述了戏剧行动的一致性，认为戏剧"所模仿的就只限于一个完整的行动"，但并不排斥使用次要情节，他也提到"悲剧力图以太阳的一周为限"，但这只是指演出时间的长度。16世纪以后，文艺复兴时期意大利戏剧理论家钦提奥首先提出"太阳运行一周"指的是剧情的时间。其后，意大利的卡斯特尔维屈罗在注释《诗学》时又进一步阐述了剧情时间与演出时间必须一致的观点，认为戏剧"表演的时间和所表演的事件的时间必须相一致……事件的地点必须不变……必须真正限于一个单一的地点"。[①]17世纪以来，"三一律"被法国古典主义戏剧家当做不可违反的规定而极力推行，并在欧洲剧坛长期占据统治地位。法国古典主义戏剧理论家布瓦洛把它解释为"要用一地、一天内完成的一个故事，从开头直到末尾维持着舞台充实"。[②]18世纪以后，随着浪漫主义戏剧的兴起，"三一律"不断受到戏剧家的抨击，逐渐被冲破。

在西方人看来，戏剧是模仿的艺术，是生活在舞台上的如实展示。因此，只有戏剧时空与演出时空的同一，才能最大限度地接近生活，应该说，传统戏剧时空结构依据的是生活逻辑。在传统戏剧中，戏剧时间的跨度尽管可能可以长达数十年甚至上百年，但每一场戏的演出时间却一定等同于戏剧时间，表演的时间与所表演事件的时间完全一致。戏剧空间尽管可能跨越千里之外，但在一场之内，地点一定不能变换，表演的空间与所表演的事件的空间完全一致。正如阿契尔所说："现代舞台上一幕戏一个景的规律是无疑有它的方便之处的。在一幕戏进行中换景不但有其物质上的困难，而且也必然有损于现代戏剧所致力以求的那种特有的幻觉状态。"[③]因此，对于传统戏剧来说，戏剧事件正在此时此地发生，是"正在进行时"，是时空的"截取"，所以，现实时空与虚构时空之间的绝对同一是他们永恒的追求。可以说，传统戏剧思维是一种收敛型思维：空间上，强调将发生在松散空间里的事件和行为凝聚在为数极少的几个场景中；时间上，强调以激变的方式将生

----

① 转引自朱光潜《西方美学史》（上），人民文学出版社1979年版，第194页。
② 马奇主编：《西方美学史资料选编》（上），上海人民出版社1987年版，第422页。
③ 〔英〕阿契尔，吴钧燮等译：《剧作法》，中国戏剧出版社2004年版，第119页。

活中可能需要漫长时间中才能完成的事件和行为缩短，在有限的时空里展示无限，用空间的集中性弥补并换取时间的无限性，用时间的浓缩性弥补并换取空间的广阔性。

强调戏剧时空与现实时空的同一性，是传统戏剧典型的结构样式，这种结构被阿契尔称为"巴特农神殿"，孙惠柱先生称为"纯戏剧结构"。孙惠柱先生进一步把这种结构样式分为两种类型：一种是钻探式，另一种是突击式。前者"以一个过去的重要秘密为中心，辅之以严重威胁到这个秘密的当前的情境。剧情一般是通过要揭开它还是捂住它这样两股力量的冲突而迅速发展，总是在最高潮中把秘密完全揭开，以发现实现突转，使全剧迅速收场。整个过程好像是有一台钻机不断地冲破阻力，朝那深处的秘密钻去，直到钻通为止"。①而突击式"只需要一个未必久远的前史，以后的动作几乎都展现在舞台上。由于它总是有形无形地向剧中人提出一个急迫的事件，而且常常限时限刻，因此，也总是逼出强烈的冲突来"。②孙惠柱先生认为，这两种结构的共同特点是："人物设置十分经济，大都贯穿始终，人与人之间关系错综复杂，往往以一家人为主，围绕着一个处于全剧焦点的结——或是重要秘密，或是紧急事件——展开冲突。"③前者的代表作是《俄狄浦斯王》，后者是《安提戈涅》。

重新解读卡斯特尔维屈罗的"一致论"，我们发现了一个有趣的现象：我们知道，后现代派戏剧也讲究"表演的时间和所表演的事件的时间"的一致，甚至到了同一的地步，如环境戏剧。实际上，传统戏剧讲究的一致，是针对某一幕而言的"正在发生"，而就整个演出来说，其中的故事还是有一定时间跨度的，不像后现代派戏剧，演出时间、观赏时间和故事时间是三位一体的。更重要的是，传统戏剧所倡导的戏剧时空与现实时空的同一是建立在假定性基础上的同一。真正实现两者的一致，还是20世纪60年代以来追求即时性的后现代派戏剧，特别是汉德克的"说话剧"。由于强调现实与生活的合二为一，整个戏剧演出就是"说话"，无所谓时间和空间，真正实现了双方的一致。因为说话比起展示故事来，对时空具体性的要求显然要少得

①孙惠柱：《第四堵墙——戏剧的结构与解构》，上海书店出版社2006年版，第21页。
②孙惠柱：《第四堵墙——戏剧的结构与解构》，上海书店出版社2006年版，第21页。
③孙惠柱：《第四堵墙——戏剧的结构与解构》，上海书店出版社2006年版，第24页。

多，这也可以看出后现代派戏剧向传统复归的趋势。

（二）现代派戏剧时空的心理流动性与结构类型

现代心理学研究表明，心理时间受信息量的变化而变易，即在相等的时间内接受的信息量越多，时间感觉就越快；接受的信息量越少，时间感觉就越慢。也就是说，人对时间的感觉是不稳定的、可变的，常常发生错觉，从而造成心理时间的变易。现代派戏剧注重人物心理的深层开掘，强调意识和潜意识的心理活动，其舞台时空的依据是心理逻辑。

于是，现代派戏剧根据人物的梦境、幻觉、遐想、回忆等心理活动来组织舞台时间和空间，把过去、现在、未来相互穿插、交织起来。每段戏中的行动时间不再是整一的，可以任意引申、压缩、时序颠倒，行动的时间跨度自由、灵动，呈多向流动、多维立体发展。通过回忆与幻觉，思考与梦境的交叠出现加以展示，也不再按过去、现在、未来的时序行进，可以任意颠倒或同时出现，这样时间的流向不再是单一顺向流动，而是时而顺向，时而逆向，是双向逆反形态，具有非常强的表现力。时空交错的结构方法，突破了传统戏剧按客观时序反映生活的局限，通过多层次、多变化的时空组织，表现人物隐秘复杂的内心生活。但由于人的意识活动带有很大的随意性和跳跃性，使用不当，也会造成情节结构的凌乱、模糊。

现代派戏剧有的采用了传统戏剧结构，如存在主义戏剧；有的采用了全新的结构样式，如象征主义戏剧和超现实主义戏剧的静态结构，即诗意结构；有的采用叙事体结构，如表现主义戏剧结构与布莱希特的叙事体戏剧。

一种是静态戏剧，这种结构类似于孙惠柱先生所说的"诗意结构"。梅特林克创作的《无形的来客》、《内室》、《七公主》和《群盲》，叶芝创作的《心之所往》，爱尔兰人辛格创作的《骑马下海的人》，包括一部分超现实主义戏剧在内的剧作中，人物没有明确动作，也就无法形成冲突，人物性格也得不到有效展示，语言显得支离破碎，全剧没有符合因果律的起承转合，基本上不是根据故事或人的有意向的动作线索来结构，而是直接表现作者的意念和情绪，在《内室》则只出现报信人转述室内的情形，看不出转述人的性格，室内的人更如水中月、镜中花，朦朦胧胧。这些"不讲究人物和故事的因果联系，主要根据作者的意念和情绪，自由地组接一系列连贯性少而跳跃性大的符号，这实际上是文学体裁中诗的特征"。①后来的荒诞派戏剧也采用了这种结构。由于缺少行动，这一类剧作都具有"停叙"的特征。

二是叙事体结构，从自然主义戏剧到表现主义戏剧再到布莱希特的叙事体戏剧，这里有一个发展传统。自然主义戏剧引入了一个陌生的闯入者，由他将观察到的世界转述给观众，如德国霍普特曼创作的《日出之前》中的洛特。斯丛狄认为，"提供这一可能的陌生人形象属于世纪之交戏剧艺术中最引人注目的特点"。②因为自然主义剧中的人物已经堕落为无所作为的苟且偷生的动物，他们自身已经缺乏行动的能力，有必要引入一个外在的观察者。在此，情节发展不是由人际冲突决定，而是由陌生人的行动来统摄。表现主义戏剧也有许多具有见证人功能的人物设置，如《鬼魂奏鸣曲》中的"大学生"，《从清晨到午夜》中的"出纳员"等。这些剧作以主人公的经历来结构，形成了主人公在场的戏剧结构。它们"大都有一个主人公，主干明确，而依附于主干之上的枝蔓却很繁杂。主人公和他的对手多有冲突，这冲突是忽隐忽现地贯穿始终，或是过五关斩六将如走马灯一样变换。整个过程都比较长，可以较为自如地展现各方冲突的准备和结果，而不一定以冲突的正面表现为主"。③这一类剧作的结构样式也被称为冰糖葫芦式，即阿契尔所说的葡萄干布丁式，注重的是"调和的一致"，④也就是每一场的戏都独立成章，但情节和人物又是贯穿前后的。他所说的绳子或链条式结构，强调的是衔接的一致。巴特农神殿式，强调的是结构或组织的一致。中国沙叶新创作的十场话剧《陈毅市长》，就采用了这种结构，全剧没有统一的中心事件，事件之间没有必然的联系，由陈毅这一主要人物贯穿始终，穿引各场。作者虽然用了彼此独立的十件事，但都从不同的侧面揭示了陈毅的精神世界，集中表现了陈毅市长与人民群众的紧密关系，在真正共产主义精神这一点上统一了起来。但这一类剧作也容易产生一些弊端，如孙惠柱所说，"由于焦点扩散了，这些剧作的主题也往往不那么明晰、确定，而显得比较虚，比较广泛，也比较有哲理"。⑤这些都是需要克服的。

----

① 孙惠柱：《第四堵墙——戏剧的结构与解构》，上海书店出版社2006年版，第49页。
② 〔德〕斯丛狄，王建译：《现代戏剧理论》，北京大学出版社2006年版，第58页。
③ 孙惠柱：《第四堵墙——戏剧的结构与解构》，上海书店出版社2006年版，第28页。
④ 〔英〕阿契尔，吴钧燮等译：《剧作法》，中国戏剧出版社2004年版，第114页。
⑤ 孙惠柱：《第四堵墙——戏剧的结构与解构》，上海书店出版社2006年版，第28页。

在表现主义戏剧结构的基础上，德国布莱希特又进一步发展了这种结构类型。他的剧作大都在二十场以上，至少也有十多场，场与场之间有较大的跳跃，从几天到几十年都有，由于人物众多，场景多变，较少考虑舞台时间和空间的限制，因此结构松散、不紧凑。这是一种片断式的结构模式，全剧通过中心人物的经历将这些片断组合起来，这个人物往往具有见证人的意味，同时又是作者本人的化身。亚里士多德主张结构的整一性，认为"只限于一个完整的行动，里面的事件要有紧密的组织，任何部分一经挪动或删减，就会使整体松动脱节。要是某一部分可有可无，并不引起显著的差异，那就不是整体中的有机部分"。[①]但这一类戏剧结构却破坏了这种整一性，因为其中的片断可以进行位移甚至取消也不会影响观众对剧情的大致理解。

叙事体戏剧结构与散文结构并不完全相同，"散文式结构形式上的特点一般是：场景集中而无须多变，人物较多而关系不必紧密，人物之间错杂有各色各样的矛盾或冲突，分散而不集中，多片断而少贯穿；剧中往往难以找出逻辑高潮，但可有情绪高潮，因为全剧的主题在一个统一的气氛和情调中体现出来，其着眼点是从整体上反映一个社会局部的面貌，或者如曹禺所说'用多少人生的片断来证明一个观念'"。[②]同样是松散的结构，叙事体戏剧始终有一个贯穿性人物，而散文式结构却没有这个贯穿人物，因此这种结构也称为人像展览式结构，它是一种以刻画人物群像为主，通过人物群像的刻画来展示社会风貌的戏剧结构方式。全剧没有一个统一的情节，也没有一个非此不可的中心人物，只是像图画一样，将一个一个的人物展览进去，把一个个的情节镶嵌进去。其特点是采用"剪影式"的方法展现出社会风俗的画卷，展示时代变迁和历史发展。如老舍的《茶馆》就采用了这种结构方式。

20世纪30年代中期以后，现代派戏剧就已经开始走下坡路了，第二次世界大战结束之后，一场与现代派戏剧既有延续又有断裂的后现代派戏剧开始登上历史舞台。其实，我们在阿尔托和布莱希特的身上已经看到了部分后现代派戏剧的影子，前者提出了无剧本创作，并提出了与经典决裂的观点，此后，即兴表演、追求过程，颠覆经典、戏仿经典成了众多后现代派戏剧家的

①〔古希腊〕亚里士多德，陈中梅译注：《诗学》，商务印书馆1996年版，第78页。
②孙惠柱：《第四堵墙——戏剧的结构与解构》，上海书店出版社2006年版，第41页。

基本策略；后者在其剧作中所展示的片断式结构和散点透视的叙事语法，成为后现代派戏剧非线性结构、拼贴戏剧的精神先导。总之，一个全新样式的戏剧已经到来。

第九章　含混说

——荒诞派戏剧的话语策略

荒诞派戏剧是20世纪西方戏剧发展的高潮，也是20世纪西方文学发展的高潮。由于它充分表达了当代人的生存状态和时代精神，所以20世纪50年代在法国崛起后，迅速波及欧美各国，一时间成为一股强劲的戏剧潮流。其实，这些戏剧家并没有统一的行动纲领，1961年英国戏剧理论家马丁·艾斯林根据其思想和艺术特点，把它定名为"荒诞派戏剧"。20世纪70年代以后，尽管荒诞派戏剧的大潮已经隐退，但荒诞意识却经常被后人用不同形式表达着。

一、荒诞派戏剧中的荒诞感

"荒诞"在1965年版《简明牛津词典》的定义是：不和谐、缺乏理性或恰当性的，因而是可笑的和愚蠢的，1996年版商务印书馆的《新华词典》中解释是：离奇，完全不合实际，不近情理。一般地，我们在三个层面上使用"荒诞"一词：一是作为一种生存体验的荒诞，即哲学意义上的荒诞感；二是作为一种戏剧话语策略的荒诞，其典型特征是交代不清或前后矛盾的含混；三是作为一种戏剧流派的荒诞，专指20世纪50年代以尤奈斯库、贝克特为代表的法国戏剧。作为一种生存体验的荒诞感，体现为一种不确定性，具体的，它是这样一种状态：

（一）荒诞是一种失去旧价值后的无目的状态

人是一种奇怪的动物，始终追求一种归属感和秩序感，这一点一直可以追溯到原始崇拜，人们总是把自己的希望寄托在神灵身上。"不测谓之神"，当人们对生命、对自然世界存在一定困惑时，神灵便产生了，它是希望的寄托。在西方，归属感一直由上帝来承担，秩序感一直由理性来维系。从古希腊到19世纪末，西方人一直都生活在一个秩序井然、稳定完美的世界中。天堂、尘世、地狱的三元体系准确无误地告诉人们来自哪里，应当走向何处。虔诚劳作的人死后进入天堂，犯了罪的人死后要在地狱里遭受审判，今生的目的是为了来世。为神而生，由神庇护，这样的生存是有目的也是有意义的。尘世虽然有瑕疵，但人在尘世间的所作所为却直接影响着他的归属。上帝是公平正义的，不必介意此生的落魄或猖狂，善有善报，恶有恶报。同时，人类凭借理性，可以认识、改造世界，理性是我们行走世界的利器，所以培根说"知识就是力量"，这种力量增添了我们战胜黑暗的勇气。不必哀叹世界还有许多未知领域，就像门捷列夫的化学元素周期表一样，理性早已为它们预留了位置，发现它们只是时间问题，因为规律与秩序是必然存在的。

但是，19世纪末期，德国的尼采石破天惊地宣布"上帝死了"，这无疑将人类的归属感和秩序感都粉碎了。人们突然发现往日的价值标准和行为准则都失效了，人好像是偶然被抛入世界中来的，他无依无靠，不知道自己为什么活着，怎样活着，更不知道死后会怎样。世界也失去了公平正义，犯罪的人得不到有效惩治，人的欲望得不到有效控制，宗教的调节作用丧失了。总之，人类由上帝的宠儿一下子变成了"流浪者、孤独者、流亡者，无家可归、漂泊不定、不得安宁的个人"。[1]尽管人们知道上帝根本不存在，但作为一种精神寄托，它拥有自己存在的理由，即使像爱因斯坦这样的科学家，也须臾离不开宗教。正如美国当代学者欧文·毫所说："上帝的存在是不可能的，而没有上帝，万物也成为不可能的了。"[2]确实，对于虔诚相信上帝已经近两千年的西方人来说，这是一次天崩地裂的大灾难。

同时，理性也遭到了前所未有的怀疑和攻击，德国海森堡的测不准理论，奥地利弗洛伊德的潜意识理论，都是对理性的一次次撞击。特别是经过两次世界大战的洗礼，人们觉得世界变得更加陌生，更加疯狂了。上帝的缺席和理性的削弱，好像一下子把世界的狰狞和可怕放大了，人类看到了以前从未看到的一切。胡作非为失去了罪与罚的公正评判，乐善好施得不到功与赏的精神补偿。于是，无意义、无目的、无理想、无激情成为一种时尚流行的生存态度。法国荒诞派剧作家尤奈斯库自己也说："荒诞是缺乏目的，它切断了他的宗教的、形而上的、超验的根基，人迷失了，他的一切行为都变得无意义、荒诞、没有用处。"[3]同时，现象与本质之间、能指与所指之间、意识与行为之间、原因与结果之间那种必然的、逻辑的、稳固的联系松懈了、解构了。也就是说，人类认识世界的理性能力被破除了，正如存

[1]转引自袁可嘉编选《现代主义文学研究》（上），中国社会科学出版社1989年版，第54页。
[2]转引自袁可嘉编选《现代主义文学研究》（上），中国社会科学出版社1989年版，第198页。
[3]转引自〔英〕马丁·艾斯林，华明译《荒诞派戏剧》，河北教育出版社2003年版，第8页。

在主义者加缪所说："一个哪怕可以用极不像样的理由解释的世界也是人们感到熟悉的世界。然而，一旦世界失去了幻想与光明，人就会觉得自己是陌路人。他就成为无所依托的流放者，因为他被剥夺了对失去的家乡的记忆，而且失去了对未来世界的希望。这种人与生活之间的距离，演员和舞台之间的分离，真正构成荒诞感。"①失去理性的人类甚至没有能力为存在找到一条像样的理由，更谈不上解释这个世界，世间万物原有的位置和秩序被颠覆了，一切就这么毫无理由地、毫无目的地各自存在着，根本无法被合理有效地纳入到一个和谐有序的体系中。

人类的日常行为都是有目的的，刷牙是为了保持口腔卫生，写文章可以挣稿费，锻炼身体是为了参加明天的足球赛等等。人类作为具有自我意识的动物，他的行为始终都有直接的目的性，只有昏迷中的病人、婴儿、精神病患者才会做出没有目的的动作。荒诞派戏剧所说的目的并不是指这些琐碎的、具体的生活目的。实际上，具有荒诞体验的人所说的目的，是指日常生活中无数具体目的之上的终极目的，它是裁决、评判、协调人际和人类行为的统一性准则，是生存理由的给予者，世界秩序的协调者，公平正义的体现者。然而现在，这种神明隐遁了，归属感迷失了，旧的价值体系崩溃了，人只能无目的地生活在这种失去终极关怀的世界中。

（二）荒诞是一种建立新秩序前的不确定状态

那么，上帝死了以后，人类能不能寻找到一种新的替代品，在终极目的上关怀人、协调人，赋予生存以理由和勇气呢？人类作了种种尝试，但都失败了，因为他们很快就"发现某些已经建立起来取代他的地位的廉价替代品的虚假和邪恶的品质"，②那么，到底有没有一个能够维系人类生存并"被普遍接受的整体性原则"呢？③有的人说有，有的人说没有，拥有荒诞意识的人说"不知道"，他们既不能得出肯定回答，也不能得出否定回答，只能采取暧昧的悬搁态度。如果得出的答案是肯定的，就说明人类失去上帝之后还有理由存在或者说还能够找到一个稳妥的替代品，那么，人的生存就又变得有所依靠，人在失去精神家园之后就还会拥有一个新的家园，哪怕这个家

---

① 转引自〔英〕马丁·艾斯林，华明译《荒诞派戏剧》，河北教育出版社2003年版，第8页。
② 〔英〕马丁·艾斯林，华明译：《荒诞派戏剧》，河北教育出版社2003年版，第277页。
③ 〔英〕马丁·艾斯林，华明译：《荒诞派戏剧》，河北教育出版社2003年版，第277页。

简陋一些，人也同样是高兴的，人的心理仍将是坚定而充实的。如果得出的结论完全是否定的，就意味着人类失去上帝之后彻底找不到一个新的替代品或者说这一类终极目的根本就不存在也不可能存在，那么，人类感觉到的就应该是彻底的绝望而不是荒诞，生存就变得彻底地无意义、无目的。就像《等待戈多》中，到底有没有戈多这个人，这是一个问题。如果有，为什么迟迟不肯露面，谁也不知道戈多会不会来。如果没有，戈戈和狄狄就再也不用等待了，他们之所以天天来，就是希望不灭、信心不死，"荒诞的图景越是荒谬绝伦，越是蕴藏着一种理想主义的痛心疾首"。[①]所以，真正的荒诞感是一种介于希望和绝望之间，他被两种可能性相互折磨着，被不确定性吞噬着，根本无法采取明确的行动来拯救自己，正如存在主义哲学先驱克尔凯郭尔所说，"在这个无限的世界上，他是孤独的，被遗忘的人，他没有无忧的现在，也没有值得思念的过去，因为他的过去尚未来到，就像没有他可对之寄托希望的未来一样，因为他的未来已经逝去。在他的面前只有无限的世界，就像他不能与之和睦相处的你一样，因为剩下来的整个世界对于他如同唯一有生命的东西，而这个有生命的东西，就像形影不离和招人厌烦的朋友，它叫做：不了解"。[②]总之，一切肯定性的判断与一切否定性的判断都不适合具有荒诞感的人。

旧的世界秩序已经打破，而新的秩序尚未建立，人类就荒诞性地生活在这种上不着天、下不着地的"悬置"状态中。因此，"在路上"、"旅途中的人"就成了许多当代人的形象比喻。这种新旧交替的状态被尤奈斯库描述得最为透彻，他说，"我所有的剧本都源自两种基本的状态，时此时彼占支配地位，有时两者又相结合。这就是说，既意识到事物的消逝，也意识到它的常在；既意识到一片虚无，也意识到庞杂存在；既意识到人间虚假的透明度，也意识到它的混浊度；既意识到光明，又意识到黑暗"。[③]这正是旧价值体系崩溃而新价值体系尚未建立的两难状态。在这种状态下，"等待"既是一种无奈之举，更是一种自欺和自恋行为。

①柳鸣九：《荒诞概说》，载《外国文学评论》1993年第1期。
②转引自[前苏联]库列科娃，井勤荪、王守仁译《哲学与现代派艺术》，文化艺术出版社1987年版，第187页。
③〔法〕尤奈斯库，屠珍、梅绍武译：《起点》，载《外国文艺》1979年第3期。

（三）荒诞是一种生存悲剧的喜剧化状态

既然旧世界、旧价值、旧体系、旧秩序已经消失，新世界、新价值、新体系、新秩序尚未建立，那么，这种生存状态注定是悲剧性的。所以尤奈斯库说："存在这一事实使我们惊愕，我们现处的世界充满幻觉和造作，所有的人类行为都只反映出荒诞，全部的历史都只说明绝对的虚妄，一切现实，一切语言，都变得沉默了，土崩瓦解了。于是，当一切都无所谓了的时候，我们还能有什么反应？只有对之哈哈大笑。"①答案尚未明确，生存仍要继续，悲剧问题的喜剧化处理便成了一种生存策略，这是一种绞刑架下流泪的欢笑，这种状态直接促成了荒诞派戏剧的悲喜化特征，就是用喜剧的形式来表达悲剧的主题。马丁·艾斯林也认为，"由于在荒诞派戏剧中，动机的不可理喻性以及人物行动往往具有的无法解释的神秘性，有效地防止了认同，因而这样的戏剧就是喜剧，尽管实际上它的主题是忧郁的、狂暴的和痛苦的。这就是为什么荒诞派戏剧超越了喜剧和悲剧的范畴，将笑声和恐怖结合在一起"。②悲喜剧艺术上的喜剧性是生活中的喜剧性的张扬，悲剧性是生活中的悲剧性的凸显，所反映的是社会生活本质的复杂性和社会人物本性的多变性。

从古希腊开始就有人怀疑过世界的合理性，《俄狄浦斯王》中那种弑父娶母的宿命论就是典型的代表，普罗泰戈拉等人的怀疑论哲学也曾经对世界的本源和秩序进行过追问和梳理，但这一切都是局部的、零星的。只有从存在主义哲学开始，荒诞才吸引了众多艺术家的思考并得到了集中展示。荒诞派剧作家的思考角度与众不同，他们从过去的"正面追问"变为"置身事外"，采取的是反身视角，以局外人的身份和眼光反观自身。所以"从波德莱尔、斯特林堡一直到战前的萨特、加缪、海明威，几乎都是以严肃的态度对待世界的荒诞的，他们一股劲儿地挖掘世界的荒诞，带着绝望的神情把它显示给读者。后现代派面对的几乎是战前所表现的主题，但他们转换了一个视角，用荒诞派剧作家尤奈斯库的话来说，人生是荒诞的，认真严肃地对待它显得荒诞可笑"。③这种反观视角在叙事语调上表现为一种冷漠，他们笔

①转引自〔英〕巴尼特，陈弘译《戏剧本质论》，载《文艺理论研究》1990年第4期。
②〔英〕马丁·艾斯林，华明译：《荒诞派戏剧》，河北教育出版社2003年版，第285页。
③徐葆耕：《西方文学十五讲》，北京大学出版社2003年版，第291页。

下的人物和场面越是荒诞和恐怖，剧作家的态度就越显得异常平静。

荒诞派戏剧冷漠客观的叙述语调有助于启发读者的想象力，引起多种理解，提高欣赏情趣。但过分追求这种手法又会使文学作品变得无思想性和缺乏激情，或晦涩难懂。"满纸荒唐言，一把辛酸泪，都云作者痴，谁解其中味。"曹雪芹的这首诗也许正是荒诞派剧作家的心理写照。

二、荒诞派剧作家的价值取向

我们知道，荒诞是荒诞派戏剧的母题，在此统领之下，分别孕育出孤独、焦虑、死亡、沉沦、负罪感、虚无感以及自我的丧失等众多子主题。面对荒诞，一般认为，在荒诞派戏剧大潮中，法国的贝克特、尤奈斯库、阿达莫夫，英国的品特等人都是中坚力量。他们在具体价值取向上并不完全相同，各有侧重。这里我们通过其中四个代表性人物，来窥探荒诞主题的总体特征。

（一）贝克特：绝望和等待

贝克特是爱尔兰人，长期居住在法国，他是1969年度诺贝尔文学奖的获得者，代表作有《等待戈多》、《最后一局》、《啊，美好的日子》等，这几部戏写的都是人的绝望与等待。

1952年创作的《等待戈多》是贝克特的成名作，这是一个两幕剧，故事发生在黄昏。第一幕的地点是荒野的一条路旁，一棵树下的土墩上。两个浑身发臭的老流浪汉爱斯特拉冈和弗拉季米尔在一条荒凉的路上相遇了，两人互相询问来干什么，都说在等人，所等的人都叫戈多，但他们都不认识要等的人。他俩好像昨天也在这里交谈过，而且明天也极有可能还在这里相会。他们漫无边际地聊天，互相责备、嘲弄、争吵、言和、拥抱。戈多始终没有来，他们又说只有耐心等。第一幕快结束时，等来了奴隶主波卓和一个幸运儿。这时戈多的使者来说："戈多先生让告诉你们今晚他不来了，但明天肯定会来。"第二幕是次日黄昏，同样是空空的舞台，荒凉的路，但枯秃的树上已长出了四五片叶子，两个流浪汉又聚到了一起，仍在原地等待戈多。两个人仍旧是脱靴子、戴帽子，但动作明显加快了。他们焦躁不安，但极少说话，更多的时间是沉默。戈多依然没有来，来的还是奴隶主波卓和幸运儿，但他们的关系已经变了，波卓成了瞎子，幸运儿成了哑巴，这两个人是否就是昨天他们遇到过的那两个人，他们确定不了。戈多的使者又来告诉他们，戈多不来了，明天晚上准来，决不失约。这时，两个流浪汉绝望了，决定上吊，可是没带绳子，只好解下裤带，可是一拉就断了。于是两个人约好明天来上吊，除非戈多来解救他们。最后，经过一阵沉默，一个问："咱们走不走？"一个答："好的，咱们走吧！"可是他们仍旧站着不走，仍在毫无希望地等待戈多。

《最后一局》是个独幕剧，创作于1957年。这里面有四个人物，坐在轮椅上的瞎子哈姆和得怪病只能站不能坐的仆人，哈姆的父母各自待在垃圾箱里，他们生活在没有家具的封闭屋子。哈姆在睡觉，仆人在走动，胡说。全剧以哈姆和仆人梦呓般的对话为主体。父母从垃圾箱伸出头来想相互拥抱却又做不到，还不断地回忆往事，讲故事取乐，让哈姆十分恼火，不时地推着轮椅在室内转一圈，还美其名曰周游世界，丈量自己是否处于地球中心。最后仆人承认自己虽然活着，但已经发臭。

《哦，美好的日子》是一部三幕剧，创作于1962年。这部戏的场景更荒诞：温妮是一个五十岁左右的妇女，头发金黄，身材丰满，风韵犹存。第一幕开始时，她腰部以下全埋在土丘里，正在睡觉，身子左边放着一个手提包，右边有一把女式小阳伞。在她的右后方，六十岁左右的威利躺在地上睡着了，他的身子被土丘遮住。长时间的沉默忽然被尖锐的铃声打破，铃声响过两遍才把温妮吵醒，新的一天开始了。她从提包里翻出了牙刷、牙膏，开始刷牙漱口，刷完了又掏出一面小镜子，仔细察看自己的牙齿，然后，又找出了眼镜，戴上又摘下来，用手帕擦拭镜片。她转过身，用伞尖碰了碰威利的身子，叫他别再睡觉了，因为她可能需要他。她转过身来放下阳伞，在手提包里找出一把手枪来，她在手枪上亲了一下又放回包里，随后又取出一只药水瓶，念着瓶子上写着的服药剂量，然后一口气把药水都喝光了。她想起一行精彩的诗句，"哦，转瞬即逝的欢乐，无穷无尽的苦恼"，念完诗又拿出口红来往嘴唇上涂。她还劝威利穿上短裤、擦上冷霜，避免晒黑了。她眼望前方，显出幸福的表情，喃喃自语："哦，这又将是美好的一天！"威利只管自己读报，温妮只管缅怀往事，她喋喋不休地说着许多语无伦次的话，明明知道威利没有听，但她还是说，因为她不能忍受孤独。她想不起来自己是否梳过了头发，干脆再梳一遍，反正可以做的事情太少了。于是，她梳头、剪指甲，重复着每天仅有的几项工作。威利在土丘后因虚脱倒下了。第二幕开始时，温妮的脖子以下全被土埋了，头已经不能转动，提包和阳伞还在原处，手枪放在很显眼的地方。她实在无事可做，只好回忆自己的一生。威利从土丘后爬到她能看到的地方，温妮喜出望外，不由想起那年春天威利向她求爱的情景，她问威利是否还想摸一摸她的脸，再吻一吻她，可是威利一松手，滚到了土丘下面，温妮鼓励他再试一试。就在这时，刺耳的铃声响了，温妮看着威利，威利也抬头看她，两人对视着，长时间的沉默，等待死亡成了他们每天的必修课。

总之，在他的戏剧中，无意义的语言取代了人物行动，他把环境、人物、情节、动作的描写都减少到了最低限度，因此，他的舞台空间简洁而空旷。他自己曾经在评价这类剧时说："只有没有情节，没有动作的艺术，才算得上纯正的艺术。"[1]在他的作品中找不到具体的社会主题，他所追求的是表现那些关于存在的最基本的元素，如时间、等待、孤独、异化、死亡等等，表现了纯粹的生存状态。

（二）尤奈斯库：异化与压迫

尤奈斯库是罗马尼亚人，1940年定居法国，代表作品有《秃头歌女》、《椅子》、《阿麦迪及其脱身术》、《新房客》、《国王正在死去》、《犀牛》等等，他的作品更多地探讨了人的异化以及物对人的压迫问题。

《秃头歌女》创作于1949年，描写两对夫妇之间无聊的对白，一对是主人史密斯夫妇，另一对是客人马丁夫妇。他们一起来做客却相互并不认识，好不容易确定了夫妻关系，又被女仆玛丽否定了。他们说到一个朋友叫勃比，一会儿说他已经死去三年了，一会儿又说他明年春天结婚，他的妻子和全家竟然都叫勃比。墙上的钟也很古怪，一会儿敲四下，一会儿又敲两下。这中间来了一个消防队员，对他们家没有失火感到可惜，主人家也因为没有着火而有点对不起他。然后他们开始讲故事，却又是些怪诞的事，什么小牛

---

[1]转引自张英伦、吕同六、钱善行、胡湛珍主编《外国名作家传》（上），中国社会科学出版社1979年版，第120页。

犊跟人结了婚，狗装成公鸡之类，后来干脆是喋喋不休的胡扯。送走消防队员，他们的对话成了四个声部自说自话的语言狂欢。最后，声音突然中断，灯光复明，客人坐到了主人的位置上，重复着主人在开始时说的话，戏重新开始，然而大幕却徐徐落下。

《椅子》、《阿麦迪及其脱身术》和《新房客》这三部戏，着重描写物的繁衍膨胀，并最终成为一种扼杀人的力量。《椅子》的主角是一对年逾九旬的老夫妻，住在一个与世隔绝、四面环水的孤岛上。老头每天晚上都要给老太太讲同样的故事，后来为了摆脱寂寞，他准备把人生真谛告诉大家，于是他们兴高采烈地迎来一个又一个宾客，宾客用椅子代替。舞台上的椅子越来越多，有漂亮的夫人，有风度翩翩的上校，最后连皇帝也来了。老头对漂亮夫人大献殷勤，老太太在上校面前卖弄风情。他们雇来了一个演说家替他们说出人生经验，然后夫妻两人跳河自杀，但大家都没有注意到他们的死，只对演说家感兴趣，可是这个演说家是一个哑巴，他打着手势，极力想让宾客明白，但大家都不懂，写出来的字也是一些让人无法理解的字母。"世界"的不存在也是这个剧的一个主题，椅子之所以空着，是因为世界上没有任何人，作者自己本人认为，"世界实际并不存在，戏的主题——是不存在，而不是失败，这是总体的缺席：椅子没有人坐"。① 《阿麦迪及其脱身术》中的男主人公阿麦迪想当剧作家，在屋里关了十五年，只写出来两句台词。他的妻子玛德琳是个电话接线员，在这间简陋的小屋子里，她一会儿接总统的电话，一会儿接黎巴嫩国王的电话，还有卓别林的电话。他们的卧室里有一具死尸，已经十五年了，仍然在不断地膨胀，现在已经占据了整个房间。这个尸体到底是阿麦迪的情敌还是邻居家的小孩，他们两个都说不清楚。阿麦迪决定把死尸扔出去，结果遇上了警察，只好飞到空中，以逃避这场噩梦。《新房客》里，新房客住进空屋，规划着，估算着，用一卷钢尺丈量着。搬运工人运来家具，最后堆积如山的家具把他埋在其中，越来越多的家具塞满了房间，堵塞了楼房，堵塞了街道，甚至堵塞了塞纳河。

创作于1960年的《国王正在死去》中，王宫里一片破败的景象，屋顶上

---

① 转引自〔前苏联〕库列科娃，井勤苏、王守仁译《哲学与现代派艺术》，文化艺术出版社1987年版，第187页。

瓦片被风刮走了，窗玻璃碎了，墙上出现了裂缝，能听到细小的断裂声。国王的卧室里布满了蜘蛛网，他的裤子破了，大红袍上有个窟窿，睡衣上的扣子也掉了。国王在登基之初，王国有九十亿人口，现在只剩下一千多名老头和四十五个年轻人。王国的土地也在缩小，走不了几步就到了国界线，大臣们都到河边去钓鱼来养活老百姓。国王被告之只能活几个小时，但他仍然活着并且等待着，这种荒诞的情境在现实中是无论如何也不会出现的。

《犀牛》创作于1958年，在出版社工作的贝兰吉与朋友让在巴黎街头一家咖啡店里聊天，说话间冲出一只狂奔的犀牛，令所有目击者都惊讶万分。犀牛的出现成了人们议论的话题，在贝兰吉的办公室里，一个妇女来给自己的丈夫请假，原来她丈夫变成了犀牛。贝兰吉的朋友让也变成了犀牛，全城的人都在变，他们侵略性地横冲直撞。最后只剩下贝兰吉与女友戴茜小姐了，最后戴茜也走了，只剩下贝兰吉一个人孤独地拒绝着这一切。在一个他人引导的社会里，自我丧失了。人在资本主义社会中的异化问题，是欧美现代派文学不断表现和发掘的一个主题，从卡夫卡的《变形记》到尤奈斯库的《犀牛》，有着一脉相承的继承关系，但《犀牛》与《变形记》不同，《变形记》着重表现人的悲惨处境，而《犀牛》所要揭示的却是人的自我堕落。

人受到的威胁和压迫是尤奈斯库最感兴趣的话题，这些威胁与压迫，有的来自社会，有的来自自我，有的来自物。人在这些外来威胁的压迫下，躲避也好，挣扎也好，都是徒劳的，人对自己的命运完全失去了自主能力。在这些剧作中，人与环境的关系变成了敌对关系，人成了环境的牺牲品，没有一点"宇宙的精华，万物的灵长"的影子。但环境是无法改变的，所以人只能生活在无边的痛苦和绝望之中。

（三）品特：闯入与威胁

20世纪50年代后期，荒诞派戏剧传入英国，掀起了英国戏剧的"第二次浪潮"，"第一次浪潮"是现实主义风格的"愤怒戏剧"。品特的戏剧主要是表达人的安全与宁静受到外界的威胁与破坏，这种威胁与尤奈斯库不同，主要来自身份不明的闯入者和自我掩饰的被闯入者，因此，这种威胁是说不清道不明，从而创造了具有品特风格的神秘色彩的"威胁戏剧"，他的代表作品有《房间》、《生日晚会》、《送菜升降机》、《轻微的疼痛》和《看房人》等。

《房间》是品特1957年创作的一部剧作，这是一个独幕剧，情节十分简单，却是品特风格的开创之作，品特后来的创作主题和手法，有许多都是在这部剧作的基础上发展形成的。剧本描写一对夫妇住在一间似乎是租来的房间里，丈夫伯尔特是个司机，经常外出。罗丝一个人在家时，一对不速之客森兹夫妇声称住在地下室的一个人告诉他们罗丝的房间是空的，他们要来租这间屋子。罗丝害怕地下室的那个人，不愿意提起那个人，但又不断地提到那个人。森兹夫妇本来是为了租房子，却为了租还是不租争执起来。他们走后，真正的房东基德进来说地下室的那个人要求同罗丝单独见面。房东基德进屋后还谈到自己有个妹妹已经死了，但对什么时候死的、怎么死的这些问题都避而不答。罗丝根本不相信她有个妹妹。基德走后，地下室的人进来了，他是个黑人瞎子，似乎知道罗丝的过去，他称罗丝为"莎尔"，这使罗丝感到恐怖，但她也没有否认这个名字，只是叫对方别这么称呼。罗丝为什么会害怕，他们两个人之间到底发生过什么，两个人为什么都不说实话，事实真相到底是什么，作者都没有交代，只是描述他们逃避事实和掩盖自己的精神状况。这时，罗丝的丈夫伯尔特回来了，他莫名其妙地把瞎子打翻在地，瞎子一动不动，也许是死了。这时罗丝哭着说，她自己也瞎了。

《生日晚会》是个三幕剧，创作于1957年。英国滨海小城住着一对出租客房的老夫妇，男的叫彼梯，女的叫梅格。他们家有个单身男房客，叫斯坦利，是个钢琴师。斯坦利在彼梯和梅格家已经寄寓一年有余，梅格将他半做孩子半做情人的予以照料。他终日深居简出，无所事事，生活懒散，不修边幅。一天上午，他听说有两个新房客要来暂住，立即开始不安，并表示反对，这天正好是斯坦利的生日，梅格要为斯坦利办个生日晚会。晚上，斯坦利在起居室与两个新房客相见，这两个人一个叫麦坎，一个叫戈德伯格，一同向斯坦利兴师问罪，轮番对他进行指控。这两个人到底是干什么的，他们与斯坦利之间是什么关系，斯坦利隐瞒了什么，作者都没有交代。最后，这两个人把斯坦利带走了，而梅格也无所谓地，只顾沉浸在昨天生日晚会给她带来的喜悦中。

1957年的《送菜升降机》中，两个刺客班和格斯呆在一个厨房里等候杀人命令，在等待期间，不停地有送菜的升降机来向他们要菜，他们的任务好像是厨师的工作，一会儿送菜，一会儿送面包。后来他们干脆说自己什么菜也没有了。格斯口渴出去喝水，班接到命令要干掉进入房间者，他举枪瞄准门口，进来的却是他的同伙格斯，外衣、背心、领带、手枪都已被剥去，两个杀手互相瞪着眼，全剧就此结束。这个剧中也同样充满了不确定，雇主是谁，干什么的，为什么要杀人，作者没有告诉我们。有意思的是，在这个剧作中，威胁者成了被威胁的对象，他们的目的成了结果，已经有了反讽的意味。

1958年的《轻微的疼痛》中，男主人公爱德华发现有一个卖火柴的人一直停留在他家门口，不知道为什么他的内心开始变得紧张不安。他让妻子弗罗娜把卖火柴者请进屋，想打听这个人的来历，可是不管爱德华怎么热心地与他交谈，提出各种问题，卖火柴者总是一声不吭，什么问题也不回答。爱德华的不安全感越来越重，莫名其妙地处于恐惧之中，原来只感到有点儿疼的眼睛似乎比平时更加疼痛，并且视力也开始减退。他终于经受不住内心的折磨，精神完全崩溃，轻微的疼痛发展到了剧烈病疼。于是他的妻子让卖火柴者代替了他的位置，成了自己的新丈夫，她把卖火柴者的盘子放到丈夫手中，自己挽起卖火柴者的手，两个人一起到花园吃午饭去了。

从20世纪60年代开始，品特的作品中减少了神秘化与非现实化，更多地趋向于现实，在主题上也有变化，就是从描写令人不安的外来威胁，扩展到人与人之间争夺控制权的斗争，如《看房人》、《情人》、《回家》、《背叛》等。此后的品特进一步向现实主义贴近，事实上已经成为一名现实主义者。在品特的剧作中，这些闯入者神秘莫测，随着闯入者的揭示，被闯入者的过去和身份更让人捉摸不定。

品特剧作的神秘因素与象征主义戏剧中的神秘无论是来源还是效果都不一样。一方面，品特对事件和行动都没有作出合乎逻辑的解释和交代，因此世界变得捉摸不定，神秘莫测；另一方面，剧中人总是企图掩饰和逃避自己的过去，从而使事件真相更加捉摸不定。其他荒诞派戏剧中的不确定都是由于作者故意不交代造成的，而品特却又加上了人物自己也不愿意交代。他们好像有许多秘密不愿意让人知道，害怕在交流中暴露自己从而惹祸上身，因此，他们不愿意也不敢相互交流。于是，语言对他们来说，不再是交流和澄清事实的手段，而是掩饰内心恐惧和隐瞒真相的工具，语言成了他们的避难所。尽管他们把自己圈在一个狭小的空间里，企图躲避外界的干扰，隐瞒事实的真相，但仍然无法抵御外界的侵入，终于成为外界胁迫势力的牺牲品。同时，品特在创作方法上把现实主义艺术手法融入自己的创作中，把整体构思的荒诞性与细节描写的真实性融合在一起，从而创造了独具一格的具有现实主义特色的荒诞派戏剧。如果说法国荒诞派戏剧大师们是从具体的荒诞出发，达到抽象的真实，那么品特的方法就是把具体的荒诞和具体的真实结合起来并贯彻始终，使观众感受到具体现实的荒诞，这正是所谓的"品特风格"。

（四）阿达莫夫：意义与模糊

阿达莫夫是俄国高加索人，1924年定居巴黎，代表作有《侵犯》、《泰拉纳教授》等。他的作品侧重探讨人与人之间沟通的徒劳和意义的模糊。后来的阿达莫夫，对荒诞手法丧失了兴趣，转而信奉布莱希特的叙事体戏剧。

《侵犯》创作于1950年，写一个作家死后散乱的遗稿侵占了整个房间，以喻无处不存在的混乱状态。第一幕开始时，皮埃尔在房间里到处翻找手稿，他抱怨妻子阿涅丝不听他的话，动了那些手稿。那些手稿是皮埃尔的亡友若望的遗稿，若望是阿涅丝的哥哥。皮埃尔出于对若望的敬重，一字一句反复斟酌地为他整理混乱不堪的遗稿，千方百计追索作者的原意，但是很显然，这种整理困难重重，根本无法完成。他的助手只是马虎地用自己的意思来注解，却遭到他的反对。他的整理工作不断受到外界的干扰，包括他的妻子、母亲和隔壁的陌生人。后来，他的妻子受陌生人的诱惑出走了，皮埃尔的母亲一向不喜欢这个儿媳妇，她乘机占据了女主人的位置。最后，阿涅丝又回来了，但她不好开口，只说是借打字机，但皮埃尔的母亲描绘了她，皮埃尔也在徒劳整理与受挫情感的双重压力下自杀身亡。《侵犯》是一出有关徒劳地探求意义、在杂乱中寻找寓意的戏。它关注的既是社会也是家庭的秩序和混乱带给人的伤害。

《泰拉纳教授》创作于1953年，泰拉纳是个怪异、难以琢磨的人物，他被指控在海滨沙滩有下流的暴露身体的行为。后来，又被指控在海滨浴池乱扔废纸。面对在海滨沙滩有下流行为的指控，他辩解说自己是一个声名赫赫、受人尊敬的大学教授。一位走进警察局的漂亮女人似乎认识他，却又把他当做麦纳德教授，因为他们长得很像。面对在海滨浴池的行为，他声称自己没有用过浴室，他是在沙滩上换的衣服。警察出示了一个在浴室里捡到的笔记本，泰拉纳认出是自己的，但又认不清里面的手写字。这里面充满了自相矛盾，我们既不能确定他是否当着小孩脱光衣服，也不能确定警察在浴池里捡到的笔记本是否是他的。"完全不清楚剧作家是想要表现一个骗子被揭露呢，还是想要表现一个无辜的人遭遇了一场命运精心设计的意在否定他的说法的巨大阴谋。"①马丁·艾斯林的这个感叹是贴切的。

总之，荒诞派戏剧抛开了具体的社会问题，将矛头直指人的存在本身所遇到的问题，因此，他们是探索存在本身的纯戏剧的倡导者，也是更广泛意义上的现实主义者，是具体社会问题之上的存在论者。当然，在这些作品中也可以看到战后整个社会的虚伪和商品化，在他们眼中，战后的社会一无是处，但他们又没有用另一种制度来代替现行制度的雄心壮志和能力，他们只想嘲弄并脱离这个社会。

三、荒诞派戏剧的形式美学

对荒诞主题进行表达的并不是只有荒诞派剧作家，从阿努伊、萨特到加缪，他们都表现了存在的荒诞性。那么，如何在话语形式上区别存在主义戏剧和荒诞派戏剧呢？

我们认为，"非理性"与"非逻辑"是两个不同概念。所谓理性是指处理问题按照事物发展的规律和自然进化原则来考虑的态度，非理性强调的是一切有别于理性思维的情感、直觉、幻觉、下意识、灵感等精神因素。亚里士多德意义上的"逻辑"，是关于"必然推理规则"或"必然证明规则"的科学。逻辑有两个特点：第一是它能够得到可靠的结论，第二是它丝毫不考虑逻辑推理的前提和结论是否完备合理。当前提可靠时，它的结论也是可靠的；当前提不可靠时，他的结论也是不可靠。同时，当前提不完备时，它的结论也是不完备的；前提完备时，结论也是完备的。也就是说，逻辑只负责依据前提条件理性地、有秩序地展开，确保归纳、演绎过程本身不出问题。因此，这种不问前提不管结果的逻辑化过程是机械的，它就像一个加工厂，只负责来料加工，加工什么，加工出来的产品是什么样子，它都不管。结论的可靠性与结论的完备性是两个概念。迄今为止，没有哪一门科学理论敢宣

①〔英〕马丁·艾斯林，华明译：《荒诞派戏剧》，河北教育出版社2003年版，第71页。

称自己的结论是完备的，但他们却敢宣称自己的结论是可靠的，人们宁愿需要结论的可靠性也不要知识的完备性。总之，在某种意义上说，非理性侧重于用来描述思维层面，而非逻辑则偏向于用来描述表达层面。

根据这一点，我们发现在被称为荒诞派的剧作中，同样是非理性内容，绝大多数剧作的表述是不符合逻辑的，但也有一部分却符合逻辑。汪义群先生敏锐地指出，"并非所有荒诞剧的结构都是非理性的，例如尤奈斯库的《犀牛》、《阿麦迪及其脱身术》、阿达莫夫的《侵犯》等还是部分采用了传统的情节结构。但我们认为这类剧作在结构上很难说是典型的荒诞剧，毋宁说是荒诞手法与传统写实手法相结合的产物。典型的荒诞剧还是以情节结构的非理性为其主要特征的"。①应该说，汪义群对荒诞派戏剧的区分是细致的，他所提到的这些剧作，确实是荒诞派戏剧中的"另类"，这些剧作还应该包括美国的阿尔比、法国的日奈和瑞士的迪伦马特等人的一些作品。但他用"非理性"原则来区分这一类戏剧似乎并不准确。我们知道，非理性是现代派戏剧的共同特征，如表现主义戏剧和超现实主义戏剧等，甚至萨特和加缪的剧作在情境设置上也具有非理性的一面，如《禁闭》、《误会》等。所以，仅凭"非理性"这一点我们很难在形式上把荒诞派戏剧与其他同样具有非理性特征的戏剧区别开来，我们认为，这一类戏剧与语义含混的荒诞派戏剧最大的区别在于"非逻辑"。

我们知道，从阿努伊、萨特到加缪，他们的剧作都表现了存在的荒诞性，但"这些作家在一个重要的方面与荒诞派戏剧家不同：他们以高度明晰和合乎逻辑地进行说理的形式表现他们对人的状态的无理性之感，而荒诞派戏剧则力图通过公开抛弃合理的方法和推理的思维，来表达它对人的状态的无意义和理性方法的不适用之感"。②这里，马丁·艾斯林抓住了"逻辑"这个关键词来区别存在主义戏剧和荒诞派戏剧，这是很有说服力的，确实显示了他过人的理论素养。但是，马丁·艾斯林在他的代表作《荒诞派戏剧》中却并没有坚持这一原则，而是侧重于剧作的内容，把一些用逻辑化表达荒诞主题的剧作都划入了荒诞派戏剧，从而暴露了他的不彻底性。

①汪义群主编：《20世纪西方现代派戏剧作品选》（五），中国戏剧出版社2005年版，第14页。
②〔英〕马丁·艾斯林，华明译：《荒诞派戏剧》，河北教育出版社2003年版，第8页。

　　总之，汪义群对另类荒诞派戏剧的直观感悟，以及马丁·艾斯林用"非逻辑"对存在主义戏剧和荒诞派戏剧的区别，启发了我们得出一个结论：作为一种表达形式，荒诞的典型特征是"非逻辑"而不是"非理性"，正如库列科娃所说，"荒诞派戏剧家的破坏活动，不是从对形象的表面歪曲，甚至不是从变形（比如，像表现主义者所做的那样）开始，而是从破坏戏剧素材逻辑本身开始的"。[①]因此，并不是人变成了犀牛就一定采取了荒诞形式，也不是两个人物在现实场景中进行对话就不可能是荒诞形式，问题的关键是要看剧本的呈现和表达是否符合逻辑。只要符合逻辑，就是人变成了犀牛，它也不是荒诞戏剧，如《犀牛》。同样，只要不符合逻辑，即使现实场景中的对话也是荒诞戏剧，如《等待戈多》。那些放弃了荒诞派戏剧的非逻辑化叙述，在荒诞中注入了现实因素，又在现实中强化了非理性因素，从而探索出一种既区别于非逻辑化的荒诞派戏剧，又不同于理性化倾向的存在主义戏剧的新形式戏剧，已经不再是典型的荒诞派戏剧了，我们更愿意把它称为"怪诞戏剧"。

　　同时，我们也用这个标准把荒诞派戏剧与超现实主义区别开来。我们知道，超现实主义与荒诞派戏剧一脉相承，具有很多相似性，以至于超现实主义布勒东在看了尤奈斯库的一部早期剧作后认为，荒诞派艺术运用了超现实主义手法，业已达到了超现实主义者想做而没有做到的一切。[②]但是，超现实主义戏剧与荒诞派戏剧的区别仍然是十分明显的，首先，超现实主义尽管也强调非理性，却是逻辑化表达，这一点，它不是与荒诞派戏剧而是与怪诞戏剧似乎更接近。其次，"超现实主义者企图用自己的艺术手段创造'新现实世界'，和现实生活完全不同的幻想世界，以使艺术家和观众摆脱艰难繁重的生活问题。荒诞派戏剧的成员们则相反，他们从不追求创造'超真实的'世界，而是把用自己的艺术手段创造出来的荒诞世界，冒充为对生活内容的真正深刻的揭示，这个世界甚至被宣布为是比现实世界更加真实的世界。"[③]也就是说，超现实主义戏剧的目标是现实生活，而荒诞派戏剧的目

①〔前苏联〕库列科娃，井勤荪、王守仁译：《哲学与现代派艺术》，文化艺术出版社1987年版，第167页。
②〔前苏联〕库列科娃，井勤荪、王守仁译：《哲学与现代派艺术》，文化艺术出版社1987年版，第169页。
③〔前苏联〕库列科娃，井勤荪、王守仁译：《哲学与现代派艺术》，文化艺术出版社1987年版，第170页。

标却是生存的本体，他们的目标并不相同。

当然，最适宜表现荒诞主题的还是荒诞派戏剧的非逻辑化形式，因为它是内容与形式最完美的结合。这种形式正如马丁·艾斯林所指出的一样："假如说：一部好戏应该具备构思巧妙的情节，这类戏则根本谈不上情节或结构；假如说，衡量一部好戏凭的是精确的人物刻画和动机，这类戏则常常缺乏能使人辨别的角色，奉献给观众的几乎是运动机械的木偶；假如说，一部好戏要具备清晰完整的主题，在剧中巧妙地展开并完善地结束，这类戏剧既没有头也没有尾；假如说，一部好戏要作为一面镜子照出人的本性，要通过精确的素描去刻画时代的习俗或怪癖，这类戏则往往使人感到是幻想与梦魇的反射；假如说，一部好戏靠的是机智的应答和犀利的对话，这类戏则往往只有语无伦次的梦呓。"①归纳起来，这种非逻辑的形式具有四种主要形态：

（一）悬　置

悬置是一种存而不论的策略，在荒诞派戏剧中，为了表达不确定的荒诞感，剧作者故意将有些问题存而不论，有意模糊一些常规戏剧中应该交代的戏剧元素，比如人物动机、人物身份、人物所处环境等。他们普遍策略是：对戏剧事件的前因后果基本不作交代，只是表现人物当前的矛盾状态。这里有四种情况：

第一是人物的身份不清楚。在《等待戈多》，戈多到底是谁，观众不清楚，就连剧中人也不知道。《哦，美好的日子》中，我们只知道他们是两个垂死的老人，其他就什么也不知道了。这种不交代人物身份的做法，犹如剥去了人的一切社会联系，使他们成为无可依靠的抽象人，从而能够在更广泛意义上隐喻整个人类。

第二是人物关系的不交代。《等待戈多》中戈多与两个流浪汉是什么关系，两个流浪汉之间又是什么关系，都没有交代。品特剧中的那些闯入者到底是什么人，闯入者与被闯入者到底是什么关系，品特都没有交代，从而把荒诞引向了神秘。人物关系作为戏剧性中最活跃的因素在这里消失了，人物被莫名其妙地共置在一起，他们相互不知道对方的过去与现在。荒诞派戏剧想要表现的也许正是这种人与人之间的陌生、不需要沟通和无法沟通。这些

---

① 〔英〕马丁·艾斯林，华明译：《荒诞派戏剧》，河北教育出版社2003年版，第7页。

无定性的人物，没有社会和历史背景，缺乏作为社会人的基本要素，如国籍、职业、家庭、信仰等，没有个性，也没有具体的名字，或者只有名，没有姓。其实，他们并不代表具体的个人，而是象征了整个人类。

第三是人物行为动机的不确定。马丁·艾斯林说："人是复杂的，其心理构造是矛盾冲突和无法核实的，人的行为后面的真实动机是否能够认识，这是一个问题。"[1]《等待戈多》中为什么等待，作者没有交代，剧中人也不知道。有人曾经问贝克特，贝克特说我也不知道，我要是知道，早在剧中告诉你了。《阿麦迪及其脱身术》中一对夫妇为什么杀了那个人，观众也没有看明白，他们要干什么，被闯入者为什么害怕。人的行为本来就是没有理由的，世界存在于偶然之中，动机的不确定正好隐喻了世界的盲目和不可知。

法国让·瓦鲁1978年创作的《红鲱鱼》也塑造了五个莫名其妙的人物，一个中年男子上场，穿和服，捧一个玻璃缸，里面是活泥鳅。他开始独白，边自语边点燃煤气灶，一边涮锅一边吃，同时还说着一些日常事情。他背后有一道纱网，纱网内是一间雪白的屋子，屋子的一角有一个大圆桶，屋里有一堆煤。两位赤裸着上身的男子上场，无声地将煤堆扒开，然后用水枪浇水，边浇边和稀泥一样的煤，满头大汗。泥和得差不多时，两位女演员上场，入浴前的打扮，每人手端一锅水，踩着泥进来，将水倒进圆桶里，又踩着泥出去，有说有笑。纱网前的男人继续边吃边说。水提够后，两个女人进圆桶内沐浴。泥和好后，两个男子开始吃黄瓜、馒头、馅饼，边吃边说。纱网前的男人吃得满头大汗。淋浴的女人几次将洗过的脚弄脏，再重新洗，谈论妇女如何在男售货员手里买卫生用品的话题。吃完馒头后，两个男人提一篮秧苗进来，插在稀泥里，全部插完后，突然用装满水的小气球向对方袭击，不但如此，还向桶中的女人袭击，女人们反击。其中一个男子抱起年轻女孩放倒在泥地里欲强暴，其余两人奋力阻止，四人扭成一团，全身是泥。纱网前的男人仍然滔滔不绝。这部戏曾经被林兆华导演搬上中国舞台。

第四是答非所问，所答非所问。问题得不到有效的回答，问也是白问，答也是驴头不对马嘴。荒诞派戏剧中的许多对白都是这样。《等待戈多》中，戈戈一上场就背着一大个包袱，狄狄曾经六次要求他放下包袱，但戈戈

<hr />

① 〔英〕马丁·艾斯林，华明译：《荒诞派戏剧》，河北教育出版社2003年版，第163页。

六次回答都答非所问，根本没有回答他的问题。这里，对白就像两条永远不交叉的平行线，问题总是在追逐中被放逐。

总之，悬而未决的问题都是作者故意不交代的问题，这样做的目的正如品特1960年在接受英国广播公司的专访中所说："世界充满了出人意料的事情，一扇门可能会被打开，一个人走进来，我们很想知道这是谁，他在想什么，他为什么进来，但是，我们又有多大的可能性弄清他的想法、他的身份、他的成长过程，以及他和别人的关系呢？"①这句话应该很能够说明荒诞派剧作家的话语策略。所以，荒诞派戏剧的情境可以归纳为无定性。所谓戏剧情境，"大体由三部分构成：剧中人物活动的具体时空环境、对人物产生影响的具体情况事件、有定性的人物关系"。②所谓"无定性"就是这三个要素在荒诞派戏剧中都处于不确定和模糊状态，他们使作品失去了局部的具体性和历史的具体规定性，甚至连确定剧中事件发生的大致时间也不可能。

（二）抵　消

如果说悬置是剧作家对某些问题故意不交代，那么抵消则是交代了一些问题但又语焉不详，或者干脆让它们相互矛盾，以造成逻辑的混乱。尤奈斯库声称，"对于我来说，戏剧就是内心世界在舞台上的投射：就自己方面而言，我保留我有从自己的梦境、自己的不安、自己的紊乱和模糊的愿望里，总之，从自己的内心矛盾里去获取戏剧素材的权利"。③在荒诞派戏剧中，单独看每一部分都合乎逻辑，语法结构正确，能看得懂，但把它们结合在一起，从整体上来看，则荒诞可笑。这里也有四种情况。

第一是人物对白的相互否定。人物说出的话马上又被另一个人物否定，实际上等于是什么也没有说。《等待戈多》中两个流浪汉到底有没有来过这个地方，答案是既肯定又否定。腿伤证明他们来过这里，靴子却又证明他们没有来过这里，这种似是而非的叙述在荒诞派戏剧中比比皆是。《秃头歌女》中马丁夫妇到底是不是夫妇、他们的女儿是不是同一个人，这两个问题也是相互否定的。两个人相认表明是夫妻，但佣人玛丽却说他们的女儿不是同一个人，这实

---

① 转引自何其莘《英国戏剧史》，译林出版社1999年版，第372页。
② 张先：《戏剧艺术》，广西师范大学出版社2005年版，第66页。
③ 转引自〔前苏联〕库列科娃，井勤荪、王守仁译《哲学与现代派艺术》，文化艺术出版社1987年版，第167页。

际上又否认了他们的夫妻关系。再有，勃比究竟是死了还是没有死也不确定，一个三四年前就死了的人明年怎么又能结婚呢，对于全家都叫勃比的一群人来说，史密斯夫妇谈论的是不是同一个人呢？《阿麦迪及其脱身术》中尸体到底是谁，是阿麦迪的情敌，还是邻居家的小孩，显得模棱两可。

第二是自我叙述的否定。这是指自己说出的话又被自己否定了。《等待戈多》中弗拉基米尔到底认识不认识戈多和波卓，一会儿他说认识，一会儿又说不认识。《阿麦迪及其脱身术》中阿麦迪收到信后，说自己不叫阿麦迪，而是阿麦迪，他也不住在将军路29号，而是将军路29号，这样的话只有疯子才能说得出来。

第三是语言与动作的相互否定。语言说的是一回事，动作展现的却是另外一回事。一致与对立，这是戏剧中动作与台词的两种基本关系。在传统戏剧中，语言与动作的关系是一致的，它们的指称意义是一样的，同时完成同一个信息，这种关系是戏剧交流中最基本的形式。当角色的台词说"我的手在颤抖"时，动作"手在颤抖"是同时完成的，传达的也是同一个信息。但在荒诞派戏剧中，语言和行动是脱节的，他们的关系是对立的。在《等待戈多》第一幕与第二幕的结尾处，台词的语义是"咱们走吧"，而动作却始终是站着没动，台词和动作尽管也是同时传达信息，但它们却传达了两个完全相反的信息。这种处理台词和动作的策略不仅是一个戏剧观念问题，同时也是一个意识形态问题，因为在荒诞派剧作家看来，人的思想和行为经常是脱节的，思想无法指挥行动。

总之，在荒诞派戏剧中，没有任何人能够知道任何一件事情的真相，没有任何一件事情能够让人充分放心地予以肯定。正如品特说："在真实的东西与不真实的东西之间，没有明确区别，在真的东西与假的东西之间，也没有明确区别。事物并不必然是非真即假的；它可以是既真又假的。可以对于已经发生的事物和正在发生的事物进行核实这种假定，存在着我认为是不准确的一些问题。"[①]什么都有可能，什么都是不确定的，这正是存在的荒诞感。

（三）重　复

西西弗斯每天都在重复着自己的工作，生命在这种重复中消耗，没有终

---

① 转引自〔英〕马丁·艾斯林，华明译《荒诞派戏剧》，河北教育出版社2003年版，第163页。

点也没有起点，生命的意义似乎就是这种不断重复的过程本身。荒诞派戏剧也表现了这种重复，由于生存的不确定，重复成了每天唯一能做的事情，在不断的重复中等待，无所事事，毫无作为，这是一种生命力萎缩的表现。只要愿意，一部戏可以就这样无限地重复演下去，按照尤奈斯库的看法，戏剧不应该有结局，作品可以在任何地方停住并结束，"之所以需要结尾，那是因为观众要回家睡觉了"。①这一点恰好证明了荒诞是一种不确定的状态，如果明确知道戈多明天不会来，那么他们就不会等待，就因为不确定，所以明天还要来。这里又有三种情况。

第一是对话的重复。《椅子》中老头几十年如一日，每天要讲同样一个故事，说者和听者都不厌其烦。《秃头歌女》中消防队员说感冒，好比"山上有座庙，庙里有个老和尚和小和尚，老和尚对小和尚说，从前山里有座庙"。意义被无限制地推延下去，始终不得要义，这是典型的后现代主义艺术的意义"延宕"。一个词的解释需要依托另一个词，这样意义永远处于循环状态中，无法指称事物。

第二是行为的重复。《哦，美好的日子》中女主人每天都重复着同样的动作，刷牙、梳头、照镜子等日常琐事被天天地重复着。《等待戈多》中的脱帽与戴帽也是如此，这种重复看似毫无意义，但重复本身却具有一种强烈的象征意义，那就是荒诞的世界不知道会导向何处，人不需要行动，也无法行动，逐渐地也就失去了行动的能力。

第三是结构的循环。马丁·艾斯林总结："许多荒诞派戏剧有一种循环结构，其结尾恰恰像其开始一样。"②《等待戈多》和《秃头歌女》中，第二幕几乎与第一幕完全相同。结构的循环导致了情节的不发展。表面看来象征主义戏剧和契诃夫的戏剧情节都停滞不前，但他们的动机却不完全相同。荒诞派戏剧中的人物由于失去了行动的准则和依据，他们不知道应该如何行动，等待成了唯一能做的事情。象征主义戏剧信奉真实蕴藏在神秘之中，看不见摸不着，只能依靠冥想才能进入，因此他们把笔墨更多地花费在渲染神秘气氛上，从而分散了营造戏剧情节的注意力。契诃夫的剧作中，人物是一

——————————

① 转引自〔前苏联〕库列科娃，井勤荪、王守仁译《哲学与现代派艺术》，文化艺术出版社1987年版，第187页。
② 〔英〕马丁·艾斯林，华明译：《荒诞派戏剧》，河北教育出版社2003年版，第288页。

些失去理想与活力的多余人，他们不愿意面对现实也不敢面对现实，只能在回忆中重温往日的激情，由于过多地沉湎于过去，喋喋不休地絮叨阻碍了戏剧情节的发展。

（四）反　常

荒诞派戏剧也是按照非理性原则建立起来的，在构成上与许多非理性戏剧一样，都充满了不合理和不协调的反常因素，但它的反常因素更突出，更加肆无忌惮。除了上述表达手段本身显得反常之外，荒诞派戏剧中的反常因素还表现在四个方面。

第一是时间扭曲。《等待戈多》中第一天树还是光秃秃的，第二天竟然能长出叶子。《秃头歌女》中史密斯夫妇家的钟颠三倒四，勃比三年前就已经死了，今年又要结婚，等等。时间倒流、紊乱，这是典型的非理性。当无休止的等待成为一种生存状态时，时间对于等待者来说就成为一种多余，你不知道等待对象何时会出现，扭曲的时间就成了心理感受的直接外化。

　　（又一阵沉默。钟敲七下。静场。钟敲三下。静场。钟半下也不敲。）
　　史密斯先生：（报纸不离手）咦，这儿登着勃比·华特森死了。
　　史密斯夫人：我的天，这个可怜人，他什么时候死的？
　　史密斯先生：你干吗这副吃惊的样子？你明明知道，他死了有两年了。你不记得了？一年半前你还去送过葬的。
　　史密斯夫人：我当然记得，一想就想起来了。可我不懂，你看到报上这消息为什么也这样吃惊？
　　史密斯先生：报上没有。是三年前有人讲他死了，我靠联想才想起这事来了。
　　史密斯夫人：死得真可惜！他还保养得这样好。
　　史密斯先生：这是英国最出色的尸首！他还不显老。可怜的勃比，死了四年了，还热乎乎的，一具真正的活尸！他当时多快活啊！
　　史密斯夫人：这可怜的女人勃比。
　　史密斯先生：这勃比是男的，你怎么说成女了？
　　史密斯夫人：不，我想到是他妻子。她同他丈夫勃比一样，也叫勃比·华特森。因为他们俩同名同姓，见到他们俩在一起，你就分不清谁是谁了。直到男的死了，这才真知道谁是谁了。可至今还有人把她同死者弄混的，还吊唁她呢。你认识她？

　　史密斯先生：我只是在给勃比送葬的时候偶然见过她一次。

　　史密斯夫人：我从没见过她，她漂亮吗？

　　史密斯先生：她五官端正，可说不上漂亮。块头太大，太壮实了。她五官不正，倒可以说很漂亮。个子太小又太瘦。她是教唱歌的。

　　（钟敲五下。间歇多时）

　　这里，时间是紊乱的，观众不可能依据墙上的挂钟推算出准确的时间，同时，人物叙述着的时间也模棱两可，不得而知。勃比究竟是三年前还是两年前死的，不得而知。还有，死掉的人究竟是哪一个勃比，也不清楚。可以看出，荒诞的话语策略制造了一种似是而非的意义空间，语言逻辑性取消了，表意功能丧失了。

　　第二是情境反常。《阿麦迪及其脱身术》中尸体的长大；《哦，美好的日子》里人被土埋着；《犀牛》中人变成了犀牛。比如《椅子》的舞台情景也是反常的，尤奈斯库特别重视此剧的舞台布置，甚至亲自画了布景草图，但此间的反常让人不得而知，"在舞台上，老妇时或由一扇门退下，随即又从另一边的门持椅而上。但剧中的情节是，该房子四面环水，而最后这对老人系自窗户跃入水中自杀而死。因此，老妇要从舞台的这一头走向另一头，势必得涉水而过。因此，剧本的行动和背景的逻辑相矛盾"。①一个会游泳的人怎么可能在水中自杀身亡呢？就像《秃头歌女》中的马丁夫妇，怎么可能相互不认识呢？荒诞派戏剧的目的正是通过这些反常现象来隐喻生存的反常，表征这个世界的混乱不堪和令人难以忍受。

　　第三是行为悖谬。《秃头歌女》中夫妇之间竟然不认识、门铃响了却没有人、全家人都叫勃比等；《椅子》中老头宣布人生真谛，宣布者却是个哑巴，这些都是行为的悖谬。法国米歇尔·里博1976年创作的《小树林边》

---

① 〔美〕布罗凯特，胡耀恒译：《世界戏剧艺术欣赏——世界戏剧史》，中国戏剧出版社1987年版，第414页。

也是如此，人物和情节都飘忽不定、真假难辨，很接近品特的戏剧。在一个宾馆或医院的一个房间里，女主人布琳卡正在等待她的儿子汤米，然而敲门的却是一个油漆匠。油漆匠开始把陈旧的白墙粉刷成时髦的灰黑色，同时听着布琳卡向他讲述儿子的一切。然而汤米并没有来，只有布琳卡往日情人的魂灵来探访她。布琳卡说五岁的汤米在湖边玩耍，从水里上来时就再也不说话了，被人送进了古城堡墓地，就在小树林边。房间完全被粉刷成灰黑色以后，布琳卡说她要去找汤米，油漆匠望着一动不动的她便关门出去了。在荒诞派戏剧中，有时也表现一些冲突性的场面，但往往是没有逻辑的，没有理由的。这不仅与传统戏剧讲究因果律不同，也与象征主义戏剧和表现主义戏剧的前后一致性迥然不同。在这里，人物的行为是没有原因的，无理性的。在戏剧中，没有动机和意义的行动，不能被看做是真正的行动，这些人的行动，似乎只是环境胁迫下的本能活动，他们是一些与社会存在相脱离的人物，非现实性、非性格化、非理性化决定了荒诞派戏剧中的人物具有"非人化"的特征。

第四是对白胡诌。言为心声，传统戏剧注重分析人物背后的心理动机，但荒诞派戏剧人物的对白却成了没有意义、没有心理依据的信口开河，毫无动机可言。《秃头歌女》中的消防队员讲的故事中关于小牛生母牛，关于好医生坏医生的讨论，关于把煤气当梳子，关于门铃响了有人或没人的怪论，关于人物关系的胡扯和循环往复的瞎编，消防队员关于救火的谬论，众人对他的祝福竟然是来场大火，最后，每个人干脆不管其他人说什么，连起码的交流都取消了，每个人只顾按照自己的意愿自说自话，形成多音齐鸣的"齐说"现象等等。总之，荒诞派戏剧的对白就是胡说八道，"说什么"对他们来讲似乎并不重要，重要的是"我在说"。现代语言观认为语言是一种随意的、封闭的符号系统，瑞士语言学家索绪尔第一个认为语言与现实之间没有必然的联系，语言并不能指称这个世界，词不达意，词不称意，语言就失去能指关系的指称功能，也失去了传情达意的交流功能。如此一来，荒诞派戏剧当然有理由在剧中对语言进行随意的处理，对白"变成了纯粹是为了打发时间的一种游戏"。[①]否定语言的交流功能、逻辑功能甚至拒绝语言是他们

----

①〔英〕马丁·艾斯林，华明译：《荒诞派戏剧》，河北教育出版社2003年版，第72页。

的语言观。

　　总之，荒诞派戏剧是一种反戏剧，表现在反主题、反结构、反情境、反人物、反语言等诸多方面。尤奈斯库说，"没有有趣的情节，就不会有结构法，不会有尚待猜测的谜，有的只是无法解决和不可理解的东西；没有性格，人物就不可认识；他们时刻都会成为自己的对立面，既可代替别人也可以被别人代替；充其量只是没有下文的继续，脱离因果关系的偶然性的凑合；发生的事情无法解释，或是情感状态，或是无法形容的，但却是生动的，充满着愿望、行动以及许多矛盾而又没有联系的欲望的混乱：这可能使人觉得是悲剧，这可能使人觉得是喜剧，或者既是悲剧又是喜剧，因为我没有能力将后者与前者区别开来。"①意义的模糊、结构的呆滞、情境的怪诞、人物的反常、语言的混乱，这一切都被直截了当地展示在了舞台上，所以，"他们的剧本不仅仅叙述了荒诞，而且其本身就体现了荒诞"。②也就是说，以语言的破碎和逻辑的含混为主要特征的形式体征与以不确定和非理性为主题的内容表达十分巧妙地结合在了一起。这是荒诞派戏剧的无奈选择，也是它们的聪明所在。因为真正的荒诞是无法用语言来描述的，是不可表现的，但荒诞派戏剧却为这种不可能的表达内容找到了一种可能表达的形式。所以，"含混说"可以归纳为荒诞派戏剧最为典型的话语策略。

剧本来源

[1]黄晋凯主编：《荒诞派戏剧》，包括《国王正在死去》、《泰拉纳教授》、《房间》，中国人民大学出版社1996年版。

[2]《荒诞派戏剧选》：包括《等待戈多》、《哦，美好的日子》、《秃头歌女》、《椅子》、《犀牛》等，外国文学出版社1983年版。

[3]汪义群主编：《20世纪西方现代派戏剧作品选》（五），包括《侵犯》、《轻微的疼痛》等，中国戏剧出版社2005年版。

[4]〔法〕贝克特，冯汉律译：《最后一局》，《当代外国文学》1981年第2期。

[5]〔法〕尤奈斯库，屠珍、梅绍武译：《阿麦迪及其脱身术》，载《外国文艺》1979年第3期。

[6]〔法〕米歇尔·里博，宁春译：《小树林边》，中国传媒大学出版社2006年版。

[7]〔法〕让·瓦鲁，沈志明译：《红鲱鱼》，《世界文学》1993年第4期。

---

① 转引自〔前苏联〕库列科娃，井勤苏、王守仁译《哲学与现代派艺术》，文化艺术出版社1987年版，第176页。

② 汪义群主编：《20世纪西方现代派戏剧作品选》（五），中国戏剧出版社2005年版，第13页。

第十章　反常说

——怪诞戏剧的话语策略

"怪诞"作为一种反映世界的方式和创作方法，自古有之，20世纪以来更是得到了全面复兴，并且逐渐成为一种新的现代审美范畴。在戏剧领域，从雅里的《愚比王》到超现实主义阿波利奈尔的《蒂雷西亚的乳房》，从表现主义戏剧到布莱希特和皮兰德娄，从萨特到加缪，特别是荒诞派戏剧，这种手段都经常被运用。荒诞派戏剧之后，怪诞由于是写异化的最佳表达方式，因此更得到了进一步强化，成为剧作家的新宠。这里需要说明的是，"荒诞派戏剧几乎完全可以称为'怪诞派戏剧'"，①汤姆森的这个说法主要从非理性、反常、变形这一层面来说的，但它们也有区别。如果说荒诞派戏剧和怪诞戏剧强调的都是非理性，都具有不合情理的一面，那么它们的区别就在于荒诞派戏剧的语意表达是非逻辑化的，而怪诞戏剧的语意表达则突出了逻辑化，"怪诞"无论是内涵还是外延都要比"荒诞"更广泛。

一、怪诞审美形态的特征

传统的美学范畴有优美、悲剧、崇高、喜剧、滑稽五种基本类型，20世纪西方美学又增加了一个新的美学范畴：怪诞。如果把审美活动分为主体与对象，那么，双方和谐一致则表现为优美，主体超越、战胜对象的是喜剧，再高一级的完全超越、战胜就是滑稽。喜剧与滑稽是审美主体对审美对象消极价值的否定性评价。所以鲁迅说"喜剧将那无价值的撕破给人看。"②正如亚里士多德所说，"喜剧模仿低劣的人，这些人不是无恶不作的歹徒——滑稽只是丑陋的一种表现。"③反过来，对象超越、战胜主体表现为悲剧，再高一级的完全超越、战胜就是崇高。悲剧与崇高是审美主体对审美对象积极价值的肯定性评价。鲁迅说"悲剧将人生的有价值的东西毁灭给人看。"④亚里士多德说，"喜剧倾向于表现比今天的人差的人，而悲剧则倾向于表现比

---

①〔英〕汤姆森，孙乃修译：《论怪诞》，昆仑出版社1992年版，第41页。
②鲁迅：《鲁迅全集》第1卷，人民文学出版社1959年版，第193页。
③〔古希腊〕亚里士多德，陈中梅译注：《诗学》，人民文学出版社1996年版，第58页。
④鲁迅：《鲁迅全集》第1卷，人民文学出版社1959年版，第297页。

今天的人好的人。"①而怪诞似乎兼而有之，既有主体超越、战胜对象的一面，也有主体被对象超越、战胜的一面，既表现了消极价值，也表现了积极价值，既有肯定性的评价又有否定性的评价。怪诞主要是戏剧家通过扭曲、分解、重构等反常、变形手法创造出来的，这就决定了怪诞具有独特的审美风格，可以给人迥然不同的审美感受。

怪诞作为一种话语策略，具有三个方面的基本特征：

（一）构成原则反常化

所谓反常就是违反正常，违背正常，把人们最常见、最熟悉的事物陌生化。事物的常态一般都是潜藏在人的心灵深处，它们作为某种逻辑规范，作为某种道德律令，作为某种审美标准以及某种先验的认识图式或参照系，统治着人们的头脑，左右着人们的判断，支配着人们的行为举止，使人们的思想呈现着某种相对稳定的态势。从时间上看它是恒久的，从状态上说它是稳定的，从认识上讲它是已知的。而反常却打破了这种固定联系，把原本不应该组合在一起的事物和概念生硬地组合在一起，形成一种没有关系的关系，一种非自然的结构，一种脱离生活逻辑的非自然性联系，从而打破了人们固有的认识模式。

最早注意到怪诞现象的是古罗马奥古斯都时期的建筑学家维特鲁维亚，他对所看到的一种壁画装饰风格感到惊诧："有的墙上粉刷着怪物，而不是表现具体事物的图像，叶梗饰物取代了圆柱，有卷叶和涡纹的板条取代了山墙，烛台支撑画出来的圣祠。圣祠顶端是一丛丛细茎秆，这些茎秆从卷须根里长出来，卷须根上散坐着很小的人塑像，要么在细茎秆的中部附着人头和动物头。这些东西过去不存在，现在不存在，将来也决不存在……芦苇怎么能支撑得住房顶，烛台怎么能支撑起山墙，细茎秆上怎么坐得住人，花朵和半身塑像怎么能在树根和茎秆上交替出现呢？"②当时，他对这种"故意无视模仿和如实地再现世界这一艺术原则的做法怒气填膺，这种违反自然法则和均衡原则的行为使他愤恨不已"。③此后，这种反映世界的特殊方式逐步得到了人们的重视。应该说，人们对怪诞的最初认识就是反常。从古罗马时

---

①〔古希腊〕亚里士多德，陈中梅译注：《诗学》，人民文学出版社1996年版，第38页。
②转引自〔英〕汤姆森，孙乃修译《论怪诞》，昆仑出版社1992年版，第16页。
③〔英〕汤姆森，孙乃修译：《论怪诞》，昆仑出版社1992年版，第17页。

期的维特鲁维亚到18世纪德国古典主义者文克尔曼等绝大多数理论家，都在理性的原则下考察了怪诞，指出它的"另类"本性。他们对怪诞艺术都表现出愕然、反感与不满，觉得怪诞艺术是离奇、古怪、荒唐、支离破碎、胡乱的拼凑，违背常理的，总之是反常的。

应该说，怪诞确实具有不和谐、不合常规的意思，它的构成原则就是过分的反常化和明显的夸张。桑塔耶纳认为怪诞效果真正的优点是，"正如一切虚构的优点那样，在于重新创造，造成一件自然所没有但想必可以产生的新事物。我们称这种创造是滑稽和怪诞的，因为我们认为它们背离了自然的可能性，而不是背离了内在的可能性。然而，正是内在的可能性构成这些创造的真正魅力"。[1]就戏剧而言，剧作家总是喜欢积极发挥想象力，注重引入各种非正常元素，将熟悉的事物陌生化，有意改变事物发展的自然进程，并把这些元素强化到极致，甚至达到变形、扭曲和夸张的地步，从而在总体构思、场景设置、人物形象等方面都达到颠覆常规的目的。

我们说，荒诞戏剧与怪诞戏剧最大的差异在于表达逻辑化与否，事实上我们所面对的绝大多数剧作都是具有不合情理的怪诞戏剧，而不是同样不合情理同时又不合逻辑的荒诞派戏剧，不合情理就是反常。同时，应该指出的是，现代派戏剧从表现主义和超现实主义开始，就力图创造一个脱离生活逻辑依据的不正常的艺术空间。就话语方式来说，后现代派戏剧的怪诞正是这种传统的延续。但是，现代派戏剧的怪诞突出表现为形式上的变形，而后现代派戏剧的怪诞则抓住了形式上的反常，变形一定都是反常的，而反常却不一定都要变形。

（二）构成要素是丑恶与滑稽

构成原则的反常化是怪诞戏剧的基本要求，但是这种反常需要两个要素：一个是丑恶，一个是滑稽。怪诞戏剧的反常就体现在丑恶与滑稽之间，只有滑稽不是怪诞，只有丑恶也不是怪诞，怪诞的构成对象一定是丑恶与滑稽的结合体，它让我们以一种全新的眼光来重新认识世界，尽管这种眼光可能是怪异的、令人不安的，但却是清醒的、真实可靠的。

构成怪诞要素之一的丑恶，主要指伦理学和社会意义上的丑恶。在伦理

---

① 〔美〕桑塔耶纳，缪灵珠译：《美感》，中国社会科学出版社1982年版，第175页。

学中，道德一般分为宗教道德、自然道德、个人道德和社会道德等，其中个人道德与社会道德是我们经常涉及的内容。个人道德是指个人与自身的关系，一个人如果在知、情、意诸方面都求得较为和谐的发展，就是道德的，就是善；如果作为主体的自身有意压抑某个方面或偏废某个方面，那就是不道德的，就是恶。社会道德是指个人与他人的关系，这是道德最重要的方面，也是人类全部道德赖以形成的基础。社会道德的丑恶主要是指个人与他人相处违背时，危害他人利益的表现。

构成怪诞要素之二是形式的滑稽，是丑恶的自我表现和展示，这里要注意喜剧与滑稽的细微区别。喜剧和滑稽都是对丑恶事物的展示，喜剧是"以丑为美"，是正在失去或已经失去存在根据的丑恶事物，或脱离生活常规的不合正常情理的事物，因为自身不知道丑从而显示其荒唐和谬误的可笑。滑稽是"自炫为美"，是丑的自我炫耀，滑稽的对象明明知道自己的丑却偏偏认为是美的，并且竭力证明自己的丑是美的。车尔尼雪夫斯说，"只有当丑力求自炫为美的时候，那时候的丑才变成了滑稽。"①也就是说，滑稽强调的是"自我"展示，而喜剧则有可能在对象不知情、不自觉的情况下展示了丑，因此喜剧中有可能蕴藏着悲剧，正如美国霍普金斯大学教授赛弗所说，"在人类生活的深处存在着天生的荒谬怪诞，喜剧的和悲剧的人生观不再互相排斥。现代批评的最重要发明，就是领悟到喜剧和悲剧似乎本来是同宗，喜剧可以告诉我们甚至悲剧所不能说明的关于我们处境的许多东西。"②这也是现代悲喜剧得以盛行的一个重要原因。当然，它们还有一个共同特征，那就是以不让主体感到痛苦为原则，所以亚里士多德说，"滑稽只是丑陋的一种表现，滑稽的事物，或包含谬误，或其面貌不扬，但不会给人造成痛苦或带来伤害。现成的例子是喜剧演员的面具，它虽然既丑又怪，却不会让人看了感到痛苦。"③滑稽是千方百计遮掩自己的丑却又遮掩不住，结果破绽百出，贻笑大方。

也就是说，怪诞所表现的内容都是让人不安的、丑陋的以及害人又害己的不道德行为，同时，这些恐怖的内容又被披上了滑稽的形式外衣，这两者缺一不可。前者确保怪诞与喜剧、滑稽不同，因为它们没有丑恶的内容；后

---

① 〔俄〕车尔尼雪夫斯基，缪灵珠译：《美学论文选》，人民文学出版社1957年版，第111页。
② 转引自阎广林《历史与形式》，上海社会科学出版社2005年版，第347页。
③ 〔古希腊〕亚里士多德，陈中梅译注：《诗学》，人民文学出版社1996年版，第58页。

者确保怪诞与悲剧、崇高不同，因为它们没有滑稽的形式。所以，"怪诞实质上是不和谐，它赖以存在的根基就是某种冲突；它要么是表现一种深刻的失落感和异化感，要么是被用来作为讽刺之类的攻击性手段"。①当然，这两者的结合要有个度，汤姆森曾经举过一个例子："你朝幼儿做出各种鬼脸，一点点加剧扭曲的程度。你把脸部表情微微耸起，幼儿就会发笑；一旦超越了这个度，一旦这张脸扭曲得太厉害，使幼儿感到恐怖，他就会害怕地哭起来。"②也就是说，怪诞要有个度，超过了不行，不到位也不行，这个度就存在于丑陋与滑稽之间。没有适当的反常变形，就相同于正常，就没有滑稽的成分，无法让人发笑，不是怪诞；多了则完全倒向恐怖，完全让人害怕和恐惧，别人也笑不起来，也不是怪诞。

在此之前，人们一般都把怪诞的构成要素归结为滑稽，比如美国哲学家和美学家桑塔耶纳认为：怪诞是一种笑料，是可笑的、喜剧性的、引人发笑的，实际上是一种幽默与滑稽，"怪诞与滑稽是十分近似的"。③他们都把怪诞"说成是粗野、放肆，是对优雅风范的凌辱，是对现实和规范的践踏，或者用道德意味不那么明显的美学批评的语言来说，那就是毫无趣味、毫无道理的歪曲，生拉硬扯、无聊透顶的夸张"。④确实，怪诞与滑稽都表现为离奇反常的特征，但怪诞并不仅仅表现为滑稽，它还有包含其他审美要素。笼统地说，滑稽的审美客体是无害的小毛病、小缺点。而怪诞则不一样，用德国美学家凯泽尔的话来说，"怪诞乃是疏离的或异化的世界的表现方式，也就是说，以另一种眼光来审视我们所熟悉的世界，一下子使人们对这个世界产生一种陌生感，而且这种陌生感很可能既是滑稽的，又是可怕的，要么就是二者兼有的感觉。怪诞乃是同荒诞玩弄的一种智术，因此，怪诞艺术家以半是玩笑半是恐惧的态度同人生那种极度的荒诞现象作的一种嘲弄。怪诞乃是意图祛除和驱逐世界上一切邪恶势力的一种尝试"。⑤这里，凯泽尔已经非常明确地指出了怪诞的功能：祛除邪恶、对抗荒诞。斯泰恩也认为，怪

---

① 〔英〕汤姆森，孙乃修译：《论怪诞》，昆仑出版社1992年版，第25页。
② 〔英〕汤姆森，孙乃修译：《论怪诞》，昆仑出版社1992年版，第34页。
③ 〔美〕桑塔耶纳，缪灵珠译：《美感》，中国社会科学出版社1982年版，第176页。
④ 〔英〕汤姆森，孙乃修译：《论怪诞》，昆仑出版社1992年版，第36页。
⑤ 转引自〔英〕汤姆森，孙乃修译《论怪诞》，昆仑出版社1992年版，第25页。

诞这种手法"有意地把一些引人争论的极端性形象搬上了舞台。"①可见，怪诞与滑稽的审美构成并不完全一样。

　　怪诞正是用滑稽来削弱人们对丑恶的恐怖，既不是完全的无理取闹，为搞笑而搞笑，为滑稽而滑稽，也不是一味地板着脸，向观众诉说着人生的种种丑陋，悲剧内容的喜剧化表现正是他们的策略。也就是说，情节内容、人物形象是滑稽的，而剧本内容则相反，是悲剧性的。它比滑稽涉及的内容更宏大、更沉重。怪诞戏剧家将世界看做荒诞不经、无可理喻之后，采取了付之一笑的态度。他们对自己所描述的世界怀有深度的厌恶以至绝望，他们用强烈的夸张和幽默嘲讽的手法，从反面揭示了他们所处的现实世界的本质。

　　（三）审美效果的恐怖和可笑

　　怪诞的审美效果是由它的构成要素决定的，我们在感受怪诞时，现实情感和审美情感会在意识中交替出现。这样，"当我们把怪诞形象当成现实事物时，会专注于它的丑恶而感到恐怖；当我们把怪诞形象当成虚幻时，又会注意它的滑稽而感到好笑。在这种矛盾情感的作用下，我们在欣赏中自然会感到恐怖与好笑是混杂在一起，难以分清楚的"。②也就是说，注意它的内容时，你会觉得害怕，而注意滑稽形式时，你又觉得好笑。

　　因此，那种把怪诞审美效果完全归结为单一的滑稽或者是单一的恐怖的说法都是片面的。应该说，滑稽可笑只是怪诞的一个方面，除此之外，还有丑陋恐怖的另一面。雨果也认为，怪诞的审美效果是由滑稽可笑与恐怖可怕两种因素共同构成的，因此，他明确指出，怪诞"无处不在，一方面，它创造了畸形与可怕，另一方面，创造了可笑与滑稽"。③德国的凯泽尔也认为怪诞的审美效果实际上是滑稽与恐怖的兼而有之，他明确指出怪诞是由滑稽可笑与丑恶恐怖两种因素构成的，他说，"滑稽与恐怖妙不可言地结合在一起，各种根本不相关的因素交织在一起，从而产生一种奇异的、常常令人不快和不安的、情绪上的骚动"。④因此，凯泽尔指出"怪诞性是由形式与内

①〔英〕斯泰恩，刘国彬等译：《现代戏剧理论与实践》（三），中国戏剧出版社2002年版，第738页。
②刘法民：《怪诞——美的现代扩张》，中国社会出版社2000年版，第100页。
③〔法〕雨果，柳鸣九译：《克伦威尔·序言》，见《雨果论文学》，上海译文出版社1980年版，第33页。
④转引自〔英〕汤姆森，孙乃修译《论怪诞》，昆仑出版社1992年版，第20页。

容之间产生的一种强烈冲突和对照而构成的，它是由性质截然不同的因素构成的不稳定的混合体，它是具有悖论性质的一种爆发力，既滑稽可笑又令人恐惧"。①他所强调的内容与形式的强烈冲突，可以确切地表述为悲剧性内容与喜剧性形式之间的冲突。

确实，怪诞的内容激发了我们不安、不快、可恨、可恶的情绪，但怪诞却又为它披上了一件滑稽的外衣，从而使"我们对怪诞中滑稽因素的欣赏削弱了对恐怖因素的反应。这就是说，怪诞的作用正是揭露人生那些可怕的和可恶的方面，通过引入一种滑稽的视角来减弱其伤害性"。②在欣赏怪诞时，我们的情感总是在恐怖与可笑之间游离，滑稽是情感不受伤害的保证，但它又不完全是滑稽。可以说，怪诞是把庄重严肃的事情通过滑稽搞笑的手段表现出来，是一种"寓庄于谐"的艺术手法："庄"是主题思想体现了深刻的社会内容，"谐"是主题思想的表现形式是滑稽可笑的；"谐"是为"庄"服务的，离开"庄"去追求"谐"，便会流于浮浅，为逗乐而逗乐；没有"谐"只有"庄"又成了悲剧与崇高。迪伦马特特别打了一个比方来说明怪诞，就是原子弹爆炸，一方面原子弹爆炸是可怕的，但由此而产生的蘑菇云却异常地壮观，这里，丑和美完全地结合了。所以，正是由于丑恶与滑稽的共存，促成了怪诞文体的基本特征是庄重严肃与诙谐滑稽相结合的"庄谐体"。

我们认同汤姆森在《论怪诞》中所作的总结："以前人们只看到怪诞中的那种被人滥用了的不和谐原则，再不就是把怪诞划为滑稽类别中粗陋的一种，而现在的倾向——应该把这一倾向看成是一个重大的进步而加以欢迎——则是把怪诞看成是一种本质上自相矛盾的东西，是对立面的一种激烈的冲突，因此，至少就它的形式而言，也可以把它看做对人类生存本身那种困境作的恰如其分的表述。所以，在这个充满斗争、激进的变革以及迷途失踪的社会和时代里，艺术和文学中日趋流行怪诞手法，这决非偶然。"③他给怪诞的定义是能够让人接受的："有着矛盾内涵的反常性。"④这里所说的矛盾内涵主要是从观众的情感体验上来界定的，既滑稽又恐怖，既肯定又否定。正如他所预料的

---

①转引自〔英〕汤普森，孙乃修译《论怪诞》，昆仑出版社1992年版，第22页。
②〔英〕汤普森，孙乃修译：《论怪诞》，昆仑出版社1992年版，第83页。
③〔英〕汤姆森，孙乃修译：《论怪诞》，昆仑出版社1992年版，第14页。
④〔英〕汤姆森，孙乃修译：《论怪诞》，昆仑出版社1992年版，第37页。

一样，此后的怪诞手法登堂入室，逐步成为艺术家的新宠。

在怪诞的分类问题上，巴赫金从形式的反常性出发，发现有的怪诞性作品强调理性因素，有的则突出了非理性因素，因此，他把20世纪的怪诞大体分为两个大类：一类是现代主义的怪诞，另一类是现实主义的怪诞。①前者的构成原则主要是变形，后者的构成原则是反常。变形脱离实际，反常却可能有现实依据。变形的都是反常的，反常的却不一定都要变形。所以我们把超现实主义戏剧的话语策略称为"变形说"，而这里强调怪诞戏剧的"反常说"，目的正是如此。

巴赫金所说的"现代主义怪诞"，在我们看来实际上是依据非理性原则建立起来的，这一类剧作注重发挥想象与虚构的作用，它的反常性表现在故事情节摆脱了实际生活中的现实依据，是不可能发生的假设，却又在情理上完全符合生活状态，具有自己的逻辑依据，属于"不可能中的可能"。这一类剧作主要包括表现主义戏剧、超现实主义戏剧、未来主义戏剧和荒诞派戏剧，如斯特林堡的《鬼魂奏鸣曲》、查拉的《煤气心》、马里内蒂的《他们来了》、阿波利奈尔《蒂雷西亚的乳房》、尤奈斯库的《犀牛》和《阿麦迪及其脱身术》等。总之，这一类作品中的怪诞元素体现了与浪漫主义传统相联系的一面，生拉硬扯的移植，蛮横无理的拼凑，以非理性取代理性，以象征、变形、比喻来反映存在和社会的状况。这一类作品中的怪诞正如最早注意到怪诞现象的古罗马奥古斯都时期的建筑学家维特鲁维亚所说的一样，"过去不存在，现在不存在，将来也决不存在"。

巴赫金所说的"现实主义的怪诞"，是指那些强调理性因素占绝对优势的一类戏剧。这一类戏剧的情境设置尽管反常、极端，但仍然遵循理性，强调故事发生的现实性和可能性，但这种可能性又被推到了一个极端，观众甚至很难把它与现实主义戏剧区别开来，属于"可能中的不可能"。正如品特所说："我相信我剧本中所发生的东西，会在任何地方发生，会在任何时间里发生，会在随便什么地方发生，哪怕各种事件开始看来不熟悉。如果你硬要我界定什么，那么我只好说，我的剧本里进行的内容是现实的，正在做的

---

① 〔前苏联〕巴赫金，佟景韩译：《巴赫金文论选》，中国社会科学出版社1996年版，第147页。

却不是现实主义的。"①这些剧作中的角色大多是一些怪人，极端的人，甚至是一些疯狂的人，由于他们的存在，世界也因此成了一个疯狂的世界，一个颠倒的世界。属于这部分的怪诞作品非常多，除了后期品特的一部分剧作外，还包括布莱希特、迪伦马特、日奈、阿尔比等人的作品。布莱希特把怪诞作为自己现实主义创作的决定性因素，他从辩证法的观点出发，强调把世界上的一切过程都当做对立面的统一来认识，他的作品中那些具有"双面一体"的人物给人的心理感受正是怪诞所强调的既恐怖又滑稽，因此，他的作品成为传统的现实主义与现代主义的结合。迪伦马特在一定程度上受到布莱希特的影响，也经常通过荒谬可笑、怪诞不经的形式去表现极为严肃重大的主题，他甚至明确表明自己剧作的怪诞风格。日奈与阿尔比也一样，尽管他们常常被人划为荒诞派剧作家，但他们的剧作与典型的荒诞派戏剧相比，区别仍然是明显的。斯泰恩也认为，"荒诞派意味着缺乏生活目的，而怪诞却接近表现主义，具有作家所与之相脱离的正常现实的深度"。②总之，这一类剧作中的怪诞因素更多地体现了与现实主义戏剧相结合的传统影响。

综上所述，与传统怪诞相比，现代主义和后现代主义的怪诞中，诙谐的成分减少了，更多地突出了冷漠和恐怖，剧作家们用怪诞创造了一个陌生的、人们不常见的世界，让观众更清楚地看到了现实及人生中可恶、可怕和可悲的方面，感到极度震惊，但又通过一种滑稽的视角来减弱其伤害性。这样，就既讽刺了丑恶的现实及丑陋的灵魂，又因其中的滑稽因素而引起笑声，这是一种由笑声相伴随的痛苦的宣泄，即所谓以喜写悲，造成一种"含泪的笑"或"黑色幽默"。现实主义怪诞是我们讨论的重点。

二、怪诞戏剧的主题

怪诞以另一种眼光审视我们所熟悉的世界，以半开玩笑、半恐惧的态度

---

① 〔英〕品特，王改娣译：《看门人》，见《外国戏剧百年精华》（下），人民文学出版社2005年版，第533页。
② 〔英〕斯泰恩，刘国彬等译：《现代戏剧理论与实践》（三），中国戏剧出版社2002年版，第738页。

对人生种种荒诞现象予以嘲弄，意图以此驱逐世界上的一切邪恶势力。在怪诞戏剧中，英国的乔·奥尔顿、法国的日奈、美国的阿尔比、瑞士的迪伦马特都是代表性的人物，他们的价值倾向也各不相同。这里我们拟以他们为例，以窥全局。

（一）乔·奥尔顿：荒唐的闯入

乔·奥尔顿是一个具有社会现实感的英国作家，也是20世纪后期最优秀的剧作家之一，1967年他被同性恋伙伴开枪打死。奥尔顿的代表作有《楼梯上的歹徒》、《招待斯鲁恩先生》、《管家所见》等。

独幕剧《楼梯上的歹徒》创作于1963年，是乔·奥尔顿的第一部剧作。当过妓女的乔伊丝同男友迈克居住在一起。这一天，他们接待了一位自称是来租房的不速之客，来者名叫威尔逊，他的兄弟又是他的同性恋伙伴法兰克不久前被汽车轧死，凶手正是迈克。威尔逊来访的真正目的是为兄弟报仇，不过，他报仇的方式十分奇特。他趁迈克不在，揭露了乔伊丝当过妓女的老底，然后造成与她发生性关系的假象。当迈克进入房间时，威尔逊有意用猥亵的表情与动作激怒迈克，诱使对方向自己开枪，威尔逊被打死了，迈克也因此成了故意杀人犯，接受法律的审判。威尔逊的自杀式复仇一方面使自己的痛苦与孤独得到了解脱，另一方面也完成了复仇计划。这部剧作的情节与美国剧作家阿尔比的《动物园的故事》十分相似，都是描述了一个人如何诱骗另一个人与自己合作杀死自己的荒唐行径。不同的是，阿尔比剧中的杰利渴望人与人之间的沟通，他是不得不以自己的死来向这个冷漠、荒诞的社会发出呐喊，以极端的方式召唤爱与同情的回归。乔·奥尔顿剧中的威尔逊是主动寻求解脱与报复，他的目的是直接的。同时，乔·奥尔顿的剧作也与品特戏剧十分相似，在他的剧作中也有很多的闯入者，促使被闯入者的安全受到威胁，但这些闯入者行为荒唐，目的清楚，不像品特的闯入者，身份不明，行为神秘。还有一点就是，品特总是让可能发生的凶杀发生在幕后，而奥尔顿则把凶杀过程赤裸裸地搬到了前台。

《招待斯鲁恩先生》是乔·奥尔顿的第一部上演剧作，创作于1964年，这部剧作同样描写了外来者介入后所发生的荒唐事件。斯鲁恩是一个外表英俊、体格健壮，但举止粗鄙、毫无教养的青年，他租住在凯姆伯的家里。凯姆伯的女儿凯斯因为性生活受挫，患有性饥渴症，是她巧使计谋将无家可归的斯鲁恩引人家中，尽管凯斯的父亲极力反对，但凯斯坚持己见，并于当晚引诱斯鲁恩与她通奸。凯姆伯的儿子艾德是个生意人，却是一个同性恋者。他得知此事后，起先表示愤慨，但当他见到斯鲁恩之后，也打起了和他搞同性恋的主意，于是叫斯鲁恩当他的司机，让他执行特别任务。姐弟两个人都把斯鲁恩当做满足自己性欲的对象，斯鲁恩则挑拨他们两个人之间的关系，利用他们的矛盾，在这个家里过上了舒服的日子。不久，父亲凯姆伯逐渐知道了斯鲁恩就是前几年杀死自己一名雇员的凶手，而且斯鲁恩是个男妓，于是准备控告他。斯鲁恩怕事情败露后坐牢，便乘机将凯姆伯杀死。凯斯和艾德对自己父亲的被杀完全无动于衷，不但不向警察局告发凶手，反而商定要掩盖斯鲁恩的杀人罪行，让他留在家中，分别满足他们两个人性生活，每半个月一换。在杀害凯姆伯之前，斯鲁恩受到凯斯和艾德的热情款待，而在杀害凯姆伯之后，斯鲁恩被抓住了把柄，只能去款待凯丝和艾德了。这部剧以极端化的情节表现了人因为自私贪欲而丧失的良心和理智。

《管家所见》是乔·奥尔顿最后一部，也是最有名的作品，创作于1967年。普兰提斯医生开了一家精神病私人诊所，他以招聘女秘书为名，以需要体格检查为借口，对那些前来就诊的女性进行诱奸。现在他又将目光瞄准了巴克利小姐，但一些不速之客的到来总是让他不能得逞，这些人包括他的妻子、政府派来的调查人员、旅馆服务员、男青年尼克等等。普兰提斯的妻子也是一个性欲放纵者，她不久前在旅馆里诱奸了尼克，但尼克用暗置的摄影机偷拍了通奸照片，以此来胁持普兰提斯夫人介绍他到私人诊所里来当秘书。其实，巴克利小姐和尼克是一对孪生姐弟，而且是普兰提斯夫妇失散多年的亲生儿女。在这出戏里，作者把乱伦、诱奸、讹诈等社会丑恶现象赤裸裸地搬上了舞台，把社会的荒诞推向了极端，普兰提斯医生的精神病诊所是一个名副其实的疯狂世界，不过真正的疯子并不是病人，而是普兰提斯夫妇自己。剧中其实并没有管家，如果非要说有一位管家的话，那么他就是普兰提斯诊所中一系列荒唐事件的见证人。

（二）日奈：置换式谋杀

日奈原是一个弃儿，儿童时代在街头流浪，10岁时被送入教养院，成年后因多次行窃入狱，在狱中决心从事文艺创作。1948年日奈再次触犯刑法，被判终身流放，包括萨特和科克托在内的许多著名法国文人曾经共同签署过一份请愿书，要求共和国总统赦免这位天才而又不检点的著名作家。1983年，已经获得当年法国国家文学大奖的日奈，在73岁高龄的时候再次因为偷盗而被捕入狱。就是这个即使已经成为世界著名作家仍然恶习不改的日奈，却创作了一系列令世人震惊的优秀作品，如《女仆》、《阳台》等。

《女仆》是日奈1947年创作的一部独幕剧。故事发生在一间路易十五时代的卧室，一个被称为克莱尔的女仆正在为女主人梳妆打扮，女主人态度傲慢，女仆则奴颜婢膝，最后女仆竟然打了女主人一个耳光。这时，闹钟响了，整个场面也被揭穿了，原来是两个女仆趁女主人不在家，扮演女主人和女仆的游戏场面。同时，这两个女仆之间也相互扮演对方。她们给警察写匿名信，造成女主人的情人蒙西耶被捕入狱，但现在蒙西耶已经保释出狱了，马上就要回来。女仆们吓坏了，她们的告发将被发现，她们决定把毒药放进茶里，准备在女主人回家的时候杀掉她。女主人回来了，她们没有把蒙西耶获释的消息告诉她，但是正当女主人准备喝毒茶的时候，她发现电话的听筒没有放好，一个女仆不小心说漏了嘴，把蒙西耶获释的消息透露给了女主人。女主人放下茶杯急忙出去会见她的情人。女仆们又重温女主人和女仆的游戏，克莱尔再次扮演女主人，她要求索朗日给端上有毒的茶，她喝下了毒茶，以女主人的身份死去。

《阳台》创作于1956年。在一座教堂的圣器室里，一位头戴主教帽、身披宗教礼仪用的金色长袍的主教，正在发表热情虔诚的演讲。这恰恰又是一个假象，他只不过是一个煤气公司的小职员，匍匐在他身边的罪犯，不过是妓院的妓女。伊尔玛夫人在名为阳台旅馆的妓院里，布置了各式各样的房间，配备相应的服装道具，以便让来到这里的客人满足他们朝思暮想的美梦，"阳台"就是一个让人梦想成真的地方。这里还有一个嫖客把自己幻想成法官，妓女成了小偷，皮条客成了打手，以演出一场小偷挨打的悲情戏。第三位是个举止粗俗的男人，他把自己幻想成了一位将军，妓女成了他的坐骑。伊尔玛夫人的情夫警察局长来了，他渴望自己的名字和形象能够名垂千古，但没有人愿意扮演他，这让他恼羞成怒。这时，阳台之外发生了暴乱，传说革命者杀死了女王，伊尔玛夫人就此在妓院里扮演了女王，她的嫖客们则纷纷饰演主教、法官和将军等人。其实这只是一个假消息，革命失败了。革命者首领罗杰走进阳台，他曾经是这里的工人。他声称要扮演警察局长，并说"我有权利把我选中的角色引向他的结局,不,是我的结局,我们两个的结局"。说着,他阉割了自己,在想象出让警察局长丧失了能力。这又是一次巫术行为,是以自己为真实代价的想象性阉割。他通过扮演象征国家权力的警察局长来实现自己的权力梦想,他对自己的阉割实际上是一种疯狂的报复行为和发泄行为,对他来说,这是一种精神上的胜利,同时也是一次肉体上的自我伤害。这反而使真的警察局长感到非常高兴,因为他终于享受了当名人的快乐。

在这两部剧作中,至少体现了日奈戏剧三个典型的特征:

一是对恶的礼赞。日奈创立了颠倒了的价值哲学,他笔下的角色大多是那些被社会鄙弃、排斥的人,那些生活在"社会的边缘地带"的罪犯、流氓、妓女等等。日奈赞美这类人物,宣扬罪恶,以恶为美。《女仆》中的女仆嫉恨主人,嫉恨她作为女人拥有的娇嫩的肌肤、无比的美貌和足够的财产,渴望成为像她那样的人。同时,她们也憎恨自己。她们把女主人引向死亡,也把自己引向了死亡,这种幻想式的谋杀,是一次以牺牲自己为代价的谋杀,是谋杀者与被谋杀者的双重死亡。

二是自我成为自我观察的对象。在日奈创作的人物中,通过身份置换,人物不仅呈现在观众面前,也呈现在他自己面前,成为自我观察的对象。在《女仆》里,有两种人物角色的互换:一是女仆扮演女主人,这还不足为奇,二是两个女仆的身份发生了颠倒,索朗日扮演克莱尔,但克莱尔就在身边,这样,克莱尔就能够从索朗日的所作所为中看到自己,至少是索朗日心目中的自己。每个人都在扮演"他人",而他人就在面前,"他人"是自己的影像,"他人"是自己的一面镜子。于是舞台变成了一个奇妙的空间:克莱尔的"骂人"实际上是在骂自己,是一种自言自语式的自我剖析,这种置换式的内心独白比皮兰德娄的辩解式独白还要高明,当然也比表现主义戏剧自我式的独白和布莱希特插入式的独白高明。她们两人都在另一个人的存在中看到了自己的影像,也看到了女主人的影像。把自我的心理外化在自我面前,这是日奈对戏剧艺术的一个重要贡献,让每个人心中最秘密、最猥亵的隐私,通过巫术行为和祭典仪式加以呈现,从而让观众直视了一个残酷的世界和人自身的孤独与异化。

三是想象而又温和的反抗。日奈的戏剧都是反抗的戏剧,但人物的反抗是一种白日梦式的想象性行为，是一种一厢情愿的自我欺骗。无法面对现实世界的冷酷无情，他们只能使用类似于原始人的交感巫术来完成对生活的逃避。在《女仆》中，两个女仆轮流扮演女主人，这表明她们渴望成为女主人，而对游戏中假定的女主人进行谩骂和施加暴力则是他们对女主人发泄全部憎恨和妒忌的怪诞方式，体现为一种非常典型的原始思维。英国人类学家弗雷泽指出，原始人有一个坚定的信念：他们企图通过模仿与希望出现的现象相近似的动作，把这些现象召唤到现实生活中来。在野牛舞中，参与者并不仅仅是在扮演野牛形象。对原始人说来，由人扮演野牛就意味着野牛的真正出现，虚拟地射击和捕杀由人扮演的野牛也就意味着在某种程序上保证能够猎获真正的活野牛，这种想象性的猎杀能够发生真正的功效。在《女仆》中，女仆通过模仿女主人就能够对女主人实施报复；《阳台》中罗杰的自我阉割同样能让警察局长丧失能力，这种行为当然是怪诞的。

（三）阿尔比：幻想式自欺

作为美国荒诞派戏剧的代表人物，阿尔比的作品更多地探讨了梦想与现实的冲突，人生活在自我编织的谎言中，自我欺骗，他的代表作有《动物园的故事》、《美国梦》、《谁害怕弗吉尼亚·沃尔夫》和《屋外有花园》等。

《动物园的故事》是阿尔比的成名作，1959年首演于德国柏林，全剧只有彼得和杰里两个人物。幕启时，彼得坐在公园的长椅上看书，这时来了一个流浪汉杰里。杰里主动和彼得攀谈，先是告诉他自己去过动物园了，后来又向他问路，接着劝他不要吸烟，然后又盘问他是否结婚，有几个孩子等等。总之，杰里千方百计要和彼得说话，彼得却始终保持沉默和冷漠。杰里并不罢休，他不管彼得爱不爱听，继续向他诉说自己的经历和人生体验，企图让彼得意识到自己的生活并不令人满意。最后，彼得实在不愿意再听下去了，杰里就故意冲撞他，把他从长凳上挤走，并用脏话骂他，目的就是要惹他发火，迫使他同自己说话。在这一切努力都失败后，他拔出匕首要与彼得决斗，并故意将匕首塞在彼得手上，然后自己主动扑上去，杰里倒在了彼得的怀里，终于达到了和彼得沟通的目的。这是一种一厢情愿式的强迫，其手段也是荒唐的。

独幕剧《美国梦》创作于1961年，是阿尔比一部重要的作品，这个剧本几乎没有什么情节。大爹、大妈和老祖母是一个美满的三口之家，他们拥有大量的财富，应有尽有，唯独缺少一个代表全家未来的后代。幕启时，全家人无所事事，这时门铃响了，一位中年女人贝克尔太太进来了，她似乎在二十年前就和这家人打过交道，好像还为这家人买过一个孩子。于是，四个人物之间互相试探、答非所问地展开了莫名其妙的对话。这时一个小伙子敲门进来，声称是来找工作的，小伙子自我介绍说，他的内心被"抽干了、扯烂了、掏空了"，"现在就只有我的外形、我的身躯、我的脸……"除了追求金钱外，对其他一切都"不再有感觉的能力"。老祖母若有所悟地说："你就是美国之梦！"他们买下了这个年青人，这样，全家什么都不缺了。此剧在叙述上更接近荒诞派戏剧的"非逻辑"，这出戏上演后，受到了各方面的指责，有的评论家甚至认为它攻击了美国的理想和信心。

《谁害怕弗吉尼亚·沃尔夫》中，阿尔比指出人要满足自己的理想就只能生活在幻想中，以幻想自慰。剧中人乔治是历史系教授，学识浅薄，唯唯诺诺，妻子玛莎是院长的女儿，比丈夫大六岁，骄横不讲道理，他们的家庭生活也十分富有，唯独缺少一个孩子，于是他们就幻想有个儿子在外地读书，这个谎话使他们枯燥乏味的生活增添了许多温暖与安慰。幕启时，乔治夫妇刚刚从周末晚会上归来，他们的婚姻是交易的结果，乔治在这个家里抬不起头来，因为他的老岳父是院长。这时生物系青年教师尼克与妻子康妮前来拜访，尼克有着巨大的热情和对未来的信心，年纪轻轻，却已经是生物系的讲师，并且将目标盯着更高一级的台阶。为了讨好院长的女儿玛莎，他配合玛莎奚落乔治。然而，尼克与康妮的婚姻也不美满，他之所以与康妮结婚，一是因康妮大惊小怪地认为自己怀孕了，于是只能顺水推舟；二是因为康妮可以从他父亲那儿继承一大笔财产。剧作的暗示是十分明显的，尼克就是二十年前乔治的翻版，不同的是两代人都有着相似的精神命运史。这四个人相互争吵，一直折腾到天亮。由于对乔治的失望，以及长期积累的怨恨，玛莎想方设法在客人面前羞辱乔治，出他的丑。她甚至当着丈夫的面挑逗尼克，辱骂乔治性无能。对于她的挑衅，乔治的回答是："我得想出个新的法子来和你斗一斗。"于是，乔治假装收到了一份电报：他们的儿子死了。谎言粉碎后，玛莎像泄了气的皮球，陷入恐惧和绝望之中。全剧没有紧张激烈、充满悬念的故事情节，人物关系也极为简单清晰，剧作家却在这个封闭狭小的空间里，通过四个人物之间看似荒诞的、杂乱无章的对话，真实而深刻地展现了美国知识分子隔膜与苦闷、傲慢与偏见、自欺欺人的精神世界，刻画了一个个孤独、屈辱、偏执、病态的苦难灵魂。

《屋外有花园》创作于1978年，理查与简妮是一对清贫却不乏恩爱的夫妻。邻居杰克暗恋着简妮，暗暗打算死后将自己的数百万财产留给理查夫妇。面对拮据的生活，简妮禁不住金钱的诱惑，背着丈夫偷偷去图丝太太开的精神病诊所卖淫。无意中理查发现了这个秘密，恼火万分。晚会上，图丝太太突然出现，女宾们才知道大家都在为图丝太太服务，理查也在男宾们的劝说下，不得不接受这个事实。杰克揭穿了图丝太太的真实身份，但是，他却被众人协力杀死，埋葬在屋外的花园里。这是一群失去自我，没有精神家园的活死人，一群丧失灵魂的空心人。如果说，前一半部分是喜剧，那么杰克之死却充满了悲剧色彩，杰克的死是现实和想象挤压下的惨剧。

阿尔比剧作重视现实性与真实性，更加直接地揭露了社会现实的丑恶，因此也更像是一部反映社会问题的现实主义戏剧，这是阿尔比与其他荒诞派戏剧家不同的地方。同时，他的作品大都表现了现实世界与幻想世界的矛盾，这些人物总是企图逃避现实，更愿意生活在幻想世界中，这一点，与奥尼尔的作品非常相似。

（四）迪伦马特：行为的反常

迪伦马特是公认的"继布莱希特之后最重要的德语戏剧家之一"，他在创作实践中不断丰富并建立的一套别具一格的"悲喜剧"体系和怪诞风格，使他同时拥有戏剧理论家的头衔，他的代表作有《罗慕路斯大帝》、《天使来到巴比伦》、《老妇还乡》、《物理学家》等。

在1949年创作的成名作《罗慕路斯大帝》中，西罗马帝国在日耳曼人的进攻下几乎崩溃，而罗慕路斯作为帝国的末代皇帝却对此漠不关心，无动于衷，仍旧只关心他喂的鸡和吃鸡蛋，二十多年来他一直这样无所事事、荒废朝政。身负重伤的骑兵队长从前线连夜赶回来，报告前方重镇失守，帝国的最后一个元帅被俘，日耳曼军队正向皇宫开来。而这位皇帝却不慌不忙地打发他去睡觉，皇后和女儿的劝说与责备也无济于事。他的兄弟，东罗马帝国的皇帝诺泽从已经陷落的东罗马逃来避难并要求他一起举兵抗敌，也被他拒绝了。情势越来越危机，罗慕路斯却在宫中与艺术商人就拍卖宫中的无价国宝而讨价还价。实业家鲁普夫垂涎公主雷娅多时，他愿意出钱让日耳曼人撤军，以此拯救危在旦夕的西罗马帝国，但条件是娶公主为妻，罗慕路斯没有答应。正当帝国仅剩的几个大臣为拯救帝国作最后的空谈和幻想时，公主的未婚夫爱弥良受尽日耳曼人的折磨和侮辱，死里逃生回来了，他以亲历的伤痛和耻辱鼓动罗慕路斯奋起反抗敌人，甚至要求雷娅嫁给鲁普夫。罗慕路斯仍然无动于衷，继续养鸡、卖国宝。日耳曼军队迅速向皇宫开进，料定一死的罗慕路斯送走妻女，异常平静地一个人在宫中等待。他终于坦言自己多年荒废朝政，就是为了让罗马帝国毁灭。因为在他看来，建立在无数白骨之上的罗马帝国，靠侵略和强权政治维持统治，早已罪孽深重，早该毁灭而毫无抵抗的权利。罗慕路斯大帝与交战多年的日耳曼国王鄂多亚克终于见面了，二人竟发现彼此之间无论是养鸡还是厌恶战争，都十分相像。鄂多亚克也不想再打仗了，因为他害怕自己的侄子杀了他夺位，但他们知道这一切都是无法避免的，他没有杀死罗慕路斯，而是让他退休。鄂多亚克成了新的意大利国王。这出戏与加缪的《卡利古拉》十分相似，都塑造了一个荒唐的君王形象。

1952年的《天使来到巴比伦》中，一个天使打扮成乞丐来到人间，他的任务是要把少女库鲁比恩赐给人间最卑贱的人。这时，人间正是内布卡德内察尔推翻前任尼姆罗德在巴比伦称王，他不允许乞丐行乞，因为他要建立福利国家，全国只有一个叫阿基的乞丐拒绝执行新国王的命令。新国王决定在惩罚他之前，当面再劝他一次，于是他也化装成乞丐来找阿基。新国王与阿基这两个乞丐碰到了一起，两人约定比赛行乞：如果阿基输了，他就听从新国王的劝说；如果他赢了，新国王就要继续行乞。结果阿基赢了，从各行各业的人那里都能乞讨到金钱，甚至还乞讨到了被废的老王尼姆罗德。于是，天使觉得这个无助又无能的乞丐是天底下最卑贱的人，就把少女交给了他。新国王对上帝把礼物送给乞丐而不送给国王感到非常气愤，因此他就拿少女出气，把她踢翻在地。阿基乘机说服新王，表示愿意拿前王换回少女，新国王高兴地答应了。回到王宫，新王翻脸不认账，决定处死阿基，但阿基却巧妙地换取了刽子手的职务。少女被带进王宫，她发现原来的乞丐竟然是国王，她想不通最卑贱的人怎么一下子变成最高贵的人了。由于她长得太漂亮，巴比伦城的居民断然要求她当王后，但新王不答应他们的要求，因为这是对他的侮辱，娶了他就意味着他是世上最卑贱的人。老百姓便起来造反，但很快就被镇压了，于是大家改口说这个少女是个妖女，应该处死，这样，她便落到刽子手阿基的手中。最后，阿基带着她跑了，但少女的心思仍在新国王那里，因为他应该是世上最卑贱的人。作者有意将最高贵的人与最卑贱的人共置在一起，并滑稽地颠覆了他们的身份。

1956年创作的《老妇还乡》中，女主角老妇克莱尔是美国的一个亿万富翁，四十五年前她曾与居伦城的小商人伊尔相好并怀孕了，但伊尔否认自己的责任，使她沦为妓女后嫁给一个石油大王。如今她家财万贯，带着侍从回乡复仇。她悬赏十亿美元，要小城居民为她"主持正义"，害死伊尔。起初人们还不以为然，最后终于经不起金钱的诱惑，让她的复仇计划如愿以偿。这是一部杰出的悲喜剧，女主人公克莱尔的不可一世和男主人公伊尔的想入非非形成悲喜的场景对比。居伦城居民们屈服于金钱势力，在主持正义的幌子下牺牲了伊尔，渐渐失去了令人同情的因素。这是一部现代寓言，在这个物欲横流的社会，人的灵魂时时刻刻都要面对各种诱惑和冲击，每个人都有可能面对金钱与道德的选择，这种选择可大可小，也许不会关系到生命，就像那些居伦城的市民到伊尔家去赊账一样，一包香烟，一瓶牛奶，几块面包，看似无足轻重，但也许连他们自己都不知道，他们这样做实际上是在把自己的灵魂一点点地交给了金钱，交给了魔鬼。金钱在迪伦马特的笔下变成了一朵"恶之花"，她虽然最终给居伦城带来了繁荣，却吞噬了克莱尔的灵魂，要了伊尔的命，让所有居伦城的人都受到了一次灵魂的拷问。在这场复仇的游戏中，没有谁是胜者，只有金钱在一旁冷笑。

1962年创作的《物理学家》进一步奠定了迪伦马特在当代世界文学中的地位。物理学家默比乌斯为了避免使自己成为杀人机器的帮凶，十五年前就装疯住进了精神病院，同病房还有两个病人，一个自称是牛顿，一个自称是爱因斯坦，实际上他们两个都是赫赫有名的物理学家，也故意装疯来到精神病院，他们两个人的目的是偷窃默比乌斯的成果。女院长实际上是另一派政治力量的间谍，目的是监视他们三个人，她曾经派三名女护士来试探这三个科学家，为了证明自己是疯子，三位科学家把她们都勒死了。更疯狂的人是女院长，她自认为已经掌握他们的科学成果，从而把他们永远地关在这里，而她却要统治世界了。默比乌斯最后说，"我们不住疯人院，世界就要变成一座疯人院了"。牛顿和爱因斯坦也被他说服了，都表示愿意留在疯人院里。

迪伦马特的主要作品都有比较明确的主题、完整的故事情节、紧张的戏剧冲突、严谨的戏剧结构和生动幽默的语言。他善于运用丰富奇妙的想象、尖刻俏皮的讥讽和富有智慧的哲理，营造一种气氛和情势，使一些显然不合理的事情完全在情理之中。

三、怪诞戏剧的形式要素

陈世雄、周宁在《20世纪西方戏剧思潮》中认为，现代主义的怪诞戏剧往往具有以下四个基本特征：一是人物造型的怪诞化；二是思维的非理性，并导致没有开端也没有结尾的结构形态；三是悲剧因素与喜剧因素相结合；四是颠三倒四、不合逻辑的话语。同时，以布莱希特为代表的现实主义路线的怪诞也具有以下四个基本特点：一是人物形象的"正反同体"手法；二是崇高与委琐的互相混合；三是在大人物和小人物的关系上运用颠倒手法；四是采用怪诞的人体造型。在他们看来，属于这一支怪诞传统的还有皮兰德娄和迪伦马特。[1]这种区分当然也有道理，但也有它不完善的地方，比如他们所说的语言怪诞，等于又把怪诞戏剧与荒诞戏剧混同了，而我们认为怪诞戏剧的语言表述是明确的。我们更愿意把怪诞戏剧的形式要素分为四种：造型怪诞、动机怪诞、行为怪诞和情境怪诞。

（一）造型怪诞

人物造型的怪诞是指人物自身形象、相貌、衣着、肢体等外部因素的怪异。无论是现代主义的怪诞还是现实主义的怪诞，陈世雄他们都提到了这一点。传统戏剧中那种个性鲜明、行动有力的主人公，已经完全被丑陋不堪、形象可怖，并完全丧失行动能力的滑稽角色所取代。

在《老妇还乡》中，男女主人公在树林里幽会那一场，当伊尔碰到克莱尔的胳膊时，发觉它又硬又冰冷，原来它是"用象牙装配起来的"，进而发现她的全身都是"象牙安装的"，这是肢体的残缺。克莱尔随从中的两个瞎子，当初给伊尔做了伪证，伤害了克莱尔，如今被她刺瞎了双眼、阉了生殖

---

[1]陈世雄、周宁：《20世纪西方戏剧思潮》"怪诞的复兴"一节，中国戏剧出版社2000年版。

器的怪人。在《等待戈多》中，两个流浪汉衣裳不整、浑身发臭，其中一条腿还有点瘸，这是衣着的怪诞。《啊！美好的日子》里，女主人公老态龙钟、满脸皱纹，旁边的老伴也身患腿疾。《椅子》中那个宣布秘密的人却是一个哑巴等。

刘法民教授指出，人体怪诞艺术的构造技巧无外乎有五种手段：一是随意切割组合人体。人体本来是一个整体，随意切割重新组合而仍能保持生命力，这是现实中不可能的事情，但怪诞艺术却可以做到这一点。二是人体一部分离开身体独立活动。三是将人体某部分当成物，在描写人体时，将人的某部分当成物，使其具有物的性质和功能，从而产生强烈的怪诞效果。四是人体具有某种容器功能。五是怪病、怪胎、畸形和怪貌。①虽然他的许多总结都是针对怪诞美术的，但对戏剧编剧来说，却仍然具有启发意义。

美国女剧作家贝丝·亨利喜欢描写一些在幽闭和奇异的生活环境中成长起来的性格残缺的人物，并对他们的行为和命运寄予了深切同情。1981年她的第一部进入百老汇的剧作是《心灵的罪恶》，主要人物是密西西比河边的三个姐妹：第一位是孤独的、丧失了生育能力的老处女；第二位是激进的、追求畸形风格的画家；第三位是有着死亡情结、怂恿情夫射杀亲夫的律师太太。最后三姐妹在生活和情感上都获得了自由和新生，此剧获得过当年纽约剧评奖和普利策戏剧奖。另一位女剧作家玛莎·诺曼1983年创作的《晚安啦，妈妈》也获得了当年的普利策戏剧奖。它写一位患有肥胖症的离婚女子的奇怪想法，仅仅是因为肥胖，她对生活和爱情都感到绝望，对自己无聊平庸的生命价值表示怀疑，于是决定自杀。剧本细腻地刻画了这个女子在自杀前夜与母亲依依不舍的心情，以及母亲为了挽救女儿所做的无效的努力。全剧充满了喜剧色彩，一方面观众会对她的自杀念头充满滑稽感，另一方面也对她所说的窘迫生活感到无奈。

（二）动机怪诞

每个人的行为动机都有规律可依，动机是推动人物行为的内在力量。荒诞派戏剧是不叙述人物动机，让你摸不着头脑，而怪诞戏剧准确无误地叙述人物动机，但这些动机却是荒唐可笑的。

①刘法民：《怪诞——美的现代扩张》，中国社会出版社2000年版，第182页。

英国辛普逊1959年创作的两幕笑剧《单向摆》就是如此。剧中描写了柯比一家人的古怪行为,父亲阿瑟是负责看管汽车停放计时器的,他对这一工作着了迷,竟达到了荒谬的程度,他经常自掏腰包把六便士硬币投入计时器内,站在旁边观看计时器的走针走动。回到家后即清扫起居室,为的是改建成一座供业余爱好者使用的法庭。儿子柯比一直待在自己的房间里从事他那庞大的教育计划,他要把五百台能报体重的计算器训练得能够像人一样唱《哈里路亚》,他的逻辑是,既然这些计量器能够说话就一定能够唱歌。使他伤脑筋的是其中有一台怎么也学不会,只能报重量,他的另一个爱好是喜欢穿黑衣服。柯比的妹妹西尔维亚年龄还不到二十岁,却专心于思考死亡问题以及人体构造,她在壁炉架上放了一个骷髅作为摆设,就像别人陈列艺术品那样。她对人体为何长成现在这个样子百思不解,不明白她的胳膊为什么不能再长长一些,以便能碰到膝盖。因此,她整日醉心于研究达尔文学说,目的是能长出一对类人猿似的胳膊和一条新的汗腺。柯比的姨妈米尔德里德尽管十分健康,却整天坐在轮椅上,幻想自己正在外赫布里底群岛旅行,她酷爱旅游,试尽了手推车、滑冰鞋、人力车和骆驼。全家只有柯比的母亲生活在现实中,但有意思的是,她对其他人的荒唐行为并不感到惊奇,也许她有自己的烦恼:她总是担心家里吃剩下的饭菜怎么办,于是花钱雇佣了一个清洁女工,她的任务不是清洁,而是专门吃剩下的饭菜。第二幕以阿瑟已经建好的模拟法庭开庭审讯为主要内容,开庭时,法庭上坐满了法官、检察官和辩护律师,被告正是柯比。他谋杀了四十三个人,目的却是为了能够参加他们的葬礼,这样他就有机会穿黑衣服了。他训练五百台机器也是这个目的,因为一旦机器学会了唱歌,他就把他们运到北极,吸引许多人来听歌。他们会在歌声的引诱下不约而同地起跳,使地轴倾斜,于是在英国就会出现冰期,就会有更多的人被冻死,他就有更多机会穿上黑衣服,这比他谋杀几十个人更过瘾。出人意料的是,法庭无罪释放了柯比。法官的理由是,柯比的连环杀人案只能算是一条罪状,如果为一条理由就宣判一个人坐牢,就会使这个人没有机会去犯他可能会犯下的其他罪行,这等于是让他在那些罪行上逍遥法外,这是法律不能容忍的欺骗行为。这部剧中的人物往往都有某种癖好,并把各自的癖好推向极端,成为不正常,然后又把这种不正常的行为当做正常来对待,赋予正常的逻辑。每个人都局限在自己固定的模式之中,对他人的怪诞与偏执视而不见，听而不闻，互相之间并不交流沟通。每个人都陷在自己的兴趣里，难得同别人交往，以致使家庭生活扭曲变形。另一方面，社会传统使人变成了只能单向运动的摆钟，这种偏执狂导致极端荒诞的结果。

英国辛普逊的第一个剧本是《响当回响》，发表于1956年。这个剧本中由于过多地强调了滑稽而流于一般，其风格是滑稽而不是怪诞。在伦敦郊区一个中产阶级家庭为中，佩诺道克夫妇向商店订购了一只宠物，一只大象，但他们的房子容纳不下。邻居诺拉家的宠物是一条蛇，她嫌蛇太小，小得只能放进铅笔盒中。于是，他们两家交换了宠物。有人来到家门口请佩诺道克先生去组织内阁政府，但他拒绝了，理由是时间太晚了。他们请了两位喜剧演员来家里表演，由此引发了对柏格森关于笑的理论的讨论。为了验证"当人变成物时，我们就觉得好笑"这个理论，佩诺道克给自己的身体接通了电源，使自己成为一个机器，由于电源短路的原因没有输出正确的数据。他们的儿子回家，发现他变成了女性，但家里人并没有对此感到吃惊，就好像家里有人更换了衣裳那样正常自然。剧中的每个事件都很荒唐，但更荒唐的是每个人物都把这种不正常事件当做日常的普通事件来对待，视不可能为可能，使观众忍俊不禁。

（三）行为怪诞

一次完整的戏剧动作可以分解成为什么做、做什么和怎样做三个要素。人的行为总有一定的规范和逻辑可依，但有些人的手段却显得很怪异，与众不同在怎样做的问题上显得很怪异。

比如在《动物园故事》、《楼梯上的歹徒》、《女仆》和《老妇还乡》这四部剧作中都表现了杀人，但这四种杀人方式却各有各的不同。杰里为了达到与人沟通的目的，竟然故意挑衅他人，甚至采取决斗的方式逼对方就范，最后，又主动扑到刀口上，这样的行为确实不可思议。威尔逊要复仇，本无可非议，戏剧史上也有许多描写复仇的剧作，比如《汉姆雷特》，又名《王子复仇记》，但你见过这样一种连命都不要的自杀式复仇吗？这恐怕只有恐怖分子才能做得出来，它出其不意，让人意想不到。《女仆》中两个女仆也一样，她们的谋杀行为显得那么怪诞，甚至让人想到了原始人那种幼稚的巫术行为。《老妇还乡》中的克莱尔，明明要杀死伊尔，但她不直接出面，而是捐款给居伦城，目的是借刀杀人，恶的行为却披上了善的外衣。这个剧作的主人公应该是整个居伦城的居民，克莱尔的报复行为是针对所有居民的。她为什么没有用几千万直接找个杀手杀了伊尔，这样岂不更直接？或者说她出的价钱不是十个亿，而是几千万，结果又会怎么样呢？居伦城的居民们在等待、盼望着有一个人能够伸手杀了伊尔，但谁也没有带这个头，人们还戴着人道主义的假面具。车站送别这场戏很能说明问题，送别是假阻止是真。如果伊尔真的登上火车，肯定会有人出手的。可惜伊尔自己选择了留下，从这一刻起，他已经无所畏惧了。他们阻止记者就是怕外界知道捐款与杀手这件事情是联系在一起的，但伊尔已经能够正常面对了。最后，他们甚至希望伊尔自杀，以免让他们背负不人道的名义，可惜伊尔没有这样做，他要让人们看看人道是怎么样一步步吞噬生命的，因此他反而变得坦然了。当居伦城的居民实在等不及时，他们下手了。在怪诞戏剧中，都充满了这种反常规的行为和动机。这也从一个侧面启示那些编剧，同样的动机，要设计出一个与众不同的行动与手段。

阿瑟·科比特是当代美国剧坛最为严肃和最具有创新色彩的剧作家之一，他勇敢而执著地思考现代美国都市的流行病症，批评人文精神的堕落与家庭的解体。1960年他创作的《哎，爹爹，可怜的爹爹，妈妈把你吊在橱柜里，我非常悲伤》中，描写了一个荒唐可笑而恐怖的家庭故事。罗斯派特尔女士与结巴的儿子乔纳森刚刚搬进一家旅店，罗斯派特尔女士性格暴戾，不停地训斥侍者。她的行李中有一具奇特的棺材，被小心翼翼地抬入卧房，还有一些宠物：两株嗜血的捕蝇草、一条凶残的锯齿鲤以及集邮册与硬币等收藏品。第二幕是在两周以后，替人照看孩子的姑娘罗莎丽偷偷地溜进来与乔纳森幽会。在姑娘面前，乔纳森一改内向胆怯的个性，饶舌地向她介绍自己幽闭的生活、怪诞的爱好以及长时间躲在窗帘后用望远镜窥视她的情景。两人正要互诉衷肠时，罗斯派特尔女士从里屋走出来，冲散了他们的好事。原来这一幕是她刻意安排的，目的是解决乔纳森的单恋之苦，也是为了满足自己的偷窥欲。乔纳森与母亲发生了激烈的争吵。第三幕首先描写乔纳森的孤独无聊，对外面世界的好奇、渴望与恐惧，接着表现罗斯派特尔女士的感情生活。她邀请情人科曼多在卧室里喝酒跳舞，亲切交谈。当科曼多情绪激动，准备与罗斯派特尔女士做爱时，她却开始回忆起自己的情感伤痛：与亡夫之间的相互折磨、欺骗、性变态游戏。科曼多越听越恐惧，当罗斯派特尔女士说到她一直把亡夫尸体带在身边时，科曼多吓得夺门而逃。剧本最具刺激性的场面，是罗莎丽重访乔纳森，准备带他远走高飞。乔纳森先是兴奋异常，杀死了一直陪伴他的宠物，决心与过去诀别，当他发现罗莎丽只是希望取代母亲的位置，以便彻底控制他时，他不愿意从一个母爱的牢笼转入另一个性爱的牢笼。罗莎丽企图用性来诱惑他，乔纳森扼杀了她。这时，外出的罗斯派特尔女士回到家，映入眼帘的是宠物横尸院中，亡夫僵尸被拖出橱柜，罗莎丽身上散乱地堆放着集邮册与钱币，而乔纳森正津津有味地用望远镜在观测天空中轰鸣而过的飞机。剧作家通过这些形式表现了家庭关系的社会化，以及人与人之间的情感冷漠和不可理解。罗斯派特尔女士的外表是偏执、狂妄、怪诞的，她严密地把乔纳森幽闭在房间里，切断了他与外界接触的所有通道。然而，这个患有歇斯底里症和窥视癖的女人，不过也是一个现实生活的牺牲品，她对世界上一切美好事物都充满怀疑、厌恶和恐惧，她对外部世界的反抗也是扭曲和变态。她豢养的捕蝇草与锯齿鲤，标志着她充满恶意的对外排斥力与自慰性的主宰意识。这个剧本表现的也正是行为的怪诞。

（四）情境怪诞

戏剧情境包括时空、事件和人物关系三个要素，情境怪诞使这三个方面都显得与众不同，它渗透于文本的整体意蕴中，无论细节、情节，还是人物性格都被怪诞统摄、指引，无一不显示出这种意蕴的涵盖性。

比如《美国梦》和《谁害怕弗吉尼亚·沃尔夫》中，人都生活在幻想世界中，孤独无助，但作者并没有像现实主义戏剧那样去直接面对这种境遇，而是让他们自我编织谎言，用滑稽的形式来表现这个沉重的境遇，在笑声中去面对存在。《招待斯鲁恩先生》中，性乱的现实让人恶心，让人愤慨，可作者偏偏用滑稽的笔调来叙述这一切。《老妇还乡》中居伦城的居民对于金钱的渴望到了几乎滑稽的地步，大家买新皮鞋、抽最好的烟、喝最好的酒，然而这一切已经超出了他们的经济能力，是一种经济透支行为，但是他们却用自己的良心作为偿还的代价，这是非常可怕的。我们在居民们疯狂行为的背后，感受到的是一颗颗疯狂的心。迪伦马特的《物理学家》也是如此，来看这一段：

（沉默。）

牛　　顿：默比乌斯！您可不能要求我们永远……

默比乌斯：你们有秘密发报机吧？

爱因斯坦：啊，这个？

默比乌斯：你们向布置你们任务的上司报告，说你们搞错了，默比乌斯确实是疯的。

爱因斯坦：那我们一辈子就得蹲在这里啦。失败了的间谍，再也没有人会理睬他了。

默比乌斯：我还保持着秘密身份，这是我唯一的侥幸。只有在疯人院里我还有自由，只有在疯人院里我还可以思想，而在外面，我们的思想却是爆炸品。

牛　　顿：可我们毕竟并没有疯啊。

默比乌斯：然而是杀人犯。

（他们惊愕地凝视着他。）

牛　　顿：我抗议！

爱因斯坦：您可不能这样说啊，默比乌斯！

默比乌斯：杀人就是杀人犯，而我们都杀人了。我们每个人都曾经有一项使他进院的任务。我们每个人都曾经为了某一个特定目的而杀害了自己的护士。你们杀害护士是为了不致危及你们的秘密使命，而我呢，由于莫尼卡护士信任我，把我当做一个被埋没的天才。她不理解，今天一个天才的义务就是永远让人误解。杀人是比较可怕的事情。我杀了人，这样，一种更为可怕的屠杀就不会发生。现在你们来了。我固然不能除掉你们，但或许能说服你们？我们杀人难道是毫无意义的吗？我们要么牺牲，要么被杀。我们不住疯人院，世界就要变成一座疯人院。我们不在人们的记忆中消失，人类就要消失。

当真相被揭露时，一个能够设计顶尖科技产品的物理学家却无法设计自己的人生，无法掌控自己的命运，这是多么滑稽的世界。物理学家害怕自己的研究成为杀人机器，只好躲到精神病院里，用装疯来掩饰自己，你能够感受到他们的生存环境是恶劣的，但他们的行为同样也让人感受到了滑稽。

总之，20世纪60年代以后西方许多剧作中，怪诞因为能够绝妙而形象地刻画人的异化状态，从而成了一种被经常采用的表现手段。怪诞戏剧一般不像荒诞派戏剧那样令人费解，它们都有较为明确的主题思想，完整的故事情节，紧张的戏剧冲突，生动幽默的语言，也不乏性格鲜明的人物。应该说，欧美文学史中的"黑色幽默"也典型地体现了它的怪诞性一面，以"绞刑架下的笑"、"带泪的笑"为主要代表的审美趣味集中体现了怪诞的审美效果。违背常理的"反常说"应该可以归结为怪诞戏剧的话语策略。

剧本来源

[1]〔瑞〕迪伦马特，叶廷芳等译：《老妇还乡——迪伦马特喜剧选》，包括《罗慕路斯大帝》、《天使来到巴比伦》、《老妇还乡》、《物理学家》、《流星》，外国文学出版社2002年版。

[2]黄晋凯主编：《荒诞派戏剧》，包括《阳台》、《谁害怕弗吉尼亚·沃尔夫》，中国人民大学出版社1996年版。

[3]《荒诞派戏剧选》：包括《女仆》等，外国文学出版社1983年版。

[4]汪义群主编：《20世纪西方现代派戏剧作品选》（五），包括《美国梦》等，中国戏剧出版社2005年版。

[5]〔美〕阿尔比，郑启吟译：《动物园故事》，载《外国文艺》1979年第3期。

[6]〔美〕阿尔比，吴朱红译：《屋外有花园》，载《新剧本》2001年第2期。

[7]〔美〕贝思·亨利，张玉兰译：《心灵的罪恶》，载《外国文艺》1996年第5期。

[8]〔美〕玛莎·诺曼，黄宗江译：《晚安啦，妈妈》，载《外国戏剧》1985年第1期。

第十一章　颠倒说

——反讽戏剧的话语策略

20世纪60年代以后的西方戏剧文学中，"反讽"逐渐成为一种经常被采用的话语策略。现代主义努力寻找一种符合人类天性和自由本质的家园，确立存在的合法性，追求存在的稳定性，对现实表现出极大的热情，正如象征主义诗人庞德所说，"所有优秀的艺术都是这一种或那一种的现实主义"。①后现代主义也同样具有这副"担道义"的"铁肩"，但他们采取的策略并不一样。对于运用反讽的戏剧家来说，无情的现实已经粉碎了他们心中的理想，世界已经如此丑陋，生命已经无可逃避，他们能做的只能是随遇而安、嬉笑怒骂、冷嘲热讽，只能以一种最深沉的方式揭示存在始终处于被反讽地位的本性，他们宁愿选择做一个"混世魔王"，做一个冷眼旁观的"局外人"。因此，面对一切原有正常关系都处于脱节的、颠倒的客观社会，一个沾沾自喜、盲目自信的主观世界，以滑稽、嘲讽和戏弄为主要特征的反讽似乎更适宜剧作家表明自己对世界的认知态度，反讽也相应地成为后现代派戏剧文学的基本话语。

一、反讽的美学特征

"反讽"一词源于希腊文，最初有三个意思：一是佯装。古希腊喜剧中有一个角色叫伊隆，他的对手是阿拉宗。伊隆在妄自尊大的阿拉宗面前总是故意装得愚蠢而又无知，从而给对方造成错觉，结果在论辩中阿拉宗却输给了伊隆。二是矛盾。古希腊哲学家苏格拉底在与别人辩论时，表面上是虚心接受对方意见，实际上是佯装无知，他并不急着说出自己的观点，而是任由对方自由陈述，然后按照对方的观点和逻辑进行推论，从而引出一个漏洞百出、自相矛盾的错误结论，因此又被称为"苏格拉底式反讽"。三是反语。古罗马修辞学家用它来表示字面意思与实指意思的不符或相反，因此被称为"罗马式反讽"。可以看出，反讽的原初意义主要涉及修辞学领域，成为言在此而意在彼、投其所好攻其所弊的修辞方法，以及旨在揭露别人短处的滑稽模仿。现代意义上的"反讽"，特别是20世纪30年代以来的浪漫主义和英、美新批评理论，不仅把反讽看做是一种修辞方法，更把它看做是情境、存在和命运对人

---

① 转引自艾略特，袭小龙译《九个四重奏》，漓江出版社1985年版，第29页。

的嘲弄，即所谓的"命运反讽"，从而把反讽上升到形而上的哲学高度。在他们看来，生活中的每一个人都或多或少地是反讽的受害者，而每一个反讽的背后，都隐藏着一个持反讽态度的、充满敌意的上帝或命运。

一般认为，反讽具有以下三个美学特征：

（一）事实与表象的相反

在被称为具有反讽意味的事件中，一个显著特征是，表象与事实是完全对立的、不吻合的，它们之间的关系完全是颠倒的，甚至是天壤之别。我们看到的是一回事，实际上事情的真相却是另外一回事，在这里，对比越强烈，差别越大，反讽就越鲜明。也就是说，反讽中同时具有"真"和"假"的双重因素，并且"真"和"假"是颠倒的。因此，反讽是一个矛盾的结合体。德国浪漫主义批评家施莱格尔兄弟认为反讽就是矛盾的形态，矛盾是反讽的绝对必要条件，是它的灵魂、来源和原则。美国新批评论者布鲁克斯也说："语境对于一个陈述的明显的歪曲，我们称之为反讽。"[1]他所说的"语境"属于事情的真相，"陈述"则是指我们感知到的表面现象，两者的关系是不吻合的。英国的汤普森也认为，"就反讽乃是一种使结果恰与剧中人的意图相反的手法而言，这个情节就是很出色的反讽"。[2]他所说的是愿望与结果相反。反讽行为正是如此，它故意让两个原本应该保持一致的事项朝着两个完全不同甚至相反的方向发展，这两个对立项可以是目的与行为的错位，可以是愿望与结果的对立，可以是话语与身份的颠倒，更可以是理想与现实的脱节，从而展示了一种怪诞的人生经历和生存现状。因此，反讽与适得其反、不相称、反常、错觉等词联系在一起，在有意制造的矛盾对立中达到讽刺的目的，产生反讽效果。从这个意义上说，迪伦马特的《老妇还乡》也使用了反讽的修辞手法。克莱尔夫人的到来，好像是为了拯救居伦城，但对伊尔来说，盼来的却不是一种物质贫困上的解脱，而是精神上的桎梏甚至是肉体的死亡。对居伦城的居民来说，这股犹如从地狱里冒出来的邪气，也没有给他们带来富足的物质生活，而是良心的拷问。克莱尔的到来不是一次救赎，而是一次围猎，是对居伦城所有居民良心的围猎，这里，事实与表象

---

[1] 〔美〕布鲁克斯：《反讽：一种结构原则》，见赵毅衡编选：《新批评文集》，百花文艺出版社2001年版，第379页。

[2] 〔英〕米克，周发祥译：《论反讽》，昆仑出版社1992年版，第49页。

完全是颠倒的。

（二）反讽者假装无知，被反讽者是真无知

反讽行为一般由反讽者和被反讽者组成，反讽者故意对被反讽者制造的与事实截然相反的表象充耳不闻，假装无知，甚至帮助被反讽者把表象看做是事实，总之，他的态度是假装无知，而被反讽者却是不明就里，是真无知。反讽者与被反讽者之间形成了一定的张力，这种张力本身就具有一定的戏剧性。

反讽者可以分为三种类型：一是作者充当反讽者，总称为"作者反讽"。他有两种反讽策略：一方面是作者故意采用一种与自己真实倾向性完全相反的语调进行叙述，即通常所说的"正话反说"，从而构成"语调反讽"。人们习惯于在不同的场合运用不同的语调和术语说话，而反讽语调却偏偏"不合时宜地挪用"其他场合的语调来进行叙述，从而获得一种滑稽感。比如王朔的小说经常运用庄重的语调和政治语言来叙述一件极为平常的琐事。另一方面是作者充当全知全能的叙述者，让剧中人物和观众因为有限的视角和对真相的半知半能而成为被反讽者。笔者把它称为"视角反讽"，从这个意义上讲，有视角差异的地方就有反讽，反讽就成为一种戏剧本体论的存在物。二是剧中人物充当反讽者，他或他们对剧中个别人（常常是戏剧主角）行使反讽行为，从而构成"人物反讽"，剧中的反讽者对事情的真假了然于胸，却不告诉他人，让被反讽者蒙在鼓里。剧中人物之间的视角差异，是这一类反讽得以顺利进行的保障。三是上帝、命运等无形的存在充当终极的反讽者。地道的、原始的反讽者是上帝，被反讽者是芸芸众生。上帝高高在上，无所不能，独揽一切，永不泯灭，无拘无束，把整个人类当做嘲弄的对象，正如人们常说的一样，人类一思考上帝就发笑，它在冥冥之中捉弄人，嘲弄人，从而构成"戏剧反讽"、"命运反讽"或"总体反讽"。这种反讽已经从一种修辞手段上升到哲学认知的高度，它表明了一种存在的荒诞性。米克认为，"如果我们看到一个人安之若素，殊不知其所见所闻恰恰与实际情况相反，我们称之为戏剧反讽。就人类在某些方面经常而且必然处于这种窘境而言，人可以说是总体性戏剧反讽的受嘲弄者"。[1]他同时

---

① 〔英〕米克，周发祥译：《论反讽》，昆仑出版社1992年版，第107页。

指出，"总体反讽的基础是那些明显不能解决的根本性矛盾，当人们思考诸如宇宙的起源和意向，死亡的必然性，所有生命之最终归于消亡，未来的不可知性以及理性、情感与本能、自由意志与决定论、客观与主观、社会与个人、绝对与相对、人文与科学之间的冲突等问题时，就会遇到那些矛盾"。①人与上帝的戏剧性反讽关系，是戏剧艺术，特别是悲剧经常表现的题材。比如《俄狄浦斯王》，俄狄浦斯追查杀父娶母的凶手，结果却找到了自己，命运作为反讽者无情地嘲弄了这位执著的王子。注意，我们讨论的反讽，主要是视角反讽、人物反讽和命运反讽这三种类型。由于戏剧代言体的本性，缺乏必要的叙述人，因此，"语调反讽"在戏剧中并不多见，只有研究每一个具体人物的台词时，这一类反讽才有意义，所以不是我们讨论的重点。

对于被反讽者来说，他浑然不觉自己面对的现象只是一个假象，仍然对自己充满自信，这种自信是一种无知而又盲目的自信。米克在《论反讽》中归纳了构成反讽的五个因素，摆在第一位的就是"无知或自信而又无知的因素"，②"无知"已经让人觉得可笑，"自信而又无知"就更让人觉得可笑。他进一步地解释说"反讽者展示某种表象，假装不知事实如何，而受嘲弄者被表象蒙蔽，确实不知事实如何"。③也就是说，反讽总是由理解上的差异造成的，绝大多数情况是，某人对事实比别人知道或理解得更多，反讽便实际上存在了。《老妇还乡》中的克莱尔可以看做是反讽者，居伦城的居民可以理解为被反讽者；先秦散文《邹忌讽齐威王纳谏》中，邹忌一开始以为自己很美，殊不知妻是顺他，妾是惧他，朋友是有求于他，所以他们才说他比城北徐公美。但他没有被假象蒙蔽，由此他说服齐威王要勇于纳谏，很快从一个被反讽者转变为一个反讽者。反讽者的原型是上帝，相应地，被反讽者的原型就是我们每个人。米克认为，"受嘲弄者的原型即是人，他反而被认为深陷在时间和事务之中，盲目行动，临事应付，生命短暂，不得自由——而且自信得竟不知道这即是他的窘境"。④进入现代社会以来，普通人作为被反讽者变得越来越普遍。比如，人类创造科学本来是为了让人更好

①〔英〕米克，周发祥译：《论反讽》，昆仑出版社1992年版，第100页。
②〔英〕米克，周发祥译：《论反讽》，昆仑出版社1992年版，第37页。
③〔英〕米克，周发祥译：《论反讽》，昆仑出版社1992年版，第44页。
④〔英〕米克，周发祥译：《论反讽》，昆仑出版社1992年版，第55页。

地生活，可惜科学却成了残杀人类自身的武器，人成了科学的被反讽者。这样，人在反讽别人的同时，自己也成了被反讽者。

对于戏剧艺术而言，除了反讽者和被反讽者，还存在一个第三者，即反讽行为的观察者，这一点类似于米克总结反讽五要素中的"超然因素"。这个观察者在一旁注视着反讽者和被反讽者，"观察者在反讽情境面前所产生的典型的感觉可以用三个词语来概括：居高临下感、超脱感和愉悦感"。①这种旁观者的超然态度和超越性视角在戏剧艺术中得到了充分体现，"剧院本身就是一种反讽性的聚会，占据有利地位、仿佛是置身于现实世界的观察者，在此得以窥视一个虚幻的世界，因而获得'一种鸟瞰式的人生观'……这种入了神的观察者的整个态度，具有反讽性"。②在演出过程中，剧中人物对未来充满了信心，而观众却已经知道未来将是何等的惨淡，一件在观众看来微不足道的小事却被剧中人像煞有介事地奉为严重的事情来看待，这时候的观众就成了反讽的观察者。当然，反讽的观察者有时也会成为被反讽者，当观众不了解剧情真相，迷失在剧情的发现与突转之中，他也就成为剧作家的被反讽者。

说到底，是否成为被反讽者，不仅与观看事物的角度有关，也与该角度内观看到的内容有关，这里蕴涵着丰富的戏剧性问题。在戏剧话语中，有三种视角：一是剧中人物的视角，二是剧作者的视角，三是观众的视角，这三种视角之间可以结构成不同的关系类型。有的形成一致关系，有的形成差异关系，正是这些关系创造了戏剧性的冲突、高潮、悬念，甚至整个情节。具体地讲，就是通过控制和调节剧作家、剧中人物和观众三者对故事的知晓程度来制造戏剧性。

这里主要有三种办法：一是剧中人知道可能要发生什么事或事实真相，而观众不知道。二是观众不知道，剧中人也不知道，双方都面对着一个正在或即将发生的事情，剧作家具有超越一切的视角，他像命运女神捉弄人一样地捉弄着那些陷于片面视角而痛苦不堪的剧中人和观众。三是观众知道而剧中人不知道，这个时候观众就有一种凌驾于剧中人之上的优越感，甚至以一

---

① 〔英〕米克，周发祥译：《论反讽》，昆仑出版社1992年版，第53页。
② 〔英〕米克，周发祥译：《论反讽》，昆仑出版社1992年版，第61页。

种喜剧的心态看待台上所发生的一切，"在现实主义的戏剧里，观众把自己看成跟角色处于同等地位，而在讽刺剧里，观众感觉高于人物，于是鄙视和嘲笑他们"。①这个时候观众更多的是关注他们如何应对。迪伦马特曾说："如果我表现两个人，他们在一起喝咖啡，一起谈论天气，谈论政治，或者谈论时尚，而且还谈得风趣横生，那么这还不是戏剧性情境，还不是戏剧性对话。那还得添加点东西，添加点使他们的谈话具有特殊性、戏剧性、双关性的东西才行。比如，要是观众晓得其中一只咖啡杯子或两只杯里都有毒，于是两个放毒者的谈话便出现了，通过这种诡计，喝咖啡变成了一种戏剧性情境，在它的基础上便产生了戏剧性对话的可能性。"②此时，出现了剧中人物与观众视角的差异，观众知道真相，而喝咖啡的人却不知道真相，观众就会为他们的命运担心，戏剧性便出现了。总之，面对同一问题，不同的视角产生不同的认识，视角的一致或差异，是造成戏剧性的主要因素，也是把不同人物推向被反讽者的重要因素。

（三）悲喜混杂的审美效果

反讽的审美效果是悲喜混杂。就其中喜剧效果来说，米克认为，"喜剧因素似乎是反讽的形式特点所固有的因素，因为在根本上互相冲突、互不协调的事物与或真或假的深信至无知无觉地步的态度结合了起来"。③为了强化反讽效果，许多作品中都把反讽对象有意处理得很怪诞，增加其中的喜剧成分。就悲剧效果来说，由于反讽有时被提高到形而上的高度，成为"命运反讽"，将人类的现实处境和终极状况联系起来，因此，反讽在具备喜剧性的同时，其悲剧性也是较为浓重的。正如丹麦哲学家克尔凯郭尔所说，"反讽在其明显的意义上不是针对这一个或那一个个别存在，而是针对某一时代和某一情势下的整个特定的现实……它不是这一种或那一种现象，而是它视之为在反讽外观下的整个存在"。④在这个意义上，我们每个人都无可避免地成为上帝的被反讽者，每一个人都没有什么值得沾沾自喜和自豪的。

---

①〔英〕马丁·艾斯林，罗婉华译：《戏剧剖析》，中国戏剧出版社1981年版，第66页。
②童道明主编：《现代西方艺术美学文选·戏剧美学卷》，春风文艺出版社、辽宁教育出版社1989年版，第60页。
③〔英〕米克，周发祥译：《论反讽》，昆仑出版社1992年版，第49页。
④〔英〕米克，周发祥译：《论反讽》，昆仑出版社1992年版，第100页。

怪诞中也有反讽意味，但"怪诞"与"反讽"并不相同。汤姆森认为，怪诞"对正确与错误、真与伪既不作分析，也不作指导，也不想去作区分。恰恰相反，它所关注的是表明它们之间的那种不可分割性"。①也就是说，怪诞背后的价值倾向是模糊的，而反讽一定会对真与假做出一个相对明确判断，剧作家的倾向性相对于怪诞来说相对明确。同时，他也指出，"在反讽、怪诞、荒诞之间划界线，无异于在一团乱麻中划出什么界线，那就未免太迂腐了……反讽依存于某种关系在理性上的可解决性，而怪诞则从实质上表现出对立因素之不可解决性"。②

讽刺中也有反讽意味，但反讽与讽刺也不完全一样。一方面，讽刺者的态度非常明朗清晰，他总有一个相对明确的讽刺对象，而反讽者的态度却潜藏着，有时甚至没有明确的所指对象，而是将矛头指向一个更大、更抽象的对象。另一方面，被讽刺者的缺陷通常是一些无关痛痒的小毛病、小过失，在程度上不足以影响全局，它的目的是匡正自己的过失，愉快地与自己的过去告别，这其中的滑稽成分更重、更强烈，笑得更轻松、更欢畅。而被反讽者的缺陷却是深刻甚至是致命的，反讽的对象一般针对存在本身，通过被反讽者深陷反讽境遇的描写，达到对反讽者的诅咒。在"命运反讽"中，被反讽者既感到痛苦又感到滑稽，就像有人通常所说的那样，我们被生活忽悠了一次，被命运嘲弄了一把，这其中的笑是苦涩的。讽刺的笑与反讽的笑都将人引向邪恶，因为它都有一种居高临下的优越感，所以《圣经》中说，笑总是与邪恶联系在一起的。当然，严格区别讽刺与反讽也是一件困难的事情。

反讽与同样具有揭露性质的现实主义戏剧相比，也有两点明显的区别：一方面，现实主义戏剧在揭露现实的同时，总是运用对比的方法提供了某种理想状态的生活，属于先破后立，而反讽戏剧却在破除现实生活合理性之后，根本没有提供一种确定的、理想的生活样式，属于只破不立。另一方面，现实主义戏剧中很少有滑稽的成分，而反讽戏剧中却充满了因为误差和错觉给人带来的啼笑皆非、欲哭无泪的喜剧元素。

总之，反讽最基本的特征是"对假相与真实之间的矛盾以及对这种矛盾

---

① [英]汤姆森，孙乃修译：《论怪诞》，昆仑出版社1992年版，第58页。
② [英]汤姆森，孙乃修译：《论怪诞》，昆仑出版社1992年版，第69页。

一无所知，反讽者是装作无知，而口是心非，说的是假象，意思暗指真相。吃反讽之苦的人一心以为真相即所言，不明白所言非真相，这个基本的格局在反讽所有变体中存在"。[1]反讽是一种否定性思维，既然我们每个人都不可避免地成为上帝的被反讽者，还有什么值得去争、去抢、去奋斗的呢，这是后现代主义否定一切、怀疑一切思想的表征。如果要传达后现代派剧作家的悲苦体验，以及对这个理想与现实相脱节的社会的诘难，而又不使用那么慷慨悲壮、一本正经的叙述态度，反讽就是最恰当的表现手法之一，内容与形式在这里又找到了一个很好的结合点。

　　美国的吉尔伯特·哈特从讽刺的目的入手，把讽刺家分为两类：一类是乐观入世的，另一类是悲观厌世的。"乐观主义讽刺家是更和善、更优雅的讽刺家，他们劝诫多于谴责，经常带着健康的笑声发笑，但较少讥嘲、挖苦，更少大喊大叫、挥拳擦掌，他们至多会说世界是颠倒混乱的，这个世界创造出一个多么富有戏剧性的奇观啊。但是悲观的讽刺家会说，世界是一座地狱，真他妈的是一座地狱，我们没有一个人可以从这个地狱中逃离出来。"[2]吉尔伯特·哈特认为，这两类讽刺家的手段并不相同："一种讽刺家喜欢大多数人，但认为他们极端愚妄蠢笨，犹如傻瓜和瞎子。他带笑地向人们讲述生活真相，因此，他并不打算摈弃他们，却要对他们最严重的缺点——无知进行治疗。另一种讽刺家憎恨或鄙视大多数人。他确信罪恶正在他的社会中得意洋洋，他痛恨人类，他的目的不是去治疗，而是去惩罚，去歼灭。"[3]前者对应乐观入世，后者对应悲观厌世。总之，"乐观主义讽刺家写作是为了医治病人，悲观主义讽刺家写作是为了惩罚罪犯。一个是医生，一个是刽子手"。[4]实际上，他所说的乐观主义讽刺与我们所说的"人物反讽"十分相近，观众和剧中绝大多数人物都明白真相，只有少数人被蒙在鼓里，成了被反讽者，成了讽刺的对象，其中的喜剧因素较多。他所说的悲观主义讽刺与我们所说的"命运反讽"十分相近，在这一类反讽中，人物成了命运的牺牲品，其中的悲剧成分较多。我们参照哈特的理解相应地把后

①赵毅衡编选：《新批评文集·引言》，百花文艺出版社2001年版，第110页。
②〔美〕吉尔伯特·哈特，万书元、江宁康译：《讽刺论》，广西人民出版社1990年版，第203页。
③〔美〕吉尔伯特·哈特，万书元、江宁康译：《讽刺论》，广西人民出版社1990年版，第201页。
④〔美〕吉尔伯特·哈特，万书元、江宁康译：《讽刺论》，广西人民出版社1990年版，第203页。

现代派戏剧中的反讽也划分为乐观主义反讽与悲观主义反讽两种类型。

二、乐观主义的反讽戏剧

乐观主义的反讽主要集中在"人物反讽"方面，特别强化其中的性格和社会两个元素的对立。这一类反讽夸大了人物性格与社会的格格不入以及人物破绽百出的错误，这一类反讽者从某种意义上讲并无恶意，他只是一种善意的规劝。"乐观主义讽刺家看到的是这样一个世界，在这个世界上，人的本质状况是健全的，尽管我们中有许多人因愚昧而破坏了我们社会的正常秩序，因为粗心大意而感染了疾病，还有一些伤寒带菌者甚至水库投毒犯和毒品贩卖者在我们中间游荡，但是他们一定会被发现、被判罪、被消灭。"[1]我们先来看看这两方面的例子。

瑞士剧作家弗里施1958年创作的《毕德曼与纵火犯》，其明明是一部具有规劝意义的作品，可作者偏偏说它是一部没有教育意义的教育剧，这本身也体现了一种反讽意识。它的剧情是这样的：毕德曼是一家工厂的老板，出于同情收容了一个自称是无家可归的人，此人叫施米茨。施米茨进来之后又把他的同党招来，并往家里搬来一桶桶汽油，有人担心他们是纵火犯，毕德曼竟然滑稽地说，他的管家每天晚上都要到阁楼上去了解情况，看看那里面有没有纵火犯。后来毕德曼自己也发现不对，歌队在一旁也警告他注意危险，但他却为了保护自己的财产，不仅不听劝告，反而和他们一起欺骗警察，隐瞒事实。合唱队要求他驱逐纵火犯，毕德曼却说阁楼里根本闻不到汽油味。后来，这两个人向他要火柴，他竟然也答应了，他还辩解说，如果他们是纵火犯，怎么连火柴都不带呢。最后他们点燃了房子，房子化为灰烬，累及全城，华德曼成了两个纵火犯的同谋。作者犹嫌不足，又加了一段他乐于采用的阴间场面，出现了表现主义的戏剧元素。毕德曼和妻子被烧死后到了阴间，两个歹徒也到了阴间，却成了房东。当焚烧的城市复兴后，两个坏家伙又回到阳间做起纵火的勾当。天道往复，历史再次循环。

---

[1]〔美〕吉尔伯特·哈特，万书元、江宁康译：《讽刺论》，广西人民出版社1990年版，第203页。

这部剧作由于其深刻的社会批判性和娴熟的技巧性，被译成五十多种文字，从而成为世界剧坛上的珍品。在这部剧作中，弗里施有意略去故事发生的地点和背景，从而使它的反讽意味更具有普遍适应性。当然，这个剧本也采用了叙事的手段，而且是布莱希特式的旁观式叙事，不似他在《安道尔》中采用的分裂式叙事。弗里施1948年拜见过到瑞士访问的布莱希特。剧中采用了古希腊悲剧常用的合唱队形式，随着剧情的进展进行说明、评论，较为典型地体现了布莱希特对他的影响。它的叙事特征也主要体现在歌队的演唱中，合唱队由身兼剧中人的消防队员组成，他们时而以消防队员的身份巡逻和守卫，时而又以消防队员兼旁观者的身份与主人公对话，对其发出劝告和提醒，更多的时候则完全从旁观者的角度对剧中人物和事件作出评论。

这部剧作的讽刺意味十分明显，它像一部道德寓言，采用喜剧手法揭露了社会的不道德行为，也流露出作者的教育目的。弗里施的态度正如吉尔伯特·哈特在总结乐观主义讽刺家时所说的一样，"他们相信愚昧和邪恶不是人类天生的，或者，即使是天生的，也是可以根除的。它们都是可治愈的病患，可改正的错失。当然，在每一个时代、每一个国家，总有许多残忍而愚蠢的家伙，其中有些是不可救药的，那么，让我们拿他们作为警世的例证，以便帮助所有别的人"。[①]这一类讽刺将焦点聚集在人物的某一方面，是一些无伤大雅的小毛病，它着力探讨他们在性格上的自欺欺人，让我们"愉快地与自己的过去告别"，因此更多地具有社会意义。

同样属于这一类反讽的还包括奥地利的剧作家托马斯·伯恩哈特。托马斯·伯恩哈特是20世纪60年代登上德语国家文坛的，他是一位让人很难归类、很难简单贴以标签的剧作家。20世纪70年代中期他曾经获得了诺贝尔文学奖的提名，得知这个消息后，他立即声明自己不愿意接受，考虑到他特立独行的性格，诺贝尔文学奖委员会也不愿意碰这个钉子。

1970年他创作的第一个剧本叫《鲍里斯的节日》，剧中除女仆约翰娜之外都是没有双腿的残疾人，主人公是个富有的好心女人，她把失去双腿的鲍里斯从收养院里接回家，并准备与他结婚。好心女人自己也是一个失去双腿的残疾人，因此，她对周围的正常人充满了仇恨，甚至不惜一切手段折磨

①〔美〕吉尔伯特·哈特，万书元、江宁康译：《讽刺论》，广西人民出版社1990年版，第202页。

他们，她家的正常人女仆不幸就是其中的受害者，对她百般虐待侮辱，并令其在生日晚会上只准坐轮椅为大家服务。为了庆祝鲍里斯的生日，她请来的客人不能是正常人，于是她从残疾人收养院里请来13位没有腿的客人，这就满足她与别人处境相同的欲望。通过从对他人的贬低和奴役中来克服自己可怜无助的心态，这是一种病态人格，可惜，鲍里斯在仪式结束时就突然死去了。这一天不是鲍里斯的节日，而是好心女人的节日。好心女人实际上是一个恶毒的女人，这个名字本身就具有反讽意味。把别人拉得与自己一般高低才高兴，才心满意足，这是好心女人一厢情愿的事情，可惜她的这个愿望并不能实现，也不可能实现。托马斯·伯恩哈特总是对这一类偏执狂进行辛辣的嘲讽。

托马斯·伯恩哈特于1974年创作的《习惯势力》也是这个主题。主人公马戏团老板、大提琴师卡里·巴尔蒂为了对付衰老，克服平庸混乱的现实，决定组织一个五重奏小组，精心排练演出弗兰茨·舒伯特的《鳟五重奏》，但大家都不愿意。于是，他利用自己的权力，强迫大家去实现这个愿望，却遭到演奏组成员的强烈反对，结果只能恢复到原来的现状。中国的孔子说，己所不欲勿施于人，而他却是己所欲而强加于人，别人觉得没有意义，而他却津津乐道，这是一种"不仁"，其结果是，别人在他的压制下做着一些毫无意义的事情，天性遭到了扼杀，巴尔蒂也成了众人反讽的对象，愿望与结果出现了背离。

托马斯·伯恩哈特于1984年创作的《戏剧人》也是如此。主人公是一位事业已近黄昏的艺术家，带着他的家庭剧团巡演到了一个小村镇，要在一间十分简陋的舞厅里演出他的大作《历史车轮》。他架子很大，对演员驱使呵斥，同时嘴上不断地把自己与歌德和莎士比亚相提并论。但他的妻子咳嗽不停，儿子手骨受伤。总算布置好了舞台，观众也来了十多个人。但天公不作美，一时间电闪雷鸣，观众大喊牧师院子里着火了，之后便一哄而散，演出以失败告终。他不自量力地追求声望和社会承认的愿望也未能实现。

托马斯·伯恩哈特作品中的人物总是为一个计划和目标全力以赴，结果却总是遭遇怪诞，总是以失望和不幸宣告结束，他的戏剧可以称之为"折磨戏剧"。在他的剧中，主人公自己做不到、得不到的，别人也休想得到，他运用自己的权力折磨别人也折磨自己。生活中总有这样一类人，他见不惯别人比自己好，总要诋毁别人，把别人拉得与自己一般高低，托马斯·伯恩哈特描写的就是这类主题。他的作品让人看到了形形色色的生存危机，以及人物为保护自我不受现实威胁而进行的各种各样的努力和奋斗，最终却总是失败、可悲可怜或死亡。他们就是过着这样的生活，时而妄自尊大，时而特别可怜，两个令他们恐惧的问题在等待他们：为什么这种生存还在继续？它还能持续多久？他们所面临的深渊越艰险，他们在努力逃避时就越狼狈，就越具有反讽意味。通过反讽手法，伯恩哈特制造了强烈的震惊效果。他指出，为了认识世界必须通过夸张来歪曲它，我们只有把世界和其中的生活弄得滑稽可笑，我们才能生活下去，除此之外没有更好的方法。在这个意义上说，把自己塑造成反讽者成了伯恩哈特式人物克服生存危机的主要手段，可惜事与愿违，他们总是成为被反讽者，他的人物都经历了从反讽者到被反讽者的转变。

意大利著名剧作家达里奥·福的戏剧表现出鲜明的政治立场和自由精神，他同情弱者，关心百姓。反叛现实的思想使达里奥·福的戏剧挣脱了各种精神的束缚和传统的艺术法则。他的笔像投枪，剖析社会，批判现实的黑暗面，揭露司法和警察的残暴，宗教的虚伪，官僚的腐败等。在形式上他深受意大利民间说唱艺术、狂欢节日、即兴喜剧和民族文化精神的影响，呈现狂欢化的戏剧风格，他用自己的戏剧话语完成了对现实社会和政治观点的表达。正如1997年瑞典皇家学院授予达里奥·福诺贝尔文学奖的《新闻公报》中说，他继承中世纪流浪艺术的传统，抨击政权，恢复了受屈辱者的尊严。他的剧作几乎都运用了反讽策略，《一个无政府主义者的意外死亡》、《滑稽神秘剧》和《不付钱，不付钱》等都是他的代表作。

1970年他创作的《一个无政府主义者的意外死亡》以真实的刑事案件为题材，用离奇怪诞的方法嘲笑了意大利警察制度的黑暗，表现出强烈的关注现实、反映现实、抨击时弊的现实主义精神。剧情是这样的，警察在审问犯人时，滥用暴行，致使犯人被活活打死，为了销毁罪证，他们把尸体抛弃在窗外，并声称这是一个无政府主义者的意外死亡。为了掩盖事实真相，他们必须要为这一事件找到一个合适的理由，但他们想象力匮乏，找不出一个像样的理由，于是一个在警察局受审的疯子被请来当导演，于是，献媚与去媚，高大与渺小，威严与滑稽不断发生质的变化，演出了一场场闹剧。最后，疯子竟然谎称自己是上级派来以其特殊身份调查这起案件的高等法院的首席顾问，警察们面对身居高位的法官心惊肉跳、惊慌失措，甚至要跳楼。剧中疯子缜密巧妙的推理调查，入木三分的狂欢化语言使警察殴打无政府主义者死亡的真相渐渐浮出水面。达里奥·福在这里所运用的语言，不是人物思想深思熟虑后的迸发，而是大量运用了即兴、随意、幽默、双关、反讽、自嘲、隐喻、诙谐的语言来表达自己的政治立场以及对现实的关注。疯子成了反讽者，代表国家权力的警察却成了被反讽者。此剧戏剧语言的随意性给人一种飘浮不定的感觉，正是在这种即兴随意、幽默诙谐、反讽自嘲中，表现出一种躁动不安，不断变化的不确定性，从而让观众感受到了语言的分量和张力。

总之，这一类的反讽将反讽对象集中在社会层面，从而对社会现实构成了一种讽刺的力量。这一类讽刺家"总是受着一种惩恶劝善的使命感的推动，这一点已为讽刺家们公开承认，讽刺家们总希望去惩罚罪犯、嘲弄傻瓜，从而达到减少或消除这些社会肿瘤的目的"。①用英国屈莱顿的话来说就是"讽刺的真正目的，是以矫正的方式使罪恶感得到匡正"。②可以说，这一类的讽刺家都是理想主义者，他们总希望通过自己的行为去唤醒大众向着更完善、更美好的未来前进。吉尔伯特·哈特认为，"乐观主义讽刺家经常咒骂一些可笑、可厌的家伙，以便警告其他的人，给读者中的大多数人敲警钟。他们的讽刺也又深又痛地刺伤我们，这只不过是一种皮下注射而已，那痛处和肿处将生出些健康的抗体"。③惩戒警告、善意规劝正是这一类反讽的意义所在。

三、悲观主义的反讽戏剧

悲观主义的反讽更多的是"命运反讽"，反讽者是命运，是上帝，被反讽的都是一群被命运摆弄的悲剧小人物。正如吉尔伯特·哈特所说，"悲观主义讽刺家看到的却是另一个世界，在这个世界上，充塞着屡教不改的罪犯、不可救药的吸毒者、胡言乱语的疯子、不足为教的白痴、猿猴似的野蛮

---

① 〔美〕吉尔伯特·哈特，万书元、江宁康译：《讽刺论》，广西人民出版社1990年版，第207页。
② 〔美〕吉尔伯特·哈特，万书元、江宁康译：《讽刺论》，广西人民出版社1990年版，第207页。
③ 〔美〕吉尔伯特·哈特，万书元、江宁康译：《讽刺论》，广西人民出版社1990年版，第203页。

人、充满着以人的面目出现的猩猩、山羊、老鼠、豺狼、眼镜蛇与吸血鬼。这样的世界简直无法救治，一些人甚至由于看到这令人失望的世界而陷入疯狂。悲观主义讽刺家为了免于变疯，于是就带着野蛮的嘲讽发出号叫，带着满腔的仇恨发出叱责"。①我们先来看几个例子。

20世纪80年代后的法国，"日常戏剧"大行其道，米歇尔·道区在理论与创作两个方面都成为他们中间的代表人物。和大多数青年戏剧家一样，米歇尔·道区在20世纪60年代曾积极投身于如火如荼的学生运动，在思想上倾向于左倾与激进，在创作上也充满激情与愤懑，更富有鲜明的反抗性和强烈的思辨性，他不仅关注小人物，而且还常常深入到贫困社区和郊外工厂中获取素材。

《星期天》创作于1976年，描写矿工女儿吉奈特为了离开穷困矿区而奋斗牺牲的故事。在女友露丝的鼓动之下，吉奈特和其他几个姑娘一起参加了为迎接节日游行比赛而自发组织的体能训练。在所有参加训练的姑娘当中，只有吉奈特尚未成年，然而这个年纪最小的却是态度最坚决、目标最明确的一位。为了达到夺取冠军并从此离开矿区的目的，吉奈特自愿将原先的业余训练变成了专职训练，并不惜牺牲休息与睡眠时间，夜以继日地单独训练。这位单纯的少女为此所付出的代价还远不止这些，她先后与父母中断往来，与男友绝情，与女友绝交，她将生命和未来都押在了这场游行比赛上。随着比赛日期的临近，姑娘不仅性情更加固执，而且行为也更加古怪。由于成天关在体操房里练身且满脑子优胜第一，她已经失去了与人正常交往的能力，变得任性自私和孤僻。她在家中与父亲没有任何意义上的交流，对整日整夜不辞辛劳地坐在缝纫机旁、为姑娘们赶制服装的母亲不仅没有说过一句感激的话，反而动辄出口埋怨，伤透了父母善良的心。更有甚者，当她决定单身一人留在体操房彻夜训练时，竟然只是派人前往车站转告老母，连回家亲口相告都不愿意，致使她的母亲在胸前连画十字，声称宁愿没有生下这个姑娘。为了全身心投入训练，她不仅甘冒被厂方开除的风险，而且狠心地疏远了追求自己多年的雷乃，从而直接导致了她的悲剧。临比赛前几天，我们看到她在与家庭、男友断绝了往来之后，又与始终鼓励指导她训练的露丝反目

① 〔美〕吉尔伯特·哈特，万书元、江宁康译：《讽刺论》，广西人民出版社1990年版，第203页。

成仇。在原先一起参加训练的队友们一个个知难而退之后，唯有她不顾外界议论、独自一人深更半夜地在被切断了电源的体操房内练功，而这一切都是为了追求完美、争取早日离开矿区。然而，生活对她来说却是残酷的，命运与她开了一个玩笑。就在她牺牲一切，即将迎来游行比赛的前一天，由于疲劳过度，她送了命。

米歇尔·道区曾经指出，日常戏剧的任务之一就在于揭示普通人如何在历史的重压之下失去了自我。他的兴趣点是命运对人的反讽。全剧虽然是围绕吉奈特为参加游行比赛而忘我训练这一主要事件来写，却从来没有正面交代比赛的规则，更没有出现比赛的组织者，我们无法肯定比赛本身的可靠性，也许它更多的只是吉奈特狂热想象的结果。一个人不顾一切地追求某一件事情，结果却是希望的落空，吉奈特若是活着，她应该能体验到一种欲哭无泪的感觉，诅咒这个该死的世界。剧本分为两幕，共有二十五个场景，数量虽多，但每一场戏的篇幅都很短，结构也十分紧凑，体现了后现代派戏剧零散化的倾向。全剧十多个人物当中仅有三四个贯串全剧，所以无论是阅读剧本还是观赏演出都不会产生冗长之感，所有这些都是构成道区戏剧的基本要素。

美国戴维·奥本创作的《求证》中，生命也与主人公开了一个玩笑。为了照顾患有精神分裂症的父亲，年轻的凯瑟琳自愿放弃学业，开始了另外一种生活，在家一心一意照顾这位拥有极高天赋的数学家父亲，同时她也悄悄地开始了自己的数学探索。父亲去世后，悲伤的凯瑟琳一度陷入混乱。姐姐克莱尔从纽约回家，一心要带她离开芝加哥去纽约，换个理想的环境，过上"正常生活"。父亲的学生哈罗德来到凯瑟琳家，在整理老师遗留下来的一百多本笔记的过程中，这位年轻的数学家因凯瑟琳的敏感、狂热、倔强而爱上了她。这本是抚平凯瑟琳伤痛、让她面对未来人生的转折点，可是一本记录着数学论证的笔记本却横亘在了两人的爱情路上，哈罗德不能相信其中记载的惊世论证竟然是凯瑟琳的随笔之作。这种怀疑彻底地伤害了凯瑟琳的心，撕裂了她刚被爱情抚平的伤口，可是今后的人生路她不得不自己去面对，面对她已失去的父亲、爱她但又不能了解她的姐姐、相信他又怀疑她的未来的伴侣，还有最重要的是自我的意识与一直被隐藏的数学天赋，凯瑟琳应该如何面对？凯瑟琳努力求证着自己的天分，并最终勇敢地面对自己生命中深沉真挚的父女情、至真至诚的姐妹情以及突如其来的爱情。

《求证》以数学领域为题材，描写了一位美国高层知识分子人生和家庭的困境。戏剧在凯瑟琳25岁生日和父亲葬礼的前夜开场，观众通过父女俩的对话知道，父亲罗伯特已经死去一个星期了，"那是因为我已死了……心脏病发作。真快啊，明天就是葬礼"。他告诉女儿自己在她这个年龄，已经功成名就了。女儿反唇相讥道："那又怎么样，还不是疯了。"罗伯特说："疯子是不会坐在一起讨论他是否疯了，一个疯子的标准症状就是没有能力自问'我疯了吗'"。在此，剧作家似乎向观众传达这样一种信息："绝顶的数学天赋与疯狂之间有着某种联系。这并非是说数学将人逼疯，而是那种锐利与较无理性的人格易于将人引向疯狂。"[1]高等数学是精美而复杂的，但它在本质上是可以被量化的。数学中的一个论据要么成立，要么不成立。人生却不是数学，它是混乱的、情感的、无常的。严密的数学论据是毋庸置疑的事实，绝对信任这样的事实使人有安全感。然而，生命中绝大多数真正重要的事情更接近于一种与此不同的真理，这是一种需要我们的信仰来灌溉的真理。剧作家将四个主人公精彩的人生编织在纷繁芜杂的人生困惑中，不断提醒着我们人类是什么，他们由于采用数学精神努力去"求证"而变得疯狂可笑。这部剧中似每个人都在进行着各自的"求证"：罗伯特皓首穷经，感到进入数学求证状态，似乎整个世界都在与他对话。女儿秉承了父亲的天赋，在失学中也做出了惊人的素数求证。凯瑟琳一方面对正规的学院教育不屑一顾，另一方面又对数学充满恐惧，并对自己的精神状态进行反复的"求证"。哈尔拼命想在老师留下的103本日记本中发现有价值的"求证"，以便惊动整个数学界。在这里，我们可以真切地感受到梦幻与现实、疯狂与清醒交混难辨的后现代主义特征。

美国黑人剧作家奥古斯特·威尔逊1984年创作的《莱尼大妈的黑臀舞》不仅揭示了黑人音乐家和白人录音师之间的矛盾和冲突，同时也指出了黑人音乐家之间微妙的矛盾和冲突。莱尼大妈，这位黑人歌星深知自己尽管是爵士乐队歌唱明星，但这丝毫不代表她真正的社会地位。当她在录音棚中录音的时候，她对别人说："他们对我这个人完全不在乎，他们需要的只是我的嗓音……一旦把我的声音录到了机器里，他们就会像对待一个妓女那样对待

---

[1] 胡开奇：《戴维·奥本和他的〈求证〉》，载《戏剧艺术》2001年第5期。

我，扯起裤子就溜走了，我对他们已经毫无用处了。"而年迈的钢琴师托利多则是一位黑人民族主义者。他的名言是："用卖番茄的价把整个非洲给卖掉了，我们把自己卖给白人；我们想把自己变得和他们一个模样。瞧瞧你们身上穿的和白人有什么不同……我们在拼命想变得同他们一样。我们把自己卖了……和白人一样了。"黑人想成为白人，城里的人想冲出去，城外的人想进来，婚姻也罢，事业也罢，人生的愿望大多如此，这不正是一种具有反讽意味的"围城"现象吗？

1987年他创作的《栅栏》同样具有反讽意味，剧中主人公特洛伊·马克森是一个饱尝了生活艰辛、心灵受过摧残的黑人。他坐过牢，当过棒球运动员，现从事垃圾清扫工作。他曾经是个十分出色的棒球运动员，但是由于肤色的关系，他未能进入任何著名的球队。如今他已经五十三岁了。扭曲了的生活造就了他极其复杂的多面性格。他爱自己的妻子，但却和别的女人生孩子，他的三个孩子有三个不同的母亲。他照顾二次大战期间受伤而造成智力障碍的可怜的哥哥，但同时又私自挪用哥哥的抚恤金。他设法帮助自己有体育天才的儿子科里，却又拒绝给予儿子科里一个父亲应该给予的一份爱，也没有努力帮他获得一个颁发给橄榄球星的大学奖学金。特洛伊非常痛恨自己，一个连自己都爱不起来的人怎么去爱别人呢？然而观众却并不恨这个痛恨自己又不爱别人的特洛伊·马克森，因为命运对他实在太残酷了。人们不能原谅他对自己妻儿的态度，但又不得不同情他，因为这种冷漠无情的最大受害者不是别人而正是他自己。特洛伊·马克森在自家后院用结实的硬木修筑起一排栅栏，用以保护自己和家庭，然而与此同时，他也筑起了一道看不见的围墙，把自己和亲人围了进去。具有讽刺意味的是他自己却掘开了自己婚姻的栅栏，到栅栏外面去寻找女人并和她们生孩子。这些栅栏使他感到孤单、空虚。这些栅栏有他自己修筑的，更有社会造成的。一个人为了安全用栅栏把家人围起来，自己却走出去花天酒地。栅栏围住的是人的肢体，却围不住人自由的心灵。最终，事物走向了它的反面，他拆除了外在的栅栏，却又在心里筑起了一道牢不可破的心理防线。外在的栅栏建了拆，心里的栅栏拆了又建，在拆拆建建的两相对比中，主人公的生存境遇得到了充分的展示。

在这一类反讽中，被反讽者并不狂妄自大，就像米克所说的一样，"反讽的受嘲弄者不一定是傲慢的、任性的盲目者；他仅仅是通过语言和行为，暴露出他丝毫也没有料到事情完全出于他天真的设想之外……在其他因素相同的情况下，受嘲弄者愈盲目，反讽的效果愈明显"。①现实世界中人们的追求往往带有盲目性，结果常常阴差阳错，事与愿违，让人饱尝了这种普遍存在的人生错位感，人生的错位感正是悲观主义反讽的意义所在。

四、戏剧反讽的话语策略

当代社会，事物之间的一切必然的联系、因果关系甚至是惯例联想关系似乎都相互脱节了、颠倒了。艺术家与艺术之间的脱节，教育与培养之间的脱节，文凭与能力之间的脱节，名气与水平的脱节，广告与产品功效之间的脱节，收视率与质量的脱节，歌星与歌唱艺术的脱节，执法者与懂法之间的脱节等等，都为反讽话语的盛行提供了必要的社会条件。如今，谁要是把这些原来紧密相连的两个因素仍然联系在一起，谁就是被嘲讽的对象。当代社会怎一个"假"字了得，怎一个"骗"字了得，花样翻新，防不胜防，一个假，一个骗，以及强烈的人生错位感，正是反讽得以盛行的社会基础。反讽戏剧正是抓住这一现象，以一种颠倒本质与现象的创作手法来昭示社会的不合理、不公正、不和谐、不正常。

应该指出的是，前苏联思想家巴赫金提出了狂欢理论，可以进一步帮助我们理解反讽。在狂欢节中，各种等级身份的人们打破以往的界线，不顾一切官方限制和宗教禁忌，戴上面具，身穿异服，化装游行，滑稽表演，纵情玩乐，尽兴狂欢，放纵本能，形成了各种怪诞的风格和各种喜剧、夸张、讽刺的形式，这些因素都深深地影响到了文学创作，法国的拉伯雷就是一个典型代表。对此，巴赫金专门撰文加以论述，并总结了狂欢节的四个特点：一是无等级性，二是宣泄性，三是颠覆性，四是大众性。在他看来，狂欢节肆无忌惮地把世界从秩序和可怕的东西中解放出来，并使其成为一个可笑的世界，一个颠倒的世界，它给文学带来的直接后果就

----

① 〔英〕米克，周发祥译：《论反讽》，昆仑出版社1992年版，第41页。

是怪诞风格的确立，同时也确立了反讽的地位，因为反讽的基本策略正是从破坏原有秩序开始的。所以，与怪诞一样，反讽也是一种既肯定又否定的情感体验，他说"整个世界看起来都是可笑的，都可以从笑的角度、从它可笑的相对性来感受和理解；而这种笑是双重的：它既是欢乐的、兴奋的，同时又是讥笑的、冷嘲热讽的，它既否定又肯定，既毁灭又再生。"①正是在这个意义上讲，反讽与怪诞存在着一定的相似之处，不过反讽更注重塑造一个颠倒的世界，颠倒的世界当然是一个变形了的世界，而变形的世界却不一定都是一个颠倒的世界。

美国的罗伯特·麦基在《故事》这本书中总结了六种设置反讽的手段，非常具体实用：一是他终于得到了他一直想要的东西……但为时已晚，他已不可能拥有它。二是他被推到离他的目标越来越远的地方……结果却发现事实上他已被引导到了他的目标。三是他抛弃了他事后才发现对他的幸福来说不可缺少的东西。四是为了达到某一目标，他无意中采取了一些恰恰背道而驰的步骤。五是他采取行动想要毁灭某一事物，结果却适得其反，毁于那一事物手中。六是他得到了某种他坚信会给他带来厄运的东西，想方设法要摆脱它……结果却发现那是一份幸福的厚礼。②他对反讽的细化非常有助于我们在设置反讽时运用。因此，正如他所说，"语言反讽见于话语本身与话语意义之间的分歧——这是笑话的主要源泉。但在故事中，反讽却表现在动作和结果之间——这是故事能量的主要源泉，表现在外表和现实之间，这是真理与情感的主要源泉。"③这里，他区别了三种类型的反讽，一是话语本身与话语意义的分歧，二是动作与结果之间的错位，三是外表与现实之间颠倒。

反讽作为一种戏剧话语，其基本策略可以归结为以下几点：

（一）愿望与行动的颠倒

人物的行动总是具有一定的动机，这个动机表明了他的意图，但他的行为却并没有按照这个意图来实现，出现了口是心非，所以，利用戏剧人物的

① 〔前苏联〕巴赫金，李兆林，夏中宪译：《拉伯雷研究》，河北教育出版社1998年版，第31页。
② 〔美〕罗伯特·麦基，周铁东译：《故事：材质、结构和银幕剧作的原理》，中国电影出版社2001年版，第350页。
③ 〔美〕罗伯特·麦基，周铁东译：《故事：材质、结构和银幕剧作的原理》，中国电影出版社2001年版，第350页。

意图与他的行为形成反差，可以制造出反讽效果。英国菲尔丁认为，"真正的可笑的事物的唯一源泉是造作。……造作的产生有两个原因：虚荣和虚伪。虚荣促使我们装扮成不是我们本来的面目以赢得别人的赞许，虚伪却鼓动我们把我们的罪恶用美德的外衣掩盖起来，企图避免别人的指责。"[1]虚荣和虚伪的表现状态在于一个"虚"字，与事实相反，来看一段《毕德曼与纵火犯》：

> 施密茨：您的女佣对我说，毕德曼先生要亲自把我们赶出去，可是我想，毕德曼先生，这不是您的真心实意……
>
> （安娜走进来。）
>
> 毕德曼：安娜，再拿一个杯子来。
>
> 安娜：是啦。
>
> 毕德曼：还有，再拿点面包来。
>
> 施密茨：如果小姐您不嫌麻烦的话，再拿点奶油，还有奶酪，或者酱肉什么的。可千万不要多费事。再来几条黄瓜，一个西红柿，一点芥末，总而言之，小姐，您现在有什么就拿什么来。
>
> 安娜：是啦。
>
> 施密茨：可千万不要多费事。
>
> （安娜下。）
>
> 毕德曼：您对我的佣人讲，您认识我。
>
> 施密茨：当然，毕德曼先生，当然。
>
> 毕德曼：在什么地方。
>
> 施密茨：只在您表现得最好的地方。毕德曼先生，只在您表现得最好的地方。昨天晚上在酒馆里，您坐在您常坐的桌旁，我知道，毕德曼先生，您没有注意到坐在角落里的我。每当您，毕德曼先生挥拳敲打桌子的时候，整个酒馆都为您的话而欢欣鼓舞。
>
> 毕德曼：我说什么来着？
>
> 施密茨：说了句唯一正确的话。（他抽着烟，接着说）要把他

---

[1]转引自永毅、晓华编《喜怒哀乐论》，广州文化出版社1988年版，第84页。

们都绞死，统统绞死，越快越好。绞死他们，这些个纵火犯。

　　毕德曼：（指着一把椅子）请坐。

　　（施密茨坐下。）

　　毕德曼先生信誓旦旦地要把那些纵火犯统统绞死，但真的遇见纵火犯时，却又将他奉为上宾，他的愿望与行动之间是错位的，这其中的反讽意味是明显的。这两种态度的对比，既让人好笑，又让感到悲哀。特别是纵火犯施密茨在他家反客为主，俨然一副主人的架势和毕德曼唯唯诺诺的侍从行为的对比，更加重了这种反讽意味，同时，"它还采用了同时性布景，因而我们便可以同时在舞台上看到毕德曼正在宴请其客人的客厅及其阁楼；阁楼以极为嘲讽的方式，显现出正贮备着一罐罐的汽油且有人正在作放火准备。"[1]毕德曼作为被反讽者，一直被两名纵火犯蒙在鼓里，是真无知。

　　（二）行动与情境颠倒

　　戏剧情境作为戏剧作品的基础，一般由三种因素构成：剧中人物活动的具体时空环境规定性、对人物发生影响的具体事件的规定性和人物关系的规定。俗话说，到什么山唱什么歌，不同的情境需要不同的行为和语言，但这一类反讽却故意把人物置于一个完全不同的语境，有意将在某些特定场合才使用的行为和语言进行挪移。

　　纵火犯本来应该是过街老鼠，但在《毕德曼与纵火犯》中，剧作家偏偏让他们遇上了胆小怕事的毕德曼，水火不相容的两种行为相遇后，行动与情境之间便形成了巨大的张力，被反讽者毕德曼的一言一行便有了讽刺的意味，这一类反讽也叫"语境误置"。在达里奥·福《一个无政府主义者的意外死亡》中，作为国家权力机关的警察，语言粗俗直白，这是一层意义上的反讽，相反，被称为无政府主义者的人，语言却充满雅趣机智，这又是一层反讽，这两种都属于身份与语调的不对称，警察与罪犯，又构成一个更大的反讽，执法者与犯法者的语调在这里是错位的，执法者无视法律的存在，犯法者却熟悉法律之道。这样讽刺意味不是对国家法律系统最大的嘲讽吗？托

----

[1]〔英〕斯泰恩，刘国彬等译：《现代戏剧理论与实践》（三），中国戏剧出版社2002年版，第736页。

马斯·伯恩哈特的《鲍里斯的节日》里，好心女人看似与周围的环境一样，大家都是残疾人，但她的内心却把这些人当做自己愚弄的对象，对其他人来说，她是一个十足的反讽者，一种优越感让她与周围的环境格格不入。

法国玛丽·贝塞创作于2002年的《巴比罗大街》也具有性格反讽的意味。G是一家报社的主管，H是一个叫花子，H之所以沦落到今天这一步，就是因为他的女朋友跟别人跑了，引诱他女朋友的正是G。他在G的门口守候着，故意引起G的注意以便接近他，目的就是要复仇。果然，G不仅给他钱，还请他回家喝酒，因为他觉得他们两个人经历非常相似，有着许多共同语言。最后，G发现自己的情人正是抛弃H的女人，他这才开始担心H的报复，但为时已晚，H很轻易地把他杀了，H又重新得到了女友的电话，又可以联系上她了。可以想象，这样的故事可能还会循环，当她的女友再次摆脱他时，他又会尾随而至。一个人对自己的追杀者极尽讨好之能事，帮助他、顺从他，这样的行为正体现了作者的反讽意识。此剧的编剧玛丽·贝塞于2005年到过北大，并与林兆华有过交流，他还亲自执导了这部戏的演出。

美国大卫·梅米特的《格林·罗斯庄园》取材于作者本人于1969年，在芝加哥一家房地产公司工作的一段经历。它描写了一群为了保住饭碗，拼命去完成公司限定的售房指标的推销员们的种种可恶、可怜、可悲的生活片断。所谓"格林·罗斯庄园"是房地产商为了招徕顾客而杜撰出来的、带有苏格兰田园风光色彩的住宅名称，实际上推销员手中的则是一些质量低劣的房地产，他们采取花言巧语与蒙骗欺诈的手段对付顾客。《格林·罗斯庄园》思想上的深刻性，突出地表现在作者对美国商业价值观和所谓的"美国式成功之路"的批判上，这方面与阿瑟·密勒的名剧《推销员之死》有异曲同工之妙。传统的美国梦是一种关于自由、土地、平等和机会的承诺，进取心、勇敢和勤奋是获得成功的关键。但是自从美国内战以后，尤其是1900年以后，这个传统的理想被歪曲为商业成功的美梦，美梦达成的捷径就是推销术。推销术意味着以欺诈为基础，一种根本不管商品是否有用而巧言出售的能力。推销术的目的是做成买卖，赢得利润和赚取回扣。大卫·梅米特正是敏锐地抓住这个涉及现代伦理道德的重要问题，写出了一群在美国商业社会里挣扎的小人物的心灵枯竭和命运悲剧。《格林·罗斯庄园》在戏剧结构上也有较大的创新，它并没有贯穿始终的主干情节，充斥全场的是推销员们之间的埋怨、诅咒，向老板的哀求与诉苦,对顾客们信誓旦旦地夸饰与吹嘘。两幕四场戏分别发生在一家中餐馆和房产事务所里,第一幕中的三场戏均由两个人物的对话构成,巧妙地表现了推销员们疲惫的精神状态和尔虞我诈的人际关系,以及他们的生存窘境。第二幕虽然只有一场,但万花筒般地展示了喧闹嘈杂、紧张不安的推销员们的工作全景,又以老推销员莱维恩偷窃事务所客户资料案发、儒玛设计诱骗顾客的阴谋败露等作为主要情节,从而把剧作推向了高潮。

(三)愿望与结果的颠倒

明明以为自己的行动可能会引发另一个结果,但事与愿违,结果却正是自己反对的,或者正是自己极力想避免的,结果成了愿望的对立面,从而让愿望人体验到一种受愚弄、受捉弄的尴尬。比如米歇尔·道区的《星期日》中,吉奈特一心想通过自己的努力离开这座小城,但事与愿违,结果却换来了自己生命的消失。这一类反讽的例子还有很多。

达里奥·福创作的《只有一个女人》中,朱丽亚被丈夫抛弃有一年了,她工作不顺、内心烦躁。现在,她想穿上最漂亮的衣服,给丈夫留下一段美好的回忆,然后自杀,同时留下谴责的录像,让丈夫遗憾终生。自杀前她接到许多离奇的电话,打电话的人个个都把她当做是心理医生,并向她求救,其中有女职员、妓女,甚至也有女心理医生,最后朱丽亚不仅意识到自杀的荒唐,也意识到人的荒诞。就在她觉悟时,医生却破门而入,把她当成疯子带走了。一个厌世者已经产生了自杀的念头,却被当做救世者供奉着,这里的反讽意味深长。"厌世的讽刺家相信,罪恶起源于人的本性和社会的结构中,人们无法避免也无法医治它。人,或那些在他的审视下的悲惨不幸的渺小的庸众,只配受到轻蔑和憎恨。如果他笑他们,这不是友好的微笑,这里没有快乐,没有伤口愈合的温暖,他带着轻蔑嘲笑他们装模作样、自相矛盾、卑鄙伪善,这样的讽刺家颇近于悲剧家。"①这就像《送菜升降机》、《椅子》等几部荒诞派戏剧一样,杀手成了被杀者,哑巴成了真理的宣讲者,都充满了反讽意味。

(四)语调与事件的颠倒

人们说话行文,通常都是正面运用词语的"词典意义",但有时为了达

---

① 〔美〕吉尔伯特·哈特,万书元、江宁康译:《讽刺论》,广西人民出版社1990年版,第202页。

到特殊的修辞目的却偏偏运用与本意正好相反的词语，或是用正面的话语表达反面的意思，或是用反面的话语表达正面的意思。这一类的反讽就是故意说反话，强调语言与真实意图的背离，属于语调反讽。反讽者通过叙述语调与叙事内容、表现意图的相悖，形成了嘲弄、讥讽、挖苦、谴责、批判、否定、幽默、暗示、亲昵、怜爱、喜欢等不同的情感意味，从而强化和突出了作者的真实表达意图。反讽者总是喜欢在嬉笑玩闹的场合运用正式庄严的词语，在严肃庄重的场合使用难登大雅之堂的艳词俗语，恢宏堂皇的叙述方式与委琐平庸，甚至荒诞不经的叙述内容奇怪地组合在一起。反讽者往往小题大做，细小的、琐碎的事件却运用宏大的语言来叙述，故意虚张声势。磅礴的叙述，浩大的声势，辉煌的语言是它们的主要特征，这种"小题大做"更加凸现了叙述内容的琐屑无聊，对现实的批判性也更加强烈。在文学中，主要表现为故意将一些时事政治术语、伟人语录、军事术语等用在世俗的生活语境当中，或与粗俗的俚语混杂相用，致使话语在新的语境压力下与原意悖逆疏离，从而消解了一切严肃、一切信仰和一切价值。语调反讽运用得当能够产生绝妙的反讽效果，但如果纯粹为了追求语言快感而流于形式，丧失思想理念的支撑则可能会流于文字游戏，沦落为一种浅薄的语言卖弄，并无深刻可言。戏剧由于缺少外在叙事人，其语调反讽主要体现为角色人物的正话反说。

总之，反讽戏剧家通过一系列形象化的表现，将愤懑和痛苦外化，以既庄且谐的形式对悲剧命运进行抗议和挑衅，反映了他们对现代社会文化的反思。他们与传统喜剧家一样，具备鲜明的反思意识和超越意识，他们从存在主义哲学中获得启示，对社会现实以及人类生存的荒诞本质有着清醒的认识。在此反思与彻悟的基础上，他们以鲜明的超越意识对荒诞的现实做出应对，他们以苦涩的笑，抒发对人生悲剧性命运的深切感受，宣泄丧失人性尊严后的痛苦。调侃的叙述、嬉笑的态度、背离的情境，在这些喜剧性的表征之下，深藏着他们对艰难生活和苦涩人生的理解，隐匿着剧作家对世界的思考和深刻反省，观众在感到可笑的同时，也对这个颠倒的世界充满了困惑和诅咒。有话"颠倒说"，正是反讽戏剧的话语策略。

剧本来源

[1]汪义群主编：《西方现代派戏剧作品选》（四），包括《毕德曼与纵火犯》，中国戏剧出版社2005年版。

[2]〔意〕达里奥·福，吕同六译：《一个无政府主义者的意外死亡——达里奥·福戏剧作品集》，包括《一个无政府主义者的意外死亡》、《遭绑架的范尼尼》、《滑稽神秘剧》、《喇叭、小号和口哨》和《高举旗帜和中小玩偶的大哑剧》，译林出版社1998年版。

[3]〔意〕达里奥·福，刘硕良译：《不付钱，不付钱——达里奥·福戏剧作品集》，包括《一个无政府主义者的意外死亡》、《不付钱，不付钱》、《该扔掉的夫人》和《他有两把手枪，外带黑白相间的眼睛一双》，漓江出版社2000年版。

[4]〔意〕达里奥·福，吴洪译：《只有一个女人》，见《外国戏剧百年精华》（下），人民文学出版社2005年版。

[5]〔法〕米歇尔·道区，艾非译：《星期天》，载《戏剧艺术》2000年第2期。

[6]〔法〕玛丽·贝塞，宁春译《巴比罗大街》，中国传媒大学出版社2006年版。

[7]〔美〕戴维·奥本，胡开奇译：《求证》，载《戏剧艺术》2001年第5期。

[8]〔美〕大卫·梅米特，向明译：《格林·罗斯庄园》，载《外国戏剧》1985年第4期。

[9]〔奥〕伯恩哈特，许洁译：《习惯势力》，载《新剧本》2001年第6期。

[10]〔英〕布赖恩·弗里尔，袁鹤年译：《翻译》，载《外国文学》1988年第6期。

[11]〔美〕奥古斯特·威尔逊，张学采译：《莱尼大妈的黑臀舞》，载《外国戏剧》1986年第1期。

[12]〔美〕奥古斯特·威尔逊，王家湘译：《栅栏》，载《世界文学》1997年第4期。

第十二章 借话说
——互文戏剧的话语策略

所谓"互文"，一言以蔽之，即"一个文本与其他文本的相互关系"，这是法国当代学者朱丽娅·克里斯特娃1969年对"互文"概念所下的定义。[①] 互文可以分为内部互文与外部互文两种形态。这里我们重点研究外部互文，探讨此文本和与它相关的一系列文本间的关系。这一类互文的话语策略通过"借用"已经存在的经典作品，运用仿拟和拼贴等手段，达到消解经典作品意义的目的。外部互文通常也有两个文本：一个是模仿并依从的母本，二是在此基础上形成的新文本。但这两种文本间却表里不一，通过两相冲突和有意制造的差别，在不言自明的对照中达到"旧瓶装新酒"的目的。进入20世纪60年代以来，由于互文的话语策略与后现代主义中的解构思想相吻合，从而被许多剧作家运用，并逐渐成为一种相对独立的修辞手法，且有愈演愈烈之势，当下流行的"恶搞"和"拼贴"就是后现代派戏剧互文的一种话语策略。

一、互文的美学特征

在谈论皮兰德娄的"后设戏剧"时，我们曾经提到过互文现象，后设戏剧中的互文具有一种自我指涉性。也就是说，它是一种文本内部的互文，即具有互文性的两个文本同时出现在一个剧作中，而且，这两个文本都是剧作家一个人创作的，这样，文本意义就仍然封闭在剧作内部，因此也称为"内部互文"。我们这里所说的外部互文，是指一种文本外部的互文现象，即两个文本中的另一个文本是别人创作的，它可以是历史久远的古代作家，也可以是其他民族和国家的作家。也就是说，这两个文本中，有一个文本是先于此在文本而存在的母本，并且是大家熟知的经典文本，它不是此在文本的作者创作的，这样，互文现象就在此在文本与外部其他文本之间产生了，因此，我们把它称为"外部互文"。外部互文具有以下三个方面的审美特征。

（一）审美的依存性

正因为外部互文涉及与此在文本相关的母本，而且这个母本是一种"不完全的部分在场"，它并不是完全照搬母本，否则就是外部互文的极端形

[①]〔法〕萨莫瓦约，邵炜译：《互文性研究》，天津人民出版社2003年版，第3页。

式：抄袭。它只是对母本中的某些元素进行不完全的借用，如人物、情节、台词等。因此，观众在欣赏这一类互文性文本时，就必须相应地掌握与母本相关的背景知识，否则，就会由于缺乏参照系而无法理解此在文本中的戏剧意味，也不能真正理解此在文本的真实意图。这就好比是读宋诗，大家都知道宋诗受理学的影响，特别好用典故，如果不理解这些典故，我们就很难正确地把握宋诗。正如著名的叙事学家杰拉尔德普林斯在《叙事学词典》中对互文性所作的解释一样："一个确定的文本与它所引用、改写、吸收、扩展，或在总体上加以改造的其他文本之间的关系，并且依据这种关系才可能理解这个文本。"①套用德国哲学家康德的术语，对互文性文本的审美判断应该是一种"依存判断"而不是"纯粹判断"。可以说，互文性文本以貌似读者熟知的面目出现，让读者以为进入了一个自己熟悉的世界，可作者却通过与惯常思维方式和传统模式相左的深层话语颠覆了母本的原有意义，打破了读者的成规性审美感受，使他们的阅读期待心理屡屡受挫、一再落空，从而激活读者日趋麻木、萎缩的哲学思考和审美感受，复活他们的日常诗性，促使他们重新审视人们习以为常的传统模式和深信不疑的思想观念，正视人生的本真状态，重估一切价值。因此，"读者必须具备深层挖掘能力，这种要求一方面使得阅读不再像传统的方式那样承接和连贯，另一方面也使得作者可以对含义有多种理解，甚至可能改变和扭曲原义"。②理解互文性文本需要借助于母本，否则就会出现"读者漏读"。同时，这就可能将艺术批评引向"互文性批评"，"所谓互文性批评，就是放弃那种只关注作者与作品关系的批评方法，转向一种宽泛语境下的跨文本文化研究。这种研究强调多学科话语分析，偏重以符号系统的共时结构去取代文学史的进化模式，从而把文学文本从心理、社会和历史决定论中解放出来，投入到一种与各类文本自由对话的批评语境中。"③也就是说，互文性批评不同于传统的社会历史批评、心理批评和传记批评，也不同于结构主义、形式主义的封闭式批评，而是立足本文，揭示此文本与其他文本之间的联系以及此文本与外部世界的文化联系。

①转引自程锡麟《互文理论概述》，载《外国文学》1996年第1期。
②〔法〕萨莫瓦约，邵炜译：《互文性研究》，天津人民出版社2003年版，第83页。
③陈永国：《互文性》，载《外国文学》2003年第1期。

（二）形态的多样性

互文作为一种艺术形式，萨莫瓦约根据热奈特的思想，把互文分成两大类：一类是共存关系，甲文出现于乙文，如引用、暗示、抄袭、参考等；另一类是派生关系，甲文在乙文中被重复和转换，包括戏拟和仿作，合并和粘贴。派生关系是我们讨论的重点，我们把它称为"仿拟"和"拼贴"，它们都存在"借用"现象。所谓借用就是有选择地截取母本中相应的人物、情节或语言，然后把它植入到此在文本中。借用的目的在于将母本与此在文本进行对比，在比较中彰显意义。

"仿拟"的话语策略主要建立在两个文本之间，类似于故事新编，目的是依托先在文本制造出新意义来，因此也称为"互文性反讽"，有人也把它归为反讽的一种类型。法国学者萨莫瓦约认为，"仿拟是对原文进行转换，要么以漫画的形式反映原文，要么挪用原文。无论对原文是转换还是扭曲，它都表现出和原有文学之间的直接关系"。[①]仿拟的前提必然存在一个母本作为参照系，它是一种间接模仿或转换母本以形成此在文本的创作方式，是一种典型的互文形式。应该指出的是，"仿拟"中还有一种特殊的形态称为"戏仿"，也称为滑稽模仿，它通过形式和内容之间的反差和不协调造成一种滑稽和讽刺的效果，从而不仅对所模仿的原作本身，而且也对与其相关的传统以及接受态度作出批评。戏仿与其他互文形式最大的区别主要体现在态度上，戏仿的态度有戏谑滑稽的成分，其他类型的互文并不一定都具有滑稽因素。这一点也把"戏仿"与"改编"区别开来，改编在态度上并不一定是戏弄式的，比如20世纪初法国雅里创作的《愚比王》就是对莎士比亚的《麦克白》的仿作，但作者的态度却是戏谑的。当前艺术创作中出现的"恶搞"现象是戏仿的一种极端形式，就像《一个馒头引发的血案》是对电影《无极》等一类的恶搞一样。戏仿如果用得过多过滥，势必形成一种套路和模式，最终令读者失去兴趣。总之，戏仿只是仿拟的一种类型，它们之间应该是属与种的关系。戏仿式互文"通过暴露那部作品的技法背离那部作品"，[②]戏仿不是虔诚地景仰经典，相反，戏仿使用种种浮夸的方式破坏经典，从民

---

① 〔法〕萨莫瓦约，邵炜译：《互文性研究》，天津人民出版社2003年版，第41页。
② 〔法〕霍克斯，瞿铁鹏译：《结构主义和符号学》，上海译文出版社1987年版，第71页。

间的幽默、文类的退化到戏剧创作，戏仿始终保持了这样的基本含义：通过滑稽的曲解模仿来否定叙事成规。于是，既定的叙事成规之中的意识形态由于不伦不类而遭受嘲笑，自行瓦解。在模仿中加进喜剧的色彩，甚至在表面一本正经中渗透进闹剧的成分，借助文本内部的张力把经典颠覆，都使这类文本往往出现喜剧化和漫画化的特点。

"拼贴"是从多个母本中各选取其中的一部分内容，不加剪裁地直接粘贴到此在文本中，试图使其成为此在文本的有机组成部分。拼贴中，整体的各部分与整体没有必然的关系，只有偶然的关联，不存在内在的、一以贯之的气脉，只有外在的暂时组合。它可以选取母本中的一个人物，也可以选择母本中的一个片断进行组接，自己并不创造或者稍加改动。拼贴体现的是一种后现代主义的主动性、自由性、积极性。

"拼贴"和"仿拟"并不完全一样：第一，拼贴涉及两个以上互不相干的文本，而仿拟只局限于一个仿作文本，这是它们之间最大的区别。第二，相对而言，仿拟中的创作痕迹更大些，它选取母本的相关元素进行创作，而拼贴的创作痕迹要少一些，它将母本中的一些段落直接搬入此在文本中，所作的是一些缝合工作。

（三）存在的普遍性

互文是一种普遍存在的现象，它是一个庞然大物。法国叙述学研究大师热奈特把互文形式更扩大化了，他认为："没有任何一部文学作品中不在某种程度上带有其他作品的痕迹，从这个意义上讲，所有的作品都是超文本的。只不过作品和作品相比，程度有所不同罢了。"[1]这一点，美国耶鲁大学文学教授、当代西方把弗洛伊德精神分析理论应用到文艺批评中的代表人物布鲁姆也持这种看法。他在1973年出版的专著《影响的焦虑》中也指出，在当代诗人面前，"诗的传统"扮演着一个父亲的形象，总是以"缺席的在场"方式压抑并毁灭着当代诗人。因为在布鲁姆看来，时至今日，一切诗歌的主题和技巧都已经被千百年来的诗人们用尽了，当代诗人已经难以作为，这是从传统的影响力与破坏力来说。反过来，当代诗人又总是企图摆脱传统的影响，极力否定诗的传统和诗论传统。他们试图用各种有意识和无意识的

----

[1] 转引自〔法〕萨莫瓦约，邵炜译《互文性研究》，天津人民出版社2003年版，第36页。

"误读"方式来贬低前人和否定传统的价值观念，这种"逆反式"的批评通过把前人某些次要的、不突出的特点进一步强化，以造成这种风格是"我"创造的错觉，从而达到树立自己诗人形象的目的。因此，当代诗人对传统既依恋又修正的暧昧态度，致使他们处在一种自身创造力与传统的影响力相互撕扯的"焦虑"状态。① 因此，任何一部剧作都可以看做是互文的结果。互文理论是一种后现代主义艺术文本观，它强调文本是一个开放体系，文本的意义时刻处于编织过程之中，这就对传统文本封闭、自足的观念提出了严重挑战。

总之，20世纪60年代以来，社会重大变化之一就是消费主义的流行，许多文化产品不再像从前那样是艺术品，而是成为与饮料、服装一样的消费品。由于文化成了消费品，对文化产品的判断标准难免会发生一些变化，人们不再像过去那样将文艺作品的教育意义放在首位，而是将文化产品的消费价值放在首位。可以设想，随着各种形式的大众文化越来越多地进入人们的生活，成为人们文化娱乐的主要形式，精英文化对社会的影响力就会随着它的边缘化逐渐减弱，属于精英文化中的历史深度、启蒙意识等对于文化生产的制约力也会逐渐下降，表现在年青一代身上，就是对于权威与经典的敬畏之心逐渐淡化。于是，对传统与经典的颠覆和搞笑就成为最受大众欢迎的智力游戏，就像杜尚在达·芬奇的名作《蒙娜丽莎》上添上两撇幽默的小胡子一样，特别是阿尔托与经典绝裂的文化姿态，更是为后现代派戏剧家注入一针强心剂。同时，互文也意味着一种重复意识，正如施奈德所说，"现代艺术作品似乎和以往的作品之间维持着一种从根本上怀旧的关系"。② 在这种怀念中，所有的路都敞开着，作品被投射到将来或遥远的过去，"当我们对外面的世界不再花时间和精力时，我们就转而在书和书的反射里寻找解决的办法"。③ 这是运用外部互文者经常选择的文化态度。

---

① 〔美〕布鲁姆，徐文博译：《影响的焦虑》，三联书店1989年版。
② 转引自〔法〕萨莫瓦约，邵炜译《互文性研究》，天津人民出版社2003年版，第62页。
③ 〔法〕萨莫瓦约，邵炜译：《互文性研究》，天津人民出版社2003年版，第64页。

二、仿拟式互文戏剧

仿拟式互文又可以分为两种类型：一是续写式戏拟，是接着母本的故事继续向下发展；二是改写式戏拟，是对母本的改造，是故事新编。

（一）续写式戏拟

续写式戏拟是在经典母本的基础上，继续进行创作，这一类写作可以侧重于故事的继续发展，也可以侧重于人物性格的变异，后传、续集一类的作品总是能够满足人们猎奇的心理，但如果掌控不好也会成为狗尾续貂。这一类型的代表剧作包括奥地利女作家耶利内克的《娜拉离开丈夫之后》等。

奥地利女作家耶利内克2004年获得了诺贝尔文学奖，也是第十位获此殊荣的女性作家，她的作品经常因为强烈的女权主义色彩和社会批判意识引发广泛的争议，她对奥地利社会的批判使她拥有"文学良心"的美誉。德国戏剧评论家乌特尼森在《论耶利内克的戏剧》中认为，耶利内克的作品"要测试某些人物或者某些角色在传记般众所熟知的背景下，置身在陌生时代的情况的行为举止，考察这些人物或者这些真人面对的问题是否得到解决，还是只是指出这些问题，甚至掩饰这些问题"。[1]这一思想决定了耶利内克喜欢续写名著，她在历史资源中发现了更适合于她的戏剧素材、角色、道具和情节元素，发现了一个比现代更好的平台。她最初的三部剧作是由一个历史的武器库中装备起来的，"尽管那些场地与历史角色不相符，这在实验的意义上称为假定，但是她并没有忽视准确再现所选的历史阶段的色彩以及政治和社会的关系"。[2]她于1979年创作的《娜拉出走之后》就是这样一部剧作。

娜拉说："我不是一个让丈夫给甩了的女人，我是自己离家出走的，这可是稀罕事，我就是那个来自易卜生同名剧本的娜拉。眼下我正在找职业，为的是从一种混乱的精神状态里逃避出来。"一开场的这段话就显得与众不同：一是表明这出戏讲的是娜拉出走之后的事，二是戏剧人物走进了现实，与皮兰德娄虚构中的人要走进现实非常相似，这一类人物出场本身就充满了

---

① 转引自〔奥〕耶利内克，焦庸鉴等译《娜拉离开丈夫之后》，深圳报业集团出版社2005年版，第371页。
② 转引自〔奥〕耶利内克，焦庸鉴等译《娜拉离开丈夫之后》，深圳报业集团出版社2005年版，第372页。

戏剧性，这是一件怪诞的事。但是娜拉的遭遇又怎么样呢？娜拉现在变得玩世不恭，她来到一家女工较多的工厂应聘，人事部门问她有什么特长，她只会照看孩子，温柔体贴，会过上等人的生活。人事部门留下了她，工作是打扫卫生。在工厂里，其他的女工都埋怨她有一个好好的家庭却放弃了，她们恨不得天天待在家里当全职太太。这时候，这家工厂迎来了一个尊贵的客人叫魏刚，厂里安排了一个隆重的欢迎仪式，因为娜拉会跳舞，人事部门就安排她抓紧练习，可惜娜拉的舞蹈野性而又放荡，这让人事部门很不高兴，同事们也不欣赏，可是魏刚却意外地发现了她，对她着了迷，并当着众人的面要娶她为妻。接下来，我们发现这个魏刚是一个花花公子，他甚至很快就把娜拉转赠给了他的生意合伙人，不过，现在他对娜拉仍然充满兴趣。当他得知自己一笔生意中的关键人物是海尔茂时，他又改变了主意，要求娜拉去勾引海尔茂。这让娜拉非常生气，可她是魏刚的投资品，是资本就要有回报，娜拉只好硬着头皮去找海尔茂，最后，他们又走到了一起，可以想象，经过这一番周折，二次结合的娜拉在家中会是什么样的地位，她出走后的处处碰壁，表明她的位置也许最好还是在家中。剧中，海尔茂与娜拉的同学林丹结合在一起，这个当年动员娜拉出走的好同学，自己却坐在了娜拉的位置上。原来的海尔茂在家中处处都听娜拉的，现在，他可以名正言顺地发号施令了。这个剧本的形式非常接近于易卜生，可以看出这是对易卜生剧作的续写，通过将人物置于一个别样的社会语境中，通过她的活动引出不同的观念。

（二）改写式戏拟

改写式戏拟是在原作基础上进行改动，以阐发剧作家的新观念。代表性剧作有英国斯托帕德的《罗森格兰兹和吉尔德斯特恩死了》、英国剧作家邦德的《李尔》等。

斯托帕德的成名作《罗森格兰兹和吉尔德斯特恩死了》创作于1966年，它是对莎士比亚《汉姆雷特》和《等待戈多》的双重戏拟。全剧分为三幕：罗森和吉尔正在投掷硬币打赌，吉尔的钱袋越来越空，罗森的钱袋几乎满了。就这样他们一次又一次地重复下去，以此作为消遣。在打赌的过程中，我们从罗森和吉尔的谈话中知道：罗森和吉尔是国王克劳迪斯派来刺探汉姆雷特的。期间有六个悲剧演员上场。他们是流浪演员，准备到宫廷演戏，半路上遇到罗森和吉尔。领班的伶人很想为他们演一出以便挣点钱，由此产生了不少误会，遂后愤然离开。这时奥菲丽娅惊慌地跑上舞台，后面跟着汉姆雷特。王子衣着凌乱，一副疯癫的神态，他一边退场，一边不停地看着奥菲丽娅，后者则从相反的方向跑下场，这一过场戏始终是以哑剧的形式表演的。正当罗森和吉尔为台上发生的一切极度吃惊时，喇叭声大作。克劳迪斯和葛特露德上场，克劳迪斯命令两个朝臣查出汉姆雷特发疯的原因。临近结束时，汉姆雷特上场与两位老同学寒暄一阵。第二幕开场是汉姆雷特与罗森他们的谈话，这是两个人事先编出的一套问题准备对付汉姆雷特的，他们甚至事先还试了一遍，但是问着问着，他们自己都糊涂了，显然，他们的努力没有带来任何结果。流浪演员也来到宫廷，应汉姆雷特的要求，他们演出了一场哑剧《贡扎古之死》，这个戏中戏几乎是《汉姆雷特》戏剧的全部。戏中戏刚告一段落，克劳迪斯上场，声言要把汉姆雷特送往英国。第三幕开始，罗森和吉尔在开往英国的船上，他们打开带在身边的国书，知道国王要借英王之手除掉汉姆雷特。趁他们谈话之机，汉姆雷特换掉了国书。海盗袭击过后，汉姆雷特乘机逃跑，吉尔再次打开国书，得知国王要求处死的不是汉姆雷特，而是他们两人。剧终是英国使者通报，罗森和吉尔已经死了。

在莎士比亚的《汉姆雷特》中，克劳迪斯收买了汉姆雷特的同学罗森和吉尔，让他们探明汉姆雷特的真实意图，并派他们陪同汉姆雷特去英国，企图借英王之手除掉他。汉姆雷特意识到，这两位昔日的老同学已经投靠了克劳迪斯，于是对他们留有戒心。汉姆雷特在他俩的陪同下去英国，途中发现他们暗藏克劳迪斯要求英国国王处死他的密信。汉姆雷特篡改了信的内容，将自己的名字改为他俩的名字，让他们去英国送死，自己则乘海盗袭击之机弃船逃跑。汉姆雷特认为他俩的死罪有应得。可怜的罗森和吉尔既不知道老王被害的真相，也不了解汉姆雷特的复仇计划，更不知道国王带给英王信中的秘密，也不知道王子中途伪造国书的实情，就这样稀里糊涂地做了英王刀下的替死鬼。

斯托帕德从莎士比亚的《汉姆雷特》中取了两个次要人物，让他们占据舞台的中心，而原作中的主要人物汉姆雷特、克劳迪斯等都退居次要位置。这两个人物在原作中只是两个次要人物，这一段故事也只是一笔带过，但在斯托帕德的笔下，他们却成了主角，这一段故事被放大了。莎士比亚对自己作品中的反面人物往往抱有复杂的同情心，但对这部剧中的罗森和吉尔似乎是个例外，也许是因为他们太不重要，不值得剧作家多花笔墨。汉姆雷特对他们的死一点儿也没有感到良心上的不安，观众和读者也总是站在汉姆雷特一边。对此，斯托帕德不以为然："汉姆雷特断定他们参与了克劳迪斯的阴谋，这是完全没有道理的。就他们在莎士比亚剧中的参与程度而言，几乎没有人告诉他们正在发生的事情，即使告诉他们的那一点东西也不是事实。因此，我并不像《汉姆雷特》演出中所通常做的那样，把他们看做克劳迪斯的一对心腹，而是把他们看做蒙在鼓里的无辜者。"①斯托帕德不仅让他们荣升为主角，而且一改莎士比亚剧作中冷酷，工于心计的嘴脸，变得可怜巴巴、傻里傻气，对周围事件迷惑不解，受人摆布和利用的小人物。由于他的作品继承了贝克特等早期荒诞派剧作家的荒诞意识和喜剧手法，但摆脱了他们的悲观情调，西方评论界也把他的作品称为"后荒诞主义"。

这个剧作与贝克特的《等待戈多》确实具有某种相似性，比如对不确定和杂乱无章生活的展现等。斯托帕德自己也承认受到贝克特的影响，他说："我的《罗森格兰兹和吉尔德斯特恩死了》一剧中显然有《等待戈多》的影响。我极为赞赏贝克特。……贝克特剧中的玩笑在我看来是世界上最有趣的玩笑，它以各种形式出现，但最主要的是说话者的自我否定，即很快否定自己几分钟前讲的话。这是不断地建造，又不断地拆毁的过程。"②但是，它们的区别也是明显的，这主要体现在以下几个方面：一是人物对白是有意义的，不像贝克特的人物对白相互否定甚至毫无意义。在斯托帕德的剧中，罗森和吉尔三番五次地玩所谓的问答游戏，通过语言游戏，他们分清了自己的名字和身份。同时，这种问答游戏让我们想到了日奈《女仆》的换装游戏，在问答过程中，罗森与吉尔，其中一个要扮演汉姆雷特来回答问题，这已经在语言上完全了一次"换装"。二是剧中人物是有行动的，但却是错误的行动，不像贝克特的剧作中，人物根本不行动。三是他们不是徘徊在希望与绝望之间，而是始终对生命、对生活和对自由抱有渴望，这也许是斯托帕德戏剧与贝克特戏剧最明显的区别之一。斯托帕德的戏剧主题并非反映一种彻底绝望的心境，他的戏剧人物并不像棋子一样完全被动地任凭他人摆布，而是

①转引自田民《莎士比亚与现代戏剧》，中国社会科学出版社2006年版，第380页。
②转引自田民《莎士比亚与现代戏剧》，中国社会科学出版社2006年版，第380页。

对某些现象具有观察力和分析力。而贝克特展示的则是一种毫无意义、毫无希望的现实存在，他的戏剧人物往往陷入极度的焦虑和绝望之中，且缺乏逻辑思维能力。

1973年英国剧作家邦德创作了《李尔》，全剧分为三幕十八场，剧情发生的时间是3100年的英国，年老的李尔为了抵御北部诺斯公爵和康沃尔公爵的侵犯，强迫他的百姓修筑了一座万里长城。为了加快进度和制止怠工破坏，李尔亲手枪杀了一名无辜的工人，以儆效尤。李尔的做法引起两个女儿博迪丝和丰坦尼尔的不满，她们分别投靠了父亲的夙敌诺斯公爵和康沃尔公爵，并分别与他们秘密地结为夫妻，同时，她们号召人们起来推翻李尔的暴政。博迪丝和丰坦尼尔两个人对自己新婚的丈夫也不满意，她们暗地里分别写信给李尔的首席内阁大臣沃林顿，希望他在即将暴发的战争中按照她们的计划暗算两个公爵，如果他愿意帮助她们干掉李尔，她们愿意嫁给他，并由他取代李尔的位置，但是沃林顿没有答应。战争也没有完全按照她们的计划进行，两个公爵躲过了暗算，结果墨守成规的李尔被打败，沃林顿被俘。心怀鬼胎的两姐妹为了杀人灭口，割去了沃林顿的舌头，用脚踏烂了他的双手，又用毛衣针捅穿了他的耳膜。战败后的李尔躲到山村的一座小木屋里，被好心的掘墓工人收留。掘墓工人的妻子考狄利亚对丈夫收留外人颇为不满，她开始与一个木匠私通。博迪丝和丰坦尼尔最终还是杀死了各自的丈夫，她们还率领围剿大军全国搜捕李尔，大军来到这个山村，他们打死掘墓工人，命人强奸了已有身孕的考狄利亚，抓走了李尔。但两个女儿的统治也没有维持多长时间，以考狄利亚和她的情人木匠为首的起义军不久攻战了城堡，取得了政权。在监狱里，李尔目睹了丰坦尼尔被枪杀后又被肢解和博迪丝被刺死的惨状，紧接着他被套上一种新发明的刑具，他的双眼被挖了出来。双目失明的李尔在掘墓工人鬼魂的搀扶下又一次进入那个山村。几个月后，李尔成了一个远近闻名的鼓动家，许多陌生人聚在他的身边，听他讲颇有针对性的寓言故事，很快便引起了新上台的统治者考狄利亚的注意，她和木匠前来警告李尔。听说考狄利亚又开始修复那座长城，李尔开始意识到长城代表了一种社会制度，在这种制度下，无论是在他统治时期还是在新政权下，人们都被剥夺了最基本的权利。知道新政府即将以煽动罪把他送上法庭，李尔摸着爬上了城墙，开始用铁锹拆除他倾注了毕生精力的工程。刚刚锄下三锨土，他就被一个士兵开枪打死了。

我们来比较一下，在莎士比亚的《李尔王》中，古代不列颠国王李尔刚愎自用，他分国土给三个女儿。长女高纳里尔和次女里根花言巧语换得父亲的欢心和国土，诚实的幼女考狄利亚不肯谄媚被父亲剥夺了继承权，远嫁法国。李尔王遭到两个女儿的虐待，被逼发疯，在荒野上流浪，与乞丐为伍。考狄莉亚率兵讨伐，兵败而死，李尔也伤心发狂死去。剧中呈现了令人心寒的场面：李尔王的两个女儿欺骗、虐待父亲，相互又争风吃醋，自相残杀，甚至谋害丈夫。伯爵的庶子爱德蒙不择手段地谋取财产、地位、不惜陷害兄弟，出卖父亲。在痛苦的经历后，李尔王终于悔悟，恢复了天良。第三幕暴风雨场景是全剧的中心和转折点，自然界的风暴与李尔王内心的震荡相呼应。他认识到自己生活观念的谬误，对穷人不幸的亲身感受，激起了他的人道精神，他从专横的暴君经过道德改善成为有仁爱之心的新人。尽管结局是悲剧性的，但以考狄利亚、爱德加、肯特为代表的仁爱、真诚、信义等人文主义理想得到充分肯定。

邦德的李尔和莎士比亚的李尔在性格发展上都经历了"三部曲"，暴君的李尔、疯狂的李尔和觉醒的李尔，精神的觉醒都是经过极度的磨难和付出惨重的代价之后获得的。邦德对莎士比亚的改动主要表现在以下三个方面：

一是人物关系和情节的改动。在莎士比亚剧作中，李尔有三个女儿，而邦德的李尔只有两个女儿。博迪丝、丰坦尼尔同高纳里尔、里根一样性格骄横、冷酷、奸诈。考狄利亚不是李尔的女儿，而是一个农妇，并且也成了一名暴君，这个人物的改动最典型地体现了邦德的改动原则。考狄利亚在莎士比亚剧作中是以高纳里尔和里根的对立面出现的，她是莎士比亚笔下的悲惨世界中的一线希望，她集真、善、美，慈爱和怜悯于一身，体现了莎士比亚的道德理想和价值理想。邦德认为，莎士比亚剧作中的考狄利亚是"一个道德化的人物，道德化的人不是好人……她言必称'善'和'正义'。她对任何社会都是绝对的灾难。我非常想通过这个人物表明：那些接过并熟练地运用我们社会中的伦理学语言的人事实上是非常残暴和毁灭性的人物"。①基于这样的看法，邦德在剧中重新解释了考狄利亚与李尔的关系，重新塑造了

---

① 转引自田民《莎士比亚与现代戏剧》，中国社会科学出版社2006年版，第305页。

她的形象。考狄利亚不再是国王的女儿，而是牧师的女儿。作为掘墓人的妻子，考狄利亚一开始不过是一个普通的农妇。丈夫被枪杀，自己被士兵奸污之后，考狄利亚领导农民起义，建立了新政府。为了巩固新政府的统治，她不惜牺牲一切，重新修建那座象征专制集权暴力的城墙，一个反暴力的人又制造了一系列新的暴力。

二是将性格悲剧变为社会悲剧。在莎士比亚剧作中，作者通过描述李尔王丰富复杂的内心世界和独特个性，着重展示了李尔王的性格悲剧，莎士比亚主要是从心理和性格上展示了李尔从一个专制暴君到一个人的转变过程。李尔的自由意志导致了一系列社会和政治暴力，这种暴力在推动李尔走向悲剧结局的同时，也促使他向一个完全摆脱了社会和政治羁绊的赤裸裸的人复归。邦德不太重视对人物进行细致的心理分析，而是从社会和政治角度来揭示人物的行为动机，强调社会环境对人物性格形成的决定作用。也就是说，性格在莎士比亚看来首先是个人的和心理的，而在邦德看来却是社会的、政治的。

三是悲剧成因的改动。莎士比亚把悲剧原因归结为性格和心理动力，邦德则把悲剧原因归结为社会暴力。邦德的李尔和莎士比亚的李尔一样都经历了巨大的精神和肉体折磨之后走向了人性的复苏，但他们的归属却截然不同：莎士比亚的李尔经过暴风雨的摧残之后，沉溺于对痛苦的咀嚼和自怜之中，邦德的李尔通过对过去的自我反省，认识到了自己应该承担的社会责任，毅然采取行动来改变现实。

这些改动，集中体现了邦德"暴力"和"激化"的戏剧观。暴力几乎成了邦德所有剧作中的共同主题。邦德是个写暴力的老手，他的成名作《拯救》就是如此，开创了当代英国戏剧史上暴力戏剧的先河。他之所以着力描写暴力，目的在于激化观众，因此，他提出"激化效果"与布莱希特的"间离效果"相对照。他指出："面对观众的决定，间离是脆弱的。有时有必要从情感上使观众投入，这就是为什么我提出激化效果。不这样，间离效果就会蜕化为一种美学风格。"[1]《李尔》中的暴力渲染也正是为了在读者和观众身上产生这样的"激化效果"，这种激化效果的获得正是对暴力的强化，

---

[1] 转引自田民《莎士比亚与现代戏剧》，中国社会科学出版社2006年版，第309页。

激化效果比间离效果触发观众的思考更直接，也更触目惊心。也许运用这套理论模式，能够帮助我们理解为什么20世纪60年代以后欧美戏剧舞台上频繁出现的暴力和性的直接场面。英国的萨拉·凯恩继承了邦德的传统，在写暴力的道路上走得更远，她甚至在舞台上采用自然主义的手法直接展现性和暴力。这些剧作家的目的也许正是为了激化和强化观众的心理感受，直面一个丑陋肮脏的世界。

三、拼贴式互文戏剧

在后现代派戏剧家看来，传统戏剧讲究的情节整一性是人为的、虚假的。物质世界、现实生活以及人的内心意识，并不是事先被安排好的，它们更多地表现为杂乱、零散和无序，有时像意识流那样超越时空，有时又像潜意识那样难以捉摸。更重要的是，当我们不能确切知道本体论上的整体是什么的时候，我们就无法在创造一个与大宇宙整体相对应的小宇宙整体，也无从知道选用哪些东西在本质上是对的、用怎样的结构去组织是对的。也就是说，面对本体论的空无，我们实际能做到的只有拼贴。

于是，后现代派戏剧家们开始有意识地打破传统戏剧结构的整一性，他们随心所欲地将口述历史资料、公众档案资料、重要政治事件、社会新闻、法律案件拼贴在一起。于是，戏剧结构也相应地出现了零散性、开放性、无序性、混杂性、拼贴性等特征。他们在舞台上大量使用魔幻灯光、音响手段、电影电视技巧等，以彻底改变传统的戏剧观念和表现手法。因此，可以说，后现代派戏剧是对传统戏剧的解构，是对传统戏剧形式观念的根本否定。后现代派戏剧强调的拼贴就是对传统戏剧结构整一性的解构。这里所说的"解构"，是指后现代派戏剧创作的一种形式，它"或是利用传统的戏剧文本或文学文本重新结构剧本，以便更直接地与当代的观众进行对话：或者是寻找一种改变原剧本的环境、风格和美学关系来对其重新进行诠释"。[1]

---

[1] 〔美〕乔恩·惠特摩尔，范益松译：《后现代主义戏剧导演理论》，载《戏剧艺术》1999年第2期。

应该说，这种拼贴也体现了表现主义戏剧自由联想、任意组接的美学意味，也体现了一种把毫不相干的两种事物硬接在一起的怪诞风格。

拼贴式互文有主要两种基本方式：一是人物拼贴，二是情节拼贴。

（一）人物拼贴

人物拼贴是指剧作家从其他文本中选取有价值的几个人物，保留人物原有的性格和文化背景，让他们共处一室，这些具有不同属性的人物必然会产生新的戏剧效果，这是一种经常采用的手段。这一类戏剧的代表作包括英国斯托帕德的《戏谑》、丘吉尔的《顶尖女人》，美国苏珊·桑塔格的《床上的爱丽斯》等。在中国，魏明伦创作《潘金莲》、沙叶新创作的《耶稣、孔子和披头士列侬》、孟京辉导演的《思凡》、《三姐妹·等待戈多》等都是典型的拼贴剧。

伽利略：（拍贝多芬肩膀，大声地）贝多芬先生！

贝多芬：哦，伽利略先生，您要说什么？

伽利略：怎么上帝还不来？

贝多芬：你要请我吃牛排？哦，谢谢，我不要。

伽利略：不，我是问，晨祷的时间该到了，上帝怎么还不来？等了好久了！

贝多芬：哦，您有一瓶好酒，等我来？

伽利略：咳，聋子！

贝多芬　虫子？天堂哪来的虫子！

（伽利略哭笑不得，转向牛顿。）

伽利略：牛顿先生！

牛　顿：愿为您效劳。

伽利略：请问，几点了？

牛　顿：你问了一个我也非常想知道的问题。

伽利略：什么意思？

牛　顿：两个半世纪以前，我在实验室里，把我的怀表当做鸡蛋给煮坏了！（掏出怀表摇了摇）自那以后，我也一直想知道几点了。

伽利略：一个耳朵聋了，一个怀表坏了，哼！还是问爱因斯坦先生吧，他是本世纪最智慧和最值得尊敬的人。爱因斯坦先生！

（爱因斯坦背对伽利略，毫无反应。）

考虑到读者对西方剧作中典故的不熟悉，这里我们引了中国沙叶新创作的《耶稣、孔子和披头士列侬》来说明问题，它也是一部人物拼贴剧，将不同历史阶段、不同国别的几个人物拼贴在一起，保留各自的性格特征，让他们的思想与观念相互碰撞、相互交锋，其中的滑稽成分不言自明。

1974年上演的《戏谑》是斯托帕德最重要的作品，该剧以列宁、现代派作家乔伊斯和达达派画家查拉1917年在瑞士苏黎世相遇为背景，探讨了他们各自所代表的政治观点和美学理论：马克思主义、现代主义和达达主义。剧本的素材取自这三位人物的政治和艺术生涯中的重要事件，列宁从瑞士穿越德国回到彼德格勒领导俄国革命、乔伊斯撰写他的代表作《尤利西斯》和查拉创建达达派的基本理论。在剧首的舞台提示中，作者写道："剧中的大多数情节都取自卡尔的记忆。这些情节可以追溯到第一次世界大战期间，而这一特定的历史时期可以从舞台和服装设计中反映出来。还要假想从那时起，卡尔一直在同一套公寓中居住。"全剧发生在卡尔的公寓和苏黎世公共图书馆两个地方。第一幕开始，乔伊斯的注意力完全集中在书本和纸笔上，他正忙着把他的小说口授给他的秘书。列宁也在那里写作，一言不发。查拉正在把纸上印的一首诗按字母剪成碎片，放在他的帽子里，经过充分摇动后，再把碎片倒在桌上，随意拼凑成另一首诗。列宁的夫人走了进来，他们开始用俄语交谈，谈论彼德格勒发生的暴力事件。乔伊斯从口袋里拿出一张张小纸片，读着他写的草稿，无意中他捡起了一张列宁的手稿读起来，列宁听见后又抢了回去，这时，作为全剧解说员的卡尔插了进来，他的独白延续了十几分钟。除了介绍三位主要人物以外，还不时抱怨记忆力已经衰退，在回忆中经常出现离题的情节。就这样，这几位在政治观点、美学理论上毫无共同之处的人物在台上大谈俄国1917年的革命、艺术家的定义、战争和爱情等相互没有关联的题目，他们经常是各说各的，有时也争得面红耳赤。第二幕以图书馆员塞西莉的长篇讲话开始。她讲到列宁把马克思的著作《资本论》译成俄文、《资本论》对俄国革命的影响、列宁在革命中的作用、他被捕和流放的经过等等。三位主要人物又上场。当列宁和他的夫人在计划返回彼得格勒的秘密路线，并朗读他们和俄国革命组织者的来信时，塞西莉正和卡尔躲在图书馆员的办公桌下面拥抱接吻。接着，墙上出现了俄国革命、1920年列宁在公共集会上讲演的幻灯片。有一段时间，舞台上仅有列宁在宣讲他的无产阶级文学理论。剧终前，年近八十岁的卡尔、塞西莉又一次登上舞台，他们在谈论过去，但却否定了剧中所发生的任何事件。这个剧本的核心主题是探讨艺术的本质、艺术家的职责以及艺术和政治的关系。

英国丘吉尔的《顶尖女人》中，剧作家从女权主义出发，着重探讨成功女性的辛酸，探讨资产阶级价值观倡导的出人头地的思想、富有侵略的个性等对传统女性社会角色的颠覆和对人际关系的损害。剧本开场时，刚刚担任顶尖女子职业介绍公司总经理的马琳为庆祝自己的成就，在一家餐馆设宴招待历史上的五位成功女性：第一位是 9 世纪的神童、后女扮男装并于公元854年成为教皇的琼，第二位是维多利亚时期的女旅行家伊莎贝拉·伯德，第三位是13世纪日本天皇的妃子、后来成为尼姑的二条，第四位是布鲁盖尔一幅画中率领村妇们攻打地狱般邪恶的格雷特，第五位是薄伽丘和乔叟的故事中讲述过的，中世纪传说中的以温顺和忍耐而著称的格里泽尔达。她们都有过辉煌，但也都为显赫的名声或地位付出过沉重的代价。她们或者因为生孩子暴露女性身份而被乱石砸死，或者是享受不到家庭温暖，或者是因为各种原因失去丈夫、情人和孩子。欢庆过后，痛苦仍然折磨着他们。马琳是一个农村姑娘，年轻时，她把自己的私生女安吉托付给了自己一直没有孩子的姐姐乔伊斯，只身来到伦敦闯天下，并成就了一番事业。事业的磨砺，使马琳对人缺乏理解和同情，对自己的女儿，对自己的姐姐都是一副铁石心肠。剧中有一场戏是六年没有见面的女儿安吉跑来找自己的母亲，她表现出的却是冷漠与麻木。因此没有人敢娶这样的铁腕女人，职场的成就弥补不了她内心的痛苦。她崇拜撒切尔夫人，而她的姐姐却是一个社会主义者，姐妹之间有矛盾。她们是不是一名顶尖女人呢？作者没有给出答案，而是把一个开放式的结局抛给了观众。女性追求物质和事业上的成功与传统女性角色即维持家庭、体现亲情之间的冲突构成了这部剧的主题，大胆的想象和跨越时空的拼贴成了该剧的一大特色。

美国苏珊·桑塔格创作的《床上的爱丽斯》也是一部人物拼贴剧。全剧共有八幕，第一幕刚开始的时候，爱丽斯静静地躺在床上，以一种激动的心情等候哥哥哈里的到来。从她与护士的交谈中，我们知道，由于从小身体残疾，她不能下床，只能生活在一张巨大的床上，她孤独沉闷。由于兴奋，护士给她打了一针，爱丽斯昏沉沉地睡去。第三幕是爱丽斯的回忆，时间是她的十九岁，那一年，她想到了自杀，她与父亲讨论着关于死亡的话题，父亲用自己的经历鼓励她活下去，父亲的腿是假肢，但他顽强地生活着，他的子女们都是智商极高的人物，父亲相信爱丽斯即使躺在床上也肯定会有一番作为。接下来的剧情是爱丽斯在想象中走进一个茶会，参加这个茶会的是四个女人。她们有文学作品中两位虚构的人物：一位是出自浪漫主义芭蕾舞剧《吉赛尔》中米尔达，她是被负心的丈夫遗弃的薄命女魂，藏在森林里，伺机与经过的男人跳舞，直至对方死亡。另一位是出自瓦格纳歌剧《帕西法尔》中的人物昆德丽，这个女人因为曾经以自己的美丽帮助邪恶之士诱惑过圣杯战士，被罚整日昏昏沉沉，后来洗心革面，终于得到解脱。她们都是19世纪舞台上具有代表性的愤怒女性。还有两位是历史上的真实人物，她们是19世纪美国女作家艾米莉和玛格尼特的亡灵。这些或真实或虚构的人物跨越时空，聚集在一起，上演了一出女人的悲剧。这一群女人围绕爱丽斯的生存状态展开了讨论。所以作者说"这是一出关于女人、关于女人的痛苦以及女人对自我的认识的戏，一首基于真实人物的幻想曲"。[①]此后，剧情再次回到现实，爱丽斯静静地躺在床上，一个小偷光顾她的家，她平静地告诉小偷值钱的东西都在哪里，这让小偷无所适从。剧中的爱丽斯是一个真实的人物，她是美国最伟大的小说家亨利·詹姆斯和心理学家威廉·詹姆斯两兄弟的妹妹，剧中的哈里正是小说家亨利·詹姆斯，爱丽斯本人也是一个多愁善感的小说家，这确实是一个非凡的家庭。

（二）情节拼贴

情节拼贴就是从不同文本中寻找一定的段落，然后按照拼贴者的主观意愿将它们组合在一起，这样的文本多由几个故事情节组成，而每个故事情节又分别来自几个不同的母本，异质同在。这些故事情节混合交替，形成了三种不同类型的结构样式：一是"线性式拼贴"，将不同的故事按照拼贴者的情绪要求重新进行组接，仍然以线性叙述为主，以表现单一情节发展为主，

---

① 〔美〕苏珊·桑塔格，冯涛译：《床上的爱丽斯》，上海译文出版社2007年版，第2页。

仍然像传统戏剧那样，具有开端、发展、高潮、结局的整一性情节，能够构成一个相对完整的故事情节。二是"平行式拼贴"，将不同故事情节硬接为一个整体，几个故事情节之间并不存在主次关系，它们只构成一种平行推进、独立发展的关系，类似于电影中的"平行蒙太奇"，适应于展示生活百态，并使观众能够更宏观地把握剧作内在的生命体验、历史脉络，这种由几个独立故事情节拼贴成的剧作不同于传统单一情节的模式，通俗地讲它是几条线索或故事的平行发展。三是"立体式拼贴"，它不是"线性式"和"平行式"的简单组合，而是二者的交替和融合。相应地，观众在观看这一类剧作时，也只能进行支离破碎的后现代式观看。

斯托帕德的《罗森格兰兹和吉尔德斯特恩死了》就使用了情节拼贴。剧本的三幕戏都以《汉姆雷特》的情节为线索，他们时而处于"戏中"，时而处于"戏外"。在"戏中"时，《汉姆雷特》的情节被直接编入其中，这里的"转接"巧妙自然，选择插入的时机非常好。他们在谈话过程中汉姆雷特上场，自然转为莎士比亚《汉姆雷特》中的相关段落，一字不落。"戏外"部分则完全是斯托帕德的创作，罗森和吉尔或者以游戏消磨时间，或者对他们在《汉姆雷特》中所碰到的各种事件表示困惑，"戏外"部分占了全剧的大半篇幅，又形成了对《等待戈多》的戏拟，所以这部戏既有戏拟，也有拼贴，结构非常新颖。

在中国，孟京辉导演的《思凡》、《三姐妹·等待戈多》、《放下你的鞭子·沃伊采克》等也是情节拼贴剧的典型代表。《思凡》这个戏将昆曲《思凡·双下山》与薄伽丘小说《十日谈》中的两段故事拼贴在一起，讲述了三个情欲胜利的故事，即中国的小和尚和小尼姑压抑不住青春情欲的萌动，双双逃下山，在途中巧遇结好，意大利的贵族青年假扮过路人去情人父母家里投宿，女孩的父亲费尽心机防止女儿与贵族青年接触，但由于阴差阳错，不仅女儿与贵族青年满足了心愿，甚至连自己的妻子也与贵族青年的同伴温存一番；国王的马夫爱上了王后，难耐的情欲驱使他不顾杀头危险假冒国王摸黑上了王后的床，国王发觉此事追查时，他又运用巧计成功逃脱。这个戏的演出，充满了游戏色彩和调侃风格，全剧七个演员，除扮演小尼姑、小和尚的两位演员外，其余人以"表演人"的身份随着剧情发展而扮演各种角色，同时还充当音响效果的制造者，模仿出鸟鸣、狗吠、马蹄声等各种声音。在演出过程中，他们既是"叙述人"，又是"评议者"，不仅要叙述故事过程，还对人物行为做出评议和嘲笑。如剧中当借宿的男青年同主人的女儿搂抱在一起、马夫爬上王后的卧榻时，"叙述者"笑嘻嘻地走到他们面前，用一大块布将他们盖住，布上赫然写着"此处删去XXX字"。这种手法在演出中产生了意想不到的强烈反应和观众会心的笑声。剧中所使用戏仿、叙述人、游戏化的表演等表现手段，也成为日后孟京辉作品中的常用手段。林荫宇导演的《战地玉人魂》将中国抗日战争时期的影片《八女投江》和前苏联影片《这里的黎明静悄悄》的相关情节拼贴起来，通过讲述第二次世界大战中女性"保家卫国"的悲壮故事，使人们思考不同社会，不同文化背景下的女兵们不同的思绪、情感、行为和命运。王延松导演的《无常·女吊》将鲁迅的《伤逝》、《孤独者》、《在酒楼上》、《头发的故事》、《无常》等作品相糅合，打破过去与现在、幻想与现实、生与死的界限，营造出了亦真亦幻的荒诞情境，不但让涓生向权势之人兜售自己的初夜权，而且让北京八大胡同的妓女也粉墨登场，全然没有了鲁迅作品那种阴冷警世的风格。这些都是情节的拼贴。

总之，后现代派戏剧这种混杂拼贴的艺术特征与后现代主义的基本特征相一致，美国著名学者哈桑在其《后现代转折》中指出，"题材的陈腐与剽窃，拙劣的模仿与东拼西凑，通俗与低级下流使艺术表现的边界成为无边的边界。高级文化与低级文化混为一团，在这多元的同时，所有的文体辩证地出现在一种现在与非现在、同一与差异的交织之中"。[①]可以看出，这种混杂是由拼贴和仿拟造成的，正是这种碎片式的组接，使后现代派戏剧成为一种异质共存的混合物。

四、后现代派戏剧的悲喜风格与反英雄形象

从荒诞、怪诞、反讽到戏仿，我们看到这样一条内在的逻辑发展线：荒诞的情感以悲喜剧为主，怪诞的情感以喜剧为主，反讽则是以滑稽剧为主，

---

①转引自朱立元《当代西方文艺理论》，华东师范大学出版社1998年版，第382页。

戏仿则以闹剧为主。可以说，荒诞的笑是一种苦笑，怪诞的笑是一种怪笑，反讽所引发的笑是一种嘲笑，戏仿所引发的笑是一种嬉笑。这是一种美学趋向，它将一路下滑，直到彻底平面化、世俗化、平民化。也就是说，用喜剧的样式来表现悲剧题材正越来越成为一种潮流。

在荒诞派戏剧中，悲剧成分与喜剧成分混杂在一起。尤奈斯库说，"我试图以喜剧手法处理既荒唐又痛苦的人生戏剧……喜剧因素和悲剧因素只不过是同一情势的两个方面，我发现这两者是难以区别开来的。"①他认为，真正的悲剧具有深刻的喜剧性，"如果悲剧要表现被征服的人、被命运压碎了的人的软弱无力，那么它就是承认了存在着某种宿命、某种命运、某种主宰着宇宙的不可理解而纯属客观的法则。但人的这种软弱无力、我们努力的这种徒劳无益在某种意义上，就会显得具有喜剧性"。②尤奈斯库的意思是说，世界是荒诞的，我们已经失去了传统悲剧中作为评判标准的那种合乎道德的力量，因此，个人的行为就无所谓对错，他的过错与它所引发的令人毛骨悚然的事件之间也失去了所谓的客观联系，所以，现代悲剧中含有喜剧色彩。早晚都是错，又何必追究是谁的责任呢？同时，他也认为真正的喜剧在本质上比悲剧更富有悲剧性，因为喜剧是人们无奈的选择，反正没有出路、也没有人来安慰我们，不这样做还能如何呢？哀莫大于心死，喜剧正是"荒诞的直观"，因此更绝望，更有悲剧性。所以，"从形式上看，荒诞与喜剧相似，但荒诞的形式是与内容相符的，并不像喜剧那样揭示的是形式与内容的相悖或形成所造成的假象，所以荒诞不可能让人发笑。从内容上看，荒诞更接近于悲剧，因为荒诞展现的是与人敌对的东西，是人与宇宙、社会的最深的矛盾。但荒诞的对象不是具体的，无法像悲剧和崇高那样去抗争与拼搏。所以荒诞也不可能让人哭"。③由于荒诞派戏剧站在人类的高度反思我们的存在，其中的悲剧成分会多一些，加上其中对象的不具体，我们可能无所谓哭，也无所谓笑，我们不值得杞人忧天地为整个人类哭和笑，只能是苦笑。荒诞派戏剧家建立了一种与传统的悲剧、喜剧完全不同的、悲喜混杂的

① 〔法〕尤奈斯库：《关于秃头歌女》，载《外国现代剧作家论剧作》，中国社会科学出版社1982年版，第303页。
② 〔法〕尤奈斯库：《戏剧经验谈》，载《现代主义文学研究》，中国社会科学出版社1989年版，第623页。
③ 王旭晓：《美学原理》，上海人民出版社2000年版，第85页。

现代戏剧美学风格：悲喜剧。尤奈斯库认为自己的《新房客》完美地体现了悲与喜的对立，新房客被家具挤得没有立足之地，这本身确实可笑，但同时又是可悲的。荒诞作品的形式是喜剧的，而其内容传达了人的悲剧性命运。

怪诞戏剧的代表人物迪伦马特在他的一篇著名的戏剧理论长文《戏剧问题》中系统地阐释了自己的戏剧观。他认为，在现代社会里人与世界之间产生了严重的游离感和分裂感，因此"一种悲剧所赖以存在的肢体齐全的人类共同体的整体，已经是属于过去的时代了"，那种通过人的死亡再现整体和谐的古典悲剧已经不复存在，"今天的人类爆炸成亿万畜粉，机器世界的膨胀，祖国变成了国家，民族变成了群众，祖国之爱变成了对公司的忠诚，今天的国家不再是克勒翁时代的国家，今天的国家变成了看不见的、匿名的、官僚化的了"。①在这样一个时代，严肃完整的道德观已经荡然无存，同样，精神高贵、勇于承担责任的古典悲剧中的英雄式人物也不复存在。在现实生活里充斥的是不负责任、行动委琐的芸芸众生，在这些人身上，悲剧已无从产生。同时，迪伦马特认为"悲剧可以克服距离"而"喜剧却可以制造距离"。②正是基于这样的考虑，他认为喜剧是我们这个时代最好的表达形式，正如他自己所说"情节是滑稽的，人物形象则相反，常常不仅是非滑稽的，而是悲剧性的"。③可以看出，在怪诞戏剧中，那种"以喜写悲"的手法比起荒诞派戏剧来说更明确化了。如果一个七十多岁的老太太把头发染成绿色，你一定觉得好笑，但得知她染头发的原因是为了挽回已经移情别恋的老伴，此时你会对她产生同情，你的笑一定是一种"带泪的笑"。

在反讽戏剧中，喜剧成分得到进一步加强，甚至强化到了滑稽的程度。其实，反讽戏剧似乎更符合喜剧理论研究者阎广林所说的"非英雄化的怀疑心态，非情感化的理智心态，非严肃化的玩笑心态"。④相比较而言，荒诞派戏剧激发的是无所谓的苦笑，怪诞戏剧是让人哭笑不得的怪笑，但在反讽

①童道明主编：《西方现代艺术美学文选·戏剧美学卷》，春风文艺出版社、辽宁教育出版社1989年版，第67页。
②童道明主编：《西方现代艺术美学文选·戏剧美学卷》，春风文艺出版社、辽宁教育出版社1989年版，第68页。
③童道明主编：《西方现代艺术美学文选·戏剧美学卷》，春风文艺出版社、辽宁教育出版社1989年版，第67页。
④阎广林：《喜剧创造论》，上海社会科学院出版社1992年版，第284页。

戏剧中，我们终于可以笑出声音来了，它让我们畅怀。不美而自以为美、不富而自以为富，不善而自以为善，这样的人正是我们的反讽对象，应该受到嘲笑。"正是怀疑主义思潮摧毁了悲剧赖以生存的英雄崇拜观念，贬低了神的地位，促进了人的自觉，使得戏剧家们能够以超越的目光洞察生活中的矛盾，以喜剧的开展对这种矛盾进行嘲笑。"[①]反讽戏剧多是滑稽讽刺剧，讽刺的笑正是嘲笑。米克在谈到反讽的"超然因素"时认为，"在生活使我们遭遇的难以回答的问题面前，应该采取'轻松愉快'的态度……这种轻松愉快的态度，也许是，但不一定是觉察不到人生严肃可怕的产物，它也许是避免被人生压垮的一种表现，是对人的精神力量超然于存在之上的一种肯定"[②]。正如前苏联学者图甘诺娃在《后现代主义及其哲学根源》中所说的一样，"后现代主义在一定程度上复活了中世纪西欧的'嘲笑'文化：允许否定，滑稽模仿，嘲笑一切"[③]。用轻松的玩笑应对烦恼或苦难，这是反讽剧作家普遍的心理。

在戏仿戏剧中，剧作家进一步放弃沉重，追求感官愉悦。大众文化的传播和蔓延是导致悲剧过时、喜剧兴盛的主要原因。大众文化追求快乐原则，具有娱乐和消遣的特点，符合普通民众享乐主义的文化消费观。戏仿戏剧是一种滑稽模仿，它引发的笑是大笑，是一种插科打诨的笑，一种世俗的笑，一种无所顾忌的笑。正如王岳川先生所总结的后现代主义美学特征一样，"痛苦着且玩味着痛苦又对这痛苦和玩味感到无聊；忧郁着而且自我意识到忧郁又对这忧郁和忧郁意识加以表面化的笨拙表演；焦虑着而且迷失在焦虑中又对这无底的焦虑咬文嚼字——文体上耍弄出奇制胜的游戏"[④]。也就是说，痛苦又能玩味痛苦，忧郁又表演忧郁，焦虑而又不沉静其中，这样的状态也正是当代人真实的生存状态。世界的本质在整体上是虚无，世界与我无关，人生苦短，不如及时行乐，这些毫无内容的嬉笑就是我们生存境遇的症候。后现代派戏剧终于也找到一种将形式与内容完美结合起来的新范式。

还有一点需要明确，伴随戏剧风格的悲喜化，戏剧人物的特征也发现了

①阎广林：《喜剧创造论》，上海社会科学院出版社1992年版，第302页。
②〔英〕米克，周发祥译：《论反讽》，昆仑出版社1992年版，第51页。
③转引自王岳川、尚水编《后现代主义文化和美学》，北京大学出版社1992年版，第206页。
④王岳川：《后现代主义文化研究》，北京大学出版社1992年版，第22页。

变化，出现了一批反英雄、非英雄的形象。"反英雄"不是反面人物，它是对戏剧作品中某类人物的统称。从表面上看，他们可能卑微琐碎，对社会政治和道德往往采取冷漠、愤怒和不在乎的态度，甚至粗鲁残忍，但他们的动机并不邪恶，体现了作者对"英雄"概念的解构。他们并不具有高贵的血统、强烈的感情、坚定的意志、非凡的能力和执著的追求，而是一些普通的小市民、农民、补锅匠、理发师、流浪汉、侍女、小偷。在他们身上，缺点与优点并存，体现出一种世俗的力量。在后现代派戏剧中，再也看不到为了追求某种理想而奋斗的英雄形象，既没有了易卜生笔下自强觉醒、具有强烈反思意识的娜拉式的女性人物，也没有奥尼尔笔下那种与命运抗争、敢于炫耀自己超人体魄的杨克式硬汉。后现代派戏剧中的主人公大都是一些毫无雄心壮志的反英雄。不仅如此，这些人没有自由人格，没有自主意识和感情。他们思维混乱，猥琐卑贱，奇形怪状，往往都是一些被环境挤扁了的可怜虫，是一些性格破碎、自我分裂的非人格化人物。从严格意义上讲，他们并非是"人物"，只是象征与符号。

应该说，反英雄的出现是人的自觉和世俗力量崛起的产物。从易卜生开始，普通人物开始进入戏剧，成为戏剧的主角，过去那种宏伟、远大和崇高的集体理想瓦解了，那种高大全的形象消失了，平凡的生命获得了新生。俗话说得好，人，一半是天使一半是魔鬼，人性的复杂注定它不可能是十全十美的。因此，传统戏剧中那种普通人难以企及的英雄行为，虚假且难以让人信服，观众更愿意接受那些像自己一样，有点缺点却不至于卑鄙，慷慨而又有点狡黠的小人物，他们被形象地称为"躺倒的英雄"。这些反英雄人物，怀疑和否定一切传统价值，有众人皆醉我独醒的孤独感，又有一定的追求。这些人物常常嘲笑自己所尊重的，破坏自己所建树的，否定自己所肯定的，抗议自己所接受的。《物理学家》中的默比乌斯、《老妇还乡》中的伊尔、《罗慕路斯大帝》中的罗慕路斯都是这样一些反英雄。反英雄的出现也是西方社会精神危机和心理困境的产物。生活在这个平庸乏味的世界中，无法逃脱，人只能像这个世界一样平庸，他们把握不了自己的行动，往往只能在本能、欲望的驱使下，像无头苍蝇似的到处乱碰，只能以自己古怪的言行去应对同样古怪的世界。

总之，互文话语的出现，反映了后现代派剧作家颠覆经典，与经典决裂的艺术精神。后现代派戏剧在与生活拉近距离的同时，也拉近了自己与经典作品的距离，其目的就在于把自己混同在世俗生活中，混同在观众的日常生活中，以便使自己在最大限度上接近大众的生活。截取别人作品的"借话说"，正是互文的话语策略。

剧本来源

[1]〔奥〕耶利内克，焦庸鉴等译：《娜拉离开丈夫之后》，深圳报业集团出版社2005年版。

[2]〔英〕斯托帕德，杨晋等译：《戏谑》，内有《罗森克兰兹与吉尔德斯特恩死了》、《戏谑》和《阿卡狄亚》，南海出版公司2005年版。

[3]〔美〕苏珊·桑塔格，冯涛译：《床上的爱丽斯》，上海译文出版社2007年版。

第十三章　大家说

——布莱希特之后的叙事体戏剧的话语策略

20世纪60年代以后，叙事手法在戏剧中得到了广泛应用，这种能够自由灵动地解决舞台时空限制的新话语，为剧作家和导演提供了更加强劲的表现力。布莱希特之后的叙事体戏剧，叙事人的身份和叙事声音发生了一些微妙的变化，许多剧作家都把叙事的话语权力由作者转交给了剧中人物，叙事视角也从全知全能的旁观者手里转交给了剧中人物，从而在旁观式叙事的基础上，增加了固定式和分散式两种叙事手段，以当事人或亲历者的视角来完成戏剧情节的叙述。这种转变导致了两种结果：一方面由于叙事者身份的多重性导致了意义的不确定性，呈现意义的多元性甚至虚无性特征；另一方面由于叙事视角内在统一性的被解构而使戏剧结构变得不完整，呈现戏剧结构的非线性特征。意义的不确定、结构的不完整，这两点都与布莱希特的叙事体戏剧不同，从而很好地解决了布莱希特"只许州官放火，不许百姓点灯"的诟病。

一、叙事视角的三种类型

1956年之后，叙事体戏剧并没有随着布莱希特的离世而消退，反而焕发了新的生命力。剧作家们开始注意到叙事视角与戏剧性的关系。因此，他们中有些人完全按照布莱希特的戏剧样式进行创作，有的则并不完全遵从，而是加以改造，这些人甚至放弃叙事人、歌队等外部叙事元素和手段，放弃那种全知全能、说教意味很浓的旁观式叙事，只提取其中对他们有用的叙事视角，以有限度的视角甚至选取非正常人的视角进行叙事。归纳起来，他们在叙事视角上尝试了三种类型：

（一）旁观式视角

在布莱希特的叙事体戏剧中，充当叙事功能的歌队或叙事人实际上是作者的变身，叙事者的声音与作者的声音合二为一，他虽然不介入剧情，始终以旁观者的身份来叙事，但他对故事的知晓程度达到了全知全能，他的态度也被假定为正确的、毋庸置疑的，这样做就是为了间离观众，以达到教育的目的。所以，布莱希特的戏剧是"独白"而不是"对话"。后现代派戏剧中的一些剧作也采用了这种方式，唯一不同的就是他们的目的似乎并不完全是为了教育观众，他们看重的似乎只是由这个叙事人所带来的时空转换上的自由。旁观式视角的代表性剧作有英国约翰·阿登的《马斯格雷夫中士的舞蹈》、戴维·赫尔的《丰盛》，法国姆努什金的《1789》等，这些剧作中叙事功能的承担者和叙事手段都近似于布莱希特的戏剧。

20世纪50年代以来，英国戏剧的主流被荒诞派戏剧和愤怒戏剧两股潮流统治着，前者以品特、乔·奥尔顿、谢弗和斯托帕德四个人为代表，后者以奥斯本、韦斯克、邦德和约翰·阿登四个人为代表，它们共同构成了二战后英国戏剧的新浪潮。当然，愤怒戏剧的四个代表都是左派阵营里的人物，在戏剧形式上，他们有的运用现实主义戏剧话语，如奥斯本、韦斯克、邦德，但也有的采用叙事体戏剧，如约翰·阿登。20世纪60年代末至70年代中期，英国戏剧史有所谓"第二次浪潮"的运动，因为1968年英国废除了从16世纪以来的戏剧申报和审查制度，这是具有划时代意义的。因此，英国戏剧出现了一批新人，代表人物有戴维·赫尔、埃德加、布伦顿和丘吉尔四个人。这一时期英国戏剧的主流正如我国专门研究英国戏剧史的何其莘教授所总结的一样，"1968年以来的英国戏剧具有明显的政治色彩。不论是剧作家的主观愿望如何，由于他们选择将当代社会的经历作为他们的主题，他们的剧作就很难不涉及当今的政治议题。这既是20世纪70至90年代的时代特色，也是这一时期英国戏剧的最显著特征"。①在处理一个政治观念相对浓厚的主题时，许多剧作家都会将目光锁定在叙事体戏剧上，因为它能够为剧作家站出来发表意见提供机遇和便利，毕竟，叙事体戏剧从一诞生就与政治有了联姻。也许正因为如此，提倡戏剧教育功能的布莱希特式戏剧在英国成了热捧的对象，在20世纪70年代以后的英国戏剧中，叙事体戏剧的影子几乎随处可见。

约翰·阿登"作为一名重要的英国新历史剧作家，不但在取材方向上与布莱希特相近，而且在风格上也是当代英国剧作家中最布莱希特式的一位"。②特别需要注意的是，此人的名字与那个创作怪诞戏剧的乔·奥尔顿在音译上很相似，要注意区别。他是个疯狂的人，世界上最长的剧作《康里诺连续表演剧》就是他创作的，此剧需要一口气演出二十六个小时，他还从

①何其莘：《英国戏剧史》，译林出版社1999年版，第411页。
②汪义群主编：《西方现代派戏剧作品选》（四），中国戏剧出版社2005年版，第8页。

图书馆里把两百多部书中的色情照片撕下来贴在大街上。他与同时代的现实主义剧作家奥斯本、韦斯克相比，有很大差异，最重要的就是他善于并经常运用叙事体戏剧，而奥斯本们却喜欢运用英美传统的现实主义戏剧话语。

1959年他创作的《马斯格雷夫中士的舞蹈》就是一部运用了叙事体戏剧的典型剧作。剧情是这样的：马斯格雷夫中士四十多岁，他与三位士兵赶在河水结冰之前，乘船来到英国北部的一个城镇，他们带着很多枪支弹药，对外他们声称是来为英国女皇征兵的。在这个小镇上，矿工们正在罢工，因为镇长克扣他们的工资，双方正处于僵持状态。马斯格雷夫他们住在一家小酒店里，他们的到来，引起一场猜测，小镇的居民以为是上级派来镇压他们的，因此对这一伙人充满了敌对情绪，镇长和牧师也这么认为，因此对他们礼遇有加。实际上，他们四个人是从前线叛逃的逃兵，他们的许多战友都在英国女皇发动的这场非正义的战争中死去了，还有的战友被当地居民从背后打黑枪致死，其中有一个叫比利的战友就是这个小镇上的居民，他的未婚妻就是他们居住的这家酒吧的侍女安妮。为了给战友们报仇，马斯格雷夫曾经报复过当地居民，甚至一口气杀了二十五个男人和九个女人。这些经历让他坐卧不安，常常噩梦缠身，如今他们开始厌恶战争，他们到这里的目的就是要向那些把比利送上战场的人们兴师问罪，讨还血债。就在他们四个准备这样做的时候，马斯格雷夫手下的一个士兵斯巴奇与比利的未婚妻安妮产生了感情，也许今天的斯巴奇正是往日的比利，安妮要把从前线叛逃回来的斯巴奇藏起来，却被另一个士兵发现，双方在拉扯的过程中，斯巴奇被误杀致死。当天晚上，市民乘机来偷他们的枪支弹药，准备暴动，在这个关键时刻，马斯格雷夫反对动乱，他建议镇长以征兵为名，把全镇人召集起来，准备镇压矿工。在市民广场上，马斯格雷夫的目标变得清楚起来，他向人们诉说了英国女王发动的这场战争是可耻的，那些因为自己的贪婪而将战士们送到殖民地战场上的所有英国人是可耻的，是他们断送了这些年轻的生命。他甚至打开箱子给市民看，那里面是他战友们的骷髅，但市民和镇长双方并不了解他反战的真实意图。最后，一队龙骑兵赶到，将他们抓获。所有人都跳起舞来，而马斯格雷夫中士他们却要面临绞刑。马斯格雷夫中士是一个非常复杂的人物形象，一方面，他痛恨战争，信仰秩序、法规，反对一切无政府主义和社会动乱；但另一方面却又残暴地屠杀无辜，自己制造社会动乱。用了战争的手段去反对战争，用无政府主义的行为去制止无政府主义，这正是马斯格雷夫中士的可怜和无法克服的矛盾之处。在这部剧作中，作者成功地运用歌队作为旁观叙述人，对马斯格雷夫中士的所作所为进行评说，产生了强烈的叙事效果。同时，大量的抒情性民谣，起到了点明主题和阐述剧情的目的，约翰·阿登自己说，"我看出来了，散文是表达情节和人物关系的一种更为有用的工具，而诗歌则可用来对二者进行评论"。[1]因此汪义群说："他的这些间离技巧，目的是为了使观众以新的眼光来看待殖民战争，从而促使人们对当代社会所存在的问题进行冷静的判断与思考。"[2]这个断语是准确的。

与第二次世界大战后第一代剧作家相比，第二代剧作家的思想更加激进，奥斯本、韦斯克等人批评的是现存的社会秩序和体制，而年青一代则将矛头直接指向了当时的撒切尔政府，他们主张推翻整个资本主义制度。在这一批人当中，戴维·赫尔的艺术成就相当突出，他的作品充满了鼓动性和政治热情，在戏剧话语上同样受到了布莱希特的影响。

戴维·赫尔1978年创作的《丰盛》一剧，共十二场。剧情大意是这样的：二战结束后，昔日的女英雄苏珊在一家广告公司找到了一份报酬优厚的工作，又嫁了一个年轻有为、前途无量的外交官，本来可以无忧无虑地尽情享受生活，但她却因为失去了生活目的而感到痛苦迷惘。她曾经舍生忘死地为了明天奋斗，但是，当明天终于来临时，却发现生活中依然充满了谎言和背叛。她丈夫供职的外交部在行事原则上仍然遵从战前大英帝国的老套路，英国政府在苏伊士运河危机上暴露出它仍然试图维护其帝国主义和殖民主义利益。1967年，由于隔阂，苏珊与丈夫的感情出现了裂痕，她大闹外交部并毁掉了丈夫的前程。离开丈夫后她投入一位老战友的怀抱，目的就是想重温过去的好梦。但这位老战友也是豪情不复，只满足平庸，迫于当下的利益。他同苏珊幽会后，居然把吞服了镇镇剂昏睡在海边旅馆的苏珊丢下，独自一个人又回到了自己正常的生活中去。苏珊慢慢地醒过来，她跌跌撞撞地在套间里寻找早已经离去的老情人，恍惚间她推开卧室的一扇门，门后展开的竟

---

[1]转引自〔英〕斯泰恩，刘国彬等译《现代戏剧理论与实践》（三），中国戏剧出版社2002年版，第766页。
[2]汪义群主编：《西方现代派戏剧作品选》（四），中国戏剧出版社2005年版，第9页。

是1943年法国南部一望无际的田野，她的战友为苏珊带来了美味奶酪，苏珊望着阳光照射下的绿野，忘情地感叹说："将来会有许多、许多、许多这样明媚的日子。"全剧到此戛然而止。作者塑造了一个战时勇敢的谍报员在战后沦落为一个失去丈夫、失去生活目的、失去理智的女性形象，一些评论家认为，这是继大胆妈妈后当代欧洲剧坛上最有力的女性形象。戴维·赫尔一直耿耿于怀的是二战后英国乃至欧洲理想主义的破灭，作者正是通过个人的不幸和沉沦来揭示英国社会的没落。

社会背景和个人之间的关系，对于没有亲身经历这段历史的观众来说可能很难看清。因此，作者采用布莱希特式的叙述方法，就是要为观众提供一个思索的空间。他认为，写实主义技法常常流于描述生活的表层状况，而缺乏对本质的探究，解决的办法就是将社会分析同心理分析结合起来，同时展现人的心理因素和社会环境的交互作用，实现某种马克思主义和弗洛伊德主义的联姻。全剧由几十个单元连接，每个单元都处理得十分简易，单元与单元间跳跃很大，甚至在时序上相互颠倒，作者运用闪回、并进、交叉、对比的手法，让人感叹昔日美好时光的流逝。它的叙述视角也是全知全能的旁观式叙事。有意思的是，在这个剧本里，作者说出了一个战争法则，不要轻易打死一个士兵，而要让他受伤，这样就需要一个人来照顾他，等于消耗对方两个人。20世纪80年代以后，戴维·赫尔转向关注国际政治和普遍存在的个人道德困惑上，对理想的感叹变为对道德的呼吁。在戏剧形式上，布莱希特式的叙事剧让位于萧伯纳式的辩解剧，主要作品有《世界地图》、《天窗》等。

法国姆努什金创作的《1789》也是一部采用叙事手段表意的剧作。姆努什金是经历过20世纪50年代布莱希特风暴洗礼的一代，因此在她导演的戏剧中，布莱希特的影子同样时时闪现，叙述剧的手段处处可见。在决定选取大革命主题之后，姆努什金便对戏剧的表现方式进行了深入的思考。一般认为，处理这一历史题材时存在着两种可能性：或是从曾经发挥过重大作用的名流，如罗伯斯庇尔、丹东、马拉等人的角度出发；或是从普通百姓，如工人、农民的角度出发。然而，姆努什金最终却别出心裁地选择了第三种方法，即采取布莱希特式的叙述剧手法。姆努什金在戏剧一开始就设置了一名叙述者，由他来向观众讲述这场其实对每一个法国人来说都非常熟悉的大革命，以其鲜明的现代视点与平民目光，通过舞台上的一个个场面来展现革命发生的前因后果，并在叙述当中穿插艺人们对人物与事件的看法，他们时而在集市舞台上向观众口头叙述，时而用动作模仿他们的所见所闻。有时同一事件还可以从不同的角度加以表现与评论，从而避免将现存的任何观点强加给观众，力图达到通过重新讲述历史来让观众作出自己的评判。

（二）固定式视角

旁观式视角是叙事人不介入剧情，而在固定式视角的剧作中，叙事人却是剧中的一个角色，直接参与剧情的发展，以他的视角来看待剧情的发展，他是戏剧情节发展的实际操控者。这一点，有点类似于表现主义戏剧所体现出来的"主人公戏剧"。这类叙事人只负责把他看到的一切告诉观众，在他之外发生的事情他不知道，观众也不知道，这是一种有限度的视角。这种叙事视角非常符合我们正常认识事物的状态，世界尽管很大，但我们每个人的活动空间是有限的，对世界的知晓程度也相当有限，你甚至不知道这一刻在世界的某个角落正在发生什么，因此维特根斯坦说"世界的界线就是存在的界限"，世界对每个人来说就是他们有限的活动空间。在这个视角的引领下，如果叙述人为了达到某种目的，会不会隐瞒或者歪曲他所看到的事实真相呢？我们凭什么相信他？他的叙事态度可靠吗？这一系列的疑问让我们发现了另外一个问题，那就是叙事人的身份和态度问题，这将直接影响戏剧意义的表达。

在布莱希特的戏剧中，叙事人是作者的化身，是全知全能的，他的观点也被假定为正确的、毋庸置疑的。正如布莱希特自己所担心的那样，如果一个持有错误观点的人篡夺了叙事的权力，就有可能误导观众，可是谁又能保证他没有误导观众呢。在这个充满不确定因素的世界里，如果叙事人的叙述也充满了不确定因素，那么不是正好在形式上隐喻了世界本身的扑朔迷离吗？后现代派剧作家正是紧紧抓住这一点做文章，要么让这个叙事人是一个让人无法相信的疯子，要么是一个记忆力欠佳的老人，总之，他们的目的就是要重塑一个支离破碎、事实模糊的戏剧空间。这一类的代表性剧作有英国谢弗的《皇家太阳猎队》、《马》和《上帝的宠儿》，美国谢泼德的《情痴》等。

谢弗是英国戏剧新浪潮的代表人物之一，他的作品既获得批评界的好评，又受到观众的青睐，因为他的剧作中总有一个成功的故事。1964年创作的《皇家太阳猎队》讲述的是西班牙皇家远征军征服古印加帝国的故事。剧本一开始，一位心灰意冷、人到老年的昔日远征军副官马丁向观众回忆当年，一支招募来的探险队即将离开他的家乡，远航南美。此行的目的，远征军船员说是寻找黄金，而随行牧师却说是为了送去福音。少年马丁一行抵达南美后，远征军首领皮萨罗听说印加皇帝阿塔华坡具有一种超凡的力量，当他死去之后，第二天只要阳光照在他身上，他就能复活，因为他是太阳之子，皮萨罗不禁心向往之。当远征军的战士为了黄金跋山涉水拼命时，皮萨罗却只想一睹印加皇帝的风采。远征军与阿塔华坡相遇，他们屠戮了阿塔华坡手无寸铁的三千侍从，并把他本人扣为人质。皮萨罗亲自看守皇帝，等待他的子民送来赎金。这期间，皮萨罗和皇帝结下了友谊，他虔诚地相信，眼前的这个皇帝确实是一个太阳之子。他开心地高喊："我出海猎神，结果猎到了神，一个永不死的神！"他变成了印加帝国太阳之子永生神话的信奉者和捍卫者。印加帝国的子民们交来赎金，但皮萨罗的手下还是把阿塔华坡杀了。措手不及的皮萨罗跪在阿塔华坡的尸体旁，等待朝阳唤醒皇帝。第二天，阳光照在印加皇帝身上，但尸体仍然冰冷僵硬，毫无复活的迹象，皮萨罗绝望了，他信念全无，大声斥责："骗局，你欺骗了我，神不过是你脚趾上的虚名，而就是这样一个虚名，它出现的第一刻就引来了遍地哀鸣，留下满目疮痍。但是，如果没有一丝一毫的身后希望，还要苟延残喘，我们又能用什么来拼凑一个神啊，难道这就是永垂不朽。"神不死的神话破灭了，留给皮萨罗的是一个空旷的世界。

整出戏都在马丁的叙述中进行，但这位老人由于岁月的流逝记忆力减退了，许多事情都已经记不清，所以这个故事是断断续续的，很不完整。有人把谢弗归为荒诞派剧作家，这是有一定道理的，因为他的剧作中也充满了不确定因素。但是，与典型的荒诞派戏剧比较起来，这种不确定主要是由剧中人有限的叙述造成的，并不像荒诞派剧作家那样故意悬搁问题，有意不告诉观众，也不是人物对白之间的相互否定造成。在他的剧本中，人物把他能够回忆起来的事情都一五一十地告诉了观众，尽管这些回忆犹如记忆的碎片，极不完整，但毕竟能够拼凑成一个故事。同样是回忆，契诃夫的人物回忆是确切的，谢弗的人物回忆是不确切的。同样是不确切，荒诞派戏剧是由作者人为造成的，谢弗却把这种责任推给了人物。因此，他就在荒诞与现实之间探索出了一种新的表达方式。

　　1973年创作的《马》，开篇也采用了与《皇家太阳猎队》相同的手法，他让主要人物狄萨特大夫面对观众回忆自己的一段亲身经历。人到中年、经验丰富的精神病专家狄萨特受地方法官所罗门委托，为刺瞎了六匹马的少年罪犯艾伦进行心理检查。随着狄萨特大夫的深入调查，观众对艾伦的了解也愈来愈多。艾伦生活在一个舒适的中产阶级家庭，但这种优越的物质生活带给他的却是一片精神的荒漠。他的一举一动都要征得父母的同意和许可，他常常被告诫"不可以这样"或"不可以那样"。他没有朋友、没有娱乐，父母的关心都成了他身心发展的束缚。对于性的问题，更是被父母作为下流的、不道德的东西排斥在艾伦的生活之外。正是这种本性的长期压抑，最终导致艾伦原始生命力以非理性的暴力形式表现出来。他的父亲是一个无神论的自由主义者，母亲却是一个虔诚的基督徒。艾伦幼年时母亲在他的枕边为他讲圣经故事，而父亲坚决反对母亲的灌输，他扯下母亲挂在艾伦床头的基督受难图，换上了一张白马图。不知不觉间，白马在艾伦的心目中占据了神的地位，艾伦第一次骑马的经历就使他将戴着嚼子的马等同于披着荆棘的耶稣。艾伦爱马正如他爱神一样，马是他的主宰，是他的一切。为了能够换取一次遛马的机会，他可以在马厩干又脏又累的活，他能够体味到马神的气息，抚摸马神的躯体。直到有一天，他在色情电影上目睹了男女之道，心中若有所动，但马上又被自己对马神的不忠感到内疚。也许是无巧不成书，在电影院中他撞见父亲的丑事，结果他心目中的父亲形象坍塌了。就在这时，马厩里热情似火的女人基尔向他投怀送抱，主动勾引了他，他们准备在马厩里领略阴阳妙趣，这时艾伦突然感觉到了背后马神的目光，他变得疯狂了，残忍地刺割了六匹马的眼睛。这些就是狄萨特医生调查到的全部内容。

　　艾伦在剧中是一个孤独者、一个心理扭曲的畸形儿。随着故事的展开，我们听到地方法官所罗门所代表的法律的声音、听到了孩子的父亲所代表的自由主义的理性声音、听到了正常性行为的代表基尔的声音，艾伦的声音与这些都不合拍、不协调。最后艾伦的"病灶"被狄萨特祛除了，他回归社会，重新回到了人性的重重束缚中，而这种束缚正是导致艾伦发疯的原因。艾伦的恢复正常意味着精神的死亡，就像《皇家太阳猎队》中阿塔华坡肉体的死亡一样。狄萨特医生治好了艾伦，同时也摧毁了艾伦为自己创造的神话,他的热情、他的信仰、他的原始创造力也随之永远失去了。另一个角色狄萨特也非常有意思,狄萨特大夫把一切过度的热情都视为情结,对任何不规矩的行为都要匡正,但他也是一个迷恋古希腊神话的人,他默默无言地神游于奥林匹斯众神的世界,平平静静地面对六年不曾吻过的妻子。艾伦的不正常在常人眼中是不幸的,但在狄萨特的眼中却是幸福的,一种他自己从来没有胆量尝试过的幸福。狄萨特的痛苦,是没有信仰的痛苦,是没有生的热情和性的激情的痛苦。在与艾伦的接触中,他对自己的工作意义,对社会的正常生活产生了怀疑。艾伦告别了昨天,狄萨特也告别了自己的昨天,失去了常态,他替艾伦摘去了马嚼子,却套在了自己嘴上,这种身份互换正是这出戏的戏剧性所在。这出剧演出形式也十分特别,整场演出全体演员始终不离场,无戏演员可以是目击者、证人和歌队。他们围坐在木制的一个解剖台似的装置周围,装置上方悬有一个金属圆环,圆环上布灯。演出空间后面有一个台阶状逐渐升高的观众席,上面的观众看上去很像医学院里上解剖课的学生。同时,这一设计也使舞台像一座祭坛,观众看上去就很像是参加仪式的善男信女,不过是现代精神分析代替了原始信仰,精神分析医生已代替了昔日的祭司。

1979年谢弗创作的《神的宠儿》中,叙述视角是一个对莫扎特既爱又恨的同事萨利埃里来担当的。莫扎特和萨利埃里,一个是神的代言人,被神抱在膝上;一个渴望成为神的代言人,渴望被神抱在膝上。被神抱在膝上的是天才莫扎特,天才无道德、任性随意、口无遮拦、纵酒好色、一掷千金。庸才有理想、有道德、严谨勤奋、彬彬有礼,温、良、恭、俭、让样样俱全,他敬奉上帝,克勤克俭,把自己的一切都交给了上帝,唯一的愿望就是祈求上帝赋予他讴歌上帝的才能。但是,庸才发现上帝没有这样做,他还发现上帝把这份恩宠给了一个满嘴污言秽语、行为乖张、举止粗鄙、四处留情的莫扎特。他感到了上帝的不公正,于是他向神宣战,要亲手毁掉这个上帝的宠儿,这个唯有他一个人才能识破的天才。在神的宠儿活着时名利双收、享尽了荣华富贵的庸人;在神的宠儿死后,他的平庸之作却被扔进了垃圾堆,最后他摆脱平庸的努力还是失败了。没有人相信是这个耄耋老者杀害了上帝的宠儿,他不过是个老糊涂。具有讽刺意味的是,世俗社会唯一能辨识莫扎特神性的竟然是神性的戕害者。当初世俗社会看不到莫扎特超凡脱俗的神性,现在世俗社会竟然也看不到萨利埃里戕害神性、试图超凡脱俗的努力。这个剧本的主题与美国剧作家伊泰墨·摩西2004年创作的《巴赫在莱比锡》非常相似。①

在《神的宠儿》中谢弗再次采用了他惯用的主要人物追述往事的方法，观众随着萨利埃里从1823年秋夜的客厅来到了几十年前富丽堂皇的舍恩勃鲁恩宫，让观众感觉自己是在灯下倾听一位老友的娓娓细语。此后，场景的变化、时间的跃进，都由萨利埃里的叙述来实现的，甚至场与场之间的衔接联系也由萨利埃里的叙说来完成。《神的宠儿》交替使用了戏剧体与叙述体，这显然受到了英国"布莱希特热"的影响。《皇家太阳猎队》、《马》和《神的宠儿》是谢弗的三部代表作，也是他最有影响的作品，虽然题材不同，但是可以看做是同一主题的三部变奏曲，这个主题用谢弗的话来说就是"人总是要么试图变成神，要么试图戕害神"。

谢泼德是20世纪70年代以来美国一位具有影响力的剧作家，他是公认的他们那一代剧作家中最有才华和最重要的剧作家。他先后十一次获得奥比奖，在外外百老汇的成就无人能敌。1983年他创作的《情痴》中，叙述者是一位老人，他的儿子与儿媳妇是一对爱得近乎疯狂的夫妻，他们企图完全占有对方，却又想摆脱对方。他们在高中时期就相识并相爱，这段经历是由老人叙述出来的，他带着自己的儿子去见他的情人，即儿媳妇的母亲，结果，两个孩子之间也相爱了。现在，女主人公说她在外面有一个男人叫马丁，这时马丁开着奔驰车来，丈夫与马丁决斗，结果马丁落荒而逃。作者从男女主人公两条线对过去发生的事件进行回溯，当人们将两条叙述线索拼贴在一起时，则推断出一个令人震惊的结论：男女主人公这对相互折磨又难舍难分的情侣竟然是同父异母的兄妹。这一点两个男女主人公不知道，观众一开始也不知道，只有掌握着话语权的老人知道。

（三）分裂式视角

分裂式叙述是一种多重视角的叙述，相对于固定式叙述，它可以是剧中几个人物分别在不同时段担任叙事人，也可以是由主人公分裂成多重人格在不同层面展开的叙述。就像林兆华导演的《汉姆雷特》中由多个演员同时扮

---

① 〔美〕伊泰墨·摩西，胡开奇译：《巴赫在莱比锡》，载《戏剧艺术》2007年第2期。

演汉姆雷特一样。总之，布莱希特式内在统一的叙事视角被多重视角取代，叙述者的声音取代了作者的声音，作者式的独白得到了有效克服，这类作品有德国海纳·米勒的《任务》、瑞士弗里施的《安道尔》、英国埃德加的《五溯节》和弗雷恩的《哥本哈根》等。

德国人海纳·米勒是布莱希特的学生，他的剧作大多取材于德国历史，并注重叙事角度的选取和创新，1979年创作的《任务》就是他的叙事风格的典型。剧情大意是这样的：法国大革命期间，三位密使被派往牙买加组织反抗英殖民者统治的奴隶起义。他们是白人医生狄波逊，这是一位可以继承四百名奴隶的大农场的牙买加奴隶主的儿子，另外两个人是来自布列塔尼的农民格隆狄以及黑人萨普塔斯。1799年拿破仑上台，国民议会交给这三个人的任务也随之失效。狄波逊决定背叛革命，享受生活，而格隆狄和萨普塔斯则坚持继续完成任务，并牺牲了自己的生命。作者采用倒叙的方法，在第一幕先写一个水兵将格隆狄写的信交给前国民会议成员安东尼，安东尼一开始还不承认，水兵告诉他这两个人都死了。第二幕描述这三个人初到牙买加时的情形。他们在港口的广场上看到一个被关在铁笼子里的黑人奴隶，并就是否立即解救他展开了讨论，期间他们还为了今后工作的需要确定了自己的伪装身份。第三幕他们来到狄波逊的家乡，这里面有个戏中戏，格隆狄和萨普塔斯分别扮演丹东和罗伯斯庇尔，他们将彼此的脑袋砍下来当足球踢，用怪诞和象征的手法表现了这两个革命者的冲突和斗争，最后黑人萨普塔斯取得胜利，并宣告白人统治的结束。第四幕是他们得知拿破仑解散国民会议后，决定解除任务。但萨普塔斯认为拿破仑上台与牙买加的奴隶解放是两回事，他们要继续完成自己的任务。狄波逊则对他们大加讽刺，并说自己只想从这个世界获得自己的利益。这部戏的每一个段落都有一个与上一场完全不同的叙述人，他们视角互补，共同推进故事的进程。这些视角不同的叙述造成了一种纷乱复杂的矛盾冲突，"既有比表现主义戏剧更具体的与人物的现实处境相关的思想感情的矛盾，也有布莱希特式的人格分裂，还有产生于特定的社会氛围和环境的社会角色冲突。"①这些不同性质的冲突都是有差异性视角造成的。

---

① 谢芳：《20世纪德语戏剧的美学特征》，武汉大学出版社2006年版，第83页。

瑞士的弗里施与迪伦马特一样，被称为二战后最优秀的德语戏剧家。1961年他创作的《安道尔》也采用了分裂式视角叙事。安道尔是作者虚构的一个国名，父亲坎年轻时与邻国黑人国的一个女人生了一个孩子叫安德利，但他不敢承认，恰好黑人国发生了迫害犹太人的暴行，坎便佯称这孩子是他从黑人暴行中救下来的犹太人，并带回自己家中，为此他还获得了众人的尊敬。回国后他结了婚，并生下一个女儿叫芭尔布琳，安德利与芭尔布琳关系非常好，不明真相的他们相爱了，并成了一对恋人。但在生活中，安道尔居民对安德利却始终另眼相看。这个时候，他的生母从黑人国来看他，由于传言黑人国要来攻击安道尔，有人便用石头砸死了他的生母，黑人国乘机派兵来追查凶手。此时，安德利万念俱灰，他的恋人被人污辱，自己的养父又不同意他的婚事，周围的人都瞧不起他，他甚至以为自己真的就是犹太人，误解父亲因为这个才不同意他的婚事，周围的人也因为这个埋怨他。当安道尔的居民把安德利当做凶手交给黑人国时，他没有拒绝，主动求死。父亲坎此时才发现问题的严重性，对外宣称他是自己的儿子，但众人都不听，他们需要一个替罪羊，安德利还是被杀了，坎也自缢而死，只有已经疯了的芭尔布琳仍然留下并不停地粉刷白墙，仍在寻找她的头发和她的哥哥。弗里施在《安道尔》剧名后注明，这是一部十二场的教育剧。在十二场戏中，有七场的结尾部分都是剧中人走上舞台前方的证人席作法庭陈述，他们都表明自己不对安德利的死负责，这是剧本最为显著的叙述部分，每个人都分别把自己与安德利在一起所发生的事作了一个简要的陈述。这样，剧本就形成了以法庭取证为基本叙述框架的戏剧结构，围绕众人与安德利的交往，从不同侧面展示并探讨了促使安德利走向死亡的复杂原因。这样的戏剧结构，由于多次把人物的命运结局明白无误地告诉给了观众，从而消解了观众对人物最终命运结果的期盼，构成了一部没有悬念的戏剧，促使观众把注意力转移到关注安德利如何走向死亡的过程中来，这种戏剧技巧的运用有利于观众集中思考安德利之死的原因，达到作者声称的这是一部教育剧的目的。

埃德加是英国二战后第二代剧作家，思想同样激进，他立志要成为"英国的布莱希特"。1990年创作的《五溯节》是他的代表作，主题探讨的是个人命运与社会的辩证关系。剧情展示的时间跨度是从1945年到1980年，涉及这段时间众多的历史事件，地点也从英国逐渐转到匈牙利、美国和前苏联。

本剧就是要展示三个人物在这些历史背景中所扮演的角色和这些历史事件给他们留下的心理印迹。克劳瑟、马丁和前苏联持不同政见者的莱蒙托夫，他们三个人都曾经对革命充满了向往，第一幕叙事视角展示的是克劳瑟的故事，他一开始非常崇拜列宁，1956年匈牙利事件后，他的信仰动摇了，离开了社会主义政党。第二幕的视角是马丁，他所面临的困惑就像当年的克劳瑟一样，不知道应该如何选择。最后他们成了革命的局外人，从一个革命者蜕化为一个追求个人自由的个人主义者。莱蒙托夫的故事是贯穿进行的。一开始，他是苏军上校，坚信前苏联入侵匈牙利是正确的，但看见匈牙利青年帕洛兹后，他明白了自己行为的非正义性，秘密放走了帕洛兹。1968年回国后，他的信仰再次受到冲击，最终，他也放弃信仰，来到西方的自由世界，但他并没有找到自由，反而跌入更加可怕的幻灭中。

英国人弗雷恩1998年创作的《哥本哈根》从某种意义上讲也是这类戏剧。这部戏1998年由英国皇家国立剧院在伦敦首演，开始并不受重视，但随着国际局势日趋动荡，这部戏开始在北美引起轰动，并连获普利策和托尼两项国际戏剧大奖。在历史上，海森堡是一位德国物理学家、犹太人，1932年获得诺贝尔物理学奖。他以两件事著称于世：一是提出了著名的"不确定性原理"，揭示了微观世界的混沌本性；二是主持过希特勒的原子弹制造计划，但未能造出原子弹，科学史上一直有一个"海森堡之谜"。一种意见认为海森堡凭借科学家的良知抵制并暗中挫败了希特勒研制核武器的计划；另一种意见认为海森堡没有能力制造原子弹。玻尔是个丹麦物理学家，也是一个犹太人，他创造了互补性理论，被誉为"量子论之父"，1922年就获得诺贝尔物理学奖，他是海森堡的老师。20世纪30年代末，玻尔致力于原子核的研究，提出核裂变并释放巨大能量的"核反应模型"。1939年二战爆发，丹麦被德军占领，玻尔逃到美国，与费米、奥本海默等科学家一起投入到原子弹的研究中，最终研制出了世界上第一颗原子弹，从而改变了整个二战局势。玻尔与海森堡既是师生，又是忘年交，情同父子。两人曾在哥本哈根共事，进行量子物理理论的研究。二战期间，海森堡与玻尔身处两大敌对阵营。1941年他们在哥本哈根举行过一次会谈，随后两个人的友谊宣告结束。当天晚上，他们究竟谈了什么，一直是一个谜。《哥本哈根》这部戏的情境设置就是在他们死后，海森堡、波尔和波尔的妻子玛格丽特三个人的灵魂，对当天晚上所发生的事进行一次次的回忆，企图找出真相，但他们自己也模糊了，因为最终的对话是在两人离开家去散步的十分钟内发生的，当事人只有师徒两个，结果每个人眼中的世界都不尽相同，无法还原。

总之，固定式叙述视角和分裂式叙述视角是布莱希特之后运用叙事体戏剧的剧作家们经常运用的两种基本话语策略，体现了叙事体戏剧的新发展。

二、叙事视角与不确定性

如果说我们把戏剧性理解为观众兴趣的建立与保持，那么，传统戏剧的戏剧性主要是以悬念为表征的冲突论，现代派戏剧是以变形为表征的怪诞论，那么，后现代派戏剧的戏剧性则是以含混为表征的不确定论。同样属于后现代派戏剧，荒诞派戏剧的不确定性是由非逻辑化的表达引起的，剧作家参与其中的痕迹较重，是剧作家故意不交代或自我否定式的交代。叙事戏剧在表达上是逻辑化的，不确定性主要依托叙事人的身份特点和视角差异来形成，是由人物引发的，与作者基本无关。一般情况下，后现代派戏剧利用叙事人在以下三个方面的特点来制造不确定，形成戏剧性。

（一）病态人物造成的不确定性

病态人物担任叙事人物，有可能将情节和意义引向一种不确定状态。情人眼里出西施，因为他们的偏执、疯狂，他们眼中的世界也相应地呈现病态特征，从而完成他们对这个世界的体验性表达。谢弗《马》中的狄萨特、《上帝的宠儿》中萨利埃里都是不正常的人，都是心智不健全的人，他们视角之下的世界必然扭曲变形。狄萨特由于缺乏艾伦那样的勇气，因此他对这个少年充满了好奇和同情，甚至还有一丝崇拜。萨利埃里是一个心有妒忌之火的小人，在他眼中，莫扎特当然处处显示出不落俗套的出格之举。

这里还可以提到德国剧作家魏斯的剧作。1963年魏斯创作了全名为《由马尔基德萨德导演的夏郎东疯人院病人上演的迫害与残杀马拉》，也选取了一群病态人物作为叙述人。马拉与萨德历史上确有其人，马拉是个激进的革命者，萨德是个虚无主义者。萨德是马拉葬礼的主持者，此人喜欢写一些散文和戏剧，后来他被关进了夏郎东疯人院，在那里他给一些病人排戏。萨德的这段经历启发了魏斯——萨德如果排演马拉被刺是什么效果呢？于是，一出别出心裁的新戏剧就这样诞生了。《马拉/萨德》表现的是1808年在巴黎近郊的夏亨顿精神病院里，一群疯子在演出。戏里的故事讲的是发生在1793年法国大革命中的一起政治谋杀，即马拉被刺。在这部戏剧中，萨德出面邀请疯人院的疯子排演马拉之死的故事，他自己充当导演。这就形成了一个非常奇怪的现象：马拉由疯子扮演，马拉的革命言论成了疯言疯语，萨德观点与此针锋相对，却是在排戏，萨德是在想象中与马拉进行思想交锋。马拉的话被疯人说着，观众如何能信？萨德振振有词，却是对着一群疯子大发感慨，言语的有效性何在？疯子的语汇使导演拥有了一种特殊的自由，因此布鲁克在导演这出戏时认为，"在这样一种环境里，你实际上说什么都可以。在疯人之中，你获得了完全的自由。你可以说极为危险和疯癫的事。总之，可以说一切的事，而同时你又可以说些极力想人们愿意听的、政治上蛊惑人心的事。"[1]演员们时而扮演痴傻癫狂的疯子，时而扮演暴民、贵族、革命者，舞台上呈现出来的是一片杂乱、喧闹。既有咏叹调式的大段台词，又有诙谐、滑稽的语言处理。既有中国戏曲写意的形体动作，又有荒诞式的表演手法。剧中还有杂技、歌舞、梦呓，并充满了随意性，这是一出非常复杂的戏。严肃与嬉闹、高贵与庸俗、精致与粗糙对立交错。剧本的意义就在这种怪诞的空间里变得不确定，是疯子把历史史实歪曲了，还是历史本身就是由疯子创造的，谁也不知道，萨德的行为无疑是一场闹剧。

（二）回忆造成的不确定性

常人的记忆总是飘忽不定，难以确切，特别是一些年代久远的事情，我们的回忆显得更加的不可靠。所以马克·柯里认为，"自我叙事的可靠性有赖于叙事者与所叙内容之间在时间上的距离，但如果叙事要使人相信，就得牺牲叙事的自我意识表现出来的天真"。[2]叙事体戏剧的剧作家也有这样的实践。

《皇家太阳猎队》中的人物都是真实的，历史上的皮萨罗远征军不过一百六十多人，而阿塔华坡的印加帝国却有六百万人口，而且皮萨罗是个拜

---

① 〔英〕斯泰恩，刘国彬等译：《现代戏剧理论与实践》（三），中国戏剧出版社2002年版，第743页。

② 〔英〕马克·柯里，宁一中译：《后现代叙事理论》，北京大学出版社2003年版，第130页。

金主义者、淘金人，并不是什么精神文明的追求者，皮萨罗一收到印加王国的赎金，就杀掉了作为人质的阿塔华坡。但这个事件却是由一个虚构的人物讲述出来的，本身就值得怀疑。同时，在这部剧作中，谢弗还改变了皮萨罗到达南美的动机，属于有意歪曲历史，殖民者皮萨罗不远万里来到南美，不是为了寻求黄金而是为了寻求信仰。作者将目光投向了非历史的神性世界和精神家园，皮萨罗在印加找到了信仰，又丢失了信仰。找到信仰后，他脱去了冷漠的外壳、洗涤了玩世不恭的心，再造了灵魂。印加王朝不死的神话在剧中只是一个背影，一个搭建戏剧情节的平台。剧中的老马丁既是此行的幸存者、亲历者，又是故事的叙述者；少年马丁是当年跟随西班牙征服者首领皮萨罗作战的传令兵，是故事中的一个角色。少年马丁带着我们走进历史事件，老年马丁又把观众拉回到现实中来，过去与现在就这样交织在我们面前，他们相互补充，有时又相互抵触。当少年马丁从剧情中走出成为老年马丁时，他就是布莱希特所说的"车祸目击者"，向我们讲述过去发生的事，可惜他已经老态龙钟，往日的记忆逐渐腐蚀，只留下了一些断断续续，甚至根本不可靠的记忆碎片。

（所有人都像凝固了似的。）

老年马丁：死的尘土，它就在我们的鼻子里。令人恐惧的感觉来得这么快，像一场瘟疫一样。（众人都转过头来）所有的人都挤在广场周围的建筑物中。（众人都站了起来）他们站在那里，浑身发抖，随地大小便。一个小时过去了，两个小时过去了，三个小时过去了。（所有人都处在绝对静止状态）五个小时过去了，印第安人的营地里一点动静都没有。我们的军营也鸦雀无声。一百六十个人，全副盔甲，骑兵已上了战马，步兵整装待命，大家都站在死一般的寂静中等待。

皮萨罗：要坚持下去，听着，你们是上帝，要鼓足勇气，不要眨眼睛，不要吵闹。

老年马丁：七个小时过去了。

皮萨罗：不要动，不要动，你们要自己管住自己。孩子们，你们不再是农夫了，你们的机会来。抓住它，别把它放走。

老年马丁：九个小时过去了，十个小时过去了。大家都感觉到寒冷在浸透着我们的躯体。

皮萨罗：（悄声地）派他去，派他去，派他去。

老年马丁：夜风嗖嗖，恐惧感油然而生。神父的手臂也失去了效力。

皮萨罗：太阳正慢慢地落下去。

老年马丁：没有人看一下自己身旁的人。后来，夜的阴影朝我们扑来。

少年马丁：他们来啦，瞧，他们下山了。

德索托：有多少人？

少年马丁：有几百人，先生。

整个剧情都操控在老年马丁的手中，他带领着观众回到从前那段时光，他所承担的功能正是把观众从过去带回到现在，而少年马丁的表演却又让观众从现在回到过去，他们一近一远，穿梭在历史与现实之间。英国的斯托帕德创作的《戏谑》也是如此，它的叙述人是图书馆的一名老管理员卡尔，由他回忆查拉、列宁和乔伊斯在一起的日子。可惜这个老管理员记忆力衰退，带给我们的是一段残缺不全的往事。

（三）视角差异造成的不确定性

在叙事人的设置上，我们说存在一种分裂式的视角，就是由两个以上的叙事人从各自不同的视角来看待同一件事情，或者出于不同的目的去叙述同一件事，他们的视角可能会因为各自的秉性差异造成一种不确定感。也就是说，传统戏剧中叙述视角的统一性被叙事人物的多重性破坏了，就连旁观式和固定式视角也因为过于强调独断和单一而被彻底颠覆了、解构了。

在《安道尔》中，整个十二场戏可以看做是"众人眼中的安德利"，每场戏都把不同人物与安德利的接触作为重点，从而构成了安德利生活的一个个片断的组接，场与场之间相对独立，单独存在。但就整个剧情来看，却又保持着整体情节走势的向前发展，即安德利一步步走向死亡。也就是说，场与场之间的关系已经不具有视角的统一性，更多地表现为平行关系。这种情节发展的非连贯性特征，与叙事体戏剧不追求情节的完整性相关。但对于弗里施来说，他并没有完全按照布莱希特的理论行事，而是对其进行了某种改造和创新。这主要表现在，他的剧作就整体情节来说也是完整的，但场与场之间缺乏布莱希特式的递进关系，而表现为一种平行关系，可以说，他走在传统戏剧体戏剧与叙事体戏剧的中间道路上。在这部剧作中，安德利死了，但每一个人都声明不对这件事负责，那么，究竟谁应该对安德利的死负责呢？弗里施并没有给出答案，只是理智地提出了这个问题，让观众自己去思考，自己去判断，自己得出结论。观众一边看戏一边思考，从而把自己从安德利之死的悲伤中解脱出来，将关注的焦点更多地放在致死原因的分析上。

海纳·米勒的《任务》中至少出现了四个叙述人，从而形成四个叙事文本。第一个叙述文本是剧本刚开始时格隆狄写的信，这是以格隆狄的视角进行的第一人称叙述，讲述他和其他两位战友的情况，水兵与安东尼的对白是对那封信的补充。第二个叙述文本出现在第一幕与第二幕之间，是第一人称的复数形式，描述我们初到牙买加时的情况，它虽然在叙述人称上与第一幕相似，都是第一人称，但它已经变为复数，可见这个视角就不再是个人性的了，而是扩大了的视角。这一幕中三个人的讨论和伪装身份的场面是对第二叙述文本的戏剧性展示。第三个叙述文本是第三幕与第四幕之间，这个叙述文本相对较长，也是第一人称叙述，但叙述者不是剧中人，也不是全知全能的旁观式视角，而是一个身份不明的现代欧洲人，他叙述的内容也似乎与剧情无关，但这个叙述的经历和心态与狄波逊十分相似，他们都对一个不存在的任务产生怀疑和绝望，这实际上是第三幕叙述内容的隐喻。第四个叙述文本是第四幕之后，是第三人称有限制的叙述，以剧中象征性人物即第一情人对狄波逊的引诱及背叛革命为主要内容，这一幕的叙述内容是这个叙述文本的延伸。可以看出，这四个叙述文本的角度和限度各不相同，从而使各个段落成为相对独立的叙述片断，叙述角度的统一性被取消了，这些异质化的片断被拼贴在一起，具有拼贴戏剧的特征，体现了后现代主义艺术以破碎形式对抗破碎世界的艺术态度。德国的威尔什说："后现代艺术最突出的特点是对世界知觉方式的改变。世界不再是统一的，意义单一明晰的，而是破碎的，混乱的，无法认识的。"①也就是说，布莱希特的插曲式片断由于叙述

---

① 柳鸣九主编：《从现代主义到后现代主义》，中国社会科学出版社1994年版，第14页。

角度的内在统一仍然具有内在的一致性，而海纳·米勒的叙事片断由于叙述角度的频繁变动，内在的统一性也取消了，场与场之间完全是异质的。打个比方，他们的剧作都是一个由碎片重新拼贴而成的整体，布莱希特的花瓶的碎片来自于原先同一个完整的花瓶，而海纳·米勒的花瓶的碎片却分别来自于原先几个完全不同的花瓶，这些花瓶不是同一个型号，甚至不是同一窑或同一时间烧制的。

《哥本哈根》试图解开物理大师海森堡1941年去哥本哈根拜访老师玻尔所留下的历史谜团。海森堡、玻尔及玛格丽特的亡魂重聚在一起，谈论1941年的战争；谈论哥本哈根9月的一个雨夜，挪威滑雪场的比赛，纳粹德国的核反应堆，同盟国正在研制的原子弹；谈论量子、粒子、铀裂变和测不准原理；谈论贝多芬、巴赫的钢琴曲；谈论战争期间个人为国家履行的责任和义务、原子弹爆炸后城市里狼藉扭曲的尸体。原子弹的研制和爆炸使两位物理大师深陷精神地狱，他们背负道义的重压难以解脱。因为房间里被安装窃听器，他们的谈话无法展开也无法深入。这次神秘的会见对以后的原子弹研究和制造，对以后的战争进程产生了重大影响。但海森堡到底跟玻尔说了什么，他们的亡魂无法说清楚。他们在寻找、回忆、思辨，不断回到前生，回到往昔，求证他们想要的答案。"哥本哈根会见"被三个幽灵演绎了四次，但每一次都提出不同的可能性。他们不断地重回1941年的傍晚，面对当年的困惑，但结果总是陷于迷雾，直到最后都没能找到确切的答案。真正的问题是，他们如何面对这个道德的两难选择：国家抑或良知。二战后三十年，海森堡作为一名曾帮助纳粹从事核研究的科学家，他的命运是悲惨的，陷入了数不清的辩解和解释中，可是需要辩解的仅仅是海森堡一人吗？波尔这个真正在制造原子弹中起到关键作用的人物，面对当年无辜百姓受害的局面，能够仅仅逃到战争受难方的外衣里，逃脱良知的责问吗？于是剧中人物一次次沦入到自我辩解的怪圈中，连灵魂都无法逃脱。而这一次次辩解，一次次"让我们再来一遍"，追寻当晚的真相，却如同海森堡发现的测不准原理那样，永远无法达到事实的临界点。在每一次的事实重演中，我们都看到了两人谈论了许多话题，再一点点地靠近那个不能触碰的往事之痛。但是每一次的事实重演都不是事实，而展现了科学家对一些古老命题的思考：关于爱，关于良知，关于国家，关于真理，关于人性，关于父子。

总之，以这些病态人物或老人为代表，当代叙事制造了一种不可靠的信息。"当代叙事理论普遍认定这样一个思想，即叙事只是构筑了关于事件的一种说法，而不是描述了它们的真实状况；叙事是虚伪的而不是陈述的，是创造性的而不是描述性的。"①与传统戏剧叙事相反，后现代派戏剧叙事只陈述对事件的一种看法，而不是还原事件本身。因此，这是一种极具自我意识的叙述。

三、后现代派戏剧叙事结构的形式特征

戏剧结构是一种秩序化的组织行为，它来自于剧作家对秩序的理解和感受。传统戏剧结构主要依据生活逻辑来组接和安排，而后现代派叙事戏剧的结构呈现了非线性、零散化和无中心的特点。

（一）非线性

艺术和生活都拥有自身的秩序。古典主义认为，事物的发展自始至终有一条明晰的线索，原因和结果存在着一种由此及彼的稳定关系。因此，古典主义的戏剧往往从已有的经验出发，强调叙述人的全知全能，强调线性因果关联的有序性。只有按照已有的秩序化生活经验，才能符合逻辑地结构起一套与此相关联的情节模式。也就是说，情节的组织、事件的发展都要符合既定的生活逻辑。但是，这种单线发展的情节模式由于过分人为地简化了生活，因此在情节模式的因果关系链条之外，常常会在表现丰富多样的生活涵盖面时捉襟见肘，同时也很难表达当代人复杂的意识、感受、梦境等非理性生活，从而阻碍了戏剧把握现实的深度和广度。

具有后现代意识的剧作家认为，世界并非是单线发展的，丰富的人生体验永远也不可能被逻辑化的情节穷尽。后现代派戏剧试图超越这种以故事情节为表征的逻辑表述，而是钟情于对事件秩序进行非逻辑化的排列。非逻辑化排列方式并不一定意味着像荒诞派戏剧那样故意造成现实时间的紊乱，它依据的是感受主体的心理时间，将人们熟视无睹的事物陌生化，将习以为常

---

① 〔英〕马克·柯里，宁一中译：《后现代叙事理论》，北京大学出版社2003年版，第130页。

的事件和人物置于高倍望远镜或哈哈镜之下放大或变形，任意折叠时空，中断外部动作的连续性，从而使后现代派戏剧呈现非线性的特征。所谓"非线性"正是指戏剧情节的组织并不是按照生活逻辑排列，而是以戏剧家所理解的"秩序"为依据来安排讲故事的次序，事件不再受时空限制，既无开端又无结尾，更不遵循任何叙述脉络。传统戏剧也有倒叙、插叙等颠倒时序的手法，但都是一次性的，不如后现代派戏剧那么频繁。《哥本哈根》中三个灵魂在另一个世界对话，试图弄清楚一些搅扰他们后半生甚至连死后灵魂都不得安宁的事情，这部戏没有正常逻辑的时空概念，没有连贯的线性时间，全剧呈现破碎、断续、颠倒、重复的状态，观众习惯或者认定戏剧应该有的线性情节、逻辑和线性人物发展在这里都消失了。

布莱希特曾经就戏剧体戏剧与叙述体戏剧的区别作过一次十分细致的分类比较，其中涉及情节问题时，他认为戏剧体戏剧的前场戏是为下一场戏而存在的，事件发展过程是直线的，情节稳步前进，无跳跃。而叙述体戏剧的每场戏都可单独存在，事件发展过程是不规则的曲线，情节有跳跃。我们要听其言，更要观其行，在他的剧作中，场与场之间外在的逻辑关系虽然取消了，但内在视角的一致性却一以贯之，它潜伏着，暗暗地控制着故事进程。但是20世纪60年代以后，这种内在的一致性也消失了，剧作家们在表现主义戏剧意识流动原则与叙事体戏剧视角内在一致原则之间，找到了一个很好的结合点：他们用叙述声音的对话性克服了表现主义戏剧人物的独断性和叙事体戏剧作者的独断性，用叙述视角的多样性克服了表现主义戏剧作为主人公戏剧视角的单一性和布莱希特戏剧作为作者戏剧视角的单一性，用叙事态度的暧昧性颠覆了表现主义戏剧和叙事体戏剧对真实性的追求。

美国人沃格尔1998年获得普利策戏剧奖的《我是怎样学会开车的》，讲述了一个十一岁的小姑娘与自己姨夫的乱伦关系。碧特由于父母离异，与母亲、外公外婆生活在一起，她跟随自己的姨夫学开车，由于正处于青春期，她盲目地爱上了自己的姨夫佩克，在学开车的过程中，她逐渐成熟起来，终于摆脱了这种畸形恋，学会了开车也学会了生活。学开车的过程隐喻一个人的成长过程。这个剧本触及了美国社会对儿童的性教育，隔代双亲在家中明目张胆的性行为，以及母亲对男性的偏见都使碧特获得了一种有缺陷的性教育。姨夫这个角色也没有被作者描写成一个玩弄女性的性变态，他是个退伍军人，很善解人意，婚姻生活很不幸，但他尊重碧特的选择，他说过"在你同意之前，我们之间不会发生任何事情"。这个剧的叙事也非常有特点，结构是松散而零乱的，它用调汽车档位将时间自由转换，从1969年到1970年再到1968年，任意跳跃，自然而流畅，不分幕也不分场，选取生活中的一些片断来进行。人物直接面对观众自我叙述，歌队根据剧情随时扮演角色，每个人物都可以完成叙述，人物或歌队跳出角色在每个段落开始前点明主题和内容。

二战后英国第二代剧作家布伦顿创作的《罗马人在英国》，其剧本结构也呈现非线性的特点。这部剧作一出现就引起人们的热议，观众普遍认为这是一部谴责帝国主义的史诗。全剧选取了三个段落：一是公元前55年，二是公元515年，三是公元1980年。在英国历史上，这是三次征服的历史。一是罗马人入侵英国时期，人物是两个罗马人对英国当地一个叫凯尔特族人的追杀，并在舞台上当众鸡奸了一个年轻的祭司马班。二是公元6世纪凯尔特族人遭受撒克逊人的骚扰，一个女儿杀死外族敌人的同时，也杀死了曾经拉起自己裙子的异教徒父亲。三是1980年英国军官刺杀爱尔兰反抗领导人，最后军官醒悟到刺杀的非正义，却仍然被反抗军领导人杀害。这三个片段讲述的都是压迫与反抗的故事，作者灵活地运用叙事剧的手段，将这三个历史片段缝合连缀，在比较中彰显作者的意图，在结构上自由穿插，时序颠倒。此剧中的暴力色彩与邦德的《拯救》一脉相承，并影响了20世纪90年代的萨拉·凯恩。二战后英国戏剧热衷于表现暴力和性，在他们三个人身上都得到了充分展现。邦德在舞台上直接杀婴，布伦顿展现强奸，萨拉·凯恩则当众做爱，舞台的视觉冲击力倒是很强了，但与他们的老祖宗莎士比亚相比，舞台的美感也消失了。

（二）零散化

结构的非线性，引发的必然是场面的零散化。在后现代派戏剧中，各个场面犹如一颗颗散乱的珍珠，彼此独立存在，缺少将其串联在一起的有效线索。这种有意将时间链条切断的结构样式暗合了非理性思维的间断性和不连贯性，它既无连贯的故事情节，又不追求人物性格发展的完整性，更不强调用悬念与高潮来维系观众的兴味。在这一类剧本中，往往有几个故事几条线头，每一个场景和事件，彼此独立，在一个思想的统摄下，在历史逻辑支配下，戏剧时空变换频繁，跳跃地向前推移，让人们看到纵横宽广的历史画卷，促使观众对舞台上发生的一切进行总体思考。

应该说，这种插入式的、片断式的场面，外表看来与布莱希特式戏剧和表现主义戏剧很相似。但后现代派戏剧这些零散化的片断，实际上与它们在性质上并不一样。它是由两个完全不同的观察视角获得的，属于散点聚集，场与场之间完全是异质的，毫无关联，甚至体现了两种截然不同的叙事态度。对于这种将异质事物结合在一起的手法，应该称之为拼贴，这一点已经成了后现代主义艺术的典型特征。布莱希特和表现主义戏剧虽然在外形上也是彼此独立的一个片断连着一个片断，但这些片断都是同一种视角观察到的结果，因此仍然具有内在的联系性和统一性，他们的戏剧实际上是将同一类型的碎片串联在一起。正如完形心理学所指出的一样，若隐若现的图画，隐的部分我们仍然可以依据现有的部分，再凭借日常经验，自我修补完善，从而获得整体观念。也就是说，隐的那一部分与显的部分存在着某种联系性，隐的部分只是暂时被遮住了，他们仍然是一个整体，正是依据这种联系，我们才能"完形填空"，这有点像布莱希特式戏剧和表现主义戏剧。但是，如果他们本身就不是一个整体，而是来自两个事物的两个部分，那么这种完型是无论如何也进行不下去的，这正是后现代派戏剧的特征。

这种结构样式与后现代派戏剧信奉集体创作的方式有一定的关系，集体创作这种创作模式所具有的意义不仅仅是一种创作方法的创新，更反映在剧本结构上的变异。在充分掌握了大革命的历史知识之后，法国的姆努什金领导的"太阳剧社"被分成四五个小组，用即兴手法表演不同的历史事件。这就是说，各个场次完全是被当做一个独立的单元来处理的，这一组在这个单元里可能倡导这种价值倾向，另一组在另一个场次中有可能受另一种思想左右，最后各自独立完成的片断被拼贴到一起，从而有可能在一部剧作中出现多重倾向性。同时，正如亚里士多德强调的"整一性"原则体现了古希腊时代崇尚"和谐"的审美理想一样，"零散化"原则体现了后现代社会以"不和谐"为突出特征的审美理想。正如法兰克福学派阿尔多诺所说，"成功的艺术作品，不是在虚假的和谐中解决客观矛盾的那种，而是通过在它的内在形式中，包含了纯粹和不妥协的矛盾，否定地表现和谐观念的那种"。① 可

---

① 转引自杨小滨《否定的类学——法兰克福学派的文艺理论和文化批评》，三联书店1999年版，第144页。

见，后现代主义艺术并不回避和谐和矛盾，而是采用否定性思维，从另一个角度彰显了和谐和矛盾的重要性。

（三）无中心

传统戏剧按照起因、发展、高潮、尾声发展的线性结构中，中心场面是很容易把握的，而在以非线性为主要特征的后现代派叙事戏剧中，这种中心场面已经难觅踪影。正是由于戏剧结构的非线性和零散化，使得场与场之间原来哪怕只有内在一致性的结构关系也变得松散了，从而使任何一场都显得不再重要，中心场面、重点场面没有了，剧本结构出现了无中心的状态。《1789》的全剧由序、三级会议诏书、陈情表、木偶戏、审判会议、国王叛变、占领巴士底狱、八月四日之夜事件之后勒夏泼利埃报告、议会辩论、拍卖等十场戏组成，大线条地勾勒了一个法国大革命的始末。可以看出，这十场戏并没有完整统一的情节，也没有贯串始终的人物，更谈不上有血有肉的人物性格。在这样的剧作中要寻找中心场面几乎无从下手。无中心与后现代派戏剧取消完整性有关，没有整体，戏剧便呈现出一种碎片化的状态，缺乏内在的整一性。这一点，皮兰德娄在《幽默主义》中就已经表达过了，他说，"与普通艺术作品中的完整性相反，幽默主义作品中突出的是散乱、不连贯、怪异反常，这些完全没有中心的东西"。[1]他所说的"幽默主义的作品"被巴赫金归为"怪诞现实主义"，与布莱希特一样，成为后来怪诞戏剧的基本话语策略。

总之，20世纪60年代以后的叙事戏剧在三个方面克服了布莱希特叙事体戏剧和传统戏剧的弊端，那就是叙事视角的统一性让位于差异性，叙述声音的独断性让位于对话性，叙事态度的公允性让位于暧昧性，这三种转变为当代人表达越来越多样化的生活内容找到了一种与之相吻合而又贴切的新形式。斯泰恩认为，"由于缺乏一种通常的结构，这种形式便得以成为这个世纪里最富于变化性的形式，而正由于这种原因，其支系便无疑将主导下一个世纪的舞台"。[2]的确，他的预言已经得到了应验，布莱希特之后，叙事体戏剧几乎能够在每一部后现代派剧作中找到自己的痕迹。有话"大家说"，

①转引自柳鸣九主编《二十世纪文学中的荒诞》，湖南教育出版社1993年版，第240页。
②〔英〕斯泰恩，刘国彬等译：《现代戏剧理论与实践》（三），中国戏剧出版社2002年版，第776页。

正是后现代派戏剧叙事的话语策略。

剧本来源

[1]汪义群主编：《西方现代派戏剧作品选》（四），包括《马拉/萨德》、《马斯格雷夫中士的舞蹈》、《皇家太阳猎队》等，中国戏剧出版社2005年版。

[2]〔瑞〕弗里施，吴健广译：《安道尔》，载《新剧本》，2002年第2期。

[3]〔法〕姆努什金，宫保荣译：《1789》，载《戏剧艺术》2000年第2期。

[4]〔德〕海纳·米勒，丁扬忠译：《任务》，载《戏剧艺术》1998年第5期。

[5]〔美〕波拉·沃格尔，范益松译：《我是怎样学会开车的》，载《戏剧艺术》2002年第2期。

[6]〔美〕谢泼德，侯毅凌译：《情痴》，载《外国文学》1991年第6期。

[7]〔英〕谢弗，刘安义等译：《上帝的宠儿》、《马》，见《外国当代剧作选》第2册，中国戏剧出版社1991年版。

[8]〔英〕弗雷恩，胡开奇译：《哥本哈根》，载《戏剧艺术》2002年第5期。

第十四章　直接说

——说话剧的话语策略

20世纪是导演主宰戏剧艺术的时代，西方许多具有影响力的戏剧导演都强调戏剧是演出的艺术而不是语言的艺术，舞台性与文学性被许多人错误而又偏颇地完全对立起来了。因此，20世纪60年代以后出现了两个维度的戏剧解构之旅：一是戏剧文学文体，二是戏剧文体。它们分别从内外两个方面颠覆了戏剧文学文体和戏剧文体，戏剧的文学性因素进一步削弱。正是在这种形式下，戏剧文学出现了许多新样式的剧本，剧本完全失去了往日风貌，这不仅意味着剧本样式的改变，更意味着戏剧观念的转变。

一、说话剧的三种类型

20世纪60年代以后，一部分人在外部对戏剧文体进行颠覆的同时，也开始尝试从内部对戏剧文学文体进行解构。内部解构主要针对戏剧文学文体，特别是对戏剧"代言体"和"行动说"进行颠覆，使戏剧成为真正意义上的"说话"。其基本策略包括取消行动性、淡化戏剧情节的统一性和结构的整一性、加重叙事性因素、消解主题意义、削弱对白的冲突性和个性甚至取消对白等等，从而出现了一些与众不同的新剧本，独白、分说和散文就是三种具有代表性新样式戏剧。

（一）独 白

这种形式的剧本通篇只有一个人物在说话，它甚至可以不伴有动作，故事都是通过第一人称的自我叙述交代的，形成独白。与表现主义戏剧大量的独白不同，这一类独白剧并不以刻画人物形象为目的，甚至没有情节，成为纯粹意识上的说话或朗诵。这类剧作的代表有德国海纳·米勒《汉姆雷特机器》、法国科尔黛斯的《森林正前夜》、英国萨拉·凯恩的《4∶48精神崩溃》、意大利达里奥·福的《滑稽神秘剧》和加拿大魏格纳创作的《纪念碑》等。

海纳·米勒的《汉姆雷特机器》采用了独白的手法，全剧通篇几乎没有对白。全剧有五个场景，与莎士比亚《汉姆雷特》的五幕剧形式一样，但它自始至终几乎只有两个出场人物：汉姆雷特和奥菲丽娅，而且他们多是分别出场，第一，四个场景是汉姆雷特的独白，第二，五个场景是奥菲丽娅的独白，四个场景围绕着名为"谐谑曲"的第三个场景展开，汉姆雷特和奥菲丽娅只在第三个场景里同时上场，有过一起徒有其表的对白。此剧虽然只有三千多字，但思想深刻，许多人都把它当诗来读。"我们在这个剧本里看到的都是事件和人物的横断面，是发生在不同历史时期和不同地域的各种各样事物的瞬间，是各种各样人物的面貌，那些事件和人物，那些文学作品里的意象，那些在欧洲近现代思想史上显赫的名字连同他们的思想，统统以横断面的方式，也即其发生之时当下的方式，被共时性地镶嵌在汉姆雷特和奥菲丽娅的独白里，在那些独白里超越时空，自说自话，彼此勾连，造成一种争相发言、没有先后、众声喧哗的效果。"①当各种思想、观念、事件、人物都以其发生之时当下的方式存在于剧本之中并且同时言说的时候，当汉姆雷特和奥菲丽娅成为这些思想、观念、事件、人物的载体，随时发出它们的声音的时候，决定着这种状况的只能是隐藏在文本背后的一种共时性的时间结构。这时线性时间瓦解，讲究来言去语、有问有答的对白也就丧失了其存在的逻辑条件，绝无可能再在这个剧本里存在。而就其性质来说，独白，尤其是所谓"断断续续的独白"，是非线性的，是不存在时间顺序的，这样的时间结构才是海纳·米勒的《汉姆雷特机器》所需要的，它要容纳出现在不同时代、不同地域的各式各样的事件和人物。

科尔黛斯是法国当代戏剧史上一位承前启后的重要剧作家，他承接了老一辈荒诞派剧作家反传统的戏剧写作精神，同时又另辟蹊径，开创了自己独特的、极其口语化的全新戏剧语言，看似不加修饰实际上却极富诗意。1977年，他创作的《森林正前夜》中，通篇只是一位年轻男子不分场次的个人独白，从头到尾一直没有间断，甚至没有一个句号。人物滔滔不绝地向观众诉说着自己的心事和经历，观众不知道他的名字，只知道他的皮肤不是很白，并不是一个土生土长的法国人，而是一个生活在巴黎的老外。他对自己家乡生活习惯的描述使得人们可以猜出他的祖籍在北非，很可能是阿尔及利亚、摩洛哥或突尼斯。虽然他生长在法国这个富裕的社会里，但他却每天都听到有关排除异己的种族主义言论，也经常看到仇恨和形形色色的极端主义行为，这个社会让成千上万的人成为经常挪窝的打工族，甚至像他一样最终流

①焦洱：《〈汉姆雷特机器〉的一种读法》，载《世界文学》2007年第2期。

落街头。因此，他提议应该为他们建立一个世界范围的工会。剧作家通过剧中人物的独白，反映了强大的资本主义社会里弱小、孤独的打工族的愤怒、无奈和期望，在某种程度上体现了作者作为一名法国共产党人的进步思想。这一类剧本如控诉，似声讨，缺乏必要的动作性和人物性格的展示，读起来沉闷而乏味。此剧2005年曾经在中国传媒大学演出过。

1999年英国的萨拉·凯恩用鞋带将自己吊死在医院里，那一年她二十八岁。她是西方"直面戏剧"的代表人物，所谓"直面戏剧"，就是"赤裸裸地表现了现代社会中人们的精神崩溃、毒瘾、血腥暴力、性虐待、战争恐怖和种族屠杀等，这些剧作家们试图以人类世界血腥可怖的真实场景来揭示新的社会现实，以极端的道德勇气来呼唤人们的良知"。①萨拉·凯恩自己对这个荒诞的世界有一个十分形象的比喻，"我梦见自己去看医生，她许我能活八分钟，而我已经在那混账的候诊室里坐了半个小时"。②她的剧作常常用不加掩饰的自然主义手法让人直面暴力，是英国邦德以来描写暴力最为直接的一个人，在这里，我们似乎又看到了阿尔托"残酷戏剧"的影子，找到了"直面戏剧"的文化传统。正如邦德所理解的一样，他们描写暴力的目的在于激化观众。

最能体现萨拉·凯恩"直面戏剧"特征的，是她创作的《被毁灭者》。故事发生在利兹一家极豪华的旅馆客房里，伊安是一位中年的小报记者，带着一位年轻姑娘凯蒂来过夜，但他们不是夫妇。伊安瘦弱松垂，病入膏肓，由于多年的嗜烟酗酒，他只剩一片肺叶，然而他却出奇的种族歧视，性歧视并仇视同性恋。凯蒂患有轻度精神痴呆，像孩子般地吮着拇指，一紧张就口吃。两人之间柔情蜜意，显然有着多年的性关系，只是眼下凯蒂似乎犹豫不决。在用了杜松子酒、香槟、三明治以及丰盛的英式早餐后，伊安试图劝说凯蒂做爱，凯蒂半推半就。凯蒂一会儿躲开伊安，一会儿又吻他的脖子，爱与残忍相互交织，这是一幅自然主义的场景。在第二场结尾时，出现了一个新的情况，伊安显得焦躁不安，原来他不久前加入了右翼共和军，成为他们的密探。突然，一阵敲门声，闯进一个全副武装的士兵。他边威胁边贪婪地

---

① 〔英〕萨拉·凯恩，胡开奇译：《萨拉·凯恩戏剧集》，新星出版社2006年版，第284页。
② 〔英〕萨拉·凯恩，胡开奇译：《萨拉·凯恩戏剧集》，新星出版社2006年版，第284页。

吞食着早餐，还淫秽下流地对凯蒂评头论足（凯蒂已躲进了浴室）。他告诉伊安城市已在他们手中。第三场以一道刺眼的强光闪耀开始，旅馆被一发炮弹击中。那个不知名的战士开始津津有味地讲述他虐待平民的暴行。他那狠毒的复仇心态，似乎是由于他的女友曾遭到一群士兵的肢解。他非要伊安为他撰写这段经历，但伊安坚持认为没人会感兴趣。接下来那个士兵的故事更残暴了。令人瞠目结舌的是，他突然扑向伊安，强奸了伊安，还把他眼珠吸出来，吃了下去，然后开枪自杀。凯蒂从浴室里走出来，怀里还抱着婴儿。伊安请求她留下来，他的态度更温和了，但变得极想自杀，当他最后把枪口放到嘴里，扣动扳机，枪管却是空的。凯蒂斥责他不该绝望，凯蒂的婴儿已死了。第五场戏开始时，凯蒂正在把死去的婴儿埋在地板下。她决定出去寻找食物。她走后，伊安梦魇般地爬下床来，堕落的他饥饿得居然扒开地板开始吃死婴。最后他爬进婴儿旁边的洞里，将头伸出地板，似乎行将死去。当凯蒂回来时，两腿间流着血，但手里拿着面包和香肠。她边吃边喝着一瓶杜松子酒。她坐到伊安的旁边，给他喂食。《被毁灭者》是一部惊世骇俗地刻画受害者及迫害者双方的暴力心理体验的作品。该剧之所以为引起人们的震惊，除了赤裸裸地在舞台上直接展现性与暴力外，还由于该剧独特的结构：前半为自然主义手法，后半则突转为象征及怪诞梦魇般的风格。就其怪诞及粗俗的手法而言，作者自己说，"是关于自然主义的破灭"。她认为，与其说她令人惊愕地呈现暴力来引起人们的关注，还不如说是以此来震撼，唤醒人们，唤醒人们的麻木不仁来直面自己身边那些无以表达、令人发指的恐怖与暴行。

　　萨拉·凯恩也创作了一些独白剧，《4：48精神崩溃》就是她死前一周创作的。作品借鉴歌德的《少年维特之烦恼》中一位少女因失恋而自杀的故事，写了一位患抑郁症的姑娘自杀的心理过程。据统计，凌晨4点48分是人们在生理上最敏感的时候，最容易产生精神错乱，绝大多数自杀事件都发生在这一时刻。从诗句表达的意思中，可以看出主人公患自杀抑郁症而住院治疗，她的痛苦既是作者本人的痛苦，也是一类人成长过程中的痛苦。这部剧作的特点非常明显，首先它是一部非线性剧作，既无故事又无以对话形式交流的确定人物，事件不受时空控制，即无开端又无结尾。其次戏剧解构，剧中的形象从人物的持续性中分裂出来，赤裸真实地展现其内心及意识。最后是反文法表演，作为台词的文本，它包括了无标点符号的不规则诗行，支离破碎的残章短句来追求语言价值的节奏感，剧本根本没有标明角色与台词，读起来更像是一部无格律的现代诗。

意大利的达里奥·福1969年创作的《滑稽神秘剧》也是一个独白剧。全剧没有道具，没有布景，舞台上只有一个演员，全凭独白与表演吸引观众。它是一部系列短剧，取材于中世纪历史与宗教传说故事，模仿中世纪游吟诗人的街头戏剧，他将抨击的矛头对准了罗马教皇。他采用闹剧和滑稽剧的形式复兴了中世纪的"嘲笑文化"，让观众领略了一次只有放纵、戏谑、怪诞、轻松抛弃一切的绝对自由。这类剧作的样式类似于中国的"独角戏"，甚至接近"说唱艺术"。达里奥·福创作的《只有一个女人》也是一个独白剧。一个被丈夫抛弃一年，工作不顺、内心烦躁的女人朱丽亚，她想穿上最漂亮的衣服，给丈夫留下一段美好的回忆，然后自杀，同时留下谴责的录像，让丈夫遗憾终生。自杀前她接到许多离奇的电话，打电话的人个个都把她当作心理医生，并向她求救，其中有女职员、妓女，甚至也有女心理医生，最后朱丽亚不仅意识到自杀的荒唐，也意识到人的荒诞，就在她觉悟时，医生却破门而入把她当成疯子带走了。中国王建平编剧的《大西洋的电话》与此十分相似，舞台动作都是一个人接听电话。一个名叫丁玫的中国女人刚来到美国，便或打或接了五十个电话，电话的内容有变卦、敲诈、性骚扰、排挤、恐吓等，终于使她精神崩溃，希望破灭，不得不含泪回国。剧作成功而痛快地对出国及自由美国的神话进行了一次道德评判。该剧的叙事方式很特别，一个人，从头到尾接电话，故事情节是通过她的语言表达"带"出来的，剧中人物如丁玫的丈夫容德和女人琪琪、老同学芬芬、外国人戴维、病人哑女及母亲沃伦太太、公司董事长埃米尔先生、气功师黄山和其女友阿慧、来自上海的经理夫人等，均未出场，只出现在丁玫的语言中，以丁玫的语言塑造了这些未出场的各色人物。这种独角口语式的讲述方法，也是以往戏剧所不曾看到的。

1993年加拿大女剧作家魏格纳创作的《纪念碑》只有两个人物，剧本于1996年获得加拿大总督文学奖，这部话剧成为首部在中国公演的加拿大话剧。尽管剧中有两个人物，已经具备传统戏剧形成对话的前提，但作者并没有这样处理，除了极少部分台词形成人物对话之外，绝大多数情况下，台词被作者处理得更像是两个人物"视而不见"的独白。通过他们的交代，我们知道了剧情：十九岁的年轻士兵斯特科有着良好的家庭环境，是一个普通得不能再普通的男孩。他参加了一场他根本不曾明白的战争，像一个好战士、好孩子那样，他服从命令，上级让干什么就干什么。战争结束了，他变成了战争罪犯将被处以死刑。在他看来，他所做的不过是"战争中人人都这么干"的事情，没想到，到头来却成了战争的替罪羊。神秘女人梅加，在临刑时将他从电椅上救走，作为交换条件，斯特科将在今后的生活中绝对服从梅加的命令。斯特科跟随梅加回家，那里已是被战火烧毁的一片焦土。斯特科被这个素不相识的女人所救，暂时保全了性命，却又不得不忍受梅加对他不断的肉体和精神上的折磨。来自战争废墟上的双方，都处于同样荒芜、无助和绝望当中，一个男人和一个女人就此为战争的罪恶、人的命运、人类复仇和原谅的问题展开了交锋，一场惊心动魄的冲突爆发了。在战争中，斯特科服从上级命令去枪杀无辜的姑娘，如果他不服从，被枪杀的就是他自己，于是二十三个鲜活的生命就这样丧失在斯特科的手中，其中包括梅加的女儿。当梅加在小树林里好不容易挖出女儿的尸体，斯特科良心发现，跪在梅加面前，第一次说出："请原谅我，我很抱歉。"此时梅加所能说的只是"怎么原谅，怎么原谅……"梅加有一万个理由杀死斯特科，但她却要让他活，因为死太容易了，而让他活、让他真正为那些无辜者的死经受煎熬和自责才是难的。此剧的前半部，你会觉得斯特科是魔鬼，梅加是天使；看完全部，你会觉得斯特科不那么像魔鬼，梅加也不那么像天使。在人与战争的关系上，该剧将痛苦、复仇、谢罪演绎成一场人性的较量，令人心颤，引人深思。

其实，这种话语策略在中国也有了一定的实践。上海青年话剧团根据美国剧作家戈奈作品改编的《爱情书简》，由袁国英导演，这是一出由两个演员出演的戏。舞台上只有一张桌子、两把椅子，两位男女演员往椅子上一坐，开始读他们手中的信，一读就是一百分钟。信是从这一对男女七岁时在教室里写便条开始的，整整五十年的书信往来，三百四十封信。两个人的心灵流动及生活际遇，通过他们的各自叙述，折射出社会的变迁和世态的炎凉。这是一出独具匠心的戏剧作品，舞台行动极为简单，就是读信，它完全依靠演员的语调、情绪来感染观众。与其说这是在演戏，还不如说是一次朗诵会，把朗诵行为变成戏剧在以前是不可想象的，现在却已经变成了现实。

（二）分　说

这一类剧作通常都是有几个人物直接在舞台自说自话，类似于多声部的合唱，而且人与人之间的对白没有逻辑，每个人自身的上下句也毫无逻辑，说话本身成了他们唯一能够做的事情。其实，在荒诞派戏剧《秃头歌女》的最后，已经有了这种样式的尝试，剧中两对夫妇四个人自说自话，多音齐鸣，形成了一幅语言狂欢的画面。这一类剧作的代表包括奥地利汉德克的《骂观众》、美国伊娃·恩斯的《阴道独白》、英国萨拉·凯恩的《渴求》等。中国导演孟京辉的《我爱×××》也是这种类型的剧作，剧本由一系列"我爱×××"的句式构成，与其说是一部与众不同的怪戏，还不如说是一次诗歌朗诵会，中国当代先锋戏剧"三巨头"之一牟森导演的《与艾滋有关》也采用了这种话语策略，只不过他走得更远，说话人事先并不固定，而由在场观众自由发挥，上台谈论与艾滋有关的话题。

奥地利剧作家汉德克的《骂观众》是一部具有后现代主义意味的"说话剧"。依据文本规定，我们可以感受剧场氛围：观众走进剧场，听到幕后传来移动道具的响声，前排观众还会听见有人发出舞台指令，开幕铃声响起，灯光渐暗，幕起，灯光转明，舞台空空如也，这时四个身份不明的说话者衣着随便走上台来，在空荡荡的场地上对着目瞪口呆的观众不停地说话。说话长达一个小时，用"你们"相呼，充满了侵犯性，格言警句与攻击谩骂掺杂其间，句子富于韵律，但没有故事。最后他们大骂观众：你这个痞子、杀人犯……在疾风骤雨般的语言中，总有一句攻击到台下观众的内心，以为骂的正是自己。

> 我们将侮辱你。
> 因为侮辱你也是对你说话的方式之一。
> 侮辱你，我们就能正对你。
> 我们可以使你焕发活力。
> 我们可以消除表演区。
> 我们可以消除一堵墙。
> 我们可以专注于你。
> …………

啊，你们这些癌症病人。

啊，你们这些肺痨病夫。

啊，你们这些软骨病患者。

啊，你们性病缠身。

啊，你们被心脏病困扰。

啊，你们肝脏肿大。

啊，你们浑身水肿。

啊，你们患有中风病。

啊，你们身染不治之症。

啊，你们这些候补自杀者。

啊，你们这些潜在的和平时期的死亡者。

啊，你们这些潜在战争时期的死亡者。

啊，你们这些潜在的不幸事故的死亡者。

啊，你们这些潜在的死亡者。

　　剧本挖苦的对象除了观众以外，还直指传统戏剧表演的各个方面，从而具有"后设"特征。演员引用了大量剧评中的术语，激烈地指责传统戏剧通过虚构故事来欺骗观众，将他们引入圈套，而观众则心甘情愿地忍受愚弄，不加设防地接受某种虚构的道德灌输。他们还相互评价，你演得不好，你的解释完全是错误的，动机没表现清楚等等。另外，整个演出过程中，背景始终是节奏强烈的音乐，以及日常生活中五花八门的声音，这些音效都不遗余力地打破戏剧情境，使观众无法进入戏中。特别是结尾处，喇叭中向观众传出巨大的喝彩声、掌声和歇斯声，把对戏剧表达和观众接受惯例的逆反推向了高潮。

　　《阴道独白》是美国女作家伊娃·恩斯1997年创作的作品，此剧获得过美国的奥比戏剧奖。从1999年起，在情人节这一天上演的《阴道独白》，已经成了各国妇女反抗暴力运动的重要活动之一，迄今为止已在世界三十九个国家的一百一十个城市上演。剧作者采访了世界各地两百多名女性，被采访者囊括了当地的普通妇女、性服务者以及孩童，了解她们对阴道的感受，并记录下十八段独白。剧本正是利用这些纪实性的独白片段，讲述了女人对自己阴道的感受，这出戏的意义也正在于鼓励女性去寻找自身的价值，以获得女权的解放。剧中第一次用诗化的语言直接大胆地歌颂了阴道，歌颂阴道就是歌颂女人自己，歌颂自己的身体和欲望。1999年，这出戏经过上海话剧艺术中心的修改，第一次呈现在国内专业舞台上。中国版的《阴道独白》由三个主题、十二个篇章组成，三位女演员在充满瑜伽色彩的"阴道工作坊"内，把阴道诗意地描述成河流、村庄、漂亮的黑桃子、珠宝店里的钻石。最不愉快的经验、最难忘的冲动、最快乐的瞬间……女性原本羞于启齿的性经验、身体的欲望、幻想被一一开启，从而敞开了女性言说自己、确认自我的戏剧空间。

英国萨拉·凯恩的《渴求》创作于1998年，主题仍然是作者一贯坚持的爱情、性、暴力与死亡。全剧犹如一部交响乐，分为四个声部，由A、B、C、M来代表，A是老人，B年轻男人，C是女孩，M为母亲。每一人物如同一首重奏曲中的一件乐器，各自循着自己的谱线，浑然一体地向前推进。通过叙述，我们可以知道，老人是个施虐者，迷恋上一个年轻的女孩，而这个女孩无法回应他，因为女孩曾经有过噩梦般的被凌辱的过去，至今让她无法回忆也无法忘却。同时，母亲试图引诱一位年轻男子，因为她希望这位男子能够成为她拼命想要的孩子的爸爸，全剧探求的是暴力和爱情对人类整体的影响。剧作家表现了许多形式的爱：原始的性爱、母爱和虐爱。各个声部描绘了他们的欲望，回忆他们昔日的失落，质疑他们的心理创伤和前途未卜的未来。台词中没有具体的情节，只有支离破碎的暗示性叙述，剧中没有姓名的人物在转椅上坐成一排，时而相互交谈，时而自言自语，唯一的动作是将转椅从一边转到另一边。

（三）散文剧

这一类型的剧作，目前已经有中文译本的主要有奥地利女作家耶利内克的《魂断阿尔卑斯山》、《再见》、《沉默》、《女魔王》、《云游者》、《云团家园》等，这一类剧本正如耶利内克本人所说，只是为导演提供一个框架，仅仅是导演的语言材料，导演可以自由发挥。

耶利内克是汉德克的继承者和发扬者，诺贝尔文学奖的颁奖辞说"耶利内克的剧本其实并非戏剧，而是要讲出来的文字，已经从戏剧角色的暴政之下解放出来。导演们惊诧莫名，发现她交给他们的简直就是解放戏剧的宣言"。①耶利内克有一种雄心壮志，要实验所有文学样式，磨炼自己的文笔锐度，探索文学的各种可能性。她的文学生涯一开始，就写过诗歌和剧本，写小说是稍后的事情，近年来，作家又重新把创作重心从小说转向剧本。她在戏剧创作中标新立异，颠覆传统，属于"语不惊人死不休"派。耶利内克的戏剧完全有别于传统的戏剧，没有起伏跌宕的情节，没有性格发展的冲突，没有多少舞台指导说明，有的只是内心独白。归纳起来，她的剧作具有以下几个特点：一是强烈的社会批判意识，二是戏剧语言的试验性，三是对表演的拒绝。例如在戏剧对话方面，她常常把戏剧对话写成具有多种声音的独白。我们知道，传统的对白形式言简意赅，交错进行。耶利内克却摈弃了这种流传了两三千年的艺术规范，这样处理以后，她的剧本中人物的对白就不再是对人物性格的刻画描摹，而是成了某种交响乐，观众可以同时从不同角度、不同水平上听到声音，从而引起一种心理体验和历史的感受。

如果说她在2003年发表的剧作《死亡与少女》是一部人物"分说"的剧作，那么包括《魂断阿尔卑斯山》在内的一系列剧本则直接是一部散文，只是一种感觉的描述，形象的具体化完全由导演自由处理。这个剧本写于2002年，作者以2000年发生在阿尔卑斯山奥地利境内的卡普伦列车失火事件为背景，别出心裁地让当时被烧死在山地火车中的一百五十名游客中的几位死者复活，和一些参加拯救的人员一起登台亮相，用对话、独白等形式表达了他们对生与死的看法，从而鞭笞了技术万能论和竞技运动盲目的冒险精神，指出人对自然的掠夺和蔑视必将带来难以挽回的灾难。当然，这种"死人复活"的手段也有表现主义戏剧的色彩。

总之，易立明对中国实验戏剧的一段评述也同样适应于说话剧，"实验戏剧是因为戏剧本身而存在的，它要表达的是戏剧存在的本身，而剧本内容只是成为戏剧为了表达自身的一种结构元素而已。在传统戏剧中，戏剧的存在是为了表现剧本中的内容，舞台演出只是一种手段，目的是为了将剧本中的内容'可视地'展示出来，可以说传统演出是剧本的舞台阅读方式；而实验戏剧的剧本是不可以阅读的，剧本因演出而存在，因演出结束而结束，如此才有了没有剧本的戏剧，才有了所谓观众看不懂的戏剧。这是一种新的戏

---

① 〔奥〕耶利内克，曾棋明等译：《魂断阿尔卑斯山》，长江文艺出版社2005年版。

剧观念"。①戏剧本来是综合艺术，但是，在后现代派戏剧的发展过程中，却形成了否定剧本、打破戏剧同其他艺术门类界限的新格局。

二、说话剧的美学特征

无论是独白、分说还是散文剧，都表明了这一类剧作似乎对说话这种形式本身特别感兴趣，因此我们可以把他们称为"说话剧"。说话剧的美学特征可以归结为三点：一是取消了代言体，二是取消了内交流系统，三是取消了戏剧艺术与现实生活的界线。

（一）取消了代言体

亚里士多德在他的戏剧定义中指出："悲剧是对于一个严肃、完整，有一定长度的行动的模仿；它的媒介是语言，具有各种乐耳之音，分别在剧的各部分使用；模仿方式是借人物的动作来表达，而不是采用叙述法。"②这表明，戏剧文学文体作为代言体的原则早在古希腊就确定下来了，多少年来一直延续着，即使在布莱希特的叙事体戏剧中，也没有完全放弃代言体的作用，他的剧作是叙述体与代言体的结合。所谓代言体，是指作者必须以剧中人的身份代他们写下个性化的语言。这就是说，剧本中只有人物语言而没有叙述人的语言，剧作家必须把他所要表现的全部生活转化为人物的语言和动作，这是戏剧文学的一个重要特征。

有一些说话剧如汉德克的《骂观众》，特点非常明显，第一没有演员，确切地说只有表演者，这些说话人不是演员。我们知道，演员的功能替人代言，而说话人却只拥有自己现实的身份，并不代表别人。汉德克在《骂观众》中特别说明："我们不是在表演什么。我们不是演员，我们什么也不表演。"③第二，这些说话人也没有什么性格特征，对扮演说话人的演员也没有什么特别的要求，他们只是一些说话的符号，作者往往用A、B、C、D来

①易立明：《关于这样一种实验戏剧》，见《今日先锋》第7期，天津社会科学出版社1999年版，第8页。
②〔古希腊〕亚里士多德，陈中梅译注：《诗学》，商务印书馆1996年版，第63页。
③罗钢选编：《后现代主义文学作品选》，高等教育出版社2003年版，第412页。

指代。"我们不向您讲述任何什么，我们没有动作，我们不给您表演什么情节动作，我们什么也不表演。我们不给您弄虚作假，我们只是讲话。"①第三，这些表演者除了说话之外没有其他动作。他们不是在扮演角色，只是强调说话这一要素，并将说话推至极端，试验它的戏剧作用与社会功能。"我们通过讲话来发表观点。我们的讲话就是我们的动作。我们讲话我们便有了戏剧效果。"②就说话来说，说话剧在外表看来并非独一无二，表现主义戏剧也有大量的人物独白，例如《琼斯皇》，但与说话剧并不完全一样，表现主义戏剧的人物独白一是有情节，二是有戏剧情境的营造，三是刻画了人物性格，而说话剧却并非如此。可以看出，说话剧的目的并不是塑造人物形象。

自亚里士多德以来，戏剧都以塑造形象为己任，探讨人类理想的生存境遇，即使是现代派戏剧，虽然并不刻画个性鲜明的人物，但却关注类型化、整体性的人类世界。斯坦尼斯拉夫斯基认为，"没有性格特征的角色是不存在的，由于每一个演员都应该在舞台上创造形象，而不简单是向观众表现自己，所以再体现和性格化对于我们大家都是必要的"。③体验派如此，表现派也用另一种方式追求人物的性格化，布莱希特认为："演员作为双重形象站在舞台上，既是劳顿又是伽利略，表演者劳顿不能消逝在被表演者伽利略里。"④人物的重要性是每一个戏剧家都关心的，但是说话剧却取消了人物，剥夺了戏剧"扮演"的本性，也就掐断了戏剧塑造人物形象的先决条件，从某种意义上说，说话剧已经取消了戏剧文体的独特性，把自己混同为一次朗诵会。

说话剧的目的不是塑造人物，而是让语言自身获得一种震撼观众的力量。"说话剧"关心的是语言问题，是对语言这一戏剧要素的实验，说话剧的真正主角是语言，确切地说是语言的蒙太奇，它们不以场景的形式显示世界，而是以词语的形式显示世界。汉德克曾经说过，"天堂的大门已经关闭，现代人已没有任何希望，他们的灵魂永远在这个世界上徘徊游荡"。⑤

①罗钢选编：《后现代主义文学作品选》，高等教育出版社2003年版，第411页。
②罗钢选编：《后现代主义文学作品选》，高等教育出版社2003年版，第418页。
③〔前苏联〕斯坦尼斯拉夫斯基，郑君里、章泯译：《演员自我修养》（二），艺术出版社1956年版，第54页。
④〔德〕布莱希特，丁扬忠译：《布莱希特论戏剧》，中国戏剧出版社1990年版，第26页。
⑤转引自章国锋《天堂的大门已经关闭——彼德·汉德克及其创作》，载《世界文学》1992年第3期。

在这种社会背景下，人们无所作为，唯一能做的也许只有毫无意义的话语游戏和语言狂欢。斯泰恩也说，在汉德克的剧作中，"他使戏剧的本质本身被推上了审判台。像尤奈斯库一样，汉德克对情节和性格这戏剧中的两种传统要素并没有兴趣，但他在其剧作里却很好地使看似东拉西扯的台词内包含有与观众的思维一样的合理思维，并表现了语言左右了我们的思想并确定了我们生活的种种方式。他也像布莱希特一样，竭力使平庸无奇的东西显得陌生，而老生常谈的话则显得令人难以容忍，从而使其观众始终意识到所发生着的事只是做戏而已"。①这一点，与后现代主义中的语言哲学密切相关。

在后现代主义者的眼中，"语言总是背离我们，语言作为思想、经验、情感生活的反射如此捉摸不定，因而永远不能是明晰的。于是接受美学批评和解构学批评便自然地联系在一起了。这两种批评理论都把语言视做一个过程，非成品亦非结果，而是过程和作用，因此，我们永远不能认识它。若在一部文学作品中寻找'意义'，我们便假定语言可以是终极的，我们知道我们在读什么。接受这种观点，我们就拥有了实际上无法固定的固定语言"。②如果我们能够在作品中寻找到意义，就说明语言与世界的关系是对应的，我们能够用语言陈述我们这个世界，但事实并非如此。于是，人们开始怀疑语言的可靠性：语言陈述着的世界与世界本身并不一样，并不是一回事，语言所再现的客观世界，其实并没有真正触及客观世界，充其量只是建构了一种与之相仿的"文本"对应物，世界不过是经过了语言这面"滤色镜"过滤后的一种"幻象"。后现代主义强调符号的能指与所指的关系是人为的，语言的意义完全由符号的差异所决定。

那么，是不是说语言从此就一无是处了呢，其实不然。德国哲学家图根哈特认为，不存在不经过语言的对象，不存在不经过语言的意识，甚至连真理的存在也依赖于语言的言说，因此，语言对于存在具有先在性和生成性。"当我们体验世界时，我们是通过语言的范畴来体验世界的，而语言又帮助我们形成了经验本身。世界是按照我们划分它的方式而划分的，而我们把事

---

① 〔英〕斯泰恩，刘国彬等译：《现代戏剧理论与实践》（三），中国戏剧出版社2002年版，第746页。

② 〔美〕弗莱德里克·卡尔，傅景川、陈永国译：《现代与现代主义》，吉林教育出版社1995年版，第715页。

物划分开的主要方式是运用语言。我们的现实就是我们的语言范畴。"①这就是说，西方形而上学的传统设立了一个个规律、结构，而这一切都是用语言虚构出来的，每一件已知的事物都是完全由语言来起中介作用的，人们只是用这些虚构来规范世界、认识世界，以理念设定来统治可感知的世界。世界本身就是一个假定性的存在，世界是语言诉说着的世界，没有脱离语言的世界存在，这样，语言就获得了一种本体论地位。

在消解了世界的真实性之后，后现代主义者认为，虽然本质意义上的世界不存在，但经过语言诉说的世界是存在的，语言虽然不能与世界对应，却能制造世界，这说明语言不仅是有意义的，而且意义巨大。因此，对于后现代主义者来说，只要沉溺于语言之中自由嬉戏，就能获得充分的意义和乐趣。对于后现代派戏剧来说，既然从前戏剧话语制造的艺术世界并不能与实际的世界相对应，是虚假的、无用的，那么，不如使戏剧话语摆脱陈述世界的不可能性，让戏剧语言本身充当主角，自由狂欢。斯泰恩认为，"它不表现什么世界的图景，它只表现言词本身中的图景，实际上只是一种风格化的言语练习"。②人们通常认为，现代主义和后现代主义最大的区别就在于：现代主义是以"自我"为中心，将认识精神世界作为主要表现对象，而后现代主义是以"语言"为中心，高度关注语言的游戏和实验。前者通常将人的意识、潜意识作为文学作品的重要题材加以描绘，刻意揭示人物的内在真实和心灵的真实，进而反映社会的"真貌"。而后者则热衷于开发语言的符号和代码功能，醉心于探索新的语言艺术，并试图通过语言自治的方式使作品成为一个独立的"自身指涉"和完全自足的语言体系，他们的意图不是表现世界、也不是抒发内心情感、揭示内心世界的隐秘，而是要用语言来制造一个新的世界，从而极大地淡化，甚至取消文学作品反映生活、描绘现实的基本功能。

（二）取消了内交流系统

假如把戏剧作为一种交流活动，那么它存在两种模式的交流：一种是戏剧空间的内交流系统，另一种是剧场空间的外交流系统。内交流系统着眼于人物与人物之间的对话，营造了逼真的舞台幻觉，而外交流系统则着眼于台

①〔英〕麦基，周穗明、翁寒松译：《思想家》，三联书店1987年版，第78页。
②〔英〕斯泰恩，刘国彬等译：《现代戏剧理论与实践》（三），中国戏剧出版社2002年版，第747页。

上演员与台下观众的交流，这就在无形中打破了"第四堵墙"。

《骂观众》由于取消了代言体，直接向观众说话，戏剧的观演方式变了，戏剧不再是生活的片断，也不再给观众讲述故事，演员对观众致词这个现实本身就是戏剧的内容，这样，观众就成为完成这部戏所必需的组成部分，从而取消了戏剧的内交流系统，破除了戏剧幻觉。正如汉德克所说，"您不是只是从旁听我们讲话，您在注意听我们讲，您不再躲在墙后窃听。我们公开对您讲话"。[①]作者试图对传统的表演与接受方式进行原则性的批判，让观众摆脱被动接受的地位，让舞台成为对现实的否定，观众不再是戏剧外部的审视者，而是戏剧的主角，"这里没有另外一个世界，我们不装作仿佛您不在场。您对我们来说不是空气，您对我们至关重要，因为您在场。我们讲话正是由于您的存在，没有您在场我们讲话就是无的放矢"。[②]重视观众的存在，这是说话剧的重要特点。"您的在场这一点，已然被我们公开地、每时每刻都体现在我们的话语中，每时每刻、每字每句都针对着您的在场这一事实。作为我们行动的前提条件已不是您对戏剧观赏的那种沉默不语的态度了。"[③]观众走进剧场，主要是进行视听审美活动，获得审美愉悦的。如果只能听到说话而看不到演员"一定长度"的表演，观众一定会坐不住。如果演员说的这些话毫无"剧情"可言，并且全都是侮骂观众的，那么，观众肯定会更加受不了，有谁愿意花钱进剧场去挨骂呢。"您将被斥骂，因为斥骂也是一种同您讲话的方式，通过斥骂，我们之间可以直截了当地交流。我们可以让火花跳将过去。我们可以将演出场地打破。我们可以拆掉一堵墙。我们可以注意您。"[④]正如有人评论中国先锋导演牟森的《与艾滋有关》所说的一样，"这是一个充满可能性和开放性的演出。开放在于形式，任何人，只要愿意都可以上台来讲述您自己，开放在于内容，一切都与艾滋有关，一切都与艾滋无关，一切都可以吞吐容纳，所有意义与无意义是一团纠结在一起、无头无尾无边无际无法超越无法躲避无可奈何的乱麻"。[⑤]他自己也说，"参加

①罗钢选编：《后现代主义文学作品选》，高等教育出版社2003年版，第410页。
②罗钢选编：《后现代主义文学作品选》，高等教育出版社2003年版，第414页。
③罗钢选编：《后现代主义文学作品选》，高等教育出版社2003年版，第414页。
④罗钢选编：《后现代主义文学作品选》，高等教育出版社2003年版，第424页。
⑤张向阳：《戏剧车间与艾滋》，转引自陈吉德《中国当代先锋戏剧》，中国戏剧出版社2004年版，第45页。

演出的人都是作为他们自己，做他们自己的事，说他们自己的话，展示他们自己的生活状态，表达他们自己的生活态度"。①如此一来，每一次演出都不再一样，真正成了阿尔托所说的"戏剧是世上唯一的做过的动作不会重复两遍的场所"。②

我们知道，早在古希腊时期的柏拉图就区分了戏剧与史诗时，他把叙述行为分为两种形式：一种是"单纯叙述"，另一种是"模仿叙述"。他称史诗是"单纯叙述"，戏剧是"模仿叙述"，前者是"诗人在说话"，后者是"当事人自己在说话"。③前者是叙述，后者即为展示。很显然，叙述和展示都是艺术传情达意的一个手段，只不过展示侧重于内交流，叙述侧重于外交流。

取消了"对话"，如何让"说话"变得精彩，后现代派戏剧也进行了有益的探索。高行健针对《车站》一剧，总结出了七种多声部方式："一是两组以上事不相干的对话互相穿插，然后再衔接到一起；二是两个以上的人物同时各自说各自的心思，类似重唱；三是众多人物讲话时错位拉开又部分重叠；四是以一个人物的语言作为主旋律，其他两个人物的语言则用类似和声的方式来陪衬；五是两组对话和一个自言自语的独白平行地进行，构成对比形式的复调；六是七个声部中，由三个声部的不断衔接构成主旋律，其他四个声部则平行地构成衬腔式的复调；七是在人物的语言好几个声部进行的同时，用音乐来同他们进行对比，形成更为复杂的复调形式。"④这七种方式在说话剧中都得到了充分运用。

在加强外交流系统的过程中，有三种理论值得总结：一是布莱希特，他在剧本中设立了一个独立于剧情之外的叙事人，他经常跳出剧情，直接面向观众对剧情发出评论，应该说他是现代派戏剧中最早有意加强外交流系统的剧作家。二是说话剧，同样是从剧本的角度向"第四堵墙"发动攻击，强调外交流系统，说话剧取消了代言体，取消了剧情展示，让表演者突破舞台空

---

① 牟森：《写在戏剧节目单上》，转引自陈吉德《中国当代先锋戏剧》，中国戏剧出版社2004年版，第303页。
② 〔法〕阿尔托，桂裕芳译：《残酷戏剧》，中国戏剧出版社1993年版，第71页。
③ 〔古希腊〕柏拉图，朱光潜译：《柏拉图文艺对话录》，人民文学出版社1983年版，第47页。
④ 高行健：《谈多声部戏剧试验》，转引自陈吉德《中国当代先锋戏剧》，中国戏剧出版社2004年版，第49页。

间，直接以第一人称向观众说话，成为纯粹意义上的外交流。如果说布莱希特引发的是局部的外交流，那么说话剧则是以整体的元素强调外交流，甚至把外交流当做唯一的目的。三是环境戏剧。前两者主要是从剧本的角度来加强，环境戏剧则直接让戏剧成为一次即时性的活动，对它来说，无所谓内交流和外交流，戏剧就是一次如同普通生活一样的活动，在这个活动中没有演员，也没有观众，人与人之间彼此交流，共同参与完成一部戏剧的创作。于是，"第四堵墙"在内外两股力量的夹击下最终土崩瓦解。

我们认为，剧本是剧作家深思熟虑的结果，是他们苦心经营的产物，抛弃剧本，无论在何种程度上讲都意味着艺术构思的粗放型，从而使演出完全有可能堕入观念化的泥潭。剧本的缺失，准确地说，戏剧文学性因素的缺失，对戏剧艺术到底意味着什么，这是一个值得思考的问题。所谓剧本的文学性，是指剧本通过对人物形象的成功塑造来隐喻社会人生，洞察人性。高尔基说，文学是人学，戏剧也如此。人的形象在传统戏剧中是一个核心因素，正是一个个鲜明生动的舞台形象，折射出了典型的时代精神和洞察人性深处的灵光。但在现当代戏剧中，人物形象却出现了类型化的倾向，正如马克思所批评的那样，成为消极意义上的"席勒式的传声筒"，甚至成为某种观念的符号，更极端的例子是把戏剧仅仅理解为一次群体性的活动，鲜明生动的人物形象完全消失了。

其实，舞台与文学绝不是一种尖锐的对立关系。重视舞台演出效果，从积极意义上讲，是戏剧作为一种艺术门类的自觉，因为戏剧首先应该是舞台艺术，那种把戏剧当做文学作品的观念是自亚里士多德以来对戏剧艺术的误解。从消极意义上说，戏剧尽管不是文学，但戏剧绝不能没有文学性，正如中国戏曲的成熟是文人参与的结果一样，戏剧的文学性为提升戏剧品格提供了一块坚实的根基，为戏剧演出提供了生动的元素。西方戏剧自古希腊以来，就一直奉行戏剧文体是代言体的观念，因此，他们不断清除戏剧中的歌队评说、介绍剧情的引言、自报家门、独白、旁白等叙述性成分，直至近代的自然主义戏剧和现实主义戏剧，终于实现了代言话语模式的纯粹化。

但是，进入20世纪以后，却出现了叙述成分大举重返戏剧的反向运动，这种趋势也证明了文学性的重要。其实，即使是阿尔托本人也没有完全否定戏剧的文学性，他明确说过"戏剧是文学的一个分支，是语言的一种有志的变种"。①应该说，他反对的并不是剧本的文学性，而是剧本统治舞台的绝对性和舞台呈现语言的单一性，因此他认为，"问题不在于取消戏剧中的话语，而在于改变其作用，特别是减少其作用，并不把它看做使人物性格达到外部目的的一种手段"。②他还认为，"首先应该打破剧本对戏剧的奴役，恢复某种语言的概念，这种语言是独一无二的，介于动作和思想之间"。③可见，阿尔托在一定程度上也被人们误读了，他的目的不是要对戏剧语言加以限制，而是要拓展舞台的语言并增加其可能性。后现代派戏剧的话语革命是要限制语言，以给其他非语言的表演形式留有余地，拓展语言的可能性，正如现代派戏剧强调非理性的目的并不是否定理性一样。因此后现代派戏剧家积极探索各种新的表演语汇，注重肢体语言的表达。

　　从观众的接受层面来看，戏剧接受是一种有时间长度的线性接受，它不同于绘画、雕塑等空间艺术的接受模式。线性接受必须要寻找一种依托，以维持观众长时间的兴趣。经验表明，最有效的手段就是故事性，在某种意义上讲，剧本文学性的表征就是故事性。故事对人来说是一种必需品，人离不开故事。同样是线性接受的电影艺术，一直都在强调故事的基础性地位，即使是最前卫的电影作品，也会给观众讲述一个故事。就连新闻也强调讲故事，美国电视艾美奖终生成就奖的《60分钟》栏目创始人兼制片人唐·休伊特几十年坚持"用故事讲新闻"的制作理念，取得了很大的成就。然而，戏剧这门古老的艺术却主动放弃了故事表述，这是一件令人痛心的叙述策略。总之，取消剧本的自足性，在一定程度上会削弱戏剧的社会功能，一个对社会毫不关心的艺术家，社会也一定会抛弃他；一门与社会生活毫无关联的艺术，观众也一定会远离它，这一点，几千年来的戏剧历史已经作了很好的证明。先锋戏剧家为了舞台性而完全不考虑文学性，这种矫枉过正的偏激做法是不可取的。

　　对于汉德克的《骂观众》来说，还有一个特点是非常有意思的，整个剧本既没有情节，也没有戏剧性的人物和对话，只有四名演员站在舞台上辱骂观众和宣讲作者反幻觉主义的戏剧观。这一点也与我们所说的"后设戏剧"

---

① 〔法〕阿尔托，桂裕芳译：《残酷戏剧》，中国戏剧出版社1993年版，第64页。
② 〔法〕阿尔托，桂裕芳译：《残酷戏剧》，中国戏剧出版社1993年版，第67页。
③ 〔法〕阿尔托，桂裕芳译：《残酷戏剧》，中国戏剧出版社1993年版，第85页。

十分相似，它在剧中同样出现了两层话语意义的空间：一层是骂观众，另一层是骂表演，探讨戏剧规律，暴露自身的构思策略。因此，这也是一部非常有特点的"后设戏剧"。

（三）取消了戏剧艺术与现实生活的界线

传统的剧本是戏剧演出的文学依据，是导演和演员二次创作的出发点，是一切戏剧活动的根本出发点。在文学领域里，它是一种独特的文体，在艺术领域里，它又接近文学。剧本包括两个部分：一是人物台词，它是塑造人物的主要手段，作者必须以剧中人的身份代他们写下个性化的语言。二是帮助导演和演员掌握剧情的舞台指示，这是一种以剧作者的口气来写的叙述性文字说明。舞台说明在剧本中是一种辅助手段，但它却是戏剧文学中不可缺少的组成部分，如果没有舞台说明，就难以充分掌握剧情的发展和人物性格的主要特征。它的作用有以下四个方面：一是对人物、时间、地点、布景的说明；二是对剧中人物的形象特征、形体动作和表情以及内心活动的描述，对人物动作的说明；三是对舞台美术、布景、灯光、音乐音响效果等方面的说明；四是对人物上下场、开幕闭幕的说明。

在传统剧本中，代言体的存在确立了所代言的人物始终处于一个特定的时空中，戏剧空间里所经历的春夏秋冬需要在观众欣赏的过程中一并展现，人物存在的时空与观众欣赏的时空是错位的。而说话剧却不是这样，说话剧对传统剧本进行了颠覆，除了取消代言体之外，他们还取消了剧本中的故事时空，确切地说是使演出时空与故事时空的距离差趋于同一，观众欣赏的时空与戏剧时空是一致的，剧场中只有一种时空，那就是演员与观众共同的现实时空。正如汉德克所说，"假如演出的是一出纯粹的戏剧，那么人们就可以不去注意时间。在一出纯粹的戏剧里没有时间。但是既然某种现实被表演了，那么隶属于它的时间也就只好被表演了。假如这里演的是一出纯粹的戏，那么这里有的只是观众的时间，但是由于这里的剧中有现实，这里就总是有两个时间，您的时间，即观众的时间和被表演的时间，即似乎是真实的时间"。①由于汉德克把剧场当做了事件空间，把演出时间当做了事件时间，时间就不再成为阻隔表演者与观众的鸿沟，"这不是戏剧。这里不

①罗钢选编：《后现代主义文学作品选》，高等教育出版社2003年版，第421页。

重复任何已经发生过的故事情节。这里只有现在、现在、现在。这里不是现场调查，将已发生过的事情再重复一遍。这里时间不起作用。我们不表演情节，因此也就不表演时间的变化。这里的时间是真实的，它随着每句话而消逝"。[1]同时，这里只有一种交流，那就是演员与观众的直接交流。

在说话剧中，根本就不存在什么演出时间，只有一种时间，那就是现实的时间，一个演员和观众共同体验的时间，这就是我们所说的"时间的统一性"。舞台与观众席根本没有什么分界，这里没有一个虚拟的戏剧空间，一个表演者与观众共在的空间，这就是我们所说的"地点的统一性"。既然说话人一直不间断地以第一人称直接向观众述说，"我们"和"你们"就构成了同一的整体，"我"并没有替别人说话，"我"说的都是自己的话，是一个真正意义上"正在发生的一件事"，这就是我们说的"情节的一致性"。所以汉德克说，"在这个舞台上，时间同您那儿的时间是一回事。我们的当地时间是相同的，我们处在同样的地点。我们呼吸同一种空气。我们处在同样的空间里。这里的世界同您那儿的世界是同一个世界。舞台前沿不是边界，在我们对您讲话的全部时间里它都不是边界。"[2]可以看出，这是一出特殊的符合"三一律"的剧本，甚至是真正意义上的、纯粹的"三一律"剧本。汉德克指出，"我们总是对您说话，对您谈论时间，谈论现在，谈论现在，谈论现在，我们这样做是以这种方式来尊重时间、地点和情节的统一。我们并不仅仅在这舞台上注重这个统一。既然舞台本身不是一个世界，我们也注重下边您那里的统一。通过我们不停地直接对您讲话，我们和您构成一个统一体，没有隔离带和保护层。这里没有两个地方。这里只有一个地方。这意味着地点的统一。除了您的时间这里没有另外的时间在流动，因此您的时间、观众和听众的时间，和我们的时间、发言者的时间构成一个统一体。这里不把时间划分为被表演的时间和演出的时间两个类别。在这里时间是不被表演的。这里只有真实的时间。这里只有一个时间。这就是时间的统一。所有提到的三个情况放在一起就是时间、地点和情节的统一，如此说来这个剧是一出具有古典风格的剧"。[3]作为传统戏剧要素的情节、人物、对话甚

---

[1]罗钢选编：《后现代主义文学作品选》，高等教育出版社2003年版，第415页。
[2]罗钢选编：《后现代主义文学作品选》，高等教育出版社2003年版，第412页。
[3]罗钢选编：《后现代主义文学作品选》，高等教育出版社2003年版，第418页。

至舞台都被取消了，被否定了。

舞台时间、叙述时间和观赏时间的三位一体、同一性促成了生活与艺术的合二为一，意味着生活和艺术的距离消失了。这一点，也与后现代主义的艺术精神相一致，追求演出的即时性，让戏剧成为一次活动，最大限度地取消艺术与生活的界线，这正是说话剧所具备的后现代主义特征。

三、纪实戏剧的新发展

纪实戏剧是一种特殊的戏剧样式，也称为文献剧，主要依据真实的历史事件改编而成。这一类剧作，台词具有绝对重要的地位，就形式而言，它与"说话剧"有很多相似之处，所以我们也把它放在这里一并讨论了。其实，纪实戏剧并不是20世纪60年代以后才出现的新样式，早在布莱希特创立叙事体戏剧的同时，他的合作者皮斯卡托就已经尝试了这种做法。

皮斯卡托的出现，并不是偶然的，它不仅是空前深刻的政治革命的产物，也是科技进步，特别是电影的发明和舞台技术进步的产物，是科学思维、哲学思维深刻影响戏剧思维的产物。由于现代传媒技术的发展，很多历史时刻都留下了珍贵的影像资料，如何充分利用这些现代传媒手段为戏剧服务，这是德国戏剧导演皮斯卡托考虑的问题，为此，他创立了纪实戏剧。"皮斯卡托的用意在于赋予现存戏剧的自然主义和表现主义形式以一种新的明晰性，从而得以给戏剧冠以突出的社会性与道德性的目的。而最重要的是，舞台应成为广义上的一种政治力量。它要成为一种与各种事实打交道的科学实验室，对事实的处理采取客观的态度。"[1]内容的政治性，结构的史诗性，对文献纪实性、间离效果的追求，电影、幻灯、字幕、统计数字和宣传画等多种手段的运用，舞台设计领域的巨大变革，向我们提出了一系列有关戏剧美学的新课题。"叙事剧的演员，由于使用了旋转舞台、传送带和踏车、升降机和自动楼梯、机械化接桥，及可上下升高降低的舞台，因而也获

---

[1] 〔英〕斯泰恩，刘国彬等译：《现代戏剧理论与实践》（三），中国戏剧出版社2002年版，第685页。

得了相当的自由。通过这样的装置，演员便变成了叙事者和呈现出的景象的解说者。"①在他看来，"剧院需要这种新型的演员，这种演员既不属于朗诵派也不属于自然主义派，这种演员不是即兴地表演他的各种情感，而是对其情感进行评论。这种新型的演员必须不但表演出'结果，而且还应表现出造成了这种结果的思想……表现其根子而不只是其果实，表现其种子而不只是植物本身'。为了达到这一目的，他需要一种更优越的控制自己的方式和一种新的客观性，以便使他能抛弃演员所通常具有的自我中心主义并成为可使观众得以从中照见自己的一面镜子"。②

皮斯卡托作为舞台心理主义的反对者，坚决反对在舞台上制造真实生活的幻觉，他的思想曾经深深地影响了布莱希特，这也是他们合作的共同基础。他认为，即使是虚构的剧本，也必须使之具有文献纪实性，因此，他致力于创造一种在文献与纪实的基础上成长起来的戏剧。在这种戏剧中，导演以自己独特的方式将假定性与文献纪实性结合起来，追求情节的"纪实化"。在演出过程中，他运用纪录片的镜头、剪报、宣传画、标语、统计数字来使情节获得历史的具体性，使观众感受到特定的历史时代。材料的叙述是清晰的、务实的，演员的表演是从容的、理性的。

文献纪实戏剧一般具有四个特征：一是直接反映重大的政治事件，并把它搬上舞台，既不用匿名、象征、讽喻，也不用采用怪诞、抽象的迂回曲折方式；二是特别注重事件的真实性，剧中所表现的事件必须有历史的或现实的文献资料做基础，再由作者进行加工；三是纪实戏剧与政治斗争具有密切的联系，要求作者具有鲜明的政治态度；四是他们继承了布莱希特教育剧的传统，把通过戏剧启发观众觉悟、认识现实和变革现实作为自己重要的使命。这种剧作的功能拓展了舞台空间，丰富了舞台表现的手段，增强了戏剧的真实感。20世纪60年代以后，这种剧作形式得到了迅速发展，主要剧作包括德国基普哈特的《奥本海默案件》、魏斯的《调查》，美国赫尔曼·沃克创作的《哗变》等。

---

① 〔英〕斯泰恩，刘国彬等译：《现代戏剧理论与实践》（三），中国戏剧出版社2002年版，第689页。
② 〔英〕斯泰恩，刘国彬等译：《现代戏剧理论与实践》（三），中国戏剧出版社2002年版，第686页。

基普哈特是德意志联邦共和国的剧作家，他的创作刻意追求历史与现实的矛盾揭示，具有鲜明的政治性效果。他于1964年创作的《奥本海默案件》是德国"纪实戏剧"的代表作，剧本充分利用美国原子能委员会1954年公布的审讯资料，以及美国原子物理学家奥本海默被美国政府审讯的相关报道，在历史真实的基础，适当加工，着重在科学与道德两个极点之间寻找契合点，引发观众的思考，表达了自然科学的新发现不应该成为战争利器的反战主题。剧本演出后轰动了欧美戏剧界，在演出样式上，整场戏就是一次完整的审判过程，话多动作少，演出空间甚至就布置成一个法庭，观众成了法庭审判的旁听者，背景的大屏幕播放着一起与剧情相关的画面，一方面弥补了舞台空间的呆滞，另一方面也满足了观众的视觉诉求，使舞台空间得到了延伸，从而把剧场与外部世界联系在一起。

魏斯的《调查》创作于1969年，再现的是1963年在法兰克福举行的对奥斯威辛集中营纳粹分子的审判场面，九名出场证人代表了当时出庭作证的三百多名证人，十八个被告则以真实姓名出现，他们曾经是集中营的看守、屠杀囚犯的刽子手和披着医生外衣的杀人犯。法庭对当事人进行调查，起诉人和辩护人也在场，整场演出就是一次法庭辩论，而观众也成了旁听者。

美国剧作家赫尔曼·沃克创作的《哗变》是一部关于军事法庭辩论的纯男人戏。整个场景都发生在法庭，没有一个女性角色，没有强烈的肢体动作，剧情叙述全部靠对白来完成。这出戏的故事耐人寻味，舰长魁格是个极度挑剔的偏执狂，他贪生怕死，无事生非，极度重视名誉，关键时刻经常会情绪失控，不能掌握大局。冯瑞克是一个善良、正直的年轻军官，他勇敢、业务良好，体恤下属，可是不了解政治。危急时刻他在朋友基弗的怂恿下剥夺了魁格的军权，因此被魁格以哗变罪告上军事法庭。然而冯瑞克的辩护律师格林沃却通过在法庭上一系列巧妙的心理暗示和话语刺激，让魁格渐渐失控，终于在法庭上暴露出他人格偏执的缺点，进而利用海军第一百八十四条、第一百八十五条和第一百八十六条军规，"部队下属在危急时刻，如果司令官出现疯癫或者精神不正常等状况下，有权夺取司令官指挥权，指挥整个部队渡过危机"，成功地为冯瑞克洗脱了罪名。然而在庆功会上，律师格林沃却非常痛恨地告诉冯瑞克和他的朋友基弗，他们都是一些不顾大局、自私自利的小人，他为魁格舰长感到悲哀。舰长魁格曾经出生入死地保卫了自已的祖国十五年，当格林沃、冯瑞克、基弗这些人仍然是孩子的时候，他已经在为保卫国家而努力了。在法庭上，从个人来说应该判冯瑞克无罪，然而判冯瑞克无罪的同时就意味着否定魁格的一切，何去何从，这是一次军事审判，更是一次灵魂的拷问。基弗虽然出场只有两次，却是整个剧中最重要的角色之一，他是一切事件的幕后黑手，因为对魁格不满，他精心策划了这次哗变事件，怂恿冯瑞格夺取军权，自己则将事件记录写成一部畅销小说。因此在戏剧的最后，律师格林沃将奶油涂在了基弗的身上，冷冷地说："这是您一生都抹不掉的污点。"显然，个体与群体的价值冲突，小气候与大气候之间的生存纠葛成了这部剧作讨论的基本对象，如何在两种价值观之间作出取舍，成了透射人性的试金石。

　　我们注意到，20世纪60年代以后的文献戏剧都善于运用法庭作为戏剧故事的发生地。这一点非常有意思，把法庭审判的过程当做戏剧展现的时空，有几个好处：一是故事时间与演出时间同一，一次演出就是一次真实的法庭调查，法庭调查、辩论的过程不露痕迹地组成了戏剧情节，法庭调查与辩论的起伏跌宕既具备戏剧性，也满足了观众欣赏戏剧所具备的一切要求，观众成了法庭的旁听者。二是法庭休息时间正好可以作为幕间时间，有利于换幕，同时也更加重了真实感。三是法庭调查所使用的手段与文献戏剧倡导资料的纪实性正好吻合，在法庭上经常需要取证，如此一来，电影、幻灯、字幕投影等都可以恰如其分地得到运用，既增加了真实感，又丰富了表现手段，同时也扩大了舞台表现的空间，使法庭内外成为剧场内外。四是法庭辩论发挥了文献戏剧对白重于舞台动作的优势，文献剧一般都喜欢就某个历史事件展开叙述，法庭辩论正好满足了这一点。五是文献剧强调它的教育意义，让法庭成为故事发生的时空，契合了法庭作为教育课堂的作用。

　　总之，20世纪60年代以后的西方戏剧，从外部和内部两个方面分别对戏剧文体和戏剧文学文体进行了双重解构。就戏剧文学文体而言，传统的剧本样式已成明日黄花，同时，这种解构也奏响了戏剧文学性的丧歌。有话"直接说"成为说话剧的话语策略。

剧本来源

[1]〔意〕达里奥·福，吕同六译：《一个无政府主义者的意外死亡——达里奥·福戏剧作品集》，包括《滑稽神秘剧》，译林出版社1998年版。

[2] 〔法〕科尔泰斯，宁春译：《森林正前夜》，中国传媒大学出版社2006年版。

[3] 〔英〕萨拉·凯恩，胡开奇译：《萨拉·凯恩戏剧集》，包括《4:48精神崩溃》、《渴求》等，新星出版社2006年版。

[4] 〔加〕魏格纳，吴朱红译：《纪念碑》，载《新剧本》2001年第1期。

[5] 〔美〕伊娃·恩斯：《阴道独白》，载http://www.52ebook.com/book_6614.html。

[6] 〔奥〕汉德克，马文韬译：《骂观众》，见《后现代主义文学作品选》，高等教育出版社2003年版。

[7] 〔奥〕耶利内克，魏育青、王滨滨译：《死亡与少女》，长江文艺出版社2005年版。

[8] 〔奥〕耶利内克，曾棋明等译：《魂断阿尔卑斯山》，包括六部散文剧《魂断阿尔卑斯山》、《再见》、《沉默》、《女魔王》、《云游者》、《云团家园》，长江文艺出版社2005年版。

[9] 〔美〕赫尔曼·沃克，英若诚译：《哗变》、《英若诚译名剧五种》，辽宁教育出版社2001年版。

[10] 汪义群主编：《西方现代派戏剧作品选》（四），包括《奥本海默案件》等，中国戏剧出版社2005年版。

[11] 〔德〕海纳·米勒，焦洱译：《汉姆雷特机器》，载《世界文学》2007年第2期。

第十五章　后现代派戏剧文学话语策略的基本特征

后现代派戏剧是对第二次世界大战以来西方戏剧创作思潮的统称，它正式出现是在20世纪60年代初期，其后二十年是它的鼎盛时期，进入20世纪90年代后声势大减，并逐渐分化、沉寂。后现代派戏剧至今仍然是一个开放的、未完成的戏剧思潮，但它的基本特征已经初见端倪。我们可以从艺术精神、美学特征和戏剧性三个方面来把握后现代派戏剧文学话语的基本特征。

一、后现代主义的艺术精神

要理解后现代主义，就必须先弄清楚现代主义。现代主义是指19世纪中叶至20世纪中叶之间的一个历史阶段，它不仅是一个时间概念，更表明了一种文化观念，代表着古代之后和后现代之前这段时间内一种文化的特质和属性，这种文化的特质和属性就是我们通常所说的现代性。很多学者都偏重于从现代性的角度来研究现代主义。

对现代性的阐述多种多样，观点不一。美国学者杰姆逊在《后现代主义与文化理论》讲演录中，将文化分析与社会发展形态对应起来，把西方社会分为五个时期，即规范形成、过量规范形成、规范解体、规范重建和消除规范，它们分别对应原始社会、封建社会、早期市场资本主义、垄断资本主义和晚期资本主义。他指出，"规范解体"是指摧毁一切神圣残余，把世界从错误和迷信中解放出来，使它成为一个可以被科学说明、衡量的价值客体。"规范重建"是指企图重建古老的规范或寻找新的规范取而代之。"消除规范"是指抨击所有规范，不管这些规范合理还是不合理，甚至要抛弃规范本身。这三个阶段对应在文化形态上就是现实主义、现代主义和后现代主义，他认为这就是西方社会的文化逻辑。[①]

综合他的意见，我们可以把现代主义归结为三点：第一，现代主义是垄断资本主义社会的产物，是现代民族国家确立时期的产物，因此，将现代主义的上限回溯到更早以前的做法不值得推崇。第二，现代主义是在宗教衰落

---

① 〔美〕杰姆逊，唐小兵译：《后现代主义与文化理论》"文化与文化分期"，北京大学出版社1997年版。

和世俗物质文化兴起的背景下产生的，其文化策略是企图重建规范，他们对未来仍抱有一线希望，仍有一种理想的情怀。第三，现代主义是一次重要的文化运动。从政治上看，现代主义是资本主义社会矛盾的产物，它对现存的资本主义采取激进的批判立场和否定态度，并与资本主义社会处于一种紧张的对立之中；从文化上看，现代主义是各种风格流派的汇合，是未来主义和虚无主义、革命和保守主义、自然主义和象征主义、浪漫主义和古典主义奇特的混合物；从文化态度上看，现代主义既歌颂技术时代又谴责技术时代，既兴奋于旧文化秩序的已经结束，又对眼前的恐怖情景深感绝望。

结合对现代主义的理解，我们认为，后现代主义兴起的直接原因是第二次世界大战以及战后西方动荡不安的社会生活，资本主义社会的固有矛盾进一步激化，人们对昔日一贯遵从的社会道德标准和价值观念产生了根本性怀疑，而且越来越困惑。当然，"现代主义与后现代主义不是由铁障或长城分开的，因为历史是可以抹去旧迹另写新字的羊皮纸，而文化则渗透着过去、现在和未来"。[①]也就是说，文化从来就不可能是一种孤立现象，对文化的分期也只能是相对的，不可能完全割裂它的传统。后现代主义艺术被杰姆逊概括为四个基本特征，显示了与现代主义艺术的不一致：

（一）主体意识的消失

现代主义艺术具有一种强烈的主体意识，他们都在追求自己独特的个性和风格，生怕自己的作品与别人一个样，也生怕自己的创作意图被观众一眼看穿。因此，他们总是给自己的作品披上一件与众不同的外衣，怪异而又深沉。西班牙的奥尔特嘉在《艺术的非人化》中认为，"现代艺术总有一个与之相对立的大众，因而它本质上是无法通俗普及的，更进一步讲，它是反通俗普及的。任何现代艺术作品都自发地对一般大众造成了某种好奇的效果。它把大众分为两部分：一是小部分热衷于现代艺术的人，二是绝大多数对它抱有敌意的大众"。[②]把自己从大众中独立出来，表明了现代主义艺术走的是一条与大众相对立的精英路线。

后现代社会是一个晚期资本主义规模化生产的社会，规模化的工业生产

---

①〔美〕伊哈布·哈桑：《后现代转折》，见王潮选编：《后现代主义的突破》，敦煌文艺出版社1996年版，第23页。
②周宪编译：《激进的美学锋芒》，中国人民大学出版社2003年版，第136页。

最终使文化艺术成为机械复制的产品，这些产品随后又作为商品进入流通领域，这就意味着艺术可能不再具有原创性，而成为一种批量生产的商品。因此，后现代主义的艺术创作并不是发自内心的个人化创作，而是依据大众需求所进行的商业性行为。为了让自己的产品被更多的消费者接受，他们主动"媚俗"，竭力追求艺术作品的大众化和世俗化，就怕自己的作品与别人不一样，力图消除和回避个性和风格。因此，他们总要为自己可能也是个性化的表达寻找一件大众化的外衣，把自己混同在大众的背后，让大众成为自己的避难所。

大众引导下的艺术创造需要我们对文化重新定位，我们知道，文化具有一种引导思想和行为的方向、规范人们活动路径的作用。美国社会学家里斯曼曾经写过一本书叫《孤独的人群》，书中提出了自工业革命以来引导模式的重大变化。杰姆逊对此有一段评述，他说："里斯曼认为历史上有三种社会形式，或者说有三个历史时刻；第一是所谓传统的社会，第二是市场资本主义社会，第三则是我们今天所处的社会。不管叫什么名称，在每一个社会都有相应的权威，体现在人们的价值观、行为及动机中……在论述这三种社会时，里斯曼用了'引导'这个概念，即什么引导着人们的行动，社会中的人们又是怎样被引导的。"①所谓的三种引导，就是工业革命之前的传统社会代代相传的"传统引导"，工业革命之后以个人主义为基础的争取个人成功的"内在引导"，以及当代社会体制化条件下，某种组织的力量取代了过去个人的作用，不太强调个人，从而出现的"他人引导"模式。里斯曼这些说法可能有些理想化，过分强调了不同历史阶段的差异，不过，他认为社会的引导机制会随着历史演变而发生变化的观点是有一定道理的。尽管他没有明确指出当代资本主义是否就是后现代主义，但他确实指出了一种由大众引导下的后现代主义背景下的艺术生产现象。

正如王岳川先生所说，"现代主义名噪一时的先锋色彩和个人魅力不再成为关注的中心，那种标榜先锋的时代已经成为过去。后现代主义艺术代表了主体性、自我、人格、风格的结束。后现代主义艺术不表现人的精神和个性，艺术风格不复有昔日的光彩，因为'人死了'，皮之不存，毛将焉附"。②

---

①〔美〕杰姆逊，唐小兵译：《后现代主义与文化理论》，北京大学出版社1997年版，第58页。
②王岳川：《后现代主义文化研究》，北京大学出版社1992年版，第241页。

可以说，现代主义艺术是一个"精英艺术"，是一个你们不接受我宁愿死的艺术，而后现代主义艺术却是一个"大众艺术"，是一个人人参与的媚俗艺术，你需要什么我就生产什么。

其实，在后现代主义艺术产品中，与其说是主体意识隐退了、淡化了，还不如说是主体意识"零散化"了。杰姆逊认为，"零散化正是吸毒带来的体验，在吸毒中没有任何一个时刻是与其他的时刻联系在一起的，你无法使自我统一起来，没有一个中心的自我，也没有任何身份"。[1]他认为现代主义和后现代主义各有自己的病状，"如果说现代主义时代的病状是彻底的隔离、孤独，是苦恼、疯狂和自我毁灭，这些情绪如此强烈地充满了人的心胸，以至于要爆发出来的话，那么后现代主义的病状则是零散化，已经没有一个自我存在了"。[2]事实上，我们仍然能够在后现代主义艺术中看到一些主体意识和价值倾向，但为了迎合大众，取悦大众，他们的意识常常摇摆不定，缺乏贯穿的统一性，今天赞同这样明天又拥护那样，主体价值观好像是被分割成一个个碎片，成为一个善变的"千面人"。他们不再是为自我而生存，不再具有自我独立的任何身份，也无法感知自己与现实的切实联系，"主观感性被消弭，主体意向性自身被悬搁，世界已不是人与物的世界，而是物与物的世界，人的能动性和创造性消失了，剩下的只是纯客观的表现物，没有一星半点情感、情思，也没有任何表现的热情"。[3]也就是说，他们已经在自己的心灵中放逐了自己，使自己成为一个抽去一切价值标准和实际内涵的"空心人"。

（二）历史感的消失

伴随着主体意识的零散化，艺术作品中的历史感也消失了。历史并不意味着过去，"历史意识作为一种深沉的根，既表现在历史维度中，也表现在个体上，在历史那里就是传统，在个体身上表现为记忆"。[4]传统与记忆的消失，意味着后现代主义获得了一种"非连续性"的时间观。一方面，历史感的消失引发了对传统的颠覆，传统的影响和作用减弱了、消失了。任何一种思想都不

---

[1]〔美〕杰姆逊，唐小兵译：《后现代主义与文化理论》，北京大学出版社1997年版，第196页。
[2]〔美〕杰姆逊，唐小兵译：《后现代主义与文化理论》，北京大学出版社1997年版，第196页。
[3]王岳川：《后现代主义文化研究》，北京大学出版社1992年版，第240页。
[4]王岳川：《后现代主义文化研究》，北京大学出版社1992年版，第238页。

是空穴来风，都是在一定传统上形成的，但后现代主义艺术却割断了自己与传统的联系，于是，一切固有的艺术规则和标准都荡然无存了，一切皆有可能，一切存在都具有合法性。另一方面，历史感的消失也使个体沦为马尔库塞所说的"单向度的人"。对于个体来说，历史永远是记忆的产物，失去的东西如果不留存在记忆中便形不成历史，而记忆永远都伴有记忆主体的感受、体验和悟性，后现代主义艺术割裂了人与历史的关系，模糊了记忆，这使得后现代主义艺术家能够打破一切成规，成为一个无所顾忌的人。

同时，这种历史感的消失也动摇了后现代主义哲学思想的逻辑起点，使思想成为"无根的浮萍"。比如笛卡儿不相信感觉，萨特不信任本质，但他们的哲学起点总是先把一切问题都悬搁起来，为自己预留一个公认的逻辑起点和前提：笛卡儿认为什么都可以怀疑，唯独"我在怀疑"这一点毋庸置疑，所以"我思固我在"，"我思"就是他的起点。萨特认为本质并不存在，它们一开始都表现为"无"，只有在自由选择的过程中才呈现为"有"，"我在"是一切存在的先决条件，所以是"存在先于本质"。但在后现代主义者看来，"我思"、"我在"这一类逻辑起点都不需要，哲学活动就是一场"无底棋盘上的游戏"，没有规则可言，想怎么下就怎么下，就像美国当代哲学家费耶尔本德所说的一样，"怎么都行"。这些割裂了传统与历史联系的思想，由于缺乏内在的统一性，从而成为一个个孤立的思想碎片，难以整合成一个具有内在统一性的思想体系大厦，只是一些思想火花的闪耀，只是一些思想碎片的拼凑。于是，拼贴艺术大行其道。

（三）距离感的消失

现代主义艺术都追求"纯粹化"。在他们看来，以前的艺术是不纯粹的，艺术常常服务于非艺术的目的，如道德目的和政治目的。各门类艺术也尚未建立并达到自身的规定性和特殊性，比如绘画和雕塑的观念相互纠结，小说、诗歌和戏剧也彼此相通。因此，他们强调艺术的根据不必在宗教或其他领域中去寻找，它本身就是独立的，自在又自为。这场"纯粹化"行动被美国学者丹尼尔·贝尔看做是一次"动乱"，他认为，"动乱来自三个方向：对艺术和道德分治的坚持，对创新和实验的推崇，以及把自我奉为鉴定文化的准绳"。[1]现

---

[1][美]丹尼尔·贝尔，赵一凡等译：《资本主义的文化矛盾》，三联书店1989年版，第30页。

代主义艺术的"纯粹化"可以理解为一种"分化"，这种分化突出表现在以下四个方面：一是艺术与非艺术的分化，二是审美经验与日常经验的分化，三是精英与大众的分化，四是艺术自身的分化，目的就是要有意将艺术神秘化、孤立化，从而与生活拉开距离。

而后现代主义却强调"去分化"、"去魅"，竭力抹平这种分化，强调无差别。于是，在艺术领域就出现了距离的消失：一是艺术与生活的界线消失，二是读者与作者的界线也消失了，三是文体间的差异也消失了。也就是说，现代主义艺术意图强化这些分化间的距离，而后现代主义艺术却要弥合分化的距离。于是，"艺术感知模式的支离破碎，艺术感性魅力的丧失，先锋的革命性和艺术家的风格的消逝，使艺术一步步成为非艺术和反艺术。审美成为审丑，艺术不再具有超越性，艺术成为适用性和沉沦性代名词"。[①]因此，现代主义艺术强调的是"陌生化"，后现代主义艺术强调的则是"混同感"。同时，这种混同也表明了后现代主义文化扩张的野心，企图占有、兼及所有文化艺术领域。

距离感的消失成为后现代主义艺术的一个主要特征，与后现代社会"复制"主题密切相关。机械复制在大工业生产中的运用，宣告了原作已经不复存在，众多"仿本"代替了独一无二的"母本"，这些"仿本"被法国当代思想家鲍德里亚解释为"类像"，所谓"类像"就是游移和疏离于原本，或者说没有原本的摹本，即没有客观本源、没有任何所指的图像、形象和符号。这种形象虽然首先能"反映基本现实"，但进而会"掩饰和歪曲基本现实"，进而又会"掩盖基本现实的缺场"，最后进行到"纯粹是自身的类像"领域，不再与任何真实发生关联。"类像"创造出来的是一种人造现实或第二自然，大众沉溺其中看到的不是现实本身，而只是脱离现实的"类像"世界。[②]

（四）深度模式的消失

现实主义艺术是一种意识形态的高台教化，是一种"规范引导"。现代主义艺术表现的是绝对，极端的真理，追求一种乌托邦的理想，总想告诉人们一

①王岳川：《后现代主义文化研究》，北京大学出版社1992年版，第244页。
②赵一凡、张中载、李德恩主编：《西方文论关键词·类像》，外语教学与研究出版社2006年版，第318页。

些东西，有可能的话，还要引导人们的生活。现代主义艺术是一些"先知者"们皱着眉头、在精神荒原上流浪时所发出的呓语，这是一种受难者的艺术，他们明知不可为而为之，毕生推着西西弗斯的那块大石头。后现代主义艺术受到平民精神、商品交换方式的影响，从而具有广泛的大众性。它有着一种世俗化、平民化的倾向，把精英的雅文化与大众的俗文化融为一体，模糊两者之间的距离和界限，表现出一种幽默、反讽、戏仿的艺术风格，以一种平易、开放、倾诉性的叙事方式和一种非贵族化的平等姿态接近生活。他们把对自己状态的不满意表达为不生气的自我嘲讽，因为如果生气就成了愤愤不平和不平则鸣的现代主义艺术，所以"无理想的批判"就是后现代主义艺术的准则。

现实主义把自己打扮成一个救世主，现代主义艺术把自己打扮成一个怪异的救世主。而后现代主义艺术却放弃责任，承认自己就是一个世俗化的普通人，他们放弃作品的理想和救赎功能，从四个方面消解了作品的深度模式：在现象与本质之间，它倾向于现象；在表层与深层心理之间，它倾向于表层；在中心与边缘之间，它选择边缘；在能指与所指之间，它选择能指。他们虽然对世界也不满意，但不是批判它，而是接受这个世界的荒谬并且按照荒谬把它进一步彻底荒谬化，以便在失去意义时获得快乐。也就是说，后现代主义艺术的解构策略是归谬法：对于一件事，他们总是按照事物自身的逻辑把它变成一种连他们自己都不愿意接受的东西，或者使它变成一个悖论。比如，把庸俗变得更庸俗，庸俗到大众都觉得不好意思。因此，后现代主义艺术者的气质是玩世不恭，是局外人无所谓的观照，是对一切制度和知识的怀疑，它拒绝反抗，也不想反抗，只愿意以认命的方式表达面临的所有困难。一句话，跟着感觉走。

深度模式的消解也促使后现代主义艺术文本成为一种碎片化的断裂式表达。在后现代主义社会中，昔日过度激化的劳资矛盾转化为技术和管理之间的矛盾。面对急剧变化的社会，人们不再信奉"知识就是力量"，而是追捧"信息就是效益"，"知识主义"变成了"知道主义"，人们普遍呈现出浮躁的社会心理，不求甚解，满足于表面的"知道"。商品要获得最大市场，就得迎合群众，在"媚俗"的同时，既出售了商品，又为下一个产品准备观众，这种既生产商品又生产观众的做法，对人们生活经验的破坏是不可估量的。他们拒绝挖掘任何意义，驱逐所指，追求语言的能指，追求语言的狂欢和感官的快感。如此一来，后现代主义艺术就出现了平面化、快餐化的特征，他们关心的不是价值观，而是一种叙事方式。

总之，主体性的消失意味着零散化，历史意识的消失意味着断裂感，距离感消失起因于复制，深度模式削平导向平面感。对于现代主义与后现代主义文化上的差异，周宪先生概括认为，原始文化是一种未分化的整合文化，古典文化是分化基础上的和谐文化，现代主义文化则是一种分化的冲突文化，而后现代主义文化却是一种去分化的整合，这看似是一种回归，实际上却是一种螺旋式上升。

二、后现代派戏剧的美学特征

1963年是西方文化史上重要的一年。这一年，纽约格林泥治村开始出现一批先锋艺术家热衷于以即兴表演为中心的艺术现象，正是这些现象构成了西方后现代主义理论与实践的源头和基础。在这些表演者中，不仅有戏剧界人士，而且有文学、美术、音乐、电影等各个艺术领域的先锋人士。为什么那么多门类的艺术家们都把不约而同地把目光聚集在表演艺术上呢？因为即兴表演艺术最典型地体现了一种后现代主义艺术精神。首先，这些表演是由多人合作的。其次，表演与观众的关系更加直接和密切，文学、美术和音乐作品都能够以书籍、画作和乐谱的形式离开观众相对独立地存在，而即兴表演却直接呈现在观众面前，甚至要求观众参与，离开观众它们就没有意义。最后，由于表演直接使用人体，因此在道德上更加令人注目。西方后现代派戏剧实践活动由此拉开了帷幕。

此后，热衷于舞台艺术的戏剧家们对戏剧的文学性越来越冷漠，人们似乎有意忽略戏剧的文学性，戏剧越来越成为导演的艺术、表演的艺术。他们对新样式的戏剧都充满了好奇和冲动，各种实验性质的戏剧层出不穷，节节攀升。在这一股潮流中，波兰格洛托夫斯基提出的"质朴戏剧"理论，凯恩特提出的"死亡戏剧"，英国布鲁克和里德伍德领导的"戏剧车间"对戏剧空间进行的多种尝试和实践，法国普朗松倡导的"大众戏剧"，意大利的巴尔巴探索的"戏剧人类学的表演"，美国谢克纳提出的"环境戏剧"，福尔曼建立的"本体戏剧"等等，[①]都从外部因素入手，对戏剧文体进行了突破性革新，从外部对戏剧文体进行解构，恐怕是后现代派戏剧最具根本性的革命和成就，这些革新可以归结为以下四个方面：

（一）主张无剧本演出

常规戏剧的演出在很大程度上都受制于剧本，正所谓"剧本剧本，一剧之本"。对于那些严格忠实于剧作家和剧本意图的导演来说，形象的创造早已由剧作家完成，并且已经用文字的形式或明或暗地固定下来，演出者的任务只是通过对剧本的研究和理解，把那些早已存在的形象因素从剧本的字里行间中挖掘出来，为他们找到一个"形象的种子"，把它们由文字形式转换成舞台形象，为之赋形。在实际演出中，演出者虽然难免会把自己的理解和解释掺入"二度创造"中去，但剧本的文学性仍然是其中最生动的元素。

然而，自从阿尔托以来，戏剧演出中的文学性因素逐渐弱化了，在他看来："戏剧仿佛只是剧本的物质反映，因此，戏剧中凡是超出剧本的东西均不属于戏剧的范畴，均不受戏剧的严格限制，而似乎属于比剧本低一等的导演范畴。戏剧如此从属于话语，我们不禁要问，难道戏剧没有它自己的语言吗？难道它不可能被视做独立的、自主的艺术，如同音乐、绘画、舞蹈一样吗？"[②]因此，阿尔托主张"结束对剧本的迷信及作家的专横"，[③]并明确提出"我们不上演写成的剧本，而是围绕主题，已知的事件或作品，试图直接导演"。[④]在他看来，剧本只负责提供思想和感觉的素材，剧本不再是神圣不可侵犯的。阿尔托的这些思想，严重影响了他的后继者们，法国戏剧家们也最早尝试了导演艺术的霸权，很多后现代派戏剧家都倡导一种无剧本的即兴创作。

美国的贝克夫妇创建的"生活剧团"推崇没有剧本的演出，比如他导演的《联系》中，幕间女演员在观众中"拉客"，《今世天堂》中的裸体表演等等。波兰戏剧家凯恩特提出的"死亡戏剧"中，剧本也被明确地抛弃了。波兰的格洛托夫斯基提出的"质朴戏剧"中认为，戏剧可以不用布景、灯

①曹路生：《国外后现代戏剧》，江苏美术出版社2002年版。
②〔法〕阿尔托，桂裕芳译：《残酷戏剧》，中国戏剧出版社1993年版，第64页。
③〔法〕阿尔托，桂裕芳译：《残酷戏剧》，中国戏剧出版社1993年版，第124页。
④〔法〕阿尔托，桂裕芳译：《残酷戏剧》，中国戏剧出版社1993年版，第95页。

光、化装、音乐乃至剧本，但戏剧需要表演。演员和观众是戏剧的根本元素，是戏剧的实质和核心。他要求演员在技巧上狠下工夫，以完成戏剧任务，因此，他剔除了附加在戏剧身上的所有因素。他们的演出大多数没有诉诸文字。除了亲身参与，其他人很难从只言片语的介绍中窥见真相，他们都使剧本失去了独尊的地位，使剧本创作与演出活动同时进行，剧本创作成为一个"在舞台上拟定的，在舞台上被创造"①的现在进行时的概念。

应该注意到的一种现象是，后现代派许多戏剧都注重集体创作。姆努什金领导的"太阳剧社"在创作《1789》时，剧社的成员分头前往各图书馆查阅资料，观看影片，还邀请历史学家作专题讲座。在充分掌握了大革命的历史知识之后，又分成四五个小组，用即兴手法表演不同的历史事件。白天他们各自准备，晚上相聚一起互相交流。在整个创作过程中，所有剧社成员，不管是初来乍到的还是老资格的，其地位都是平等的，谁也不能凌驾于他人之上。部门之间也没有严格的界限，不管是行政的还是技术的，任何人都不具有绝对的权威。在创作的每一阶段，每个人都必须有所贡献，而且人人都得参加演出的各个环节，包括设计、搭台、绘景、服装等，而技术人员必须听从全组的意见。在此期间，姆努什金本人并不参加任何一组的即兴表演训练，因而与演员的创作保持了一定的距离。她所做的，更多的是在原则上进行把关，以批评的目光对各组的表演素材进行评价与取舍。最后，在各组将三十多个即兴表演段子汇总起来之后，她再与全体演员一起讨论，在集思广益的基础上完成整个创作。演出在国内外一炮打响之后，这种集体创作的方式立即在法国蔚然成风，不仅"太阳剧社"自身接着又如法炮制了两台演出，而且各地其他剧团也竞相效仿。集体创作似乎并没有放弃剧本，也没有放弃剧本的事先预设性，但它对传统剧本的创作方式却是一次颠覆，在剧本上倾向性上用多元化取代了一元化，从而使剧本呈现为一个个碎片拼缀图，剧本结构发生了根本性转变。

取消剧本在本质上说，就是取消剧本对于戏剧演出的事先规划性。在传统戏剧中，尽管我们说戏剧时态是一个现在时，舞台上演出的是正在发生的故事，但客观地讲，这种现在时实际上是一种预设。剧本作为一种事前的规

---

① 〔法〕阿尔托，桂裕芳译：《残酷戏剧》，中国戏剧出版社1993年版，第111页。

划书，已经规定了戏剧情节的发展走向，游离于发展方向的元素几乎为零，看过剧本的观众甚至知道下一刻应该发生什么，舞台上的一切都在他们的掌控之中。后现代派戏剧对这种先在决定论相当反感，他们强调戏剧创作的随机性、即时性，一种没有预设的自由发挥。我们认为，放弃剧本的同时也带来了放弃故事的可怕后果，我们知道，讲故事本来是戏剧艺术的一个强项，就连电影也非常注重自己的故事性，在当代，连新闻都追求它的故事性。可惜，后现代派戏剧把自己的看家本领都丢掉了。

（二）追求即时性表演

20世纪60年代在即兴创作和行为艺术的影响下，美国画家卡普罗提出了"境遇剧"，认为演出如同实际生活，表演动作和事件发生的时间相一致，演员和观众合二为一，表演场地没有界线，舞台和观众席不分，表演基本上都是即兴动作。这种思想对先锋戏剧的影响是深远的。"为观众提供的，是一种没有台词，只按预先大致规定的脚本进行的表演。它以'即兴演出'之称，名噪一时。台上发生的一切，毫无内在逻辑，人物活动既不可解释又出人意料。从这个方面说，即兴演出乃是荒诞派戏剧的继续。"[1]它的基础就是使艺术失去意义，把生活表现为人们无法加以控制的无目的的进程。"即兴演出首先引人注意的是，它的活动缺少完美的目的。创作过程毫无成效，行动不产生结果。即兴演出活动没有目的，不具有创作性质，因此，不符合真正的艺术。"[2]显然，即兴演出已经超出了传统的艺术范畴。

美国的谢克纳从"观演关系"出发，明确提出了"环境戏剧"的概念，很显然，他的矛头也直接指向了传统的镜框式舞台。此外，美国彼德·舒曼的"面包和木偶剧团"、约瑟夫·柴金的"开放剧团"和外百老汇的"拉妈妈实验戏剧俱乐部"，都尝试进行环境戏剧的即兴演出，应该说，他们的探索都非常有意义。

1970年格洛托夫斯基似乎放弃了他的"质朴戏剧"的主张，开始向一个新的领域进发，他用"类戏剧实验"来称呼这个新的领域。"质朴戏剧"

---

[1]〔前苏联〕库列科娃，井勤荪、王守仁译：《哲学与现代派艺术》，文化艺术出版社1987年版，第192页。

[2]〔前苏联〕库列科娃，井勤荪、王守仁译：《哲学与现代派艺术》，文化艺术出版社1987年版，第194页。

阶段，格洛托夫斯基认为戏剧是人们交流的途径，戏剧工作者所思考的只是如何改善戏剧语言，使戏剧更加有益于交流。到了"类戏剧实验"阶段，他认为戏剧作为与生活区别开来的一种形式，事实上已经构成了交流的障碍，因而他寻求打破生活和戏剧的界限，指出戏剧活动本身就是生活，力求模糊戏剧与生活的关系。为此，他设计了很多"类戏剧"研究项目，譬如，"假日"、"山地项目"、"三人"等，这些项目是一些组织起来的活动，持续几天到几周不等，可以在森林举行，也可以在山地举行，甚至有时可以局限在一个范围狭小的空间。他认为，这些项目不能被视为演员的训练，也不一定是艺术本身，它只是一个包容有创造性的机会，一种聚会，在精心安排的氛围中建立了人与人的联系，并考察了这种联系的程度、方式及其他。格洛托夫斯基的"类戏剧实验"有三个特点：一是剧情，不是虚构的故事，而是真事；二是地点，真实的房间或者森林，而不是舞台上的模拟场景；三是时间，强调即时性，即此时此地正在发生的事情。这些试验拓展了戏剧空间，使戏剧成为生活，也使生活成为戏剧，戏剧与生活的界线模糊了，戏剧被极大限度地边缘化了。大量游戏、体育活动、仪式、聚会等人类活动从戏剧的边缘进入戏剧家的视野，戏剧渐渐地由文学性向表演性过渡，戏剧越来越强调即兴创作，强调即时性和偶发性。

实际上，追求即兴表演的偶发艺术，其魅力在于观赏者永远不知道下一刻将要发生什么，这种不确定因素吸引着观赏者，维持着观众的兴趣。由于没有剧本，没有事先规划，在戏剧活动过程中可能发生什么事，谁也不清楚，就连导演也是如此，戏剧充满了无限可能性。正如法国的解构主义哲学家德里达所说，"如果舞台将不作为感性阐释被加在某个外在于它的、已成文、被构思好了的或体验的文本之上，并被迫对那些不属于它的情节照本宣科时，那它就不再再现了"。[1]但是，如果把戏剧仅仅弱化为是一次猎奇活动，而不是一次充满意义的精神之旅，那么，作为观众来说，我可以去参加一次真正意义上的朋友聚会，为什么非要参加你召集的戏剧活动呢？说到底，艺术应该是一次心灵的慰藉，一次精神的聚会。打破艺术与生活的界限，把现实生活直接搬上舞台，即兴、偶发、随机等，都只能意味着逼近

---

① 〔法〕德里达，张宁译：《书写与差异》（下），三联书店2001年版，第426页。

生活而不是真正的生活本身，无论如何，艺术与生活是有区别的。同时，在后现代派戏剧家的眼中，戏剧不再是人们静默观赏的对象，而是一种强调行动和参与的过程艺术。这种行为艺术实际上是一种姿态，一种观念，它可以干预社会生活的各个方面，当然也包括政治运动，因此，戏剧艺术被越来越多地注入了许多政治性的因素，成为政治运动的活报剧，美国彼德·舒曼的"面包与傀儡剧团"就是一个带有明显参与性、行动性和政治性的剧团。

（三）反对镜框式舞台

戏剧空间是一切戏剧活动得以实现的不可缺少的条件，它的本质不仅仅在于为演出提供一个场所，更涉及戏剧构成的风格样式、信息的传递方式、冲击力的大小和观演关系的组织形式等因素，甚至就是一种戏剧观念的具体体现。长期以来，戏剧的演出形式基本上都是在一个由镜框式舞台和观众席组成的剧场空间里进行，这种剧场形式从亚里士多德以来就一直没有发生变化，即使有所创新，也仅仅局限在舞台上，观剧形式仍然未变，无论是斯坦尼斯拉夫斯基的体验派，还是布莱希特的表现派，在他们的戏剧空间观念中，观众都被牢牢地固定在观众席上。

然而，阿尔托却主张观演合一，他要把观众从坐椅上解放出来，参与到演出活动中，他在《残酷戏剧宣言》中提出这样一种设想，"我们取消舞台及剧场大厅，没有隔板，没有任何栅栏，它就是剧情发展的地方"。[1]他甚至具体地建议放弃正规的剧场建筑，转而使用废弃的车库或谷仓等建筑，把它们按照教堂，或西藏喇嘛寺院的形式和比例加以改造。在这种结构的内部，高度和深度都有着特殊的比例，四堵墙壁上没有任何装饰。"观众坐在剧场中央，椅子是活动的，使他能够跟得上在四周进行的演出。这里没有一般含义的舞台，所以剧情在大厅的各个方向展开。在大厅的东南西北四个方向有特别为演员及演出保留的地位。"[2]阿尔托式的演出打破了演员与观众的分割，运用象征性的意象去充实空间，全包围式地裹卷和震撼观众的感官和神志，力图使他们的感受进入一种更为深邃、更为敏感的境界，这一点与巫术和仪式十分相似。从历史发展的角度来看，戏剧正是由古代宗教仪式一

---

① 〔法〕阿尔托，桂裕芳译：《残酷戏剧》，中国戏剧出版社1993年版，第93页。
② 〔法〕阿尔托，桂裕芳译：《残酷戏剧》，中国戏剧出版社1993年版，第93页。

步步地演变而来，戏剧与仪式同宗同源。人作为一种社会动物，需要一种东西去维系和协调行为的一致性，仪式正是一个原始部落或者一个高度发达的现代工业社会用以维系这种一致性的手段之一。在阿尔托式的戏剧演出中，演员与观众之间的空间关系使得两者之间的交流更为直接，体验更为同步，这种直接的空间经营允许演员根据需要把观众拉入演出事件中去，在不同的场景中让他们扮演农民、战士、宗教仪式的参拜者甚至死尸等等。事实上，阿尔托所设想的戏剧空间已经取消了通常意义的舞台，表演可以在整个空间里进行，这样一来，动作就可以在空间的各个角落里展开，而观众则为演出中的各种动作和声音包围着。由于表演扩散到了整个空间，这就促使灯光和照明都会投射到观众身上，他们就会像演员一样经受着各种情境的刺激和各种因素暴风雨般的外部冲击。

　　受阿尔托的影响，后现代派戏剧家们都在演出空间模式上进行积极探索。英国的布鲁克在《空的空间》一文中认为，演出可以在任意一个空间进行，任何一个空间都是一个空的空间，随着戏剧演出的进行，这些空间获得了戏剧意义。"我可以选取任何一个空间，称它为空荡的舞台。一个人在别人的注视之下走过这个空间，就足以构成了一幕戏剧了。"[1]在这里，幕布没有了，只剩下空荡的舞台，只剩下空荡的舞台上的表演，以及面对空荡舞台上表演的观众。法国的姆努什金也认为理想的演出场地是一般的中学操场、篮球场或体操房、旧仓库等。排练《1789》时，他们在一间军火库里搭起了五个面积不等的大平台，相互之间有过道相连，五个表演区构成了两组，观众处于两组平台之间，并被整个演出包围着。五个平台轮番或同时使用，导致演出始终处于一种流动状态，同时也逼迫观众不断变化视角，观众只有与演出一起流动才能真正、全面地感受和领悟到其中的魅力，尤其当五个表演区同时表演时，它能够在观众身上产生无比巨大的震撼力。在这样的空间里，观演之间的距离几乎为零，无论是观众还是演员，在演出过程中都会随时"侵入"对方的领地，演员不仅会跳下台来走进观众，观众也会跳上台去参与演出，甚至戏剧的结局也会按照观众的需求适时作出修改。这种多表演区的空间形式无疑极大地增强了观演之间的直接交流，从而增强了演出的表现力，戏剧也越来越强调观众的参

①〔英〕布鲁克，邢历等译：《空的空间》，中国戏剧出版社2006年版，第1页。

与，越来越贴近大众。正如阿尔托所说："在生活和戏剧之间，再没有明显的脱节，再没有断裂。"①戏剧与生活界线的模糊、演员与观众的模糊，重视观众、重视过程，这些都是对戏剧文体的解构。

观众参与是美国导演兼理论家谢克纳归纳的"环境戏剧"中的一个基本要素，也是许多后现代派戏剧的重要特征。其实这个特征并不新鲜，中国的传统戏剧，尤其是农村的戏曲演出中比比皆是。集市广场、家庭堂会、饭馆、茶馆式的演出都是天然的环境戏剧，从来没有斯坦尼斯拉夫斯基所要的"第四堵墙"在心理上把演员和观众隔绝开来，观众可以点戏、改戏、当场评戏，也可以自顾吃喝不看你的戏。这些让谢克纳等西方后现代派戏剧家着迷的做法在中国历史上一直是常规，直到近一百年前中国才开始出现现代剧场，规定观众必须静静地坐在黑屋子里聚精会神地看着前方镜框式的舞台。这种剧场既是现实主义戏剧所要求的，也适合于现代派戏剧。但最近十多年来，镜框式舞台剧场的一统天下又开始被打破了，茶馆和餐厅剧场卷土重来，还出现了洋派的咖啡剧场，至于边吃边看，或者干脆搁下杯子自己上台唱歌的歌厅酒吧就更多了。纵观中国演出场所的演变，可以清楚地看到，从前现代到现代再到后现代，是一个否定之否定的过程。

（四）追求形象化的表演

自亚里士多德以来，戏剧表演都以"逼真"作为追求目标，以制造真实的生活幻觉为己任。法国的让·柔琏提出"第四堵墙"理论后，"表演着"与"当众孤立地生活着"几乎成了同义语，到了斯坦尼斯拉夫斯基，与亚里士多德戏剧观念完全吻合的表演体系最终确立了，在这种被称为体验派的戏剧表演体系中，再现式的舞台行动为观众展示的完全是生活的"仿制品"，生活大舞台，舞台小天地，一个浓缩的生活场景让观众与生活有了一次审美的相遇。到了布莱希特，表演语汇又随之一变，被称为表现派的表演语汇破除了生活幻觉，追求角色与演员的时分时合。但是，无论怎么变化，台词仍然是他们传情达意的主要手段。

戏剧空间的变异，导致对表演的另类追求。受阿尔托的影响，布鲁克认为，传统戏剧将台词语言开掘得日趋贫乏，戏剧应该以一种新的表演语汇出

---

① 〔法〕阿尔托，桂裕芳译：《残酷戏剧》，中国戏剧出版社1993年版，第126页。

现，一种不受语言、文化、教育差异限制的世界性流通的"象形"语汇，用形象来构造新的戏剧，这既符合当代视觉审美文化的特征，也是戏剧获得新鲜血液的必然途径。1973年，他曾经到非洲考察，以近乎原始的非洲部落作为戏剧实验基地，剧团演员舍弃语言，着力探索如何用肢体语言与当地居民沟通，这种实验使布鲁克获益匪浅。在他们看来，戏剧活动是一次交流活动，而交流却不一定凭借有声语言。因此，他们非常重视形象表演的语汇，特别是肢体语言在传情达意方面的最大可能性。如此一来，传统戏剧中居于台词之后的肢体语汇经过他们的颠覆，被抬升到一个相当的高度，它不再是戏剧表意活动的辅助工具，不再是制造生活幻觉的手段，而是拥有自己独立的品格，甚至是戏剧活动的唯一元素。表演什么已经无关紧要，只要在表演着，从而使表演具有"我表演故我存在"的本体论意义。

美国的罗伯特·威尔逊尝试用绘画的方式来创作戏剧，他创作的《内战》这个剧本完全用绘画的形象进行创作，并提出了"视像戏剧"理论。[①]这种类似绘画和舞蹈的戏剧，"没有主题，没有主旨，没有故事，叙事结构几乎荡然无存：整个演出毋宁是个持续蜕变的过程，好像是在舞台镜框中不断展现的巨幅拼贴一般。演员不再创造角色，不再扮演角色，只是在空间中创造图案而已，演员成了符号、动作的化身"。[②]约瑟夫·柴金的"开放剧团"也竭力摒弃有声语言，突出形体动作，运用动作和音响来表现幻想和梦境的感情领域。他们还创造了一种角色变换的方法，运用这种变术，可以使前一个角色变成另一个角色，类似于川剧的"变脸"。

应该说，形象语汇的强调，进一步丰富了戏剧表达的手段。戏剧要完成交流活动，特别是两种异质文化之间有效的交流活动，有声语言确实是一道难以逾越的障碍，听不懂必然影响审美活动的深入进行。但形象化的表演语汇却让交流活动能够在没有语言的情况下也能顺利地进行。应该说，许多戏剧主要凭借台词和动作等手段建构起了想象中的意象，后现代派戏剧也创作了一种舞台意象，但这是一种肢体语言为主要手段建构起来的直接意象，他们"根本不理会剧本，他们用物体、视觉形象、音响、即兴表演或者一些支

① 〔美〕夏伊尔，曹路生译：《罗伯特·威尔逊和他的视象戏剧》，载《戏剧艺术》1999年第2期。
② 胡星亮：《香港后现代戏剧的探索与困惑》，载《首都师范大学学报(社会科学版)》2007年第3期。

离破碎、没有内在联系的语言或者信息进行探索性实验，来创作一个戏剧演出"。①可以设想，这样的戏剧活动虽然也有交流，但交流的深度和广度毕竟是有限的，许多抽象的、富含深意的思想和情感仍然需要借助于有声语言才能有效地传达，有声语言表意的准确率仍然是其他语言不能代替的。因此，过分夸大形象化语汇在表意活动中的作用，既不符合事实，也不利于戏剧意义的充分表达。

总之，孙惠柱先生曾经举过一个例子，他在加州州立大学教书时，曾经在课堂上用当地频发的地震为题材来考察学生的构思能力，以及他们对现实主义、现代主义艺术和后现代主义艺术三类戏剧的理解。学生们想象力都很丰富，归纳起来，可以看到这样三种戏剧：现实主义的构思大都脱胎于易卜生的《人民公敌》和《社会支柱》，把戏做在地震之前或之后。冲突产生于要不要向公众宣布一个未必百分之百准确的地震预报，或是事后要不要追究预报不力的责任，或是调查救灾财物分配中的黑幕，其间总是纠缠着政治家和大公司的利益，意在为社会伸张正义，地点只要在普通的室内就行。现代派的构思多从贝克特的《最后一局》和《美好的日子》得到启发，以地震现场为场景，让人压在、夹在那里动弹不得，忍受无尽的痛苦，或者像西西弗斯一样，刚刚逃出，又被夹住，屡败屡战，永不放弃。后现代戏剧也会利用地震现场，而且还要到真的现场去，让政治家、娱乐明星和受害者及其家属轮番出场，有鼓舞人心的演讲，有催人泪下的回忆，有再现历史的小品，有全场呼应的明星演唱，还有出售纪念品的小贩，征集募捐的教徒，等等，整个一个"大世界"。②这个例证很形象地说明了这三类戏剧的区别。

陈世雄先生曾经指出后现代主义戏剧至少在四个方面改变并丰富了美国戏剧，"首先是戏剧结构，场次的多元性与变换的自由，时空的跨度与情节的非连续性，人物性格的非理性因素等，都大大地开拓了戏剧表现的空间与深度。其次是剧场关系，叙述或史诗因素的导入，使演员与观众变成了直接的对话者，从而改变了传统现实主义戏剧关于剧情虚构与真实，内在与外在的惯例性假设。再次，后现代主义艺术非理性因素开阔了戏剧表现的主题与

---

① 〔美〕乔恩·惠特摩尔，范益松译：《后现代主义戏剧导演理论》，载《戏剧艺术》1999年第2期。
② 孙惠柱：《第四堵墙——戏剧的结构与解构》"后记"，上海书店出版社2006年版。

题材视野，在戏剧表现人物内在深层精神生活方面，取得了较大的进展，并使戏剧语言具有新的灵性。最后，后现代主义戏剧运动为戏剧找到了更广泛、更深刻的切入社会的角度和方法，在新的高度上统一了戏剧的艺术性和社会性"。[1]这些变化也同样适用于整个西方后现代派戏剧。

德国柏林艺术学院教授尤根·霍夫曼也明确提出了后现代主义戏剧的三个特征：一是非线性剧作，非线性剧作既无线性故事又无以对话形式交流的确定人物，文本全部或部分是由既不表现确定戏剧性又不与角色相关的平实的文字和段落组成，事件不再受时空限制，它们既无开端又无结尾，更不遵循任何叙述脉络。二是戏剧解构，把形象从作为人物的持续性中撕裂出来，撕去它们的面具，或至少像婴孩出世一样被裸露，事件借助对线性故事的打断、改变和分裂来发展，精心编就的对话变成了尖叫、口吃、摇滚似的文本。解构的编剧法包括对经典作品的分析、重组、删除以及外来的即非戏剧性文本的插入。三是反文法表演，它并不依赖于把某个现成的东西搬上舞台，而是依赖于大纲草稿与即兴创作之间的相互作用。即使存在人物对话的文本，也只是支离破碎、断章残句，只追求语言价值和节奏感。形象的呈现并不是理智意义上的，而只是肉体、空间意义上的。事件的意义保持最小限度，通常只是在自身的语境中，而不是在非戏剧现实的语境是被理解。[2]从剧本中心到导演中心，再到表演中心，西方戏剧的重心终于完成了第三次偏移，戏剧文学的末日真的来临了。

三、不确定性与后现代派戏剧的戏剧性

我们在讨论现代派戏剧的戏剧性时曾经说过，在一定时间长度内，观众兴趣的维持，是戏剧性的秘密所在。传统戏剧文学的戏剧性在于以制造悬念为表征的冲突论，现代派戏剧文学的戏剧性在于以变形为表征的怪诞论，后现代派戏剧文学的戏剧性在于以含混为表征的不确定论。不确定与悬念在外

①陈世雄、周宁：《20世纪西方戏剧思潮》，中国戏剧出版社2000年版，第745页。
②曹路生：《国外后现代戏剧》，江苏美术出版社2002年版。

部形态上具有一定的相似性，悬念在没有释放之前，也充满了不确定性，但悬念在剧情结束的那一刻起毕竟要释放，便不再具有诱惑力，也就是说，悬念终要落地。而不确定却并非如此，它始终以一种不可知、模棱两可、似是而非的状态呈现在观众面前，即使演出结束也始终伴随着观众，让观众期待。对于后现代主义者来说，不确定性无处不在，它"渗透我们的行动和思想，它构成我们的世界"。①它是区别现代主义与后现代主义的首要特征，这一点，已经得到了绝大多数学者的认可。具体地，不确定性表现为三个基本特征：一是含混，二是悖谬，三是模糊。

（一）不确定性的含混特征

含混是不确定的一种表现形态，它是一种说不清道不明的状态，一种剪不断理还乱的状态，一种悬而未决的可能状态。较早研究"含混"的英国批评家燕卜荪指出，"含混本身既可以指我们在追究意义时举棋不定的状态，又可以指同时表示多个事物的意图，也可以指两种意思要么二者必居其一，要么两者皆可的可能性，还可以指某种表述有多种意思的事实"。②似是而非，正是含混的基本特征。

其实，现代派戏剧中也蕴涵了某种含混因素。象征主义戏剧通过暗示和渲染，制造了一种顾左右而言其他的含混。在早期表现主义戏剧如佐尔格的《乞丐》中，三个并列意象造成的线索多头的含混，在斯特林堡的《鬼魂奏鸣曲》中，人物关系让人费解，无法确切把握，用老人亨梅尔的话来说是"里里外外，关系是一塌糊涂"。在超现实主义戏剧中，由于夸张变形造成的荒诞无逻辑的含混，在皮兰德娄的后设戏剧中，由于戏与戏中戏在整体混杂相间，观众很难分清哪些是虚构哪些是真实。这些都表明了一种含混状态。总之，现实主义戏剧和现代派戏剧有时也生产含混，但它们的含混可以通过英美新批评理论所倡导的"细读"方式获得一个相对明确的认识，是可以理清楚的，就像《鬼魂奏鸣曲》中复杂的人物关系最终仍然可以理出一个头绪一样。因此，现代派戏剧所表现出来的"含混"我们可以把它理解为

①〔美〕伊哈布·哈桑：《后现代转折》，见王潮选编：《后现代主义的突破》，敦煌文艺出版社1996年版，第23页。
②转引自赵一凡、张中载、李德恩主编《西方文论关键词·含混》，外语教学与研究出版社2006年版，第157页。

"复杂"，是剧作家为了创造一种与日常生活不一样的效果而人为设置的，他们故意把简单问题复杂化，以造成一种距离感，但这些含混通过细致的梳理终究可以认识。绝大多数情况是，现代派戏剧的含混是剧作家在创作过程中故意造成的。

而后现代派戏剧认为含混是事物存在的基本属性，事物本来就如此。正如法国哲学家利奥塔所说的一样，"后现代科学本身发展为如下的理论化表达：不连续性、突变性、非修正性以及佯谬，后现代科学对以下事物关切备至：模棱两可的、测不准的，因资讯匮缺所导致的冲突和对抗，支离破碎的、突变的、语用学的悖论等。后现代科学将知识的本质改变了，同时也解释了这种改变的原因"。[1]也就是说，后现代科学本身就是生产未知而不是生产已知，这一思想深深地影响着后现代派的戏剧创作，既然含混是事物的基本属性，那么，展示这种无法理清也无法认识的含混就顺理成章了。

后现代派戏剧含混，一般由三个因素引发：一是由于剧作家故意不交代或胡乱交代造成的含混。在荒诞派戏剧中，含混无处不在，"荒诞派戏剧家的破坏活动，不是从对形象的表面歪曲，甚至不是从变形开始，而是从破坏戏剧素材逻辑本身开始的。他们首先使自己的作品失去局部的具体性和历史的具体性。甚至连大致确定剧中事件发生的时间也不可能"。[2]剥去了戏剧情境的具体性，人物和事件就如同无根的浮萍，处于游离、漂移状态，捉摸不定。二是剧中人物从各自视角出发由于分散叙述造成的含混。在叙事戏剧中，由于病态人物或丧失记忆的人承担了叙事的功能，他们的话本身就让人难以理解，再加上对于同一事件由多个人物来叙述，就使事情真相更加扑朔迷离，真假难辨。这种由人物造成的含混让我们永远无法认清事实的真相，或者说，事物本来就没有真相。三是由于观众的参与混淆了戏剧与生活造成的含混。后现代派戏剧取消了剧本的事先规定，追求即时性表演，甚至让观众直接参与戏剧创作、选择剧情的结局。由于观众的参与，你不知道此次演出会出现什么情况，即使是同一部剧作今天的演出与明天的演出也可能是不一样的，剧情永远处于一种不确定状态。同时，由于强调戏剧与生活的同一

① 〔法〕利奥塔，岛子译：《后现代状况》，湖南美术出版社1996年版，第172页。
② 〔前苏联〕库列科娃，井勤苏、王守仁译：《哲学与现代派艺术》，文化艺术出版社1987年版，第167页。

性，戏剧与生活的界线也变得相当模糊，分不清两者的关系，这又在更高一层意义上制造了含混。

后现代派戏剧的含混主要表现在主题、人物、情节、时空上。

先看主题，在现实主义戏剧中，主题基本上是确定的，作者的倾向性也十分明显，比如易卜生的社会问题剧。在现代派戏剧那里，他们并不反对主题本身，而是反对现实主义戏剧直白表达主题的方式，因此，他们往往苦心孤诣地建构自己的主题，意在以一种与众不同的话语方式进行表达，比如超现实主义戏剧《蒂雷西亚的乳房》传达的是社会人口问题。在后现代派戏剧那里，由于强调即兴和拼贴的创作手法，重视观众对戏剧的参与和创造，"作者死了"，主题也变得相对模糊。比如贝克特的《等待戈多》，两个流浪汉无行动的等待，让主题充满了多重可能性。主题的不确定与后现代主义者理性、信仰、道德、日常生活准则的危机和失落密不可分，他们以虚无主义和怀疑主义的目光看待一切，致使他们的人生观变得不确定，他们似乎更愿意用感官主义把握世界，毫不羞愧、毫无顾忌地在作品中坦述自己最隐私、最深刻的感性。

再看人物，如果说在现实主义戏剧那里，人物即人，具有鲜活个体的生命，在现代派戏剧那里，人物即类型，那么，在后现代派戏剧那里，人即"仿像"，是摒弃一切规定性的抽象存在。后现代主义艺术在宣告"作者死了"的同时，也宣告了人物的死亡。在荒诞派戏剧家看来，既然人与人在本质上并无差异，使用不同的名字又有什么不妥？所以，他们通过不同人物使用同一名字体现了个性的无区别，千人同姓，一家共名。在尤奈斯库的《秃头歌女》中，一家人都叫勃比，体现了本质的同一性。关于自己早期剧作的主人公，尤奈斯库曾经说过，"他们摆脱了一切心理活动，他们只不过是一些机械而已"，所以，他们是生活在"无个性的世界里"，生活在"集体主义世界里"。①这里，"集体主义"成了共性的代名词。

再看情节，后现代派戏剧家反对故事情节的逻辑性、连贯性和封闭性。他们认为，现实主义戏剧那种意义的连贯、人物行动的合乎逻辑、情节的完

---

① 转引自〔前苏联〕库列科娃，井勤荪、王守仁译《哲学与现代派艺术》，文化艺术出版社1987年版，第176页。

整统一是一种封闭性结构，是戏剧家们一厢情愿的想象，并非建立在现实生活的基础上。因此，必须打破这种封闭体，用一种充满错位式的开放体情节结构取而代之。后现代派戏剧家都抛弃了情节的逻辑性和连贯性，这也是布莱希特之后叙事体戏剧典型的话语策略，也是德国柏林艺术学院教授尤根·霍夫曼对后现代派戏剧得出"非线性"特征的缘由。

最后来看时空，我们知道，戏剧时空是戏剧情节的具体承载物，情节的非逻辑性和不连贯性，导致戏剧时空的破碎。后现代派戏剧将现实时间、历史时间和未来时间随意颠倒，将现在、过去和将来随意置换，将现实空间不断地分割切断，使戏剧情节呈现多种或无限的可能性，特别是环境戏剧，干脆取消了戏剧时空，改用现实时空来填充。前苏联库列科娃认为："没有有趣的情节，就不会有结构法，不会有尚待猜测的谜，有的只是无法解决和不可理解的东西。没有性格，人物就不可认识，他们时刻都会成为自己的对立面，既可代替别人也可以被别人代替，充其量只是没有下文的继续，脱离因果关系的偶然性的凑合。发生的事情无法解释，或是情感状态，或是无法形容的，但却是生动的，充满着愿望、行动以及许多矛盾而又没有联系的欲望的混乱：这可能使人觉得是悲剧，这可能使人觉得是喜剧，或者既是悲剧又是喜剧，因为我没有能力将后者与前者区别开来。"[1]可以说，后现代派戏剧的含混是多层次、全方位的。

总之，"在戏剧形式上，我们看到从尤金·奥尼尔、阿瑟·密勒、田纳西·威廉斯到阿尔比、谢泼德的一些变化：空间从实物环境走向空洞，时间从确定走向不确定，人物形象逐渐模糊、抽象化，并且有情节取代人物的倾向。与此同时，情节也渐渐失去了其完整性，成为某种场景化的象征，一种抽象的理性或非理性取代了具体的情感，剧场关系也随之变化，戏剧不再令观众陶醉，而是让观众惊醒，剧中主要角色的功能类似于歌队，他向观众提出一些意味着存在困境的问题"。[2]虽然这一段话是陈世雄先生在总结美国戏剧时发出的感叹，但同样适应于我们对整个西方戏剧的认知，他所说的"惊醒"，正是含混留给我们的心理感受，让我们始终保持清醒的头脑去应

---

[1]〔前苏联〕库列科娃，井勤苏、王守仁译：《哲学与现代派艺术》，文化艺术出版社1987年版，第176页。
[2]陈世雄、周宁：《20世纪西方戏剧思潮》，中国戏剧出版社2000年版，第739页。

对那些含混。

（二）不确定性的悖谬特征

一般而言，戏剧故事的设置讲究矛盾的不可调和性，无法解决，如古希腊悲剧《安提戈涅》中人情世故与法律条文之间的自相矛盾等。不确定性之所以具有戏剧性，其中一个策略就是把两个单独看来都具有合理性的事物并置在一起，结果却因为自相矛盾而引发观众的思考，也就是说，这个矛盾永远都无法解决，从而迫使观众作出思考。尤奈斯库认为，"对于无可解决的事物，人们是解决不了的，而且只有无可解决的事物，才具有深刻的悲剧性，才具有深刻的喜剧性，因而从根本上来说，才是真正的戏剧"。①他指责传统戏剧总是把不可解决的事物写成可解决的，把不可容忍的东西表演得可以容忍，就像中国戏曲的大团圆式结尾，而他认为"只有无法解决的矛盾"才有戏剧性，正一语破的说出了后现代派戏剧所具有的"悖谬"特征。

悖谬是一个逻辑学概念，与悖论近似，它有三种主要形式：一是论断看起来好像肯定错了，但实际上却是对的（佯谬）；二是论断看起来好像肯定是对的，但实际上却错了（似是而非的理论）；三是一系列推理看起来好像无懈可击，可是却导致逻辑上自相矛盾。逻辑学史上有许多著名的悖论，"罗素悖论"就是其中之一。在萨维尔村，理发师挂出一块招牌："我只给村里所有那些不给自己理发的人理发。"有人问他："你给不给自己理发？"理发师顿时无言以对。这是一个矛盾推理：如果理发师不给自己理发，他就属于招牌上的那一类人。有言在先，他应该给自己理发。反之，如果这个理发师给他自己理发，根据招牌所言，他只给村中不给自己理发的人理发，他不能给自己理发。因此，无论这个理发师怎么回答，都不能排除内在的矛盾。这个悖论是罗素在1902年提出来的，这是集合论悖论的通俗的、有故事情节的表述。"罗素悖论"是指当它们还没有进行相互联系时是有效的，当它们进行相互联系时即它们已经成为一个类或一个整体，那么一个类或一个整体中是不允许或无法执行两种衡量标准或规定的，自我否定与没说一个样，或等于没有规定一样。中国成语"自相矛盾"的故事也与此有些类

---

① 〔法〕尤奈斯库：《戏剧经验谈》，见《现代主义文学研究》，中国社会科学出版社1989年版，第616页。

似，单独说矛最厉害或者盾最厉害都是可以的，但最厉害的矛和最厉害的盾遇到一起，谁更厉害呢，这就有问题了。

对于后现代主义艺术家来说，呈现悖谬是他们的一种策略，这些根本无法解决的矛盾，正好隐喻着人类处在一个无可奈何的境遇，无能为力。表现不可表现的悖谬，最好的办法就是在舞台上"直喻"这些悖谬本身，让具有悖谬性质的双方同时出现在舞台上，同时直接呈现在观众眼前，就像荒诞派戏剧一样。所以哈桑认为，"后现代应当是这样一种情形：在现代的范围内以表象自身的形式使不可表现之物实现出来；它本身也排斥优美形式的愉悦，排斥趣味的同一，因为那种同一有可能集体来分享对难以企及的往事的缅怀；它往往寻求新的表现，其目的并非是为了享有它们，倒是为了传达一种强烈的不可表现之感"。①前苏联的库列科娃也认为，"把在逻辑上不能结合在一起的细节糅在一起，创作非逻辑作品，乃是超现实主义绘画和雕塑的基础，荒诞派艺术则把这些手法全部搬用到戏剧舞台上"。他接着解释说"每一部分都合乎逻辑，语法结构正确，能看得懂，但把它们结合在一起，则荒诞可笑"。②这正是我们所说的悖谬。于是，我们看到了荒诞派戏剧中那些让人匪夷所思的一幕幕，在反讽戏剧中看到那些挣扎在愿望与结果相互颠倒、目的与手段相互错位中被命运嘲弄的小人物，看到了互文戏剧中那些将经典戏拟在一起"硬接"。对于荒诞派戏剧来说，设置这种悖论和悬念不落地的含混体现了三个原则：一是这种行为本身就体现了反传统、反理性，因为按照常规，戏剧总要给人看个明白，情节有头有尾、有因有果，有理性逻辑可循，但它没有这样处理。二是悬念不落地，往往与主题相关，主题要表达的是人生的不可知，悬念当然不能落地。三是不落地的悬念意味着剧本还没有完结，人生也正是这样没完没了。

其实，在现代派戏剧中，悖谬的影子也时常徘徊在舞台上。奥尼尔创作的《卖冰的人来了》、《进入黑夜的漫长旅程》、《私生子的月亮》中，剧中人物的思想动机常常是模棱两可的，可以看出，奥尼尔开始尝试着进行相

①〔美〕伊哈布·哈桑：《后现代转折》，见王潮选编：《后现代主义的突破》，敦煌文艺出版社1996年版，第15页。
②〔前苏联〕库列科娃，井勤荪、王守仁译：《哲学与现代派艺术》，文化艺术出版社1987年版，第168页。

对主义处理，使两种生活原则并立，不带褒贬。而且就它们的风格而言，似乎少了些现实主义戏剧作品中痛心疾首的悲剧色彩，多了些调侃不恭的幽默因素。更为重要的是，剧中不同人物代表的不同价值体系是相互抵消的，相互拆解的。这种通过喜剧手法表达出来的相对主义人生观是荒诞派戏剧作品的主要特征，也是后现代派戏剧的主要特征。无独有偶，布莱希特更加自觉地使自己的作品成为辩证哲学的讲坛。布莱希特把辩证法引入戏剧，使戏剧成为一种激发人们思考的艺术形式。在布莱希特的戏剧中，悖谬表现为那些"异质同体"的分裂式人物，它充分吸取了现代派戏剧种种形式技巧，又最大限度地将马克思主义精神原则、思维方式倾注其间，使戏剧在创作方法上既非现实主义，也非先锋形式，而是表现为一种史诗形式，一种叙述加对白的表现形式。

后现代派戏剧展示悖谬的目的，与他们取消决定论的思想密切相关。传统哲学认为世界是有秩序的，事物的存在已经被预设好了，这是决定论思想。但后现代派戏剧却倡导非决定论，他们认为一切都悬而未决，一切都不是已经被决定了的、被规定好了的，世界具有不确定性。如果什么都已经确定了、被规定好了，除了静默我们就什么也做不了，或者像丹麦存在主义哲学家克尔凯郭尔所说的一样，"一旦确定了，疯狂也就开始了"。①意思就是说，如果一切都已经确定了，我们就无所顾虑，什么都可以做了，反正也不会伤害或危及最终的结局。正因为一切都悬而未决，我们才可以有所行动，才能在多种可能性中有所选择。

悖谬反映了后现代派戏剧家深深的悲观主义思想和不顾一切的怀疑精神。戏剧作品表现出来的悲观主义内容实际上并不是后现代派戏剧特有的，现代派戏剧中已经流露出对人世的悲观情绪。尽管后现代派戏剧与现代派戏剧对世界和人生的理解一脉相承，但两者的态度却有明显的区别。面对混乱荒诞的世界和人类的生存危机，现代派戏剧家们始终拒绝接受，他们总是试图改变这一切，寻求精神的慰藉，力图创造超越性的彼岸世界，在他们的危机感与失落感中，永远活跃着奋力抗争的欲望。然而，后现代派戏剧

---

① 转引自赵一凡、张中载、李德恩主编《西方文论关键词·含混》，外语教学与研究出版社2006年版，第164页。

家却与他们的前辈不同。英国戴·洛奇认为，"后现代主义坚持了现代主义对传统现实主义的批判，但是它力图超出，绕过或僭越现代主义，因为，无论现代主义进行了多少实验或显得何等复杂，它还是向读者提供了作品的意义，尽管不止一个"。①在后现代派戏剧家看来，现实无论怎样不合理与不可理解，都是生活中不可改变的本来内容，因而都应屈从与接受，任何给混乱以秩序的做法都不仅不能解决根本问题，反而只能使问题变得更糟。正是这种极端悲观与虚无的态度，后现代派戏剧家在他们的创作中才完全摒弃了理想，不再追求任何意义与价值，不再有任何使命感和责任感。写作对他们来说完全变成了自娱自乐的语言游戏。反正悖谬是我们无法解决的，它存在着并且永远存在着，我们还能怎样呢？这也正是后现代派戏剧从荒诞滑向互文、从悲剧滑向喜剧直到闹剧的真正原因。

（三）不确定性的模糊特征

一件深刻的艺术作品，往往具有模糊性，它会产生一种情调或气氛，你不知道是由作品的哪一部分产生的，但会被它吸引，能够感觉到它，却找不到确切的原因，它能带给我们一种模糊体验，正如康德所论述的，"模糊的观念要比明晰的观念更富有表现力……美应当是不可言传的东西。我们并不是总能用语言表达我们所想的东西"。②后现代派戏剧着力营造的模糊同样深深地吸引着我们，让我们设想着一个个无限可能的世界。

世界上的事物都是不确定的，它们千变万化、纷乱复杂、混沌一片，让人根本无法搞清楚，一切皆为偶然性，没有必然性。因此，为了如实表现生活的混乱与不确定，就要将艺术作品不确定化。如果在作品中将事件、人物、意义都明确化，那么就违反了生活的真实。就戏剧情节而言，后现代派戏剧否定了其完整、连贯的传统标准，不再建构由开端、高潮、结尾组成的结构层次，不再寻求事物发展的线性因果关系，而是使所叙述的事件成了断断续续的非线性碎片。因此，这些作品结构松散零乱，难以辨认，情节或前后跳跃、颠三倒四，或散漫无章、若有若无，或头绪纷乱、扑朔迷离，有如迷宫。因此，在杰姆逊看来，"后现代主义作品是不可以解释的……这里并

①转引自王潮选编《后现代主义的突破》，敦煌文艺出版社1996年版，第92页。
②转引自胡经之《文艺美学》，北京大学出版社1999年版，第75页。

没有可以解释的，毋宁说这是一种经验，你并不需要解释它，而应该去体验。这里没有必要建筑什么意义"。①因为没有意义，所以也无所谓解释，"文学的刺激性就是目的，而不是要去追寻隐藏在后面的东西"。②也就是说，后现代派戏剧不再提供任何现代派戏剧经典作品在人们心中激起的意义与经验，它的目的就是刺激观众。

由于后现代派戏剧家不再追求理想信念，不再力求在艺术中建立具有超越性、永恒性的彼岸世界，而只想在作品中表现自己的主观精神、天赋才能，以及记录自己看到或感知的世界的零碎片断，甚至使戏剧堕落成为一种与生活无异的日常活动。他们对重大事件、典型环境不屑一顾，也不探寻生活表象后面的价值世界。因此，他们的作品内容空洞、乏味、浅薄，缺乏深刻的意义。究其原因，这是后现代主义放弃整体的结果，正如利奥塔在回答什么是后现代主义时所说的一样，"我对此的回答是：让我们向统一的整体开战，让我们成为不可言说之物的见证者，让我们不妥协地开发各种歧见差异，让我们为秉持不同之名的荣誉而努力"。③整体的放弃，意味着零散化自我的出现，意味着非线性叙述的出现，这两个维度导致后现代主义在主体与客体两个方面都出现了不确定性，这就是我们所理解的后现代主义的文化逻辑。

总之，后现代是不是我们的最佳选择，能不能成为表达我们在新境遇下的生存感受，这些都值得我们思考，毕竟，流行的并不意味着就是最好的。后现代之后，戏剧又是一种怎样的形态呢，我们期待着。

① 〔美〕杰姆逊，唐小兵译：《后现代主义与文化理论》，北京大学出版社1997年版，第200页。
② 〔美〕杰姆逊，唐小兵译：《后现代主义与文化理论》，北京大学出版社1997年版，第201页。
③ 〔法〕利奥塔，岛子译：《后现代状况》，湖南美术出版社1996年版，第211页。

参考文献

[1]〔英〕斯泰恩，刘国彬等译．现代戏剧理论与实践（二）．北京：中国戏剧出版社，2002．

[2]〔德〕斯丛狄，王建译．现代戏剧理论．北京：北京大学出版社，2006．

[3]〔美〕布罗凯特，胡耀恒译．世界戏剧艺术欣赏——世界戏剧史．北京：中国戏剧出版社，
　　1987．

[4]〔加〕雷内特·本森，汪义群译．德国表现主义戏剧——托勒与凯泽．北京：中国戏剧出版
　　社，2006．

[5]〔英〕斯泰恩，刘国彬等译．现代戏剧理论与实践（三）．北京：中国戏剧出版社，2002．

[6]谢芳．20世纪德语戏剧的美学特征．武汉：武汉大学出版社，2006．

[7]宫保荣．法国戏剧百年．北京：生活·读书·新知三联书店，2002．

[8]曾艳兵．西方现代主义文学概论．北京：北京大学出版社，2006．

[9]陈世雄、周宁．20世纪西方戏剧思潮．北京：中国戏剧出版社，2000．

[10]〔法〕阿尔托，桂裕芳译．残酷戏剧．北京：中国戏剧出版社，1993．

[11]〔意〕葛兰西．论文学．北京：人民文学出版社，1983．

[12]〔德〕布莱希特，丁扬忠译．布莱希特论戏剧．北京：中国戏剧出版社，1990．

[13]佐临等．论布莱希特戏剧艺术．北京：中国戏剧出版社，1984．

[14]余匡复．布莱希特论．上海：上海外语教育出版社，2002．

[15]刘明厚．二十世纪法国戏剧．上海：上海文艺出版社，2000．

[16]江龙．解读存在——戏剧家萨特与萨特戏剧．长沙：湖南大学出版社，2001．

[17]张容．形而上的反抗——加缪思想研究．北京：社会科学文献出版社，1998．

[18]周宪．审美现代性批判．北京：商务印书馆，2005．

[19]董健、马俊山．戏剧艺术十五讲．北京：北京大学出版社，2004．

[20]孙惠柱．第四堵墙——戏剧的结构与解构．上海：上海书店出版社，2006．

[21]〔英〕阿契尔，吴钧燮等译．剧作法．北京：中国戏剧出版社，2004．

[22]〔前苏联〕霍罗道夫，李明琨等译．戏剧结构．上海：华东师范大学出版社，1981．

[23]〔英〕马丁·艾斯林，华明译．荒诞派戏剧．石家庄：河北教育出版社，2003．

[24]〔英〕欣奇利夫，刘国彬译．荒诞说——从存在主义到荒诞派．北京：中国戏剧出版社，
　　1992．

[25]〔前苏联〕库列科娃，井勤苏、王守仁译．哲学与现代派艺术．北京：文化艺术出版社，
　　1987．

[26]杨云峰．荒诞派戏剧的情境研究．北京：中国戏剧出版社，2005．

[27]〔英〕汤普森，孙乃修译．论怪诞．北京：昆仑出版社，1992．

[28]〔美〕凯瑟琳·休斯，谢榕津译．当代美国剧作家．北京：中国戏剧出版社，1982．

[29]赫振益、傅俊、童慎效．英美荒诞派戏剧研究．南京：译林出版社，1994．

[30]〔英〕米克，周发祥译．论反讽．北京：昆仑出版社，1992．

[31]〔美〕吉尔伯特·哈特，万书元、江宁康译．讽刺论．南宁：广西人民出版社，1990．

[32]王岚、陈红薇．当代英国戏剧史．北京：北京大学出版社，2007．

[33]〔法〕萨莫瓦约，邵炜译．互文性研究．天津：天津人民出版社，2003．

[34]〔英〕布鲁克，刑历等译．空的空间．北京：中国戏剧出版社，2006．

[35]陈世雄．现代欧美戏剧史．成都：四川教育出版社，1994．

[36]谭霈生．论戏剧性．北京：北京大学出版社，1984．

[37]周宁．比较戏剧学——中西戏剧话语模式研究．上海：上海社会科学院出版社，1993．

[38]阎广林．历史与形式——西方学术语境中的喜剧、幽默和玩笑．上海：上海社会科学院出版
　　社，2005．

[39]田民．莎士比亚与现代戏剧．北京：中国社会科学出版社，2006．

[40]〔美〕斯蒂芬·恩威、卡罗拉沃·蒂斯，周豹娣译．二十世纪西方戏剧指南．上海：百家出
　　版社，2006．

[41]何其莘．英国戏剧史．南京：译林出版社，1999．

[42]曹路生．国外后现代派戏剧．南京：江苏美术出版社，2002．

[43]陈吉德．中国当代先锋戏剧．北京：中国戏剧出版社，2004．

[44]刘象愚等主编．从现代主义到后现代主义．北京：高等教育出版社，2002．

[45]〔美〕杰姆逊，唐小兵译．后现代主义与文化理论．北京：北京大学出版社，1997．

[46]周宪编译．激进的美学锋芒．北京：中国人民大学出版社，2003．

[47]陈嘉明．现代性与后现代性十五讲．北京：北京大学出版社，2006．

[48]王岳川．后现代主义文化研究．北京：北京大学出版社，1992．

[49]林克欢．戏剧表现论．北京：中国社会科学出版社，1993．

[50]周端木．一座迷宫的探索．太原：北岳文艺出版社，1992．

[51]陈世雄．西方现代剧作戏剧性研究．北京：中国戏剧出版社，1983．

[52]麻文琦．水月镜花——后现代主义与当代戏剧．北京：中国社会出版社，1994．

[53]林克欢．舞台的倾斜．广州：花城出版社，1987．

[54]廖可兑．西欧戏剧史（上下册）．北京：中国戏剧出版社，2002．

[55]周维培．现代美国戏剧史．南京：江苏文艺出版社，1997．

[56]周维培．当代美国戏剧史．南京：南京大学出版社，1999．

[57]张先主编．外国戏剧经典作品欣赏．北京：高等教育出版社，2005．

[58]张耘．现代西方戏剧名家名著选评．北京：外语教学与研究出版社，1999．

[59]袁凤殊．20世纪西方现代派文学名著导读·戏剧卷．天津：天津人民出版社，2000．

[60]李万均、陈雷．欧美名剧探魅．福州：海峡文艺出版社，1987．

[61]熊美、严程莹．欧美现当代名剧赏析．昆明：云南大学出版社，2004．

[62]〔法〕利奥塔，岛子译．后现代状况．长沙：湖南美术出版社，1996．

[63]王潮选编．后现代主义的突破．兰州：敦煌文艺出版社，1996．

[64]张国清．中心与边缘——后现代主义思潮概论．北京：中国社会科学出版社，1998．

[65]朱立元．现代西方美学史．上海：上海文艺出版社，1993．

[66]曾艳兵．西方后现代主义文学研究．北京：中国社会科学出版社，2006．

[67]赵一凡、张中载、李德恩主编．西方文论关键词．北京：外语教学与研究出版社，2006．

[68]刘法民．怪诞——美的现代扩张．北京：中国社会出版社，2000．

[69]罗钢．叙事学导论．昆明：云南人民出版社，1994．

[70]胡亚敏．叙事学．武汉：华中师范大学出版社，2004．

[71]〔英〕马克柯里，宁一中译．后现代叙事理论．北京：北京大学出版社，2003．

[72]〔法〕高概，王东亮编译．话语符号学．北京：北京大学出版社，1997．

后
记

　　西方现当代戏剧研究，大多立足于史类梳理、作家作品分析和现象介绍。通史类如廖可兑的《西欧戏剧史》（上下），国别史类如李醒的《二十世纪的英国戏剧》，周维培的《现代美国戏剧史》、《当代美国戏剧史》，刘明厚的《二十世纪法国戏剧》，宫保荣的《法国戏剧百年》，作家作品分析类如张耘的《现代西方戏剧名家名著》，袁凤珠选编的《20世纪西方现代派文学名著选读》，熊美、严程莹合著的《欧美现当代名剧赏析》，汪义群的《奥尼尔研究》，介绍类如曹路生的《国外后现代戏剧》等，应该说，这些著作和研究都丰富了我们对西方现当代戏剧的认识和了解。

　　我们重点依托西方现当代艺术美学理论中既考虑"说什么"、也考虑"怎么说"的"话语"理论，对现当代戏剧如何传情达意作了初步梳理。我们结合已有的中译本剧本，兼及现当代戏剧自身形式发展的逻辑和要求，对西方现当代戏剧文学的话语策略进行了归类整理。我们注意到，每一个戏剧流派的背后都有一套与众不同的话语策略，正是这些风格迥异的方法论要素把它们与其他类型的戏剧区别开来，从而确立了它们在戏剧史上的独特地位。当然，它们中有的并不一定都表现为严格意义上的戏剧流派，我们主要强调和突出的是他们的说话方式。从戏剧文学的话语策略出发，我们一共归纳出十二种基本形态，即"含蓄说"、"自己说"、"变形说"、"暴露说"、"作者说"、"选择说"，以及"含混说"、"反常说"、"颠倒说"、"借话说"、"大家说"、"直接说"等，这十二种形态既考虑到了戏剧发展的历时性原则，也考虑到了它们作为现代戏剧基本话语策略的共时性原则，既有作品内容介绍，更有形式发展的逻辑变化和自身规律的总结梳理，它们都在一定程度上暗合了现代艺术审美趣味的变迁。对这十二种类型的分析总结构成了本书稿的全部架构。

　　感谢著名美学家、云南大学中文系赵仲牧教授在学术道路上对我的悉心指导，先生待我，亦父亦师。从大学时代开始，我就在先生那里游学、蹭学，这对于我这个学习戏剧艺术的人来说，无疑是一段脱胎换骨的经历，是一次痛并快乐着的学术转向。先生思维缜密、视野开阔，可惜已经驾鹤仙去，再也不能为我条分缕析地进行思维的操练了。王胜华教授是我大学时代的班主任，没有他就没有我今天对学术研究的兴趣和热情，就在这本书即将出版之际却传来噩耗，先生也英年早逝了，我们之间关于藏书的约定再没有机会兑现了。两位先生甚至来不及听我说一句感谢的话就撒手西去，让我抱憾终生。

感谢云南艺术学院吴戈教授、蹇河沿教授、陶增义教授、熊美副教授四位先生对我们自学生时代以来一如既往的关心和呵护，他们亦师亦友，师恩难忘，特别是吴戈教授在提携后生方面对我们的鞭策和宽容，着实让人感动。同时，他还是严程莹大学时代的班主任，四年间，每一次专业课分组讲授，再怎么抽签轮换，吴戈教授都是她的授业导师，个中机缘巧合，让人欷歔不止。作为云南艺术学院院长，此次他又拔冗为我们的书稿欣然作序，让人倍感亲切。感谢我的同学蒋明佳、郭光等人一直以来的鼓励和支持，我们从大学时代开始就经常在一起讨论问题，趣味相投，这一次他们又帮助我审定了全书的部分章节，他们是这本书的第一位读者。感谢我的领导、同事和朋友们十多年来在工作上对我的帮助和支持。感谢我们的家人带来的温暖，他们一直都是我们劳累生活的港湾。

感谢云南艺术学院戏剧学院领导邀请我为戏剧文学专业的学生讲授西方现当代戏剧，正是在教学过程中，让我有机会不断地感受、理解、总结和完善我的研究工作，有机会完成自己对戏剧人生的学术交代。

感谢云南艺术学院将这本书列入省级重点学科戏剧戏曲学的出版计划并资助出版。感谢云南大学出版社柴伟、李兴和、刘焰同志为此书的出版所付出的辛勤劳动。

这本书是我们夫妻五年多来精神生活的见证，我们一边做着家务活一边讨论着戏剧艺术，手脚麻利地穿梭在形而下与形而上之间，这样的生活让人不顾一切，敝帚自珍。无论如何，不足之处还请方家批评指正。

李启斌

2008年12月17日于月牙塘